〔美〕海明威 著

张 迪 译

上册

乞力马扎罗山下

Under Kilimanjaro

海明威全集

四川大学出版社

责任编辑:唐　飞
责任校对:宋科颖
封面设计:天恒仁文化传播
责任印制:王　炜

图书在版编目(CIP)数据

乞力马扎罗山下：全二册 /（美）海明威著；张迪
译. —成都：四川大学出版社，2018.7
　（海明威全集）
　ISBN 978-7-5690-2104-2

Ⅰ.①乞… Ⅱ.①海… ②张… Ⅲ.①长篇小说-美
国-现代 Ⅳ.①I712.45

中国版本图书馆 CIP 数据核字（2018）第 164257 号

书名　　乞力马扎罗山下（全二册）
QILIMAZHALUOSHAN XIA（QUAN ER CE）

著　　者　海明威
译　　者　张　迪
出　　版　四川大学出版社
地　　址　成都市一环路南一段24号（610065）
发　　行　四川大学出版社
书　　号　ISBN 978-7-5690-2104-2
印　　刷　成都市兴雅致印务有限责任公司
成品尺寸　145 mm×210 mm
印　　张　27.5
字　　数　462千字
版　　次　2018 年 11 月第 1 版
印　　次　2018 年 11 月第 1 次印刷
定　　价　85.00 元（全二册）

◆读者邮购本书，请与本社发行科联系。
　电话:（028)85408408/（028)85401670/
　（028)85408023　邮政编码:610065
◆本社图书如有印装质量问题，请
　寄回出版社调换。
◆网址:http://press.scu.edu.cn

前 言

  《乞力马扎罗山下》根据海明威第二次非洲游猎（1953—1954年）的手稿整理而成。此手稿被海明威称为他的"人寿保险"，曾寄存在他在古巴的保险箱里，手稿的出版意味着这种保险产生了功效。《乞力马扎罗山下》基于真实人物、地点和事件，完整地讲述了有关狩猎活动的故事，既能让读者重温与以往相似的愉悦，又能发现新的生活体验。这部作品既有《春潮》中的热闹幽默，又有《太阳照常升起》中的冷嘲热讽，还有《老人与海》中的淡定哲学，是一部不同凡响的佳作。

  乞力马扎罗山位于坦桑尼亚东北部及东非大裂谷南部，素有"非洲屋脊"之称，其既是火山又是雪山。

  海明威（1899—1961年），美国小说家。他崇尚简洁的写作风格，是"新闻体"小说的创始人，一向以"文坛硬汉"著称；他被誉为美利坚民族的精神丰碑，对20世纪美国乃至世界文学的发展有着极其深远的影响。

1954年1月23日到24日，海明威理想中的游猎之旅结束于两起飞机失事造成的噩梦之中。海明威本想带着妻子玛丽重温1933—1944年在非洲的快乐游猎时光，那段经历记载在他的纪实小说《非洲的青山》里。他对这两起事故的直接回应是写了一篇充满嬉笑怒骂的两段式文章，其仅仅在事故发生三个月后就刊登在《观察》杂志上。回到古巴以后，海明威开始写这一次的游猎经历——《乞力马扎罗山下》。

从1954年10月底到1956年的春天，海明威都在奋笔疾书。很明显，这本书与他以往写过的作品都大不相同。以往他叙述之前的游猎经历时，都会添加一些想象的事件在里头，而这次他对非洲人、猎杀大猛兽以及其他主题的态度，与他本人完全一致。他用一种自嘲的幽默来完全放松地描写自己，成就了这么一本生动而富有幽默感的书。在这本书里，既没有解释，也没有议论。他只是记录、展示，没有说教，从而再一次证明叙述优于阐述。这本书写得得心应手，写作时海明威按照老规矩——每天两页的速度推进。

或许，它就是一位文学大师留给我们的最后的礼物。

目录

第一章

"不，他们不会做那种事。他们不可能做那么愚蠢的事。他们可都是瓦卡姆巴[1]的茅茅党人[2]哪。"

说这话的老人肯定已过古稀之年，但他不知道自己有多老了。他眼神和善，常带笑意，薄唇犹如利刃一般横亘于英俊的脸上，只有笑时才会咧开嘴角。他是这个庄园的管家，曾在第一次世界大战期间当过步枪手和侦猎员。并且他是瓦卡姆巴人，做私人管家已经四十三年了，替一个不错的白人猎手[3]服务。从第一仗开始到最后一仗结束，他都一直跟随着这个主人。主人也已垂垂老去。他和主人惺惺相惜。

---

[1] 瓦卡姆巴，非洲的一个原始部落。

[2] 茅茅党（MauMau），非洲肯尼亚的起义者，亦称土地自由军。1950年被镇压。

[3] White hunter，这里特指长期居住在非洲，以陪外来有钱人狩猎为职业的白人。他们熟悉地形，枪法高明，收费昂贵。

老人穿半军式短上衣、长裤子，包着伊斯兰头巾。他皈依了伊斯兰教，还很虔诚。他对游猎的后勤事宜所知颇丰，能够让人在享乐的同时又不致伤身。老人单纯、机警，技艺非凡，像所有瓦卡姆巴人一样，愤世嫉俗而又不失幽默感。他有五个老婆，最小的一个老婆在他第二次心脏病发大约九个月后，给他生了一个孩子。现在因为心脏病没有再发作了，他还想再要一个孩子。他像个老妇人似的爱吹毛求疵，又像个没有军衔但已服役三十年的军士似的严厉。不容置疑的是他的信仰，但在一种特定的宗教仪式里，有多少是利欲驱动，又有多少是真正信仰，我从不知道。我不知道的事太多了，而且与日俱增。

不管主人患的是普通发烧、黑尿热、阿米巴痢疾、脾疝气，还是有致命危险的蜱热（在没有抗生素之前，蜱热就像落基山斑疹热一样致命），这位老人一直在服侍他的主人。主人非常依赖他。在主人经受着脊柱损伤、慢性坐骨神经痛、肺炎以及痔疮等各种疾病苦痛的时候，他一直在旁照料，共渡难关。晚上，主人在帆布浴缸里洗澡，他就站在帐篷里守护着。这时，你可以听到他们之间的交谈。在主人面前他从来不坐，就站在那儿，取笑主人，骂骂咧咧，似乎主人是一个不懂事的孩子。他们太了解彼此了，并肩作战无数次，相互欣赏和尊重，感情深厚。所以，在晚间洗澡这种时刻，你很难定义他们之间的关系。在我看来，他们犹如一对共谋犯。他们以忠诚服务和保护主人著称，美国那些被宠坏的有钱人的孩子，那些正儿八经的猎物标本收集者，各种又老又有钱的美国人，并认为他们能把在位的王公大臣训练成彬彬有礼的学生，对他们的重要性和能力都深信不疑。到东非来是许多人已经想了大半辈子的事，献身于崇高的野兽杀戮事业是他们所渴望的。这意味着猎杀大猛兽有许多专业技巧。这群人通情达理，他们时时刻刻都沉浸在这奢侈的享乐游戏里，即便手边钱不多时也会给足小费，他们是最好应付的。这些人学习当地的斯瓦希里语[1]，重点是学习为他们服务之人的名字，不再大喊"小弟"之类。这位游猎队老总管的名字叫黑帝，在瓦卡姆巴语[2]里，这个名字非常高贵。可那些喊他的人都不知道这一点，而他自己知道，但他也知道自己并没有什么高贵的血统，只是在还未记事的年纪起，就有了追猎的天分，像许多注定没有好结局的天才坏小子一样。他知道自己会在这一行一直干下去，直到预料当中的第二次心

---

[1] Swahili，东非多国的通行语言或官方语言。

[2] Kamba，非洲肯尼亚瓦卡姆巴旗人用的语言。

脏病来袭。

因为东非已经今非昔比了，所以游猎并非简单之事。那个白人猎手是我多年的亲密老友，我敬重他，胜过敬重父亲。而他对我也信任有加，我自觉惭愧。不管怎样，我该努力不辜负他的信任才是。他对我因材施教，放任自流，只有在我犯错误时才指出并修正，他会解释为什么错了，然后说要是我下次不再犯同样的错误，他就会更加信任我。他思维缜密又勇气可嘉，待人接物触觉敏锐，见解独到。他有着好人的软心肠，非常顾家，却更喜欢离家而居。他热爱家庭，热爱老婆、孩子，但注定要流浪。他最后因为必须得回他的那块在肯尼亚的两万英亩的畜牧场而离开我们。那天黎明之前，他跟我说："老爹[1]，我不会透露女主人的任何事情，因为你，这么长时间以来我对她一直都很信任。只有在那个该死的马加迪城[2]。"他朝烟管吸了一口，吐出烟雾，"你才不能信任任何人、任何事。我不想你到那儿去。在那儿，就算我俩背靠背站在一起，也有可能都丧命。"

"我一直都很小心。"

---

[1]Pop，根据后文，他们互称老爹。
[2]Magadi，肯尼亚南部城镇。

"有些地方小心也没用。这也不是那些可怜的嗜血动物的错。"

"我知道，大多数时候都吓得胆战心惊。"

"那是个不能惹的地方，不过你胆子也大得很。"

"我和夫人都很喜欢那个地方。"

"我知道。不过孩子们可不喜欢。据我所知，他们没有一个是胆小鬼，但就是不喜欢。"他说。

"很抱歉。我不知道这一点儿，虽然我本应该知道的。我猜是因为那些该死的小路吧。"我说。

"那个区域树林太茂密。小路，还有动物，都是原因。"他说。

"我不知道这些，很抱歉。太傻了，我原来还只是担心大树枝被风吹断掉下来。"我说。

他喝了一口茶，说："没事。不是你的错，你不过是想当然罢了。"

"你有没有留意过，斑马的后腿上多久会有一次狮子的爪子印？"

"当然没有。"

"跟我透露点游猎的秘诀吧，老爹，你知道我的斯瓦希里语有多烂的。"

"黑帝听得懂你说的所有语言，他会帮你搞定的。女主人也学了不少斯瓦希里语。"

“我正在学习瓦卡姆巴语。”

他说：“那干吗不找我？”

“找黑帝怎么样？他信任我吗？”

“他只是觉得你有点坏，倒是很信任你。”

“他也是。”

“他当然也有点坏，所以才能了解你。”

“那我该怎么做？”

“努力点儿，别使坏。”

“使什么坏？”

“你自己知道。”

“你知道，世道变了，我也不能不使坏去笼络人心，我不能再做谦谦君子了。”

“在这一点上你做得没错。只是不要太坏了，如果发生猎战，你得采取黑帝的战略战术。我觉得你不一定要亲自上阵，但你会的。那么，你就要确保让他理解你的意图。记住，跟着你的人有许多是伊斯兰长者，不要让他们吃不该吃的肉，这一点要当心。黑帝喜欢吃鸟肉，这对他来说是合法的美食，他爱吃。他们喜欢粗玉米粉，还有适量的鼻烟，给他们搞点。这些都很重要。高兴就行，老爹，不要故意表现得太好了。”

“我会的。”

"还有什么问题吗？"

"在面对大象时，我不想自己像个傻瓜似的一无所知。"

"你会学到的。"

"还有呢？"

"记住每个人都比你知道得多。不过决定得你来做，还得让他们能够执行。营地那些事都交给黑帝就行了，你尽力做到最好便是。"

有些人就爱指挥，热切渴望得到这种权力，他们往往急不可耐，不想依照正常程序从别人手上取得。因为它是自由和被管制两种状态的完美结合，所以我也热爱指挥权。能够自由指挥人，要是这种自由变得危险起来，责任的约束又可以使你免难，你肯定会很高兴。数年来，我早已厌倦只在自己身上实现指挥权。而且自由甚少，约束倒挺多，因为我深知自己的优缺点。

近来我读了不少写我的书，但都不喜欢。对我的内心世界、生活目标以及动机，这些作者似乎都了如指掌，作者在书里描述得就像自己亲历了我曾经历的战场一样。而实际上，这些写书的人不仅没在场，而且在战争期间，个别人还尚未出生呢。尽管我从未有过那些感受，但所有这些写我内在和外在生活的人，都对自己所写的坚信不疑。

就在和老爹谈话的那个早晨，我希望我的良师益友菲利普·帕奇瓦尔先生没必要用那种简短而又点到为止的话语来交流，那是我们之间曾约定俗成的语言方式。我无比渴望自己能得到详尽的指点，就像英国政府指导飞行员那样。我希望自己能问他一些不能问的问题，但我知道，我和菲利普之间必须像瓦卡姆巴族的风俗一样严格遵守约定。我很久以前就已经明了，只有通过自学才能逐步减少自己的无知。虽然有了指挥权很幸福，但从此以后，没有人再来纠正我的错误了。那也是一个因此而孤独的早晨。

我们互称老爹已经很长一段时间了。二十多年前，我第一次叫他老爹时，他并不太介意，那样毕竟不太合礼节，但只要不在公众场合叫就行。不过，我到了五十岁，也成了一个老者时，他接受了叫我老爹的方式，也很开心，甚至带点恭维和漫不经心。但要收回，就会让彼此感到很难受了。若在私底下叫他帕奇瓦尔先生，或是他称呼我的大名，是怎样一种情景，我无法想象，也无法忍受。

总之，我有许多问题想问，有许多事情还想探究。但是，我们因为惯例，对这些事缄默不语。那天早上，我感觉异常孤独，他自然也知道。

"恩古伊很可靠。虽然他曾是唯一一个给我惹过麻烦的孩子。你跟他合得来吗？"他说。

"我们现在是兄弟。不过你为什么不早告诉我他是穆克拉[1]的儿子？"

"我想你自己会知道的。"

"那为什么不告诉我莫罗也是穆克拉的儿子呢？"

"他是穆克拉另外一个妻子生的。这里每个人都有亲属关系，不要去考虑血统问题了。"老爹说。

"那些小孩都不错。"

老爹说："是啊，难能可贵。高兴点儿，你不可能再得到更好的了。"

我说："我没有不高兴。只是你要走了，觉得有点寂寞。"

"没想到你还是个多愁善感的人哪。你不会寂寞的。你会有许多问题要解决，不会一个人的。"老爹说。

我没再说什么，眼睛盯着之前燃烧的一小堆灰烬，在灰烬当中躺着尚未燃尽的干树枝，大火已熄灭。我有许多问题，千真万确。

老爹说："要是没有问题，就没有乐趣可言了。你又不是技术工——他们是这样叫白人猎手的。现在

[1] M'Cola，海明威之前到非洲打猎时曾雇佣过的一个瓦卡姆巴族人。

的白人猎手大多数是技术工，他们会说一些本地话，去别人去过的地方。你对本地语言的掌握很有限，但你带着你那些穿得破破烂烂的同伴在那儿开辟过道路，兴许这次还能走出几条新路来。要是你一时想不出恰当的瓦卡姆巴语来，你就尽管说西班牙语好了，这里大家都爱说西班牙语。或者让女主人替你说，她能说得比你更清楚一点儿。"

"那就算了吧。"

老爹说："我会准备一块地方给你。"

"那大象的事呢？"

"大象你就不要想了。又大又蠢的动物，大家都知道它没有什么危险性。只要记住其他能置你于死地的野兽就好了，它们可不是那些傻乎乎的乳齿象。我还从未见过带两道弯痕尖牙的乳齿象。"老爹说。

"这事是谁告诉你的？"

老爹说："黑帝。他跟我说你在淡季时，曾捕获过几千枚这种象牙，还有剑齿虎和雷龙的。"

我说："那个狗日的。"

"他还真有点信了，别骂他。他有一本杂志，上面写的还蛮有说服力。我看他时信时疑的，这取决于你有没有给他带些珠鸡去，还有你枪法的总体水平如何。"

"那是一篇十分棒的关于史前动物的十分棒的文章。"

"是不错,有不少可爱的图片。但国内的猎乳齿象执照已经到期,而且猎剑齿虎也超过了规定次数,你跟他说这些就是你来非洲的原因。这样作为白人猎手的形象,你在他那里就大大提升了。"

"那你跟他说了什么?说真的。"

"我跟他说,你是从怀俄明州的罗林斯市逃出来的,那个地方就好比是非洲过去的拉多飞地[1],而你到这儿来是因为仰慕我,因为你还是个光脚小孩时,我就教过你打猎了。在你被允许回家得到新执照之前,你想保持手艺精湛。我对他说你说的话千真万确。"

"老爹,求求你至少告诉我一件关于猎大象的事吧。你知道,要是它们发起疯来,伙伴们要我帮忙,我必须得上去干一场。"

"只要记住你之前猎乳齿象那些技巧就好了。开第一枪时,想办法从象牙的第二个环里打过去。站在正面的话,就打它们高额从上往下数到鼻子上的第七条皱纹。它们的前额非常突出、挺拔。要是你紧张的话,

---

[1] Lado Enclave,中非一地区,位于上尼罗河西岸的阿水伯特湖北岸,现在这里是乌干达北部和苏丹的东南部。1841—1842年欧洲人探险至此,并开辟为象牙和奴隶贸易基地。

就往它耳朵里崩一枪。你会发现，根本不需要多专业。"老爹说。

我说："谢谢。"

"跟我客气什么。现在你可以跟我透露一点猎剑齿虎的事了吧？黑帝说你曾打过一百一十五只，是在你被那些胆小鬼吊销执照前。"

"差不多吧。你必须信心百倍才能去碰它们，然后出其不意，攻其不备。"我说。

"你跟黑帝说过了？"

我说："你已经套出我的话了。"

"我相信瓦卡姆巴族的人。老爹，乖一点儿，我不管报纸杂志上是怎么写的，反正我对你是引以为傲的。我倒不担心你照顾不好夫人，而是要多照顾一下你自己，尽量做个好孩子。"他说。

"你也是。"

"我已经努力很多年啦。现在就看你的啦。"他说，然后又加了一句经典老话。

就看我的了——的确如此。那是临近一年最后一个月的最后一天，没有风的早晨。我看了看我们自己住的和用餐的帐篷，然后又回头看了一眼在煮饭的柴火旁来回走动的人以及小帐篷，还有卡车和猎车。车辆上有一层厚厚的露水，似乎结了冰。我透过树林向大山望去，在晨光中闪耀的是山上的新雪，此刻，山变得更加高大了，似乎拉近了距离。

"这个时候的山很好看。任何时候都比不上这时候漂亮。你有没有注意到，在不同的早晨，她的大小和高度都不一样？"老爹说。

"今天雪更多了。"

"就是昨天晚上刮的那场该死的暴风雪形成的。还好没到我们这边来，但是在一万两千英尺的山峰上，那就是真正的暴风雪了。"老爹说。

"我们只吹到了风。"

老爹说："没吹个穿堂过？你可能要跟女主人说一声，要把所有的桩都检查一遍，钉得更牢些。也许下一次暴风雪你就会赶上了。它们来过一次后，接下来就有可能天天光顾。"

"暴风雨似乎是先到丘庐山脉，然后越过丘庐山脉，再到达这座大山峰。"

老爹说："迟早会一路驰骋到你这儿来的。"现在对于透露消息他倒是慷慨得很。"你知道孩子们曾经都是战士，我走之前定桩已经被我扎深、系紧了一些。看管好枪支武器，比我在这里时吃好一点儿。我想你肯定会要我以你的名义问一下黑帝，谁想送配给物到卡洛斯去。那里还在下雨，这就是他们犹豫的原因。我会告诉他们你在担心这件事，要是那边还在下雨，我会给你捎句话过来，你好告诉他们。"

"那就太好了，我会提前准备好要送过去的钱。[1]"

"太好了。我只是必须得让你出师，要是你成了一个技术工，会讲当地话了，那就没我的事了。"老爹说。

"你没有告诉他们我们都是夏安人[2]吗？"

"还没有。马伊托[3]也没说过，他们以为他身上那条被人用瓶口划伤的长条疤痕是部落标志。"老爹说。

"他们问我的太太是不是我们同一部落的人，我告诉他们不是，他们说早就猜到了，因为她的部落标志不一样。"

"是啊。他们比你要敏锐一点儿。记住，他们很爱女主人，也爱马伊托，他们两个也是你的最爱，现在你去准备好先令吧，我要去替你问那些聪明、体贴又渊博的问题了。"老爹说。

"请在吃早餐的时候问。"

老爹说："既然你都下令了，只是急也急不来，

---

[1]Shilingi，这里指坦桑尼亚先令硬币。

[2]Cheyenne，美国大平原的原住民，分布在蒙大拿州的夏安族印第安人保护区。

[3]Mayito，老爹曾指导过的枪法最好的一个白人，海明威很欣赏他。

还有一大段路，我要等它十一十呢。"

"坐卡车没问题吧？"

"当然，你知道，干的时候，路还不错。"

"你开猎车走，我不需要了。"

"你还没到那种程度吧。我想把这辆先开走，再给你送辆好的过来。他们都觉得这辆车不行了。"老爹说。

又是他们，他们就是他口中斯瓦希里语的Watu[1]。他在他们孩提时就认识他们了，甚至在他们父亲是孩子时就认识他们的父亲了。对于老爹来说，他们曾经是孩子，现在还是。我也叫他们孩子，只因为二十年前，我们彼此都没有意识到，我并没有这样的资格。而我现在这样喊也不会有人介意了，但我不会这样做了。在这里每个人都有自己的职责，都有自己的名字。不知道他们的名字，会显示出你个人的马虎，也就是失礼。他们稀奇古怪的名字，不少是被简化的，还有各种善意或恶意的绰号。用英语或斯瓦希里语骂他们，老爹喜欢，他们也很受用。我没有骂他们的资格，也不会那样做。自从去过马加迪探险以来，我们一伙人，就理所当然地有了些秘密，一些只限于

---

[1] Watu，斯瓦希里语，意为"他们，那些人"。

私下分享的事。现在，已经有不少秘密，还有些秘密不仅是秘密，还成了默契。其中有些秘密不太光彩，有些则十分好笑。要是你看到三个扛枪手突然大笑起来，只要朝他们看一眼，你就知道他们在笑什么，你也会很想笑，却又极力忍住，忍得体内横隔膜都会痛起来。

我的妻子会问："你到底在狂笑什么？"

"古怪滑稽的事。还有些非常恐怖。"我会说。

"什么时候能跟我说说吗？"

"当然可以。"

因为在非常勤奋地学习，她的斯瓦希里语逐渐说得地道起来，一日胜似一日。她经常用她的方式来向我解释这种语言的一些固定用法。她说的斯瓦希里语那些人很喜欢，有时我会看到他们眼角和嘴边泛起富含坚定的包容的笑意。他们真的很爱玛丽小姐。要是某件事只有我一个人反对，就说这件事会伤害到玛丽小姐，这是最好的反对理由，屡试不爽。在老爹离开的这个早晨之前，我们很长一段时间以来就是这样来断定是非好坏的，老爹也知道这个。实际上，也还有一个第三阵营，就是老爹的孩子[1]或孩子的孩子，那

---

[1] 此处用的是斯瓦希里语，Anake和Wmanake。

些小伙子是老爹训练出来的，没有被宠坏，他们会按照瓦卡姆巴人的规矩办事，包括不能喝啤酒。这一点也纳入了我们的规矩，特别是事关我的未婚妻玛丽时。

麻烦在于，事关玛丽的问题或者说绯闻，都尚未成为事实。她是恩格玛鼓会[1]上最棒的舞者，她年轻貌美，身形窈窕，深深地打动着我和恩古伊。有一条是非观念是，他认真地想要娶她做第二个妻子，这是无罪的。这种事情的责任不在我们，但一想到这些，就会令我们猛然一乐。

我走进凌乱的帐篷里，在餐桌旁坐下，又喝了一杯早茶。老爹已经打点好了，我看见他的帐篷正被那些人拆掉。我大声问正在洗头发的玛丽小姐还要不要吃早餐。我不想催她的，尽管许多个早上以来，我们不得不相互催促，但这不利于家庭生活。

"我就过去。别催我。"她回喊道。

"恩古伊[2]，拿点食物过来[3]。"我叫道。

他回答道："好的[4]。"恩古伊干净、英俊，有教养，

---

[1] Ngoma，东非一种给舞蹈伴奏的鼓，鼓会实为当地原住民的盛大舞会。

[2] Nguili，游猎队的伙计，见习厨子。

[3] 此处为斯瓦希里语，Lete chakula。

[4] 此处为斯瓦希里语，Nido。

很乐观，是老爹的第二代孩子。

等到玛丽小姐走过来，钻进用餐帐篷时，臭虫、蜜蜂、飞蛾已经把帐篷里面占领了，瓶子已经收走，桌子上什么也没有。

"为什么你不请求他等一下呢？"她双手抱着我说，我艰难地箍着她游猎外套的两边，她接着说，"为什么？给我个好理由。"我费力地紧紧抱起她，说："这就是好理由，亲爱的，你睡得怎么样？"

"很好，你呢？"

"很棒。"

"你为什么不请求一下恩古伊？"

"都是你来说的，他没有期望听到我的请求。"

"要是你说的话，更好。"

"那他会觉得是我在拿你寻开心呢。我是长辈，不能请求小孩的。"

"是小小孩。"她更正道。

老爹走了进来，我们一起坐下。穿着洁净无渍的绿色长袍、黑色面庞上洋溢着真心的殷勤的恩古伊和姆斯比端着早餐进来了。

他们对老爹说："吃吧，主人[1]。"

---

[1] 此处为斯瓦希里语，Jambo，Bwana。

老爹回答说："你们自己也吃吧，又懒又脏的小鬼头。"

他们对我说："吃吧，主人。"

"确实该吃了。"

"吃吧，夫人。"

玛丽小姐甜甜地说道："吃吧，恩古伊；吃吧，姆斯比。"

他们一起放下装有培根和鸡蛋的碟子，还有老爹的梅干。老爹对着梅干狼吞虎咽。

"就当是不浪费生命吧。每天早上都是梅干，真不知道值不值。"老爹说。

玛丽小姐说："没有了您我们不知道该怎么办。"

"我也一样啊。该死的梅干。"费力咽下了梅干的老爹说道："吃它不值。你要管着他，经营家庭生活，可以尽你所愿地抓紧手中的缰绳，驯服他，套住他的下巴。你要做的只有这一件事。黑帝已经管不了他了，这是我所关心的。我已经跟他说过，他以后每天早上都会被这个老头子监视了；我还跟他说，以后一切都得听你那个没用的丈夫的了，就把他当成我一样。小夫人，至于你，现在我只寄希望于一件事，那就是你佩枪外出或是逼不得已要在这儿用枪的时候，不管怎样你都要听他的命令，不管命令是否合理，你都要快速照办。这就是我的希望。"

"难道我以前不是吗？"

"是，但你可能会不太情愿，还会情有可原地向他发脾气。"

"我会服从他的，就把他当作你一样。尽管有区别。"她说，"但是我会服从的。"

"还要快速。"

"还要快速。"她重复道。

我说："我们不会有什么问题的。"

"当然不会。你们一点问题都没有。我要知道这站点，就不会把你留在这里和他在一起了。但是最近有那么一对美国夫妇，不带白人猎手，自己千辛万苦追着脚印去猎狮子，只凭着一点儿猎象技巧和跟米老鼠打架的经验就自信满满地去了，你们知道他们是谁吧？我说得夸张了一点，大概是吃梅干的原因。"老爹说。

"关于装备还有什么问题？"

"没了，你知道问题所在，那就去解决。如果你要让我高兴的话，那就别自作聪明，搞得跌进那沼泽地的深纸莎草里去。"

"我保证会记住。"

"你那个从乌卡巴族耕地来的公告员，正在帐篷外徘徊，你最好快点去处理。"

"我会的。"

"他不是什么好人，他之前为我做过事。"

"他现在已经沦落到投靠瓦卡姆巴族耕地去保护一个寡妇，他是马赛族人[1]，当公告员六十三先令一个月就干。"

"他可一点儿也不傻，但你不能相信他。"老爹说。

"以前没有，以后也不会。"

"黑帝很讨厌他。"

"我知道。"

培根和鸡蛋已经被老爹吃完了，"吃饱喝足该动身了。我会把卡车还给你，或者弄辆更好的过来。我能帮你买到清单上的东西和所有的书。那边是否下雨我会捎信给你，对他们来说这点很重要。开车过来的司机会给孩子们传些私人口信。你知道他们喜欢这个营地，上帝知道他们必须喜欢。"他说。

"我们会好好的，真的，老爹。"

"我知道你们会的，不然也不会离开你们。我之前还想过好几种让你们留下的方法。"

老爹走后，我就不得不去见那个公告员。他穿着

---

[1] 东非著名的游牧族，与蒙古族类似。

长裤，上身是一件干净的深蓝色运动衬衫，上面有细白横条。肩上披着一条披巾，头上戴一顶套叠式平顶帽。他身上的所有物件，看起来都像是别人送的礼物。我认得那条披巾，是从罗依托其托克镇的一家印度百货商店买来改制的。他大约曾经是很英俊的。他高大威猛，深棕色的面孔别具一格，他说英语时语速缓慢，带有诸多口音，但口齿清晰。

"早安，兄台；早安，夫人。"他说着，脱下帽子。

我说："早安，雷金纳德。"玛丽小姐从椅子上站起来，没有理会公告员，而是离开了一片狼藉的帐篷。

雷金纳德问道："是我惹得夫人不高兴了？"

"没有，她平常就是那样。"

雷金纳德说："我本应该给她带份合适的礼物的。我有重大消息，那个自称迈克尔的人，是茅茅党的一个重要间谍。"

"真的啊。你是怎么获得这个情报的？"我说。

"在马赛商店我无意间听到了一场对话。这场对话很关键，两位长者都认同了。"

"真是罕见之事。还有呢？"我说。

"那三个庄稼人都醉酒了。"

"其他两个呢？"

"在这里我不受欢迎。"

"为什么？也醉了？"

"兄弟，我不是酒鬼，这你知道。我是因为偏见而不受欢迎的，是传统的偏见针对我。"

"那个寡妇怎么样了？"

"她三天前就走了。现在耕地区已经没什么道德观念。她去了罗依托其托克镇就再也没有回去。兄弟，你有没有《读者文摘》上一篇文章中提到的那种能让人恢复青春和力量的药？"

"这种药是有，但是我没有。"

"要是现在有的话，首先我要自己服用一点儿，然后研制出手，那我就能发大财了。"

"犀牛角怎么样？"

"你千万不能联系到犀牛角上去，这也太难、太危险了。杀死犀牛是非法的，所付出的代价太高了。我作为猎物部的忠实情报员，可不想有这种事发生。我曾证明过，它根本没用。而这是令人伤心的。"

"中国人会买，但我不知道有没有用。"

他说："中国人非常神秘，他们肯定有什么秘方。事实上，作为你最忠诚的情报员的我只能告诉你，没用。"

"太可惜了。"

"是啊，兄弟，简直是悲剧。"

"爸爸，我们不是应该出发了吗？大家都准备好了，正等你呢。"在我们的帐篷外的玛丽小姐喊道。

"我就来。"我大声道。

"我希望可以动身了。不要把上午的时间给浪费了。"她说。

"把东西都放到车上去。"

"兄弟，既然没有那种药，你又要走了，能给我点酒喝吗？"

"为了药效和责任？"

"当然了，否则我是不会接受酒的。"

"要喝你自己倒，我不能提供给你。"我说。

倒了酒喝的雷金纳德，双肩随即摆正，似乎变得年轻了些。

他说："明天我会有更加重大的消息，兄弟。向夫人致敬。"

他走出了帐篷，弯着腰，一本正经。检查猎车时，我看见他向游猎树林走去。

这天早上空气清新，天气可人。上午的巡猎不过是例行巡视而已。驾车穿越平原的我们，把大山和群树抛在身后。许多汤姆逊瞪羚在前方的绿色平原上甩着尾巴吃草。一群群角马和格兰茨瞪羚在灌木丛边进食，我们到达了一条之前在一块开阔的长形草坪上轧出来的临时跑道上。在新长出来的矮草上开着卡车和猎车一路轧到底，另一头的灌木丛也被斩草除根了。我们砍了一棵小树做风向标，树尖经过前夜的大风已经耷拉下来。面粉袋制成的风向袋挂在那里，也垂头丧气。我们停下车，我下车去摸了摸树梢，发现虽然弯了，但底部尚牢。只是再刮风的话，风会将风向袋吹走。高空上风云涌动，绿色草坪，一眼望去赏心悦目，远处的大山巍峨磅礴。

我问妻子："你想把跑道连同景色一起拍下来吗？"

"已经拍过更好的啦，我们去看看蝙蝠耳狐和狮子的情况吧。"

"现在时间太晚了，狮子不会在外面。"

"有可能还在呢。"

因此，我们沿着以前的旧轨驶向盐碱地。一片空旷的平原在车左边，地平线处间或有一些黄干绿叶树，那标志着树后就是森林，那里可能会有野水牛群。那些长在边缘处的又高又老韧的干草，不少树折断其中，要么是飓风连根拔起的，要么就是大象摔断的。车前是新长出浅草的平原。一丛一丛的浓密灌木在车的右侧，间或是空地，偶尔还有几棵高大的平顶荆棘树。

在进食的猎物到处都有，它们在我们一靠近时就散开了，有的突然撒腿就跑，有的则不紧不慢地小跑着，还有的只是跑开一些又吃起来。

每当我们这样例行巡视或玛丽小姐拍照的时候，它们对我们并不太在意，犹如并不提防一头无意捕猎的狮子，它们会避开一些，但并不惊慌。

我从车里探出头去，查看路上的足迹，恩古伊坐在我后面靠外的位置，也正在看路。穆秀卡开车并注视着整个地带，前方和左右。我们当中他是眼力最为敏锐的。貌似苦行僧的穆秀卡，清瘦、睿智，他的两颊处有瓦卡姆巴族部落的箭头标志。他比我大一岁，耳朵差不多聋了。他是黑帝的儿子，但他不是伊斯兰教徒。这一点跟他父亲不同。他擅长驾驶，喜欢捕猎，从不干粗心大意或不负责任的事，但是，他、恩古伊和我，三人闯祸最多。

我们已经成为多年的亲密无间的朋友。有一次，我问他脸上那个大大的严肃标志为什么别人都没有，是什么时候刻上的，有也只是浅浅的疤痕而已。

"是在一次大型恩格玛鼓会上刻的。你懂的，为了取悦一个女孩子嘛。"他大笑着说。

我们现在已经渐渐靠近森林，猎物足迹跨度大了起来。我和恩古伊都看到了汽车旁狮子追踪猎物的足迹。一头母狮曾从森林里追逐而出。我们沿着足迹步行了一段。可是，当我们走到猎车前方时，母狮的追逐停止了。在那里，我们看到了一头大公象和一头小公象的足迹，它们继续追过高高的茅草，走进了森林。恩古伊看着我。

"不。我们认识它们，是同一头公象和它的战友。"我说。

我们找了一条路继续往前走，直到看见一团灰白的沼泽地，对岸是纸莎草丛，右边是火山岩堆成的小山。没有野水牛群的踪迹，他们之前经常沿着这条路从较低的森林地走到盐碱地去。

"你认为野水牛到哪儿去了？"

"我们会找到的。"

"会在哪儿找到？"

"在水草丰盛的地方，往卡洛斯那边去，我们曾看见它们从那边来。那边现在每天都在下雨，等这里真正下起雨来，它们就会回来的。"

我说："同意。叫车开过来。"

车开过来时，玛丽小姐说："那头雄象非常大，是不是？希望我们能看到它。"

"我们能追踪的，亲爱的。但我们现在该回去了，起风了。我们可以让它一直走着，那边草木无比丰盛。

换个时间我们把它引到空地去，它这段时间会来来回回，从这儿到那个古老的篱笆村庄。"我说。

"每次你们见到它的时候，我都得待在家里。我从来没见过它。"她说。

"我们只是偶尔在野外见到它。"

她说："我们不该继续查看盐碱地吗？"

"我们正打算这么做。"

"穆秀卡发现了母狮。"

"太好了，在哪儿？"

"那边，右手边后面四百码左右，它就独自站在那棵小树下面。你还记得那棵树吧？"

"记得。那次我们没有惊扰它。现在是不是应该开到树林那头去，然后下车，用望远镜查看那块沼泽地？"

我们在树荫下下了车，用前方的树林做遮挡，靠近另一排高大的黄干树，我们可以透过树林看见灰白的沼泽地。在中间有一个池塘，池塘边是一些巨大的灰岩。高大的绿黄色纸莎草丛在沼泽地的最远端。而从我的双筒望远镜向右边看去，小山上的红色火山岩卵石非常清晰。那些黑色的东西应该是在小山脚下吃草的角马。再往右，可以看见许多斑马和一些汤姆逊瞪羚在一起进食。

扛枪的恩古伊说："没有野水牛。"

我从左至右沿着纸莎草的边际仔细看了一遍，从望远镜里只看到一头角马孤零零地站在那儿，低垂着沉重的头颅，它看起来衰老而疲惫。接着我就看到了那只英俊的公水羚和它的十一只母羚。它们正从沼泽地穿过去，走向森林。我把望远镜递给玛丽小姐。但她说："我看得十分清楚，它是不是很可爱？而且它还将母羚照顾得那么好。"

"我希望不会有人射杀它。"

"他们不会的。要是他们见过它这么高贵、这么可爱，见过它小跑的样子，就不会的。"她说。

"我从没打过水羚。很久以前有一次，我差点打了一只非常漂亮的，但幸好及时制止了自己。"我说。

玛丽小姐说："我记得自己没打过一只黑斑羚。"

"那还是不同。没有人会吃水羚。黑斑羚数量繁多，是我们不得不吃的美味。"

玛丽小姐问恩古伊："你会吃水羚吗？"

"没吃过。即使是主人也不会吃水羚的。"他摇摇头说。

恩古伊和玛丽小姐的扛枪手恰罗一齐大笑起来。现在，在沼泽地里，在纸莎草丛里，我们都没看到野水牛，我们都放松多了。我不会杀死任何我不吃的东西，他们很乐意再次打趣我。这是一个老笑话。

除了害虫以外，杀死不吃的生物，有违我的宗教教义。这一点，很久以前我就解释过了，对此恩古伊似乎有所质疑，但这是真的，恰罗告诉过他。恰罗是一个以实诚著称的非常虔诚的伊斯兰教徒。他不清楚自己的年龄，但老爹认为他肯定已经七十多了。加上他头上缠着的头巾，他比玛丽小姐还矮大约两英寸。站在一起，他们向灰白沼泽地望去，现在水羚在那里正迎着风，小心翼翼地向森林走去。晃动着漂亮的双角的最大的那头角马，是最后一个进森林的，它边走边向两边和身后张望着。我想，玛丽小姐和恰罗这一对在它们看来一定很奇怪。动物们对他们没有丝毫惧怕，这已经被我们见证过很多次了。不但不害怕，还对他们饶有兴趣。他们一个是穿深绿外套的金发小个子，另一个穿深蓝外套的黑色皮肤的身材更小。动物们自以为是在看马戏，或至少是某些极为古怪的东西，而对他们绝对感兴趣的是食肉动物。

这天上午我们都很轻松。非洲的这块土地，每天都注定会有一些事发生，不是美妙之事，就是可怕之事。你每天醒来时，都会感到像要去参加下山滑雪赛或飞速驾雪橇一样的兴奋。因为你通常知道在十一点之前会有一些事发生。在非洲的每一个早晨，醒来时的我从来没有不高兴的，至少在想起未处理的事之前是的。但是我们在这天上午都很放松，暂时在没有任何负担的情绪当中沉浸。我们的主要问题——野水牛，明显去了某个我们暂时够不着的地方，这让我很高兴。对于我们来说，让它们来找我们更有必要，而不是我们去找它们。而我们需要定期去找它们，而且不能惊动它们，这也是有必要的。所以它们的活动踪迹就会被我们追踪，并利用它们达到我们的目的。同时，野水牛很可能就在我和恩古伊预测的地方，这也是让我高兴的。不过，检查一下我们错过的森林以及沼泽地旁浓密丰盛的纸莎草丛还是有必要的。

"恩古伊。去把车开过来，我们去巡视一下。"我说。

"好的。这样更好。"他说。

恰罗也点了点头。不是我们想找事做，而是必须在完全放松之前检查一下。

玛丽小姐问："你们要去干什么？"

"把车开过来，到大水塘那边迅速查看一圈踪迹，然后检查一下森林和沼泽地交界区域，完了就出来。我们还会顺便找找那头象，你可能不会看到它，也有可能会。"

"回去时我们能不能走长颈羚的地盘？"

"当然可以。我很抱歉出发晚了。不过老爹要走了，还有其他那些事。”

“就是那个可恶的公告员。”

“他有他的苦衷。有时间我会告诉你他的事。”
我说。

“我愿意去那边那个烂地方，可以琢磨一下能做圣诞树的是哪棵树。你觉得在那边会有我的狮子吗？”

“有可能，不过在那边的区域可能看不到。”

“它很聪明狡猾的。那次它在树下时，我要朝这个漂亮的家伙开枪，你们为什么不让呢？女人就该这种时候打狮子嘛。”

“女人是那么打的，以前有个女人，想打一头非常漂亮的黑鬃狮，结果狮子中了四十多枪才死[1]。后来她还拍了一些漂亮的照片，让那头该死的狮子不得不跟他们待在一起。最后他们还要一辈子跟所有朋友撒谎，不能说开了那么多枪。”

“我很抱歉在马加迪没有打中那头漂亮的狮子。”

“不用抱歉，你应该感到骄傲。”

“我不知道自己怎么会这样。我必须得打到这一头，而且必须得真正打到。”

“亲爱的，我们追它追得有点过头了。它太聪明了。

---

[1]意思是那个女人枪法不准，最后要许多人帮忙才打死狮子。

我们现在要让它自大一点儿，好犯个错误什么的。"

"它比你和老爹都要聪明，它不会犯错的。"

"亲爱的，老爹希望你要么就直接放过它，要么打死它。要是它跟你没有缘分的话，你还可以打其他种类的狮子。"

"我们不要谈这个话题了。我想考虑考虑圣诞树的事了，我们要过一个精彩的圣诞节。"她说。

穆秀卡看到恩古伊往小路走去，便把车开了过来。我们上了车，我让穆秀卡开到沼泽地的对面去，水塘最远的那个角落。为了查看路上的踪迹，恩古伊和我从车两侧探出身子。有以前的车轮印，有角马、斑马和汤姆逊瞪羚新踩出的脚印，还有猎物跑向纸莎草丛的痕迹。接着我们看到了一个人的脚印，还有另一个穿靴子的脚印。雨把这些脚印都微微淋湿了。

我对恩古伊说："是你和我的。"

他咧嘴笑了："是的。有个人的脚很大，走起路来似乎很疲倦的样子。"

我对穆秀卡说："有个人打赤脚，走路时能看出他扛的来复枪好像很重。停车。"我们都下了车。

"看。有个人似乎很老了，走起路来眼睛也不大灵光了，就是穿鞋的那个。"恩古伊说。

"看。打赤脚的那个，看起来像是有五个老婆，二十头母牛，还花了不少家产喝啤酒。"我说。

"他们走不到哪里去的。看，穿鞋的那个看起来似乎随时都会挂掉，他被来复枪压得东倒西歪了。"恩古伊说。

"你觉得他们在这儿干什么？"

"那我怎么知道？看，穿鞋的那个这会儿有力气了。"

恩古伊说："他在想念耕地村的人呢。[1]"

"那到村里去。"

"行啊。你觉得那个穿鞋的老头多大年纪了？"恩古伊说。

"这关你屁事啊。快去打几只野兽，找一棵圣诞树吧。"我说。

恩古伊说："这才对嘛。"

我们示意让车开过来，车一来我们便坐了上去，我让穆秀卡往森林进口处开，他却正摇着头大笑着。

玛丽小姐问："你们两个跟踪自己的脚印干什么？我知道很搞笑，大家都在笑。但这也十分傻气。"

"我们在找乐子。"

"你和他真的明白对方的意思吗？"

---

[1]海明威曾与村里的一个姑娘关系亲密。

"太明白了。"

"那你们说什么了？"

"恩古伊。主人真会说瓦卡姆巴语吗？"玛丽小姐说。

"是的。会说很多了。"恩古伊撒了个弥天大谎。

沿着旧路我们又到森林里去了。这是一条两边有着参天大树的羊肠小道。现在我们在一个转弯处，这儿有几棵被大象折断了的树。弯转得很急，两边的树枝拍打着车身。我看着恩古伊，用短刀做了一个砍的动作，他点了点头。以前有一头犀牛和它的幼崽经常在这片地区活动，要是这里还很潮湿的话，碰上它可不是什么好事。路上滑的话，猎车很有可能会陷在拐弯处的泥潭里动弹不得。

现在我们已经穿过的森林区，大多数树木都被大象群摧毁了。要不是树木东倒西歪的话，就像是龙卷风摧毁的一样。这儿曾有超过一百多头的大象群，它们在最浓密的森林区域，靠近溪水旁居住，在最干旱的时候，也会有草吃。现在可以吃的树已经被它们啃得差不多了，然后它们就向东迁移到了另一处有固定水源和更多可食用树木的地方。

我总是为这片森林感到痛心。大象是得吃东西，而且它们吃树也比破坏农田要好。但它们吃掉的少，毁坏的多，那大片被毁坏的树木，让人看了很惋惜。大象是唯一一种在非洲源远流长又不断增长的动物。当当地人的承受量已不能抗衡它们增长的数量时，它们就免不了遭受屠杀了。接着还引发了有人以此为乐的滥杀。他们不分雄雌长幼，一律屠杀，乐此不疲。所以，控制捕象也是必需的。但看到大象对森林的破坏，看到它们拖倒折枝的那些树木，就可以想象，它们在一夜之间能对耕地造成多大的破坏，这使我不禁开始想到控制的问题。不过那时我一直在寻找两头象的踪迹，我们曾看见它们往这片区域来了。我之前见过这两头象，知道它们白天有可能去哪儿，不过我必须得先看到它们的足迹，确定它们已经走了。我还得当心照看玛丽小姐，以免她在找合适的圣诞树时发生什么意外。

我们终于走出了被毁坏的森林区，来到了一片林中空地，前方有一小块土地，吉·克[1]曾在那儿杀死过一条喷毒液的眼镜蛇。那条横在路虎越野车前的眼镜蛇，像一根大木桩，看到是毒蛇，吉·克就想轧死它，结果它一跃而起，往吉·克面前的挡风玻璃上狂喷毒

---

[1] 当时肯尼亚卡吉亚多区的狩猎法监督官，属于英国管辖。海明威游猎期间一直在该区内。

液。吉·克朝它开了枪。那条眼镜蛇所在之地向右转就是一块空地，在空地与森林的交界处是一排参天大树，曾有一群数量很大的野水牛群生活在树所围绕着的沼泽地草丛。玛丽小姐就在这块空地周围选中了最满意的圣诞树。

我们停下车，我拿出长枪，扶玛丽小姐下车。

她说："我不需要帮忙。"

"你看，亲爱的。我必须端着大枪保护你。"我开始解释。

"我不过是去挑一棵圣诞树而已。"

"我知道，不过什么东西都可能在那边出现，以前有过这种情况。"

"那让恩古伊跟着我就行了。"

"恰罗在这儿。"

"我得对你负责，亲爱的。"

"你老说这句话烦不烦啊。"

"我知道。恩古伊。"接着我喊。

"怎么了，主人？"

现在没有玩笑可开了。

"去看看那两头象是不是走到森林里边去了，一直查看到岩石那边为止。"

"好的。"

他右手拿着我的斯普林菲尔德步枪，穿过空地，一路向前查看草丛里的踪迹。

"我只是选一棵树而已。然后哪天早上我们再把它挖出来，带回营地，凉快一点儿时栽好。"玛丽小姐说。

我说："去吧。"我眼睛盯着恩古伊，他中间停了一次，聆听着。接着又小心翼翼地往前走。玛丽在各种银白色带刺灌木中寻找着，想找出一棵尺寸和形状都满意的树来。我跟着玛丽走，但不断回头盯着恩古伊的动静。他又停下来听了听，接着左手朝密林方向挥了挥。我招手让他回来，他迅速走了过来，差点就开跑了。

"它们在哪儿？"我问。

"它们走过去了，走到森林里去了。我听到它们的动静了，那头老公象和它的战士。"

我说："很好。"

"听。犀牛。"他指向右边的密林，悄声说。我什么也没听到，"最好上车。"他说的是斯瓦希里语，用的简短形式。

"带玛丽过来。"

我朝恩古伊指的方向转过身去。我看到的，只有银色灌木、绿草和一排高树，树上枝丫蔓生。接着我听到从恩古伊所指的方向传来了一种尖锐深沉的震动声。如果你把舌头抵住上颚，然后使劲吐气，就能听到这种簧管般的颤动声。但我什么也没看见。我打开了手中.577口径猎枪的保险栓。玛丽正向我身后走来，恩古伊用手扶着她，给她带路，她如履薄冰。恰罗在她身后跟着。接着我又听见了那刺耳响亮的颤动声。恩古伊立即后退，端起了手中的步枪。玛丽的手臂被恰罗向前抓住了。他们差不多走到我站的地方了，然后向猎车所在地走去。我知道司机穆秀卡耳聋听不到犀牛的声音，但他一见到我们的样子就知道发生什么事了。我不想回头，但还是回了。我看见恰罗正急切地带着玛丽向猎车跑去。恩古伊紧紧地跟着他们，手里端着枪，不断回头查看。我没有权利杀犀牛，但要是它冲过来的话，我就别无选择了。我打算先往地上开一枪，让它掉头。如果它不掉头，那我第二枪就只能朝它打了。太好了，我心里说，很简单嘛。

就在这时，我听到了猎车启动的马达声，并挂低挡向这边快速驶来。我开始向后退，心想走一步算一步，每退一步心里就踏实一点儿。犀牛从丛林中冲了出来，猎车一个急转弯开到我旁边，我关上保险栓，跳上车抓住了前座的把手。那是头很大的母犀牛，它朝着我们狂奔。从车里看去，它和跑在它屁股后面的幼崽，看起来有点滑稽。有那么一会儿它差点追上了我们，但车很快开走了。前方正好有块大空地，就是眼镜蛇被杀死的那块地方，穆秀卡向左急转。犀牛直奔过去，接着就变成了小跑，小犀牛速度也慢了下来。

我问玛丽小姐："你拍照片了吗？"

"拍不到，它正好在我们后面。"

"它冲出来的时候也没拍到？"

"没有。"

"我不怪你。"

"我挑到了一棵圣诞树。"

"你现在知道我为什么要保护你了。"我完全没必要加这愚蠢的一句。

"你根本不知道它在那儿。"

"它一直住在这儿附近，常常会去沼泽地旁的小溪边喝水。"

"大家都这么一本正经的样子。每个人都来抓住我的胳膊，我自己知道怎么回车里去，不用谁抓住我的手。"她说。

我们又回到了那个急弯处，我示意穆秀卡开过去。我和玛丽的争吵要到另一天才能结束了。

"亲爱的。他们抓着你的手臂是为了防止你绊倒，或是掉到什么坑里去而已。他们一直都在看着地面。

犀牛就在附近，随时都有可能冲出来，我们又不能杀它。"我说。

"你怎么知道是头母的带着小崽？"

"当然是有根据的，它在这附近出入已经有四个来月了。"

"我希望它不会恰巧在圣诞树那个地方。"

"我们会保护那棵树的。"

"你总是许下承诺。但要是帕先生在这儿的话，事情就好办多了。"她说。

"要是吉·克在这儿的话，也容易得多。那是肯定的。但现在只有我们自己在这儿，我们在非洲就别吵架了吧，别这样。"我说。

"我不想吵架。我也不是在跟你吵架，我只是不喜欢你们这群私底下爱开玩笑的人，一下变得这么严肃正经了。"她说。

"你以前有没有见过犀牛把谁弄死？"

"没有。你也没见过。"她说。

"对的。我也不想见到。老爹也从未见过。"我说。

"我不喜欢你们变得一本正经的样子。"

"那是因为我不能杀死犀牛，要是能杀，就什么问题也没有了。加之我还必须得考虑到你。"

"好了，不要说考虑到我了。考虑一下我们怎么弄到那棵圣诞树吧。"她说。

我开始觉得她有点不知好歹，真希望老爹在这儿，能帮我们修理一下她，可是老爹不再跟我们在一起了。

"至少我们回去时，还可以走长颈羚的活动区，是不是？"

"可以。我们会在前面那些有大石头的地方右拐，然后从高大灌木丛边穿过泥沼泽地，就是那些狒狒现在走进去的那排灌木。然后继续穿过沼泽地向东，一直到另一个犀牛窝为止。最后向东南方去，到达那片老树林后，就到长颈羚的地盘了。"我说。

"到了那儿肯定不错。不过我还是非常想念老爹。"她说。

"我也是。"我说。

第二章

　　总有一些神秘地带会存在于每个人的童年世界里，我们永远记得这些地方，并偶尔会在睡梦中去到那里，在梦中那里和孩提时一样迷人。要是你再回去寻找，它们已经不复存在，不过，要是你有幸再次梦见，它们仍然会和以前一样美好。

　　我们在非洲的驻地，就是这样一块地方。那是在大山脚下的沼泽地边上的一块小平地，有巨大的荆棘树遮阴。严格来说，我们已经不是孩子了，但在许多方面，我们还是孩子。我十分确信，虽然"孩子气"已经带有贬义。

　　"亲爱的，不要那么孩子气。"

　　"我要是孩子气就好了，你自己别那么幼稚。"

　　如果你愿意交往的人当中没有谁跟你说"成熟一点儿，要身心平衡，快速适应"，恐怕你会感激不尽。

　　非洲，一块能使所有人变成小孩的古老的土地，当然，职业入侵者和掠夺者除外。"你为什么不长大？"这个问题在非洲没有人会对人说。每年所有的人和动物都不止增长一岁，增长的可能是一年多的知识。

学得最快的是寿命最短的动物。一只两岁的瞪羚就已经成熟了，身心平衡，快速适应。它们四个星期就能做得很好了。相对这片土地而言，它们都只是孩子，人们很清楚。就像在军队里一样，有时候老资格只是年龄大而已。拥有一颗童心是值得尊敬的，并不丢脸。确实，成人该有成人的样子，在顺境时得全力以赴，在逆境时也得不计结果地背水一战。成年人都必须遵循部落的规矩和风俗，不管愿意与否，能够与否。但是，保持一颗童心，保持童真以及孩童的纯净和高贵，永远不会是一种耻辱。因为不再有热血，那些统治者，大致都是通过冷血政策和法律手段来实现统治的。热血才决定着斗士的斗志。他们值得尊重，但并不可爱，除非他们也能像一个孩子一样思考，高尚地思考，或者，用他的爱憎分明、用他的骄傲与莽撞，像一个年轻的斗士一样来思考。

这一次，卡洛斯山是我和玛丽分享的伟大的神秘之地。跟我们在一起时，吉·克经常提及这座山，说它是"还从未有白种女人涉足的地方，包括玛丽小姐"。

每天我们都能远远地看见卡洛斯山，山的颜色，是经典的令人心碎的蓝色，我们不得不去带着喜忧参半的心情尝试攀登。预计是不太可能，事实证明，纸莎草丛和大量的火山岩堵住了所有上山的道路。它确实成了不可涉足的区域，不费一番努力就不能进入，在那时，我们做不到。取而代之的是，我选择去了罗依托其托克镇，在乞力马扎罗山坡上，距离山下十四英里，靠近殖民地和非正式殖民地的边界。而玛丽去了长颈羚所在之地，这个选择实在够怪的。玛丽身临其境之后，也觉得这个选择很怪。

那天查看完野水牛群，选中圣诞树之后，我们遇见了母犀牛，现在我们正向玛丽的长颈羚地盘进发。我看见在卡洛斯山左边的高空上空聚集着一团暴风雨云，而再往左，在卡洛斯山脉的起点处，就是狮子山了。可以爬上去的是狮子山山顶五指般的岩石，但要从那儿回来你就会迷路。我转回身子，心里想，那团暴风雨云在中午之前可能不会到我们这边来。我们继续穿越断断续续的灌木丛，向长颈羚区域开去。

在这个全是干枯灌木丛的区域，你必须得沿着猎物的踪迹向前开。往任何一个方向看去，你都看不到一百码远。灌木之间的间隔都差不多。在清晨时，灌木丛里的猎物最多，适合追踪猎物。要在所有猎物看到你之前靠近它们，你需要悄悄地逆风而行。因为这里还有犀牛和大象，我不能让玛丽和恰罗两个人去狩猎。可三个人的动静又太大，还是在早上，我们肩负重任。

玛丽为什么非得捕猎一只长颈羚不可，没有人知道。这种羚羊是一种瞪羚，有奇怪的长脖子。头上向前长着又弯又短非常坚硬的角的是公羊。这个区域的长颈羚非常好吃，但其实汤姆逊瞪羚和黑斑羚更好吃。孩子们认为这也许和玛丽的信仰有关。他们一度热衷于谈论她的宗教信仰。起因是她生吃了一片狮子的心脏，那是我杀死的第一头狮子。我开玩笑地递给她一片三角形的切片，但她接过去吃了，没有人笑。然后狮子剥完皮时，我让她看它健美的肌肉。她一直在观看剥皮的过程，剥完四肢和尾巴，剥皮商和恩古伊开始剥狮子背上的皮，她看到了腰部的里脊肉，要求切一块出来。她拿起来闻了闻，很香，是一块真正的好肉。

那天晚上，她跟厨子说了几句，我们就吃到了面包里的狮子肉片。吉·克有点惊恐地说，就像最好的小牛肉一样的味道。老爹只是尝了尝，他极力地控制住自己。玛丽非常喜欢，而我也觉得不错。我们从那以后就经常吃狮子肉，吉·克后来也吃了，我想是这样，但不太确定，得问一问他才知道。他在赌场有一份工作，每天都下注，如果他和我们在一起，因为吃了狮子肉而对工作不利的话，我会帮他撒谎否认的。

大家都知道玛丽为什么要杀死那头狮子。而她为什么要用那种原始直接的方法来猎杀，对于有几百次游猎经验的老资历者来说，是难以理解的。但所有的不解都可以归结为一点，那就是与她的信仰有关。很明显，对于玛丽小姐来说，用简单平常的方式来杀长颈羚，就像她必须在中午时分猎杀长颈羚一样，没有任何意义。

上午的打猎或说巡逻结束时，长颈羚大概是躲到茂密的灌木丛里去了。不然，只要我们不幸地看到了一只，玛丽和恰罗就一定会下车跟踪。长颈羚会溜走、跑开或跳到远处去。而恩古伊和我，负责保护他们。长颈羚肯定会因为我们的出现而不断转移，最后恰罗和玛丽就会回到车上来，因为跟着长颈羚跑太热了。据我所知像这样捕猎长颈羚，从未有子弹出膛过。

"这些该死的长颈羚。我看见那只公羊直直地看着我，可我只能看见它的脸和角。接着它又跑到另一丛灌木里去了，我都不能确定它是不是一只公的。然后它就跑得不见影子了。我本来可以开枪的，但我又怕只能伤到它而已。"玛丽说。

"我想改天你会打到的，你会干得很漂亮。"

"要是你和你的朋友没有跟着，就有可能。"

"亲爱的，我们必须这样做。"

"我很讨厌这一点。我想你们现在都想到村里去了吧。"

"不，我觉得我们应该直接回营地，喝一杯凉快一下。"

"我不知道自己为什么喜欢这个疯狂的地方。我也不是非针对长颈羚不可。"她说。

"我们就像穿越了一大片沙漠才到达此地，不管什么沙漠都好。这里就像沙漠中的小岛。"

"我要是能像自己希望的那样，射击得又快又准就好了。或者不是这么矮也行。那次你看到那头狮子的时候，大家都看到了，我看不到。"

"它藏在一个绝妙的地方。"

"它在哪儿我知道，离这儿不远。"

"不对。开回营地。"我对司机说。

"谢谢你不打算去村里了。在这个问题上，你有时表现还挺好的。"玛丽说。

"这件事，你才是表现好的那一个。"

"不，我不是的。我想要你去，我想要你去学习所有你该学的东西。"

"除非他们有什么事叫我，现在我不会去啦。"

我们不去村子时，回营地的路程就很愉快了。长形空地接二连三出现在路上，就像以绿树和灌木丛为岸的湖泊相连。路上总有格兰特瞪羚小跑着，腆着四方的白臀，晃着棕白相间的身子。公的羚角沉重，骄傲地向后摆着，而母的步伐轻盈欢快。绕过一大圈灌木绿树，我们便看到营地的绿色帐篷了。黄树群山在帐篷后面。

我和玛丽在营地单独待着，那天是第一次。用餐帐篷在一棵大树的树荫下。我坐在帐篷的罩顶下，等玛丽梳洗完后过来一起喝酒，是在午饭前喝酒。我希望这一天可以不会有什么问题地轻松度过。但坏消息马上就来了，而坐在炊火边的我没有感觉到一丝征兆。外出的伐木车，回来时会带水，并可能同时捎来村里的消息。我已经洗漱过了，换上了衬衫和短裤，穿着一双鹿皮靴，感受着树荫下的凉爽与惬意。山上从敞开的帐篷后面吹来一股凉风，带着新雪的气味。

"你怎么还没喝酒呢？"玛丽走进帐篷里说，"我拿一瓶过来一起喝。"

她穿着新熨烫过的游猎衬衫和裤子，焕然一新，衣服虽然有点褪色，但很漂亮。她往高脚杯里倒了杜松子酒和堪培利，又从帆布水袋里找出一瓶冰苏打水，她说："我很高兴，我们真正独处了。会像在马加迪那样，甚至更好。"她调好酒，给了我一杯，我们相互碰杯，"我很喜欢帕先生，很爱跟他在一起。但只有我和你，是妙不可言的。我不会再抱怨你说要保护我了，也不会脾气暴躁了。除了做公告员，我愿意为你做一切事情。"

"你真是太好了。我们单独在一起时，总是最开心。要是我犯傻的话，你要对我耐心一点儿。"我说。

"你不傻，我们会度过一段美好时光的。你知道，这里比马加迪可爱多了，我们住在这儿，完全拥有此地，会很美好的。"

帐篷外响起了一阵咳嗽声。我听出来了，想起了一些事情，这些事情还是不写下来的好。

"好了。进来吧。"我说。进来的是满脸汗水的公告员，他很高兴。

他取下帽子，对玛丽小姐鞠了一躬。

"先生。我有好消息要报告，我抓到了一个谋杀犯。"他说。

"什么谋杀犯？"

"马赛族的谋杀犯。他伤得很严重，他的父亲和叔叔跟他在一起。"

"他杀了谁？"

"他的堂弟。你还为他堂弟包扎过伤口。你不记得了吗？"

"那个人没死啊，他还在医院里吧。"

"兄弟，我知道的。所以他是谋杀未遂。我抓到他了，你可以在报告中提一提。现在这个谋杀未遂者伤得很严重，想要你去帮他包扎一下伤口，请您去一趟。"

"好。我要去看看他，对不起，亲爱的。"我说。

"没关系。真的没关系。"玛丽说。

"我能喝一杯吗，兄弟？经过一番搏斗，我很累了。"公告员问道。

"混账。对不起，亲爱的。"我说。

"没事。我想也找不到更好的词来说了。"玛丽说。

"我的意思不是说要喝酒。我只不过想喝一小口水。"公告员严肃地说。

我说："我们会给你一些的。"

那个谋杀未遂者以及他的父亲和叔叔，看起来都很沮丧。我同他们握了握手，并向他们问好。谋杀未遂者是个喜欢动手动脚的愣头青，他和另外一个愣头青用长矛打架玩。他父亲解释说，他们只是闹着玩，根本与别的事没关系，然后他儿子不小心刺伤了另一个，两人是朋友，也就回敬了一下，结果他儿子受伤了。结果他们就失去理智打了起来，但并不是很严重，没有要杀人的意思。但他儿子看到朋友受伤严重就吓到了，以为自己杀了他，就跑到灌木丛里躲起来了。现在，他和父亲以及叔叔回来了，希望自首。儿子在父亲解释完后点了点头，以示赞同。

我通过公告员的翻译告诉这位父亲说，在医院里的另一个孩子没什么事，也没听到他或他的男性家属指控他儿子。这位父亲说他得到的消息也一样。

从帐篷里送过来了医药箱，我开始为男孩包扎伤口，脖子、胸口以及上臂和背部都有伤口，化脓严重。我清洗了伤口，倒了些氧化氢进去，马上就冒起了神奇的泡泡，这是为了杀蛆。接着又洗了一次伤口，特别是脖子上的伤口。然后在伤口周围涂上了一直被认为功效神奇的色彩浓重的红药水。再把硫磺粉撒满每处伤口，最后绑上纱布绷带，贴上膏药。

我仍然通过公告员的翻译告诉谋杀未遂者的两位长辈，就我看来，比起到罗依托其托克镇喝酒，年轻人练习使用长矛是很好的。但他父亲还必须带儿子去村里的警署，因为我并不代表法律。儿子还应该检查一下伤口，打些盘尼西林。

我交代完这些话之后，两位长者商量了一下，然后开始跟我说话。我在他们说话的时候，不断地嗯着，以示深切地关注。

"先生，他们说自己所说的都是事实，而且你也已经跟另一个长者了解过了。他们说希望你能在这件事上给点意见，他们会遵照你的判决。"

"告诉他们，他们必须到警署医务处包扎伤口，注射盘尼西林，必须得做这件事。他们必须把这个斗士送到警署去。既然没有人起诉，警察可能也不会把他怎么样。"

"先生，他们说必须得走很远的路。他们怎么去呢？"

"我们吃完饭后，他们可以坐伐木车去。你跟他们一起去，看他们是否遵照我说的做了，你不要跟警察说是你抓了他们，我会去证实的。"

在公告员告诉他们，说他们可以坐伐木车去如实通报而不必以罪犯的身份时，他们同我握手，那位斗士也同我握了握手。他是一个英俊、精干、端正的男孩，只是有点疲惫了，我清洗他伤口的时候，他丝毫没有畏缩。

公告员跟着我来到就寝帐篷前，我用一块蓝色肥皂仔细洗手。

"听着。我跟他们说过的话我要你一字不落地跟警察说，要是你想要滑头的话，知道会有什么后果的。"我跟他说。

"兄弟，你怎么能怀疑我的忠诚，怎么会怀疑我不尽职呢？我的兄弟怎么能怀疑我？兄弟能借我十先令吗？下个月初就还给你。”

"你现在的麻烦十先令解决不了。"

"我知道，不过还是十先令嘛。"

"给你。"

"你要我带些什么礼物给村子里的人吗？"

"我会自己来。"

"你做得对，兄弟，你总是很对，而且十分大方。"

"少说废话。我希望你能找到那个寡妇，别喝醉了。现在走吧，等那个马赛族人来了一起上车。"

我走进帐篷，玛丽在等着我。她一边小口喝着杜松子堪培利酒，还一边读着最新的《纽约客》。

"那人伤得严重吗？"

"不严重，不过感染使得一处伤口非常严重。"

"那天去过那个老村之后我就不奇怪了，那里的苍蝇确实非常恐怖。"

"他们说苍蝇卵能清洁伤口。"我说，"但我看到那些蛆虫身上就起鸡皮疙瘩，我想它们在清洁伤口的同时，也扩大了伤口面积。那个孩子脖子上有个伤口，不能再扩大了。"

"另外一个男孩伤得更重，是不是？"

"是的，不过他治疗得很及时。"

"你这个业余医生，得到的锻炼机会倒挺多啊，你觉得你能治疗自己吗？"

"治疗什么？"

"有些时候你出现的问题。我不仅仅是指身体上的。"

"比如说呢？"

"我没办法不听你和公告员之间关于村子里的谈话，这不算偷听，但刚才你在帐篷外面声音有点大，因为他耳朵不太好使。"

"对不起。我说错什么了吗？"我说。

"没有，只是关于礼物的事。你送过她很多礼物吗？"

"没有，只是一些家庭用品，比如糖、药品、肥皂什么的，还给她买过高级巧克力。"

"和你买给我的一样吗？"

"我不知道，大概是吧，只有三种，都很好吃。"

"没给她送过大件礼物？"

"没有。最大的是连衣裙。"

"那条裙子很漂亮。"

"我们非得说这个吗，亲爱的？"

"不是。我不说了，只是引起了我的兴趣。"她说。

"要是你这样说的话，我不会再见她了。"

　　"我并不想要这样。这让我觉得很美好，因为她是你的文盲女友，你就收不到她的信。而且很美妙的是，她不知道你是个作家，甚至根本不知道有作家这种人。你并不爱她，是不是？"

　　"她傲慢得很可爱，我喜欢她。"我说。

　　"我也是呢。也许你喜欢她，是因为她像我吧。有这种可能。"玛丽说。

　　"我更喜欢你，我是爱你。"

　　"她是怎么看我的呢？"

　　"她很尊重你，也很怕你。"

　　"为什么？"

　　"我问过她，她说因为你有一杆枪。"

　　"我是有。她送了什么礼物给你？"玛丽小姐说。

　　"多是玉米啊，节日啤酒啊之类，这里交换所有东西都要先交换啤酒的，你知道。"

　　"说真的，你们之间有什么共同语言？"

　　"非洲，我想是，还有一点儿不太简单的信任，诸如此类，很难用言语表达。"

　　"你们在一起也不错。我想现在最好叫午饭来吃吧。你在哪里吃得好些，这里还是那里？"她说。

　　"这里，好多了。"

　　"不过在罗依托其托克镇的辛先生那儿你吃得要

比这儿好。"

"好多了。但你总是那么忙，你从不去那儿。"

"在那儿我也有朋友，不过我喜欢走进里间，看到你和辛先生高兴地坐在那儿吃饭读报，还有听锯木声。"

我是爱到辛先生那儿去做这些事。我喜欢辛先生所有的孩子，还有辛夫人，她漂亮又和善，善解人意，非常整洁干净，据说她是图卡纳族人。我最亲密的一个朋友（仅次于恩古伊和穆秀卡），非常仰慕辛夫人，他叫阿拉普·梅纳。他曾多次跟我说，除了玛丽小姐外，辛夫人可能就是世界上最漂亮的女人了。到了他那个年龄，对女人的欣赏也就只是看看而已。曾有好几个月的时间，我把阿拉普·梅纳错叫成阿拉普·麦纳，而他自己以为那是英国公共学校里用的名字。他是与马赛族有亲属关系的伦布佤族人，伦布佤族可能是马赛族的分支。捕猎和偷猎是他们族人所擅长的。他的昵称是梅纳，在做侦猎员之前，他曾多次成功偷猎象牙，活动范围广，被捕次数少。我不知道他到底多大年纪了，他自己也不知道，大概在六十五到七十岁之间吧。他是个捕象手，有勇有谋。他在他的上司吉·克不在时管控这个地区的捕象。不管清醒还是偶尔醉了，他都像个军人一样，举止异常利落，大家都很爱他。

在他宣称只喜欢我和玛丽小姐，并喜欢到自己难以承受时，就会对我猛然敬礼，是我平生少见的那种非常大力的敬礼。不过，在他喝到这种状态之前，在他宣称对异性的爱慕永远不会消逝之前，他通常喜欢和我坐在辛先生的酒吧后面，看着辛夫人尽着女主人的责任招呼客人。辛夫人的侧面是他最喜欢看的。

梅纳观察辛夫人，而我则十分快乐地观察着他，还一边观赏墙上的油画和石版画，画上通常是辛先生的祖先在和雄狮以及母狮搏斗，他们一手掐住一头狮子。有一次我指给梅纳看，说辛先生的祖先总是右手掐住雄狮。我问辛先生，是不是他的祖先用一只左手对付不了一头雄狮。辛先生解释说当时的盛况他没有赶上，但他确信用右手杀死雄狮更为正式一些。

我把这话说给正在全心全意地看着辛夫人的梅纳听，他跟我说，我们，我和他，也会用同样一只手的。

在辛先生那儿，要是必须得雇翻译时，我们就会用教会学校的男孩。在罗依托其托克镇，这种不幸的事很多，但他们都提心吊胆。因为要是他们走进辛先生这样的酒吧，当地的传教士就很可能会看到，或检举官会检举他们。所以，只有在非得和辛先生、辛夫人说清楚不可的事，或者和当地的马赛族长者交谈时，我才会雇佣教会学校的男孩当翻译。他们会站在门厅里工作，手里故意握着一瓶可口可乐。因为他们受官方保护，和我们这种人接触，有可能被带坏，所以一般我会尽量少让他们做这种事。据说梅纳是个伊斯兰教徒，但这里虔诚的伊斯兰教徒根本不会吃梅纳按伊斯兰教规所宰杀的畜肉，虽然这一刀是由一个伊斯兰所执行的，吃那肉也是合法的。这一点，我很早以前就注意到了。

　　有一次，梅纳醉得十分厉害时，他跟几个人说以前我和他一起去过麦加城。当然那些忠实的伊斯兰教徒不会信以为真。在梅纳说这话之前，他说的以前，不管他说的是哪段时间，我们还根本不认识。不过，对于我到底有没有去过麦加，还是有点可疑。在恰罗希望我皈依伊斯兰教的二十年前，在整个莱麦丹斋月，我也曾和他一起坚持斋戒。但是，在多年以前他就放弃了让我皈依的念头。除了我自己之外，我到底有没有去过麦加没有人知道。我的公告员，认为我去过麦加无数次了，因为他相信每个人都有最好和最坏的一面。我曾雇佣过的一个混血儿司机叫威利，说我和他一起去过麦加，而他跟每个人都说得信誓旦旦。而当初我雇佣他是因为他说自己是一个著名的老扛枪手的儿子，但后来我才发现，他爹根本就不是那个扛枪手。

　　最终，有一次我和恩古伊争论一个神学问题时提

到了这件事，但我还是对他说了，我从未去过麦加，
也不打算去。虽然他没有直接问我，但这使他大大地
松了一口气。

第三章

　　玛丽提到辛先生一家，尤其是自从老爹第一次带我领略非洲这个地区的变化以来，我想起了所有的事情。玛丽和我吃了一顿极好的午饭，有冷肉、土豆，还有村里送过来的烤玉米。这种玉米不像甜玉米那么细腻，有点粗糙但很有嚼劲，味道很好。我们第一次来非洲时，只有我单独和穆克拉在一起时才吃。那时还不怎么流行吃玉米，现在我不仅几乎顿顿都吃，而且还知道它生长的那块土地在哪里，是谁种的，它在哪里长出来的，每天又是怎么生长的。

　　玛丽去了就寝帐篷小睡。我坐在用餐帐篷的阴影下，想着村子和罗依托其托克镇的事。我知道不能想多了村子的事，不然我就会找些借口自己到那儿去。我和黛巴在别人面前从来不讲话，最多我会说一句"你好"，而她则会非常庄重地低着头，除非是在恩古伊和穆秀卡面前。只有我们三个人时，她就会大笑，他们两个也会笑。然后其他人就会留在车里或朝另一个方向走去，她和我就走小路。她最喜欢的公众活动就是坐在猎车前座，一边是驾车的穆秀卡，一边是我。她总是坐得笔直的，还会对每个人都看上一眼，似乎从未见过我们似的。她有时会对父亲和母亲非常有礼貌地鞠躬，有时又像没看到他们一样。她在车上总是坐得那么直，我和她一起在罗依托其托克镇买的裙子的前面都快被她绷破了，而且她每天都洗，颜色也快被她洗没了。我们说好了等到圣诞节或者我去村子里猎豹子的时候要买一条新的。豹子有不少，但那一只对我特别重要。从某种程度上说，豹子对我的重要性，就像裙子对她的重要性一样。

"有了另一条裙子，我就没必要洗这条洗得那么勤了。"她解释说。

我跟她说："你洗得那么勤是因为你喜欢玩肥皂。"

"可能吧。那我们什么时候能一起去罗依托其托克镇呢？"她说。

"快了。"

她说："快了不是一句好话。"

"我只能这样说。"

"你什么时候晚上来喝啤酒？"

"快了。"

"你和'快了'是骗子兄弟。我讨厌'快了'。"

"那我和它就都不来了。"

"你要来就带'快了'来。"

"我会的。"

我们一起坐在车前座时，她喜欢抚摸枪支旧皮套上的浮纹。浮纹设计的是一朵花，已经又破又旧，她总是用手指小心翼翼地一路触摸着，然后放开手，用大腿挤压着手枪和皮套，坐得比以前更直了。我会用一根手指轻轻触摸她的嘴唇，她就会大笑起来。穆秀卡会用瓦卡姆巴语说些什么，她就再坐直一点，用大腿紧紧按着枪套。她这样做了很长一段时间后我才知道，原来她是想把枪上的花纹印到自己的大腿上去。

起先我跟她说西班牙语，从身体各部分、日常能做的事、食物、各种人际关系以及飞鸟走兽的名字等开始，比较简单。她学得很快。我对她从未说过一句英语，但对话中有斯瓦希里语，还有就是西班牙语和瓦卡姆巴语混合起来的新语言。传信要靠公告员，用第三人传信很不方便，有时还很尴尬。我和她都不喜欢这样，因为公告员认为把她的感情完全告知于我是他的责任，而他得到的消息却是二手的，是从她守寡的姐姐那里得知的。不过，通常还是很有趣，偶尔还很有必要。

公告员老说："兄弟，你什么时候能去看你那个姑娘？我有责任告诉你，她非常爱你，真的非常爱你，爱你爱得太过了。"

"告诉她不要爱一个又老又丑的男人，也不要跟你说这些话。"

"我是说真的，兄弟。你不知道，她希望你能按照你的或她的部族规矩来娶她。她只不过是想做你的妻子，不用花钱，不用聘礼。要是女主人，我尊贵的女士能够接受她的话。她知道女主人是大妻子，她也很怕女主人，这你也知道。你不知道她对这件事有多认真，对这全部的想法。"

我说："我有点不太明白。"

"从昨天起，你就料不到事情的变化了。她只问我，你是否能对她父母表示一定的礼节和尊重。完全没有费用的问题，只是一点儿礼节而已，一些啤酒就好了。要求已经很低了。"

"像我这个年纪又有很多毛病的人，她不应该喜欢。"

"兄弟，问题是她已经喜欢了啊。这是件严肃的事情。我可以告诉你许多事来证明。"

"我有什么可以让她喜欢呢？"我说出这话时，就已经犯了一个错误。

"昨天有件事，你在村里抓到公鸡，用某种魔法让它们都睡了过去，然后把它们放在她家的农舍前（我们都不好说那是间茅房）。这种事我从来没见过，也不会问你使用了什么魔法。但她就说你就像一只猎豹一样，以迅雷不及掩耳之势向公鸡扑了过去。从那以后她就和以前不一样了，在墙上贴了许多从《生活》杂志上剪下来的图片，有美洲大野兽、洗衣机、烘烤机、奇异煤气灶以及搅拌机什么的。"

"这是一个错误，我对此很抱歉。"

"兄弟，先生，你能视而不见不主动帮她吗？她不停地洗那条裙子，就是因为她想做一台洗衣机来取悦你，又怕你觉得洗衣机无聊而离开。这是一个悲剧。"

"我会做我力所能及的。但你要知道，让公鸡睡觉不是什么魔法，只是一个小技巧而已，抓住它们也只是一个小把戏。"我说。

"她太爱你了，兄弟。"

"告诉她世界上没有爱这种字眼，就像没有抱歉这种字眼一样。"

"那倒是真话。但就算没这个字也有这回事啊。"

"你和我年纪相当，没必要跟你说那么清楚了吧？"

"因为这是件严肃的事，我才跟你说这些。"

"我们要是在这儿执行法律的话，我就不能破坏它。"

"这里没有什么法律。村子在这里就是不合法的，这不是在瓦卡姆巴地区。命令他们搬走已经有三十五年了，但他们一直没搬。甚至连约定俗成的规矩也没有，有点也只是变通。兄弟，你还不明白？"

我说："继续。"

"谢谢你，兄弟，我告诉你吧，你和狩猎监督官对于村子里的人来说，就是法律。你是更大的法律，因为你比狩猎监督官年长。你这儿还有许多年轻斗士，比如说恩古伊这样的，你还有阿拉普·梅纳，大家都知道你是梅纳的父亲。而他不在，他的游猎兵也跟他走了。"

"我不是。"

"不要误解我的意思，兄弟。你知道我所说的父亲是指什么。他在飞机里死过去时，是你让他重新活过来的；他在茅斯先生的帐篷里死过去时，还是你把他救活的。梅纳自己也说你是他的父亲。大家都知道，大家还知道很多事情。"

"太多不该知道的也知道了。"

"我能喝一杯吗，兄弟？"

"我没看见的话你就随便。"

公告员说："谢谢。"他拿了加拿大的杜松子酒，没拿戈登产的。而我的心思已经没在他那儿了。"你必须得原谅我。我一辈子都是和绅士度过的。要不要再跟你多说一点儿？你烦了这个话题没？"他说。

"有些已经听烦了，但有些还感兴趣。再多跟我说说村庄的历史。"

"我也不是非常清楚，我是马赛族人，他们是瓦卡姆巴族人。你都见过他们的。这也证明村子有问题，不然我也不能住在村子里了。最初他们搬到这儿来肯定是有原因的。这边没有什么部落法，也没有其他法规。这里离瓦卡姆巴那边很远，你也知道马赛族的情况是什么样的。"

"我们改天再谈马赛族。"

"乐意之极，兄弟。说来话长，现在事情都不太正常啊。不过我可以先跟你说说村子里的事。你一大清早跑过去那次，让我翻译说他们搞通宵恩格玛鼓会还喝得烂醉的事，你当时非常严厉，你不知道自己的法律威慑力有多大。人们事后都说从你眼睛里看到了绞刑架。当时有个人喝醉了不明白你在说什么，然后被带到河边扔进山泉里冲洗了。当天他就徒步翻山越岭逃到邻区去了。"

"这是一个很漂亮的小村庄。卖给他们糖和啤酒开恩格玛鼓会的是谁呢？"

"我不知道，不过可以找出来。"

我说："我知道。"我告诉他他知道我知道。但毕竟他只是一个公告员。很久以前，生活就把他给抛弃了，尽管他归咎于他那索马里的妻子，但实际上他是被一个白人老板毁了的。那个老板以前是这个马赛族人最好的朋友，是个大贵族。据公告员所说，这位老板行事保守。那就是这个人毁了他，要是他所说的是真的。公告员所说的有多少是真的，没有人知道。但在描述这个贵族老板时，他掺杂着爱恨交加的感情，这似乎让我明白了许多以前不明白的事。在认识这个公告员之前，我从未听说过那位大人物有行事保守的趋向。对那些耸人听闻的传言，我以前总是表示怀疑。

公告员跟我说："你肯定听说过。"现在杜松子酒提高了他透露消息的热情，"你可能也会相信，说什么我是茅茅党的间谍之类，因为我也跟你说过什么保守倾向之类的事。但是，这不是真的，兄弟，我热爱并信任白人老板。确实如此。但除了一两个了不起的人物之外，所有的白人老板都死了。"

我们坐着，那些已经死了但确实很了不起的白人绅士引起了我们的回忆。我让他重新想起了过去十年以来，了不起的白人绅士在异域他乡的各种各样的死亡方式。

"我本可以过一种完全不同的生活。想到那些死去的大人物，我就有了过一种更好、更优质生活的决心，会被允许吗？"公告员说。

"最后一杯，就当是一味药吧。"我说。

公告员一听到"药"字，突然兴奋起来。他的好脾气，以及纵情酒色从他那张好看而高贵的宽脸上面的皱纹显示出来。这是一张没有禁欲迹象、也没有道德败坏而有尊严的脸，曾是马赛族人，曾被白人绅士和索马里妻子害过，尽管如此，这还是一张英俊的脸，沧桑而乐观。现在他以一个寡妇保护人的身份，住在一个不合法的瓦卡姆巴村落里，每个月靠出卖一切可出卖的人来挣八十六先令。尽管我不止一次告诉过他，我完全反对他的生活方式，并且也许我有责任绞死他，但其实我还是蛮喜欢他的。

"兄弟。那种药肯定是有的。如果不存在那种药，那个荷兰的大医生怎么会在《读者文摘》里写那么一篇一本正经的评论文章呢？"他说。

"是有。不过我这儿没有。我可以寄给你。"我说。

"你知道我们是同一年纪的人，兄弟。所以，你知道，要是我说，那些白人老板说我会寄给你这事从来就没有当真过，也不算冒犯你吧。"

"从来没有？"

"在我这儿就是从来没有。其他人的经历也许不同。"

"我很抱歉。我可能也会让你失望。"我说。

"兄弟，听我说真心话，我说那些白人绅士时，没有包括你，你是绅士中的绅士。不是开玩笑，真的，现在你还是一位长者。"

"这也不是什么大新闻。"

"不要装作可以忽略，兄弟。狩猎监督官是被尊敬和爱戴的。"

"他该受到尊敬和爱戴。他很勇敢，心肠也很好，而且很公正。"

"关于他我已经跟你说过了。要是你还不想懂，我也不会费力去解释了。"

"狩猎监督官也是你的上司，我还没傻到和你去议论他的程度。我没有这个心情。"

"是啊，你想要我叫你老板吗，兄弟？"

"这是当着别人的面的正确称呼。"

"只剩一件事了，那个姑娘真的是认真的，兄弟。"

"你啰唆得像所有的醉鬼一样。要是你再说这个的话，我看你就真是一个傻子了。"

"我会自我检讨的。"

　　"去吧，兄弟。我会给你寄那种药，还有其他好药。真的，我会想办法的。下次我见到你的时候，给我多讲点那个村子的历史，准备好。"

　　"你要捎口信吗？"

　　"没有口信。"

第四章

一想到公告员和我年纪相当，我每次都很震惊。我们属于同一个年龄阶段的人，不是完全同岁，但很接近，也很糟糕。在这儿我有一个我爱也爱我的妻子，容忍我的差错，还把那个姑娘当作我的未婚妻。因为我从某些方面来说，是一个好丈夫，有着慷慨、善良和公正无私的品质，她容忍我，她希望我对这片土地能有更多甚至超出我权力范围的了解。每天至少大部分时间我们都很开心，晚上也大致如此。那天晚上，我们一起躺在床上，在蚊帐里面，帐篷的檐敞开着，我们能看到外面的大火堆，燃得通红的圆木，被夜风吹动的火苗如锯齿般跳动，当风停时，锯齿又完整了。在这美妙的黑夜，我们非常开心。

"我们真是太幸运了。我如此热爱非洲，我不知道是否能离开它了。"玛丽说。

那晚有点冷，凉风从雪山上吹来，我们缩在毯子卜。夜晚的喧闹开始了，首先听到的是鬣狗的嚎叫，接着其他鬣狗也叫了起来。在晚上，玛丽最爱听它们叫。这种声音就是享受，要是你爱非洲。它们在营地周围走动，经过餐饮帐篷时，那儿有一块肉挂在树上，它们够不着，大声嚎叫。我们就齐声大笑。

"要是你死了，而我又不幸没和你一起死，如果有人问起我，关于你我记得最清楚的是什么，你知道吗？我就会告诉他们说，在一张帆布床上你曾给你的妻子留了多大的空间。说真的，你到底睡到哪儿去了？"

"侧着身子躺在床边，有许多剩余空间。"

"要是天气够冷，两个人睡一张床就会很舒服，不会有人不舒服了。"

"是这么回事，必须得够冷。"

"在非洲我们能不能待久一点儿，等到春天才回去？"

"可以啊，待到我们破产为止吧。"

接着，我们就听到了狮子的低吼声，它正穿过河边长长的草地一路觅食而来。

"听。紧紧抱着我，听。"玛丽说。

玛丽悄声说："是它回来了。"

"你不可能认得是它。"

"就是它，我能肯定。每天晚上我都能听到它的声音，太熟了。它是从老村子那边过来的，咬死了两头母牛。它会回来的，阿拉普·梅纳说过。"

穿过草地，它向我们为小飞机修的跑道走去时，我们能听到它低吼的咕噜声。

"到了早上我们就能知道是不是它了。恩古伊和我都认得它的脚印。"我说。

"我也认得。"

"那好，你去追踪它吧。"

"不，我只是说我认得它的脚印而已。"

"那不是一般的大。"我昏昏欲睡了，必须得先睡上一觉。我打算明天早上和玛丽小姐捕猎狮子。在某些事情上，我们知道彼此会怎么想，想要说什么。我们之间形成默契已经很久了。

这时，玛丽说："我看我最好还是到自己的床上去睡，这样你就能睡得更舒适了。"

"我没事，在这儿睡吧。"

"不，这样不好。"

"就在这儿睡。"

"不，就要去捕猎狮子了，我该睡自己的床。"

"不要像个嗜血斗士好吧？"

"我是一个斗士，还是你的妻子、爱人，还有战斗小兄弟。"

"好吧。晚安，战斗兄弟。"我说。

"亲一下你的战斗兄弟。"

"你是在这儿睡，还是去自己床上睡呢？"

她说："也许我两者都可以。"

我听见整个晚上那头狮子在觅食时只叫了几次。玛丽小姐呼吸轻柔，睡得很香。我没有睡着，躺着，想了很多事情，关于狮子的，还有关于对老爹、狩猎监督官以及其他人的义务。我没怎么想玛丽小姐，只想到了她五英尺两英寸的身高问题。她站在高大的灌木和草丛里，就看不到人。6.5毫米步枪弹口径的曼利夏步枪的枪托对于她来说太长了，不管多冷的早上，她都不能穿得太多，因为要是她衣服的肩膀位置垫得太高，举枪射击时，就有可能走火。关于狮子，关于老爹会怎么处理，想着他最后一次是多么离谱，而大多数时候他又是多么正确，正确的次数比我见狮子的次数要多。我就这么醒着，躺在那里想这些。

曙光到来之前，晨风把火堆上的灰烬吹得打转时，我披了一件旧睡袍，穿上高筒皮靴到恩古伊的帐篷叫醒了他。

他醒来了，绷着脸，完全不像我生死与共的兄弟。我知道，在太阳升起之前他不会露出笑脸，要是他做了什么梦，还会要更长的时间。

我们在已经熄灭的灰堆前说着话。

"你听到狮子声了吗？"

"Ndio，Bwana.（是的，主人。）"

这语气，字面上是礼貌，实际上是不满，因为之前我们还一起讨论过"Ndio，Bwana"的用法。通常是非洲人敷衍白种人时才用的，我们都知道。

"你听到几头在叫？"

"一头。"

"不错。"我的意思是这个回答比较好，他也说对了，看来确实是听到了。他吐了口痰，吸起了鼻烟，又把它递给我，我拿了些，放在鼻子下面。

"是不是女主人那头大狮子？"问这个问题的时候，我感觉鼻烟直冲牙龈和大牙上齿唇，还蛮不错的。

他说："不可能。"这否定是绝对的。

我问："你肯定？"

他用英语说："肯定。"

"它去哪儿了？"

"你知道的。"

厨子也醒了，现在在听我们讲话。那个年纪最大、睡得最警醒的人也起来了。

"给我们弄点茶过来。"我跟穆文迪说，向他打了声招呼，他已经完全醒了。

我对恩古伊说："你和我去查看一下它的脚印，它从汽车痕迹那边走过去的。"

"我去。你先穿好衣服。"恩古伊说。

"先喝茶。"

"没必要，等下再喝茶。不过是头幼狮。"

我跟厨子说："送早餐过来。"他醒来时挺高兴的，现在对我不满了。"打狮子啊。那晚上就吃狮子。"他说。

站在炊火旁的黑帝，带点怀疑地咧嘴一笑。他在黑暗中缠的头巾，有个布头没有缠进去。他眼里完全没有严肃猎狮的状态，满是怀疑。

黑帝对我说："这头狮子不太大。"嘲弄、歉意和绝对的自信含在他的眼里。"N'anyake.（年轻的。）"他大清早开了个玩笑，这个词在瓦卡姆巴语里的意思是，还不够资格成为一个斗士，也还未到娶妻生子喝啤酒年龄的狮子。他用瓦卡姆巴语开这个玩笑，是想在友谊最低点的清晨，增加一点儿友好的感觉，他知道不是那头著名的大狮子。他是以温和的方式告诉我的，他知道我正在和一个非伊斯兰人学瓦卡姆巴语，这个非伊斯兰人不是什么好人，但他默许，或者说容忍了。

恩古伊已经开始追踪猎车在草丛中留下的新痕

迹。他走路的样子像是模仿在KAR（非洲皇家来复枪队[1]）军训时的方式，很是不屑。他这只是对起早做无用功发牢骚，这不是对任何人的不屑，也不是对KAR的不屑。我应该把他叫回来，但他扛起了一把尖头长矛，这就意味着我必须得去通知玛丽了。如果我只是告诉她而不说出理由的话，就不利于家庭和睦。没有人知道这会牵涉多少事情，没有人能判断或估计出对于这头狮子她有多么在乎。我卷入这头狮子的事情里的时间，已经差不多和我记得以前所有事的时间一样长了。在非洲，要是生活节奏快一点儿，对一件事你只能记上一个月左右。我们的节奏可以称得上应接不暇了，这期间出现的狮子，有这个地区的已经遭受四次指控的狮子，有据称是犯了罪的萨兰盖狮子，还有马加迪的狮子，最后是这头新入侵的、尚未登记也无档案记载的狮子。这头狮子只是在它自己的权力范围之内寻觅猎物时咳嗽了几下而已，但对玛丽小姐还是有必要去证明它的权力，证明它不是她那头已经追捕多日而且犯下许多罪的大狮子。我们已经追踪过它多次，但每次最后都只能眼睁睁地看着它钻进草丛里逃走。它可以去到老村庄旁的密灌木丛，那是去

---

[1]这里是海明威的打趣，实际上KAR是肯尼亚炮兵团。

丘庐岭的必经之路，通过那草丛是长颈羚的地盘，也可能去沼泽地附近的密林地带。那头狮子的左后脚掌上有一个疤痕，脚印巨大，它的鬃毛非常黑，以至于看起来全身都是黑的。它头颅硕大，每次它跑向玛丽不能跟去的地方时，头都埋得低低的。我们已经追捕它很多年了，它绝不是一头能轻易捕获的狮子。阿拉普·梅纳说，它是一头大黑鬃狮之父，在我们来这边的几个月之前，那头大黑鬃狮就被马伊托打死了。

现在我已经穿好衣服了，一边在曙光中生起的火堆旁边喝茶，一边等着恩古伊。我看得见正大步穿越草地的他，肩上扛着长矛。他脚下的青草还缀着露珠，他看见了我，便向火堆走来，在身后的湿草地留下了一串足迹。

他用斯瓦希里语跟我说："是头幼狮。"他开了一个和黑帝一样的玩笑，"对女主人来说恐怕不是好消息。"

"谢谢你。我会让女主人继续睡。"我说。

"好的。"他说完，便离开了炊火堆。

我们都知道这些天来玛丽跟着我们捕猎有多辛苦，尽可能地让她睡久一点儿，最好睡到自然醒。她比她自己以为的要更累。等下梅纳回来会跟我们说那头黑鬃狮的下落。马赛族人受其害已经很久了。它不停地到处跑，而且也不像一般狮子那样，会回去找自己杀死的猎物。据梅纳说，这是因为有一次它回去吃自己杀死的猎物，没想到那猎物被当时的巡猎人下了毒，狮子吃了后大病一场，然后就得到了教训，再也不回去吃曾经的猎物。这可以解释它老是到处跑，但却不能说明它为什么总是毫无规律地往各个马赛族村子和老村子里跑。据说它在西边山地的一个村落杀死了两头母牛，并带走了其中的一头。草的旺季在十一月份的暴风骤雨之后到来，猎物在茂密的平原、盐碱地和灌木丛里到处都是。我和梅纳、恩古伊都觉得那头大狮子会离开山地，下到平原上来，这样它在沼泽地边缘就可以猎食了，在这个区域它一般都是这样干的。

擅长嘲讽的马赛族人，牲畜对于他们来说，不仅意味着财富，还是某种更为重要的东西。公告员曾跟我说过，因为我曾有两次机会杀死那头狮子，却没杀，反而等着一个女人去做，有一个首领曾对我颇有微词。

我便给那个首领传话说，他部落里不是女人的年轻人，整天在罗依托其托克镇喝酒，否则，他也没必要请求我去帮他打狮子了。不过那头狮子下次闯进我的领地时，我一见到就会把它杀了。要是他想把他的年轻人带过来，我就会用他们的方式，一起手握长矛把狮子给杀了。我邀请他到营地来，一起谈谈这件事。

有天早上，他和三个长老一起来到了营地。我叫人去找公告员来做翻译。我们交谈甚欢。首领解释说，对他之前的话，公告员断章取义了。对狮子该杀则杀，有勇有谋的狩猎监督官吉·克，他们都非常信任并崇拜他。他还记得，上次干旱我们在这里时，狩猎官就打死过一头狮子。另外还和我以及他部落的年轻人还打死过一头曾搞过许多破坏的母狮。

我回答说我知道这些事，杀死那些骚扰牛群、驴子、绵羊、山羊或人的狮子，是狩猎官的责任，现在也是我的责任。我们一定会这样做的。现在对于女主人信奉的宗教来说，在耶稣的生日之前必须得杀死这头狮子。所以，在耶稣生日之前，你们会看到那头狮子的皮。我们来自远方的国度，我们那个地方的宗教，非如此不可。

我们在他们走之前都相互握了握手。圣诞节就要到了，这是唯一让人担心的。不过因为现在猎物丰盛，狮子肯定会下到平原来的，机不可失。凡事预则立。有多少马赛族人能从它脚印上的旧疤痕认出它来，我不知道。也许大多数人认得，不用问也知道。玛丽只会朝它的同一只脚上开枪。

和往常一样，对自己的口若悬河我有点震惊。说

完后心中一沉，觉得承诺错了。我想，玛丽，作为一
个女人，要在这么一段时间内杀死一头潜行嗜杀的狮
子，她必须得属于一个好战的部落才行。不过幸好我
没说，她每年都得这样做一次，虽然这样会给他们带
来更多信心，但毕竟不太好。尽管在猎杀上次那头非
常罕见的潜行捕猎的狮子时，他们那帮年轻人非常相
信环境和长矛的力量，不过我们确实是有一丁点儿优
势。那次一下猎车，我们就先在浓密的灌木丛前围成
了一圈，那头雄狮和母狮躺在那儿，他们手中的长矛
蓄势待发。留在车里的是一个年轻的斗士，狩猎监督
官吉·克也拿上长矛站在捕猎位置上。突然有一个斗
士犯了歇斯底里症，一下跃进了荆棘丛，口吐白沫。
这让另一个没有经验的斗士受到了感染，他也跃进了
荆棘丛。所以，还没等到围攻完成，那头到处游猎的
雄狮，就发觉了这两位斗士的动静，它用最狂野的鼠
窜步伐快速逃走了。紧接着，那头母狮倒下了，它被
杀死了。但在狩猎官断定它的死亡时，为了防备它蜷
缩在某灌木丛里，还循着它的血迹仔细查看了一段，
那里有许多一丛一丛独立的灌木丛。然后发现狮子不
是被长矛刺杀的，是被我打中的。后来我就看到在我
右边的吉·克，他朝狮子开了一枪，狮子已经死了。
所以，在这件小事上我们确实占了上风。但圣诞节很

快就要来临了。

　　因为黑帝和许多白人主人游猎过，这些主人经常去教堂，有的甚至是非常虔诚的基督教徒，黑帝也非常重视耶稣的生日。但为圣诞节而终止游猎活动，大多数人都不会这么做。因为他们花了一大笔钱，时间也有限。不过那天总还算是一个特殊的日子，他们会吃一顿特别的晚餐，喝葡萄酒，还有可能喝香槟。今天，就更特殊了，不但我们的营地是长久性的，而且玛丽小姐又如此认真对待，那么很明显，对于她的宗教来说这非常重要。对于参与了这么多的仪式，而且向来讲究秩序和仪式的黑帝来说，那棵圣诞树值得重点关注，因为在他成为伊斯兰以前信仰的旧宗教里，树的仪式是最重要的，树的仪式也最为吸引他。

　　因为要求教徒在不可能的情况下，捕获一只长颈羚，屠杀一头恶狮，还崇拜一棵能分泌使马赛族人兴奋得发疯、极度渴望作战和猎狮的液体的树，营地里那些比较粗野的其他教徒都认为，玛丽小姐的部落信仰肯定是比较严酷的那种，这件事幸亏玛丽还不知道。黑帝是否知道这件事我不知道，会不会认为这是玛丽选中这棵树做圣诞树的原因。但我们其他五个人知道树的事，都小心翼翼地保守着秘密。

　　知道的几个人都不相信狮子是玛丽小姐的圣诞节

供品，因为他们已经和她追寻那头大狮子好几个月了。但恩古伊推测说，也许在那年玛丽小姐必须得杀死一头狮子，而之所以在九月就开始捕猎，不过是因为她身材矮小，在高大的草丛里视力不便。好在狮子是年底或圣诞节什么时候被杀死的，恩古伊自己不太确定，但知道是在年底之前，因为新年时，他就要领工资了。

因为他曾见过许多女主人杀死了不少狮子，恰罗根本不相信。不过看到没有人帮玛丽，他又不太确定了。多年前，他曾见过我帮波林小姐[1]猎狮，所以对现在的情况有点迷惑不解。以前他很喜欢波林小姐，但现在则难以形容对这位玛丽夫人的感觉，她一边脸颊的印记是几条非常细微的刀痕，前额上也有几条很浅的刀切横纹。她的印记明显表示她来自另外一个部落。但这是在一场车祸之后，古巴最好的整容医生的作品，除了恩古伊这种知道怎么去查看部落印记的蛛丝马迹的人，一般人看不出来。

曾有一天，恩古伊突然问我玛丽小姐是不是和我来自同一个部落。

"不是。她来自我们国家北部边境上的一个部落，那里叫明尼苏达。"我说。

---

[1]海明威的第二任妻子。

"她的部落标记被我们看到了。"

后来有一次我们谈到部落和宗教的事情，他问我，那棵圣诞树我们是不是要酿酒喝。我跟他说不会这样，他就说："这就对了。"

"为什么？"

"我们喝啤酒，你们是喝杜松子酒。除非是宗教需要，没有人认为玛丽小姐会喝那种酒。"

"就算她杀了那头狮子，她也没必要非喝那种酒不可，我知道。"

"好。好极啦。"他说。

现在还是说说那天早上，为让玛丽得到充分的睡眠以保证精力充沛，我在等她自然醒。我不太担心狮子的事，但还是把它与玛丽联系起来，忍不住不断想它。它已经被她追猎很久了，都是在环境极为不利的情况下，在此之前她追猎的另一头大狮子，也是在非常不利的环境下。

就像那些会跟踪你的陷阱，并捣毁、掀翻你的屋顶，偷偷吃掉你的储粮的老灰熊，和黄石公园里那些会到路边来拍照的狗熊的区别一样，那种在国家公园里供游客拍照的狮子和野狮子、潜行掠食的狮子是完全不同的。当然，每年公园里的熊也会传出伤人事件，有时候坐在车里的游客也会遇上麻烦，有些熊还会变得凶恶，以至于被处决。

　　已经习惯被喂养、拍照的狮子有时也会逃离自己的保护区域到处游荡，它们已经被训练成不惧怕人类，那些所谓的运动者以及他们的妻子通常可以轻而易举地把它们杀掉。当然，都是职业狩猎手站在这些人背后。但是批评别人是怎么杀死狮子或会怎样杀，不是我们的问题，我们的问题是要找到并让玛丽找到一头聪明、有杀伤力，而且因此遭捕多次的狮子。要使用的方法，如果不受我的宗教制约，就肯定要受一定的道德标准的制约。玛丽小姐遵循这种道德准则打猎已经很久了。这种十分苛刻的准则，就连热爱玛丽的恰罗，也对其甚不耐烦。因为准则不允许，他已经被猎豹抓伤过三次了。所以，他认为我对玛丽要求的道德标准太过严苛，具有轻度的谋杀倾向。但这些标准我是从老爹那儿学来的，不是我想出来的。在老爹最后一次带着游猎队猎狮时，他希望所有事都能和他从前一样，那时没有使用猎车追猎危险动物，而且并没有变得如此轻而易举，他后来一直骂猎车是"这些该死的汽车"。

　　这头狮子是玛丽的，而它已经让我们遭受两次打击了，而我有两次机会能够轻而易举地打到它，但我没有实行。后一次老爹太急于让玛丽在他离开之前打

到那头狮子，太过努力是每个人包括老爹都会犯的错
误。

后来那天晚上我们都坐在火堆旁，玛丽在写她的
日记，她把不想对我们说的事都写在日记里，她不想
在交谈中展示的新知识，还有她怕一谈及就会减少的
胜利感，以及她的心痛和失望等。她在用餐帐篷里点
着汽油灯写着日记，老爹抽着烟，老爹和我披着睡袍
系着睡裤穿着防蚊靴坐在火堆旁。

"那是一头非常聪明的狮子。要是玛丽再高点的
话，我们今天就可以打到它了。不过是我的错。"老
爹说。

那个双方都知道的错误，我们都避而不谈。

"玛丽会打到的。不过你记着，我觉得那头狮子
不太勇敢，不过要是它被击中，就会变得非常勇猛。
提醒你一下，它是太聪明了。不要让它有勇猛的机会。"

"我现在的枪法还不赖。"

老爹在思考，他没注意这句话。过了一会儿他才
说："实际上，比不赖还要好点儿。有你现在的自信
就可以了，不要过分自信。它可能会疏忽大意，到时
你就能下手了。只要有母狮发情，它就会被引诱出洞。
不过现在母狮都要准备生崽了。"

"它会犯什么样的错误？"

"哦，它会犯的。你会知道的。我希望自己能在玛丽打到它之后才走。保证她的睡眠，她现在这样追猎已经很长时间了。好好照顾她吧。让她休息一下，也让那头该死的狮子休息一下，让它恢复一点儿自信，不要追捕得太紧。"

"还有呢？"

"要是你可以的话，让她时不时地打些猎物，那样可以增强她的自信。"

"我曾想过让她走到离猎物五十码远的地方，后来觉得可能要变成二十码。"

"也许有用。我们已经试过其他所有的方法了。"老爹说。

"我也觉得会奏效。以后她就可以站远一点儿了。"

"这样过两天后谁知道会发生什么事？她的枪法实在是太差劲了。"老爹说。

"我觉得能估计得到。"

"我也能。不过别让她离狮子二十码远。"

"不会的。除非是我先发现。"我说。

"那我就不担心了。不过千万要考虑周到。"老爹说。

"我会按照你教的去做。"

"我不确定那是不是很好。让我们说说行外的事吧。只要保证她休息好，并让她开枪时有自信就行了。"
老爹说。

我和老爹第一次坐在篝火旁，或者说篝火的灰烬
旁谈论猎杀危险猎物的实践和理论，已经是二十多年
前的事了。对那些射靶猎手和美洲旱獭猎手，老爹既
不信任也不喜欢。

他说："他们能在一英里远打中球童头顶上的高
尔夫球。当然是木制或铁制的球童，不是活的球童。
但要他们打一只真正的狒狒，在二十码开外就打不中
了。在山上他们就不行。那些"伟大"的枪手抱着该
死的枪乱晃，我看了都发抖。"他吸了口烟，"老爹，
除非你亲眼看到他射中猛兽，或者发现他喜欢到离动
物五十码远或者更近的地方去开枪。不要相信任何男
人。他不敢离二十码开枪就不要买他的账。没用的人
会打不中，或没胆量在我们能打中的距离内开枪。短
距离才显露本领。"

"不要说'我们'。"

"就是这个意思，不要忘了你是我一手栽培的。"

"我是你的儿子。但我的缺点不是你的责任。"
我说。

"别害怕。我没改正你什么。"他说。

"你教过的人中枪法最好的是谁？"

"就是那个该死的马伊托。你可能也发现了，他不喝酒的。他从不紧张。"

"他不需要。"

"不只是我们去打猎的时候，去玩的时候也不喝。"

我们现在都已经互称老爹了，想起了很久以前的事情。

老爹回忆说："你还记得吗？你刚患痢疾的时候，女主人认为你患了痔疮。我们都在那个山冈边走着，准备追猎那条小溪旁的沙地松鸡。你还记得吧？就在山冈那儿，那头该死的大狮子抬起了头，接着它抬起了肩膀还伸长脖子看着你，虽然你患了痔疮，哈哈。你在后面，离它越来越近，而我和女主人走在前面，刚好经过它身旁。"

"然后你回头看到了，说，'你能打到它的头吗？老爹？'那是一种冷静的声音。然后我听到你的保险栓啪地打开了，没想到你的保险栓有响声，我有点惊讶。"

"观察力真是敏锐啊。我怎么觉得没响声，实际上，我觉得是你捏造的。"老爹说。

"确实响了。"

"也许吧。然后你用非常弱，非常非常弱的声音说话，看起来真像是一个痔疮非常严重的男人，'我不知道能不能打中它的头，但我能打断它那该死的脖子'。我记得当时你话也太多了吧，在那种被狮子盯着又距离如此之近的情况下。不过还好，你确实打断了它的脖子。"老爹说。

"我弄出的古怪声音你还记得吗？"

"我是不记得了。就是从那天起，穆克拉就开始喜欢你了，他可没忘记那声音。之前他对你不以为意，你知道的。"

"我们从那以后就成了朋友。"

"我只是逗逗你而已。什么时候你和恩古伊混得这么熟的？"

"马加迪之后，我想是。"

"在这个地方，他是唯一和我闹不和的人。"

"他在KAR服役了很长一段时间，老爹。去过阿比西尼亚和缅甸。他虽然是一个粗野的孩子，但并不坏。"

老爹说："你俩都很坏。"

我正在回忆这些快乐的旧时光，回忆这段旅程的美好以及老爹不再和我在一起有多么遗憾时，阿拉普·梅纳来到了火堆旁，他向我敬了个礼。在敬礼时他总是非常严肃，手一放下来就开始笑。

我说："早上好，梅纳。"

"主人，你好。老村里的人说得没错，一头母牛被那头狮子拖着走了很远的路，进了一片浓密的灌木丛。它吃完后直接到沼泽地旁去喝水了，并没有回来拖另一头。"

"那头狮子脚上有疤痕吗？"

"是的，它现在应该快下来了，主人。"

"好的，还有其他消息吗？"

"他们说关在马恰克斯的茅茅党人越狱了，正往这边赶来。"

"什么时候的事？"

"昨天。"

"听谁说的？"

"在路上我遇见的一个搭乘印度商人的卡车过来的马赛族人。他自己也不知道是哪家店的车。"

"我晚点再跟你谈谈，去拿点东西吃。"

"好的，主人。"他说着又敬了一个礼。在晨光中他的来复步枪闪耀着光芒，他已经在村里换了一身新制服，看起来很机灵也很高兴。一是他带来了两条好消息，二是他是一个猎人，现在我们就要出猎了。

我想我最好去帐篷看看，看玛丽小姐是否醒了。要是她还在睡，那就太好了。

第五章

　　玛丽小姐已经醒了，但没全醒。如果她有事，就需要在四点半或五点钟叫醒她。她动作麻利，从不拖沓。但是，那天早上，她醒得很慢。

　　"怎么回事？为什么没有人叫醒我？太阳都这么高了。到底怎么回事？"她睡眼蒙眬地问。

　　"不是那头大狮子，所以，我就让你多睡了一会儿，亲爱的。"

　　"你怎么知道不是那头大狮子？"

　　"恩古伊去查过了。"

　　"可那头大狮子呢？"

　　"它还没到这儿来呢。"

　　"你怎么知道的？"

　　"阿拉普·梅纳来过。"

　　"你是不是打算去侦察一下那头野水牛？"

　　"不。我们遇到一点儿小麻烦了。我现在什么都不管了。"

"我能帮上什么忙吗？"

"帮不了，你再多睡会儿吧，甜心。"

"刚才我一直在做梦，精彩极了。如果你不需要我的话，我想我可能还会睡一会儿。"

"试试看能不能再回到梦里。如果你已经准备好了，你就可以让他们将食物拿过来。"

"我再睡一会儿。那些梦实在太美了。"她说。

我伸手到毯子下面，摸到枪套里的手枪，吊带也连在枪套上。我在盆里洗漱，用硼酸酒精溶液冲洗双眼，用毛巾捋了捋头发——因为现在的头发剪得太短，梳子、刷子之类的东西都用不着了。然后，我穿上衣服，右脚从枪套的吊带里伸过去，再将带子拉起来，扣好挂手枪的皮带。要在玩扑克牌的时候带上这玩意儿，那可是相当麻烦。所以我们以前从不带枪，但我们现在往身上系手枪就像扣上长裤的裤裆口一样自然。缠在腿上的吊带来自双筒望远镜上的绑带，这可是非洲军队用过的古老的玩意儿，而我这么做只是因为这使得手枪更为实用，并不是为了炫耀。不管怎么说，这可是柯尔特牌猎人打猎用的高速空心点弹药手枪。这是一把非常好用的手枪。你可以击中任何你想射击的目标，而且每排弹夹可以装十发子弹。它的杀伤力可是致命的。我又用一个小塑料袋装着两个备用弹夹，放进衣服右边口袋；然后，我把其他的备用弹药放在一个原来是装肝油丸的带旋转式瓶盖的广口药瓶里，那个原来装的是五十粒红白色胶囊的药瓶，现在却装着六十五发空心子弹。恩古伊和我一样，也带着这样一个瓶子。

因为这把手枪什么都能打，珠鸡、小鸡、携带狂犬病毒的豺狼，还有鬣狗，所以大家都喜欢它。我用手枪打鬣狗时，恩古伊和穆秀卡都看着。你能听到狗吠一般短促清脆的枪声随着扳机的扣动响起。鬣狗屈膝飞奔，前方扬起阵阵尘土，在"砰、砰、砰"几声中，鬣狗的脚步就放慢打起转来。这时，恩古伊会从我口袋里掏出一支满满的弹夹，递给我；我装上弹夹，再往地上开一枪，扬起一阵尘土；接着又是"砰、砰"两声，鬣狗便滚倒在地，四脚朝天了。

我问恰罗："你想过去检查检查吗？"

他摆出一副慈眉善目的老人的样子，说："Hapana（不），主人。"而因为手枪恩古伊露出了他那可爱的笑容。手枪就好像是一个人，或者说是一只动物，又或者就是死亡，或是啤酒，或是一顿晚餐。手枪可不仅仅是一个词，它是我们的神物，也是我们无往不胜的常胜将军。但是手枪飞速射击的那一瞬间才是他们最喜欢看到的。

"快射！我们有很多、很多、很多墨盒。"恩古伊急切地说。

"你应该快点开枪。"

"不，快速开枪是你应该练习的。"

然后我就会朝已死的鬣狗飞速地射击，将那条小犬打得血肉模糊，碎末四溅。

"中了七弹。三弹偏了。两弹偏上，一弹偏下。"恩古伊说。

"枪法很棒。"穆秀卡说。

"棒极了，主人。棒极了。"恰罗说。

而玛丽呢，她自己的枪法不错，对手枪是极为有耐心的。一直以来，我认为她某一段时间对此是保持低调的，这段时间令人印象深刻，或者就在耶稣生日那天。而矛是她所讨厌的，尽管矛是后来很久才出现的。

不管怎么说，我需要和黑帝讨论进展。我向外走到伙计营房那里去，我让黑帝找一个我们两人能单独谈话的地方，他松松垮垮地站着，神情半是怀疑半是取笑，俨然一副看破事态、深谋远虑的老者模样。

"我相信他们不会到这儿来。他们可是瓦卡姆巴族的茅茅党人。没有那么蠢。他们会听说我们在这儿的。"他说。

"如果他们来了怎么办？这是我唯一的问题。如果他们不来这儿，他们会去哪儿呢？"

"他们不会来这儿的。"

"为什么不会呢？"

"如果我是茅茅党人，就不会来这里。"

"但你上了年纪，头脑灵活。他们可是茅茅党人啊。"

"这些可是瓦卡姆巴人，不是所有茅茅党人都没有头脑。"他说。

"我同意。但他们是在耕地里宣传茅茅组织时被抓的。我问你，他们为什么被抓？"我说。

"因为他们喝醉了，吹嘘自己有多么了不起。"

"那就对了。到了瓦卡姆巴村，他们就会喝酒、吃东西。他们最想喝酒。但如果他们还是那样的话，就会在醉酒时被抓。"

"他们可是从监狱里逃出来的。他们现在不会和那时一样。"

"有酒喝的地方他们都会去。"

"可能吧。但不会来这里的。他们是瓦卡姆巴人。"

"我必须采取措施。"

"好吧。"

"我会告诉你我的决定的。营地里有人生病没有？一切都好吗？你有什么麻烦吗？"

"营地里的人都很快活。大家都很好。我没什么事。"

"肉怎么样？"

"今晚我们要吃肉。"

"角马的肉？"

他缓缓地摇了摇头，又咧开嘴，算是笑了一下。

"许多人吃不到。"

"多少人吃得到呢？"

"九个人。"

"其他人吃什么？"

"黑斑羚不错。"

"我又找到两只黑斑羚，这里的黑斑羚太多了。我会弄到肉的，咱们今晚就吃。不过，我希望等到日落再去打猎。这样，肉就能被晚上吹来的山风冻一冻。我希望你们把肉包在干酪布里，这样苍蝇就不会把肉叮坏。在这里我们是客人，我又是负责的。所以，我们不能浪费任何东西。从马切斯科到这儿要花多长时间？"我说。

"三天。但是，他们不会来的。"

"请让厨子做我的早餐吧。"

　　我往回走进用餐帐篷，在餐桌旁坐下，又从空木箱做的简易书架上拿了本书。我手里的这本书是关于越狱的。那一年出版了很多有关从德国战俘营里逃生的书，我把书放回去，重新抽了另一本。这本书名为《最后的手段》，我想应该会更容易让人忘记不愉快的事。

　　我听到一辆摩托车飞驰而来，这时我刚翻到酒吧港那一章。我透过敞开的帐篷后部，看到一辆巡逻警车正以全速穿过营地，掀起滚滚尘埃，连刚洗干净的衣服上也沾上了灰尘。这辆顶部敞开的汽车如一辆比赛用的摩托车似的紧急刹了车，停在了帐篷旁，走进帐篷的年轻警官，个子高挑，皮肤白皙，不过那张脸却看不出将来会飞黄腾达。他利索地敬了个礼，又向我伸出了手。

　　"早上好，主人。"他说着摘下了警帽。

　　"吃过早饭了？"

　　"顾不上，主人。"

　　"出什么事了？"

　　"主人，战斗打响了。十四个人，主人，十四个最不怕死的亡命之徒。"我们要动手了。

　　"有武器吗？"

　　"主人，都武装到牙齿了。"

　　"那伙人是从马切斯科逃出来的？"

"是的。你怎么会听说这件事的？"

"是侦猎员今天早上带来的消息。"

"总督大人。"他说，这只是他一个表示敬意的称呼，与殖民地管理者的称号没有丝毫的关系，"我们又必须协调行动了。"

"我随时准备为您效劳。"

"这事你准备怎么办？联合行动？"

"我只是代理猎长而已，计划该由你来定。"

"总督大人，行行好吧。帮我们渡过这个难关吧。您和猎长以前也帮过我的忙。这种时候，我们必须联合行动，战斗到底。"

"你说得不错。但我可不是警察。"我答道。

"但你是要命的代理猎长。你有什么计划，总督大人？让我们一起干吧。我会合作到底的。"

我说："我来竖一道防护屏。"

他问道："能不能让我喝杯啤酒？"

"开一瓶，我们分着喝。"

"我喉咙很干，吸了不少灰尘。"

我说："下次别把该死的尘土弄到干净衣物上去。"

"我十分抱歉。对不起，总督大人。但我满脑子都在想我们的问题，而且以为已经下过雨了。"

"前天下过，地面早就干了。"

"你说你要竖一道防护屏？说下去，总督人人。"

"对。这里有一个瓦卡姆巴族的村子。"我说。

"区长知道吗？我对此一无所知。"

"知道。总共有四个瓦卡姆巴村子，都生产啤酒。"我说。

"那是非法的。"

"不错，不过你会发现这种事非洲经常有。我建议在每个村里安插一个人。这伙歹徒里的任何一个一出现，那人就会告诉我，我就包围整个村子，然后我们一起将他们抓获。"

"不论死活。"他说。

"你肯定要这么做？"

"总督大人，绝对肯定。这些人是亡命之徒。"

"我们应该核实一下。"

"用不着，总督大人。我以名誉担保。但你怎样从那里得到消息呢？"

"这种事情我们已经预料到会发生，早就组织了一支女子十分精干后备队。"

"我真的很高兴你有这样的安排。好样的。分布范围很广吗？"

"差不多。完全是地下组织。领头的姑娘十分聪明。"

"我能不能什么时候见她一面？"

"你穿着制服就困难些。不过，我会考虑的。"

"地下组织。我一直以为这是我的专长。"

"有可能。这事了结之后，我们还可以运些旧的降落伞过来，让她们练习跳伞。"我说。

"总督大人，你能不能透露点内幕？现在我们已经有防护屏了，听上去挺管用的。但你有的还不止这个吧？"

"我将大部分手下留在身边，但一旦防护屏的任何一个地方出现问题，他们机动地转移到那个地方，也完全可以。现在你就回警署，加强防备。在离这里大约十英里的公路拐弯处，我建议你白天的时候设置一道路障。从你的里程表上你可以计算出那段距离。晚上，你就安排人把路障移到从沼泽地出来的那段路上。你还记得我们追猎狒狒的地方吗？"

"从没忘记过，主人。"

"好了，如果碰到什么麻烦，你就与我联络。晚上开枪一定要非常小心，那里来来往往的人很多，不要打伤人。"

"那里不允许有人通行的。"

"但实际上却有人。如果我是你，就会在那三家零售铺的外面各贴一张布告，宣布这几条路将实行严格的宵禁。"

"主人，你能不能给我些人手？"

"不行，除非事态进一步恶化。告诉我你的计划吧。别忘了，我要帮你防那伙人。我给你写张条子，你带上，往恩贡那地方挂个电话，我就可以让飞机开过来了。不管怎么样，我在别的事情上总是用得着飞机的。"

"好的，主人。我有没有希望和你一起飞？"

"我想没有。地上需要你。"我说。

我写了张条子，要那架飞机第二天午饭后花两小时飞过来，顺便将从内罗毕送来的邮件和报纸也带来。

"你最好回警署去。还有，孩子，以后到我们营地来的时候，不要再像个牛仔似的，弄得吃的东西上、帐篷里、晾着的衣服上全都是灰。"我说。

"这种事不会再发生了。总督大人，我万分抱歉。谢谢你帮我应付这个问题，给我提供人手。"

"我下午有可能会在镇上碰到你。"

"好极了。"

他喝干啤酒，敬了个礼，走了出去，还边走边大声叫唤他的司机。

他离开之后，黑帝和玛丽一起走了进来。黑帝喝着小酒，玛丽端着早餐。

他笑眯眯地问道："那个警察带来了什么新消息？"

"那个小屁警察带来的消息都是我们已经知道的。"

"我不相信他们会来。但是我们狩猎队中，有四个人认识越狱的那伙人中的一些。这些茅茅还是些小屁孩，就像你说的，他们都是些酒鬼。他们去内罗毕做过事，但也没怎么收敛。"

我告诉了他我们的计划。

"照这个计划执行的话，很不错，但玛丽女士就不能打猎了。"

"正好让她休息一阵，也可以让狮子休息一阵。我要巡逻巡逻。"

"非常好。"他说。

自从阿比西尼亚战争以来，飞机上一直就有很多信徒。

他说："我们可以帮玛丽女士找一棵树。"

"树她已经选好了。这样比光等着要好，那棵树不会死的。也许她想要和剥皮商一起去钓鱼，可能还会看到河马呢。那些不知道茅茅的人是不是剥皮商呢？"

"他说他是的。我会和他，还有你的爱人一起去池塘钓鱼，如果你愿意的话。那里没有犀牛，也没有其他什么值得害怕的东西。"黑帝说。

"很多人在那条路上旅行。如果你在那儿，你就可能会听到路上的一些消息。"

"好的。但是从一条路上，你得不到很多消息的。"黑帝说。

"那男孩是从警署里来的？是什么事？"这时，玛丽走进帐篷，看上去清新动人、神采飞扬。

在马切斯科越狱的那帮歹徒，还有其他事，我都告诉了她。她一副满不在乎的模样，似乎这是情理之中的事。

"现在让飞机开过来，你不认为代价太大了吗？"在我们吃早饭的时候，她问我。

"内罗毕来的信件，可能还有电报，我必须看。我们还需要去查看一下野水牛的照片。现在它们肯定不在沼泽地里。靠近丘庐岭的那块地方出现了什么情况，我们也应该了解一下。飞机可是能在这件蠢事上派上大用场。"

"我还没打到狮子呢，现在我还不能跟着飞机回内罗毕去买圣诞节要用的东西。"

"阿拉普·梅纳说狮子往这边来了，预感告诉我，如果我不着急，让你和狮子都休息好，我们就能打到它了。"

"这么说不公平。我不需要休息。"她说。

"好吧。我是想让狮子变得骄傲大意，那样它就会犯错。"

"我希望它犯错。"

"如果它没觉得自己正被追捕的话，如果我们不逼紧它，它就会的。你今天想和剥皮商，还有黑帝去钓鱼吗？也许你还可以拍到一些河马的照片呢。"

"不，如果我们不去捕猎狮子，也不去寻找黄牛的话，我不太想去。我就想待在帐篷里，正好可以写写日记，收拾收拾东西，在上飞机前我还得写好些信。"

"你想和我去一趟罗依托其托克吗？"

"不太想。"

"我想我用过中餐之后就回来，带你出去狩猎。"

"那可真体贴。我们去哪儿打猎？"

"如果我们猜得没错的话，去一个不会打扰到狮子的地方。"

"我要先打个小盹儿，然后写几封信。到那时，你就已经回来了，不是吗？"

"我肯定已经回了。"

"你不管怎样都要回来。好吗？"

"好的。你知道我会的。"

"很好。我就知道你会的。"她说。

第六章

午饭之后，我意识到去罗依托其托克可能是个愚蠢的行为。如果警察张贴出告示，在晚上辛先生就可能会离那条马路远点儿。要是他们违反规定晚上非要在马路上生火或者露营，就会受到警告。晚上在内罗毕或者卡贸多的马路上跑是违法的，警察也应当针对这类过错和紧急事件采取措施。此类麻烦，我不希望辛先生卷入，更不希望他因此遭到杀害。我此时才知道，永久性地免除辛先生的此类麻烦也是我的分内之事。我虽然已经有了一些计划，但我还是必须等着和吉·克商量之后才行。

由于情势危急被特许协助执行任何形式的未知法令和突发律例，之前如果你从来没有读过一个殖民地的律法，都有可能出现一些不妥之处。比如，在我的印象中，二十多年了，给当地人任何形式的饮品都是非法的，但他们自制的啤酒或其他酒类饮品之类，我却从来都没闹明白是否合法。然而经验告诉我，他们确实酿造过许多种啤酒和烈性酒，而且还有四种自酿的烈性药物通常能够使男人超乎寻常的勇猛，并对疼痛几无感觉。这些酿酒和制作混合药物的行为，尽管我一直在跟踪研究，但对相关律法我依旧不甚明了。有一件事我已得知，那就是这些酒制作出来几个小时之后，会产生一种西班牙人称之为"雄性"的感觉，但这种感觉并不会给你带来幸福或愉悦的感受。

我很久之前就知道，瓦卡姆巴人更喜欢糖作为对他们的礼品或奖励，而不是钱。在非洲的大部分时间，我居然无知地以为他们只是有吃甜食的习惯，天真地认为他们也许会用这些糖来制作一些本地糖果。事实上，完全不是这码事。

我们在另一些人的国度。在这样的国度，你不会安静到像是旅行经过田纳西州或者阿肯色州一样，你也不会冲动到要去公然揭发一家啤酒厂。据我所知，在白人来到非洲很久之前，这些不同种类的啤酒就是作为当地风俗的一部分。而绝不是通过毫无原则的贸易与美国印第安人的威士忌酒平等引进的。当然那些马赛族人用来壮胆的东西白人也没有引进。这种酒不是非洲人自己从非洲南部带往北部的。但那些廉价调制酒，却有一个可怕而甜美的名字："金吉普雪利酒"，它让许多马赛族人变成了酒鬼。要知道所有酒鬼都是卑贱的，这种南部非洲制造的雪利酒酒鬼的卑贱则和这种酒的酿造过程是一样的。当我在夜里没有什么战略性事物要思考，只是睁眼躺着的时候，我会想：假如把白人驱逐出东非到底对谁最有利。显然不会是非洲人，他们不知道怎样统治，更没有准备好怎样管理。但其他人准备好了，或者说他们自以为自己准备好了。任何人、任何种族都是无罪的，这和单个人不一样。但有个别人会替你忧虑，而且当你看见你之前跟随的动物的踪迹或痕迹延伸到高草地时，你会有所举动，或是眯着眼睛仔细地观察那动物移动的痕迹是否被风吹过。

　　我在东非所认识的大多数印第安人都让我喜欢，我和他们中的很多人是好朋友。但也有一些我一点儿也不喜欢，也不相信他们。这种不信任与他们的种族和宗教没有任何关系。直到我被邀请去帮助一个特定部门时，我看到了一些滑稽的事情。现在他们依旧滑稽，你却不得不命令他们停止。

　　他们中有一个是制造箭杆的。这些箭杆的切割、削平、风干、捆绑几乎都是在我的好朋友吉·克的眼皮子底下完成的。他对这些刀斧工作很感兴趣，并且会间断地或持续地去检查营地里的木工活，其中最明显的要数锄头柄和鹤嘴锄柄的活了。这些箭杆的制作点往往隐藏在灌木丛的某个偏僻角落。令人觉得滑稽的原因是这些原本好端端的箭杆被转让之后，最终都被安上有毒的箭头，并且被偷猎者买走扎捆。当吉·克从公告员那里得到消息，他便会突袭这些部落，并抓住他们。尽管这是滑稽的，但我仅仅是个旁观者，并不参与其中任何相关事务。所有这些都是在瓦卡姆巴人之间进行，而我当时几乎也算是瓦卡姆巴人了。但当我成为吉·克的同事、朋友和贵宾时，我要去这些箭杆制作点并告知他们不能再制作箭杆了。但我无法对他们的箭杆制作行为睁一只眼闭一只眼，他们是理解我这点的。

我在最初发现关于箭杆的制作情况时，就应该告诉吉·克。有人秘密地通知了我这个消息，而他却不在。恩古伊和我在打完豹子之后很晚才回去，当时我们正进入悬崖下森林里的一条小溪流边上的营地后面。我们尝试着在黑暗中轻轻地进入营地，没人听见我们的动静。在不同的晚上，我们两次成功地穿过营地，去看他们都在做什么，当然他们没有发现我们，于是我们打算再尝试一次。我俩都能近乎悄无声息地走过，当我沉浸于火烟的气息，并借着火光看到两个汉子刮出一堆细长的杆子时，在某种程度上，我觉得这并不好玩。在未被发现的情况下，我们来到了篝火的火光范围之内。我问恩古伊："那都是些什么玩意儿？"

"只是箭头。"

这意味着那些都是箭，并且是秘密进行的。无论如何，吉·克不在，而我只记得他告诉我要抓住一个箭供应点。这在当时看来确实滑稽，这件事是瓦卡姆巴人的事，我并不想将它抖出来。相比较而言，发布一个禁箭令则要简单得多。更何况，我们露营的地方已经没有好的制箭的木头了。

午饭后，那个公告员来了。玛丽正在午睡。

他说道："兄弟，有太多消息了。"他既自信又开心，而我看得出来，他喝过酒。

我从椅子上站起来，不再坐着了，双脚踩在书柜上，握了握公告员的手。

我说："你喝酒了，公告员先生。"

"兄弟，一点儿小酒，我从山上走到这儿来的。运动后，我喝了点酒，和往常一样，这都是我的胸病之需。"

"什么事？"

"马切斯科的囚犯逃跑了。你肯定知道这事，我看到了警察停在路边的吉普车。"

"是的。"

"辛是个危险性人物。"

"他卖酒了？为什么这么说？"

"是的。让他吃个官司将会很容易。"

"那寡妇你找到了没？"

"她已经回到耕地村了。"

"受伤的那个马赛男孩怎样了？"

"照您的吩咐一切都办好了，但是那边警察太忙，不想多管他的麻烦事。警察太忙。他已经在去医院的路上了。"

"你确定？"

"听着，兄弟，有茅茅党人在辛那儿喝酒，也有茅茅在辛家隔壁喝酒，还有茅茅在茶室呢。绝对确定。"

"很好。你现在暂时离罗依托其托克镇远点儿，没我的允许你先不要去那儿。"我说。

"好的，兄弟。妈妈谢谢你的礼物。"

"不要叫她妈妈。"

"不，她很感激你，兄弟。"

"剩下的药酒今晚把它喝了吧，治治你的胸凉病。我希望你明天能够更冷静并且聪明些。辛有什么口信要你带给我吗？"

"他说他想见你。"

"我会见他的。你还有什么其他消息？"

"一个公告员说了一些关于大象的话。"

"那边受到损害了？"

"还没有，大象正在迁徙，但他很担忧。"

我说："是差不多了。寡妇还好吗？"

"她还好。但你没有去耕地村那儿，有人觉得不太好。"

"我有很多事情要做，告诉那个人。要是她今天下午来这儿的话，我会给她一块肉。让卡车或猎车送她回去。"

"我一回去就派她和寡妇一块儿过来。"

"那个小男孩怎么样？"

"他将和她们一起。你会看到的。兄弟，你没什么让我喝的吗？"

我说："没有。"

第七章

大约四点的时候，我把恩古伊叫来，让他去找恰罗，顺便将猎枪和来复枪带来，又叫他让穆秀卡将猎车开过来。

"再去多找些人，帮着提东西。你吃过角马吗？"我说。

"吃过。但我更喜欢吃Pof（大羚羊）。"

"我也是。但都两个星期了，我还没碰见过一只。这儿根本就没有大羚羊。"

"羚羊？"

"野羚羊，或是汤姆逊瞪羚，和一头角马。"

"太好了。"

我告诉正在写信的玛丽，我已经让他们把猎车开过来了。恰罗和恩古伊来了以后，把放在帆布床上的、与枪等长的枪匣子拖了出来，然后恩古伊将那支.577口径猎枪装配好。他们找到了子弹，数了数，又检查了一下斯普林菲尔德和曼利夏步枪里的实心子弹。精彩的打猎交响曲的序幕从这些工作开始。

"你为什么不去罗依托其托克？"

"那样没必要，而且太复杂了。你是不是写了几封精彩的信？"

"大多数是写给家人的，并不精彩。"

"我还以为你要周日再写呢。"

"在周日我们可能就捕到那头大狮子了。还是早点写完比较好。我们也知道，明天飞机就到了。"

"当然。我们可以等你。你写完了吗？"

"不用，我刚才已经写完了。我们要打什么东西？"

"我们必须去弄点肉来。老爹和我曾讨论过一个练习打狮子的方法，我们要试验一下。我要你在二十码处杀死一头角马。恰罗会和你一起向猎物靠近。"

"我不知道我们能不能靠那么近。"

"你能的，没问题。毛衣带着就行了，回来的时候冷的话，再穿就行。亲爱的，假如你想卷袖子的话，现在就卷吧。"

每次射击前玛丽小姐都要把猎装右边的袖子往上卷一卷，这是她的一个习惯。或许她只是将袖口部分往上翻一下，但在一百码或更远的距离以外的动物就能被这个动作吓跑。

"我现在不做这个动作了，你知道的。"

"好的。你穿着那件毛衣，步枪托柄对你来说就太长了。所以我才提到它。"

"好吧。但要是哪天早上，我们发现狮子的时候很冷怎么办？"

"我就是想看看你不穿毛衣时开枪与原来有什么不同，看看会怎么样。"

"每个人都在我身上做试验。为什么我不能就这样出去开一枪，干干脆脆地杀死猎物呢？"

"你现在要去做的就是这件事，没什么不可以的。"

我们经过那条跑道向外驶去。太阳就在我们的左边，而狂风掠过草坪，从我们的右侧袭来。大朵大朵的黑云飘浮在山脉与连绵起伏的群山之间。树木和灌木丛在山头的黑云之下，在夕阳的霞光映照之下，都变成了暗绿色。草坪上开着白花，看起来原野就像是一片月光。我想，这是一种奇异之光，可能是风扬起了尘埃，吹到了西边，那儿并没下雨。

断断续续的猎区在我们的右前方。我看见两群角马在一片草场上进食。一头年迈的公角马躲在离树丛不远的地方。我对穆秀卡点了点头，见他已经看到了那头角马，便向他做了个手势，让他绕个大圈子，把车开到左边去，然后再往回开到树后角马看不到的地方。

我示意穆秀卡就在离树大约两百码的地方停车。恰罗拿着一副田野望远镜，跟在下了车的玛丽后面。带着6.5毫米口径曼利夏步枪的玛丽，一着地便将枪栓提了起来，先拉后推，见子弹滑入枪膛后，再把枪栓放了下来。接着，保险栓又被她打开了。

"我现在要怎么做？"

"那头躺着的公角马，你看到了吧？"

"看到了，我看到树林里还有两头呢。"

"试试看你和恰罗能走到离那头老角马多近的地方。你看到那丛树了？现在的风不错，你们应该可以走到树那儿。"

"看到了。"

"如果恰罗离开你去射击马群，他会指给你看的。"

我吩咐了恰罗几句，他点点头说："知道了。"然后，他们就往前挪身。我们没有一个人说话。我做手势，示意穆秀卡回到我们的来路上，那样猎物就能被我们看到了。如果我们进入了角马的视野范围，我知道它们肯定会盯着我们，而不是从树林里跑出来的任何东西。它们知道，丛林里没有什么好恐惧的东西，而且这些老角马也不会离它们太近。公角马们更有可能在它们吃草的时候穿过树丛。它们很可能在傍晚的时候躺在林荫之下休息。我经过的时候看见那些老角马仍然躺在地上。穆秀卡待在汽车旁，我们看见恰罗和玛丽正朝树林走去。这是为公角马增添了一层绝妙的、掩护的、茂密的、孤立的树丛。缠着个女式头巾的恰罗，他走路时，身上穿的那件旧蓝色夹克被卷起了一半；紧跟在他身后的玛丽，紧盯着在前面引路的恰罗的脚后跟，模仿着他的动作。

　　躺在地上的老角马，头部巨大，羚角往下旋，十分宽大，躯体粗壮，看上去黑糊糊的一团，十分怪异。恰罗和玛丽向树丛接近时，角马站起身来，它在阳光下显得更黑也更怪异了。它侧对着玛丽和恰罗，并没有发现他们俩，眼睛却看向我们这边。我对那头角马体形的精致和奇异赞叹不已，心想：这些动物我们天天见到，对它们太不放在心上了。它虽然相貌不高贵，却极其非凡。看着它，又看到恰罗和玛丽两人逐渐靠近它，我不由得心花怒放。

　　恩古伊说："它很肥。老了，却很肥。"

　　我看着在日光下它的皮毛闪闪发亮，头颅丑陋奇异，却又骄傲地昂着，望向开满花朵的草地那边。它的角很大、很宽，沿着前额往下弯曲，让人印象深刻。一开始，它似乎在看我们这边，但我看它时，它却盯着远处的草地和平原。我拿起望远镜，想看看它在看什么，结果就在我们和沼泽之间，我看到一头正穿过平原的黄色的母狮子。

那头母狮子身子很长，是黄色的，走路的时候一摇一摆，头是低垂着的。

"是母狮子。"恩古伊用斯瓦希里语说道。

"是的。我们走出这儿的话，更好射那头狮子。"我回答。

恩古伊轻声说道："一头漂亮的母狮子。"

"很重，怀了幼崽。"

"是的。"恰罗和玛丽已经快走到树丛那儿了，就在路边，是与公角马背风的，在太阳下玛丽投下了阴影。那头母狮子走的是对角线，正要朝东北离开。我看到公角马仍在盯着那头狮子。然后，在大约两百码的距离之外，我又看到有另一头母狮子跟在前面一头母狮子的后面。这一头母狮子的毛皮也是黄色的，身子长长的，但不如前一头那么重。现在，这两头母狮子被所有的角马盯着，我知道角马们随时都有可能撒腿奔跑。

而玛丽此刻已经走到树丛边上，可以射击了。这时，我看到恰罗往地上一跪，而玛丽举起来复枪，她俯下了头。枪声和子弹敲击骨头的声音几乎是同时传来。角马黑色的躯体往上一跃，重重地倒在地上。其他角马立刻狂奔而逃，我们吼叫着向玛丽和恰罗冲去，拥向草坪。两头母狮子回头望了一眼枪声之处，加快了步伐往前走，但并没有跑起来。

当我们所有人飞奔出猎车时，玛丽和恰罗正站在老角马旁。恰罗非常高兴，刀也拨出来了。每个人都大叫："Piga mzuri. Piga mzuri sana, Mansahib. Mzuri, mzuri, sana." [1]

"那枪打得太漂亮了，我的小猫咪，靠近猎物时的表现也很棒。现在，为了让它少受点苦，你再向它左耳根部开一枪吧。"我抱住玛丽说。

"我不是应该打它的前额吗？"

"就打耳朵根部。不要打那地方。"

她挥手让大家退后，打开保险栓，举起来复枪，检查了一遍，然后深吸一口气，再吐出来，将重心移到略往前迈的左腿上，开了一枪，不偏不倚，这一枪正好在角马的左耳与头颅结合处打出了一个小洞。角马头轻轻地转到一侧，它的前腿渐渐松弛了下来。这头角马死时也流露出了一种尊严。我搂住玛丽，把她的身体转过去。这样恰罗将刀插进角马身上那个突起

---

[1] 这是斯瓦希里语，意为"打得好"，Piga意义丰富，在这里是"射击"的意思。

的地方[1]，就不会被她看到了。为了使角马成为伊斯兰教徒们的合法食用肉，恰罗必须这么做。

"就像你期望我做的那样，我走得离它那么近，打得又那么干净利索，你难道不高兴吗？你难道不为你的小猫咪感到一点儿自豪吗？"

"你靠近它时干得非常出色，它被你一枪就打死了。它没受什么痛苦，根本不知道发生了什么事。你真是太棒了。"

"我不得不说它看上去大得可怕，而且还显得有些凶恶。亲爱的。"

"从我们站的角度看去，它很强壮，也很威武。你有没有看见那两头母狮子？"

"没有。在哪儿？"

"已经走开了。小猫咪，你走吧，坐到车里去，去吉妮酒壶里倒杯酒喝。我去帮他们将角马放到后备箱。"

"我刚用来复枪给十八个人打到了食物，来和我一起喝一口。我爱你，想和你喝点酒。难道恰罗和我走得还不够近吗？"

"不可能做得更好了，你靠近得很漂亮。"

---

[1] 指角马的喉部。

放在那只旧的西班牙式双子弹袋其中的一个口袋里的吉妮酒壶，只不过是用我从前一个很出名的银质酒壶的名字命名而已，其实是在苏丹哈米德我们买的一品脱戈登杜松子酒的酒瓶。在一次战争中，那个酒壶被我带到一个海拔很高的地方，它爆裂开了，一瞬间让我感觉自己的屁股中了一枪似的。旧的吉妮酒壶从来没修好过，但它的名字被我们给了这个矮胖的容量为一品脱的酒壶。形状瘦长的旧吉妮酒壶，很适合挂在臀部，在银色的旋转式瓶盖上刻着一个姑娘的名字，但它所目睹的战斗的名称，和那些从酒壶里喝过酒而如今已经亡故的人的名字，并没有出现在瓶身上。即使刻成最不起眼的大小，旧吉妮酒壶两侧也都会被这些名字盖得严严实实。而这个毫无惊人之处的新吉妮酒壶却有着很高的地位，都快成为部落的标志了。

玛丽从壶里倒了一口酒喝，我也喝了一口。"你知道吗，只有在非洲，纯杜松子酒才像水一样清淡。"玛丽说。

"比水该浓烈一些吧？"

"我是在打比方。我想再喝一口，如果可以的话。"

那些味道很好、很纯的杜松子酒，使人感觉周身舒畅，暖人心脾。这酒与水对我来说，是有天壤之别的。我把水袋递给玛丽，她喝了一大口，说："水也很好喝。

在水与酒之间作比较不公平。"

我把吉妮酒壶交给玛丽。我向后车厢走去，为了把那头角马抬上去，猎车后挡板已放了下来。公角马在被抬起来推进车之后，便毫无尊严了，犹如刚被吊死一般，灰舌向前伸出，双眼呆滞，头部歪扭得厉害，大腹便便。抬角马时，恩古伊和穆秀卡花的力气最大，抬完后恩古伊将手指伸进了离角马肩头不远的弹孔里。我点了下头，便关上后挡板再扣紧，然后从玛丽手中要来水袋，洗了洗手。

"喝口酒吧，爸爸。你为什么看上去这么忧郁？"她说。

"我并不忧郁。不过，我是想要喝口酒。我们还必须为黑帝、恰罗、穆文迪、你和我打一只汤姆逊瞪羚，或是黑斑羚。你还想打吗？"

"我是很想打黑斑羚。不过，我还是不打了吧，好吗？今天我不想再开枪了。从现在起，什么时候我想打了我再打。我不想把今天的情绪全破坏掉。"

我说："小猫咪，你打到它哪儿了？"我其实心里实在不想问这个问题。喝点酒来问，显得不至于太随意，又轻松些。

"你看到过那个洞的。正好穿过肩部中心。恰巧是正中心。"

刚才从公角马脊柱上部的小弹孔里流下了一大滴血，我看到那滴落在肩部正中心的血了。当时那头正躺在草地上的黝黑奇异的角马后半部已经完全僵直了，而前半部缓缓起伏，尚有活力。

"太棒了，小猫咪。你确定你不想再射杀另一头了？"我说。

"不想了，我希望你去射杀。你也应该勤于练习。"

当然，我想是这样的。也许，我应该这样。我又喝了一口酒。

"让我来拿吉妮酒壶。我不用打了。我打中那头角马让你非常满意，这一点让我开心。我真希望老爹当时也在场。"玛丽说。

虽然近在咫尺，她却将子弹射到所瞄准目标上方十四英寸处，结果漂亮地击中脊柱上部，杀死了那头角马。但老爹不在。看来还是有些问题。

我给穆秀卡指路，告诉他我们应该怎么走，然后说："汤姆逊瞪羚。"

恩古伊问道："Hapana pala（打一只黑斑羚不好吗）？"

"Hapana（不），玛丽女士一会儿会射另一头角马。"

我们迎着风背着阳光继续穿越猎区。我看见在我们前方有一些臀部上有四方形白斑的大瞪羚，还有一些不停地摆动着尾巴的汤姆逊瞪羚在吃草，我们的车一靠近，它们就纷纷跳开了。接下来该干什么，恩古伊和恰罗都知道。转过身来的恩古伊，对恰罗说："吉妮酒壶。"

恰罗拿起放在椅背上，位于倒立着的步枪和放在夹钳中的猎枪之间的酒壶递了过去。恩古伊旋开壶盖，又把酒壶递给我。我喝了一口，这感觉与喝水是全然不同的。因为和玛丽一起猎狮时，我身负重任。我是绝不能喝酒的。但现在，我们猎到了老角马，大家都很紧张，需要喝口杜松子酒来放松一下。我们几个人中，只有搬运工兴高采烈、自豪不已，还一点儿也不紧张。当然，玛丽也是如此。

"他想你给他露一手。露一手给他们瞧瞧，爸爸，一定要露一手啊。"她说。

"好吧。再打一回让你们瞧瞧。"我说。

我伸手去拿吉妮酒壶，恩古伊摇了摇头，他说："Hapana，好极了。"

有两只公瞪羚在前面的一块空地上吃草。它们的头比一般瞪羚的长一点儿，匀称美观，不断地摆动短尾，吃得又快又急。穆秀卡点点头，表示已经看见它们了，接着调转车头，这样，我向猎物靠近时就有东西掩护一下了。我把斯普林菲尔德步枪里的子弹倒了出来，我放进两颗实心弹，拉下枪栓，下了车，仿佛对它毫无兴趣一样，走向茂密的灌木丛。因为灌木足以遮挡住我，我并没有俯下身来，而且我已经总结出，在向猎物靠近的时候，如果四周有其他动物，最好是装出毫不在意的样子，站直了走。要不然，你就会惊动看得见你的猎物，吓跑你欲捕杀的猎物。想起玛丽要求我露一手，我便小心地举起左手，在颈部一侧拍了一下，向大家宣布我要打的位置。打汤姆逊瞪羚这样的小型猎物，而且在猎物可以奔跑的情况下射击，一般是没有人会宣称要打它们的颈部的。如此一来，若我打中其他地方，那也是一文不值。但如果我打中的话，就能鼓舞士气；打不中的话，也不要紧，因为这本来就是不太可能的。

这样走在镶嵌着白花的草地上，让人有种赏心悦目的感觉。我慢慢地往前走，手中的来复枪紧靠着右腿后侧，枪口向下。我什么事也不想，向前走时，只想着那天傍晚有多美，我能在非洲有多幸运。现在，我已经走到树丛的右边界。这时，我本该蹲下来爬行，但地上的花又多，草又很茂密，还戴着眼镜的我已经老得爬不动了。因此，我把枪栓往后拉，与此同时，将手指按在扳机上，以免发出咔哒声。接着，我又把手指挪开，将枪栓轻轻地压低到射击的位置。随后，我又检查了一下后瞄准器上的小孔，便跨过灌木丛右边界，走了出去。

我一举起枪，两只公瞪羚便全速奔跑起来。在我跨出去的时候，离我较远的一只，还转头看了我一眼。它们一蹦一跳地摆动着小蹄子飞跑了出去，我瞄准第二只公瞪羚，将重心倾斜到往前迈的左腿上，让枪口跟着它转；然后，我将准星平地扫过它的身体，一超过它的头，便扣动了扳机。来复枪的枪声响了。第二颗子弹被我推到枪膛中，去在空中，它的白肚皮和腿正缓缓向下沉。它是被我击中臀部后才将它推倒的，希望没有射中它的脊柱上部和头部。此时，我听到卡车开过来的声音，恰罗从车上跳了下来，拿着刀，朝瞪羚跑去，然后便定在那儿不动了。

"Halal.[1]"我走过去说。

"Hapana."恰罗说着，用刀尖碰了碰可怜的死瞪羚的眼睛。

"是合法的，不管怎么说。"

恰罗说："Hapana."他那时的表情几乎要哭了，我可从没见他哭过。这是一个信仰危机，而他又是个

---

[1]斯瓦希里语，意为合法的（食物）。必须由虔诚的伊斯兰教徒在颈部划一刀，才是合法的食物。但这只瞪羚是海明威射中颈部毙命的，所以恰罗这个伊斯兰教徒感到很沮丧。

年迈虔诚的人。

"好吧。恩古伊,你过去刺它一刀。"我说。

因为恰罗大家一直都很沉默。他走回猎车另一边,而猎车这一边就只剩下我们这些不信教的。穆秀卡想到他父亲被剥夺了吃瞪羚肉的权利,便咬着嘴唇,他与我握了握手。恩古伊强忍着没有笑出来。虽然他很想笑。老爹留给我们的扛枪伙计的脸庞如精灵般,是深棕色的。此刻,他一手托着头,做痛苦状,然后,又对着自己的脖颈拍了几下。搬运工在一旁看着我们直乐,觉得与猎手出来,既是快事,也是蠢事。

玛丽问道:"你打中它哪儿了?"

"脖颈。我想应该是的。"

恩古伊把那个洞指给她看。他和穆秀卡、搬运工一起收拾了瞪羚羊,把它扔在了汽车的后备箱。

"这也太邪门了吧。我让你露一手,可没让你这么炫耀啊。"玛丽说。

"恰罗。Piga kanga(去打几只几内亚家禽)。"我说着,将手搭在了他的肩上,他和黑帝、穆文迪都喜欢珠鸡,我知道。

"太棒了。"他说。斯瓦希里语里是没有同情这个词语的。

我说:"我知道。"

　　他说："Hapana halal（不合法），Kufa（死了）."
然后，他从瞪羚羊的脖颈处撕下一块肉，然后大笑起
来。再接下来，每个人都开始撕瞪羚羊的脖颈。我给
自己也撕了一块，感觉很不错。

　　"Buona notte.Buona note kubwa sana."恩古
伊说道。

　　"你这个浑蛋。我可不知道你在说什么印度语。"
我说。

　　"是阿比西尼亚语。Mingi Buona notte（无数次
晚安）.Adesso piga kanga（现在，开枪射那只家禽
吧！）."他说。

　　我说："很好。"穆秀卡开始朝那丛茂密的灌木
丛走去，我们曾在那儿见过珠鸡出没。

　　"带上枪。"恩古伊对恰罗说。意思是要递给他
我那把旧手枪。

　　当我把枪抛过去的时候，他说："Molto grazie（非
常感谢！）."

　　他递给我那个吉妮酒壶。我将它递给玛丽。

　　她说："我感觉你的那股疯狂劲儿又起来了。"

　　士气正旺。

　　穆秀卡知道珠鸡在哪儿。就在最后一抹余晖之中，
我们看见珠鸡们散落在一棵大树周围。我用手枪敲了

敲地面，恩古伊和恰罗就跟上了我。我迅速跑到右边，那群珠鸡开始扑向空地，头部低垂着，我挑了其中的一只并朝它开了枪，那些珠鸡纷纷扑腾着飞了起来，还掉下来了两只。它们栽了一个又一个跟头，拍打着翅膀，而老爹的那几个男孩正在捉它们。恰罗呢，则在一旁补枪。恩古伊和我跑到右边，看到一只豚鼠就像一架直升机一样，正扑闪着翅膀要飞起来，我朝它开了一枪又一枪，它终于被我击落了。恰罗跑上前去，盯着那只看起来真像死了一样的豚鼠。

我说道："踢它一下，恩古伊。"那只豚鼠又开始扑腾翅膀。恰罗割破了它的喉管，将它扔给老爹的那个守卫。他是我的好朋友之一，也是我们这个蹩脚团队的成员之一。我总是记不住他的名字。他咧嘴一笑，因为背着合法的犹太枪双臂显得很沉。

我对恩古伊说："让我们试一下这棵树。"

他说："也许可以。"我们四人开始朝着落日射击。

"君王在这里。"恰罗说。

他指着一棵树，一只豚鼠正平躺在那棵树突出的枝节上。那只躺在那根树枝上的豚鼠，就像是个树瘤。我屏住呼吸，小心地瞄准，紧紧夹住手枪，就好像这是一支步枪一样。我一开枪，在茂密树冠中的那只豚鼠惊醒了。我朝它飞快地开了四枪，听到两声"扑通扑通"的声音。老爹的守卫已经打下了一大堆豚鼠，他、恩古伊，还有恰罗正在那儿收拾。

现在太阳已经西沉了，穆秀卡将猎车开了上来。

我问恩古伊："七只？"

"是的，七只。"

他哈哈大笑起来。他的前臂上留下了一条血痕，有一只豚鼠抓伤了他。他去抓那只豚鼠的时候，被它抓了一下，从前臂的内侧一直划到腕部，以抗议恰罗祭奠似地割断它的脖颈。所以，在它的脖子被割断之后，恩古伊被它抓了七下之多，它被恩古伊扔进了猎车的后备箱，恩古伊没有一点儿同情。

"完事了。"我说，示意他都结束了。

我们一行人坐进猎车，风尘仆仆地驶向营地。每个人都觉得很尽兴，很放松，而乡村之景又是如此美丽。

恩古伊问道："吉妮酒壶呢，喝一杯？"

我说："为什么不呢？"

他说："Buona, notte（晚安），豚鼠。"

"晚安，豚鼠，我亲爱的，我的心肝宝贝。晚安，豚鼠，晚安。"我轻声说道。

穆秀卡既听不到我说的这些话，也听不明白。但他就仿佛他没有聋哑一样会意地哈哈大笑。这是一首死亡之歌，是一个笑话。他知道。

我们再没有说一句话，一直驶回营地，很小心地停了车，把玛丽放下来，也没有激起尘土。

"今天下午玩得很开心。谢谢大家了。非常感谢。"她说。

穆文迪会在帐篷里替她准备好热的洗澡水，往帆布澡盆中一倒就可以洗了。她走向帐篷。她对自己那一枪非常满意，这让我很高兴。有吉妮酒壶做伴，我相信一切问题都是可以解决的。见鬼去吧，那在二十五码外打狮子时垂直十四英寸的误差。一定不会再有这样的误差了。再想一想，我们不可能发挥得更好了。汤姆逊瞪羚被我们完美地射杀了，我们还额外进行了一场射杀豚鼠的练习。我很开心老爹不在这儿。一想到这，绅士们，所有的不开心都烟消云散了。

猎车轻轻地倒出来，停在外面的场地上，在那里我们便将角马宰杀剥皮。黑帝出来了，其他人跟在他后面。我走过去说："夫人射死了一头角马，手法很漂亮。"

黑帝说："很棒。"

我们没有关猎车的车灯，以便将猎物开膛。我最好的刀被恩古伊取了出来，他与已经蹲在角马旁开始工作的剥皮工一起干起来。躺在一边的汤姆逊瞪羚，看起来很脏，全身僵硬。珠鸡　堆堆胡乱地码在一旁。

我走过去，拍了一下恩古伊的肩膀，把他拉到灯光照不到的地方。他懂得我的意思，很快便跟了出来，虽然他非常热衷于宰杀猎物的工作。

"在背脊上方切下一大块好肉给村里人留着。"我说着，用手在他的背上比画了几下。

他回答："Ndio（好的）."

"用一块干净的腹部皮把肉包起来。"

"好。"

"再给他们一大块普通的肉。"

"Ndio."

我想多送些肉过去，但知道这样做不对。我对自己说这些肉对今后两天的行动是必不可少的，以求安抚自己的良心。"再多准备些炖肉给他们。"想到这一点，我又对恩古伊说。

然后，我便从车灯照射处走开，走到炊火刚好照不到的一棵树下。寡妇和她的小男孩，还有黛巴正在那里等我。他们都穿着颜色鲜艳但有点褪色的衣服，正倚靠在树上。小男孩跑了出来，一头撞在我的肚子上，我吻了吻他的头顶。

我问。"还好吗，寡妇？"她摇了摇头。

我对黛巴说："Jambo tu（你好）."我也吻了

一下她的头顶。她笑了起来。我抬起手，放在她的脸和脖子上，她既不动，也不激动，这是一种独特的可爱模样。她往我胸口上撞了两下，我又吻了一下她的头。寡妇走开了。我听到一个口吻严肃的声音响起："每个人都很高兴见到你。兄弟。"黛巴脸色阴沉，就像是个历经沧桑的美国银质印第安人雕塑，"每个人一直在等着。这些食物都给大伙儿吃了。"

"有一些脖颈肉是给你的。和你说一声。你等等过去拿了吧。"我说。

黛巴走开了，在夜色中消失，然后走进了亮光中。那些忙于屠宰的人没有一个注意到她。我看见她披着一条披肩，戴着一顶帽子。

寡妇显得非常紧张，她说："Kwenda na shamba."这句话的意思是让我到村里去。黛巴可爱的瓦卡姆巴式的放肆已然消失无踪。她什么也没说。我抚摸了一下她可爱而低垂的头，又碰了碰她耳朵后面秘密的地方。她也偷偷地抬起手，触摸了一下我手上最深的伤疤。

"穆秀卡现在要开车送你们回去了。我让他带了些肉给你家里。我不能去。Jambo tu."我说。为了快点解决问题，这是我所能说的最温柔也是最残忍的话。

寡妇问："你什么时候能来？"

"只要我有任务，什么时候都有可能。"

"圣诞耶稣生日前，我们会到罗依托其托克去吗？"

我说："当然。"

黛巴说："Kwenda na shamba（走吧）."

"穆秀卡会送你们走的。"

"你也来。"

"No hay remedio（不可挽回）." 我说。这句话是我最早教她用西班牙语时所说的句子之一，也是我所知道的西班牙语里最伤心的一句。我想，大概应该让她早点学会这句话。因为我没对她解释这句话的意思，只说她必须要学会。她说这句话时总是很小心。她以为她正在学的这句话是我的宗教信仰的一部分。

她骄傲地说："No hay remedio."

"你的手很硬朗，也很美。你是恩格玛鼓会的女皇。"我用西班牙语对她说。这是我们之间最早开的玩笑之一。我翻译时很小心。

"No hay remedio." 她的语气很谦恭。然后，她在黑暗中极快地说了几声："No hay remedio. No hay remedio. No hay remedio."

"No hay remedio, tu. 拿着肉走吧。"我说。

那天夜里，我耳中听着鬣狗们因为屠宰后的丢弃物而争抢和吠叫，眼睛却望着帐篷外的火光，脑子里想的是玛丽。因白天能干净利索地靠近并射杀猎物而心满意足，她一定睡得很甜。那头大狮子在哪里，正在干些什么，她一定还很想知道。我猜它在往沼泽过来的路上还会再杀死别的动物。然后，我又想到关于瓦卡姆巴村的问题。我满心懊恼，因为与瓦卡姆巴村发生了关系。对于这个问题，我一点儿办法也没有。不是我有心要和他们有什么关系，就那么自然而然地发生了。现在已经是No hay remedio了。也许从来就没有什么挽回的办法。接着，我又想了想狮子和瓦卡姆巴族茅茅，想到从第二天下午开始，他们就可能会到我们这儿来。如果他们有什么车具的话，明天随时都有可能过来。现在，我和黑帝一样，相信他们不会来这儿的。但是就像我们确信他们会来一样，我们必须有所防备。

就在此时，一瞬间，所有夜晚的声音似乎都停止了。我想糟了，大概是瓦卡姆巴茅茅来了。我真是不负责任。接着，我便拿起温彻斯特猎枪，枪里已装上了大号铅弹，我侧耳听着动静，由于心怦怦直跳，于是，我张开了嘴，这样听得更清楚。这之后，夜晚的声音又响动了起来。我听到在小溪旁一只豹子在咳嗽。那咳嗽声好像是用蹄铁工的锉刀拨拉低音提琴C弦发出的声音。咳嗽声又响一下，整个黑夜都被四处寻觅猎物的豹子惊动了。我把猎枪放回腿下，开始入睡，心中荡漾着为玛丽小姐感到的自豪和对她的爱意，还有为黛巴感到的自豪和对她深切的关心。

第八章

一般早上都会有很多事情需要处理。拂晓时分，我起床，向外走到炊事帐篷和伙计营房那边。除了老爹和吉·克，不管是玛丽，还是我，都不会把这些男人们称为孩子。因为老爹和吉·克都很爱瓦卡姆巴族人，而吉·克同样也爱马赛族人。玛丽和我都和马赛族人相处得不错，如果欧洲人和马赛族人没有区别的话，我宁愿做一个马赛族人。玛丽在我面前，而且只有我们两人单独相处时，她就称呼他们为"孩子"，有时，在她面前我也会提到"孩子"。她是从老爹那儿学来的，在老爹面前我们经常说"孩子"。但是她总是能记住并正确地叫出他们的名字。

黑帝做事一向保守，这天早上更是如此。整个营地被我们以一种军事化的方式视察了一遍。看得出，他对一切都很满意。我们的肉包在干酪里挂着，足够营里的人吃三天。那些早起的人已将一些肉串在铁丝上，烤了起来。

我问道："黑帝，你为什么不吃角马肉？那是合法的。"

他摇摇头，笑了，我知道我问得并不合适。

他说："Hapana，角马。"看来我得问问别人了。然后，我们又再次确认了一下，如果茅茅到四个村子里的任何一个时，我们就会采取拦截措施。

他说："他们不会来的，尽管这个计划很好。"

"昨天晚上豹子出现之前的那阵子寂静，你有没有听到？"

"听到了。不过，那可是一只豹子啊。"他微笑着说。

"你没想到可能是那伙人来了吗？"

"想到了，但结果不是。"

"那好吧。请让穆文迪到火边来找我。"我说。

圆木未燃着的一端已经被伙计们推到一起，一些树枝盖在灰烬上，又生起了一堆火。我走到火边，开始喝茶。此时，茶已凉了。穆文迪便带了壶新沏的茶过来。他和黑帝一样循规蹈矩，一丝不苟，也一样的富有幽默感。只不过，他比黑帝粗俗了些。穆文迪年纪不小了，看上去像个皮肤漆黑、脸庞窄长的中国人。他会说些英语，理解力比会话能力强。所有的钥匙，帐篷内务，包括铺床、送洗澡水、洗衣服、靴子和送早茶，还有我带来支付游猎花销的所有的钱款，都由他负责保管。钱被锁在一口锡皮箱里，钥匙由他保管。他喜欢别人能像过去相信他人一样信任他。他教我的瓦卡姆巴语，与我从恩古伊那里学来的瓦卡姆巴语不太一样。他认为我和恩古伊给对方的都是坏影响，但他年纪大了，看得多了，只要是不干扰他工作秩序的事，他一概不会劳神去管。他让我们的游猎生活井井有条，舒适愉快。他喜欢工作，喜欢担负责任。

"主人想要什么东西吗？"他严肃而谦卑地站着问。

我说："我们营里的枪和弹药都太多了。"

"没人知道的。都是你从内罗毕秘密带来的。在基坦加没人看出破绽。我们运枪总是很保密的。没人看得见，没人知道。你睡觉的时候，手枪总是放在腿边的。"他说。

"我知道。但如果我是茅茅，就会在夜里袭击这个营地。"

"可你不是茅茅。如果你是茅茅，会发生的事就多啦。"

"说得好。但如果你不在帐篷里，总该有个人在这里拿着武器守卫一下吧。有武器的人可以和前KAR轮流站岗。我已经决定这么做了。黑帝会给你安排表。

但是因为你是帐篷的主人，我希望先告诉你一声。"

"我不想让任何人到帐篷里去。帐篷由我来负责。请你让他们在外面站岗吧，主人。"

"那就让他们待在外面吧。"

"主人，他们要来营地的话，就得穿过一片开阔的平地。人人都会看见他们的。"

"恩古伊和我都已经三次经过那棵无花果树，横穿整个营地，也没人发现我们。"

"我看见你们了。"

"真的？"

"两次。"

"为什么你没有提起？"

"你和恩古伊所做的每件事我没必要都说出来。"

"谢谢你。好了。你现在知道安排守卫的事了。如果我和夫人不在，而你又要离开帐篷，就把守卫叫来。如果夫人在，而你不在，也要去叫守卫。"

"是。你不喝茶吗？都凉了。"他说。

"我今晚要在帐篷周围设几个陷阱，再在树上留盏灯。"

"棒极了。我们还要生一堆大火。木头，黑帝已经让人送来了，这样，卡车司机就有空了，随时可以到任何一个村子里去。但说是会来，其实那伙人不会来。"

"为什么你说得这么肯定？"

"因为到这里来自投罗网是很愚蠢的事，但他们并不蠢。这些可是瓦卡姆巴茅茅啊。"

"但是我必须有所防范。请将恩古伊叫来。不，打电话给他。"

"Jambo，主人。"恩古伊摇摇摆摆地进来了说。

"恩古伊，从马切斯科过来的人为什么要走这条路？"

"主人……"

"好的。就和大家一致同意的一样，我们会设下陷阱的。"我说。

恩古伊说："棒极了。"

他和穆文迪回到自己的住所去了。我坐在火边，饮着那壶新沏的茶。畜牧征战是马赛族人擅长的，但他们不是猎手。瓦卡姆巴族则不仅会打猎，而且是我所见过的最擅长打猎和追踪猎物的部落。如今，白人已经把他们的猎物打光了。他们自己耕地上的猎物也被猎完了，马赛族人的耕地成了唯一可以打猎的地方。他们自己耕地上的人太多了，土地耕种过度，一旦不下雨，牲畜就没地方吃草，谷物也没了收成。

坐着喝茶的我，脑中思考着营地人员之间所存在的一道裂痕，尽管这道裂痕并不会破坏大家的感情。游猎队成员之间在气质和外貌上的差异，并不是信教与不信教、好与坏、老手与新人之间的差异。从根本上来说，这是功绩卓著、行动积极的猎手与战士和其他人之间的差别。过去黑帝曾是一名战士，一个斗士，一位了不起的猎手，尤其是追踪猎物的高手，是他以丰富的经验、知识和深刻的权威将游猎队团结到了一块儿。但黑帝是拥有大量财产的保守派阶层，保守派的地位在这个不断变化的时代是很难巩固的。没有经历过战争的营地年轻人，由于整个地区已没有猎物，也从未学会打猎，因而本性纯良，又缺乏经验的他们，没有成为偷猎手，也没有成为专偷牲畜的盗贼。恩古伊和那些坏男孩被这些年轻人敬仰，因为他们都是先在阿比西尼亚苦战，后到缅甸厮杀了一番的勇士。凡是年轻的伙计都站在我们这边，但对黑帝，老爹仍十分忠诚，对本职工作也不敢怠慢。他们都是志愿者。我们并不试图去招他们入伙从而改变他们的信仰，也不想把他们带坏。

　　如果老爹还在这儿，黑帝就会把所有事情告诉他而不会告诉我。他只会告诉我真相，却不是那么回事，他不会说出部落的秘密。恩古伊曾把整个情况对我说了一遍，他很信任我，并认为这样做是对部落忠诚的表现。我知道瓦卡姆巴猎手和我们之间已经共同走了很长的一段路。但当我坐在那里，一边喝着茶，一边望着随着阳光改变颜色、树干发黄的绿叶树时，我想到的却是我们到底走得有多远。喝完茶，我走到帐篷外面向里瞧。玛丽喝完早茶的空碟旁边是帆布床，垂在一侧的蚊帐，触到了帆布地毡。已重新入睡的玛丽，一头金发蓬乱得很可爱。微微晒黑的脸倚在枕头上，她的嘴唇对着我这个方向。正当我和往常一样，看着她睡觉，被她的美貌所打动的时候，在睡梦中她绽开了浅浅的一笑，不知道梦到了什么。我从床上的毯子底下拿出那支猎枪，走到帐篷外，卸下枪筒里所有的子弹。这个早晨，玛丽又可以睡得充足些了。

恩古伊正在打扫帐篷，我走进用餐帐篷，告诉他我想吃什么早餐。我点的是一个煎蛋三明治，蛋要煎老，里面包上切片的生洋葱和火腿，或是香肠。我又说，有水果的话可以给我来一些，另外我想先喝一瓶啤酒。

我和吉·克吃早餐时总是要喝点啤酒的，除非当天要猎狮子。早餐前或早餐中喝点啤酒是很愉快的事，但会减慢你行动的速度，虽然很可能只不过是千分之一秒的差别。但从另一方面来看，在身体状况不好的时候，喝啤酒会使你感觉舒服些，因此起床太晚或是胃部绞痛时，喝啤酒是有好处的。

恩古伊打开啤酒瓶盖，倒了一杯。他总是能使啤酒泡沫在倒完酒后才开始往上升，直到超过玻璃杯的边缘，却又不向外溢。他很爱倒啤酒。长得和女孩一样俊美的恩古伊，丝毫没有女人气。以前，常捉弄他的吉·克，问他是不是常拔眉毛。因为原始人最大的乐趣之一就是反反复复地修整自己的外貌，他很可能的确是常拔眉毛的，这个习惯与同性恋是毫无关系的。不过，我想，吉·克对他的捉弄是有些过分了。我们有时会带他一起打猎，他腼腆、友好、忠心耿耿，侍奉主人用餐很能干，而且对猎手和战士也颇为崇拜。他常常惊诧不已，因为他对动物一无所知，所以大家都爱拿他开玩笑。我们开他玩笑时也是善意的，而他每次打猎后，都有长进。凡是不致残、不致命的伤口和灾难，都被我们这些人当作是极为好笑的事来看待，对这位心思缜密、性情温顺、对人充满爱心的孩子来说，这是一个极大的刺激。他实际上只是个见习厨子，一个侍奉主人用餐的伙计，尽管他很想成为一名勇士，一名猎手。那年我们在那儿的时候，过得很愉快。他最大的快乐之一就是替有资格喝酒的人倒啤酒，他自己则还不到部落法规定可以喝酒的年龄。

我问他："你听到豹子了吗？"

"没有，老爹，我睡得太死了。"

　　说完，他就走开了，去取吩咐厨子准备三明治，然后匆匆回来给我倒酒，顺便看看洋葱有没有被我们吃完。这些洋葱太硬了，以至于像中了魔法一样很难掰下来。我告诉过他，我吃它们时是把它们当成部落的某样东西的，这会给我勇气，他也试了试。但是洋葱把他熏出了眼泪，他宁愿倒啤酒。啤酒既新鲜又冰冷，让他喜欢。而吉妮酒壶和洋葱是神奇生活的一部分，就像喜欢倒啤酒一样，他喜欢将吉妮酒壶灌满。

　　另一个侍奉我们用餐的伙计叫姆斯比，他身材高大，长得很英俊，性格粗犷。他穿着绿色的侍者袍时，总好像是在参加化装舞会似的。他将绿色的无檐帽歪戴在头上，对袍子的穿法也进行了一番设计，以便能够达到这个效果，显示出他虽然因身为侍者而尊重这身长袍，但心里还是意识到这袍子有一点儿可笑。不过，不久姆斯比就要改行做饭了。因为，原来的厨子很快就要回家，并且要把分配好的食物送到各人的家里去。而玛丽和我两人吃饭时也不需要两个侍者。

　　和不包括我在内的所有人一样，他对公告员非常讨厌。那天早饭时，公告员又出现在用餐帐篷外，姆斯比听到他谨慎的咳嗽声，意味深长地望了我一眼，鞠了一躬，微闭上双眼，和恩古伊一起出去了。

　　"进来吧，公告员。有什么消息？"我说。

公告员说："兄弟好。发生了一些奇怪的事。"他用披肩将自己裹得严严实实，进来后，便摘下了头上的馅饼式男帽。

"什么？"

"你的一些人鬼鬼祟祟地在村里喝酒。他们现在还在那儿喝。"

"哪个村子？"

他说出了村名。

我拿出便笺，记了下来。很对路，防护屏起作用了。

"在你的村子里还有别的人也喝酒吗？"

"是的。我讨厌说出他们的名字。"他说。

"说出来吧。"

他说了。我知道是那道防护屏，或者说类似的东西，已经建成了。

"你是一个勤奋的、忠诚的公告员。那条路上还有别的消息吗？"我说。

"在罗依托其托克镇下面，警察在那儿建立了一个新的路障，所有的交通工具都不能通行。"

"这个早晨你过得怎么样？"

"不是很好，兄弟。"

"我会给你一剂泻药的。"

"我不觉得一剂泻药就能治好我。"

"我会给你两剂泻药的。"

"兄弟,你对我真好。我工作很卖命,也做得不错。"

"你需要泻一泻。对你身体有好处。"我说。

"那是自然。也是为了您和您爱人的健康着想。"他说。

"今天真是太忙了。我希望你能开车去罗依托其托克镇,你看到的、听到的、说过的每一件事都要告诉我。"我说。

"我去过一次。兄弟,也许我可以说,你的未婚妻更健康,也更安静了。"

"我也不知道你在说谁,我没有未婚妻。拿走这十先令用作盘缠吧。走吧。继续做个好公告员。"

"谢谢,兄弟。只有十先令?"

"只有十先令,也许会有更多,那就要看你的消息准不准确了。"

"兄弟,再见。你不会再找到一个比我更忠诚的公告员的。每个人我都会向你报告的。我不害怕。有一个从罗依托其托克镇另一边过来的人要见你。他说大象毁了他的村子。"

"你认识他吗?"

"不认识,兄弟。"

"去把他叫进来吧。"

那位村子的主人进来后便在门边鞠了一躬说："早上好，先生。"

他很高，穿着白色的衬衫、白色的裤子和白鞋，长得不难看，鼻子有点宽，很黑，牙齿不错。我不记得曾在罗依托其托克镇附近见过他。和他握了握手，我想试探一下他的手是不是长了老茧。当我和他握手的时候，他自报了家门，我也告诉了他我的名字。我发现他剃的是镇上茅茅剃的那种短发，头路在一侧，头路上的头发用剃刀刮得很干净。不过，这也许并不意味着什么。

我问："是那几头大象吗？"

"它们是昨天晚上来的，把我的村子给捣毁了。我想，杀掉它们是你的职责。我希望你晚上能过来一趟，杀掉其中一头，然后将其他的赶走。"他说。

我想，那样的话，营地就没有守卫了。所有的人都出去，跑到村里去了，我和这儿的守卫也不在，罗依托其托克镇的茅茅党人正好乘虚而入。你多么愚蠢啊，村主人，我想。

"谢谢你报告大象的事。过不了多久，就有一架飞机要到了，我们会带你一起飞过去，检查一下你村子被破坏的程度，再试着找到那几头大象。你要把你的村子和遭破坏的确切地点指给我们看。"我说。

"但是，先生，我从没乘过飞机。"

"你今天就可以飞一次了，你就会发现乘飞机是很有趣也很有意义的事。"

"先生，但是我从没有乘过飞机，我可能会生病的。"

"是不舒服，不是生病。英语是不能乱用的。不舒服才是正确的词。但是我们会准备纸盒的。你难道不想从空中看一看你的地产吗？"我说。

"是，先生。"

"就像看你领土的地图一样。你可以了解一下你村子的地形特征和轮廓，这一般是看不到的。一定会非常有趣的。"

他说："是，先生。"我对自己感到有点羞耻。但他的头发这么像茅草，营地里的东西又这么多，不由得我不担心营地会遭到武装袭击。假如阿拉普·梅纳、恩古伊和我被什么大象、犀牛的故事骗走，要冲进营地简直是易如反掌。

这时，那人又试图争辩，他不知道越是争辩，就会把事情弄得越糟。

"先生，我想我不应该乘飞机。"

"听着。我们这些人凡是没乘坐过飞机的都很想乘坐一次。能从高空中看到属于你自己的地方可是一种特权啊。你从来没有羡慕过鸟儿吗？你从来不想像鹰，甚至像猎鹰一样吗？"我说。

"没有，先生。不过今天我还是会飞的。"他说。

听他这么说，我便想，即使他真是我们的敌人，或者是个骗子，或者只是想吃大象肉，他的这个决定至少是正确和有尊严的。我走出去对阿拉普·梅纳说这人已经被逮捕了，但先不要告诉他，要好好看着他，不允许他离开营地或者往帐篷里窥视，另外我还说要把他带到飞机上去。

"我会看好他的。让我也飞吗？"阿拉普·梅纳说。

"不，上次你飞得够多了。今天让恩古伊飞。"

"Mzuri Sana.（棒极了，主人。）"恩古伊咧开嘴笑了笑说。

阿拉普·梅纳也咧开嘴笑了笑说："Mzuri."我告诉他说要将村子的主人送出去，并让恩古伊过去检查一下风向袋。如果我们自己修建的跑道上有什么动物，一律都要轰走。

第九章

　　玛丽身上穿着她那清新的衬套，从乱糟糟的帐篷里走出来。这件衬套是穆文迪已经洗过并熨好了的。她看上去全新而富有朝气，就像是这个早晨一样。她注意到我却是在早饭前后就已经烂醉了。

　　她说道："我以为只有吉·克在这里的时候，你才会喝酒。"

　　"不，我常常会在早上你醒来前喝上一点儿。何况现在我没有写作，而且这是一天中仅有的凉快时间。"

　　"你有没有从所有那些在这里聊天的人中，发现一些关于那头狮子的事情？"

　　"没有。没有那头狮子的任何消息。他晚上什么也没讲。"

　　"但你讲了。你昨晚上可是和我之外的某个女孩讲过话哟，你说的'无可挽回'指的是什么？"她说。

"为晚上的梦话我表示歉意。"

"而且你还是用西班牙语说的。所有都是关于'无可挽回'的内容。"她说。

"当时肯定无法解救。真是对不起，我已经不记得那个梦是什么了。"

"我从来没有要求你在梦中也忠实于我。我们将要去捕杀那头狮子吗？"

"你怎么了，亲爱的？我们说好了不去杀那头狮子的，就算它出现了。我们也要将它放生，并让它寻回自信。"

"你怎么知道它就不会走掉呢？"

"宝贝，它很聪明。它一般只有杀了牛之后才会离开，但它要等到玩完这杀戮游戏之后才会找回自信。我是试着用它的头脑思考。"

"也许你思考时还应该用自己的一点儿脑袋。"

"你难道不吃点早餐吗，宝贝？这有汤姆逊瞪羚的肝和腌肉。"我说。

她唤来恩古伊并且很优雅地点完了早餐。

"你昨晚用完茶，睡着的时候在笑什么？"

"嗅，那是个很美妙的梦。我梦到遇见了那头狮子，它对我是那么好，温雅而懂礼貌。它说它去了牛津大学，而且操着一口地道的BBC腔和我说话。我很确定我在哪儿见过它，然后它却突然吃了我。"

"我们生活在非常不同的时代。我猜我看见你笑是在你被吃之前。"我说。

"肯定是这样的。我很抱歉我发脾气了。它吃掉我，是那么突然。它甚至没有给我任何不喜欢我的征兆。也没有像马加迪的狮子那样，它一声咆哮也没有。"她说。

我吻了吻她。然后恩古伊送来了被当地腌肉围绕着的精美的炒肝切片，还有咖啡、罐装牛奶、炸土豆，以及一碟烩杏。

"来，吃片炒肝和腌肉吧。你今天又将度过一个难熬的日子吗，亲爱的？"玛丽说。

"不，我不这样认为。"

"那我能够去飞吗？"

"恐怕不行。但时间允许的话应该是可以的。"

"难不成有很多事吗？"

我告诉她我们有什么必须要做的，然后她说："对不起，我又要生气了。都怪那头吃了我的狮子。来，亲爱的，把这些炒肝和腌肉吃了，然后把啤酒也喝了。在Ndege（飞机）来之前，你就放轻松些吧。没有任何东西会自己闯入No hay remedio（不可挽回）的境地的。你甚至在睡觉时也不要去想了。"

"你难道就没有去想那头要吃你的狮子吗？"

"我不是那样的女孩。我在白天从来不会这样。"

"我真的不是一个No hey remedio的男孩。"

"是。你是有一点儿。但你现在比我刚认识你时乐观多了，难道不是吗？"

"和你在一起当然乐观。"

"并且你也对其他每件事情都感到乐观。对了，要是能再次看到威利将会多好啊。"

"他现在比我们俩任何一个都过得好。"

玛丽说："但是我们也可以尝试着更好呀。"

我们并不知道飞机在什么时候到达，甚至不知道它会不会来。没有任何信号可以证实那年轻的警察官已经被派出去了，但从一点钟开始，我就在期待飞机的出现。假如在丘庐岭或者大山的东侧正有什么天气情况在形成的话，威利就可能早一点儿过来。我跑到高处，查看了天气。在丘庐岭上方有一些云彩，但看上去很平常，而大山也看上去很好。

玛丽说道："我希望今天能飞一下。"

"宝贝，你会飞很多的，今天只是要工作。"

"那我能够飞越丘庐岭吗？"

"我保证，我们将飞遍所有你想飞的地方。"

"在我们猎完狮子之后，我想飞去内罗毕弄点圣诞节的东西。然后及时赶回来，弄一棵树，并把它装扮得漂漂亮亮的。要确确实实漂亮的，因为我要挂上所有的东西，包括每个人的礼物。"在那头犀牛出现之前，我们要选上一棵好点的树。

"在我们猎完狮子之后，威利将会和赛斯纳飞机一块儿下来。然后你就可以去看丘庐岭，如果你想的话，我们也可以直飞上山顶。接下来我们再检查一下我们的财物，然后你就可以和他一块儿回内罗毕了。"

"那我们有足够的钱来做这个吗？"

"当然。"

"为了防止浪费钱，我想让你了解并知道所有事情。真的，我并不干涉你想要做的，只要那对你来说是好的。我所想的全部就是，你最爱我。"

"我当然最爱你。"

"我知道。但同时也不要伤害到其他人。"

"每一个人都会伤害到别人的。"

"而你不应该。只要你不去伤害其他人，或者毁坏他们的生活。我不干涉你做任何事情，而且你不能再说'No hay remedio'了，那太简单了。"

因为我不知道已经碰触到这些事情多少次了，我不知道要再说些什么。有太多的部落事务我都不明白。以我自己的感觉方式，我很自然地做着每一件事情。

我也并没有想要寻找麻烦，可是两者都无法避免。我既不想要自寻麻烦，也不想要敬而远之。玛丽能够理解我，她能这样看，我感到她真的很好并且善解人意。

"当这所有一切都变得不可思议，你将弥补你的一切谎言并生活在这个奇异的世界里。你所拥有时，有时候会变得妙不可言而富于魅力，而我也因之发笑。我感到自己优越于这些荒谬与不真。请理解我，因为我同时也是你的兄弟，而那个脏兮兮的公告员不是。"她接着说。

"是他自己说成这样的。"

"然后，就好像某个人砍掉了你的臂膀一样。突然间所有的荒谬变得如此真实，我的意思就像恩古伊用大砍刀砍下来一样，是真实地砍下来了，而不是在梦中。恩古伊是你的真兄弟，我知道。当你以这种方式死去，每一个人都来笑你。对动物来说，没有人是可受尊敬的。而你却是一个全然以自己的方式行事的异教徒，或者说你什么都不是。昨天，对我们可怜的恰罗来说，就像是一个笑话，因为他是伊斯兰教信徒。"

我依旧什么也没说。

"对那个女孩你说话如此尖锐，看上去就像是看着恩古伊在屠宰牛羊。在一个每个人都快乐的地方，我们是不能拥有可爱的生活的。"

"你难道没有感觉过开心吗？"

"我在我的生活中从没有这样开心过。对我的射击技术你现在有信心了，我今天感到非常开心和自信，这样的状态我希望能够一直保持。"

"会保持的。"

"可是你明白我做的那个美梦突然间变得那么不同的意味吗？这种方式就像是做梦一般，或者说是我们俩孩提时最美好的部分。我们每天来到这里和大山做伴，比任何事物都美好。每一个人因为你们的笑话都很开心。而且每一个人都很喜欢我，我也喜欢他们。但是，后来却出现了其他事情。"

"我懂。这不过是同一件事情的一部分，小猫咪。没有什么东西是外表看起来那么简单的。我不是真的对那个女孩粗鲁。那只是很正式的一种方式。"我说道。

"在我面前请再也不要对她那么粗鲁了。"

"不会了。"

"也不要在她面前那样对我。"

"不会的。"

"你不会带她上飞机，对吗？"

"不会的。我向你保证，宝贝。"

"我希望威利来这儿，或者老爹在这。"

"我也希望。"我说着，又出去看了看天气。在丘庐岭又多积了一些云，但是大山的边缘还是那么清晰。

"你和恩古伊不会把那个公告员放下飞机的，对吗？"

"天哪，当然不会。你以为我没有想过这事吗？"

"我之所以想到这个是因为今天早上我听到你和他谈论这件事。"

"现在是谁开始变得有坏想法了？"

"事情并不是你想的那样坏。你们突然间用那可怕的方式做事情，就好像是不考虑结果一样。"

"我们对结果考虑了很多，宝贝。"

"但是，这其中充满了奇异的突然、人性的泯灭以及残酷的笑话，每一个都是弥漫着死亡气息的笑话。什么时候这些才会再次变得美好而可爱呢？"

"马上就会了。这些荒谬的事情仅仅是前些天的掩饰。无论那些人跑到哪儿都会被抓的，我们并不认为他们会来这里。"

"我讨厌这些猎人。我希望这些都以其原本的方式进行，当我每个早上醒来的时候，总会知道有些惊奇的事情可能发生。"

"宝贝，这些不是猎人。在罗依托其托克不是。"

"嗯，不用再担心了，那些人早晚会被收拾的。"

那只是在北部才会发生的事情。你都从未见过。在这里，每个人都是我们的朋友。

"我只是担心你们会变得坏起来。老爹却从来不会变坏。"

"你真的这样认为？"

"你和吉·克的所作所为是我所指的坏，还有你和威利在一起也会沆瀣一气。"

我再一次出去观察天气。丘庐岭上空的云彩一直很稳定，依然清晰可见大山之侧。在我观察的时候，我想我听见了飞机声。后来我便很确定了，于是我叫来了猎车。玛丽也出来了，我们上车后，从营地一直沿着有机动车印记的路，穿过崭新的绿草坪，向飞机着陆带进发。我们玩着游戏，一路小跑、飞奔。因为飞机的降落，营地也发出嗡嗡声。全新的银色和蓝色机身，可爱的机翼闪耀着光芒。随着飞机的翻板阀徐徐落地，我们几乎与之保持了平行的队列。威利朝着外面微笑着，透过塑胶玻璃，就像是一个模糊的道具走过我们的身边。他操纵着飞机落地，以至于飞机落下来时，就像是一只昂首阔步的鹤。然后，机轮转动向我们开来。

"好啊，伙计们。"威利打开机舱门，笑道。"找到那头狮子了吗，玛丽小姐？"他看着玛丽说。

　　他以一种俏皮而轻快的语调说着，同时迈着伟大的拳击手样的节奏的步伐，飘着走过来，动作完美而柔软，幅度很小。他的声音中透着一种甜美，这确实不假，但我知道这声音甚至都不用转换音调就能说出最致命的事情。

　　"我没能杀了它，威利。它依旧还没出现。"玛丽说道。

　　"可惜。我带了一些零碎物品，需要在这儿了结。恩古伊可以帮我一下。玛丽小姐，有一堆邮件给你。老爹有一些账单。来，给你邮件。"威利说。

　　我接住了他朝我扔来的一个大马尼拉纸信封。

　　"很高兴看见你还保持着基本的反应能力。吉·克要我向你们问好。他正在来的路上。"威利说道。

　　邮件被我交给玛丽，然后我们开始卸载飞机上的物品，一个个包裹和箱子被搬上猎车。

　　"最好不要做任何当前的体力活，老爹。不要累坏了自己。我们要在重要事件上保持体力。"威利说道。

　　"我听说已经取消了。"

　　"还没呢，相信我。不信我们打个赌瞧瞧。"威利说。

　　玛丽说道："只是你和威利。"

　　她对威利说道："好了，我们去营地吧。"

　　"来了，玛丽小姐。"威利说着。他穿着他的白衬衫走下来，卷起他的袖子，下面穿的是蓝色的毛边短裤和低跟粗革皮靴，他握着玛丽的手，可爱地笑着。他有一双令人迷醉的眼睛，充满活力的褐色脸蛋，暗黑的头发，羞怯却没有任何笨拙之感。他很帅气，他是我所认识的人中最有礼貌的、最自然的人。他为人谦恭，有着一个伟大飞行员的所有稳健之风，在这个国家里做着他爱做的事情。

任何关于飞机和飞行之外的问题，我们互相都没有问对方。我们对其他每件事情都心知肚明。因为他说着一口超棒的斯瓦希里语，而且他对非洲人温和，并报以充分理解，于是我假想他是出生于肯尼亚，但我却从来没有想过要问哪里是他的出生地。我所了解的是：他还是个男孩时就来到了非洲。吉·克也是自小在非洲长大的，但他却属于特殊的一种，并在政府供职。

在飞机被我们推到威利想要推到的地方之后，威利保证这架飞机会安然无事，并留下了他们中的一个人手持来复枪守护着这架飞机。那个人曾在KAR（肯尼亚军队）服役过。

"老爹，我来早了一点儿，因为我不知道天气会变得怎样。我希望没有什么坏消息，玛丽小姐？"威利在猎车中说道。玛丽正看着信。

"这边没有任何的坏消息。你和老爹上山之前会吃午饭吧？"玛丽说道。

"你看怎样，老爹？"

"如果你还喜欢这天气的话，我们就吃点午饭吧。"

"天气挺不错的。没有什么不合适的吧，老爹？"威利说。

"没有，一切都很正常。"

"老吉·克跟我说了，他将以一种最好战的方式出现。"

"他确实好战。我希望我也多一点儿好战性格。"我说。

"我不希望。我更喜欢像威利这样的温和人士。"玛丽说道。

"你可真好，玛丽小姐。"

为了不扬起灰尘，我们慢慢地开进营地，来到帐篷和绳索之间的大树下。玛丽去找厨子姆斯比，好让他立刻做午饭，而我和威利走出这些杂乱的帐篷。我从挂在树上的帆布袋子中取出一瓶还冰凉的啤酒并打开，在我们两个的杯子中都倒了一些。

威利问我："老爹，真正的情报是什么？"我告诉了他。

"我看见他了。老阿拉普·梅纳似乎把他关押起来了。看上去像是这么回事，老爹。"威利说道。

"嗯，我们将要检查他的村子。也许他有一个村子，而且他们可能遇到了大象的麻烦。"

"我们也应该检查大象。这样会节省时间，然后我们把他丢在这儿，再去大概看看其他情况。你不会再带上梅纳，对吗？"

"不会。梅纳太老了，经不起这种飞行。他飞来的时候就试过了。"

"老爹，他出来多久了？"

"大部分晚上都会出没。应该说是整晚。他白天基本上是清醒的。"

"我们都有坏习惯。你应该稍微放松点儿。"

"我已经放松过了。我会带上恩古伊，如果碰到大象，我们就必须解决它。梅纳和我还有恩古伊都会一起行动，梅纳知道这个国家的一切。而我和恩古伊将执行侦察任务。"

"听起来不错。你们这群伙计们要在很大一块区域内保持相当忙碌的状态。玛丽小姐来了。"威利说道。

玛丽高兴地走了过来。她知道我们在期待用餐。

"我们有汤姆逊瞪羚排骨、土豆泥和一份沙拉，而且很快就到了。还有一个惊喜。谢谢你找到了堪培利酒，威利。我要给自己来一杯，你要吗？"

"不，我不要了，玛丽小姐。老爹和我正在喝啤酒呢。"

"我有一堆的单子要做，还要写检查以及回信，但威利，我希望我也能去。在我杀死那头狮子之后，我将和你一起回内罗毕，准备一些圣诞节的东西。"

"你的枪法肯定很准，从那块在粗棉布里挂着的精美的肉就可以看出来，玛丽小姐。"

"有一块腰身肉是留给你的。我告诉他们小心储存，你回来之前，包好并存放在阴凉处。"

"玛丽小姐，你真是太好了。你确定你所拥有的肉足够了？"

"当然，威利。老爹按照伊斯兰教律屠宰的。告诉我们城里的消息吧。"

"你在报纸上什么也找不到。我想我应该全部都买了。我看到你所有的朋友都很健康。你的机械安装工依旧还活着。"

我说："他还活着那就肯定会担心，什么时候他才能把那些箱子拿回去。那家伙还有辆超级猎车。"

"他送来了一些咸菜，并且还有一盒糖果是给玛丽的。"威利说道。

玛丽说："这些糖果是老爹给他的未婚妻的。这个你不要告诉那机械安装工。"威利问道："村子里的一切都还好吧，老爹？”

“我继父胸部有点皮肤病，另外胃部也不舒服。我给他上了一些斯隆软膏和欧本乐。当我第一次把斯隆软膏涂在他身上时，着实把他吓到了。”我说道。

“恩古伊告诉他，这是老爹信仰的一部分。他们现在有着同样的宗教信仰，而这只是经历了最基本的痛楚而已。他们也都在十一点钟时喝啤酒，吃腌过的小吃，并说这也是他们信仰的一部分。威利，我希望你待在这儿，并告诉我到底是怎么回事。他们都有着可怕的口号和令人恐惧的秘密。”玛丽说。

“是强大的盖奇·曼尼托对抗其他所有人。我们保持了最好的多样的他系教派和部落法律以及习俗。但我们需要整合它们，以便所有的人都能相信。玛丽来自北部的边界省份明尼苏达州，并且直到结婚，我们从来没有到过落基山脉，她这方面的经验是不足的。”我对威利解释道。

“除了伊斯兰教徒外，老爹让所有人都信仰神思者。而神思者是我所知道的最差的一个角色。我知道老爹整合了这些宗教，每一天都让它变得更为复杂。他和恩古伊，还有其他人。但有时候，这神思者甚至让我感到惊怕。”玛丽说道。

“我希望能够把他留下来，威利。但是他每次都从我手中逃走。"我说。

威利问道："他对Ndeges（飞机）的感觉怎样？"

"我不能在玛丽面前表现出来。我们在飞机上的时候，我会告诉你详情的。"我说。

威利说道："有什么我能帮你的吗，玛丽小姐？来，过来这边。"

"我只是希望你能待在身边，或者吉·克，或者老爹在这儿。我以前从未经历过一个宗教的诞生，这让我很紧张。"玛丽说。

"你某种程度上肯定是和白人女神站在一条战线上的，玛丽小姐。白人女神一般都很漂亮，对吧？"

"我不认为我是。我们聚到了一起，并不是因为我和老爹都是白人。我相信这是最基本的一点。"

"说得很是时候。"

"我很能理解，我们应宽恕白人并与之和谐相处。但这仅是在我们自身的条款中。在老爹和恩古伊以及穆秀卡的条款中，是老爹的宗教和那可怕的远古宗教。他和其他人都是在适应瓦卡姆巴人的风俗和惯例。"

"我以前可从来不是个传教士，威利。这让人很受鼓舞。有基博在这儿，我感到很幸运。换言之，风河山脉的其中一个山麓，对揭开我们的宗教来说，是一个精确的配对物，而我在这儿也感受到了最初期的视觉印象。"我说道。

"上学时他们教得太少了。老爹，关于风河，你能给我什么情报吗？"威利说道。

我谦虚地解说道："我们将之称为'喜马拉雅之父'。主体部分的低山脉接近于夏尔巴人的丹增山的高度，这让那个天才的新西兰养蜂人在去年到了山顶。"

"在东非旗帜报中提到了一些相关插曲。有可能成为下一个珠穆朗玛吗？"威利问道。

"这就是另一个'珠穆朗玛'。当我们昨天在村子里上晚课的时候，我一整天都在试着想起这个名字。"

威利说道："真是太棒了，那个养蜂老人离开了家，搬去了这么高这么远的地方。老爹，这一切都是怎么发生的？"

"谁知道啊。他们都不情愿讲出来。"我说。

"一如既往地对伟大的登山者致以崇高的敬意。没人从他们口中套得出话来。他们过于守口如瓶，就像吉·克和老爹您自己一样。"威利说。

我说："我也不过是个软蛋。"

"那我们都是。我们可以尝尝那种食物吗，玛丽小姐？老爹和我必须要出发了，你就顺便帮着照看一下财物吧。"威利说道。

　　"它们会在这儿的，威利。恩古伊。Leti chakula
（把食物端过来吧）."她叫道。

　　"Ndio，Memsahib（好的，女主人）."

第十章

我们上了飞机，沿着大山的边缘飞行，看见了森林、山涧以及起伏的丘陵，还有水域边新开垦的土地，肥壮的斑马朝着空中仰视，看上去就像是在我们后面奔跑。当我们在马路和村庄前面飞翔的时候，为了那个坐在威利旁边的所谓的公告员能够调整并适应，飞机转为与路面一致。这条路起始于我们后面的沼泽地，现在已经延伸到了村庄，他可以看到街道两旁的树、商店、油泵以及交叉路口，还有一座白色的建筑被一些树围着。这座建筑就是警察局，它被高高的钢丝围着，在这里，我们可以看到伫立在风中的旗杆，旗帜飞扬。

"你的村子在哪里？"我对着他的耳朵说道，然后他指着告诉威利转向。我们穿过警察局，飞机在旗子的旁边上升，沿着大山之侧飞行，有很多的空地和锥形的房屋在那里，红褐色的土地上生长着绿油油的粉状的东西。

"你能看到自己的村子吗？"

他指着一个地方说："是的。"

接着，他的村子猛地出现在我们面前。无论是机翼前还是机翼后，我们看到的都是漫山遍野的高大的绿色植物，一看就知道是养护得很好。

"Hapana ternbo."恩古伊对着我的耳朵低语道。

"你是说轨道？"

"Hapana."

威利对那个人说道："你确定那就是你的村子？"

他说："是的。"

"老爹，在我看来，这看上去很有型。我们还要再看一看。"威利对着后面说道。

"慢一点儿，好好地扶着他。"

这个区域再一次出现在面前，更慢了也更低了，好像就在附近徘徊。这里没有任何损坏，也没有轨道。

"不要让飞机陷入泥中。"

"老爹，我正在飞呢。想看看它的另一边吗？"

"想啊。"

这一次，这个地方温和而缓慢地出现在我们面前，就好像是一张绿色的正式排列的办公桌，因为要被我们检查，便像是被一个很懂技巧而又温和的工作人员慢慢抬起一样。这上面既没有损坏的地方，也没有大象的踪影。为了能够看见与这个村子相关的其他所有东西，我们迅速地爬升然后掉头。

我问那个人："你真的很确定这就是你们的村子？"

"是的。"他说道，让人觉得不尊重他是难以忍受的事情。

我们都没再说什么。脸上全然没有表情的恩古伊，看着塑胶玻璃的外面，小心地用他右手的第一根手指划过自己的脖子。

我对威利说道："我们来对大象的踪迹做一个大体的调查，然后就回去吧。这个村子现在不过是一个沙包罢了。"

"哪里，老爹？"

"小范围搜索，节省费用。"

"这次的行程有必要吗？不想在村子上头显示我们的旗号？"威利说道。

"今天不用了。"

我们开始搜索山坡上那些我们以为那个时间里大象可能出没的地点。如果在两条溪水边和一些开放的树林地带，我们常常会找到它们。若它们真的躲在茂密的树林里，我们是看不见的。但恩古伊和我观察得非常仔细，以至于我们就好像是要把这座山反映在可靠的数据上一样。我们并没有发现大象、露营地点和任何无序的东西。

"我们还是先回去的好。"我说道。

恩古伊就好像抓住一扇门的把手一样，把手放在飞机的边缘上。他做了一个手势，像是说要掉头。我摇摇头，然后他笑了。

当我们在牧地降落滑行时，猎车正停靠在一个风向标的边上，等候着我们。最先出发的那个人倚靠在倾斜着的风向标上面，没有人和他说话。

我说："恩古伊，你看着雇工。"

然后我走向阿拉普·梅纳那里，把他带到一边。

他说："怎么了？"

"他大概已经渴了。给他喝点茶水。"我说道。

威利和我坐上猎车，不紧不慢地回到了营地的帐篷里。我们坐在前排的座位上，阿拉普·梅纳和我们的客人一起坐在后面。恩古伊留下来，拿着我那把斯普林菲尔德步枪，守着飞机。

"在那湿润的边缘地带好像有一点儿。老爹，你打算什么时候做出决定？"威利说道。

"在出发前吧。"

"你真会想。别把我扯进去。这对我们的同伴很不好。"

"没必要吧。"

"可是这让人忧心啊。"

"难道我不忧心吗？"

"最好再问问玛丽小姐。我不是说你不会担心。我的道德在侦察和寻找的时候是很纯洁的。"

"这次侦察很可靠。"

"相当可靠。你认为玛丽小姐会担心今天下午的飞行吗？那可是能够让我们所有人都'飘'起来的。在我们追究你责任的同时，我们拥有了一次有趣的、富于指导性和教育意义的飞行。我们所有人将在空中游历一番，直到我离开为止。"

"玛丽肯定很想飞一次。"

"我们可以到丘庐岭去看一看，查看一下野水牛和其他的野兽。要是知道大象确切的位置，吉·克可能非常高兴。"

"我们带上恩古伊。他会很乐意的。"

"恩古伊对宗教信仰程度高吗？"

"他的父亲曾经看到我变成了一种我们从来不知道，也没见过的蛇。在我们的宗教圈中这产生了一定的影响。"

"应该是的，老爹。当这个奇迹发生的时候，你和恩古伊的父亲喝的是什么？”

“也没喝什么，就是塔斯克人的啤酒，还有不少哥顿金酒。”

“你真的不记得是哪种蛇吗？”

“是恩古伊的父亲看到的。我怎么记得住？”

“这样的话，我们目前所能做的只有希望恩古伊来看住这‘风筝’了。我可不想它变成一长队的狒狒。”威利说道。

玛丽小姐太想飞了。她看见猎车后面的来客之后，放心多了。

“他的村子遭到破坏了吗，老爹？你们必须上那儿去吗？”她问道。

“没有。那里没有被破坏，我们不一定非得到那儿去。”

“那他怎么回到那儿呢？”

“我想他应该是搭便车吧。”

我们喝了点茶，然后我取了点堪培利酒、哥顿金酒和一些苏打水。

“这异域风情的生活真是迷人啊。我希望我也能加入进来。那东西尝起来怎么样，玛丽小姐？”威利说道。

“很不错，威利。”

"我为我养老存下来的。告诉我，玛丽小姐，你有没有看见过老爹变成一条蛇呢？"

"没见过，威利，我发誓。"

"我们错过了每一件事情。你想要飞去哪里，玛丽小姐？"威利说道。

"丘庐岭。"

于是，我们飞去了丘庐岭，经过狮子山，横越玛丽小姐的私人沙漠，然后俯冲朝着大片的沼泽平原飞去。沼泽地里有许多湿地鸟，还有野鸭子飞来飞去。所有这些危险的地方都使得想要揭开这片平原的面纱显得不太可能，以至于我和恩古伊看到了我们原本的错误，并计划出一条完全崭新的路线。然后，在很远的平地上我们看到有大量的大羚羊，它们身上显露着各种颜色的毛皮、白色的条纹和螺旋弯曲的角；公牛笨拙而优雅地远离母牛，羚羊却冲进了牛群中。

恩古伊用瓦卡姆巴语叫道："Pof（大羚羊）."他最大的目标就是大羚羊，也是我们经常要捕杀的对象。这可能比你看到的所有剑羚都要多，它们长着斜长的黑而直的角，和看上去就像是黄色皮毛上的黑色盾牌奇异的脸型，毛茸茸而又瘦长的耳朵，可以看到它慢跑时那充满野性的屁股晃动，准备疾驰时屈膝跪下，它们的每一对角都分叉对着，密集或者分散的兽群在飞机阴影的影响下，突然间分散开来。接着我们飞进了群山的褶皱之间，玛丽点出了十五种不同的犀牛。一头老公牛朝着天空看着我们的飞机，鼻子里呼着粗气。还有许多是拖家带口的，母牛和快要长大的小牛一起。回来的路上，我们发现了正沿着新出的青草朝着我们所在的国家迁徙的两个野水牛群。我们还发现了丘庐岭沼泽地的河边有许多大象。威利驾驶着飞机，小心而仔细，生怕把它们吓到了。野水牛群紧密地编排着它们迁徙的队伍，丝毫不觉得恐慌。大象继续在树丛中不紧不慢地穿梭。我们终于还是离开了它们，沿着狮子山的路线返回，飞机降落的跑道则是那小小的沙地和草场的空地。

"我希望这儿没有太小，玛丽小姐。我一直尝试着不要打扰任何吉·克先生和老爹的猎物，只是看看它们在哪些地方。我也不想吓得任何生物离开这里，还有你的狮子。"威利说道。

"威利你真好。"

后来，威利就走了。飞机第一次开进这卡车道，突然发出了一阵轰响，那分开的鹤腿一样的机轮在我们所站立的草地上像在除草一般摇晃。当飞机升到一定的角度，你的心开始揪紧，但它依旧沿着航线快跑着，直到消失在这下午的阳光里。

　　玛丽说道："谢谢你带我去那儿。"威利的飞机，一直在我们凝望中，直到它从我们的视线中消失。我们看不见了，但恩古伊和穆秀卡居然还能看见。

　　"谢谢你陪我去。"

　　"我们没有打搅到动物们，对吧？"

　　"没有，肯定没有。"

　　"我真无法相信就只剩那么一点儿公牛。那些野水牛太令人印象深刻了。它们有着那么大而复杂的家庭。"

　　"我在想它们相信自身的一些东西。你知道的，它们并不笨。它们必须要判断出持枪的猎人和现在的飞机。但没有人能够像牛瘟一样杀死它们。还有就是，谁带去了牛瘟？"

　　"我甚至不知道牛瘟的事。我们走吧，我们要成为爱人和朋友，不管非洲如何，我们要爱它。我爱它胜于任何事物。"

　　"我也是。"

第十一章

　　晚上，我们躺在一起，睡在一张轻便的大床上。外面的火光，加上我在树上挂的提灯的光线，使得周围的光线很充足。玛丽倒不担心这点儿，而我恰恰相反。我们紧紧地靠在一起，就像是置身于一张巨大的蜘蛛网中，因为围绕着帐篷，我设置了许多绊线和瓜形捕捉器，"今天在飞机上，是不是很棒？"她说道。

　　"当然，威利飞得很稳。他对这场狩猎游戏考虑得非常充分。"

　　"但他降落的时候，着实吓了我一跳。"

　　"他只是对飞机的性能信心满满罢了。而且你要记得，他当时没有任何载重。"

　　"那些肉我们忘记给他了。"

　　"给了。穆秀卡给他拿去了。"

　　"我希望他这次能够万事如意。你看他那么开心，那么善良。他肯定有个很可爱的妻子。当一个人有一

个不好的妻子，这会比任何东西都能更快地显示出
来。"

"假如是一个很坏的丈夫呢？"

"也会显示出来。只不过有时候会更慢些，因为
女性往往更勇敢，更忠诚。"

"假如双方都不过如此呢？"

"这就会像纸牌游戏一样很难说了。只不过他们
是令人厌烦的人罢了。"

"他们确实令人厌烦。"

"亲爱的，你知道吗？难道我们没有叫任何人来
记录我们的故事以及奇文逸事、所见所闻？这些难道
不精彩吗？整个这次旅行。"

"有一个人。"

"是的，但是他被我们免除了。上帝保佑比格·金
盾，我们明天是不是将会度过一个没有那些神秘的、
不祥的事物打搅的很平常的日子？"

我看着外面的火光以及那提灯里射出来的静静的
光线，问道："什么样平常的日子？"

"嗯，可恶的狮子。"

"我在想那头温和善良的普通狮子今晚会在哪
儿。"

"我们睡吧，希望它对我们现在的情况表示高兴。"

"它可从来不会影响到我，你知道，就好像它确实很高兴一样。"

"我们什么也不知道。我只知道我们今天下午看到了野水牛。但是我们也应该要知道，丘庐岭是我唯一所看过的比这更棒的事物，特别是当你从远处看它的时候。只是飞机使我的瞪羚之国变得如此之小。我一直以为那该是一个非常巨大广袤的国度。"玛丽睡意沉沉地说道。

"我的小猫咪，你睡吧。"

"我在睡呢，在丘庐岭我很开心。太谢谢你和威利带我去那儿了。亲爱的，晚安。"

接着她便呼吸平稳柔和，真正地睡着了。为了能有更好的视野来观察帐篷那敞开的门的外面，我把枕头折弯，使它变得更硬一些，成了双层枕头。我知道，这时候没有人活动。夜晚很平静。过了一会儿之后，我便起床朝着她的小床走去，并没有惊醒她。因为玛丽可能需要更多的空间来睡得舒服一些。她的小床被调低了，蚊帐罩着。当我知道她睡熟之后，我穿上毛衣和防蚊靴以及一件厚厚的便袍，然后我把水烧得更旺了一些，坐在火堆旁，就这样一直坐着。

所有的问题都是纯技术性的。然而，深夜温暖的火堆以及天上的星星，使得这些问题都变小了。虽然一些事情使我很担心，但我试着不去想它们。我来到用餐的帐篷里，倒了大约四分之一杯的威士忌，然后加了点水，再把酒端回火堆旁。我靠着火堆，喝了点酒。那火堆里不断的爆裂声，听着让我感到有些寂寥。和如此之多的火堆坐在一起，我希望它能够告诉我一些事情，我们是真正的在一起。我希望明天吉·克能够早一点儿出现，不管我那时候所做的事情是对的还是错的。营地里有足够的东西，使得我们很值得来一次全面的突袭行动。在这个地带以及罗依托其托克，有很多茅茅党人。吉·克和我都很确定。在两个月前他就曾对他们发出过信号，仅仅是通知他们那样做是荒谬的。茅茅党人没有朝我们走来，我相信恩古伊所说的。他们是我们最小的问题所在，我一直以为。很明显在马赛族人中有茅茅党的传教士，并且他们正在组织乞力马扎罗山上从事伐木业务的基库尤人加入进去。我没有警察的权力，而仅仅是个代理骑警。不管有没有我们还不知道的反抗组织存在，不管正确与否，而一旦我卷进麻烦，我几乎没有丝毫退路。这一点我非常清楚，但不管我们是否乐意，那个年轻的警官现在已经三次召集我们去组织武装力量。就像是旧时代西部的那些代理民防团。我希望吉·克能带来一些好消息或是好的命令，而他确实带来了。

　　他是在早饭结束时出现的，他的一只眼睛被贝雷帽遮住了，灰尘把娃娃般的脸蛋弄得又是灰又是红的，而那些人跟在他路虎车后面，只是相貌略显凶恶，但看上去却整整齐齐，一直是兴高采烈的。

　　他说道："早上好，将军。你的铁骑兵在哪儿？"

　　"阁下。他们正在审阅主力部队。这就是主力部队。"我说道。

　　"你的主力部队我猜就是玛丽小姐吧。"

　　我和他的人一一握手之后，一同走进餐篷。我告诉他我们已经做了些什么，他表示非常高兴。然后我接着告诉他为什么我认为没有必要担心瓦卡姆巴茅茅党会来这儿，他表示赞成我的看法。

　　"他们要来你这儿也是通过那些老套的地下活动的。"

　　"我很肯定那就是他们去那儿的方式。我正要回到那儿，我们将给你留下一些记号。你没有竭尽全力地去想这件事以致于使自己感到紧张吧，对吗？"

　　"你倒是看上去有一些战争疲劳了。"

　　"我确实非常疲惫。但是也有一些好消息。我们在罗依托其托克的朋友终于稳操胜券了。"

　　接着我告诉了他关于这个未受干扰的村子和它主人的事情。

"我会给你发话，然后我会尽快赶回来。不要被任何事情给绊住了。"

他告诉了一些我应该知道的事情。我接着问他当局的谬误是否已经解决了。

"棒极了。这正是我将要让你去做的。"

"随时待命，吉·克先生。"

"将军，我们继续下一项。我们来喝上一瓶冰啤，看完玛丽小姐之后我就走了。"

"你不上山吗？"

"去把池子里的鱼吓跑，然后和那小警官谈情说爱吗？"

"你是不是整晚开着车？"

"我记不太清了。玛丽快来了吗？"

"我去叫她。"

"狮子在哪里？"

"就快出现了。"

"幸运的话我会赶回来的，不要因为它而等着我。她枪法怎样？"

我如实说道："谁知道呢？"

"最好我们有一个短暗号。在他们出现在路上时，我会发出装货通过的信号。"吉·克说道。

"我也会发出同样的信号，如果他们在这儿出现。"

"如果他们来到这儿了，我想我应该在广播里就听到了。"接着，蚊帐打开了，"你看上去真不错，玛丽小姐。"

"谢谢你，吉·克。"她说着，并吻了他一下，而他则关爱地看着她。玛丽说："你近来可好？我的偶像康格先生可好？"

"我很好，你的偶像也很好。"

"你会为了我的狮子回来吗？你会在这儿待多久？"

"我们正准备走呢，但我们会回来的。"

"请为了那头狮子回来。"

"我想会的。但我们手头上正有事呢。你老公表现还可以吗？"吉·克说道。

"如果昨天他没有叫阿拉普·梅纳杀死那个人的话。"

"他做了就是了。你也没必要为此事在早餐前喋喋不休。"

"你要留下来吃早饭？我出去看看弄得怎样了。"

她接着出去了。"她斗志昂扬啊，她枪法怎样？"吉·克说道。

"我告诉过你了。"

"高低如何？"

"在二十五码以内，十四英尺高的误差范围。"

"我把她转交给你的时候，她的枪法可是很棒的哦。我真是该死。"

"我知道。我把她转交给卡贾多的时候，枪法也很不错。"

吉·克模仿最近在肯尼亚演出过的一个喜剧演员的口吻说道："这就说得通了。这是否滑稽，我不确定，但你把她转交给我的那时候，她枪法准得就像是个天使。"

"这就对了。等你回来的时候，我会站在满身是血的狮子身边迎接你的。"我说道。

"那可不是件简单的事哟。"

"也许她将会和威利去内罗毕买点圣诞节的东西。"

"那在狮子身上你可以兼演两个角色。"

"她像狐狸一样，太聪明了，而对她来说狮子意义重大。你都不知道有多重大。"

"我想我知道。让我们来真正地喝一杯吧。我等会儿会在路虎车上睡上一个小时左右。这里有两个好车手。"吉·克说道。

"吉·克冒兹先生听起来不错，吉·克冒兹先生，我会很想你的。"

"希望到时见到的不是黄昏聚会时的血狮子哦！"

"肯定也不会是残缺不全的，或是米老鼠的。"

我用堪培利酒和哥顿金酒调了两杯。

"我会想你和玛丽小姐的，当然还有我们在一起的生活。我现在变得难以忍受我自己了，也难以忍受其他的人。如果我们分开了，那肯定不是一件好玩的事情。如果可以，我宁愿现在经受这个考验。我们确实得走了。"吉·克说道。

"穆文迪看到你肯定会拿来水和毛巾的。要不要打个赌？"

"不赌了。这些电线通电了吗？"他说着走到了帐篷旁边，问道。

"只有在晚上才会。现在肯定没有。"我说道。

"你出去看人或者一条狗的时候，每次都会带上一把剪钳吗？"

我说道："你正在批评你自己的设施哦。"

玛丽这时候也进了帐篷，带着早餐。"天啦。我太喜欢Churigo了，简直就是柏拉图式的。我向吉·克保证，如果有必要的话我会写一封报告给总督府。这样我就不会被第一船运出这个殖民地。我喜欢吉·克手下几乎所有的人。他们都穿得那么整洁，那么漂亮，而且军纪严明，不像你那知法犯法的土匪帮。"她说道。

　　"如果他把汤尼给我，我会和他的部队斗上一斗的。"

　　"他当然不会把汤尼给你了。汤尼比你手下的任何一个都强过百倍，是他手下最棒的一个。"

　　"汤尼是个好人，我们是很要好的朋友。"

　　"我知道你们之间也是有秘密的，你现在可不要去带坏他。但汤尼那么高尚，是不会和你那帮土匪们沆瀣一气的。我看到吉·克这帮杰出的人，感到棒极了。他们每个人都像个守卫一样保持立正的姿势和我说话，而且他们称呼我玛丽小姐。"

　　"那个公告员称呼你玛丽女士。"

　　"噢，滚他的公告员，还有他的那条旧围巾和肉饼帽子。愿上帝保佑吉·克那帮杰出的手下，当然也保佑吉·克自己。你不会今天早上找他喝了堪培利酒和松子酒吧。他今天早上可是刚刚显示了他的美德和他那崇高的精神。"

　　这个时候吉·克正好走进了帐篷，所有的话他都听到了。他的头发平滑了许多，脸变得干干净净，双眼稀奇地盯着松子酒，手里端着原本装着堪培利酒和哥顿金酒的空杯子，像是握着一把剑柄。

　　"再一次早上好啊，玛丽小姐。我是说，玛丽小姐，谢谢你检阅了我的队伍，你是他们的荣誉上校。我敢肯定，他们全部都倍感荣耀。我问一下，你会骑马鞍吗？"他说道，他弯下了他的手臂。

"你也在喝酒吗？"

吉·克严肃地说道："是的，玛丽小姐。我可以再加点免费的混合酒，只要你公开宣传你对骑警康格的爱意。他是不会听见的。"

"你们俩都在喝酒，还一起取笑我。"

"不是，我们俩都喜欢你。"我说道。

"但你也在喝酒呀。我能为你调点什么酒呢？"玛丽小姐说道。

"一点儿塔斯克啤酒伴着美妙的早餐。你认为怎样，将军大人？"吉·克说着。

"请问我能用威士忌代替吗？如果你愿意的话把它换成白标红葡萄酒也行。这是最近一期的《重拳出击》杂志上的一句话，但是我还是和你一样来点塔斯克啤酒吧，白标葡萄酒我很不喜欢。顺便说一下，我昨天在飞机上看到一只很不错的长牙动物。它肯定不到一百岁，但显然快满八十岁了。"

"将军大人，今天早上你把数字比例缩放得很准确。"

玛丽说道："它是一头大公牛，吉·克，有着很漂亮的獠牙。"

"比我们一起看到的那头还大吗？"

"它都快满八十了。老爹，它们正要迁向何方？"

"现在它们正在此处东北方向十五英里的河边休息，要往沼泽地那边去。"

"那时候它们可能迁移到瓦卡姆巴人的村子去了。它们肯定能。它们很多吗？"

"没，一小群而已。有非洲土著兵守着那头的公牛。我们没有和他们说话。"

"你想得不错。那你看到野水牛了吗？"

"两大群，正朝我们这边走来。"

"很好。"

"我要出去了。如果你们想要谈点秘密，或者喝点啤酒而不希望感到不爽的话。"玛丽说道。

"宝贝。在战争中或者掌控战争的人经常会对你谈论到以前发生的每一件事，我知道。但吉·克还有很多很多事情没有和我讲。而且我也肯定，没有人跟吉·克谈论事情太久的。同样，你并没有在一个动荡的国家中露营过的话，当别人告诉你战争中的所有事情，你是不是想亲自体验一下那些心照不宣的计划？"我说道。

"我总是被照顾着，好像我从来就是那么无助，一不小心就会丢失或受伤。没有人让我亲自体验过。

不管怎样，我已经厌倦了你们用那危险而神秘的表演来敷衍我，包括演说。你只是一个早上起来喝啤酒的人，吉·克也被你带进了你的坏习惯中，你那所谓的纪律都是不值得尊重的。四个你的人，很明显，整晚都在饮酒作乐，这事是我亲眼看到的。他们一直在说笑，半醉半醒。有时候你们真是荒谬可笑。"

"真是个不错的早餐。非常感谢你，玛丽。很高兴能再次见到你，我要尽快地赶回去了。"吉·克说着站了起来。

我说道："谢谢你的早餐。"我应该闭上我的嘴然后走出帐篷的。

"被气到了？你为什么谢谢我的早餐？你伤害我并且像对待一个傻子一样对待我，难道还不满足吗？你昨天就骗了我，你自己心里明白。"

"我可能确实是骗了你。我不记得是什么时候了，但是，很对不起。"我说。

"你肯定不记得是什么时候了，因为你经常说谎。"

"这是一个不错的早餐。再次感谢你，玛丽。"吉·克说道。

一阵重重的咳嗽从帐篷外传来。我走出去，原来是公告员在那儿。他看上去比平时更庄重了，也更高了。他那包裹着的围巾和猪肉饼一样的帽子，以及醉醺醺的样子依然令人印象深刻。

"兄弟，你的头号公告员来了。我可以进来向玛丽小姐进行问候并亲吻她的脚尖吗？"他说道。

"恐怕今天是不行的。盖姆老爹正和玛丽小姐说话呢，他马上就要出来了。"我说道。

"盖姆老爹有没有说到任何关于加我薪水的事啊？"

"没有，而且我不认为你和他提这个是一个明智的选择。"

这时候，盖姆老爹从那混乱的帐篷里走出来，公告员随即朝他弯腰行礼。吉·克通常都是微醉的样子，眼睛眯着像猫一样慈祥。这时候，他能像剥去洋葱的外皮或者芭蕉的外皮一样，从公告员身上剥去那微醉的外衣。

"你这个草包。你为什么不在So-and-so待着？"他说道。

"我是按照老爹的吩咐过来的。"

吉·克问我："他说的是真的吗？"

我说："是的。"

"那好吧，你这个草包。记住随时听候老爹的命令，直到他放你走。然后你回到我命令你待的地方，我会去找你的。听明白了吗？"

"我随时听命于您，盖姆老爹。我也听命于老爹，直到他放我走。我也听命于您要老爹下的命令。当您指示老爹直接下命令放我走的时候，我会立马回到您身边，听候您那独一无二的命令，按照您的指示履行我的任务。"

"别再像一个绅士那样说话了，滚吧。"吉·克说道。然后他转过来对我说："你想要问他什么事情吗？"

"公告员，镇上有什么风言风语吗？"

"你为什么没有飞来主街道，每一个人都很奇怪，也没有从空中撒下一些不列颠的'小洞悉'。"

"不是'小洞悉'，是'小东西'。"

公告员继续说道："谢谢您尊敬的提示，我没有发准这个音。我会发准它的。老爹正在搜寻那些肆虐的大象，所有人都知道，所以没有时间来空中表演。在下午很晚的时候一个公告员回来了，说是和老爹一起飞过的。现在一些酒吧里的、零售店里的小孩子们尾随着他，没留胡子的锡克教徒也追逐着他。那个小孩很聪明，所有的联系人都被记下了。在村子里或者说在较近的外围区域，大约有一百五十个到二百二十个被证实是茅茅党人。阿拉普·梅纳在那个下飞机的公告员回村子之后，和平常一样把自己弄得醉醺醺的，玩忽职守。他总是对站在我面前的老爹夸夸其谈。说老爹在美国拥有的地位就像阿迦汗在伊斯兰世界的地位一样，说老爹来非洲是为了履行一些和玛丽小姐一起许过的誓言。其中的一个誓言就是要在马赛族人的指示下，让玛丽小姐杀死一头该死的狮子，而且必须赶在圣婴的生日之前。很多人都相信他的故事。所有事情的成功与否都取决于此，这是很重要的一部分。大家都知道并且相信。我已经告诉了一些人，在这个誓言履行完之后，老爹和我将会乘其中的一架飞机去一趟麦加。还有传言就是，一个年轻的印度姑娘很爱盖姆老爹，爱得死去活来。还有传言就是……"

"闭嘴。你在哪里学会了'尾随'这俩字？"吉·克叫道。

"在我那小小的薪水允许的情况之下，我还参与了电影院的事。对一个公告员来说，电影院里有很多事情可以学。"

"你是不是忘掉了。快告诉我，老爹在村里人看来是否还算正常？"吉·克说道。

"两位老爹，用我所有的敬意保证，在伟大的圣人传统面前老爹被视为是疯狂的。还有谣言说，假如在圣婴节日来临之前玛丽小姐没能够杀死那头到处作案犯科的狮子的话，她将会殉夫自焚。据说，从英属印度那里已经得到允许，一些已经打上记号的树是专门用来给夫人火葬用的柴火。那些马赛族人用来制药的树就是这些树，两位老爹都是知道这个的。据说，在这件殉夫自焚的事件中，所有部落都已经得到了邀请，届时老爹将会娶一个瓦卡姆巴人做妻子，那个女孩都已经选好了，到时候将会有一个巨大的恩格玛鼓会，会持续一个星期之久。"

"镇上就没有其他消息吗？"

"差不多没了。有些人讲了一些杀死豹子的仪式。"公告员谦恭地说道。

吉·克对公告员说道："好，没你的事了。"公告员鞠了个躬，退到了树荫之中。

"这样的话。玛丽小姐最好还是杀死那头狮子。"吉·克说道。

"是呀。有时候我也是这么想的。"我说。

"难怪她性情有一点儿暴躁。"

"确实难怪啊。"

"既然你此刻宁愿放弃作为白人的资格，那就无关乎帝国的荣誉和白人的声誉，而变成个人的事情了。话要说回来，如果这个殉夫自焚之事不得不发生的话。我们有五百发未知口径的子弹，你的装配工就算被派出去，也不会被他们找到而吊死的。在火葬柴堆的中心，他们肯定会对这个殉夫自焚之事印象深刻的。很不幸，我不知道钻头在哪儿。"他开始兴致勃勃地取笑我了。

"我去辛先生那儿帮你拿吧。"

吉·克说道："这可让玛丽小姐有点恼怒了。"

"这殉夫自焚之事常常惹怒她。我能理解。"

"对殉夫自焚没啥顾虑了吧。她会杀死那头狮子的。但你先得好好安抚它，温柔点把这事处理好，试着让它寻回自信。"

"我就是这样打算的。"

"阿拉普·梅纳怎样啊？"

"他很好。"

"回到镇里的话，不要改变任何事情，也不要试图转移任何人的注意力。和准新娘见见面没什么坏处。毕竟，刚才他说你身处的那个伟大传统是啥来着？"

"也许是从中逃脱。"

"我们都要逃脱的。以你的等级来说，你肯定能迂回曲折地找到解决办法的。恩古伊说不定会娶她。"

"我们是情敌，友好的情敌。"

"难怪玛丽小姐性情暴躁啦。"

"确实。"

"要时刻记住这事的严重性，你不要太过于自信，虽然这个地方已经没有战争了。恩迪，肖恩的中士上周被人刀砍了。想想看，要是恩古伊被人砍了，你的感受会怎样？"

"我知道，有玛丽跟在身边，我丝毫不敢掉以轻心的。"

"对你的出现我不置予评论。你与它走得近一点儿我也不在乎。你把这事弄得这么滑稽，我看到也感觉很开心。但是我们必须把它找出来，现在它走得有点远了。"吉·克说道。

"只有两只野兽，包括仪式上需要的那只豹子。它是最难对付的，但我们肯定能搞定它。在没有殉夫自焚的圣婴生日那天来临之前，我用什么来喂养它们呢？"我说道。

"不用担心这个，它们会被喂得很好的。圣诞节的美好愿望肯定能征服这个。我们现在就可以用一点儿美好愿望的力量啊。"吉·克说道。

我们走出营地保卫防线之外，刚才和我一起喝酒的这个男人要走了，留下了一卡车的柴火。

"关于那只豹子，我感到抱歉。也许你应该回到马加迪，去确定它在哪儿。人们已经很长一段时间没有猎到他们的豹子了。你必须作出那个保证，真是不幸的事情。"吉·克说道。

"你知道它会怎样。没有它事情不会顺利的。我必须把它带给玛丽，同时玛丽也要猎到那头狮子。"

吉·克说道："我会尽快回来的。我会拣小路回来。你昨晚睡了吗？"

"没有。"

"那今天睡一觉吧。"

接下来，我和吉·克的手下聊天。汤尼和我说了不少笑话。他们没有把车开得动静太大，以免营地扬起太多灰尘。黑帝和我谈了些关于营地的事情和事态的发展，从他高兴的表情中，我知道一切都进展顺利。他在早晨的露珠还很新鲜的时候，到河边走了走，并且过了那条马路，他并没有发现任何人的踪迹。他叫恩古伊去昨天飞机停的那个牧场那边大范围搜索了一下，也是什么都没看见。没有任何人接近那些村子。

"我会被他们认为是一个粗心的傻帽儿，不知道有人一个晚上连续出去喝了两次酒。但是我告诉他们我昨晚发烧了。老爹，你今天一定要睡一觉才好。"他说道。

"我会的。但我现在必须去看看夫人想要干什么。"

我在营地看到玛丽正坐在大树下的椅子上写日记。她抬头看看我，然后笑了。对此，我表示很高兴。

"我发怒了，对不起。吉·克告诉了我一些你的问题。我很抱歉这些事情都将在圣诞节前后来临。"

她说道。

"我也很抱歉，我想要你开心点，你已经忍受了这么多。"

"这是一个很美妙的早晨。我很享受它。你可以数数鸟儿，并辨认它们的种类。你看到了那个美妙的滚轴吗？我正开心着呢。看着这些鸟，我真是很开心。"

"但有没有一些特别的事情是你想要做的呢？"

"没有。在天气变得太热之前，你认为我们会不会去瞪羚之地打打猎呢？我想我现在很能理解我们从空中看到的那些情形了。"

但是瞪羚之地是地面上最难去的地方。乘飞机去当然简单了，然而飞机使地面上的任何事物都显得简单极了。玛丽小姐的身高还不及灌木丛，现在又是灌木长得最高的时候。她打猎是如此艰难，而我和恩古伊又必须站得远远的，这才让我这么紧张。还好，昨天我们在那儿没有看见犀牛，也没看见任何新的足迹。不过在另一个不同的地方，我们看见了一头犀牛和它的小家伙，都是公牛，在泥坑里打滚。我对玛丽感到不妙，这感觉源于她从来没有被允许独自打过猎，而我却尽可能地延伸了安全界限。后来我记起了我对老爹许诺的任务，我太过于受欢迎了。她看上去并不介意，我们走得太近了，以至于都没有机会采取行动。

后来我们看见犀牛的新鲜印记，我把恩古伊派回车中。我则带上大猎枪，径自走到玛丽身边。马加迪并不是一个真正危险的地方，却足以让你毛骨悚然，让我汗流浃背。恰罗和我听到了咕噜咕噜的声音，就像一条颤动的舌头发出的声音或者说像鹌鹑起飞时的叫声。我往回看了看，见恩古伊正站在猎车的上面，朝我们的左边指指点点。接着恰罗碰到了玛丽的手臂，我们一起随着风声移动到了右边，在一个干净的地方，我们等着，直到猎车出现。

"一头大公牛，角又短又宽。"恩古伊说道。

玛丽问道："我能看到它吗？"

在恰罗和恩古伊帮助下，玛丽钻出车顶棚，她看到了那头体形硕大的犀牛。因为在泥坑里滚过，身上干了之后，灰色的毛发就变成白色的了。它的头高高扬起，耳朵向前扑打着，鼻子在风中嗅着，像是在搜寻什么。

"你想要拍下这张照片吗？"

"不要，没有任何意义，这太远了。"

"我们不能靠它太近。在这样的状态下这辆猎车无法摆脱它。我会找另一辆来，那时我们就可以让它在野外追我们了。"

"每一次我们猎杀瞪羚的计划都会被出现的事情

毁掉。现在我们就处于最好的位置了。"

面对着这样一头皮糙肉厚的犀牛，我和平常一样，还是被吓到了，因为我要对玛丽全权负责。犀牛很笨，依靠气味来判断事物，我知道我们只要略施小计就能够顺利战胜它。它们都是半瞎子，但有些也能相对其他的来说看得更远，它们像一个疯狂的火车头穿过灌木丛的样子，真是让人印象深刻。它们也很容易被杀，我就曾经用.577口径猎枪直接打穿一只犀牛的心脏。中枪后它以全速跑完一百码左右之后，就打着旋倒下死去了。如果是我一个人，对它们我不会感到害怕，即便它们外皮坚硬打不到更打不断它们的骨头，但.577口径猎枪足以让它们乖乖倒下。但是在这样一个茂密的地方，你不知道另一头会在哪里出现，而这头和它们一起的动物很有可能就要了你的小命。所以，我观察着这穿着难以置信的厚厚的装甲、粗笨而又脾气暴躁，也不可爱的动物，它们那泥水烘干的白色外衣显得非常奇异，如此好斗的它们，像是带有挡板的盔甲一样地站着。它们毕生就靠着前面那攻城小车似的角生存着，我想。

我问道："你确定不应该来张照片吗？"

"确定。你得靠近点才能照相。"玛丽说道。

因此我们就让它去了，离开它们去了另一个灌木从空旷的地方，在那里我们重新开始追猎瞪羚。如果我被指责或被告知是在扮演一个弃婴女佣或者弃枪逃跑的家庭女教师的角色，我该怎样立足？又该怎样面对老爹对我的叮嘱？很久以前，我就意识到了为什么白人猎手的薪水和他们以前一样高，也明白了为什么他们要转换营地去猎杀他们的目标，以便妥善地保全自己。我知道，玛丽小姐在这儿的时候，老爹不会猎杀任何东西，那没有任何意义。这一次我没有漠不关心，我想起女人们是怎样爱上她们的白人猎手的，我也希望能够出现一些壮观的场面，让我成为我客户心目中的英雄。因此我要成为的是我合法的妻子的爱人，而不是成为她的从不付账又令人讨厌的保镖。

在真实的生活中，这样的情形是不会经常出现的，当你做的时候，既然你不允许有任何别的情况出现，它们很快就会被做完，客户就会以为它们非常容易做到。在这最后阶段，对失败习以为常，是注定永远无法成功的。除非瞪羚变得疯狂或者女人像兰德斯人常做的那样踩着高跷。因为捕杀瞪羚的行动，我从缺乏睡眠和早饭前的饮酒中变得思维清晰了。我们在这个地方完事之后，开始返回营地。我开始从条件反射中变得无意识了，也开始从那操练中分神出来。如果我因此被斥责，这将是很正常的事情。女人所期望的是神经质的拉皮条似的人的行事方式，但那不是一个白人猎手行事的方式。玛丽恰恰相反，她非常温和并说这是一次激动人心的狩猎。因而我做得不错，知道要和她保持一定距离。看到那头穿着白色盔甲的犀牛是多么美妙的事情啊，再说实际上一只瞪羚并不是我们的必需。狩猎不像杀戮，是说不定的事情，瞪羚还开心地活着，她因此很高兴。因为不管白天晚上，都可能被敌人伏击，我从来不知道一只瞪羚吃着半干枯的灌木叶子会有多么开心。我最后猎杀的那一只，长着一对不平凡的角。但它的体形相对于瞪羚群体来说，是非常的小，它那么疲惫，那么老迈，顽固的疾病困扰着它，它皮下的油脂也不能用，但它的肉还是可以用于烤烧的。我们不想它身上染到的疾病被秃鹰传播，或者让它勉强维持生命。然而，我在暂停的睡意中感到轻松愉悦，我们参与了一场不错的狩猎行动。我希望那头狮子能够下到平原上，并且变得有点自信了。到那时，它就要被我们干掉。

第十二章

　　每一个人都回归到了正常的生活状态，营地四周变得安静起来。正在记着日记的玛丽小姐，看上去相当开心。虽然是很平淡无奇的一次打猎，可她已经外出过了，而且也有些出乎意料的事情发生了。那帮酒徒们带来了一大堆柴火，他们现在已经睡了，以此消除这之前所做工作带来的疲劳。那个年轻的警察来了又走了，我们已经交换了彼此知道的消息和观点。恩古伊想要在马路上散散步，然后在河里洗上一个澡。他问我是否可以五点前开车出去一趟，他说他会从村子里的人那里探听一点儿口风，并简单地做一个调查。我对他说，做简要调查一事可以稍微放轻松些，更主要的是，检查一下狒狒有没有骚扰过村子。他说他不是用他的嘴来问，而是会用眼睛来调查。而阿拉普·梅纳从罗依托其托克赶回来了。很有趣的是，虽然他醉醺醺的，但每一件他见到和听到的事情却都能记住。

他不认为在营地会发生任何被突袭的事件，但可能性却是一直存在的。对罗依托其托克的茅茅党他持有一种消极的态度，并认为马赛族人的茅茅们都是光知道吓唬人的懦夫。因为马赛族人从来没有认真对待他或者茅茅党。他说我们已经看到马赛族人被一些问题腐蚀了。他在这个地区很受人爱戴和尊敬，而我也认真对待他说的每一件事。他说如果我和他一起去一趟罗依托其托克，可能是件好事，也可以顺便喝点小酒。他说很多人问为什么我最近没有去镇上，还说公告员自从和寡妇有一腿之后，就会失去许多用处。一个男人如果立于一种需要保护寡妇的地位，或者说这个男人与这个寡妇的糗事已公开且臭名昭著的话，那他就会失去社会地位。这是他的解释，并认为如果我去保护这个寡妇并且教导她的话，应该会是一个不错的主意。而那寡妇也希望如此，而在和她有一腿之后，公告员并没有足够的力量保护她。他还说，那寡妇需要我的保护，她是一个好女人，如果可能的话，他希望把公告员派到遥远的地方去，甚至是把他吊死也不足惜。

我和他解释说我没有任何权力去把公告员乃至任何人吊死。他认为我是在说笑。然后我问他狮子的事情。他说在他去沼泽地和平原的路上狮子再一次被射击了，还说我们应随时准备跑路。

之后我们一起喝了点酒。我要他去睡一会儿，然后在天黑之前回营地。我们打算晚上出去视察一下情况。我拿了点他的鼻烟，塞在我的上嘴唇下面，然后来到树下的大椅子上，开始睡觉。

我醒过来之后，看到丘庐岭那边的云团已经飘了过来，黑压压的在大山一侧的上空开始堆积。太阳虽然还露在外面，但已经有风吹来，有一种大雨将至的感觉。我向穆文迪和黑帝大喊起来，这时候雨水已经开始降落下来了。一开始雨水像一块厚实的白布一般扫过平原穿过森林，然后慢慢变弱的像雨帘一般。大家此时都已经行动起来了，有的把绑着帐篷支索的柱子扎结实，有的调整支索的松紧，还有的在挖排水沟。雨很大，风也很狂猛。有一阵子，我们眼看着风把睡觉的帐篷刮走了，但帐篷还是被绳索拉住了。因为我们在迎风的一面打下了好几根结结实实的柱子。后来风平息了，不再怒吼，但雨仍下个不停。大雨下了一整晚，第二天又几乎下了一整天。

一名当地的警察在下雨的第一个晚上从吉·克那儿带来了口信："装货通过。"这位当地的警察全身湿透了，他的车半路抛锚了，他只好步行过来。小河水太深，车无法通过。那晚，这位当地的警察也并不认为他们能够上路，但他们可以临时躲进村子里等，直到路干再出发。

吉·克能够这么快就得到消息并且还能将消息捎回来让我感到奇怪。他一定在半路遇见了一名正要向他报告情况的侦察员，然后让一名手下乘一辆印度卡车把信带了过来。看来没有什么不确定的了，我得把情况告诉黑帝。于是我披上雨衣，踩着厚厚的烂泥，在大雨中绕过湍急的溪流和湖泊，来到伙计营房。这么快就有消息过来也让他感到惊奇，不过也因为终于可以解除警戒而感到高兴，毕竟在雨里操练会是一个很棘手的问题。我告诉黑帝，等阿拉普·梅纳一来，就让他到用餐帐篷里去睡觉，黑帝则说阿拉普·梅纳不至于笨到在下这么大的雨时，还拿个火把去站岗。

太多的好天气把我们宠坏了。比起那些年轻人，年纪大一些的人更难以忍受下雨，觉得更不舒服。而且他们是不喝酒的伊斯兰教徒，你休想让他们喝上一口暖一暖身子，即使你看到他们浑身湿透了。在讨论马切斯科自己部落所在的地方是不是也下了这么大的雨这个问题后，很多人最后一致认为没有。但因为雨下了一整晚，大家相信北部肯定也在下雨，都高兴起来。

后来阿拉普·梅纳终于还是出现了，他从瓦卡姆

巴村那边走过来，穿过了极其恶劣的暴风雨，全身湿
透了。我给他倒了一杯酒，问他想不想留下来，并叫
他换一件干衣服，再到用餐帐篷里去睡一觉。但他说
村子里有他自己的干衣服，而且由于这雨可能会再下
一整天，甚至可能下两天，所以他宁可回到村子里去，
他认为还是回去的好。我问他有没有看到这雨下起来，
他说没有，其他人也没有，谁要是说有就是撒谎。一
周以来，总是一副山雨欲来的样子，而真下起来之前
又没有半点迹象。我给了他一件我的开衫，让他穿在
最里面，又让他穿上一件防水的短滑雪外套，并在他
背后的口袋里放了两瓶啤酒。他喝了一小口酒就走了。
我真希望我从小就认识他，一生都和他一起度过。他
是个很好的人。如果是这样，我们在某些地方的生活
一定会变得十分奇特，我想了一会儿，感到很高兴。

　　雨下得很疯狂，令人印象深刻。玛丽并没有因为
下雨而感到失望和沮丧。玛丽知道这雨肯定同时也在
平原上和所有的开阔地带肆虐着。她认为她知道，然
而没有人知道这场雨到底给这些地方带来了什么。我
们看到，不久之后，所有落满灰尘的地方和干燥的乡
野都变绿了，以及看到动物们是如何迁移到那些贫瘠
的、被人遗弃的地方。但是她从来都看不到一场大雨
降临大地所带来的巨大变化，而土地已经等候这场雨

很久很久了。我知道她的那头狮子可能在这儿，其他狮子也一样。而我们都不知道到底怎么回事。但是，雨一直在下，一直在下。

因为没有人能够走动太远，因此也就没有发生神秘的事情来使她失望。在某种程度上说，下雨也是一件好事。那位警察不能开着那辆路虎车带来好消息或坏消息，切断了我们与村子里的联系。玛丽一直以来都讨厌休息，也讨厌一成不变的生活。但她也被迫待着好好休息。面对大雨，玛丽无能为力。雨下着，帐篷前面杂乱的灌木树丛就像是生长在湖面一般。帐篷门头上挂着的大象头骨看上去则像水面上的一颗巨大的卵石。

在用餐帐篷里待着，听着雨滴重雷敲打在用餐帐篷的声音，也是件令人愉快的事情，我对什么事也不用操心，一边看书一边喝着小酒。现在每一件事情我都掌控不了，而对此我表示欢迎。我和往常一样，期待一身轻；不用承担什么责任，不用期待什么，也不用掠杀、不用追捕、不用保护、不用密谋、不用守护、不用参与的绝妙懒散；期待有看书的机会。我们书袋里面的许多书已经看完了，但我们的必读书目里有的还没仔细看，而且还有二十册西默农用法语写的书我没看过。西默农的书，你也许每读五本可以找出三本好的来，但他的书迷在下雨时连他的坏书也会看，我一般每本都会看一看，标明好书或坏书，西默农的书没有中间档次。我将六本书分了类，准备跳过一些内容便开始阅读，高高兴兴地把自己所有的问题都转嫁给梅格雷。他遇到蠢事，或在奥菲弗河码头漫步的时候，我也还能忍受，他对法国人睿智而深刻的理解则让我读得津津有味。这种对法国人的理解只有他因为是一个法国人才能懂得。假如你在非洲宿营时遇到下雨出不去，再也没有比读西默农的书更好的事了。只要有他的书，雨下得再久我也不在乎。

在看到雨势并没有半点减弱，且越来越不像要停的样子之后，玛丽小姐看上去也把自己托付给这场大雨了。她也放弃了写信的努力，开始阅读起一些东西来，她读的是马基雅弗利的《君主论》。要是这雨下三四天会怎样。假如我读完一页、一章或一本书时能停下来想一想的话，手头这些西默农的书就够我读一个月。而受连续不断的雨的驱使，我甚至可以每读一章便思考一番，不过不是想西默农，而是想其他一些事情，这么一来，过一个月绝对不会有什么问题，而且会过得很有意义。即使没有什么酒可喝，不得已只能去用阿拉普·梅纳的鼻烟，或者试着喝一点儿我们已经逐渐了解药性的树本植物酿成的各类酒也不要

紧。我心里这样想着。看着玛丽小姐读书时堪称典范
的态度和安详美丽的脸容，我心中想的是，一个像她
这样的人，青少年时期刚过不久便受到每日成灾的新
闻报道，芝加哥社会生活中的问题，欧洲文明的毁灭，
大城市遭受轰炸，对另一些大城市进行报复性轰炸的
人私下里说的一些话，治疗牛痘的原始手段，搅成了
一团的较新较细致的暴力，仅靠某种止痛油膏缓解痛
苦的婚姻中那些大大小小的灾难、问题和无数伤痛，
不断增长的知识，不断变换的场景，以及对不同艺术、
领域、人群、野兽和感觉的探索等所有这些熏陶，会
有什么样的遭遇；不知道连续下六周的雨对她意味着
什么，我心里想。然而接着我便想起她有多好、多能干、
多勇敢，想起这么多年来她忍受了多少不快，就反而
觉得她在雨天比我更坚强。正在思考着，我看到她放
下了书，走过去从钩子上取下雨衣穿上，戴上软帽，
冒着瓢泼大雨去探望她手下的部队。

我在早晨已经见过他们了。他们都有帐篷可待，
用锄头铲子来挖排水沟，他们以前也看到过和经历过
同样的大雨。虽然觉得不太舒适，但他们还算愉快。
而在我看来，假如我能在一顶小帐篷下不被淋湿而安
然度过雨日，我是不会期待穿防水衣、高筒靴、戴帽
子的人来视察我们的生活的，因为他们最多是多给我

一些当地产的格罗格酒而已，绝不可能做什么事来改善我的条件。但接着，我意识到这种想法不对，毕竟去看望一下部队是她所能做的唯一有意义的事情。要在旅行时与同伴处好，就不能对人过分苛求。她回来后，拍掉帽子上的雨水，接着把雨衣挂在支撑帐篷的柱子上，然后把靴子换成了干拖鞋。我问她部队的情况怎样。

她说："他们还好。他们把炊火掩盖起来的方法可真妙啊。"

"他们有没有在雨中立正？"

"别闹了。我只是想看看他们如何在下雨的时候烧饭。"她说。

"你看到了吗？"

"请你别胡闹了啊，既然在下雨，我们还是高高兴兴地享受一回吧。"她说。

"我一直在享受啊。让我们想想雨停后会有多好吧。"

"现在就算什么事也不能干，我依然感到很高兴。我没必要一定去想这个。我们每天的生活都很刺激、很奇妙，能够被迫停下来回味也是很不错的。等游猎结束后，我们还会希望有更多的时间来回味呢。"她说。

"你还记不记得我们以前在床上读你的日记的情形？我们可以拿你的日记来看啊。暴风雪后穿越蒙彼利埃山附近和怀俄明东端雪地的美妙的旅行，想起在雪地里留下的足迹。还想起以前你开车的时候我们在德克萨斯境内一直沿着边境行驶，一路看看老鹰，还与那艘叫黄祸的蒸汽客轮比赛谁开得快。这些事你还记得吗？你那时记的日记很有意思。你还记得那只老鹰抓到了一只老鼠，因为太重又扔下来的事吗？这些我们都可以回想。"

"那时候，我们很早就会停车，到一家有写字台灯的汽车旅馆里去。现在要写就难一些了，每天天一亮就起床，又不能在床上写，非得出来写才行。灯一亮，许许多多叫不出来名字的虫子就会围过来。要是我知道打搅我的虫子的名字就好办些了。这一次，我一直感到又累又困。"

"我们应该想想，像瑟伯和乔伊斯这样可怜的人，他们到最后连自己写的东西也看不明白，那该是多惨啊。"

"我写的那些东西还是不看为妙。有时候我也看不懂我写的东西。感谢上帝也没有其他人能看得明白。"

"我们尽写一些粗俗的笑话，这种玩笑我们这群人都爱开。"

"你和吉·克的玩笑真是俗不可耐，老爹的也怪俗气的。我知道我也会说些粗俗的玩笑，不过不像你们这些人那么糟。”

“在非洲有些笑话还能被理解，但它们流传不出去。因为从来不了解食肉动物的人不会明白你在说什么。人们不能意识到在一个到处都是动物而且有食肉动物的天地里那儿的情况和那些动物会是个什么样子，包括那些不需要杀死动物就能吃上肉的人，那些不理解这些部落，不懂得什么是自然的情况和正常的情况的人都不明白。小猫咪，我知道我没说清楚，不过我会想法写下来，好让别人能懂我的意思。但你不得不说大多数人不理解，也不会想到去做的事。”

“我明白。写书的都是骗子，你怎么能跟一个撒谎的人去争高下呢？你怎么能和写自己如何射杀了一头狮子，如何用卡车把狮子运回营里，狮子却突然活过来的人去比高低呢？你又怎么能和一个说大卢瓦哈河里满是鳄鱼的人去比谁更可信呢？不过也没有必要比。”玛丽说。

“是没有必要。我也不会这么做的。但你也不能怪那些说谎的人。写小说的利用他自己所知道的事情或者别人所知道的事情在编故事。其实他不过是个天生会说谎的人，我是个写小说的，所以我也是个说谎的人。”我说。

“但是你在告诉吉·克、老爹或者我狮子做了什么，豹子做了什么，或者野水牛做了什么的时候，是不会撒谎的。"

"是不会，但那是在私下里说话，我为自己辩解的理由是经过我编写的，真实就比本来更加真实。这就是区分好作家和坏作家的标志。如果我用第一人称写作，又声称这是小说，当今的批评家还是会努力去证明这些事从来没有在我身上发生过。这就像努力证明笛福不是鲁滨逊并进而断言那是一本坏书一样愚蠢。对不起，我听上去大概像是在演讲。不过下雨天我们可以一起演讲一番。"

"我喜欢谈论你相信、了解和关心的事，谈论写作。不过只有下雨天我们才能这样谈。"

"小猫咪，我知道。因为我们现在是处于从来没有过的艰难时刻，这艰难并不是指艰苦，而是所有这些新奇事物。现在的情况有些特殊。但我们乐在其中，并且要比在任何地方感觉都要好。"

"要是从前我与你和老爹在一块儿的时候我就知道那该多好。"

"从前的日子现在看来是过去了。实际上现在比那时有趣得多。从前我从来没有来过这里。在从前我们是不可能像现在这样成为朋友和兄弟的。老爹不会允许我这么做的。我和穆克拉变得情同手足，而别人觉得这种情感是不体面的。人们只是容忍了我们。现在老爹什么事都对你说，这些事在从前他是不会对我说的。"

"我知道，你能告诉我，我感到很荣幸。"

"你是不是谈得烦了，亲爱的？能够不被雨淋湿而又可以看书我很高兴。你也该写信了。"

"不，我喜欢这样和你说话，这种时候我就很想和你谈话。工作活动一多，除了在床上我们就没有在一起的机会了，在床上我们总是很开心，你对我说的话我也很爱听。我记得我们有多么愉快。我记得你说的话，不过我们现在的谈话是不同的。"

雨仍然不断重重地敲击着帆布，敲打帆布时的节拍和韵律没有丝毫变化。一切声音都被雨声掩盖了。

"劳伦斯想写这事来着。但他写的东西，里面故弄玄虚的东西太多了，我看不懂。我从来不相信他和一个印度女孩睡过觉，也不相信他碰过一个印度女孩。他当时是个在印度人的地区游览的记者，有理论，也有偏见，生性敏感，胸中有仇恨。另外他文笔很美。不过他这个人写一段时间以后必定会对写作恼怒起来。他干过一些了不起的事情，而当他开始想出许多理论的时候，他差不多马上就要发现某一件大多数人所不知道的事情。"我说。

　　"我读他的书很明白。但是这与村子有什么关系？我很喜欢你的未婚妻，因为她很像我，如果你还需要一个妻子，她是个很好的人选。但是你用不着借某个作家来为她找借口，你说的是哪个劳伦斯，戴·赫还是托·爱？"玛丽小姐说道。

　　"好了。我认为你说得很对，我要读西默农的书了。"我说。

　　"你为什么不趁雨天到村子里去住一阵？"

　　"我喜欢待在这里。"

　　"她是个好女孩。要是下了雨你还不去，她会认为你没有风度。"玛丽小姐说。

　　"想要和好吗？"

　　她说："想。"

　　"太好了。我不会再乱谈什么劳伦斯，什么黑色侦探小说了。让瓦卡姆巴村见鬼去吧，反正劳伦斯也不会太喜欢那个村子的。雨天，我们就待在这里。"

　　"他喜欢打猎吗？"

　　"不喜欢。这并不是说明他不好，感谢上帝。"

　　"那你的女孩是不会喜欢他的。"

　　"我想也是。不过感谢上帝这也并不说明他坏。"

　　"你以前认识他吗？"

　　"不认识。有一次下雨天，在洛代翁的西尔维娅，比奇书店外我看到过他和他的妻子。他们正在一边交谈一边看橱窗，没有进去。他妻子身材高大，穿着花呢上衣；他身材瘦小，罩着一件很大的外套，眼睛很明亮，留着胡子。他看上去身体不太好，看到他被淋湿我心里不是滋味。西尔维娅的书店里面倒是很温暖、很舒适。"

"我奇怪他们为什么不进去。"

"不知道。那时候人们还不会与不认识的人说话，至于向别人要亲笔签名更是很久以后的事了。"

"你怎么认出他来的？"

"店里的炉子后面挂着一张他的相片。我非常欣赏他的一本叫作《儿子与情人》的小说和《波斯长官》的故事集。他以前写意大利也很出色。"

"任何会写作的人都应该能写意大利。"

"这话不错。但即使对意大利人来说这也是很困难的，而且反倒比任何其他人写都要困难。假如哪个意大利人能把意大利写得还算可以，就是个奇才了。司汤达写米兰写得最好。"

"但他写法国也写得很好呀。"

"是的。可是你无法每天都跟随他。他有时候也会写令人讨厌的脏话。"

"今天你说作家都是撒谎的人，但有一天你会说所有的作家都是疯子。"

"我说过他们都是疯子吗？"

"当然，吉·克和你两人都这么说过。"

"那时候老爹在场吗？"

"对。他说所有的猎区监管都是疯子，所有的白人猎手也都是疯子，而白人猎手是被监管、作家和机动车逼疯的。"

"老爹总是正确的。"

"他对我说你们两个都是疯子，永远也不要理睬你和吉·克。"

"我们是疯了。不过你千万不能告诉外头的人。"我说。

"但你不会真的认为所有的作家都是疯子吧？"

"只有好作家才疯。"

"但那个人写了一本关于你有多疯的书，你就很气愤。"

"不错，因为就像他对写作一窍不通一样，他根本不知道发疯是怎么回事，也不知道发疯如何起作用。"

玛丽小姐说道："这真是复杂。"

"我会想办法写下来让你看看作家到底是怎么回事。我现在不会对你解释的。"

"这事老爹会很感兴趣的。他认为你一直以来就是个疯子，但是他却绝对地相信你，我也应该相信你。

有时候所有一切都变得令人沮丧。但我深爱着我们的生活，我不会沮丧。你现在看书，我们不一定非得说话。我为你倒杯喝的怎样？"

"你想看书了？"

"是的，我想。而且我们两个可以一起听听雨声，再喝上一杯。"

"雨停之前，我们肯定会度过一段美好的时光。"

"我们现在就处于美好时光中，我只是担心那些动物们要被淋湿了。"

于是我又坐了一会儿，重新开始读《运河边的小屋》这本书，脑子里想着那些动物们被淋湿的样子。河马今天一定很高兴。但是对其他动物，尤其是狮子、豹子这些猫科动物来说，今天根本算不上什么特殊的日子。这些动物烦心的事够多了，下雨只会让其中从来没有经历过的那些动物感到烦恼，而唯一没有经历过下雨的只是上次下雨之后生出来的动物。不知道大型猫科动物下这么大的雨时是否也捕猎。它们肯定是要捕猎的，为了活命嘛。下雨天捕猎一定容易些，但在捕猎时被淋得这么湿，狮子、花豹、猎豹对此一定是讨厌的，因为猎豹有点像狗，皮毛是能够防水的，也许它们不那么在乎。蛇会从灌满了水的蛇洞里爬出来，下雨时飞蚊也会被赶出来。

　　我又想我们这次来非洲能住在一个地方这么久，能对动物有所了解，也认识了蛇洞和住在里面的蛇，是多么幸运。我第一次来非洲时，猎队为的只是猎到更多可以当纪念品的猎物，总是匆匆忙忙地从一个地方搬到另一个地方。当时要想看见眼镜蛇，就像要在怀俄明的公路上看到响尾蛇那么困难。而现在我们已经发现了很多眼镜蛇藏身的地方。当然发现这些地方也是偶然的，但它们都在我们驻扎的地区之内，我们以后还可以回去看。偶尔，我们会杀死一条蛇，那也是藏身于某一个地区的，在其藏身地区附近猎食，就像我们在自己的地区内一样，不过这一回从自己的地区爬出来了。是吉·克让我们有特权，驻扎在这片国土上一个极其美妙的地方，能对它有所了解，而且能干一些事情，从而有理由待在这个地方，为此我对他非常感激。

　　猎取野兽做纪念品的时光在我的生命中早已成为过去了。干净利索地射杀动物仍是我所喜欢的。但这次是为了大家能有肉吃，为了帮助玛丽，为了消灭那些由于某些原因应该被消灭的野兽，为了控制掠夺性动物、食肉动物和害兽，我才打猎的。我在马加迪曾射死过一只黑斑羚当纪念品，还杀死过一只大羚羊来吃，结果因为羚角大也成了纪念品。在那里，我还在一个危急关头射杀了一头野水牛，当时我们食物紧缺，这头野水牛便被吃了。因为能让玛丽和我想起我们共同经历的一次小危险，那对牛角也就变得值得收藏。现在想起这件事我很开心，而且知道今后回想起这件事也会十分开心。它属于你会在睡觉前、睡梦中和内心痛苦时想起来的那类事。

我问她："小猫咪，你还记得那天早晨遇见野水牛的事吗？"

她在餐桌对面望了我一眼，说："别问我那种事，我现在想的是狮子。"

确实，一旦雨停了，她的那头狮子就会出现，还有一只豹子，我已经允诺并保证过在某一天一定要杀死的，将它体面地杀死。

这是预定好的交战。其中也可能出现许多其他事务和中断的变故。而这两件事已然被确定下来了。于是我们便坐下来，在雨中静静地读书，我们知道，这两件事终究是会发生的。

它们必须要发生，也将要发生了，但前提就是雨得停下来。这期间，玛丽可以好好地休息一下，如果说我让她一直以来焦躁不安的话，我现在很享受这场雨带来的不负责任的休息。

那晚我们吃过冰冷的晚餐后便早早上床了。下午晚些时候玛丽已经写完了日记，这会儿正躺在床上听着打在绷紧的帆布上重重的雨声。

"我知道这雨很美妙，我们需要它。但是如果它停了，也是件很好的事。"

"每一个人都很担心庄稼，如果它只是在自然保护区下该多好。"我说。

"确实是的。还好我们不用在雨中转移营地。这可不是本地常见的雨水。"

"如果在晚上你起床的话，你要千万小心，要用手电筒。任何东西都有可能会爬进来。"

"我会小心的。我也会叫你。"

"还要把你的帐子塞好。"

"我会的。亲爱的，你好好睡吧，做个美梦。"

"你也是，我亲爱的小猫咪。"

虽然雨声均匀，然而我仍然没有睡好，两次从噩梦中一身冷汗地醒来。第二个梦非常可怕，我醒来后便从蚊帐底下把手伸出去摸索那个方形的杜松子酒瓶和水壶。我把东西拿到床上，然后将蚊帐塞回到毯子和帆布床的气垫下面。我在黑暗中把枕头对折，好让头靠在上面躺在床上，又找到那香脂小枕头放在脖子下面，然后又摸到了腿边的手枪和电筒，旋开杜松子酒瓶的瓶盖。

　　就着沉重的雨声我在黑暗中喝了一口杜松子。这
酒喝起来很纯、很温和，给了我一些抗拒噩梦的勇气。
我以前也做过这样的噩梦，这一次跟以往的一样可怕。
我知道玛丽小姐猎狮的时候我是不能喝酒的，但第二
天下雨我们是不会去猎狮的。今晚上睡得很糟，不知
道什么原因。因为很多个晚上都睡得很好，还以为再
也不会做噩梦了呢，我都被惯坏了。我现在可是领教
了。也许是因为我一天都没有运动的缘故，也许这是
因为防雨帐篷封得很严实、通风不良的缘故。

　　我又喝了一口酒，味道更像以前喝的烈性酒，比
第一口还要好。我心想，我还经历过比这更糟的呢。
这并不是什么特别的噩梦。但我知道我早就和让人冷
汗淋漓的真正的梦魇永别了，现在我只有好梦和噩梦，
而一晚上大多数时间是在做好梦。

　　"老爹，你在喝酒吗？"接着我听到玛丽说。

　　"是的，怎么了？"

　　"能不能给我也喝点儿？"

　　我把酒从帐子底下递过去，她伸出手来接住了。

　　"水在你那儿吗？"

　　"在。你床头也有酒和水。"我说着把水也递了
过去。

　　"但你告诉我拿东西要小心，我又不想开灯把你

吵醒。"

"可怜的小猫咪，你睡着过吗？"

"睡着过。但是我做了一些非常可怕的噩梦。早饭前不能谈，太可怕了。"

"我也做了些噩梦。"

"吉妮酒壶还给你，万一你还要喝呢。握紧我的手好吗？让我知道你没有死，吉·克没有死，老爹也没有死。"她说。

"不。我们都好好的。"

"太感谢了。你也睡吧。你不爱其他什么人吧？我是说白人。"

"白人、黑人或浑身上下都是红色的人，都不爱。不爱。"

"安安稳稳地睡一觉吧，我的好人。谢谢你让我半夜喝到好酒。"她说。

"谢谢你赶走我的噩梦。"

她说："这是我要做的许多事件当中的一件。"

我躺着又想了好一会儿，想起去过的许多地方，经历过的真正的困难，想到雨停以后会有多好，噩梦算得了什么呢。接着我便睡过去了，然后又冒着冷汗醒过来，惊吓不已。但当我侧耳细听，听到玛丽均匀温柔的呼吸声时，便又闭上眼，决定再试着睡一次。

第十三章

　　早晨的时候天气还很阴冷，浓云将所有山的上空都遮盖了。又刮了一阵大风，还下了几阵小雨，但终于还是没有了像先前那样结结实实的暴雨。我到营房那边去和黑帝说话，见他头上戴着顶旧毡帽，身上披着件雨衣，一副兴高采烈的样子。他说明天的天气也许就会好了，我对他说等夫人醒过来之后，再敲紧绑绳索的帐篷柱子，弄松湿绳索。挖的沟把水都排得很干净，睡觉的帐篷和用餐帐篷都没有因此而变得湿漉漉的。这让他很高兴。一切看上去都还不错。他已经让人去生火了。我对他撒谎说我梦见耕地那边的雨下得很大。但如果老爹那里传来的是好消息，我这个谎言就会成为正确有力的预见。假如你想发表预言，最好是发表比较容易实现的预言。我知道这个梦说出来要比我的其他噩梦好听得多。因为我知道，即便说出来，让恩古伊和穆秀卡知道那些噩梦，他们也只能从字面上理解罢了。

黑帝假装一副崇敬的样子，很认真地听我说着我的梦。接着他告诉我说，他梦见雨水封锁了六支游猎队，直至沙漠边缘塔那河整个区域的雨都很大，好几个星期不能行动。他说这话是为了使我的梦显得不起眼。他已经记住我说的梦，还会去检验一番，我知道，但我想我必须对自己说的话加以支持。于是我又说我还梦见公告员被大伙儿吊死了，这话倒是真的。复述这个梦的时候，整个过程被我一五一十地告诉了他：在哪里，如何干的，为什么，公告员的反应，还有后来他是如何被我们放在猎车里拉出去喂鬣狗的。

多年来黑帝一直十分憎恨公告员，但反应谨慎，他要我明白他自己从来没有梦见过公告员。我知道这很重要，但我还是继续用行刑的细节来引诱他。他喜欢这个梦，他听得非常高兴，然后义正词严而又惆怅不已地说："你不能干这样的事。"

"我是不能干。但也许我的梦可以。"

"你也不能做巫师。"

"你看见过我伤害任何男人或女人吗？我确实不是巫师。"

"我没有说你是一个巫师。我是说你不能做巫师，也不能把公告员吊死。"

"我可以把这个梦忘记，如果你想救他。"

"梦是好梦。但是会招致一身麻烦。"黑帝说。

而雨天本身则容易使人们忘却他们信仰的诱人之处，所以大雨刚过的那天是绝佳的传播宗教的日子。雨已经彻底停了，我坐在火边喝茶，越过湿透了的土地瞭望远方。没有阳光打扰，玛丽小姐仍然睡得很熟。穆文迪带着一壶新沏的热茶到火边的桌前来给我斟了一杯。

"雨可真不小啊。总算下完了。"他说。

"穆文迪。你知道马赫迪是怎么说的。他说，自然之法昭示我们天际之雨降落大地以满足万物之需要，大地葱茏青翠全因天雨滋润，雨水稍歇，地表之水即渐趋干涸，由此可见，天雨与地水之间有引力相维系，而神示之于人类理智正如天雨之于地水。"我说。

穆文迪严肃地说："对村子里来说倒不错，对营地来说这雨水是太多了。"

"正如天雨停歇使地水渐趋干涸，人类理智若无上天启示亦将失去其纯洁和力量。"

穆文迪说道："我怎么知道那是马赫迪说的？"

"问恰罗就知道了。"

穆文迪嚷嚷了一声，他知道恰罗虽极其虔诚，却并不懂神学。

穆文迪说："还有，如果要吊死公告员，该让警署来吊。黑帝让我说的。"

"那不过是个梦而已。"

"梦有时候很有作用的，杀起人来像枪一样利索。"

"我会把梦告诉公告员的，这样梦就没有什么威力了。"

穆文迪说："巫师。Shaitani kubwa sana（力量强大的巫术）."

"Hapana shaitani（不是巫术）."

穆文迪打断了我的话，几乎是很粗鲁地问我还要不要茶。这时他转头向营地望去，露出了他中国人式的侧影。我看到了他要让我看的，正是公告员。

公告员来的时候浑身湿漉漉的，怪不高兴的样子。他高贵的骑士风度还没有完全消失，但雨水已经把它浇去了不少。他见了我立刻咳嗽了一声，告诉我这个咳嗽可是正当合理的。因为他真的是病了。

"兄弟，早上好。你和我尊敬的夫人觉得这天气怎么样？"

"这里下了一些雨。"

"兄弟，我身体不太舒服。"

"你有没有发烧？"

"有。"

他脉搏次数为一百二十。他没有说谎。

"坐下来喝口酒，吃一片阿司匹林，我再给你些药。然后回家睡觉去吧。现在路上能开猎车吗？"

"能。去村里的路是沙子铺的，碰到水塘的话车子也可以绕过去。"

"村里怎么样？"

"村里的田都灌溉过了，这雨没什么用。山这边过去的冷空气让村子里的人很不好过。连鸡也很难过。和我一起来的还有个女孩子，她父亲需要治胸口痛的药。你认识她的。"

"我会把药给你们的。"

"你不来她很不高兴。"

"我有我的工作。她好吗？"

"她还好。就是很忧伤。"

"告诉她，要是有事我会到村子里去的。"

"那个吊死我的梦是怎么回事，兄弟？"

"不过是我在做梦，在用早餐前我不应该告诉你。"

"但其他人已经听说了。"

"这不是个正式的梦，你不知道才好。"

公告员说："让人吊死我可受不了。"

"我绝不会吊死你的。"

"但其他人可能会误解我做的事。"

"没人会吊死你的，只要你不和敌对方打交道。"

"但我必须不断与敌对方打交道。"

"你懂我说的意思。好了，到火边去暖暖身子吧，我去准备药。"

"你真是我的兄弟。"

"不。"我说，"我是你的朋友。"

他走向火堆，我打开药箱取出些阿司匹林、搽剂、硫粉和治疗咳嗽的润喉糖，心里真希望对巫师我能有点小小的反抗。但第三个噩梦里处死公告员的所有细节，我的确能记起。这些让我对自己夜间的想象力感到十分羞耻。

我告诉他该吃些什么药，什么药是给那女孩父亲的。然后我们一起向伙计的营房走去，我把两听鱼干和一玻璃罐硬饼干给那女孩，便让穆秀卡开车送他们回村子里去，然后立即回来。她给我带来了四根玉米。我跟她说话的时候，她像个孩子似的把头靠在我胸前，没有抬头看我一眼。从右侧爬上车时，见没人看得见，她便垂下胳膊，用整只手紧紧抓住我的大腿肌肉。她坐上车后我也做了这个动作，她并没有抬头看我。接着我想，管它三七二十一，便吻了吻她的头顶。她大笑起来，跟以往一样放肆。穆秀卡笑了笑，便把车开走了。车道是沙质的，上面有一些积水，但底下还是坚硬的。猎车在两列林木中开远了，没有人回头看一眼。

我对恩古伊和恰罗说，只要路面允许，等玛丽小姐醒来吃过早饭，我们就到北边去进行一次常规巡查。我让他们去拿枪，刚下过雨，枪应该清洗一下。我对他们说要仔细擦，擦干枪膛里所有的油。天气还是很冷，太阳躲在云后面，风也起来了。可能会再有阵雨，但大雨已经停了。没有人胡闹，大家工作都很认真。

吃早餐时玛丽心情很愉快。她半夜醒过来以后睡得不错，做的梦也全是好梦。她做的噩梦是老爹、吉·克和我全被杀死了。她只记得有人捎信过来，记得好像我们遇到了一次伏击，但不记得细节了。我想问问她有没有梦见公告员被吊死，但转念一想这会影响她的心情，重要的是她醒过来时很高兴，正盼望好好过上一天。我想我在非洲卷入什么自己都不明白的事也不足惜，反正我是个粗汉，命也不值钱，但她不能被卷进去。而且她卷进的事已经够多了。她到伙计营房来学过音乐、击鼓、唱歌，对大家都很亲切和气，让每一个人都对她心生爱意。我知道过去老爹是不会允许她这么做的。但过去的日子已经过去了。老爹知道得最清楚。

用完早餐，猎车也从村里回来了，玛丽和我马上把它开了出去，一直开到没有可开的路为止。地干得很快，但有的地方车轮会打滑，仍比较危险，有时会陷到地垦去，但到明天猎车再次开过这些地方就会很安全了。在车道已经较结实的硬地上情况也差不多。在向北去的地上，泥土湿滑，要驾车是不可能通过的。

平原上钻出了不少嫩绿的新草，猎物散在各处，对我们毫不在意。这些你可以看到。还没有大规模猎物行动起来，在车道上我们看到了一些大象的足迹，一清早雨一停它们就向沼泽那边去了。就是那天我们在飞机上看到的那群，它们的脚印很大，即使把脚印印在湿地里容易散开来的特点考虑在内，那些脚印也还是很大的。

"但是我们被陷在路上了，亲爱的，从这里出来估计要花上一天的时间了。如果不是这么泥泞，我想我们能够掉头回盐碱地那边，并很有可能找到它们。"

"没关系，真的，就是光线太差了。光线几乎没有起到作用。"玛丽说。

"它们一起足足有十五头之多。那头大公牛和它的伙计离牛群有一点儿远。你可以看到它们是如何聚集在一起的，可我们刚好错过了它们穿过这里的时间。"

"不管怎么说，没有打扰到它们也许是一件好事。"

"它们可能向右去了。也许它们沿着这条去安博塞利的路，会到大象活动的地带。"我说。

"你认为我们应该返回去吗？"

天气很阴沉，冷风飕飕地刮过。平原上、车道上面及两侧满是急急忙忙地奔跑吃食的珩科鸟，它们飞起来的时候发出尖利放肆的声。珩科鸟一共有三种，真正好吃的只有一种。但营地里那些人是不吃这种鸟的，他们认为打它们是浪费子弹。我知道平原上可能有麻鹬，不过我们以后也可以打。

"前面有块地比两边高出不少，我们还可以再往前开一会儿，转到那儿去。"我说。

"那就继续走吧。"

沿着这条小道走不多远，一头母狮子的痕迹被我们发现了。可以看出，这头母狮是从我们的对面走过来的，在这里却转变了方向，还有另一头母狮子跟在后面。它们在此路过也不过是一个小时到一个半小时之前。

"小猫咪，你可以观察到它们是去右边了。"我说道。

我们走了一段，又发现一头母犀牛和它的小牛路过的痕迹，它们穿过了路面，雨水灌满了它们的脚印。接着开始下雨了，为避免车子陷到什么松软的地里去，我想我们还是应该尽快调头回营地去。

　　我们离营地已经很近了。营地背倚着一片树木和一层灰雾，欢欢喜喜地出现在我们面前，炊烟已升到空中，绿白相间的帐篷看上去很舒适，很有家的感觉。在开阔的草原上一些沙鸡在就着小水塘喝水。玛丽直接回营去了，而我和恩古伊下车准备打一些沙鸡来吃。在长满蒺藜草的短草丛中四散的沙鸡，就着水塘喝着水，头凑得很低。人一靠近它们便"噼噼啪啪"地飞起来。但沙鸡是不难打到的，只要你在它们向上飞时迅速射击。这些中等个头的沙鸡，样子好像是假扮成山鹑的滚圆的沙漠鸽。它们像鸽子或红隼一般古怪的飞行方式，以及它们飞行时，展开后翼滑行的样子，让我很喜欢。旱季的时候，成群的沙鸡会在早晨飞到水边来。在向我们飞过来或飞过我们头顶的沙鸡中，我和吉·克只打飞得最高的，每一枪打中不止一只沙鸡便要付一先令的罚金。然而要像现在这样惊动它们，情况就截然不同了。把沙鸡惊起来的时候，你听不到那种沙鸡群在空中交谈时发出的咯咯声。而且我也不喜欢在营地这么近的地方开枪。因此我只打了四对，若只有我们两个人吃，可以吃上两顿；若大伙儿都过来吃，也足够吃一顿的了。

　　我并不是很喜欢吃沙鸡，不如对小鸨、短须野鸭、鹬和有翼距的鸽鸟那么喜爱。游猎队成员也不喜欢吃沙鸡。但是沙鸡很适于晚饭时吃，吃起来很可口。刚下起来的小雨又停了，但云雾和云团已经降到山脚下。

玛丽正坐在用餐帐篷里喝兑了苏打的堪培利酒。

"你打得多吗？"

"八只。打这些鸟有点像在山冈猎场俱乐部里打鸽子。"

"它们比鸽子逃走时快多了。"

"因为它们发出'噼噼啪啪'的响声，又比鸽子小。我想不过是看上去如此而已，一只真正训练有素的赛鸽的速度是没什么鸟逃走时可比的。"

"天啊，我真高兴现在我们在这里射击而不是在俱乐部里。"

"我也是。我不知道还能不能再到那里去。"

"你会有机会去的。"

"我不知道。我想也许不会再去了。"我说。

"我不知道还能不能重新做的事太多太多了。"

"我真希望我们没有任何地产、财产，也没有责任。我希望我们只拥有一套游猎的装备、一辆好猎车和两辆好卡车。要是我们根本不用再回去有多好啊。"

"每一个你认识的人都会来拜访你，然后跟你一起狩猎远征。"玛丽说，"我就会是天底下帆布帐篷里最受欢迎的女主人。我完全能想象出这会是什么样子。人们会乘着私人飞机来这儿，飞行员会出来替飞机里的男人开门，那男人就会说：'我敢打赌你认不出我是谁，我敢打赌你不记得我了。我是谁？'总有一天有个人会说这话，然后我就让恰罗把我的步枪拿来，一枪射中那人两眼之间正中的部分。"

"然后恰罗可以把他变成伊斯兰教徒合法的食物。"

"他们又不吃人。"

"瓦卡姆巴人以前就吃人。就是你和老爹口中过去的好时光的那个时候。"

"你已经有一点儿瓦卡姆巴人的意味了。你会不会吃人？"

"不会。"我说，"肯定不会。"

"我很高兴听到你这么说。"玛丽小姐说，"你那些话至今萦绕在我耳旁。你知不知道我一辈子从来没有杀过一个人？你还记得不？那时候我想要和你分享一些事情，但感到可怕极了，因为我从来没有杀过德国兵，当时人人都变得非常担心。"

"我记得很清楚。"

"我是不是应该表演一下杀死偷走你爱的女人时所说的话？"

"假如你给我也倒一杯堪培利苏打水的话。"

"这没问题，我要说给你听。"

她倒出一些红色的堪培利苦味液，掺了些哥顿金杜松子，再喷了些苏打水进去。

"杜松子是对你听我表演的报酬。我知道这段话你已经听了好几回了，但我还是喜欢说。说出来对我有好处，听一听则对你有好处。"

"好吧，开始吧。"

"啊哈。"玛丽小姐说，"看来你以为你做我丈夫的妻子会比我要好。啊哈，看来你以为你们两人是天造地设的一对，你比我更适合他。啊哈，看来你以为你们两人在一起能过天仙般的生活，至少他将得到一位懂得共产主义、精神分析，懂得'爱'这个字的含义的女人的爱？你懂什么爱，你这个邋遢的老泼妇。你对我丈夫了解多少？对我们一起做过的事、共同拥有的东西又了解多少？"

"中听，很中听啊。"

"让我说下去。听着，你这个肮脏的女人，该长肉的地方不长，该显示出一些种族血统的地方又堆满肥肉的女人。我在三百四十码开外杀死过一只无辜的雄鹿，吃它的肉的时候眼都不眨一下。我射到过和你长得差不多的角马。我还射死过一只很大很漂亮的大羚羊，它比所有的女人都美，它的角比所有的男人都更有吸引力。我杀死过的动物比你看到过的都要多。我奉劝你断了用花言巧语勾引我丈夫的念头，滚出这个地方，要不然我就把你杀死。"

"说得太好了。你不会用斯瓦希里语说这些话吧？"

"没有必要用斯瓦希里语说。"玛丽小姐说。每次表演完她都有拿破仑在奥斯特里兹似的感觉，"这套话是为白种女人准备的，当然不适合你的未婚妻。一个可怜妻子的好丈夫如果只是想多一个妻子，为什么无权拥有一名未婚妻呢？这是很体面的事。我这话是针对那些自认为能比我使你生活得更幸福的肮脏的白种女人说的。那些自以为了不起的女人。"

"这段话你每说一次就更加清晰有力，很精彩。"

"我说的每一个字都是很认真的。这是我的真心话。不过我已经努力使我的话里不带任何刻薄或粗俗的词语了。我希望你不要以为'花言巧语'这个词与玉米有什么关系。"玛丽小姐说。

"我没这么想。"

"那就好。她给你带来的玉米很好。你认为这些玉米我们可不可以把它放在灰烬上烤一次试试看。我很喜欢那样烤出来的玉米。"

“当然可以。”

“她这回给你带来四根玉米有什么特别的意义吗？”

“没有，两根给你，两根给我。”

“我真希望有人爱我，也给你带些礼物来。”

“营里一半的人为你砍牙刷。每次大伙儿都送你礼物，你也是知道的。”

“这倒不错，我已经有很多牙刷了。马加迪那次剩下的就不少。不过我还是很高兴你有一个这么漂亮的未婚妻。世上一切事情都能像这儿山脚下的事情一样简单就符合我的希望了。”

“我们不过是运气比较好。这儿的事实际上一点儿也不简单。”

“我知道。为了不辜负这个好运气，我们必须待彼此好一点儿。噢，我希望我的狮子会来，希望自己长得高些，不至于看不清楚狮子而错过了时机。你知道它对我有多重要吗？”

“我想我知道，大家都知道。”

“有些人认为我疯了，我知道。但也没有人认为从前的人去寻找圣杯或金羊毛是愚蠢啊。一头狮子总比什么杯子或羊毛要值点钱，有点意思吧。每个人都有一些真正想要的东西，我可不管那些杯子有多么神圣，羊毛有多么金光闪闪的。对我来说，狮子意味着一切。为了它我知道你已经付出了很多耐心，大家都付出了很多耐心。但现在，在这场雨之后我肯定我会看到它的。我都等不及听到它吼声的那个晚上了。"

"不用多久，你就能看见它了，它的叫声很好听。"

"外人绝不会理解的，但打到狮子就能弥补一切了。"

"我知道。你不恨它吧？"

"不恨。我爱它。它很漂亮，也很聪明，我不用告诉你我要杀它的原因。"

"当然不用。"

"老爹知道，他向我解释过。他对我说过那个枪法蹩脚的女人，说大家一起帮她射狮子，结果狮子中了四十二枪。没人会懂的，我还是不说这些的好。"

"我们理解，但是那些不理解的人，我们也只能是感到抱歉了。"

因为我们是一起看到那头狮子的脚印的，其实我们是理解的。那些脚印的大小是普通狮子脚印的两倍。刚下过的雨仅仅是湿润了一下尘土而已，而脚印是印在薄薄的尘土上的，所以这些脚印的大小是真实的。我当时想为营地里的人打一些肉，正在向一只羚羊靠近，我和恩古伊突然发现了那串脚印，都用草茎指向地面，这时候我看到恩古伊的额头上冒出了汗珠。我们一动不动地等玛丽过来，她看到那串脚印时，深深地吸了一口气。这几个脚印是令人难以置信的。尽管那时她已经看到过许多狮子的足迹，也看到我们打死过几头。我能感觉到自己的腋下和胯间正在出汗，恩古伊不断地摇着头。我们像猎狗一样追踪那串脚印，发现它在一条泥泞的小溪边喝过水，然后沿着洼地向峭壁那儿走去了。这些脚印在那条小溪旁显得更清晰了，我从来没有看到过这样的脚印。

要不要再回去找那头公角马，我还没想好。我找到了可能会开枪，而那头狮子可能会被来复枪的射击声赶出这地方。但这地方打不到很多肉，而我们需要肉。这里所有的猎物都很容易受惊，因为食肉动物太多了，每一头被你杀死的斑马的皮上都有黑色的疤痕，那是被狮子爪子抓过的痕迹。所有的斑马都和沙漠大羚羊一样难以靠近，怕生。除了吉·克和老爹，谁也不喜欢在这儿打猎，这是野水牛、犀牛、狮子和豹子出没的地方，连老爹在这里打猎都感到紧张。一向沉着勇敢的吉·克，最后却勇气尽失，从来不承认会有什么危险的他，最后还是不得不开着枪逃出来。老爹在吉·克之前，在机动车被带到东非之前好几年就来过这里。他说在这个地方打猎时总会遇到麻烦，不过他是在夜间穿过这些危机四伏的平原的，因为要避开日间在树荫下就可达到华氏120度的高温。

我看到狮子脚印时，便想到这些事，那些狮子的足迹已如烙印般深深刻在我的脑海了，包括后来我们开始算计那头公角马时，我满脑子想的也是这些事。玛丽已经看到过其他狮子，一定想象得出那头狮子沿这条足迹走来时是什么样子，我知道。后来那头味道极为鲜美，长着张马脸，动作笨拙，比世上一切东西都更为无辜的茶褐色角马还是被我们打死了，玛丽朝它头、颈交接处开了一枪，它被结果了。她做这事是为了锻炼枪法，而且总得有人来做这件事。

我坐在帐篷里想到在真正的素食者看来这事会有多么恐怖，但任何吃过肉的人都知道必须有人先把动物杀死，既然玛丽难免要杀生而又想尽办法不让动物感到痛苦，她就必须学习，必须锻炼。在白人窃取他们土地前就在这里打猎谋生的人是不应该受到那些从来不吃鱼，连一罐沙丁鱼也没吃过，见到路上有蝗虫就要停车，连肉汤也从不喝的人的谴责的。当地人看到胡萝卜、小胡萝卜、报旧废灯泡、用旧的唱片和冬天的苹果树会是什么感觉。过度老化的飞机、嚼过的口香糖、雪茄烟蒂或是让木蛀虫蛀得满是窟窿的被丢弃的书给人什么感觉？谁知道呢？对上述情况，我手头那份猎务部颁发的章程里均只字未提，关于治疗雅司病和性病的规定也没有，而这却是我日常工作的一部分。也未提被砍下的树枝、尘土、叮人的苍蝇，只有舌蝇被提了一句：见苍蝇分布区表。得到狩猎执照并持有有效许可证的猎手，在规定的时间内可以在过去是耕地、如今是被管辖区域的马赛族的部分领土上打猎。他们手里持有一份允许捕杀的动物的清单，他们还要缴纳一笔用来支付给马赛族人的象征性的费用。但过去在马赛领土冒极大的险打猎捕食的瓦卡姆巴人，如今已被禁止这么做。侦猎员像对偷猎犯一样地追捕他们，而那些侦猎员大多数也是瓦卡姆巴人。吉·克和玛丽觉得侦猎员比他们自己更受欢迎。

　　所有来自狩猎区的瓦卡姆巴人的侦猎员都是极为优秀的战士。瓦卡姆巴人一直用自己传统的方法耕种田地，但本该持续一代人时间的休耕期也在缩短。因为瓦卡姆巴的土地没有增多，相反却和非洲其他地方一样遭到了侵蚀，而人口数量也在不断增加。瓦卡姆巴战士一直替大英帝国的战争出力，而马赛族人却从来没有替帝国打过仗。因为他们长得太美，可能会激起在肯尼亚或坦噶尼喀境内为帝国军队服务的赛弟恰那类同性恋人的爱欲，所以他们成为被娇惯和保护的对象。马赛族人过去是专业的战士，很漂亮，极其富有，而如今已有好长时间不愿作战了。他们原来就有毒瘾，如今渐渐又染上了酗酒的毛病。

瓦卡姆巴人的生活正日趋困难，因为他们不被允许再去打猎了，于是就没有肉吃了。他们以前可以在马赛族人的领地上为自己的家庭狩猎的。马赛族人只关心自己的牲畜，从来不杀死大猎物。马赛和瓦卡姆巴族之间的矛盾从来与杀死大猎物无关，全因偷窃牲畜而起。

瓦卡姆巴人认为马赛族人是受政府保护、故意摆阔的有钱人，所以马赛族人被瓦卡姆巴人憎恨。他们的妻子全然不忠，几乎全部感染梅毒，他们自己又不会追踪猎物，而这一点是由于他们的视力让苍蝇传播的龌龊的疾病给毁了，又因为他们的矛用过一次就会弯，更重要的是因为他们只有在毒品的影响下才有勇气，所以马赛族人也被瓦卡姆巴人所鄙视。

马赛族人的战斗即便只能勉强糊口，也无法抵制毒品的诱惑，从而爆发出来一种集体疯狂的举动。不像瓦卡姆巴人的确是真正在战斗，瓦卡姆巴人热爱战斗，也一向有他们的猎手，而如今却无处可猎，虽然他们喜爱喝酒，但部落法规严格控制，他们不会喝得酩酊大醉，喝醉是要受到严厉惩罚的。他们的主食曾是肉，但如今已全被吃完了，而他们又被禁止狩猎。

就像过去英国的走私犯和美国禁酒时期把好酒运到美国去的人一样，部落内的非法猎手非常受欢迎。

　　我记得许多年前在那里的时候情况还不是这么糟，不过也不怎么好。对英国人，瓦卡姆巴人是完全忠诚的。即使是年轻人、无法无天的男孩子，都一样忠实。不过年轻人的心被搅乱了，情况不是很简单。因为是吉库尤人的组织，茅茅不被信任，而且瓦卡姆巴人很反感他们的誓言。但是茅茅组织还是有所渗透的。所有这些在《野生动物保护条例》里是找不到的。

　　吉·克曾经对我说，如果我有常识的话，那就要用常识。他还说，会卷入麻烦的只有蠢人。我有时候可以归入那类人中，我知道，便想尽我所能、尽量小心地运用我的常识避免成为蠢货。我长期以来都对瓦卡姆巴人有认同感，我们之间最后一个严重的障碍现在既然已经越过，这种认同感已经几乎要完全重合了。没有其他的方法可以实现这种认同感，部落之间任何结盟关系也只能以一种方法来达成。

　　雨已经下完，每个人都不会像前段日子那样担心家里了。我知道，要是我们能搞到些肉，大家就会很高兴。即使老人也相信肉能使人强壮。我想恰罗可能是营地里的老人之中唯一没有性能力的人，但对此我不是很肯定。我本可以问恩古伊，他会告诉我的。不过恰罗和我已经是很老的朋友了，我不能随便问这个问题。瓦卡姆巴族的男人只要有肉吃，即便七十好几了还照样有做爱的能力。不过对于人类来说，有一些肉比另外一些肉的作用更大。这些想法就像一个老人说的故事。真不知道我怎么会开始想到这些。从我们第一次看到去峡谷峭壁的巨狮的足印，捕杀那头角马那天，我便开始想，接着又不着边际地胡想开去。

"玛丽小姐，我们出去打些肉怎么样？"

"我们是需要点肉了，是吗？"

"是啊。"

"刚才你在想什么？"

"瓦卡姆巴人的问题和肉。"

"你是说瓦卡姆巴人的麻烦？"

"不是，问题是泛指。"

"那还好。你做了什么决定？"

"决定是我们需要吃肉。你和我以及恩古伊、恰罗出去打猎吧，这次不开车，你打一只黑斑羚回来。"

"这里没有长得好的黑斑羚。为什么是一只黑斑羚？"

"但那是老男人都想吃的。而且那些伊斯兰教徒从上次下雨之后，就再也没有吃过肉了。"

"但是你早就答应我的，我想打一只绝好的黑斑羚，至少也是一只不错的。"

"这里有很多黑斑羚。而我必须杀死一只豹子，这样的话，这一年内我就能挽救上百头猎物。"

"但也帮忙让很多狒狒活下来，去吃村子里的庄稼。"

"我会帮助去杀死很多狒狒的，以此抵消一只豹子可能杀死狒狒的数目。它们都太聪明了，而且开始杀死山羊了。"

"反正我在的时候，没见你杀过多少狒狒。"

"主要是事情太杂乱了。"

"我看到你和吉·克足够使劲对付它们了。"

"那不是猎杀它们的方法，我已经想出要怎样猎杀它们了。"

"我讨厌狒狒。好吧，我们该去吃肉了。"玛丽说道。

"如果你愿意走一走的话，这是一个开始的好时机。"

"我是想走一走。我们回来后可以洗个澡换身衣服，然后再生一堆火。"

我们找到了通常在公路与小河交接处附近的那群黑斑羚，一只只有一只角的老黑斑羚被玛丽杀死了。那只黑斑羚长得不错，很肥，它被杀死当肉吃我没怎么良心不安。它从一群羚羊里被赶了出来，对黑斑羚的繁殖也不可能再起什么作用了，而它也不可能成为猎务部送人的纪念品，而且玛丽打中了它的肩部，正是玛丽瞄准的部位，那枪打得很漂亮。玛丽很让恰罗骄傲，只要差了哪怕是百分之一秒的时间，她就不能把老黑斑羚给合法地宰了。那时，玛丽枪法如何已完全被视为上帝的安排，既然我们信奉不同的上帝，恰罗便把这完全归功于他的上帝了。老爹、吉·克和我都看到过玛丽是如何达到完美的射击状态并惊人准确地射中目标的，现在轮到恰罗了。

恰罗说道："Memsamb piga mzuri sana（太棒了）."

恩古伊对她说："棒极了，真的棒极了。"

"谢谢。这是第三次了。我现在高兴极了，也有自信了。射击这件事真是奇妙，不是吗？"玛丽对我说。

我忘了回答玛丽的问题，我正在想那枪有多么奇怪。

"我可怜的老朋友，只有一只角。当恩古伊把草扒开的时候，你看到它有多肥吗？"玛丽说

"这么肥的黑斑羚我从来没见过。"

"等回到营地，他们看到它肯定都会乐开花的。"

"肯定会的，我们都会很高兴的。"

"营地里有肉吃真是太好了，尽管杀动物是有些

狠毒。为什么现在肉对大家都这么重要了？"

"肉是最古老、最为重要的东西之一。它一直都是很重要的。非洲人一直都很喜欢吃肉，但是如果他们打起猎来像荷兰人在南非时那样，猎物很快就会被打光的。"

"但我们到底是在替谁管这些猎物？我们打猎是为了这些本地人吗？"

"为了猎物本身，为了让白人继续在这里打猎、找乐子，为了给猎务部赚钱，也让马赛族人多赚点钱。"

我们沿着沙路朝着营地走过去。地面仍旧有些湿，在一些地方还形成了小水潭，恩古伊和我一路观察着路上的踪迹。恰罗在后面，与那只黑斑羚待在一块儿，以防止平原中的灌木丛那边的那三只猎豹或鬣狗傍晚时分偷袭它。我们之后则会派猎车过来，把它带回去。

"我喜欢我们为了猎物本身而保护猎物。不过其他那些理由则有些不可信。"玛丽说。

"确实很令人混淆不清。不过你看到过比这儿更加鱼龙混杂的地方吗？"我说。

"没有，不过你和你那帮手下当中也是什么人都有。"

"我知道。"

"不过说真的，你自己脑子里清不清楚呢？"

“还没理清。我们现在是过一天算一天。”

“好吧，不过我还是喜欢待在这儿。说到底我们到这儿来，也不是为了加强非洲的秩序。”玛丽说。

“的确不是。我们是来拍照片，再给这些照片写几行说明的，还有就是找点乐子，学点我们能学的东西。”

“不过我们肯定和这儿的事也脱不了干系。”

“我知道。但是你在这儿开心吗？”

“从来没有这么幸福过。”

这时，恩古伊来到我们面前，指着右边的路说："Simba（狮子）."

路上赫然印着那狮子大得令人难以置信的脚印。那条老疤的痕迹清晰地留在左后脚掌印上。玛丽打那只黑斑羚的时间差不多就是狮子穿过这条路的时间。它已经向着零落的灌木丛那边过去了。

恩古伊说："是它。”这一点是毫无疑问的。运气好的话，我们可以在路上遇到它的。不过它是头很聪明的狮子，从不性急。即使遇到，它也会很小心地躲开我们，让我们过去的。太阳快要落山了。

“云层那么厚，再过五分钟就会暗得不能射击了。”玛丽高兴地说："现在事情不复杂了。”

“到营地把汽车开过来。我们回去和恰罗一起守着公黑斑羚等你来。”我对恩古伊说。

第十四章

那天晚上，我们各自上床以后，还没有睡着，便传来了狮子的吼声。吼声来自帐篷的北面，声音渐渐地转低变沉，最后竟成了呜咽声。

玛丽说："我要和你一起睡。"

我们紧挨着在细眼蚊帐中躺下，黑暗中，我一面继续听狮子吼叫，一面紧搂着她。

"听这声音就知道是狮子无疑。这个时候能跟你一起躺在床上，真好。"玛丽说。

那狮子就在帐篷的北面和西面移动着，先是发出重重的咕噜声，然后便咆哮起来。

"它究竟在干吗？它是在发情呼喊母狮子，还是在发怒？"

"宝贝，也许是天气潮湿的缘故吧。谁知道呢！"

"天气干燥的时候它还不是一样吼叫，我们还追踪过它的踪迹，就在干燥的地上。"

"宝贝，我也只不过听到它叫而已，我在开玩笑。我可以想象它为自己努力寻找猎物的样子，明天你就会看到那些土被它翻起来了。"

"不能拿这个恐怖的庞然大物来开玩笑。"

"为了给你壮胆儿，我必须这么做。你肯定不希望我现在开始恐慌吧，对吗？"

玛丽说："你听。"

我们一起躺着，听狮子叫唤，简直难以形容狮子的吼声是什么样的。这跟米高梅影片开头的那头狮子的叫声根本不同。你只能说你听到它的吼声。乍一听它的声音，最先受到刺激的是阴囊，然后那刺激的感觉便会窜遍身体的每根神经。

"它真不愧是暗夜的主人啊。它吼得我身体像是空了一样。"玛丽说。

我们听着，在西北方向它继续徘徊着、咆哮着。不过这次，它吼到最后竟变成了咳嗽声。

"只求它别再叫了。别想太多，好好睡吧。"我对玛丽说。

"我怎么可能不想它，我就是要想。除了你和我们的人，它对我来说就意味着一切。我爱它，我尊敬它，它是我的狮子。我还要杀了它。你现在知道它对我的重要性了吧。"

"当然。但是你应该休息了，宝贝。也许它这么叫就是为了让你睡不着。"我说。

"那就睡不着好了。既然我打算杀掉它，它也有理由让我睡不着。它做什么我都接受，我爱它的一切。"玛丽说。

"也许它也不希望你睡不着呢。可是宝贝，你还是该睡一小会儿的。"

"它根本不在意我睡不睡得着。但我要杀掉它，因为我在乎它啊。所以我才……你明白我的意思吧。"

"我明白，但宝贝明天一早就要开始行动了，你确实该睡了。"

"我睡。但我想听它再叫一次。"

她真的困了，这个女人要不是在战争中遇见坏人，应该是有生以来从未动过任何杀机的，我想。狩猎狮子的工作，她几乎是从零做起，也没有内行人的帮助，可她一直长时间从事这份称不上是上乘手艺也算不得是理想职业的工作。而这份工作对人的害处很大，比如现在这种状况就是显而易见的害处。接着，狮子又叫了一声，然后还咳嗽了三下，它的声音一声一声地传进帐篷里来。

"我要睡了。真希望它这样咳嗽是在闹着玩的。它有可能是感冒了吗？"玛丽女士说。

"宝贝，我不知道。你现在可以安稳地睡一觉了吗？"

"我已经困了。不过，明早天一亮，就是天刚破晓的时候，你都必须叫醒我，不要管我睡得多香。你能答应我吗？"

"我答应你。"话音一落，她就睡下了，我也紧挨着帐篷布躺下，直到听见她均匀的呼吸声，她看起来睡得还算舒服。当我的左胳膊开始疼的时候，我才把胳膊从她的头下方轻柔地抽出来。我在这张大帆布床边躺了下来，继续听狮子的动静。它一直都很安静，直到凌晨三点钟左右便开始捕猎。接着土狼们叫唤起来，狮子开始进食了，还时不时地发出粗暴的声音。我知道这周围有两头母狮子，一头就要生产了，不可能跟它有任何交集，另一头母狮子是待产母狮的朋友。从始至终，我都没听见母狮子的任何动静。天亮了，环境又太潮湿，想找到狮子并非易事。不过，还是要碰碰运气的。

一大清早，天还黑着，端着茶的穆文迪就来叫醒我们。"Hodi（我能进去吗）？"他喊了一声，然后他把茶杯放在帐篷门外的桌子上就离开了。我倒了杯茶端进去给玛丽，然后在帐篷外穿好衣服等她。天上连一颗星星都看不到，阴沉沉的。

　　恰罗和恩古伊走进黑漆漆的帐篷去取枪和弹药筒，我把自己的茶端出来放在桌子上，一个小伙子正在桌子旁生火，他负责管理这些杂乱的帐篷。迷迷糊糊、半睡半醒的玛丽正在穿衣洗漱。在离大象头骨和三堆矮树丛较远的地方有一块空地，我走过去发现地面还是很潮。虽然经过昨天一夜地面已经基本干了，至少比前一天强很多，但因为我知道那附近有个沼泽地，不管沼泽的这边还是那边肯定都特别泥泞潮湿，所以还是担心我们的车子能走多远，能否顺利到达我所预测的狮子捕杀猎物的地方。

　　那个沼泽地虽然叫作沼泽地，也长着纸莎草，但实际上真的是名不副实，它有着约一英里半宽、四英里长的可流动的丰富水源。那个地方参天大树环绕四周，那些树大都长在相当高的土坎上面，有些树长得特别美，是很特别的景观。在沼泽周围这些树长成了森林带，不过为了吃到食物，大象们把有些树拉倒或毁坏在路边，路被阻挡得几乎无法通行。森林里犀牛不多，只有几头。大象倒是很常见，有时可以看到一大群。长期在里面生活的还有两拨野水牛。而豹子不同，它们都在林子深处活动，那里狩猎难度很大，每当那头雄狮下来平原捕猎时，这个森林就成了它们的避难之所。

　　那片森林东边是一块开阔的林地，那些或高大耸立或被毁坏倒下的树木俨然成了天然的分界线。这块美丽的林间空地北接火山熔岩的碎石区和盐滩，而到另一块巨大的沼泽地就要穿过盐滩和碎石区，而这块沼泽地正处于凯乌鲁山和我们现在所在区域之间。空地东面有一块很小的沙丘，那里是非洲瞪羚活动的区域，继续往东便会见到一些被灌木覆盖的破损山丘，这些山丘绵延向前高度渐增，逼近的正是乞力马扎罗山的侧峰。实际上可能没这么简单，不过从帐篷这里看或者从林间空地中心看就是这样的景观。

　　狮子喜欢在夜晚的平原上或者小块的林间空地上杀死猎物，然后进食，然后撤回西面的森林里。我们打算通过狮子猎杀猎物留下的痕迹来锁定它的位置，然后暗中跟踪它，或者幸运的话，在它撤回森林的中途就可以截住它。要是它是个自负的家伙，自认为不可能被捕，就会沿着熟悉的路撤回森林。如此一来，不管它在哪儿，我们都可以循着它捕杀猎物的痕迹找到它，说不定连它喝水之后的藏身之地都能找到。

　　玛丽穿好衣服，然后穿过草地走向林子里那个用绿色帆布搭建的隐蔽公共厕所。看着她走动的身影，我在想：毕竟玛丽的枪法很好又那么自信。无论如何，这次猎狮行动都要尽最大努力成功。不过，万一惊动了狮子，让它逃窜进深草丛或者其他因人的身高所限而不利于狩猎的区域，那么我们就该停止行动，等着它放松警惕。真希望我们找到它的时候，它刚巧进食完毕离开，还在平原上的泥坑里喝了些水，然后到某个灌木丛或者林中空地上的某个矮树丛里睡觉。

车子已备好，穆秀卡负责开车。玛丽回来的时候，所有枪支已经被我检查完毕。

天已亮，但光线还不足以满足射击的要求。云还在山坡下端聚集，除了光线越来越强，不见太阳出来的任何迹象。我透过步枪瞄准器看了看那远处的大象头骨，发现以现在的光线射击还是困难。恩古伊和恰罗两个人都表现得非常严肃认真和一本正经。

我问玛丽："姑娘，感觉怎么样？"

"你以为我应该感觉如何？非常棒！"

"你用过聚光镜吗？"

"当然。你呢？"她说。

"用过。我们得等天再亮一些，光线再强一些才好。"

"对我来说现在的光线足够了。"

"我看不够。"

"那你得注意下自己的眼睛是不是出了什么问题。"

"回来吃早餐,我跟大家说了。"

"跑来跑去很头疼,真是麻烦事。"

"不过,我们也带了一盒食物,就放在后面。"

"恰罗给我带的弹药够吗?"

"你自己问他吧。"

玛丽开始问恰罗,他用斯瓦希里语说了一句:"Mingi risasi（很多弹药）."

"右边的袖子还要不要卷起?你说要我这样提醒你的。"我问。

"在我脾气烂透了的时候我可没让你提醒我这种事儿。"

"你为什么跟我发脾气,而不去冲着狮子发火?"

"无论如何我都不可能跟狮子生气。现在你觉得光线足够你看清了吧?"

我对穆秀卡喊道:"Kwenda na simba（追狮子去）."然后对恩古伊说:"站在后面观察动静。"

车子在干燥的地面上停得很稳,大家开始动身观察,清晨的冷空气自山上扑面而来,我双腿贴着排气阀门探出身子,步枪握起来的手感不错。但光线还是不足以进行安全射击。我扛枪在肩,甚至戴上那副黄色的大聚光眼镜瞄了几次,不过,距离目的地还有二十分钟,而光线时刻都在变强。

我说："光线会好起来的。"

玛丽说："我以为已经好起来了呢。"我环视四周，发现她嘴里正嚼着口香糖，神气十足地坐在那里。

我们修建的临时机场跑道在前面，我们开车继续沿着跑道前进，四周都是猎物，地上的草跟昨日清晨相比，看起来竟长高了一英寸之多，还开出了许多洁白的花朵，在草丛中均匀地分布着，盛开的白花几乎染白了整片草地。路面的洼地还有积水，我打手势示意穆秀卡左转弯，以免溅起积水。草地繁花密布，有点滑。光线持续增强，渐渐变得有利于射击了。

两块林间空地在右前方较远处，很多飞鸟密密麻麻地停落在空地旁的两棵树上。穆秀卡指了指这些停落的鸟儿们。如果它们就这么停在上面不动，那就意味着狮子正在那棵树的附近捕杀或吃着猎物。接着，恩古伊站在后面用手掌拍了拍车顶，我们赶紧停车。这件奇怪的事我还依稀记得自己当时琢磨过，穆秀卡先看到了树上的这些鸟，但恩古伊却是站在高处。接着，恩古伊跳下车，来到车的侧面蹲伏着，以车为掩体准备行动。他抓住我的脚引起我的注意，然后往左侧的林子方向指了指。

眼前那黑鬃毛的大狮子几乎全身黝黑，正摆动着肩膀和巨大的脑袋急匆匆地往草丛深处跑去。

我轻声地对玛丽说："看见了？"

"看见了。"

大狮子钻进草丛中，向深处奔跑着，开始时还看得见头和肩膀，再后来就只能看得到头了，高草随它所到之处不停地展开又在它身后合拢。很显然，它听见我们的车声了，又或者它起得很早，在我们上路的时候就已经看见了我们。

我对玛丽说："你没必要去追了。"

"谁不知道没必要追了呢。本该早点出发的，那样就可能已经抓住它了。"她说。

"光线那么暗，根本没办法开枪。要是你没有一枪命中，而只是伤着了它，我就必须得去林子里追它。"

"我们就应该跟着它。"

"去他娘的'我们'吧。"

"那你能有什么好主意？"她发火了，不过她的愤怒里倒没有无理取闹的成分，只是期望有所行动的焦躁和错过好机会的失望情绪罢了。要是狮子真的受伤了，她希望可以去追狮子，可以钻进长得比她还高的草丛里，只是这样的许可她期望得到罢了。

"我想等一等，让它放松警惕，就算看见我们开车子继续前进，也不会以为我们是去杀掉它。"然后，我转移话题对恩古伊和穆秀卡说，"恩古伊，上车！

穆秀卡，开车！Poli poli（慢慢地、慢慢地）."恩古伊在我旁边坐下，车子缓缓地沿着路向前开进，两个家伙既是朋友又是兄弟，他们正集中精神观察那些在树上落脚的秃鹰的动静，我则接着大声说道："那你认为老爹应该怎么做呢？跑进草丛和伐木区中追赶狮子？你也被领进那个草木长得比你还高、根本看不见射击目标的地方？你还问我们应该怎么办？我们是让你去送死，还是把狮子干掉？"

"你别大喊大叫让人难堪，恰罗还在这儿。"

"我没有大喊大叫。"

"那你改天真该认真地听听自己的声调了。"

我低声说："听我说。"

"不要说'听我说'，不要低声说话。也不要说'在关键时刻''要独立自主或自食其力'这样的鬼话。"

"有时候，跟着你猎狮确实是一件令人愉快的事情，大家都乐意如此。到目前为止，有谁在这件事上辜负过你吗？"

"老爹，你，还有那个我记不清了的谁谁谁，还有那个吉·克也很可能会这样。你们这些人如果对猎狮那么了解，更有你这个无所不知的猎狮将军存在，能不能告诉我，既然你们认为雄狮已经离开了它的猎物，那为什么鸟儿们还不飞下来？"

"因为还有两头母狮，其中一头或者两头都可能还在那里或者隐藏在那附近。"

"为什么我们不前去看一看？"

"顺着这条路往前，我不想再惊吓到任何动物。我想让它们放松警惕。"

"你这句'让它们放松警惕'的话，我真是烦透了。你可以尝试着变一下语言表达方式。要是改变不了自己的思维方式的话。"

"你猎这头狮子多长时间了，亲爱的？"

"要是没有你和吉·克阻拦的话，我三个月前就可以杀掉它。感觉猎了一万年那么久，而我本来有一个唾手可得的机会，你们却制止了我。"

"因为我俩不知道当时那头就是现在这头狮子。我们当时以为那头狮子是由于干旱而从安波塞利公园跑出来的，你知道吉·克是很有公德心的。"

"你们两位具备的所谓的公德心，所有痴迷于丛林杀戮的人都有。什么时候可以见到母狮子？"玛丽小姐说。

"沿着这条路，向你右侧45度角方向前行三百多英尺。"

"今天风力几级？"

"两级左右。宝贝，你可真是有恋狮癖啊。"我说。

"当然，我可是认真对待狮子的。除了我，谁有这个资格？"

"虽然我嘴上不说，但我和你一样关心它们。真的，我也是认真的。"

"别客气了。你嘴上说的也不少。你和吉·克还真是一对充满仁义道德的杀手。谴责一样事物的时候往死里谴责，还要负责宣判。吉·克倒是比你有良心，他的人还算守规矩和训练有素。"

"宝贝，快看。看那边那头被捕杀的斑马旁边，那是两头母狮子啊。怎么样，够朋友吧？"我碰了碰穆秀卡的大腿让他停车，然后对玛丽说。

"我是一直把你当朋友的。是你一直搅局和会错意。请给我双筒望远镜好吗？"她说。

我把一副高级双目镜递给她，她开始观察那两头母狮子。其中一头看起来是正怀着幼崽、体形硕大、无鬃毛的狮子。另外一头可能只是它的一个忠实的朋友，也可能是它已成年的女儿。它们都在一个灌木丛的掩护下趴在地上，那头高贵冷静的孕狮，褐色的下颌上沾满了暗色的血，另外那头体态优美的年轻狮子也不例外，暗色的斑马血也染满了它多肉的双下颌。虽然被捕杀的斑马肉已所剩不多，但它们还是在这儿看护着自己的财产。回忆起我昨晚听到的声音，我真的无法辨别是那两头母狮子为雄狮子捕杀了这头斑马，还是雄狮子先行动，然后母狮子加入的。

大量的鸟儿，也就是秃鹰，依旧停落在那两棵小树上。另外，还有一棵长在一片绿色灌木丛中的大树，估计那上面则停落有上百只秃鹰。秃鹰个个双翼隆起，阴沉着脸，已经做好了向斑马俯冲的准备，但碍于两头母狮子离地上的斑马太近了，它们才按兵未动。接着，出现了一只像狐狸一样整洁漂亮的豺狼，就站在一个灌木丛的边上，很快又来了一只豺狼。不过视野之内还没见到土狼。

"一点儿都别靠近是最好的。小心别惊吓到它们。"我说。

玛丽现在态度友善。她见到任何狮子都既高兴又兴奋，她问："你觉得是那头雄狮子捕杀的还是这两头母狮子干的？"

"我认为是雄的干的，它吃掉了自己想吃的部分，然后过了很久俩母狮子才来。"

"晚上鸟儿会来吗？"

"不会。"

"真是多得可怕啊。你看那些正伸展着翅膀的，肉食鸟在老巢都是这样伸展晾晒它们的翅膀的呀。"

"它们真的是丑陋到了极点，怎么能称得上是皇家猎物呢？它们要是得了口蹄疫或者其他家畜类疾病，这些疾病一定会被它们的粪便恶劣地四处传播。这种鸟在这个地区太多了。被杀死在这里的猎物本来就足以清理得干干净净了，而那些老弱病残还能被杀死并当场被吃个干净，于是疾病就避免了在整个乡间地区蔓延传播。"

看着两头母狮子和在树上聚集的那么多可怕的秃鹰，我的话自然而然地多了起来。因此我和玛丽的关系又缓和了许多，我也就不必非得在今天让我亲爱的玛丽小姐与狮子决一胜负了。而且还有，我坚信人们大大地高估了秃鹰们作为一个食腐动物的作用，我厌恶秃鹰。秃鹰被一些人已经认定为非洲地区野外废物清理的功臣，它们还被纳入了皇家猎物的行列并且无限制地繁殖着子孙后代。但是它又与皇家猎物的神圣名称大相径庭，因为秃鹰们是传播疾病的邪恶异类。秃鹰被瓦卡姆巴人认为是有趣的动物并且总是称呼它们为王鸟。

但是现在，落在树上面的它们盯着地上剩余的斑马肉，模样贪婪可憎，可真算不上是有趣的动物。怀孕的狮子站了起来，打了个哈欠，然后又走向斑马肉去进食，可是刚要张嘴，两只大秃鹰就俯冲了下来。轻甩了一下尾巴的年轻狮子向两只秃鹰冲去，立即起飞的秃鹰，摆动双爪，翅膀也显得沉重笨拙，应该是被狮子轻拍了一下。在大狮子旁边趴下来的年轻的母狮开始进食。还停落在树上离得最近的几只鸟儿们看着地上的肉，眼馋得几乎要站不稳了。

看样子用不了多久，剩余的斑马肉就会被两头母狮子消灭干净，于是我建议玛丽留下狮子让它们继续进食，而我们沿着原路继续开车前进，就装作没有看见它们一样。我们的前面就有一小群斑马，再远一点儿的地方斑马就更多了，而且还可以看到角马。

"我喜欢看狮子进食。不过你要是觉得继续前进更好些，我也没意见。咱们可以前去观察一下盐滩的情况，说不定还能看到野水牛。"玛丽说。

于是，我们来到了盐滩的边界地带，遗憾的是没有看到野水牛，甚至连一点儿野水牛留下的踪迹也没有发现。盐滩依旧不适合车辆行驶，十分湿滑，往东行的地面也是如此。接着，我们在盐滩边上发现了两头母狮子经过的足迹，朝向捕杀斑马的那个地方。只通过这些刚刚留下不久的脚印，很难判定两头母狮子是什么时候将斑马杀死的。不过，我猜测是雄狮子杀死斑马的，恩古伊和恰罗也认同我的推测。

"要不我们再原路返回吧，这样雄狮子就会习惯于见到我们的车子了。要不去吃早餐也不错，我的头不痛了。"玛丽说。

我一直在等她主动提议去吃早餐。

"如果大家都不开枪……"因为我接下来想说的是不开枪就会容易使狮子放松警惕,可玛丽不久前才因为这句话跟我争吵了一番,我便立即停住没再往下说了。

"可能雄狮子会误以为这不过是一辆来来回回路过此地的车子罢了。那么,我们就去享用美味的早餐吧,我也可以继续写我的信,并保证言出必行,跟大家一起耐心地等机会,像乖巧的小猫一样安静地等。"玛丽接着我的话补充说道。

"你就是一只乖巧的小猫。"

"你才是呢。我为我刚才发火的事道歉,对不起。我们现在和好如初了,对吗?"

"我们一直很好。对了,它可真是又黑又壮啊,你有没有看清楚?"

"是的,还很机警。"

"我喜欢它,尊重它,那么你知道为什么了吧?"

"你这个家伙,我一直都知道。"

"没有外人在场,就我们两人,即使吵架也有趣多了,是不是?"

"对我来说更有趣一些。"

"那接下来呢，就像是游客一样，咱们开车返回帐篷那里，然后尽情地欣赏一下美丽的绿野吧，我现在已经感受到早餐有多美味了。"

但是，当我们真的返回到帐篷之后，竟然看见一个年轻的警察正坐在他那沾满泥浆的兰德·路虎里等我们。他的车停在树下，在营房那里有两个非洲土著士兵并排站着。我们一出现，他就从车子上下来了，年轻的脸上显露出无限关切和认真的表情。

"早上好，先生，太太。这么早就去巡逻啦？"他说。

我问："哈里，要不要一起吃早餐？"

"好啊，希望不会打扰到你们。主人，遇到什么有趣的事情了吗？"

"就是去看了看牲畜的情况，没什么特别的。警局那边有什么消息吗？"

"主人，抓住他们了。在对面，也就是纳曼加北面逮住的。你可以召回你的人了。"

"像表演一样精彩吧？"

"具体细节还不是很清楚。"

"我们没办法加入行动，遗憾啊。"

玛丽警惕地看着我。这是个年轻而孤单的警察，她知道。她虽然忍受不了蠢笨的人，但是在这个坐在满是泥浆的车里满脸疲惫不堪的警察出现之前，她还是友善的。但她可不想留他一起吃早餐。

"这对我来说，是一件有着深刻意义的事。我们的计划很棒，主人，几乎可以说是完美的。而面前的这位小女士就是我唯一的顾虑。太太，请您原谅我这么说，这件事根本不适合女人来做。"

"我根本就没参与此事。要不要再来点腰子和火腿？"玛丽说。

"你参与了。你是护卫队的一员。我已经在自己的报告中提到了你。也许这不像在战斗中得到表扬那么光荣，但这也是个人荣誉的一部分。那些为肯尼亚而战的人们终有一天会以此为骄傲的。"他说。

"战争结束后，我发现人们往往都变成了令人极度讨厌的人。"玛丽女士说道。

"请您允许我这样表达，只有那些没参与战斗的人们才会那样，战斗中的男人和战斗中的女人都是有准则并遵循准则的人。"年轻的哈里说。

"来点啤酒吧，充满活力的哈里啊。知不知道下次战斗是什么时候，有这方面的情报吗？"我说。

"主人，放心吧，你会第一时间得到消息的，比任何人都早。"

"你对我们真好。不过我想对大家来说有这样的荣誉我们该知足了。"我说。

　　"完全正确。某种意义上来说，我们算是帝国的最后一批建设者了。某种意义上来说，我们就是帝国的罗兹[1]和利文斯通[2]啊。"年轻的哈里说。

　　我说："确实如此。"

　　"不好意思，两位男士，我先离开了。你们要是谈论工作上的事我就不在这儿碍事了。"玛丽说。

　　年轻的警察站起来向玛丽鞠了一躬。等她离开后，像发表玛丽的墓志铭一样，他说了一句："这是一个睿智而伟大的女性啊。"

　　"谢谢。关键时刻，还是一位不可多得的神枪手。"我说。

　　"我知道。或者我应该向你建议送她去警局工作，而不是留她在护卫队。"

　　说到此处，我俩特意干了一杯塔斯克[3]啤酒，以向未来的警局工作者、护卫队成员玛丽女士致敬。

---

[1] 罗兹：Cecil John Rhodes（1853年7月—1902年3月），罗得西亚（Rhodesia，津巴布韦的旧称）的殖民者。通过剥削非洲南部的自然资源，获得大量财富。

[2] 利文斯通：David Livingstone（1813年3月—1873年5月），英国探险家、传教士，维多利亚瀑布和马拉维湖的发现者，非洲探险的最伟大人物之一。

[3] 塔斯克：Tusker，西非啤酒有限公司旗下的肯尼亚著名啤酒品牌，是肯尼亚最大众的啤酒。

"我开车进来的时候，看见你们瓦卡姆巴村的村长正在营房那边等你，主人。一个看起来像是警察一样精神的家伙。"

"叫他进来吗？"

"认识他对我还是有用的。"

"我派通报的人去叫他。"

村长走了进来，在那里立正姿势站着。微醉的他仍显得很机灵，一副不显山不露水的模样，有些拘谨。这个警察他是认识的，这种运气要是持续下去的话，他们彼此碰面的机会将会更多。

"这是我们的警察先生。这是我们瓦卡姆巴村的村长。"我介绍说。

警察知道自己现在进行的是警务管理工作而不是审讯，所以我一介绍，他便起身打招呼。

我说："村长，请坐。村子里还好吗？"

村长说："全都处理妥当。"他没有坐下，依旧站在那里。他的身高正好能撑起他的涡纹花呢制的披肩。

"巡逻队解散了吗？"

"主人，按您的指示办的。"

"全国紧急状态已经过去了。红色警戒。[1]"

"这一好消息已经被警察先生通知给村里了。"

"你做好战斗的准备了吗？为帝国战斗的准备？村长。"

"我的村民和我全都做好了准备。"

年轻的警察说："村长的名字，我会添加到我的报告里去。"

"你此时此刻不觉得我们应该敬村长一杯吗？"

"不错的shauri（提议）。"

"喝过烈酒吗，村长？"

"从没。但为我的国王陛下，我愿意喝一杯烈酒。"

我坚定地说："现在是女王陛下。"

"那就为我心爱的高贵的女皇吧。"

我建议说："瓦卡姆巴人不擅长喝烈酒，可能啤酒对你会好些。"

村长说："作为一村之长，我愿意用这样的方式来表达我对女皇的忠心和崇敬之情。"我还是第一次见到村长表现得那么崇高而神圣。连年轻的警察看着村长的眼神里都充满了钦佩之情。

---

[1]红色警戒：战争时候的警戒级，最高一级警戒状态，触及可引发战争。状态已经取消。妇女后备军也恢复了蓝色警戒蓝色警戒：战争时候的警戒级，警戒状态的最低一级。

"按照部落的习惯和风俗，你给自己倒酒吧。"

以前做过公告员现在晋升为村长的这个人，看了看木箱子里各式各样的酒瓶子，随意拿了一瓶，不假思索地倒了半玻璃杯的酒。那无色的液体中生出一团铁红色的泡沫，他根本无心理会这些，看起来就是一个冷淡的非洲人准备冒险喝他自己选择的苦味酒的模样，坚定而无畏。

"为女皇陛下干杯！"说着他将杯中的酒一饮而尽，然后敬了个军礼便离开了营地。我真为村长感到骄傲，开始对他产生了从未有过的喜爱之情。

"你自己慢慢喝吧，哈里。我得去查看一个小项目。"我说。

出了营地，我跟着村长向营房走去，今天他喝得确实太多了。他以前没做过村长，于是就有人说他是一个异族部落的叛徒，还捏造故事说他和一个寡妇有染。

"兄弟。"我问，"你还好吧？"

"现在还行。你看到了吧，我拿的可是加拿大的杜松子酒啊，兄弟。"

"你是个既杰出又高尚的男人。村子里的事情都还顺利吗？"我说。

"不。我开猎车送你回去。现在我要回去跟小警察说一声。"

"那个小警察不坏。他对我非常友好。"他说。

我问："你想吐吗？"他的步伐开始蹒跚起来。

"不。没有人会在主人面前呕吐的。"他说。

第十五章

那天下午，我去村子里给村长看病。他得了重度感冒，我按照日常的医疗方法给他开了些药。他的情绪低落，看到以游牧狩猎为生的马赛族人士气低迷的时候心里会感到难过。我给他开了二十粒复合维生素B胶囊，并告诉他说，这是他在《读者文摘》上看到过的新近研制出来的最有效的药物。任何注射剂在非洲都是一种缓解痛苦的良方，可遗憾的是我没有睾丸素可以使用，如果注射剂将来能在这里成功推广的话，那将会给我们新的信仰带来巨大的转变。

他问我："兄弟，这些东西会有效果吗？"

"我和你的症状一样，我喝了，病好了。"

"可你的生活条件和身体活力都比我好。"

"我可不想在这种事情上打赌，兄弟。"

"赌博那种恶习我永远承受不起，我也从不赌博。"

"你是一个出色的村长。"

"没什么难的。如果不是因为我犯了错误，我本来就应该是一个村长的。我是被那些高高在上的老爷们和一个索马里女人毁了的。"

"索马里女人是怎么毁掉你的，兄弟？"

"我的一切，甚至连我的男子气概也被她夺走了。因为只有控制住了男人，她才会高兴。"

"索马里女人都这样吗？"

"一直都是，兄弟。男人受着奴役。最后她们离开的时候，会将你的一切都带走。千万不要娶索马里女人做妻子，兄弟。"

"我还没有结婚的打算呢，公告员兄弟，不过还是谢谢你。"

那个下午，天气很冷，山上的乌云遮住了太阳。从积雪的高处吹下来一阵阵凛冽的寒风，那些雪在我们身上落下的时候已经化成了雨水。那山有一万九千英尺之高，而耕地的海拔约六千英尺。落下的积雪便成了突如其来的寒风，这对住在海拔较高的平原地区的人们来说，简直是一种惩罚。地势较高，又在丘陵地带，那些所谓的房子就建在山坳里面，为的是可以避风，我们称呼为棚屋，可这是个风力十足的地带，下午奇冷无比，难闻的尚未完全冻结的粪便的气味在空气中散发着，任何鸟兽的影子在寒风里根本看不见。

那个被玛丽说成是岳父的老人也患了感冒，而且后背风湿痛得厉害。我给他开了些药，然后给他涂了抗风湿的斯隆软膏。我们瓦卡姆巴人没有谁真的把他看作他女儿的父亲，但是我必须得尊重他，因为按照部落的某种习俗规定来说他就是父亲。在房子里我们可以在避风的地方给他治疗，他的女儿就在旁边看着。她姐姐的孩子被她侧抱在腰间，她身上穿着我最后一件质量还算不错的羊毛毛衣，她头戴着钓鱼帽，那是我一朋友送的。朋友还特意让人把我名字的首字母缩写刺绣在帽子的前面，说这样做对我们彼此都有深刻意义。不过在送给她帽子之前，一直让我觉得尴尬的就是帽子上的那个刺绣。她在羊毛衣的里面穿着上次从罗依托其托克买来的已经洗过很多次的连衣裙。她带着姐姐的孩子的时候，我要是和她说话就不符合礼节。而且按照规矩，在这里她也不应该看她父亲接受治疗，也是因为这个缘故吧，在整个治疗的过程中她眼睛一直低垂着，从未直视过我们。

这个因为名字隐含着准岳父之意而闻名的老人在斯隆软膏导致的刺痛下，并没有表现得特别坚强。恩古伊对斯隆软膏很了解，这个村子的人他根本就不尊敬，他希望我把软膏揉进老人的皮肤里，还曾暗示我把药滴在不该滴的地方。漂亮的部落标记带在耳聋的穆秀卡双颊上，看着这个没有价值的瓦卡姆巴人在受苦，他很高兴。可我是有医德的人，没有那么做，大家都很失望，包括他的女儿，于是大家对此也失去了兴趣。

我们要走的时候，我跟老人的女儿说道："Jambo，tu（再见）."她挺起胸膛，但垂着眼帘，对我说了一句："No hay remedio（不可挽回）."

我们就上车了，没有挥手跟谁告别。凛冽的寒风和繁文缛节，这两样东西多得有些过了，我们都为这样美丽的地方竟然有这般不幸而感到难过。

"恩古伊。这个地方怎么会有那么无能的男人，却又有那么出色的女人呢？"我问。

"好男人也曾经过这里。新路修好以前，这里是去南方的唯一通路。我现在是以结拜兄弟的身份告诉你这件事的。"恩古伊说。

"我们从没结拜过吧？"

"没这必要。"瓦卡姆巴男人的无能使他很生气。

"你觉得我们要不要占领这个村子算了？"

"可以。你，我，还有穆秀卡和那群年轻人一起行动。"他说。

一个幻想中的非洲世界正是我们所向往和准备进入的。新的现实——是比现在存在的一切事物都优越的现实，将守护和防卫这个世界。它是一个由人们难以想象的真实所组成的无情世界，而不是一个让你逃避现实或者做白日梦的世界。这让人想起了那些犀牛，在那个根本不可能有犀牛存活的地方，我们却能天天见到这种动物，可见这世上任何事情都可能发生，令人难以想象。如果我和恩古伊可以跟那些犀牛说话，而犀牛竟以令人难以置信的口齿伶俐地回答我，我还可用西班牙语对那些犀牛进行一番痛骂和侮辱使它们羞愧而逃，那么这就真的说明脱离了实际的幻想世界可以合情合理地存在。犀牛以前是不可能有羞辱和羞愧感的，不知道现在会不会，因为玛丽小姐在场的缘故，这类对玛丽来说过于粗暴的游戏我们从未尝试过。但是有很多次，它都会转过头来用自己混杂的语言和西班牙语来表达自己的感受。

西班牙语是我们国家通用的语言，被认为是我和玛丽的部落语言。他们也知道我们还有一个内部秘密使用的部落语言。我们和英国人除了肤色和忍耐力，没任何共同之处。当马伊拖和我们在一起的时候，他是十分受人尊敬的，并不是因为他优秀的狩猎能力或者他是位英国绅士，而是因为他谦恭有礼，嗅觉独特和嗓音深沉，再加上他到了非洲以后竟可以说西班牙语和斯瓦希里语两种语言。因为他说话带着浓重的瓦卡姆巴村和卡马圭口音，体形壮如公牛，所以这里的人们都尊敬他，甚至连他脸上的疤痕都一起敬畏。

这里的人们问过我很多关于马伊托的问题。我告诉他们说在圣明君主统治时期，他拥有良田无数，牲畜成群，还是产糖大户。因为除了肉，甜食是瓦卡姆巴人最喜爱的食品；也因为老爹已经跟黑帝求证过我说的这些关于马伊托的事情都是真实的，又因为马伊托本人是个优秀牧场主，他对自己所说的事物都了如指掌，并且他跟人们描述的时候从来都是诚实而有礼的，没有任何轻蔑或炫耀的成分，所以马伊托在这里深受人们的爱戴。马伊托是他自己国家的王子。他在非洲期间，我为他的事只撒过一次谎，是与他的妻子们有关的。

穆文迪深深地仰慕着马伊托，有一次他直截了当地问我马伊托有多少个妻子。每个人都想知道这件事，但从老爹那里又得不到答案。显然大家已经分成两派对这件事进行了讨论，所以那天穆文迪才显得有些沮丧和阴郁。我不确定穆文迪对这件事的看法，但很显然，大家在讨论无果之后才派他前来问我。

"在他的国家，没有人去计算这个的。"我考虑了一下这个有点怪异的问题说。

穆文迪说："Ndio（是的）."他吐出了一个正

宗的老单词。

穆文迪离开了，依旧郁郁寡欢的模样。事实上，马伊托只有一个妻子，长得非常漂亮。

我和恩古伊今天从村子回来之后就开始忙着研究那个占领村子的计划，一个可能永远不会付诸行动的计划。

"好吧。就去占领它吧。"我说。

"好。"

"那黛巴怎么办？"

"黛巴是你的未婚妻，她归你。"

"很好。那我们占领之后，如果他们派来一个肯尼亚炮兵团我们要怎么守住？"

"向马伊托借兵。"

"马伊托现在人在中国香港。"

"我们有飞机啊。"

"没那么简单。我们要思考的是没有马伊托我们该怎么办？"

"我们就跑到山上去。"

"那么冷。现在能把人冻死。再说上了山就等于村子丢了。"

恩古伊说："战争真的是狗。"

"形容得好，我批准你说粗话。"我说。现在我们两人都很高兴，"不，我们要以天为单位，一步一步地占领村子。那些老人们活着的时候坚定不移、孜孜追求的生活正是我们现在过的生活。我们猎打得不错，有好肉吃，等咱们的玛丽小姐成功猎获她那头狮子的时候，我们还有好酒喝，在我们有生之年，建立很多猎场并使其成为快乐的天堂。"

"那只Chui（豹子）也要猎到。"

"会的。我都梦到它了。"

"那你有没有梦到过Simba（狮子）？"

我实话实说："没有过。"

"每个人都梦想着狮子。每个人。"恩古伊说。

"还是让狮子做自己的美梦吧。玛丽这周就会杀了它。"我说。

"真的？"

"我估计会。"

"好耶，离快乐天堂建立的日子不远了。"

穆秀卡严重失聪，听不见我们说的话。他就好比是一辆汽车，功能完好，但测量仪表已被完全拆除。但穆秀卡具备一些超乎常理的特质，比如他的眼力就比我们任何人的都要好，他也是最好的野外丛林司机。还有，要是世上真的存在超感官预知能力的话，那么穆秀卡也有这样的能力。我们把车开回营地，下车后，

穆秀卡却开口说了句："这样比较好，好多了。"我
和恩古伊都以为我俩的话他一句也没听懂，可他却根
本不像是一个失去听力的人。

我对他说："Tu（好）."怜爱和善意充满了他
的眼睛，同时我是不太可能成为他这样的善人了，我
自己知道。他把自己的一个不太标准的鼻烟壶递给我。
他也没像阿拉普·梅纳那样在鼻烟壶上面弄一些怪异
的东西，我三指并用，捏了一大撮放在上唇边，鼻烟
的味道真不错。

我们大家好久都滴酒未沾。穆秀卡像受冻的鹤一
样耸着肩，缩着脖子，冷的时候他总是这副模样。天
阴沉沉的，云层低得快要着地。

我把鼻烟壶还给他，他说："瓦卡姆巴村。"

我的这个身份，这个我别无选择的身份，我们都
知道。我走进帐篷，他开始盖车。

玛丽小姐问："村子的情况还好吗？"

"还不错。只是有点冷有点艰苦。"

"我能为那里的人做点什么吗？"

你这个善良而可爱的宝贝啊，我一边这样想着一
边说道："不用。我觉得一切都还算好。我打算拿一
个药箱给寡妇，然后把使用的方法教给她。如果因为
是瓦卡姆巴人，她孩子们的眼睛就得不到治疗，那可

太过分了。"

玛丽小姐说："不管是什么人都不能那样。"

"天啊，冷啊。"

"洗个热水澡吧，然后我们就围着火堆喝酒。"

"你洗过了吗？"

"是的，等你们的时候洗的。穆文迪正在给你烧洗澡水。"

"毫无疑问，这山顶上肯定是下暴雷了。"

"一定是把所有的雨水都凝结成雪了。咱们什么时候去看看？"

"早上吧，我希望。"

"告诉穆文迪洗澡水烧好的时候叫我，好吗？我想去跟阿拉普·梅纳聊聊。"

那天晚上那头狮子会出来觅食是阿拉普·梅纳没想到的。我告诉他说我们早上见到那狮子往森林里跑的时候体态显得沉重，说明它确实饱餐了一顿。至于那天晚上母狮子是自己出来捕猎或是和雄狮子一起捕猎或是后来加入的，梅纳对这类分析也是持怀疑的态度。我还问他我们是不是应该事先准备好一只猎物，捆绑好或者用树枝遮盖一下当作诱饵吸引狮子过来，他说狮子太狡猾了，不会那么容易上当。还记得好几个月前我们就用这样的方法对付过它，而它却离开了那个区域。后来，再见到它的时候，它正和一头发情的母狮子在一起交配。那头母狮子因为它的魅力而神魂颠倒，它们完全没有注意到我们。那头雄狮真是太漂亮、太强壮了，因为以前从没见过它，所以我们相信它一定是从国家公园里跑出来后迷了路才来到了这里，玛丽如果杀掉它那可是谋杀啊。它在树下站着，母狮子正在爱抚着它。那景象真该拿来拍个照片留作纪念。可是等我们把肉拿到树旁的时候，它和母狮子已经跑到了森林边上，再也没有回来。玛丽责怪我们不该阻止她去追那头狮子，说的就是这次经历。但是当时在猎狮的过程中，吉·克认为我们应该先弄清楚狮子的身份，不能无缘无故地大开杀戒，我完全同意他的想法。

从玛丽第一次见到它和它的配偶到现在，已经过去了三个月。一般母狮子从繁殖到生产，大概需要三个月又三周的时间，它可能还没有更换配偶。我和阿拉普·梅纳都可以肯定这就是当初的那头雄狮，但是母狮子是否还是当初的那头就不敢确定了，因为怀孕已经使它变了模样，成了一头体形硕大的无鬃毛母狮。

不管怎样，因为随着草的生长，越来越多的猎物正从凯乌鲁山的方向迁移到这里，狮子的食物还是充足的。阿拉普·梅纳肯定地说，没有意外情况的话，玛丽看中的那头狮子至少会在这里停留半个月。肯定还会有其他狮子迁移到这里来。要把它和其他狮子区分开来很容易。它如果被我们杀掉了，马赛族人会为此高兴的，另外如果仍有别的狮子继续祸害人们的牲畜，它一定会被我和阿拉普·梅纳找出来干掉，不过狮子在猎物这样充足的情况下，祸害牲畜的事不太可能发生。

　　人们在不识字的人聚集的地方，总是用说话聊天来打发大部分的时间，在非洲也是如此，除了打猎的时候。打猎时人们很少说话，舌头在炎热的天气里像干死在嘴巴里一样想说话都难，可猎人们彼此的交流倒很顺畅。人们到了晚上制定打猎计划的时候便会滔滔不绝，而在真正打猎的时候却很少去按计划行事，尤其是那些过于复杂的计划就更难以实施了。

　　那头狮子在那晚用实际行动证明我们的判断有误。它在临时机场跑道的北面吼叫起来，然后又接连叫了几声便离开了。接着又有一头我们不太熟悉的狮子跟着吼叫了几声。然后安静了好长一段时间。接着便听到了土狼的声音，从它们尖利的、颤抖的、像发笑一样的声音判断，有的猎物已经被狮子杀死了。然后便传来了狮子打斗的声音，打斗停止后，土狼又开始了嚎叫。

　　玛丽睡意蒙眬地说："你和阿拉普·梅纳不是说今晚会很安静吗？"

　　我说："听，某头狮子得手了。"

　　玛丽说："哪儿？我们来非洲是有明确目的的。"

　　"我只是想告诉你我对它们行为的推测。"

　　"你和阿拉普·梅纳明早再互相探讨吧。我现在必须得睡了，明天也好早起。睡个好觉我才不会容易发火。"

　　早晨起床后，我走出帐篷站在炉火旁。今天天气不错，因为天上的星星出来了。穆文迪早在一小时前就已经备好茶水。身着绿色长袍的他，弯着腰驼着背把茶水端到玛丽门前说："Hodi（我可以进来吗），夫人。"然后我的茶也被端来放在桌上。我和阿拉普·梅纳昨晚的对话被他听到了，所以他显得很高兴。

　　"主人，Jambo（你好）。主人睡得好吗？"

　　"非常好。"

　　"没听到狮子叫吗？"

　　"听到了，有很多狮子啊。"

　　"一头狮子来了有三四天了，下雨前来的。一头老狮子。年轻狮子杀了一头角马。两头Manamuki（怀孕的）狮子也来了。老狮子和Nanyake（年轻的）狮子激烈地打了一架。Nanyake狮子离开了。老狮子吃完离开了。Manamuki 狮子吃完离开了。Nanyake 狮子返回来吃完离开了。所有的尸体都被 Fisi（土狼）吃光了。黑帝和我说的一样。明白我的意思了吗？"

"真的非常感谢你告诉我这些。"

"你看。我听了整整一晚。黑帝听了。恰罗听了。你听到了我们今早聊的吗？"

"是的。但是你怎么判断狮子杀死了一头角马？"

"听角马说话的声音。我人虽然老了，但还是有这个能力的，年轻人还没出生的时候我就开始游猎了。"

"Nanyake 狮子伤得严重吗？"

"不严重。叫唤得厉害了点儿。然后又打斗了一会儿就离开了。"

"还有呢？"

"黑帝想要找你一起去外面的猎车上躲起来，看看真实的情况。"

"昨晚还发生了什么事？"

"村子的山羊被豹子杀死了。"

他竟然知道这件事情。

"多少只羊？"

"公告员会来告诉你详情的。"

除了偶尔教我几句瓦卡姆巴语，以前穆文迪会偶尔指正一下我在基本神学理论中的错误或者偶尔因为我忽视了部落法规而批评我一下，他完全就是一个闷闷不乐的、愤世嫉俗的、对什么都漠不关心的人啊，我还是第一次见到像今早这样开心的穆文迪或者说这样健谈的穆文迪。

"人老了，酒量可能不行了，主人。但从小打猎，所有的东西在夜晚都可以听清。"

"你见我什么时候不尊重老人了吗？"

"没有。对长辈你总是很尊敬。我们说的是不是真的，其实黑帝想出去核实一下。"

"那你想出去吗？"

"今天有太多事要做，改天吧。主人，Letichai（茶）。"

"好的。去告诉穆秀卡和持枪工，天一亮我们就出发，黑帝和我们一起。"

"Want sanlich（想要三明治吗）？"

"不用了。让恩古伊给我拿些冷盘肉吧。我现在就吃点儿。"

我坐在火旁，喝着茶，我在想这真是一个难得的反攻机会，我们装备充分，由老猎手黑帝主导。黑帝是一个十分优秀的猎人，擅长追踪，我知道。但我不知道他是否想要承担如他们昨晚所预测的一样多的责

任，反正他已经直截了当地告诉我，那么今早就可以
见分晓了。唯一一个可能会给他带来障碍的应该就是
村子那个地方。他应该听别人说起过。不过前往核实
一下也好。

光线还没有达到射击要求我们就出发了。光线会
强起来的。如果黑帝的估算有误的话，那么还有可能
半路截住狮子。新草长得更高了，似乎比昨天长高了
一倍，路面也变得坚硬了。黑帝、玛丽还有恰罗坐在
后面，他常常面带微笑，从不卖弄炫耀，是个腼腆的人。

经过昨天狮子们杀死斑马的地方，我拿枪瞄了瞄，
光线差不多可以了。在车上，我又照例查看了一下枪
膛里的子弹。

然后，在路的右方大约四百码远的地方，可以看
见一块林间空地上落着的一群鸟，大部分是秃鹰，其
他的落在树上。我碰了碰穆秀卡的胳膊，他把车停下，
我们下车。开车前进的动静可能会有些大，不过现在
还早，所以我想，鸟儿在这儿聚集，在我们身边的某
个灌木丛中就可能躺着那头狮子呢，除了汽车轮子的
压痕，路面上没有看见狮子的足迹。我目不转睛地盯
着路的一面，恰罗盯着另一面。嫩草在前面空地上长
出，在那里秃鹰们正忙忙碌碌，我们慢慢地朝着那块
空地走去，恩古伊在我的左面，我在玛丽的左后方，

她在前。恩古伊发现了一头狮子的足迹。我们示意黑帝过来，然后我发现这竟然就是那头大狮子的足迹，足迹向森林方向延伸，旁边还有一些高高的枯草，我把恰罗手中的望远镜拿过来，把周围的区域全部观察了一遍，发现了几个它可能藏身的灌木丛。我跟黑帝说让大家回到车子上，继续开车前进看看它有没有横穿这条路的迹象。如果没有，大家就再逆风返回，在返回的路上逐一检查所有它可能藏身的灌木丛。风正轻轻地吹着，顺风查看灌木丛作用不大，而我现在急于知道它是否已经穿过小路走进森林里去了。

回到车上，沿路前进。恩古伊、黑帝、玛丽和穆秀卡负责观察狮子，我负责观察道路一侧的足迹，恰罗负责另一面。然后，狮子穿过小路的足迹被我和恰罗同时发现了，它延伸到前面那片枯黄的高草地中去了。

风在吹，轻轻地，是顺风，由我们背后吹向足迹的方向。草已经高及玛丽的胸部。我可以看得到它闯入草丛后穿越草丛时留下的一个接一个向前延伸的足迹。

我对黑帝说："我们应该这样跟进去吗？"这是一个技术性的问题。

黑帝摇了摇头，微笑地说："Hapana（不）."

"小猫咪，我们得返回车子里，然后看看被捕杀的猎物的情况吧。今天下午咱们必须杀一只猎物做诱饵，好把它吸引出来离那个沼泽地和森林远点儿。这头雄狮子太精明了，然而那些母狮子们却饥饿得厉害。"我说。

"我碰见过它一次的。你还记得吗？大概就在上面那棵树那里吧？"

"应该记得。"

我们开车返回狮子杀死猎物的地方，车一停，号称皇家猎物的秃鹰们就都飞走了，有的飞回到树上，有的干脆飞到草地边上休息去了。除了肋骨、头颅和犄角，被杀的角马没剩下什么了，那里应该没什么值得秃鹰留恋的了，除非有一种吸引力，可以把皇家猎物一起聚集在指定的葡萄牙小镇上或偶尔聚在瑞士的小镇上的那种吸引力。

"皇家猎物的日子不好过啊。我还以为成群结队的土狼会把这里清理得非常干净呢。"我说。

玛丽说："太难闻了。我不想过去了。"

气味确实恶劣，像是一个鸡舍，到处都是羽毛。

黑帝和恰罗在外围巡逻，观察鸟儿栖息或者争抢食物的地方。我愿意相信我眼睛看到的表面的一切。眼前的情景，已经使我失去了辨别的能力。

玛丽说："你可以告诉那两个侦探，两头母狮子就在远处那个空地边上的树底下躲着呢。"

"他们已经看到了。他们是在玩一个小把戏，想吸引我的注意力，然后顺理成章地告诉我多久以前他们就看见狮子了。"我说。

黑帝喊我："Hikohapa（在这里）."我走过去，他指着狮子的足迹给我看，足印的尺寸很大，是年轻狮子的。

黑帝说："Dume（年轻的猎豹）."它离开的时候微微流着血。

我说："它去那个古老的村寨了。"

"Ndio（是的）.Mingifisi（很多土狼）."黑帝说。

"很多土狼。说得没错，我们俩都听到了。"

黑帝在鸟味难闻的地方转了一圈。

我问："看到那两头母狮子了？"

"当然。"

"名副其实啊。"我说。黑帝采集了狮子的足印。他弯下腰用秃鹰的羽茎在下面刮了几下，收集了一些狮子的毛发，这是年轻狮子的鬃毛，很明显。大狮子给了它一拳后脱下的鬃毛。黑帝把收集到的东西递给了我。

我收起来放好，然后把他手中的羽毛要了过来，在地上画了一个箭头指向沼泽的方向。母狮带着疤痕的脚印被我发现了，然后我用手中的秃鹰羽茎把脚印挖了出来放在手掌上掂了掂后，放在地上的箭头上，然后在泥土上画了个十字作为标记。我看着年轻狮子的鬃毛摇摇头，把鬃毛插入树干上一块裂开的树皮缝隙里。

我跟黑帝说："你的话全都应验了。"

大家都上了车，穆秀卡调转车头向前开去。

玛丽问："你们用什么样的礼节呢？"

"还没有结婚，没有太多的礼节。"

"这让朋友有点紧张。"

"那更好。"

"别把事情扯得太远，你不可能知道。"她用西班牙语快速说道。

"现在已经足够了。"

她用英语问道："我什么时候可以去收拾那头狮子？"

"三天之内。你难道没看到树皮缝里的那三根鬃毛吗？"我用黑帝能听懂的英语说。

"哎，希望吉·克能来帮忙解决。"

"他今晚就到。"

她用西班牙语问道："你怎么知道？"

"直觉，我的超能力，还有对路况的正确估计。"

"希望他能来。"

"过来了一辆印第安卡车。"

"你怎么知道？"

"听声音。"

回到帐篷，阿拉普·梅纳把一个吉·克的便笺递给我，这是由那辆印第安卡车捎来的。吉·克预计今天下午到。阿拉普·梅纳告诉我说一只冲进村子的防兽栏的豹子杀了一只山羊，然后带着逃跑了。

听到这些，黑帝笑得很开心。

"一只山羊。穆文迪告诉我的是一些而不是一只。"我说。

"我说的是一只。我听到豹子捕杀山羊的声音不大时间也不长。其他山羊只是吓坏了，没有互相撞击的声音。"黑帝开心极了。

我说："你的追踪预测能力真棒。"我为我之前的卖弄感到有些不好意思。我们也想要大家住在一起一段时间，长期不和没有好处。竞争可以是健康合理的竞争，黑帝是个优秀的猎手，擅长追踪，始终是一个忠诚的朋友，"抱歉，关于狮子我必须得有自己的情报了。"

"你有你必须要做的情报。是主人你自己说的。

不是我说的Woi（女巫）。"

"我说的是Hapana woi（不是女巫）。"

"没错。"

我们握了握手。用Woi这个词是非常不好的。Shaitani（巫术）只是开开玩笑的。但Woi可能会引出聚众施刑。我不应该在玛丽面前说那个词的，不管怎样。虽然她不知道那是什么意思，但我说的时候，她可以感觉得到异样。

黑帝说："Hapana woi（不是女巫）."

我回答："Hapana mbongobo（不是女巫）."

黑帝摇着头离开了。这是一个粗劣的笑话，粗劣到我都不敢在比我年长的男人面前说出来。但是在瓦卡姆巴人面前可以，他喜欢。只要我一直都尊敬他，欣赏他的能力，那么我们就是可以开这种玩笑的朋友。

玛丽问："你们俩在说什么？ Woi是什么？"我和黑帝说话的时候，进来告诉我豹子离开的阿拉普·梅纳把脸转开了。

那个词我没有再用，但我说："那个男巫是最坏的，他可以按顺序或有选择地杀人。"

"你不在其中，是吧？"

"我肯定不在。"

"你没骗我，是吧？"

"没有。"

"阿拉普·梅纳有事要跟你说。换个时间再跟我详细聊吧，希望早餐已经备好。"

玛丽坐下开始吃早餐，我和梅纳在营地外面说话。梅纳说豹子杀死山羊以后，抓着羊跳过荆棘篱笆，然后把山羊拖进某个灌木丛，吃掉了它想吃的部分就离开了。山羊所剩不多，连作为诱饵都不够。山羊本来就不大。

"我们会捕杀狒狒做诱饵。现在我必须得进去和夫人一起吃饭了。"我说。

"在三天内她会杀掉那头狮子的。"

"你怎么知道？"

他眨眨眼，敬礼，然后离开向营房走去。

餐桌上放着火腿、蛋、土司、咖啡还有果酱，我在餐桌旁坐下。玛丽正在享用她的第二杯咖啡，看起来相当高兴。"那些就像魔法一样的不合逻辑的东西先放一边。我们的行动真的有什么进展吗？"玛丽说。

"有进展。"

"但是它每天早上都能成功地逃脱，它可以一直这样和我们周旋。"

"不会的。我们正在想办法把它往外面引，你就可以在它有失误的时候，趁机杀死它了。"

"如果我跟着去抓狒狒会不会不妥？我知道自己需要多练习，但是如果我在抓狒狒的时候射击失手的话，会影响我的士气的。"

"不会。你可以不去。"

"听起来比狼人还可怕。不会是特别可怕的事情吧。"

"不。你问的就是狒狒。"

狒狒这种动物如果知道自己正处于被猎的危险之中，是很难杀死的。为了保护村子，我们应该对狒狒的数量进行控制。不过我们一直以来使用的控制方法非常笨，那就是在空旷地方，我们在成群的狒狒跑进森林躲起来之前，从后面追赶，朝它们开枪。行进中开枪给射中目标带来难度，而且被赶走的狒狒数量不多。要是跟着它们进入森林，总能看到有狒狒在树上待着。无论是聪明的狒狒或是狒狒王都很难猎到。据我所知，猎狒狒还不属于皇家运动，也没见到狒狒被列入皇家猎物清单的，但狒狒迟早会进入皇家猎物的行列，要是那些狒狒爱好者组织一下的话。因为一项重大的迁移计划，住在村子里的人们被要求迁离村子。而对那些狒狒爱好者来说这就是个最佳的时机，他们可以推动立法禁止非洲人种植玉米，然后双方达成协议把狒狒列入皇家猎物的名单，执照费用相当高。再加上白人猎手和狡诈凶猛的狒狒之间的传说，当然现实中也有这样的故事发生，狒狒在这些促动下可能成为王牌猎人游戏中最关键的野兽。到目前为止，几乎没听说过狒狒把哪个王牌猎人打伤的传闻，不过总会有的。

英属东非所采用的方式正在被极速地推广，那是可以总结的方式，而带领一个全是女子的队伍或全是失足少年的队伍去游猎，是我所期待着的情景。近年来，在那些严厉的行政条例约束下，狩猎将会成为那些从没射杀过丈夫的女人和少数在布鲁克林连踩脚诅咒人都不被允许的女人们一生的事业。

玛丽小姐问："你在想什么，笑成那样？"

"狒狒。"

"我讨厌狒狒。"

"在森林附近我不会抓狒狒的，以免惊吓到狮子。我知道在大路旁有个岔道，那边有狒狒可猎。"

"你会用你的秘密方案去抓狒狒吗？"

"不。只有在猎那头狮子的时候我才会用。"

"你的秘密方案难道你就不能告诉我吗？"

"宝贝，不。只能使用一次。这是个惊喜。"

"我希望明天就可以抓到它。猎这头狮子会很有趣的。"

"三天之内会的。"

"你真的有把握？"

"真的。有把握。"

"吉·克来了真好。他手下的人不错，总是会有音乐声从他们的帐篷里传出。我喜欢独处，不过跟吉·克在一起会开心。这一次，你和他不会在晚上做疯狂的事了吧，你们会吗？"

"不会了。因为我们必须做猎狮子的准备。"

那天下午，午饭过后，为了弄到豹子的诱饵，我们进行了一次猎狒狒行动。细节我就不再描述了，以免狒狒爱好者伤心或者动怒，这次凶猛的狒狒没有向我们冲过来，它们在我们走过去的时候就已经死了，露着可怕的尖牙。当四具令人作呕的狒狒尸体被我们拖着回到帐篷的时候，吉·克已经到了。

满身是泥的他，看起来有些疲惫，但心情很好。

"下午好，将军。狒狒，我看到了。两对。收获不小啊。准备让罗兰牢房的人把它们绑起来吗？"他说。然后看向猎车后面，笑了笑。

"吉·克，我打算集体示众，你和我被绑在中间。"

"爸爸，你还好吗？玛丽好吗？"

"她在这里吧？"

"没有。他们说她和恰罗一起去散步了。"

"她还好。就是被那头狮子扰得有些心烦。但她士气还不错。"

"我的士气低落啊。我们喝一杯吧？"吉·克说。

"我就喜欢猎完狒狒后喝酒。"

"捕猎狒狒的旺季就要到了。"说着吉·克摘掉了他的贝冒帽，然后伸手从外衣口袋里掏出一个牛皮信封，"看看这个，记下我们的任务。"

吉·克喊恩古伊拿酒过来，我开始阅读作战命令。

我说："这说得非常有道理。"除了我们需要的，那些与我们无关的或者需要去查地图才能确定的信息我都略过去暂时没看。

"确实有道理。我的士气并不低，正是这个才使我的士气高涨。"吉·克说。

"你的士气有什么问题？精神问题吧？"

"不，是行为问题。"

"你一直都是个问题多多的小孩。你的问题简直比亨利·詹姆斯[1]的小说中某个角色的问题还多。"

"倒不如说是哈姆雷特吧。我也不是一个问题小孩。我是个快乐的招人喜欢的小孩，只是稍微有点胖

---

[1] 亨利·詹姆斯：（1843年4月15日—1916年2月28日），英国以及美国的作家。詹姆斯的主要作品是小说。

罢了。"吉·克说。

"你是胖了一些。"

"肉都长在我这张极度威严的脸上了。我的消化能力没你那么好。快点继续看那个该死的作战命令吧。"

我继续阅读直到获得全部任务信息。我们要等到行动结束，陷阱被冲开的时候才会参与。

"在侦猎员出来之后才需要行动，好像需要做的也不多。"

"有一些还是可以努力获得成功的。他们也表明了这一点。"吉·克说。

恩古伊来过一次又走了。作战任务布置完毕，"任务清晰明了。值得一战。"

"那是相当明了啊。"

"你需要我全部摘录一下吗？"

"需要，如果你有时间做的话。"

我的心情和情绪在喝了点酒之后都放松了下来，吉·克能回来真让人高兴。我们可以稍后再谈他的问题。现在我必须在玛丽回来之前把房间整理干净。

"你在马切斯科过得怎样？"

"在山里我只开了两三枪，度过了非常有趣的一天。"

我没再继续追问。

"见到什么朋友了吗？"

"你的一个好朋友被撤职了。"他说完，我就陷入了思考中。

"谢谢。我还不知道这事。"

"比尔·柯蒂斯的警官职衔被撤了。"

"我和他也不熟。"

"就像你和恩古伊之间的故事一样。他们手段卑劣。"

"我们是不是快见到比尔了？"

"或者今晚或者明天，他就到了。"

"他是我所知道的警官里面最好的。他是一个很不错的人。"

"谁都知道。不要提到他的头衔的事。对了，你的本地同事们怎么样？"吉·克说。

"有趣。"我说。不过如果你仔细想想也不是特别有趣。

"那头狮子怎么样？"

自己知道的、自己的想法、对狮子的期待以及发生的所有事情我全部都告诉了他。

吉·克客观公正地说："我认为你没犯任何错误。"

"将军，谢谢你。"

"我们必须在平原上某个距离适当的地方放一个诱饵，这样才有机会在早上截住它。"

"你打算在我这儿待多久，吉·克？"

"我可以待三天。比尔很高兴，谢谢你的安排，这样的安排我保证会有好成效。"

"也许会。"

"对你手下的坏小子们我还是相当有信心的。"

"但是实际上你的人要好多了。"

"那是自然。训练有素、遵守纪律——"

"这样的话玛丽说过很多次，吉·克。"

"玛丽圣明啊。趁她还没回来，我现在要去洗掉这些泥巴。等找到诱饵回家后再洗澡。"吉·克说。

"你要不要给你的人带些肉回去？"

"要。你的人都吃好了吗？"

"我们的肉明天再打猎就是了。另外，你要是不介意的话，我和大家一起把这些狒狒绑好，然后送到村子那边悬挂起来。"

"那里发生什么事了？"吉·克说。

"一只豹子把一只山羊叼走了。"

"热心绅士的典型。"

"悬挂这些狒狒肉是为了宣战。在那里有现成的狒狒肉，豹子应该会选择吃狒狒肉而不会去骚扰无辜的山羊了吧，你觉得呢？"

"很用心。不过这些狒狒肉要是离村子太近，那只豹子就未必吃得着你的狒狒肉了。因为狒狒肉会把这附近所有的豹子都引过来。"

"那正好让它们都集中过来。"我说。

"爸爸，真高兴我回来了。你要是打算把所有的豹子都引过来，正是需要我的时候。"

"玛丽就在今天中午还念叨着盼你回来呢。"

吉·克说："明智的姑娘啊。"

恰罗和玛丽回来了。他们在绿油油的新草中穿行，两个人一样的身形，要多黑就有多黑的恰罗身穿蓝色外套，戴着脏兮兮的旧伊斯兰头巾，玛丽的金发在阳光下闪闪发光，她穿的绿色射击服在新草的映衬下变成了暗绿色。两人相谈甚欢，恰罗正拿着玛丽的步枪和那本厚厚的鸟类手册。他们两人一起的时候，看起来总像是从古马德里竞技场走出来表演的丑角。

吉·克洗完手和脸没有穿上衬衫便出来了。他上身皮肤的白色与脸和脖子的红褐色形成了鲜明的对比。

"你看。他们俩多般配啊。"他说。

"想象一下，假如咱们不认识他俩，突然某天撞上他们这样一对会是什么感受。"

　　"现在差不多到他们的膝盖的草，一周内就会高过他们的头了。"

　　"不关草的事，它们才长了三天而已。"

　　"玛丽小姐，你好。你们去做什么了？"吉·克喊道。

　　玛丽自豪地挺了挺身子。

　　"我杀死了一头角马。"

　　"谁允许你们这么干的？"

　　"是恰罗。恰罗让我杀的。角马的腿断了，非常严重。"

　　恰罗把书移到另一只手上，然后他自己的胳膊重重地摔下来，他是在模仿角马断腿的样子。

　　"我们想你们是需要诱饵的。你们确实需要，是不是？"玛丽说，"吉·克，那头角马就在路的附近，你们从我俩背后经过的时候，我们看不见你们，却听见声音了。"

　　"我们确实需要诱饵，你们做得对。但是你们单独去打猎的目的是什么呢？"

　　"我们不是去打猎。我正在做鸟类识别的练习，我有手册。我不会被恰罗带到有危险兽类的地方的。后来，我就看见了角马，它站在那里看起来非常痛苦，它的腿骨头外露，断裂得厉害。恰罗说杀了它吧，我就照做了。"

"Memsahib piga Kufa（女主人开枪，角马倒下去死了）！"

"正好射中耳后。"

恰罗说："Piga Kufa（死了，一个）！"然后他和玛丽骄傲地对望了一眼。

"这是第一次我在没有你和爸爸、老爹在场的情况下独自担当捕猎的任务。"

吉·克问："玛丽小姐，我可以吻你一下吗？"

"当然可以。不过我全身都是汗。"

他和玛丽互相吻了一下，然后又和我互相吻了一下。"我也很想吻一下恰罗，不过我知道我不能这么做。那些黑斑羚像狗一样冲着我叫唤，你们知道吗？所有动物都不害怕我和恰罗。"玛丽说。

她和恰罗握了握手，然后她的手册和步枪被恰罗送进了我们的帐篷。玛丽说："我最好也去洗洗吧。谢谢你们对我今天射杀角马一事的理解和鼓励。"

"我们会派辆卡车去把它拉回来，然后放在妥当的地方的。"

吉·克回自己的帐篷去穿衣服了，我也走进了我们的帐篷。玛丽正在洗澡、换衬衫。已经用另一种肥皂洗过的衬衫被她用狩猎香皂又洗了一遍，然后她闻了闻衬衫干净的味道，便把它晒在了太阳下。我们喜欢看着对方洗澡，但吉·克在旁边时，我从不看她洗澡，因为那可能会使他觉得不自在。我坐在帐篷前面的椅子上看书，她走过来，双臂环住了我的脖子。

"你还好吗，宝贝？"

"不好。一枪命中，我非常自豪，恰罗也是，重重一击，就像是回力球击中墙壁一样。它可能连枪声都没听到就倒下了，然后我和恰罗就握手庆祝起来。第一次独立承担全部责任的感觉，你是了解的。你和吉·克都了解，所以他才吻了我。"她说。

"不论什么时候，任何人都愿意吻你的。"

"也许吧，在我想让人家吻我或者我强迫人家吻我的时候。但这次不同。"

"你为什么会难过呢，亲爱的？"

"别假装你不知道。你知道的。"

我撒了谎："不，我不知道。"

"它肩膀的中间位置正是我瞄准的。它肩膀宽大黝黑，还泛着光泽，它侧着身子看着我，我就站在离它二十码远的地方。我看见它的那双眼睛像是要哭出来一样，看起来那么的忧伤。我从没见过那么可怜的模样，而它的腿看起来就更惨了。它的长脸上竟然挂着那样的忧伤。这些我不必要告诉吉·克的，对吗，亲爱的？"

"不必告诉。"

"我也不必告诉你的。现在我那该死的自信心全都消失了，但是我们还要一起猎狮子。"

"能跟你一起猎狮子我感到骄傲。你一定会射得很棒的。"

"你知道的。可怕的事情是我能够射得准。"

"我记得你的每一次射击，你的那些比埃斯孔迪多[1]任何人都射得漂亮的射击。"

"你不过是想帮我找回自信罢了。可惜时间不多了。"

"你会找回自信的，而且我们也不用告诉吉·克。"

我们派了卡车去拉角马。车回来的时候，我和吉·克都上车去看了看它。角马死后的模样真是狰狞，肚子隆起，尘土满身，全无往日的威风。犄角已经变灰变暗，难以辨认。

吉·克说："玛丽给它的这一枪真是出奇精准啊。"眼神呆滞的角马，舌头伸在外面，沾满了尘土，把耳朵后面头盖骨底部打穿了一个洞。

"就你看，她实际上想瞄准的是哪里？"

---

[1]埃斯孔迪多：美国加州圣地亚哥的一个城市。海明威曾在那里参加过一些打猎俱乐部的活动。

"只要她想，是可以瞄准那个地方的。她离它只有二十码远。"

吉·克说："我倒是认为她本来瞄准的是它的肩膀。"

我没说什么。我没必要糊弄吉·克，如果对他说谎的话，他不会原谅我的。

我问："那条腿是怎么回事？"

"也可能是其他的原因。可能晚上有人开车追它了吧。"

"这伤有多久了？"

"你看都生蛆了。两天了吧。"

"那就是有人上山了。可是我们晚上没有听见车上山的声音。它拖着这条残腿下山还说得过去，上山就不太可能了。"

"它不是你和我。它是一头角马。"吉·克说。

"不是常说'受伤的动物顺坡下'吗？"

"是通常顺坡下。"

"好吧。但是晚上根本没有车来过。如果有车上来我们就能听见声音，就能看见车痕。"

"我同意你的推理。只不过我好奇它的腿是怎么断的。"

"也许是它的腿在狮子追它的时候，慌乱之中，被大耳狐狸洞或野兔子洞卡了一下。"

"有些道理。不管怎样，它的痛苦被玛丽结束了，我们也得到了一个诱饵。"

我们开车出去，我和玛丽、吉·克在前，玛丽坐在我和吉·克中间，吉·克开车。为的是找个合适的地方放置诱饵，他的侦猎长和恩古伊坐在后面。沿着原来的路线我们向盐碱地[1]开去。大家最后一致决定将诱饵放在一棵孤树旁边，那里离狮子捕杀猎物的那个林间空地大概有四分之三英里的距离。车继续向前开到盐滩后，调头转向沿着原路向家的方向开。我们在返回的过程中发现没有云层的遮挡，面前的山已经显露出来。远远看去，从山顶向下雪仿佛铺出了另外一条路。在我们的身后，太阳普照着大地，看起来面前的山高耸而真实。这座山本来给人的感觉就是远远地立在那里，除了大就没什么可看的了。但在这个傍晚，这座山在帐篷的后面像是重新崛起一样耸立。我们开着吉·克的路虎，当然车篷是放下来的，正悄悄地进食的猎物们，在草丛中慢跑几步或偶尔抬头观望一下，机灵的家伙们会甩甩尾巴回头看我们一眼，继续进食。其中，有几群是斑马，在此刻的阳光下它们

---

[1] 盐碱地：Salt lick，指专供牲畜或其他动物舔食的盐碱地。

身体的颜色看起来有些怪。而成群的黑角马正在道路
两旁的树丛里进食。个别角马看见我们以后会突然抬
起头，像小型车一样向前一跃疾驰而去。而其他的角
马则转头看我们一眼便低下头继续进食鲜嫩的新草。
车窗外银装素裹、雪色茫茫，我们一直把车开到了山
上。

　　我跟吉·克说："把好点的那份角马肉拿去吧，
够你的人吃了。"

　　"我不敢相信咱们为了那种狮子糟蹋诱饵。"

　　"好吧。今晚帐篷里的肉足够将它们绊住了。所
有东西都会被我们吃个精光，明天再弄新的。我今晚
不想打猎。"

　　"那你的人够吃吗？"

　　"当然。玛丽小姐会给我们做意大利面的。亲爱的，
你愿意吗？"

　　"非常愿意。"

　　"玛丽小姐，要我帮忙吗？我爱吃你的意大利面。"
吉·克问。

　　我们现在向帐篷走去，风把车轮旁的草吹得发出
"呼呼"声，帐篷旁边绿树成荫，在树木的映衬下，
帐篷都变成了绿色。

　　"我从没在这黑漆漆的地方做过意大利面。我现

在要去跟姆斯比说一声，免得打乱他的安排。"

"他什么都能做。"

"我带了调料和奶酪。不过咱们明天吃也可以，玛丽小姐。"吉·克说。

车被吉·克停在拴马的树下，大家陆续下车。我和吉·克向那放着角马的卡车走去，然后我们开始计划放置诱饵的地方。他跟他的侦猎长和走过来的侦猎员们解释了一番。他说只要把角马从路上拖到那个树旁并挂在土狼够不到的地方就可以了，狮子看到这角马肉就会把它拉下来。另外，还要从昨晚狮子捕杀猎物的那个地方把角马肉拖过去。他还告诉他们尽快拖过去，挂好再返回来。我的人已经把全部的狒狒诱饵肉绑好了，我告诉穆秀卡把车外面清洗干净。他说已经停在小溪旁清洗好了。

大家开始洗澡。玛丽先洗，然后我用大浴巾帮她擦干，并帮她拿来防蚊的靴子。她在睡衣外面套了件浴袍，走到火边，在他们开始煮饭前跟吉·克喝了一杯。我坐在他俩旁边，直到穆文迪走出帐篷对我说："主人，洗澡了。"我才端着酒杯走进帐篷，脱掉衣服，躺进帆布浴盆，涂香皂，在热水中放松下来。

我问正在折叠我脱下的衣服并给我准备睡裤、长睡袍和防蚊靴的穆文迪："老人们有没有说狮子今晚会有什么行动？”

　　"黑帝说夫人的狮子也许会来吃诱饵，也许不会。主人你觉得呢？"

　　"我和黑帝想的一样。"

　　"黑帝说你为那头狮子去看土医生了。"

　　"不。就是求了一点儿好药，用来查明它什么时候死。"

　　"它什么时候死？"

　　"三天内。不过我说不准是哪一天。"

　　"Musuri（很好），可能明天就死了。"

　　"我认为不会。不过也有可能。"

　　"黑帝也认为不会。"

　　"那他认为什么时候？"

　　"三天内。"

　　"Musuri（很好），请把毛巾递给我。"

　　"毛巾就在你右手边。你要是愿意的话自己拿吧。"

　　我说："对不起。"斯瓦希里语中是没有"对不起"这个单词的。

　　"不用对不起。我只是告诉你它在哪儿。你要我擦背吗？"

　　"谢谢。不用了。"

　　"你感觉还好吗？"

　　"还好啊。为什么这么问？"

　　"我只是问问，不要问为什么。"

　　"感觉非常好。"我站起来，走出浴盆然后把身子擦干。我想说的是我感觉非常放松，非常舒服，不想多说话略有困意，不想去打猎却想吃鲜肉而不是意大利面，因为各种不同的缘由在担心着我的三个孩子，担心着村子，还有点担心吉·克，特别担心的是玛丽。我是个冒牌的好巫医，但我这个冒牌也没能比得了。辛先生可以远离麻烦，这是我希望的。我还有二百二十多颗实心子弹，希望我们从圣诞节时开始被指派的任务能顺利进行。我的兄弟西米恩已经写了一本比较好的书，希望他写出更多简而精的书，希望我的朋友还活着没有被杀害。我不知道在洗澡的时候老爹会和黑帝谈些什么，我洗澡的时候穆文迪想要表现得友善，我只知道，我也想友善。但是我今晚无缘无故地就疲倦起来，他也了解，所以也担心起来。

　　他说："你问我一些瓦卡姆巴语的单词吧。"

　　于是我跟穆文迪说了谢谢，因为他问了一些瓦卡姆巴语的单词并试着把它们记住。然后，我便走出帐篷来到火堆旁坐下。我穿着一件从俄勒冈州彭德尔顿市买来的暖羊毛睡袍，一条从爱达荷州买来的旧睡裤，一双香港制造的旧防蚊靴，然后用一根内罗毕制造的吸管喝了一杯辛先生送给我的苏打水威士忌。那是圣诞礼物，苏打水里的水是从山上淌下来的溪流里汲取的，用内罗毕制造的苏打水净化器活化出来的。

我这样想着："在这里，我是个陌生人。"不过威士忌会否定我的想法，每天这个时候威士忌都是正确的。夜晚的这个时候我总是相信威士忌是对的。它会说我不是陌生人，虽然威士忌可能正确也可能出错。不管怎样，我的靴子总算是找到家了，它们是由鸵鸟皮制作的，我在香港的一家制靴店里找到了这个皮革，至今我还记得这个皮革摆放的位置。不，不是我找到的，是另外一个人，我回忆着寻找皮革的那些日子和那个找到皮革的人，也想起了那些与众不同的女人，我在想她们如果来了非洲将会发生什么样的事情，我庆幸自己一直遇见的都是深爱非洲的好女人，我也认识一些为了来非洲而来非洲的恶劣女人，和一些纯粹的婊子和女酒鬼，对她们来说，非洲不过是一个使她们能更大程度地获得淫欲和耍酒疯的地方。

虽然男人猎的是其他动物，但那些婊子只猎男人。而女酒鬼跟其他酒徒互相找碴，会怒火朝天的，实际上她们已经醉得人事不知了。

往往酒鬼都有一些极度悲惨的促使他们毫无理智地灌醉自己的故事，但是我以前认识的那些酒鬼在惨事发生之前就已经都是酒徒了。在非洲的白人男酒徒们基本上和从前的酒徒一样令人讨厌。我所了解的一个人除外，没有比那些卸任后成为酒鬼的人更令人讨厌的了。在我认识的那个例外的人周围，阳痿的男人，前铁匠，改过自新的老千，退休的妓院主人，前任劳动部部长，前警局局长，一个上了年纪的道德重整运动官员，驻中美洲国家的前任非职业大使，一个法国临时总理，以前的皇族，一个前任广播政治评论员，一个除去法衣的神父，一个退休的传道士，一个献身于王牌狩猎的垂钓者，一个专业的前共产主义者，一个无业的好男色者，都是失去了兴趣和魅力的人。所有这些都是知名人士。

　　我想起上次在内罗毕遇见的那个非常热心的前任酗酒者。他刚认识我就邀请我去喝一杯。那些人在营业高峰期在拥挤的酒吧里闲逛，其他正常喝酒的人的位置被他们霸占着，小口抿着很稠的肉豆蔻或番茄汁，用一种醉醺醺的表情看着正常喝酒的人，那愤世嫉俗的表情混合着三分之一非洲秃鹳表情和三分之一银行略微超支的上流社会殡仪员的挑剔表情。

　　"老赫姆。亲爱的老男孩，你在喝什么呢？"我要好的老友说。

　　"你喝什么我就喝什么。"

"但这个是多肉豆蔻[1]。"

"我要喝什么呢。酒保，一份多肉豆蔻，两杯粉红金[2]。"

"老男孩，我不想要混合的。"

"好吧。那就分开喝。老史蒂文斯来信说什么了？"

"不好，不好，差得不能再差了。走路像一片树叶摇摇晃晃。去了塔纳河，乘坐了一头很棒的公牛。两百磅重的人。他们都喜欢吹牛，你知道的。"

"那是。"

"真想念二十码远的那头大象。它离开了。它再也不会出来了吧。"

"有什么消息吗，老多尔克？"

"他走了。甚至不知道他跟谁一起走的，也不知道他去了哪里。神奇的是，我在牙买加看见了他。他只是盯着我看了看，以为我是你的兄弟。"

"我们不能为可怜的老多尔克做点什么吗？"

"你可以为他做点什么？"

"我仔细考虑了一下。我一直都喜欢老多尔克。"

---

[1]肉豆蔻：肉豆蔻科常绿乔木植物，种仁可食。对大脑有兴奋及致幻作用。

[2]粉红金：Pin Gin（由金酒及苦味酒配制成的），美国鸡尾酒，红杜松子酒。

"都过去了。他是完全毁了。他是否还分得清白天和黑夜，这让我怀疑。"

"他如果在牙买加的话，那里是白天，那么这里就是黑夜了。"

"没错。不过他回伦敦了，现在离开了牙买加。"

我喝了送过来的多肉豆蔻。那东西还有使人兴奋的成分，但不会太强烈。

"很好。我现在体会到你的感受了。"我呡了一口粉红金酒，"这个切割了大麦的长须制成的东西会让你忘记它们是怎么刺激你的喉咙的。"

我亲爱的老友问："你感受到了？"

"感受强烈。"

"看起来你比我听说的好多了。"

"极好。像是喝得烂醉的荡妇。"

"我听说你总是会来这里喝酒庆祝。最好不要过量。"

"你是说你听说我常醉酒？"

"不。只是买醉庆祝。这个东西绝对是毒药，你知道的。"

"你听谁说的？"

"酒吧领班。"

"没错。我是和吉·克一起来庆祝过。"

"周年纪念？"

"不。最近发生的大事。"

"能告诉我吗？"

"不能。"

"我不是故意无礼的。对不起。"

"老赫蒙斯有什么消息吗？"

"已经离开了。他也就剩下三个月寿命了。可能现在已经去世了。"

"那我们应该得到消息的。你收到电报了？没收到吧？航空版[1]，老赫蒙斯去世的话，会有新闻消息发布在航空版上的。"

"没错。你说得对。那可是我最喜爱的报纸。关于老人们逝去的、生命中发生的令人羡慕的事情都看得到。"

"不完全是。老赫蒙斯除了整天抱着酒瓶子，我不知道他还做了什么。"

"不。人说话必须要客观公正啊。"他说。

"暴风雨[2]可不是为醉汉设计的。它重达七吨，疾驰起来像飞一样。"

---

[1] 航空版：便于航寄的用轻质纸印刷的报刊。

[2] 暴风雨：车名。美国通用汽车公司旁蒂克汽车。

"不完全是的。不完全。老男孩。"

"没什么相似的地方。我只是试着提醒你。"

"难忘的日子，了不起的家伙们，真惊奇他们是怎么熬过来的。你知道那可是毒药，已经被证明了的。你现在停止还不太晚，老赫姆。"他说。

"事实是，我现在停止就太他娘的早了。我喜欢它。它让我获得好处。我必须得走了，你还有什么要说的吗？"

"我也要走了。听着，我没有恶意，明白吗？"

"我明白你没有恶意。"

"如果有需要我帮忙的，你会联系我，对吧？"

"肯定的。"

"一定是发生了有趣的事情，你才和那个年轻人，他叫什么来着，科吉是吧？你们才一起庆祝了，是吧？"

"是关于一头大象的，它对为内罗毕供应墓碑的大理石矿山产生威胁了。"

"那一定是个展览了。以后有那类展览你能让我也参与吗？准备用象牙做什么呢？"

"还没称重。"

"当然是送到猎物部门参加类似的展览了。我会去那里看的。"

"你可能误解我的意思了。我会拖延着抬高点价格。"

"我明白。不过记住了，老男孩，要把我算进去。"他说。

我说："哈里，我还指望你呢。"我付了酒钱，然后他把一个东西偷偷塞进了我的夹克口袋里。

"什么东西？"

"看看吧，不会有坏处的。"

前面所述我遇见哈里的事就发生在三个月前的某个正午，在那个拥挤、嘈杂、让人奢靡却令人愉快的名为新史丹利的酒吧里，而现在我正坐在火旁等待做意大利面的厨子们进来喝一杯。我想上帝是同情酒徒的，那么上帝啊，不管我接受还是反对，都解救我吧。请把我们从烂醉中、从束缚中解救出来吧！

接着，我看见脸上映着炉火的他们走了出来，身穿浴袍，带子系在腰间，像是年轻的和尚或者说头上只剩下几缕金发的假和尚，他们轻轻地快乐地向我们的大火堆走来。

他们像个孩子一样喜欢做意大利面。厨子也一直为此感到高兴。他爱玛丽，喜欢让玛丽在他的火炉旁围绕。这对厨子来说有点奇怪，不过他就是一个奇怪的瓦卡姆巴人。他深谙英国菜的烹饪技术，他曾经是一个总督[1]的厨子，这被他亲切地看成一个宠爱好食物的不寻常的方式。他为自己是一个专家而自豪，在游猎过程中也很高兴做总督府的菜。他喜欢说笑，喜欢八卦，喜欢研究新菜式，热爱游猎。他入伊斯兰教，只是因为他想学一个新菜式，他不是一个虔诚的伊斯兰教徒。在我们这些无宗教信仰的人和不知名的新教徒以及其他传统伊斯兰教徒之间，他的角色就是起一个缓和的作用。他有一种装腔作势的虚假尊严，那看起来就像是对一个索马里人的滑稽拙劣的模仿，他热衷于装神秘迷惑他人或暗示一些不可告人的秘密。他是帐篷里唯一一个不畏惧黑帝权威和资历的人了，我想。

我问玛丽："觉得怎么样？"

"半个内罗毕的食品都被吉·克买来了。等你尝尝就知道了。"

意大利面，只是稍微有点硬，但做得好极了。调料丰富浓稠，就是搭配得有点怪异，有罐头肉沫，有被肉沫腌得有些发暗的蒜蓉和葱花，还有吃起来非常清爽可口的番茄加牛至等。我们就着意大利面，喝着

---

[1] 总督：Governor General，大英帝国国协内独立国家或殖民地的总督。

基安蒂红葡萄酒，每人吃了两大盘。然后我们又吃了水果蛋糕和桃罐头。

因为我们已经是一家人，分别后总会惦念彼此。吉·克能回来，我和玛丽很高兴。当然，他自己也很高兴。他热爱他的工作，他对工作的信念和重视已经到了痴迷程度。他热爱并愿意关心和保护狩猎这个行业。除了他奉行的那套严格而复杂的道德准则外，我想狩猎几乎就是他所信仰的全部了。

他只比我的大儿子年轻一点点，如果我按照原计划在三十年代中期到亚的斯亚贝巴待上一年，同时保持通信的话，早在他十二岁的时候我应该就认识他了。因为我打算过去之后留宿的那家人的儿子恰巧是他当时最要好的朋友。但是因为墨索里尼的战争，我的计划没有实施。因为我打算去留宿的那家人也搬去另外一个外交驻地了，所以在吉·克十二岁时我就错过了认识他的机会。他在我遇见他的时候，刚刚经历了一场既漫长艰辛又徒劳无益的战争，而那个使他获得了人生中第一份不错职业的受大英帝国保护的国家也已经被抛弃。他在战争中指挥非正规军，坦白地讲，这种指挥是战争中最费力不讨好的事情。如果你指挥得当，打了漂亮仗使敌方人员伤亡惨重而自己的士兵几乎没有损失，那么你得到的评价就是无正当理由的应受谴责的屠杀行动。如果在条件不利的情况下，你殊死奋战获得胜利却伤亡惨重，那么你得到的评语就是："他的人死伤太多了。"

除了麻烦，一个指挥非正规军的人什么都得不到。而对于那些相当忠诚能干的士兵来说，我也怀疑，除了等死应该是没什么可以期待的了。

我认识吉·克的时候，他已经在另一个英国殖民地，开始了新的事业。他从不回顾往事，也从没感到过痛苦。但是他就是不能容忍愚蠢的人和那些时不时来殖民地假装成人民公仆的英国白人垃圾。这样的人很多，在专家面前他们一定表现得很好，否则他们不可能从那些培养他们的单调乏味的教育机构毕业。跟他们在一起，工作时间外也很无趣，不可能说一句笑话，这对吉·克来说是无法理解的。他受过良好的教育，像所有勇敢的男人一样他总是爱开玩笑，知道什么样的圈子适用粗话。

吉·克一边享用意大利面和葡萄酒，一边给我们说了他受到一个新来的戴眼镜的年轻局属官员谴责的事。在跟大家结束射击巡逻回来的时候，因为他说了一句可能被他的妻子听到的粗话。那个妻子我见过，我觉得从吉·克这种人嘴里说出来的严厉话语里随便拿出一两个词让她的丈夫说出来，都可能让他们的婚姻不得善终。

　　我跟吉·克解释了一番，玛丽便说了一系列的词汇，这些词汇如果无意中在丈夫被询问的时候说出来，可能会促使妻子问丈夫这些词汇的意思，最终，可能会收到一些值得赞美的效果。我们想象着丈夫被那个妻子询问这些奇怪的术语是什么意思的时候，他去翻查相关规定的尴尬情景。在语言被长时间神圣化的过程中，所有这些都是好词，吉·克听完玛丽清晰的措辞及发音以后很高兴。

　　我为吉·克受了那些人的气感到难过，这些旧社会的移民君子们的行为一直被描述和夸大得人人皆知，但是直到《一九八四》[1]问世之前没有人提及这些。没人会相信还有这样一群人。希望奥威尔[2]还在世。我把最后一次见到奥威尔的情景告诉了吉·克，那是在1945年的巴黎巴尔吉战役[3]结束以后，我见到他的时候他进了一家旅馆的117房间。因为有人在跟踪他，他穿着平民化的服装。他想要一支小点的不容易暴露

---

[1]《一九八四》：是英国作家乔治·奥威尔创作的一部政治讽刺小说。

[2] 奥威尔：出生在印度的英国小说家、散文作家，作品的特点是他对社会不公的关注。

[3] 巴尔吉战役：第二次世界大战晚期的阿登反击战，是纳粹德国发动的最后一次主动进攻战役。

的手枪，他打算从那里的小军火库借支枪，我找了一支给他并警告他说如果他用这支枪打人，人可能不会立即死去，要过一段时间才可能死去。枪还是枪，不过他要枪很可能不是真的当作武器用，而只是用来防身。

他身形瘦削，看起来很憔悴。我邀请他留下来吃点东西。可是他必须马上离开。我告诉他我可以派两个人给他，如果有人跟踪他，我的人还可以跟他有个照应。我的人跟本地那些跟踪他的人很熟悉，这样那些人就再也不会打扰或者侵犯他了。他说借他一支手枪就足够了。我们互相询问了一下两人的共同朋友的情况后，他就离开了。我派了两个人在门口接应，然后在他后面跟着走，看看跟踪他的是什么人。第二天我的人报告说："没人跟踪他，爸爸。他是个时髦潇洒的人，他对巴黎非常熟悉。我们跟某人的兄弟确认过了，人家说没人在追捕他。他跟英国大使馆有些联系，不过不是特务。这些都是传闻。您想要看看他的活动时间表吗？"

"不用了。他玩得还开心吗？"

"开心。爸爸。"

"我也开心。他有枪。我们不必担心他了。"

"那支枪根本没用。但是你警告过他了，对吗，爸爸？”其中一个人说道。

“是的。他本来可以随意选择的。”

“许给他一支斯丁格他会更高兴。”

“不。斯丁格杀伤力太强。他有那支手枪就很开心了。”另外那个人说道。

就这样我们结束了那个话题。

吉·克经常整晚地失眠，而大部分时间是在看书。在卡贾多[1]的房子里他有个很不错的藏书阁。我也带了满满一露营袋的书，这些书被我们放在营地内的一个空箱子里当作藏书阁用。

在内罗毕新史丹利酒店内有一个非常棒的书店，再沿街向下还有一个不错的书店，不论什么时候进城，我都会大量地买回来那些看起来值得阅读的书。缓解吉·克失眠之症的最好的方式就是阅读。但是失眠症却不是阅读能够有办法治愈的，我常常看见他的帐篷里整晚亮着灯。

因为吉·克有自己的事业，并且受过良好的教育，所以他和非洲女人可能不会有任何交集。在他眼里，非洲女人既不漂亮也不迷人。而对他，那些我认识的和极为喜欢的非洲女人们也没有兴趣。但是却有

---

[1]卡贾多：非洲肯尼亚的贫穷地区。

一个伊斯梅利亚[1]的印第安女孩，是我认识的人中最
友好的一个人，深深地无望地爱着吉·克。她已经跟
吉·克说明爱上他的是她那个足不出户的蒙着面纱的
姐姐，而不是她。姐姐通过这个妹妹送礼物和传信息
给吉·克。我们都喜欢这个忧伤但依旧纯洁和幸福的
故事。有一次，吉·克去她们家的商店时遇见了那个
喜欢他的女孩，除了和气地说了说话，吉·克跟那个
女孩什么事都没发生。他有自己的姑娘，那些他喜爱
的欧洲女孩，而我从来没有跟他聊过那些欧洲女孩。
玛丽和他可能聊过。但是我们三人之间不会就严肃的
私事互相扯闲话说是非。

　　在村子里就不同了。在那里，在营房，无广播可听，
无书可读，我们只有唠家常了。我曾经向寡妇和那个
愿意做我妻子的女孩询问她们不喜欢吉·克的原因，
她们一开始不愿意告诉我。最后寡妇解释说，说出来
那个不喜欢吉·克的原因会不太礼貌，是因为气味的
问题。而所有肤色和我一样的人身上的味道闻起来都
不怎么样。

　　还记得有一天，我们大家在一条河岸边的一棵树
下坐着，我在等狒狒，通过声音判断，它们正朝着我

---

[1]伊斯梅利亚：埃及城市，位于苏伊士运河中段西岸。

坐的地方走来。

"狩猎长的气味好闻。我一直都能闻到他的味道。他的气味不错。"我说。

"不，你的味道闻起来就像我们本地人的一样。你的味道像是熏兽皮的味道，像是我们非洲啤酒的味道。"寡妇说。我不确定是否喜欢自己身上有这样的味道，也不喜欢他们的啤酒。

我的后背被要做我妻子的女孩的头靠着，我知道我正穿着的军装式衬衫上的汗液已经风干。她的头先是在我肩膀后面摩擦，然后转到了脖子后面，最后她把头转到我的前面让我吻她的头。

"你的味道和恩古伊的味道是一样的。你知道吗？"寡妇问。

"我们的味道一样？恩古伊？"

"我不知道自己的味道是什么样的。没有人知道自己的味道。不过你的味道和穆秀卡的一样。"

正在树的另一边坐着的恩古伊，望着流水。他头靠着树干，双腿弯曲，我的新长矛在他身边放着。

"你跟恩古伊去聊聊，寡妇。"

"不。我得照看这女孩。"她说。

已经躺在我身上的女孩，头枕着大腿，她的手指拨弄着我腰上的手枪皮套。我知道，她想让我用手指顺着轮廓抚摸她的鼻子和嘴唇，然后轻轻地碰触她的下巴，再顺着前额的发际线和鬓角画出一个方的脸型轮廓，然后摸一下耳朵旁边的皮肤，最后摸摸头顶。这是一种特别的求爱方式，寡妇在这里，我能做的也就是这些了。但如果她想的话，也可以在我身上这样轻柔地摸索一番。

"你这个粗手的美人啊。"

"会是一个好妻子。"

"你让寡妇走吧。"

"不。"

"为什么？"

我在她跟我说完原因之后，又亲了一下她的头顶。她的手在我身上细腻地摸索着，然后拿起我的右手放在她想我放的地方。我一只手放在想放和该放的地方，另一只手将她紧紧地搂住。

寡妇说："不。"

女孩说："Hapana tu（我也不）."她翻转身体脸朝下趴在我的腿部，说了一些我听不懂的瓦卡姆巴语。寡妇移到了树的背后。我看着河的上游，恩古伊看着河的下游，我和女孩躺在原地，心里充满了复杂的、难以消解的忧伤。最后我伸手从树边拿起我的步枪放在右腿边。

我说："睡一觉吧。"

"不。晚上睡。"

"现在睡吧。"

"不。我能摸摸你吗？"

"能。"

"作为最后一位妻子。"

"作为我粗手的妻子。"

她用瓦卡姆巴语说了些我不懂的话，然后恩古伊说："Kwenda na campi（走吧）."

寡妇说："我必须得留下。"但是因为已经心不在焉的恩古伊迈着方步离开了，身体在树木间投下了长长的影子，寡妇便也跟着他走了一小段路，用瓦卡姆巴语说了些话。然后她站在离我们四棵树远的地方，眼睛向下游看去。

女孩问："他们走了吗？"

我说是，然后她翻过身来，和我紧紧地拥在了一起，她的唇覆盖了我的，我们认真地吻了起来。她喜欢在身体上抚摸和探索，感受我身体的反应，甚至摸到我的疤痕，她都会感到愉悦。她用食指和大拇指捏起我的两个耳垂，表示她希望我穿耳洞。她从没穿过耳洞，但她希望我感受一下她的耳垂，感受一下要为我穿耳洞的位置，我认真地感受起来，还吻了吻，又十分轻柔地咬了咬。

"用你锋利的牙齿真咬吧。"

"不。"

她轻轻地咬了咬我的耳垂，告诉我咬哪里才会舒服，那真是一种十分美好的感觉啊。

"以前你为什么从没穿耳洞？"

"我们不知道。部落的人都不穿耳洞。"

"穿耳洞好一些，显得更坦诚。"

"我们将会做许许多多美好的事情。"

"我想成为一个有用的妻子，而不是一个用来消遣的妻子或者玩玩就甩了的妻子。我们已经开始了。"

"你会被谁甩了？"

她说："你。"

如我所说，瓦卡姆巴语中没有表示对不起的词汇，也没有表示爱的词汇。但是我用西班牙语对她说我非常爱她，从头到脚爱她的一切。我们又逐一数了数她身上那些我爱的地方，她特别开心，我也很开心，我全部的感情都是真实的，我说的是真话。

我们在树底下躺着，我听见了狒狒朝着河这边走来的声音，我们还睡了一会儿，然后寡妇返回到树下，在我耳边悄悄地说了一句："Nyani（狒狒）."

风从河水的上游向我们吹来，一群从灌木丛中出来的狒狒正面向对面的玉米地篱笆，踩着浅水中的岩石过河，而玉米地里的玉米（我们的饲料玉米）已经长到十二到十四英尺高了。狒狒闻不到我们的气味儿，也没有看到趴在树荫下的我们。狒狒们从灌木丛里悄悄地出来，然后横穿过河，像奇袭部队一样。三只老态龙钟的大公狒狒为首，有一只更大一些，它们小心翼翼地踩在岩石上面，长长的嘴巴，扁平的方头，笨重的下颚在左右摇晃着。我能看到那厚实的肩膀、结实的臀部、大块的肌肉、巨大的身躯和向下弯曲的尾巴，狒狒的老窝在它们的后面，母狒狒和小狒狒们正陆续走出灌木丛。

为了便于我能自由开枪，女孩慢慢地挪到一旁。我依旧躺在那里，小心翼翼地缓缓地举起步枪放在腿上，向后拉开枪栓，先用扣扳机的手指握住枪栓，再让枪栓向前滑到打开的地方，这样便不会发出咔嗒的声音。

我躺在地上瞄准了最大的那只老狒狒的肩膀，然后轻轻地扣动了扳机。我听见了"砰"的一声，也顾不上看它的情况便滚到一边站了起来，朝另外两只大狒狒开了枪。它们听到第一声枪响后，都在岩石上转身往回跑去。第三只被我先射中了，在第二只狒狒准备跳过第三只狒狒尸体的时候我开枪射中了它。我看了看第一只被射中的狒狒，它脸朝下趴在水中。最后，我又朝正在尖叫的那只补开了一枪，结果了它。已躲进灌木丛的其他狒狒都没了踪影。我重新装上子弹，黛巴问我她能不能握一下我的步枪。她握着枪，模仿阿拉普·梅纳站了一个立正的姿势。"刚才还那么冷，现在它又这么热了。"她说。

人们听到枪声都从村子里赶了过来，恩古伊也拿着长矛过来了，公告员也在。他去了村子而没有回帐篷那里，现在我知道他的味道了，是非洲啤酒的味道。

"结果了三个。全是重要的角色啊，缅甸将军。朝鲜将军。马来西亚将军。Buona note（晚安）."他说。

他是在阿比西尼亚跟肯尼亚炮兵团一起时，学会说"Buona note"的。黛巴握着步枪，看着岩石上和水里的狒狒尸体，表情凝重。它们现在的情形可算不上赏心悦目，我让公告员告诉这里的男人和男孩子们把狒狒从水里拖出来，在玉米地篱笆边上摆着，让它们保持坐着的姿势，双手交叉搭在大腿上。我应该派人送来些绳子，把它们吊在篱笆上吓退其他的狒狒，或者把它们的尸体放在某个地方做诱饵。

我的话被公告员传达了下去，而黛巴还在看着那些狒狒，脸上的表情郑重、严肃而超然。那几只带着长长的手臂的狒狒，面目可憎，腹部丑陋，人们把它们吓人的下颚从水里拖出来，拖到岸上然后靠着篱笆摆出死亡的姿势。其中一只头状似遐想地向后仰，另外两只头状似沉思地向前沉。

"都是大将军。都是重要的将领啊。Kwenda na campi（走吧）."恩古伊说。

我们离开这里向我们停在村子的猎车走去。我手上拿着猎枪，和恩古伊走在一起，寡妇和女孩走在后面，公告员走在旁边。

我问："你感觉怎么样，公告员，老前辈？"

"我没有感觉，兄弟，心已经碎了。"

"发生什么事了？"

"是寡妇。"

"她是个很不错的女人。"

"是的。但是她现在想你做她的保护人，也不再尊敬我。她希望带着那个我一直像亲生父亲一样照顾的小男孩跟你走，去马雅图。黛巴想成为玛丽小姐的助理妻子，而她想去照顾黛巴。每个人的想法都开始往这个方向转变，而她就这个事情跟我谈了一整晚。"

"那可不妙。"

"黛巴根本不该替你扛枪。"他说完这句话，恩古伊看了他一眼。

"她只是握着，没有扛。"

"她也不应该握着。"

"你是这么认为的？"

"不。兄弟，当然不是，是村里人这么说的。"

"让村子里的人闭嘴，我才会对这村子进行保护。"

公告员本身是个不值钱的人，这类闲话毫无价值。

"另外，黛巴给我拿枪也不过是一个半小时前的事，你不可能有时间去听村子里的人说三道四。别把自己弄得像个密谋者一样。"可我心里想说的却是，别改不了你密谋者的本性。

我们到了村子里，精心建造的茅屋，参天的圣树，红色的土壤，一切如故。我的腹部被寡妇的儿子用头撞了一下，然后他站在那里等我吻他的头顶，我只是拍了拍他的头顶给了他一先令，然后我突然想到公告员每个月也只赚六十八先令，那么我就等于是把相当于公告员半天工资的一先令给了一个小男孩，还是有点多了。于是我把公告员从车那边叫过来，摸了摸我的军装式衬衫的口袋，掏出已经被汗水浸湿了的十先令纸币。

我拿出两张纸币递给公告员。

"别再揪着谁替我拿枪的话柄说事了。就你这村子里面连一个有资格端屎盆子的人都没有，何况是枪。"

"兄弟，我说过有吗？"

"给寡妇买个礼物吧，然后帮我了解一下镇上的情况。"

"今晚去有点晚了。"

"去路边，等英国人的卡车。"

"兄弟，要是没来怎么办？"

通常情况下，他会说："是，兄弟。"然后第二天再来跟我说："车没来，兄弟。"那样对他的态度和努力我还会表示感谢。

"那就天亮再去。"

"是，兄弟。"

我为村子，为公告员，为寡妇，为所有人的梦想和希望而感到难过。我们开车头也不回地离开了。我们在回家的路上还干掉了一头疣猪。它们是一种勇敢、漂亮、相当有吸引力的动物，总是踩着小碎步认真地小跑着走路。疣猪吃起来也非常可口，我打它的时候，它正尾巴翘得高高地小跑着过草地。按伊斯兰教律法不能胡乱屠宰疣猪，因为伊斯兰教徒是不吃疣猪的，我把长矛刺入疣猪放血。长矛头像是滑入黄油一样滑进了疣猪的身体，抽出长矛后，我在疣猪长满黑色硬毛且沾了土的背上擦了擦长矛头，然后把矛头滑进我背后用疣猪皮做的剑套中去。恩古伊、穆秀卡和我把疣猪肉挂在猎车后面，然后将车开回了帐篷，我也为这头疣猪感到难过。

这些都是在好几天前发生的事了，那时候狮子还没有回来，也还没下雨，这些现在已经没必要想起了，想起这些的原因，是因为今晚我为吉·克感到难过，由于风俗、制度或者说个人选择所致，他可能必须要孤独地完成游猎之旅了，还要在这样的深夜用读书来打发失眠的时光。艾伦·佩顿[1]的《迟来的瓣蹼鹬》[2]是我带来的书之一，而我却发现这本书的可读性几乎没有，这本书是那种显得太过虔诚的圣经式的文体，就像是先在搅拌器里搅拌，然后一桶桶地运到工地上砌墙的水泥一样，对宗教的虔诚一点点堆砌起来组成了这本书。就像是油轮沉入海底之后海面上留下的油层一样，书里对宗教的虔诚无处不在，它绝不仅仅是有宗教氛围而已。可吉·克却说这是一本好书，因此我也愿意去试着读一读，想着等到我发现花费时间去阅读佩顿塑造的那些因为1927年通过的一项法案便背上了令人厌恶的罪恶感的愚蠢、狭隘、糟糕的人物是

---

[1]艾伦·佩顿：南非作家，反对种族隔离。

[2]瓣蹼鹬：瓣蹼鹬科滨鸟。雌鸟较雄鸟体大，色亦艳丽。

多么不值时再停止往下看吧。可当我最终读完这本书的时候才知道吉·克是正确的。佩顿本人较为虔诚，便试着去回忆过去，去设身处地理解他们，直到最后用高尚的灵魂接纳了他们，或者说至少不是谴责他们而是用圣经上的文字劝说。这样一群人物是佩顿一直想要塑造的。虽然我明白吉·克喜欢这本书的理由了，但这却是一个让人伤心的理由。

那个叫作伦敦的城市，正在被玛丽和吉·克热络地谈论着，这个城市的消息，我道听途说了很多，只在最异常的情况下我才了解到那个城市的一些具体情况，我很高兴听他们谈论这些。他们各自掌握着不同的信息，而这其中的大部分是我所不了解的。所以我可以边想着巴黎边听他们说。我对巴黎几乎一切了如指掌。我熟悉并深爱着巴黎，所以我除了跟那些一起经历过的老人外，从不愿跟其他人谈起巴黎的事。我们那时候都有属于自己的咖啡馆，除了咖啡馆里的服务生谁也不认识，都独来独往。以前每个热爱巴黎的人都有自己的咖啡馆。这些咖啡馆都在比较隐秘的位置，比俱乐部好，不想邮寄到自己公寓的信可以邮寄到咖啡馆，在那里你可以收到信。每个人通常都有两到三个可以去的秘密咖啡馆，其中会有一家是你去工作和读报的地方。你不会把咖啡馆地址给任何人，早

上到那里，在露台上吃个奶油蛋卷，喝一杯奶油咖啡，
等你坐的那个地方被服务生清理干净，转去清理、擦
拭和打扫其他地方的时候，你就该去那个靠窗的座位
上开始工作了。周围有其他人同时在工作是件好事，
那将有利于你进入工作状态。然后顾客们陆续进店的
时候，就是你支付自己消费的半瓶维希然后离开的时
候了，沿着码头向下便可以走到喝杯开胃酒、吃顿午
餐的地方。你可以去熟人会去的餐馆吃午餐，也可以
去隐秘的地方吃午餐。

就算是最为隐蔽的地方也会被迈克·沃德发现。
他在我认识的人中，是最熟悉和热爱巴黎的了。法国
男人一发现什么秘密场所就会举办一个大型的聚会庆
祝一下。我和迈克寻找的隐蔽之地都是那种有一两种
不错的红酒，一个不错的厨子，通常再有个酒徒，里
面的人都正努力在店面转让或者倒闭之前多做几笔生
意的那种不景气的场所。我们可不想去那些生意兴隆
或业务蒸蒸日上的地方。查理·斯维尼就喜欢选择这
种地方，等他带你到达那里的时候，所谓的隐秘之地
早就人尽皆知了，你要站着排队等空桌子才行。

不过在秘密咖啡馆上查理倒是表现得很不错，他
有很强烈的保密意识，为你的咖啡馆和他自己的保密。
当然这些和查理一起来的秘密咖啡馆都是我们的次选

咖啡馆或者说是下午和傍晚才来的咖啡馆，并非首选。一天中的这个时候你总会想要和人说说话，有时他来我的咖啡馆，有时我去他的次选咖啡馆。有时我会带个女孩过来，有时他也会带个女孩过来跟我见个面。我们带的女孩儿都是有工作的。没有工作的女孩不会跟你真诚交往的。除了傻瓜，没人会包养女孩。你不会想一个女孩总是白天里在你面前晃来晃去，你也不想她们给你带来任何麻烦。一个女孩如果有工作还愿意跟你交往，那么她就是认真的了，在你需要她的夜晚她会在你身边，你也会陪她们过夜并在她们想要的时候送她们一些礼物。我在查理面前从不带很多女孩炫耀，查理总是能结交到漂亮而温柔的女孩，她们全都有正当工作，都能很好地约束自己。当时旅馆的服务员正和我交往，我以前从未认识过年轻的旅馆服务员，那可真是一次难忘的经历。足不出户，没有任何社交活动，就是她最大的优点。我作为旅馆客人认识她的时候，她正爱着一个警察，那个保安队的警察穿着饰有马尾旗和很多勋章的制服，留着小胡子，我们所在的区离他的兵营不远。他身材保持得很好，每天定时执勤，每次见了面我们都会正式地称呼对方为"Monsieur（先生）"。

　　跟她一起只是因为当时的夜晚我很寂寞，我并没有爱上那个旅馆服务员。我还记得她第一次来到我房间的情景，她沿着楼梯上楼来，用我挂在门上的钥匙打开门进入我的房间，又爬着梯子来到了阁楼上，在阁楼的窗边摆放着我的床，在我的床上，还可以看见蒙帕纳斯[1]公墓的美景。她脱掉毡底鞋，躺下，问我是否爱她，我衷心地回答："那是自然。"

"我就知道。我好久以前就知道。"她说。

我则看着窗外照着公墓的月光，她迅速脱掉了衣服。

她很干净也很纤细，她身上的味道闻起来跟村子里的人的味道不同，可能是吃的食物营养不足的缘故吧。我们的心里对那时那刻的情境都给予了尊敬，虽然彼此的模样眼睛看不到。我还记得我们是在她跟我说最后一个客人已经进来后躺下的，然后她跟我说她不可能真心地去爱一个保安队的警察。我说我认为Monsieur是个不错的男人，他在马上看起来一定非常威风。但她说她不是马，而且还有其他一些不便说出来的缘由。

就这样，玛丽和吉·克谈论伦敦的时候我却在想着巴黎。我在想我们成长环境不同，接受的教育不同，

---

[1]蒙帕纳斯：巴黎塞纳河左岸的区。

却能够相处得融洽，真是幸运，希望夜晚吉·克不再孤独，而我能够和玛丽这样可爱的女子结婚真是万分的幸运，我要尽快处理好村子的事情，然后努力做一个好丈夫。

"你怎么这么沉默，将军。我们很烦是不是？"吉·克说。

"我喜欢听年轻人随意地聊天。让我觉得自己还没有老，还是有用的人。我从来不觉得年轻人烦。"

"净乱说活。你表情凝重，在想什么呢？不愉快的事吗？还是在担心明天会发生什么状况？"吉·克说。

"你要是看见深夜里我帐篷的灯还在亮着，那才是我在担心明天会发生什么状况。"

吉·克说："又乱说话啊，将军。"

"别说粗话，吉·克。我丈夫可是一个细腻而敏感的人，他对粗话很抵触。"玛丽说。

"原来他也有抵触的东西啊。我喜欢看到他性格中好的一面。"吉·克说。

"亲爱的，他隐藏得很好。你在想什么呢？"

"巴黎保安队的一个警察。"

"看到没有？我总说他有细腻的一面，总是会出乎意料地展示出来。这就是他普鲁斯特式细腻的一面，跟我说说那个人是不是很有魅力？我也努力开拓一下我的视野。"吉·克说。

"普鲁斯特和爸爸曾经在一个旅馆住过。但是爸爸总是强调说那是个不同的年代。"玛丽小姐说。

吉·克说："天知道世界究竟要变成什么样。"他今晚很放松，也很高兴，玛丽本就是一个忘性大得惊人的女人，所以今晚所有的烦恼都被她抛开了，她也很高兴。她可以和人吵架一整晚，但是一周以后就会忘得一干二净。她有着与生俱来的选择性记忆。这种选择性记忆不是完全按照她的喜好来进行的。她在记忆里原谅了自己，也同时原谅了你。玛丽可以用这种最可爱、最彻底的无人能及的方式忘掉发生过的任何事情。我非常爱她，她是个奇异的女子。此时此刻，她只有两个缺点。第一，她太矮了，对于真正的猎狮者来说，猎狮的难度很大。第二，我最终发现她向动物射击的时候不是迟疑退缩，就是打偏了一点儿。她的心肠太软，不能杀生。这恰恰是她的魅力，也是我所喜欢的，为此我从不会懊恼。倒是她因为心里明白我们猎杀动物的原因和必要性，自己会感到恼火，而来此她也是为了能从中获得乐趣。她在经过深思熟虑之后，决定只杀那些凶恶危险的野兽，绝不再杀那些像黑斑羚一样美丽的动物。六个月以来，她在每天的打猎生活中，已经学会如何享受打猎的乐趣了，打猎在这里是很平常的，但毕竟杀生也算是件羞耻的事，可是当你打得漂亮的时候也就不算是什么羞耻的事了。而玛丽潜意识里总是有一些特别善良的东西促使她在射杀动物的时候偏离目标。我爱她，因为她的善良。同理，一个在屠宰场工作的女人是我无法去爱的，或者杀死病猫、病狗的女人，或者把比赛中摔断腿的马杀死的女人。

"那个警察叫什么名字？艾伯汀？"吉·克问。

"不，他叫Monsieur。"

"他在糊弄我们，玛丽小姐。"吉·克说。

他们继续谈论伦敦。于是我也开始想伦敦了，虽然那个地方太嘈杂也有些不正常，但还算是个让人愉快的地方。我对于伦敦只想到这些，我忽然意识到自己对伦敦一无所知，于是我又开始更加深入和仔细地回忆起巴黎了。事实上，玛丽的那头狮子正让我担心，吉·克也在担心，只不过我俩表现的方式不同。猎狮子这件事真的发生时是很容易的。但是玛丽的狮子却折腾了这么长时间，我真想把那头该死的狮子快点干掉。

最后，当我们营地的地上聚集了一层厚厚的不同种类Dudus的时候，有各种飞虫、爬虫、甲壳虫等，人走过去都会轻微地发出"咯吱咯吱"声的时候，我们就回去睡觉了。

当吉·克走向他的帐篷的时候，我对吉·克这样说道："别担心明天的事。"

他说："你来一下。"我们在通往他帐篷的半路上停下，此时玛丽也已经进了我们的帐篷，"她瞄准的是那头倒霉的角马的什么位置？"

"难道她没告诉你吗？"

"没有。"

"去睡吧。不管怎样，我们都要等到第二幕才可以上场的。要帮她补一枪。"我说。

"你们不可以做老夫老妻之间的那件事了吗？"

"不可以。恰罗为这事儿已经恳求我一个月了。"

"她真是令人敬佩。你也有些让人敬佩。"吉·克说。

"正好是一群海军司令。[1]"

"晚安，海军司令。"

"代我亲吻我的笨蛋哈代，给我失明的眼睛戴一副望远镜。"

---

[1] 海军司令：英语中"令人敬佩"admirable和海军司令admiral写法和读音接近。

"我们的战场被你弄混了。"

正在这时，狮子吼叫了起来。我和吉·克握了握手。

吉·克说："它吼叫可能是因为你错误地引用了纳尔逊[1]的名言。"

"因为它听烦了你和玛丽谈论伦敦。"

吉·克说："它声音不错。上床吧，海军司令，睡一会儿。"

我晚上听见狮子又叫了几次之后便睡着了。一觉未醒，直到穆文迪拉动我床脚的毯子叫醒了我。

"Chai Bwana（茶，主人）."

外面很黑，不过已经有人在生火了。我给玛丽端了杯茶叫醒她，不过她感觉不舒服。我浑身发抖，她病了。

"宝贝，你要不要取消今天的行动？"

"不。我只是感觉难受。喝了茶可能就好了。"

"让狮子多休息一天可能会更有利。我们可以推迟的。"

"不。让我试试看身体有没有可能变舒服些。我想去。"

---

[1] 纳尔逊：英国海军将领及军事家，"给我失明的眼睛戴一副望远镜，代我亲吻我的笨蛋哈代"是他临终说的话。

出了帐篷，我用盆子里的冷水洗了脸，眼睛也用硼酸水冲洗了一下，然后穿好衣服走到火堆边。我看到吉·克在帐篷前刮脸。过一会儿，他也穿好衣服走了过来。

我告诉他说："玛丽有点头晕目眩。"

"真可怜。"

"可她却想去猎狮。"

"她自然会这样。"

"你睡得好吗？"

"好。你呢？"

"很好。依你看狮子昨晚在干什么？"

"我想它就是出来四处走走，发发声音罢了。"

"它可没少发声。要不要一起喝瓶啤酒？"

"好吧，也没什么坏处。"

我去拿了瓶啤酒和两个杯子，边喝边等玛丽。她出了帐篷去了趟厕所，回来以后又去了一趟。

她端着自己的茶在火堆边的桌子旁坐下之后，我问道："宝贝，感觉怎么样？"恩古伊和恰罗正在准备装备，他们把枪支、弹药和望远镜从帐篷里拿出来放到了猎车上。

"有什么办法可以治疗我这个毛病吗？我感觉糟透了。"

"有。不过会让你发困。我们也有土霉素，应该对你的两种症状都有效，不过也会让你感觉不舒服。"

"我的狮子在这里等着，在这个时候我为什么偏偏摊上这种事呢？"

"别担心了，玛丽小姐。你会好起来的，你的狮子也会越来越放松警惕的。"吉·克说。

"但是我就是想出去打它。"

她开始难受了，很明显无法猎狮的痛苦又回到了她的身上。

"我们今天上午就放它一马，让它休息一下，宝贝。无论如何这都是一件最好的事了。不管怎样，你放心好好照顾自己。吉·克可以多留两天的。"

吉·克手掌向下摆了摆手，那意思是不可能多留两天的。但是玛丽没有看见他摆手。

"它是你的狮子，什么时候去打由你决定，等你好些再去也不晚。从来都是这样，你不理它，它就会越来越放松警惕。如果我们今天整个上午都不出去打扰它，那就最好不过了。"

"我可以出去，我要出去。只有这件事我不能听你的，对不起。"

她说完就离开了。

"希望不是变形虫引起的症状。那对她来讲可就太糟糕了。也可能是肉毒胺食物中毒，由意大利面肉沫引起的，那块肉已经挂了好几天了。"我对吉·克说。

"不管怎样，她今天早上都不应该出去。让狮子继续休息一下是好事。但是，除了明后两天，我不可能多留一天的。你明明知道。"吉·克说。

"你不在这儿，我们也有可能杀掉狮子的。"

"我们是搭档。别无礼。照顾玛丽小姐就是现在要做的事情。"

我走到猎车跟前，对大家说今天不出去了。然后走到正在火堆边的黑帝那里。他表现得非常礼貌得体，好像知道我要说什么了。

"夫人病了。"

"我知道。"

"可能是痢疾，也可能是意大利面中毒。"

"是的。我觉得是意大利面。"黑帝说。

"肉太不新鲜了。"

"是的。可能只是一小块。做面的地方很暗。"

"我们要照顾夫人，先不去打狮子了。狮子也会更加放松警惕的。"

"Mzuri（好的），Poli poli（慢慢来），你去打一些Kwali（鹧鸪），或者Kanga（几内亚家禽）来，让姆斯比给夫人熬汤喝吧。"黑帝说。

第十六章

如果狮子去了我们放诱饵的地方，现在应该已经离开了，确定了这一点以后，我便和吉·克一起开着他的兰德·路虎前往那个地区看了看。动物们在路上已经习惯看到这辆车了。我们在想那头狮子要是看见我们这辆兰德·路虎应该不可能跟猎车联系起来吧，它熟悉猎车的轮廓。很多年前我就已经发现，或者说我就已经相信狮子们只会观察事物的轮廓，没有视觉思维。对此我曾做过试验，后来还为此去冒过险，那还是在塞伦盖蒂平原[1]没有变成野生动物保护区的时候，我为了做试验就去草原近距离地拍野生狮子的照片，最后证明我是正确的。我在那个时候本该有的对狮子的尊重和顾忌全都没有，我跟老爹一起，我如果有做得不妥的地方他就会给予我一些帮助。现在，我

[1]塞伦盖蒂平原：位于坦桑尼亚西北部。

对狮子有了深刻的了解，也更尊重它们了，但是我还是认为那是一个有据可依的正确理论。无论如何吉·克都要回到车里，可这样做不会有更大的区别。

我本打算陪着她，玛丽小姐说她就是想一个人休息一下。她喝了我给她冲的一些利眠，还想喝一些茶。她讨厌生病，如果生病她就想一个人待着。

"你和吉·克去吧。穆文迪会照顾我的。求你们了。别惊动了狮子。我现在这个样子唯一的好处就是可以让狮子多休息一下。"

我答应她到了放诱饵的地方，我们也不会出来的。我们重新整装，坐进兰德·路虎，恩古伊和吉·克的侦猎长坐在后面。留着小胡子的侦猎长，是个高大、英俊又十分英勇的瓦卡姆巴人。他十分擅长自己的工作，对吉·克很忠诚，为吉·克的事业近乎狂热地奉献着。他对玛丽也很忠诚，我总是有一种强烈的感觉，那就是他认为我对玛丽不够好。我猜他宁愿看到玛丽嫁的人是总督。和侦猎长在一起的时候，恩古伊通常会尽力地使自己表现得不够聪明。

经过昨天一夜，草好像高了一倍。这是一个几乎没有什么风的早晨，可爱而清爽。地上生长的草大概有三种，其中一种像杂草一样十分柔弱的草比其他两种长得都要高。猎物比以前更多了，我们沿着原来的轮胎痕迹前行，像是在逛公园一样。遍野皆是猎物。

我们到达了目的地，在我们右侧的对面就是被我们妥当处理过的诱饵所在地，我们在这里竟无意中发现了大狮子的足迹，轮胎痕与足迹交叉，穿过我们左侧的枯草地延伸到林子里。足迹还很清晰，上面没有露水，是刚刚留下的。长得比较高的草被狮子肩膀碰到的部分是干的。有些柔弱的杂草已被碰折，在裂开的草茎中还留有草汁。

"多久了？"

"一个小时吧。没多久。"恩古伊说。他看了看侦猎长，侦猎长点了点头。

他用英语说："足迹很清晰。"

我说："它可能还会在外面多逗留一个小时，吉·克。"

"我们等到它了，爸爸。我想我们没必要再去接近诱饵了。现在已经全没了。今晚老地方继续喂它吧。"吉·克说。

"不让玛丽知道狮子在光线充足的情况下经过这里是好事。"

"是最好的事了。现在我们领先狮子一步了。"吉·克说。

"再有两天。"

"你是说你可以对付它。"

"我们死活都要可以。"

"别发火。看来你是不在乎我留不留在这里了？"

"我们就不要胡说八道了。"

"那我们就说点有道理的。假设玛丽小姐劲头十足地等着她的狮子，可狮子没出现。如果它出现了，杀它的机会我让给你而你却还要分心顾及你的妻子，而她也必须站在原地不动，如果她跑了那么狮子就会追上去。这一切都很精彩。要么你扮演英雄把它打倒在你的脚下，要么你的计划被它扰乱，它把你打倒，让你出尽洋相屁滚尿流。这些美式英语措辞还正确吗？"

"十分正确。眼下这种情景，他们会说一句俗语，'屎进入电风扇了'。[1]"

"我得做个笔记记下这句话。"

"记也没用。下次再有美国人落到你手里，他们又会用不同的词了。有人专门被雇去做那些词汇整理的工作。这种人叫说笑作家。"

"好的。你就是我的说笑作家。现在你已经进入

---

[1] 屎进入电风扇了：The shit went into the electric fan.英语俗语，意思是"出了大麻烦了"。

了电风扇。"吉·克说。

"谢谢。"

"现在。我是个喜欢沉思的人，更是一个深谋远虑的人。"吉·克说。

"你算了吧你。你急于做决定，就是一个感情用事的人，仅仅是因为你的枪法比怀亚特·厄普和多克·霍利迪联手还要快两倍，你才会活着。"

车停在黄绿色的树下，树枝高耸粗壮。我们两人在树荫下远望着前面已经干涸的泥沼泽地，它的灰色和远处山脉的绿褐色、纸莎草沼泽地的绿色交相辉映。

"好吧。除了一些平常东西外面什么都没有。所以过一会儿射击我就比你快了。得到那样的认可我很高兴。但是你呢，却是一个莽撞的、半英雄气概的、过时的所谓传奇人物，你倒是可以像克雷西之战[1]中的弓箭手一样把狮子们打倒。现在假设玛丽小姐在某个地方偶然碰见了这头狮子而不是主动等来的，它稍稍感到了危险便伺机钻进一个更好的隐蔽之处，你就不得不追进去把它弄出来，你向它射出的每一支神奇的箭都在它屁股后面扬起一片尘土，它便可以建造一

---

[1] 克雷西之战：Crecy，发生在1346年8月26日，是英法百年战争中的一次经典战役。

个更隐蔽的藏匿之处了。"吉·克说。

"你都知道我下一步会做什么了。"

"你喜欢吗？"

"不喜欢，尤其是跟你一起。"

"可是我们却在一起。"

"那好，你守在它最可能出现的出口，我拿着装得满满的发射筒追进去，恰罗守在下一个出口，阿拉普·梅纳再下一个出口，玛丽必须留在卡车顶上，不管她愿不愿意。恩古伊跟我走进去，看恩古伊能不能在它出来之前发现它。"

"你喜欢吗？"

"这个问题我放弃回答。"

"要是整个行动是一千八百小时之前开始的，你还只剩下一个半小时去完成作战，又会怎样？"

"你一定要这么极端病态地思考问题吗？"

"不。我是个深思熟虑的人，而且我是唯一一个精力集中的人。"吉·克说。

"那我们就等到它完完全全放松警惕，那样它就随时都会出来了。"

"我百分之两百同意。你有没有觉得我们应该为此喝一杯？"

"啤酒。"

"你真的拿了啤酒？"

我跟恩古伊要了一瓶酒。酒是装在湿袋子里的，瓶子还沾了一些夜晚的凉气。我们把兰德·路虎停在树荫下，一边喝酒一边向干涸了的泥沼泽地那边观望，那里有活跃的黑色角马，有颜色被光映成灰白色的斑马，还有娇小的汤姆逊瞪羚，这些纷纷出现的动物，穿过干涸的泥沼泽地到了远方的那片草地，最后慢慢移动到了凯乌鲁山脉。清晨，还是深蓝色的山脉，看起来特别遥远。我又回头看了看那座近在咫尺的大山，它在帐篷的背后耸立着，山上厚厚的积雪在阳光的照射下散发着耀眼的光芒。

"我们可以叫玛丽小姐踩着高跷打猎。那么她就可以看到高草中的狮子了。"我说。

"可以，对这种方式狩猎法没有任何限制。"

"或者让恰罗带一个四脚活梯，就像图书馆的人拿取高处的图书时使用的那种活梯。"

"妙极了。我们还可以给梯子的横档加上衬垫，那么她站在高处累了还可以坐下来休息。"吉·克说。

"你不觉得那样就有点太笨重了吗？"

"那就看恰罗的了，他可以把梯子做得灵活一点儿。"

"那景象一定很好看。我们还可以在上面安装一个电风扇。"我说。

吉·克愉快地说："干脆就把梯子做成电风扇的形状。不过那很可能会被当成是非法车辆。"

"咱们要是向前滚动梯子，让玛丽小姐在梯子上像只松鼠一样上下爬动，还算不算违法？"

吉·克口气公正客观地说道："所有那样子滚动的都算是车辆。"

"那我走路的时候也会轻微地滚动啊。"

"那你也是车辆了。我来驾驶你吧，六个月以后就会让你运离这个殖民地。"

"吉·克，我们必须得小心啊。"

"我们的座右铭一直都是小心谨慎，不是吗？"

"瓶子里还有酒吗？"

"还有些酒糟渣滓可以分。"

"蓝色的瓶子分出两份酒糟渣。"

"凯乌鲁山是蓝色的。"

它们真蓝，蓝得非常漂亮。

"说错了，是凯乌鲁山是蓝色的。跟我说说《浩渺的蓝色远方》[1]吧，你的空军还有一首关于它的歌。"

---

[1]《浩渺的蓝色远方》：沃纳·赫尔佐格导演的一部美国科幻电影，讲述宇航员去宇宙中寻找适合人类居住的星球，找到后兴冲冲返回地球，却发觉人类业已灭绝。

吉·克纠正说。

"那是对人类的挑战。"

"我认识一个美丽的飞机乘务员，她可是对人类的挑战。"

"在歌里他们说不定真提到她了。"

"给。仔细包裹好留给辛先生吧。"吉·克说着顺着他的肩膀把酒瓶子递了过来。

"你想走哪条路？"

"我们应该沿着古村寨继续往前开，沿途给玛丽小姐找一些Kwali（鹧鸪），是不是？这里和宿营地相距太远，诱饵就不要再捕杀了。为了一个诱饵没必要把卡车开到这儿来。"

穿过青草地，我们朝着泥沼泽地出发了。热霾开始出现。猎物们身旁只透出一缕微光。再过一会儿，泥沼泽地上便会有一些小湖泊冒出来，那时便会出现猎物饮用湖水或者猎物在湖泊边一边跋涉一边低头饮水的景象。但除了开始出现热霾外，现在的泥沼泽地一切如常。

我们不想靠近狮子的居住地和居住地的四周，我们只是想在返回宿营地的路上能顺路给玛丽寻找一些补养身体的鹧鸪属鸟类或者裸喉鹧鸪。山鹑在东非地区所属的名字是Kwali（鹧鸪），一般它们都在古老

村寨或者荒弃的畜牧栏和村庄附近活动。这里有三个
古老的村寨，但是其中一个太大，一个村寨鹧鸪很少。
在古老的村寨周围经常有狮子出没，但是这边正好是
与玛丽那头狮子所在地的方向相反，狮子白天都是在
森林里躲藏着，所以我们也不担心会惊吓到它。吉·克
说这附近有两到三头该杀的狮子，不过现在我们还不
打算动手，我们期待着玛丽先杀了她的那头坏狮子，
然后我们也有时间去查明这附近肇事的狮子是哪一头
或者说该被消灭的狮子是哪一头的时候，我们才会行
动。吉·克走了以后，要是狮子惹出了什么紧急状况，
我会对付它们的。猎狮带来的乐趣让我和吉·克都觉
得十分享受，两人一起猎狮或单独猎狮，我们都喜欢。
玛丽的那头狮子的情况跟平常完全不同，跟吉·克一
起或是我们自己猎都将是一件责任重大的事情。

　　现在这个时间段找鹧鸪有点迟了，不过最终我们
还是在一个废弃的村子附近发现了几只，它们一看见
我们，便飞进了灌木丛。吉·克的车一停，大家便纷
纷下车拿起猎枪追了上去。恩古伊拿着我的步枪走在
我身后，侦猎长则跟在恩古伊后面。走着走着，这些
鸟在我们的侧面突然惊飞而起，几乎同一瞬间，我抬
枪射中一只，它头朝下落地，紧接着奔跑中的另外一
只又被命中了，这第二只鸟在第一只鸟的尸体前落下，

然后它就摇晃着身体穿过空地，像野兔子一样跑得非常快。它们比山鹑大些，是丰满多肉的红脖子鹧鸪。恩古伊将步枪挎在肩上，拎着这两只鹧鸪。其他灌木丛也被我们检查了一遍，不过没什么收获。

　　在我们的右面是吉·克，看不见他的人，但是听见他先开了两枪后便对侦猎长说了些什么，然后又开了两枪。我和恩古伊在树荫里坐下，我从他手中接过两只鹧鸪，用手掂了掂重量，并赞叹了几句它们的肥美。拂面的微风从山上轻轻地吹来，我在心里祈祷玛丽好些了。这些鸟肉足够熬一锅好汤的，中餐和晚餐都可以享用。我们今天下午会去弄些食用肉和诱饵回来。如果没有诱饵，那么其他狮子就会自己去捕杀动物，所以准备诱饵是正确的。因为吉·克也想杀掉那头已经被确认为该杀的狮子，所以去给它打些诱饵还是可以接受的。不管怎样，如果我们不杀动物做诱饵，迟早它们也会是狮子的口中之物。这种方式还是可以使用的。我在想，在树下坐着，被清爽的风吹着，所有的事情都可以想明白。等吉·克来了之后，让他说说这些事。我用脱掉的衬衫擦了擦身上的汗，然后我的衬衫被恩古伊展开铺在灌木丛上晾晒起来。

　　我赤裸的前胸被微风抚摸着，我问恩古伊：自己的汗把衬衫弄湿了，按照风俗，是否允许把衬衫晾晒

在太阳底下。他说不。我告诉他说在马伊托地区这样
是不允许的，如果你把自己汗湿了的衬衫晾晒在太阳
底下，那么你身体里的汗水就会枯竭，就再也没有了。
这就是老一辈人的说法。他说不存在这种说法，也没
人信这套，因为那些老一辈的人连衬衫都没穿过，是
我说要把衬衫晒在太阳底下的。我们都知道这是不对
的。所以衬衫被他拿回来放在树荫底下等风吹干。我
们就坐在那里等其他猎手们回来。我们还听见很远的
地方传来两声枪响，恩古伊被我叫去车里拿一瓶一品
脱装的啤酒。他带了一瓶一夸脱装的塔斯克啤酒和三
瓶嘉士伯啤酒。我们没用杯子，只拿着酒瓶，一起喝
完了一瓶嘉士伯。

　　我、恩古伊、穆秀卡还有老爹的扛枪员喜欢在一
起喝啤酒。但我们在白人面前从不会这样喝酒。老爹
知道我们一起喝酒，只要不被他亲眼见到他就不会介
意。这是好兄弟之间必做的事情，又因为恩古伊和我
像亲兄弟一样，要再拿个杯子就显得生疏见外了。

　　我们终于看见吉·克和他的侦猎长从那个乱糟糟
的灌木丛里走了出来。恩古伊把酒瓶给了我，我举了
起来，一饮而尽。

　　吉·克浑身是汗，脸涨得通红。侦猎长的手中拎
着四只丰满的鸟。

"你们两个孤独的酒徒，打着什么东西了？"吉·克说。

"One brace[1]."

"美语里那是多少个？"

"一公一母。两个。"

"我们苦找了好一段时间，没发现一只。"

"那就是Pastrouve（没有找到），法语的猎物书上全都是。"

"还有啤酒剩下吗？"

"两瓶嘉士伯，你一瓶，其他人一瓶。"

侦猎长拿来了两个用湿袋子包裹着的瓶子，"把鸟儿拢紧裹在袋子里。来点啤酒吗？"

"不了，主人。"侦猎长一边说一边摇头。

"我通常都会分啤酒给恩古伊。也许这样做不好。"我说。

吉·克问："恩古伊，那你要来点啤酒吗？"

"也许要，主人先喝。"说完，恩古伊打开了两瓶啤酒，一瓶递给我，一瓶给吉·克。像第一瓶一样，我和恩古伊分着喝，我在瓶子上用大拇指做了个记号，记号以上的酒喝光了，就用我汗湿了的衬衫认真地擦

----

[1] One brace：（猎鸟等的）一对，一双。单数复数同。

拭了一下瓶嘴和瓶颈，递给了恩古伊。

他说："谢谢，主人。"

吉·克是个聪明人，当侦猎长和恩古伊走到猎车那边去整理那些鸟的时候，他说："你们两人在搞什么鬼？"

"我在你还是个十岁的孩子的时候，就已经和他的父亲在一起喝啤酒了。"

"我现在已经不是十岁的孩子了。"

"没错。我们正打算尽快为你办一个生日聚会呢。你射击的情况还好吗？"

"是的。但是它们掉落的地方全都是那些最难找的地方。"

"我们要开车回去了，看开一点点儿，看看玛丽小姐的状况，再为下次行动做做准备。"

回到宿营地，玛丽小姐好多了，但她还是有些不舒服，还是很虚弱。所以她的情绪不好也是情有可原的。她在非洲期间几乎可以说是一直没有什么坏脾气。自从在马加迪地区的无花果树旁宿营之后，我们从来没有吵过架。我在马加迪的时候总会打开短波收音机，一边收听世界职业棒球大赛，一边入睡。其实这件事情是足够让人气恼的，因为为了能在第二天天还没亮就精力充沛地起床去猎狮子，玛丽那时候很期望我们晚上可以好好休息，可玛丽却因为我躺着边收听广播边入睡而睡不着。有人，当然这个人就是我，狠狠心折断了那台收音机的天线，只为要跟一头狮子的关键约会，而狮子却爽约了。我在几周以后，发现又可以收听到世界职业棒球大赛的节目了。那是很有趣的经历。那一晚，我把帆布床挪到帐篷外面的空地上去睡觉。但是玛丽说留她一个人在帐篷里，就等于是任何野兽都可以跑进帐篷里随意摆布她了，她说的确实有道理。最后我们互相妥协达成一致意见，那就是我把帆布床放在帐篷外野兽进入帐篷的必经之路上，以拦截进入帐篷的野兽。

而那时在我们睡篷后面不远的地方就是厕所帐篷，那个地方有郁郁葱葱的树木，有一条通往厕所的小路是我们砍掉了杂草和树木后开辟出来的。有天早上，要去厕所方便的吉·克在这条路上被野兽追赶到一条由断崖上流淌下来的美丽的小河岸边，然后又被追了回来，由此我们体会到对野兽应该给予足够的尊重。从那以后，每次玛丽去厕所的时候，我都会陪着她去并走在她的前面，然后握着一杆大枪在厕所外面守着，最后再把她护送回帐篷，回到那棵高大的无花果树下的空地。

因为吉·克任务在身不得不离开，老爹也因为受疾病困扰不得不返回内罗毕休息一段时间，那之后有一段时间只剩下玛丽和我两个人成了最亲密的搭档，在没有运输工具的情况下在那个地方打猎，竟然把收音机都忘得一干二净了。我曾一度以为在马加迪我会被杀死，因为那是一个相当麻烦的地区。那里的植被在某种程度上来说覆盖得太过茂密了，那些有动物踪迹却隐藏在被匍匐植物缠绕的结实的灌木丛中的洞穴是没有人可以爬过的，举步维艰，凭借经验也无法出其不意地追到那些建造洞穴的动物。但是当只剩下我和玛丽狩猎的时候，我们就在那些让人舒服且适中的开阔之地狩猎。回到家总会有乏味之处，宿营地本身也糟透了，所以在我的价值观里世界职业棒球大赛或者吸引大量观众的体育运动的成败就占据了一定的位置。

一天，玛丽生我的气了，我知道我无论做什么正确的事情都无法弥补我一生所犯下的全部错误。最后的明确结论是：都是我自己的错误；缺乏礼貌；下命令的时候语速太快或者用词太粗俗；对一些品性良好且始终善良、温柔、可爱、彬彬有礼的老朋友缺少感激之心；总是忘记亲爱的老朋友的优点；他丢下的烟屁股总是会被他泼洒出来的烈酒浸湿；他醉眼蒙眬唠叨地讲过不少是非闲话，他污浊的呼吸，他明亮甜美的红眼睛，他因为酩酊大醉声名狼藉，他挂着唾沫的下巴，他记错的典故，他像个认错的猴子一样握着自己的两只小手，展示同性恋般的柔美。从来都是这样一个朋友，"我该写信给谁？我打算写给泰迪，我最要好的朋友。你介意不介意？"

你不介意或者假装不介意，然后等信写完以后你可能重新被纳入被欢迎成为人类的一员。最好是不要太肯定的，因为你可能还不会因为那些你在前妻面前犯下的大错而被谴责。这些大错在某种程度上可能已经被认为是已经成型的无法改变的事情，有的人会有不同的观点，而玛丽小姐是有权有妻子该有的想法的，某种程度上，如果没有赎罪至少可以用一些法规约束。但是事实并非如此。新鲜的充满活力的它们，就好像是早班邮件一样（如果曾经有早班邮件的话），就像第一次世界大战中的暴行一样，不会变得苍白也不会褪色，它们始终都和第一次用刺刀挑比利时婴儿时一样鲜活，不论你已经因为它们被判过多少次罪或被处罚过多少次。

所以我们之间在那些日子里便会出现这样的话："麻烦你把那本书递给我一下好吗？"这发生在当我想看一本书的时候。或者："因为你的疏忽和无能，宿营地基已经一点儿食用肉都没有了，你知道不知道？你的疏忽草率使每个人都在跟我抱怨。吉·克，我们有责任用肉喂养孩子们，难道不是吗？"或者："你从盒子里拿出了一些小信封对吗？没有吗？"

为了表示宿营地周围有这么一个人，这个状态会被我们孜孜不倦地精心维持下去。他对待自身职责是认真而不想草率粗心的；他频繁地去疟疾树旁边的绿色帐篷巡查，是真的。绿色帐篷搭建的时候是因为那里离树荫最近，最隐蔽，还远离树丛，帐篷和营房可得到遮挡，而不是故意为了染上疟疾。我因为玛丽生病感到很难受，在这个时候我不会责怪她脾气不好，但是除了在这里想事情，这个时候无事可做。所以远离她的视线就是最好的办法。我把椅子搬到了乱糟糟的帐篷里。因为在非洲在这样的正午，除了待在阴凉处是无处可去的。帐篷的门帘很重，微风轻轻吹着，凉爽舒适。现在沿着这条路走上去，翻过山梁，然后坐在辛先生的房间后面一边读书一边听着锯木厂传来的声音，就是最惬意的事。但是那样做就是擅离职守了。

终于我们开始吃午饭了。对待我们的客人，在餐桌上女主人相当的热情慷慨和周到，使得我这个丈夫觉得去营房吃饭会更加自在些。我希望和恩古伊去凯乌鲁山脉猎一只非洲旋角大羚羊。我想吃非洲旋角大羚羊肉了，他也是。但是我尝了完全没有加调料的汤，味道还不错，也肯定是有营养的。我和吉·克吃了一只鸟和一些土豆泥，还有一根从Shamba（耕地）拿来的玉米也被我吃了。我在营房那里看见了寡妇和黛巴，但是我没有出去跟她们打招呼。吉·克和我吃了一些他带来的奶酪。但是那铺陈在桌子上延伸到调味番茄酱里和奶酪上的芥末酱里的，仿佛就是我心中全部的罪恶，过去、现在和将来所形成的阴影，我已经接受自己那些实际发生的罪行，那些我已经犯下的罪行而不是被指控的罪行，而我永远不会为他们而感到后悔，因为我知道我可能会再犯。尽管那对我没什么影响。我不相信光天化日之下的那些是罪恶的，而今日的我不是太在意这些。我知道我们已经为玛丽的那头狮子做好了准备，她自己可能也已经准备好了。我还知道我不得不在今天下午在太阳下山以前去寻找并屠宰一些食用肉回来，同时再弄个狮子诱饵。吉·克必须写他的月报了。玛丽打算去帮他打字。

　　吃饭的时候，他们彼此之间表现出动人有礼的样子，我在想我是否该带着黛巴一起去打猎呢。在吃玉米的时候我就在思考这件事。但是因为我们必须带一个正统的伊斯兰教徒去弄肉，让黛巴跟着长辈们一起不太好，所以我否定了自己的想法。玛丽小姐在饭后回到她的帐篷里躺下,我去跟吉·克确认了一下他希望什么肉拿来食用、什么肉拿来做诱饵。然后我走出帐篷去了营房,我叫醒恩古伊并把出发的时间告诉他,还叫他带上恰罗帮助辨认伊斯兰教律法的合法猎物。黛巴和寡妇已经离开了,我回到帐篷,在阴凉处的椅子上坐下开始睡觉。

阿拉普·梅纳和那个想要学习打猎的打杂侍者在我们出发的时候也表示想去。吉·克在写他的报告,玛丽小姐在睡觉,我们大家都是静悄悄地离开的,去了远离狮子的地方。这是个精彩的下午,横跨在山上的只有一条淡淡的云带。山顶在旧的火山通道上的积雪看起来是有沟痕的。山高耸挺拔,厚厚的就像糖霜蛋糕的冰糖屑一样的积雪铺在山顶。这座山像是被施了魔法一样总是忽远忽近。

穆秀卡期待地问:"去Shamba(耕地)?"

我看着恰罗说:"不。"

恰罗笑着说:"Ndio(是)."他很友好,总是很善良有礼貌,完全合乎他的宗教信仰。

我说:"Hapana(不)."

他又笑着说道:"Mzuri(棒极了)."笑里带着他的宽厚、友善和全部的老交情。

"Hapana(不),Asantesana(谢谢你)."我说。

　　他摇了摇头笑了。我也笑了。一直以来，我们都是要好的朋友，而二十年过去了，我知道他从未放弃过游说我加入教会。我们已经一起定了一个斋月。

　　恩古伊想要继续打猎。打猎的时候他就像是一条猎犬，根本不会照顾女人。我们决定在通往凯乌鲁山的杂乱灌木丛中打猎，但后来却朝着大山走去，而不是凯乌鲁山。我们发现了斑马，在二十五码远的地方我和恩古伊绕着圈潜步跟踪斑马。我看中了一匹种马，它的条纹很宽，看起来像是新近模刻的一样清晰。我看着它，看到了它的下颚，它的头，看到了像是喷涂而成的黑色条纹在它的嘴部环绕着，然后看见它正在看着我的眼睛，它还是没有反应过来，我向后缓缓地划动了一下右手，让恩古伊注意，然后瞄准它的下颚，开枪射中。它在子弹的冲击力下微微地弹了一下，便头着地倒下了，它的脖子弯着顶着它的肩膀。等车开来以后，大家一起把它抬进车的后面，也就是诱饵了。

　　恩古伊和我都想要猎一只非洲旋角大羚羊，但没有看见旋角大羚羊的踪影。然后我们去了某块林中草地，那里远离狮子所在地。我在那里杀了一只吉·克说可以食肉的动物。一只头已经被打坏的老公羊被我拾起。我悄悄地跟踪着，恰罗跟着我，他用实弹射击，以免肉变质。恰罗在这个地方有时间按伊斯兰教教法宰杀猎物。我握着它的头，恰罗撕开了它的喉咙，头被弯向后面，打开了它的脊骨，然后恰罗看了看我，他的手迅速地垂了下来并摇了摇头。

于是我们不得不再去找其他食用肉，我终于发现了一头老的公角马。可我选择这个动物，遭到了所有人反对。于是它被我放弃了，最后我弄了一头年幼的肥胖公牛。因为恩古伊跪下去往后握住它脖子的时候它发出了哼哼声，恰罗也按伊斯兰教教法宰杀了它。

它很重，很难举起来，不过它还是被成功地举了起来滚进了车子后面。出的力气最多就是那个想要学习打猎的男孩。无论如何伊斯兰教徒是不愿意吃它的肉的，但可能是时代变坏了吧。我们加速开车回到了宿营地，因为把诱饵放出去还需要时间。我和恩古伊、穆秀卡坐在车子的前面，我们大笑的时候便会发出鼻子吸气的声音。这完全就是瓦卡姆巴人的笑声。除了考虑射击是否恰到好处这一个指标外，我不会把射杀非危险性猎物看成是一件困难的事情。按照古罗马占卜术，还是有些事情需要注意的。但是大多数时候，训练和射击时机的问题是唯一需要考虑的。

阿拉普·梅纳坐在后座上用他的胳膊环住我的脖

子，亲了我一下。那个就放在座位后面挂着的某个双管猎枪子弹袋里面的吉妮酒壶，已经被他打开了。

"Shaitani（着魔了）."阿拉普·梅纳说完，坐回座位，摆出一个直立的军士姿势开始睡觉。

恰罗把吉妮酒壶递给了恩古伊。恩古伊转给了我，我全部倒了出来放在手上，然后开始擦拭阿拉普·梅纳刚才亲过的地方。这是个不错的瓦卡姆巴式笑话，让大家别见怪。我们回到了宿营地，把车停在了营房那里。

黑帝因为有肉了而感到高兴，我看到吉·克还在写他的报告，他把他的人派去外面处理诱饵。

玛丽的情况让吉·克感到担心，我们一致认为她可能得了痢疾并感染上肉毒胺了。

我去看望了她，她问我们有没有弄到食用肉，我说弄到了。她又问是什么肉，我告诉了她。

"你射击得还好吗？"

"还行吧。"

"你可以说些狂热言论，我愿意听。"

"我已经出去为营地的人打了肉回来。就这些。"

"那么你有了精彩射击，难道大家都不高兴，不兴奋，不激动吗？为什么谈这么少？"

"他们没提。阿拉普·梅纳吻了我。"

"那我猜你会和他一醉方休了？"

"事实上不会。他是找到了吉妮酒壶。"

"那我猜你自己也会喝个痛快？"

"不。确定不。"

"但你一定会的。"

"也许你说对了。"

"吉·克还没有把他的报告拿来给我打字。"

"他是个狗娘养的。这营地里到处都是这样的人。你发烧了吗？"我说。

"没有。我只是很不舒服，发抖得厉害。"

"现在你感觉明早可以出去吗？"

"不管什么感觉早晨我都要出去。"

走出玛丽的帐篷我去找吉·克，他还坐在帐篷门帘下面写着报告。我没有接近他，因为我们有一个完全尊重别人隐私的原则。

"该死的。咱们喝杯酒一起看日落吧。你们正在帐篷里做什么？"他说。

"我在给玛丽小姐鼓劲儿。但是她一点儿都没接受。"

"可怜的姑娘。"

"我想她明天会抓到那个浑蛋的。"

"为什么叫它浑蛋？"

"出于友善。"

"明天她打算出去？"

"一定去。"

"太棒了。可爱的玛丽小姐。"吉·克说。

就这样，第二天玛丽小姐杀了她的狮子。

第十七章

　　玛丽猎狮子的那天天气不错。那天唯一让人快乐的也许就是这一点了。在夜里很多白花绽放了，所以当曙光初现时，所有的草上边都好像是覆盖了一层新下的雪一样，纷纷在穿过薄雾散下来的月光中沐浴。玛丽在天还没有完全亮时就早早地收拾好了她的衣服。她把外套的右手袖子那边卷了起来，她详详细细地检查了一下.256口径曼利彻尔步枪里的子弹。她说她直觉不是很舒服，我相信她说的是真心话。我和吉・克跟她打招呼，她也就是简单地答应了一声，我们都提醒自己抑制住不开玩笑。我知道玛丽对吉・克有什么是不满意的。可是玛丽肯定不会中意他那种在正规的十分严峻的工作面前仍旧不是很专心致志的样子。她对我发发脾气是有好处的，我觉得。她心情不好的时候就会更狠一点儿。这一点与我的最后针对她的也是最值得骄傲的结论完全契合：她不能轻易打死任何猎物，她太善良了。有的人开枪的速度特别快，可是不带一点儿慌乱，还有足够的时间像个外科大夫动第一刀时那般仔细地装好每一颗子弹；还有的人射击很规矩，这种人一般情况下会百发百中，除非发生了意外的情况阻碍了他们的射击；有的人开枪的时候很自由。玛丽那天清晨看上去对出去游猎充满了坚定的信心，一切对待生活不够严谨的人都被她所鄙视，即使身体状况不好——要是没有打中，这就是她最好的借口——也拥有一股顽固、专注、信心十足的狠心。这是一种不同的崭新的态度。我想这样也不错。

我们在猎车旁边等天亮之后就立即出发，大家都很冷峻、正经。恩古伊每天早晨时的脾气都不好，所以他不仅冷峻正经，还一脸的怒色。恰罗就像是一位要去参加葬礼却对死者没什么感情的人，能稍稍轻松一些，不过也很严肃。穆秀卡像平时一样高高兴兴的，耳聋听不见，就用他敏锐的眼睛寻找黑暗里的第一丝亮光。

我们都是猎手，而这时候正是打猎这件神圣的事情的开始。打猎经常被传说得很玄妙，而其实它也许比宗教都要古板些。有些人可以被称为是猎手，但有些人就不可以。玛丽虽说是一名勇气可嘉的心善的猎手，可是她开始打猎时年龄已经不小，做这一行的时间还是太短，很多打猎过程中的事情都让她大开眼界，让她有那种小猫变成大猫后第一次发情的那种感觉。一切得到的新知识和感觉到的新改变都被她归为是我们晓得而其他人未必知道的东西。

看着玛丽经历了这一切改变，又目睹几个月来她即使再难也不害怕，而用这么严厉而顽固的态度猎杀一头狮子，我们四个觉得自己就像是一名经验不足的斗牛士的一帮助手一样。只要那个斗牛士态度端正，助手也会严谨起来。助手们很了解斗牛士的焦虑和担心，助手们也会得到不同方式的回馈。很多时候大家都曾经对斗牛士丧失了信心，不过好在后来信心都一样样地恢复了。当我们有的人在车周围来回走动，有的人往车里一坐，等待光线足够清晰的时候出发时，我身上确实拥有了一种很强烈的斗牛比赛开始前的感觉。

大家拥有和我们的斗牛士一样严厉的表情，对斗牛士有一种跟平常不一样的爱使我们这样。现在我们的斗牛士身体状况并不是很好，因此我们就更需要去爱护她、帮助她，使她做任何事情都可以顺利一些。睡意在我们坐着或者靠着的时候渐渐散去，同猎手一样，我们感到心情激动。最幸福的人可能是猎手吧，他们的每一天都是充满了未知新鲜的一天，而这时候的玛丽也同样是一名猎手。她给自己布置了这样的任务，以绝对纯正和完美的手法猎杀一头狮子。老爹将她当作关门弟子，亲自指导，使得她猎杀狮子的方法可以不普通，但是必须要理想。最后老爹在玛丽身上发现了一种在女性身上有挑战性的好斗精神，发现她这个猎手充满了善心而又爆发力十足，也许唯一的缺点只是不知道子弹会飞到哪里去而已。这种观念老爹传给她之后，自己就必须离开了。现在玛丽已经完全拥有了那种观念，可惜身边仅仅剩下我和吉·克，而我们两个谁都不如老爹那么值得信服。就是这种情形下，玛丽再次踏上了她终于不会一直往后推迟的"斗牛"征途。

穆秀卡冲我点点头，示意光线已经足够打猎，我们于是就出发，穿过昨天还是绿绿的一片，而今天却开遍白花的田野。当我们的车开到跟森林平行的地方的时候，左边呈现出一片枯黄的高高的草丛，穆秀卡悄悄地停下车把头转回去，没有说任何话，我发现了他脸颊上那个箭头形状的痕迹和其他一些旧伤痕。我顺着他的视线看过去。正往我这边走过来的是那头巨大的黑鬣狮，身子庞大，隐约在枯黄的草丛之上只有那巨大的头部。

我小声对吉·克说："你觉得咱们慢慢回营地怎

么样？”

他也小声回答："我同意。"

狮子在我们正说话的时候已经转过身子往森林跑去了，影子不一会儿就消失了，只剩下那高高的草在晃来晃去。

一场一触即发的斗牛战争又一次在玛丽严阵以待的情况下取消了。我们回到营地吃早饭的时候，她意识到了我们这么做的缘故，并且赞同这个决定。但我们成了最不讨好的人。再说现在狮子最后犯错什么的已经没有什么意义了。我和吉·克都肯定可以打中它。晚上它没有再吃什么，所以早晨肯定要出来寻找食物。它现在又折回去了。它肯定会饿着肚子睡上一会儿，如果没什么人打搅，在傍晚的时候它应该会再出来找吃的。这些只是假设。万一它到时候不想出来，第二天无论如何吉·克都得离开了，又剩下我和玛丽两人去猎狮子了。可是狮子自己的规律已经打乱了，犯了一个比较严重的错误，我也可以不再担心打不中它。要是吉·克不在，只剩玛丽跟我去猎杀这头狮子，也许我会更高兴点儿，可是我也喜欢和吉·克一起打猎，况且我也不至于愚笨地希望我和玛丽单独一块儿的时候出一点儿差错。对可能会发生的情况吉·克说得太详细了。玛丽一定会瞄准她希望的那个部位，然后狮

子将会跟我曾经无数次见到的动物倒下的样子一样倒
在地上，接着就变成了一头死狮子。假如狮子倒地了
却没有死透，我就再给它两枪，这事儿不能再简单了。
就这样，玛丽杀死了属于她的狮子，并因为这个满心
欢喜，她会清楚我仅仅喂了它一点儿盘提拉药[1]，她
会永远地爱着我，阿门。这种美妙的错觉我总会有。
已经到了第六个月，我们一直在期盼这个时间。

　　童子军的头儿是吉·克，阿拉普·梅纳走了出去，
捎回了口信。我曾想和吉·克一起出去，但是我们一
致认为：太多的白人围着一头漂亮的狮子，臭气熏天
地站在一起，这是很不值得的。有些人说狮子没有嗅
觉，这些人肯定弄错了。我们坐在一起，开着玩笑，
讨论着购物的事情。吉·克转而去写他的报告。我走
过去看看玛丽小姐，但她感觉不舒服，不喜欢有人陪
着，我又回到人群中，和厨子聊聊各种闲事，和黑帝
说说话。黑帝听到狮子在夜里吼叫，是在森林的方向。
他还听到其他的狮子追赶着，跑去了北边。他认为是
跑去了盐碱地。黑帝说他肯定现在我们能捕猎到大狮
子。我告诉他我的药物也是这样暗示我的。而且，我
希望在今天下午，或今天晚上玛丽小姐就能射杀这头

---

[1]这里指海明威在狮子的诱饵中下了很轻的毒药。

狮子。黑帝什么也没说，笑了笑。过了一会儿，他说：
"好极了。"

　　除了穆文迪，每个起得早的人都已经睡了。他还
在熨烫刚洗的游猎衬衣和裤子。看起来他有点垂头丧
气，我看还是不要跟他讲话的好。所以我检查了一下
用来吃的肉，然后就走回乱糟糟的帐篷里看书，书的
作者是一个曾经非常英勇的间谍头领，他非常桀骜不
驯，也非常幸运，书里全是假装的痛苦和谦虚。你在
那个年头可以做各个国家的间谍、非洲冒险者、茅茅
党的发言人，也可以选择做攀高者、潜水兵、前皇家
空军、逃兵什么的。这本书非常不错，那时他还是陆
军上校，飞行员林德伯格让他看到了人类以及大西洋
上空危险、奇特又有趣的地方。就写书来说，那不是
太糟糕的年头。除非是关于那些反面角色的，生活得
快乐或不快乐，那些得了心脏病或者在英国被警察逮
捕的人，还有那些美国大学里的教授和讲师，最后都
被各种委员会打击。输得囊中空空的查波斯，还有一
个正在聚众时遭受袭击的叫麦卡锡的人，某位领导也
露面了，不知是支持还是反对一个叫西斯的人，难以
断定。不过，作为我们读者，没有谁会太关心什么西斯、
麦卡锡和查波斯。很难想象他们在那片领地里是什么
样子。虚构部分几乎没有什么价值。

就在这时候，一辆我们从没见过的全新型号又快又大的巡逻车穿过那个神奇的田野，一个月前那里覆盖满了尘土，一周前到处都是泥浆，现在则全都撒满了白花的田野，最后驶进了营地。开车的是一名中等个子、脸红红的汉子，身上穿着一件褪色的肯尼亚警官的那种卡其色制服。这么狂奔过来使他满面尘土，只有眼角的微笑皱纹看不见有什么灰尘。

他走进吃饭的帐篷，一边摘下他的帽子一边问道："有谁在帐篷里吗？"透过帐篷朝大山方向开口的地方，挂着一条麦斯林纱做成的帘子，我看到那警车正开过来。

"大家都在这儿。你还好吗，哈里先生？"我说。

"我很好。"

"我给你找点喝的东西，坐下来。你能够在这里过夜吧？"

他坐下来伸了伸腿，像只猫一样可爱，然后转动了一下肩膀。

"今天我不打算喝什么。这个时间一般来说都不喝酒的。"

"那你想喝什么？"

"要不要咱们喝瓶啤酒？"

我打开了酒瓶子，倒出一些酒，举起杯时，我发现已经慢慢放松下来的他，用他那双疲惫的眼睛对我微笑了一下。

"让他们把你的东西放在帕特的帐篷里面去吧，就是现在空着的那个绿颜色的帐篷。"

"帕特的妻子怎么样？"

"她很好。他自己发过一阵烧。非常感谢你处理了那些症状。"

"很遗憾他没有跟你留在这儿，他离开之后，你们过得还好吗？"

"很好。我是不是该叫人把你的车开来？"

"稍后再说，我们可以一起待一夜。你们怎么样？"

"玛丽正在追猎一头非常狂躁的狮子。它为非作歹很久了，村里人都这么说。"

"它怎么个为非作歹了？那些人就是事多。"哈里说。

"咬死牲畜。"

"牲畜就是钱啊。但他们又舍不得花钱。不关我的事，你和公爵的事，首先是公爵的事，再是你的事。公爵怎么样了？"哈里说。

"他很好。现在该做完了吧。"

"他下到花园里往公厕走去了，我想我看见了。"

"我希望他没有发现什么。"

"为什么？女主人病了？"

"不是太好。"

"很遗憾，你呢？"

"很好。"

"就是这样的。这些花朵都很漂亮是不是？我希望女主人能够看到它们。"他说完，杯子又被我倒满了。

哈里·邓恩十分害羞，心地十分善良，工作勤勤恳恳，做事很有决心。他特别喜欢并且十分理解非洲人，只是在这个区域受雇维持纪律和传达上级的命令。他既很粗暴又有点温柔，不愤世嫉俗，不愚蠢，没有什么多愁善感，更没有什么报复的心理。在这个国家里别人都牢记仇恨，而他却不会埋怨这些，我也没见过他为了什么事情而纠结万分。在一个滋生腐败、扩展仇恨、宽容狂暴而极度愤慨的年代里，他工作的目的从不是升职，因为他明白自己工作的真正价值。他执行着约束的法律，每天的工作量都超出正常人所能忍耐的极限。有一次他被玛丽比作一座会活动的碉堡。

今天，他是一座疲惫的碉堡。我想起了第一次见到他的情景。那是一个晚上，天很黑，他坐在摩托车上，在我看来只是一个影子。他没有回答问询，那时已经戒严了，吉·克就命令我说："对摩托车上的那个人开枪。"我瞄准了他，扣住了扳机，又朝他问了一次话，以免出错，结果发现是哈里和三个新茅茅党人。对此他没有自夸，而是夸赞吉·克的办事效率。但是，面对着一把十二码的距离内的来复枪而勉强开口却完全平静的人，我所知道的人中，他是唯一一个。

我知道那天他损失了一位兄弟，他们之间有着就像我和恩古伊一样的感情。那位警员就在前一周被砍成了几块，手脚都被砍断了。对此我们都闭口不提，因为谈论我们深爱之人的死亡绝无益处，而不是因为什么禁忌约束说不出口。要是想实际地获取什么消息，他自然会聊到这上面去。到那时，就是他和兄弟的正义之时。

"山上的那个孩子是怎么回事？"

"没用了。也许没希望了。"我说。

"他发烧很严重。所以你没再去看他吧。"

"很抱歉，我会上山去看他的。"

"不急。他大概是第一次生病，发烧一阵一阵的。上山时你顺便去看看就行了。我听说在那儿你交了不少朋友。"

"我认识的人不多。一个朋友。"

"你会偏袒你的朋友吗？"

"不会。只要成了朋友，我就会想看到他干正经事。那些坏小子可能在某个地方聚头。"我说。

"我们都不是大傻瓜。不要担心他了。"

"我是一个大傻瓜。"

"还不至于，我不这样觉得。我会让你用足够的时间去明白。你在这儿过得还开心吗？"

"很开心。"

"我也听说了。那个在圣婴耶稣出生日前猎杀一只豹子是什么情况？"

"打豹子是由于要写那个杂志里的图片新闻，九月份的时候我们正在准备那个杂志的照片素材。这是你结识我之前的事情。我在那时候是个摄影师，拍摄了上千张的照片。在他们选择的照片上我给写上些解释的文字然后变成短篇文章。照片里有一张挺不错的豹子的照片，我射中了它，不过可惜它不是我的。"

"这又是什么情况？"

"那时候我们正在尤阿索涅里的另外一边，在比马加迪还稍微远点的峭壁下方那儿，追踪一头很机灵的大狮子。"

"我不怎么熟悉那地方。"

"我们尝试走近那头狮子，我的这个好友爬上了一座比较低的石山，往前看狮子是否会出来。因为我跟我的朋友曾经都杀死过狮子，狮子必须留给玛丽。因此，在我们听见枪声，接着又看到一个吼叫着倒在地上的东西的时候，我们都不大清楚发生了什么情况。最后发现原来是一只豹子，在豹子倒下来的时候荡了起来一团团的土，估计是地上尘土太厚。谁也不晓得会从那里出来那么一团，豹子不停地吼叫着。我的朋友马伊托就从石山上朝着豹子射击了两枪，我也往那团尘土移动的中心开了一枪，接着我弯下腰移动到右边，它肯定会从那个方向冲出来的。然后它从那团尘土中把头露出来了一下，不过仍然在叫，我抓住这个机会击中了它的脖子，最后那尘土才完全平息下来。给人的感觉就像是以前在偏远西部的那种酒馆外尘土飞扬的空地上发生的枪战。差别就是豹子手里没有枪，可是距离这么近，况且它情绪又那么暴躁，随时有可能伤人。摄影师拍到了很多马伊托与豹子、大家与豹子还有我和豹子在一块儿的照片。豹子应该是马伊托的战利品，毕竟是他首先射中了豹子，并且最终又再次击中。但是我和豹子的那张照片是拍摄角度最好的，杂志社想采用，我说不行，除非我自己猎杀到一只神气的豹子。但是到现在为止我已经失败三次了。"

"你的原则这么强是我从没有想到的。"

"就是这么严峻，很不幸，这也一样是法律。打到一枪就会追逐到底。"

"要是我完全不理解公爵和你的行为，也完全没事？"

"要是你理解了我觉得才是怪事。你去问问公爵，哈里，看他是否完全理解自己的行为？"

"你也不理解他？"

"当然了，对我来说，他的道德准绳太复杂了。"

"天哪，看来我们都不安全。也许我们应该再喝一杯啤酒。不过你是作家啊，作家应该理解很多事的。这就是他们要在作品里表达的东西。"哈里说。

"哈里，非洲太复杂了。"

"你知道。我偶尔会冒出这个想法，也许只是刚好瞎猫抓到死耗子，你却很好地表达了出来，很明确。"他说。

就在这时吉·克进来了。那一副凯旋的样子，一看就知道他完成了月度报告。他穿着一套新洗干净的明显已经熨烫过的衣服，出现在大家面前，漂漂亮亮的。他的脸看起来很成熟但又带着少年的莽撞。

"这位来访的警官提到的那位叫作公爵的人是谁啊？他进入这个区域有没有得到允许啊？"

我跟哈里说："偷听贼。"

"我带了刽子手过来，他和卡车在外面。你介意我让他来一起吃午饭吗？"哈里说。

"你在这儿还真有一个刽子手？"吉·克边为自

己倒了一杯塔斯克啤酒边问。

"没有。他在路上抛锚了。"哈里说。

"最近这里的这位将军处决了几只狒狒。将军，我们吃中饭的时候，是不是可以分几只狒狒来给这位警官添点乐子呢？"

"盛情难却，我会分几只出来的。叫狒狒管理员来。"我说。

"狒狒管理员！"吉·克连叫了几声。最后还围着绿色围裙，笑嘻嘻的恩古伊来了。虽然不明白"狒狒管理员"是什么，但至少听起来就知道是一个好笑话。他在快乐着我们的快乐。

哈里说："我要坚持喝啤酒。"

"那就怠慢了我和将军。我们不知道什么时候自己会干出一些意想不到的事来。你感觉到今天不可能了吗？将军？"吉·克说。

"完全的还是部分的？"

"要绝对的不可能，我们都不是胆小鬼。"吉·克说。

"我很高兴终于有些事是你不可能的了。那现在听我说完，公爵，将军口口声声说非洲非常复杂，你知道那是什么意思吗？"哈里说。

"你可以用官方保密法令试试他。"

"非洲很辽阔。神秘莫测。"我说。

"你看到了吧？他是一个危险分子。幸好有一个忠诚的妻子，在最后时刻会让他觉醒。"吉·克说。

"他的新信仰把你搞糊涂了吧？"

"没有。我甚至连听都不想听。"吉·克说。

"他怀疑造物主的力量。哈里，你信吗？"我说。

"很好奇他还没变成盐柱。[1]"

"我想过变他的，但我又怕你用巫术法则来试我。"

"不要担心。随你高兴，哪天变他都行。有可能会变得不好，只要能再把盐变回来就行了，我会监督你变到位的。"

"今天将军预测了玛丽小姐那头狮子的一个奇迹。他一半的伙计现在都在向造物主祷告。剩下的一半很沮丧。餐饮帐篷外那边还有一只公鸡，也被掺和进了宗教，连它都很沮丧。"吉·克高兴地说。

"那只公鸡也是宗教的一部分？"

"只是一种可爱的风俗。"

吉·克说："教它打鸣三次可能不是个坏主意。"

"你就放过我们的宗教吧，不要愚弄它。任何好

---

[1]《圣经》里的典故，只因为留恋而回望得到的惩罚。这里指吉·克其实很留恋非洲。

宗教在一开始时都会有一点儿野蛮的。"

"只要不指名道姓就行了。不幸的是玛丽小姐感觉不适，她会来吃午饭吗？"哈里说。

我说："我去看看她。"我想他和吉·克大概想谈正事了，要是我不在的话会更好。关于宗教的笑话不错，粗野又愉快，只是把公鸡牵扯进来后就有点接近本质问题了。我不认为吉·克真的认为它有点边缘化，但我们经常开很粗野的玩笑，我不想玩笑之语伤害到彼此，特别是在像今天这样的日子。我有许多不祥的预感还没有验证。但从来我没想过，会有一天像今天这样，比今天更难过。

侦猎长和阿拉普·梅纳传回来信息说距离我们很远的沼泽地附近还有那头幼狮在猎杀食物。诱饵只是被鬣狗扒过，略微露出了一点点，还没被找出来。两名侦猎员已经很小心地将它们掩盖好了。狮子一定会被吸引过来的，因为很多兀鹫已经停在诱饵四周的树上，而那些兀鹫就没办法得到被当成诱饵的斑马尸体了。它们飞得那么高，肯定会把狮子吸引过来。晚上它没有猎食物，也没有吃什么，既然它没有受到什么惊吓，也没有感到饿，我们几乎完全肯定在傍晚的时候可以看到它。这是一个好消息。但我的担忧来自其他事。

"亲爱的，你感觉怎么样？"我问玛丽。

"对不起，大猫。我真的感到很糟糕，但我可以撑着去吃午饭。"她说。

"天气很好，今天那头狮子极有可能会出来。"

"我知道，这才是最糟糕的。我会沿着那条路走出去。花儿那么漂亮，大山那么好看，可我就是感觉很坏，感到这么糟糕。"

"那利眠宁有用吗？"

"吞下去后我想吐。我觉得没什么用。你和哈里玩得开心吗？"

"嗯，不过我希望你好一点儿。"

"我不好。我的狮子也要出来见我了，这天高气爽的，我却彻底病了。这不公平啊。"她说。

"确实不公平。"

"我该吃什么呢？"

"我看去准备土豆泥加卤肉汁，还有一些清淡的汤，再来一些干面包。"

我回去跟厨子交代了食物的事，然后围着用餐帐篷绕了个大弯，来到帐篷前面的井边，这样任何关于那两位警察的事我都不会听到了。我看见他们正在严肃地交谈着，所以我站在大树下用力地向他们挥手，表示已在听力范围之外。我坐在一把营地椅子上，看着远处白色的原野和一丛一丛孤岛般的灌木丛以及灌木丛之间的绿树。稍后，吉·克想让我知道的内容他就会告诉我，我比较喜欢这种方式。本来我们的身份就有足够多的问题了，不用再弄复杂。我很少幻想，没有野心。就像这儿所有的工作，你如果做好了分内之事，你就可能得到一些奖赏，赏你做其他更多的工作，你就会从喜欢你的人们那里得到许多好处和一定的特权。但一旦什么事被你搞砸了，你就会没有了自我行动权，并遭受到你不想要的干涉。这是一个游戏规则，亘古不变，我丝毫都不介意。总是会有一些人非常讨厌你，有些人非常喜欢你，甚至比讨厌的程度更深。我在这种游戏里已经玩了很久，已经学会不动声色地面对那些背后捅你一刀的人。所以我现在坐在树荫下，想着自己对哈里和吉·克感情到底有多深。对他们所谈之事我不好奇，我最后会知道的，而且可能要不了多久。我知道他们都不会在背后捅我一刀，我相信他们甚于我自己。我心里很清楚谁会那样做。不过看起来计划还不会那么快就推进，也有可能是我的臆断而已。想到这里，我便离开了椅子。

他们的谈话已经结束了。

"我要去洗把脸。"哈里站起来笑着说。

"你可以洗个澡。水多得是。"我说。

"不了，等晚上再好好洗洗，洗澡，洗脸。"

"你没必要躲得那么远的。"哈里走后，吉·克跟我说。

我说："哦，算了吧。"

"我会告诉你情报的，哈里要求的。我们刚才在谈论人品问题。"

"我可不想要什么情报，除非是不管你在不在这儿，都要我去做的。"

"你在害怕什么？别那么欠抽的样子。"

"吉·克，我没有，我是担心玛丽的身体问题，我最害怕的是她不好。"

吉·克说："我们大家都是。"

"唯一一个有权利这样做的人，是哈里。你今天这样做是不对的。"

"我不觉得这有什么可争论的。"

"吉·克，对不起。"

"哈里·邓恩哪去了？"这时玛丽走了进来，对我们点了点头说。

"玛丽小姐，他去洗脸了。我俩都在这儿。"吉·克解释说。

她说："那我知道了。"我走到餐柜旁，拿出一瓶鸡尾酒，从帆布水袋的细长口往酒里倒了一点儿凉水进去。我拾起一份两个星期前从伦敦快递过来的《今日快讯》，然后走出帐篷，坐在树下的椅子上。我心想，他妈的，半个小时前她还很友善，然后我们做了什么？也许等哈里回来时她就高兴了。他也什么都没做。

　　终于我们吃完了午餐，玛丽很开心，对我们也十分和善。她甚至一遍遍问我需不需要来点冻肉，我记得。我回答说谢谢，不用，我已经吃得很多了。她就说这对我是有益处的，喝酒喝很多的话都需要吃点菜，不管是什么人。这是一个很早就存在的哲理，而且是我们都读过的一期《读者文摘》里一篇报道里的基本观点。现在那期《读者文摘》已经沦落在了厕所里。我对她说我已经决定参加竞选，以一个真正的酒鬼的身份，对选民们保证做到毫无欺瞒。要是传言是真的，丘吉尔喝的那些酒可是我的两倍，而他最近才获得诺贝尔文学奖。我之所以想要逐渐增加我喝酒的强度，就是想在我获得诺贝尔奖的时候，喝过的酒就不至于太稀少。又有谁能保证我得不了诺贝尔奖呢[1]？

　　吉·克说我获得的奖跟诺贝尔奖一样好，为这个奖我应该去拼搏一下，就算仅仅是为了吹牛也是好的，

---

[1]海明威在1954年获得了诺贝尔文学奖。吉·克接下来所说的奖指的是海明威1953年所获得的普利策文学奖。

反正丘吉尔很大程度上是得益于他的口才而获得这个奖的。吉·克说他自己并没有按照应该做的那般去密切地关注这个奖项，可是他觉得我凭借我的宗教题材的作品还有我对土著的那些关怀很可能获得这个奖。玛丽的意思是，我有可能凭借我的写作水平获得这个奖，她要是我就会偶尔尝试写一些内容。我对这句话感动万分，所以我说只要她打完狮子，我就什么也不管了，天天写作使她快乐。她说哪怕我写上一点点儿东西，她也会高兴万分的。吉·克问我有没有打算写一些有关非洲神秘的地方的作品，如果我需要用斯瓦希里语写的话，他能给我找来一本有关当地斯瓦希里语的书，对我会有很大帮助。玛丽告诉他说已有这本书了，不过就算有这本书，她还是觉得我没有办法用英语写得很好。我觉得自己可以抄写那本书的部分内容以方便学会当地的语言。可是玛丽说用斯瓦希里语我都不能正确地写出一句话，连一句都不能，这话一点儿都不错。我悲伤地赞同她的话。

"老爹说得那么棒，吉·克也可以，你真是个例外。我真搞不清楚为什么会有人把一种语言说得跟你似的这么糟。"

我想说明的是，很多年前，曾有阵子我的斯瓦希里语好像就快要说得相当不错了。可是像个笨蛋一样的我改变了继续在非洲住下去的主意转而回到了美国，结果导致我对非洲的思念之情只能用各种途径来消解。西班牙内战在我还没有获得机会回去的时候发生了，我又被卷入那场对世界都有影响的战争中，无论如何，参加了那么长的时间，最后才终于回到了非洲。可以回来是很不简单的，毕竟要挣脱各种责任和义务交织而成的锁链是那么困难，这个锁链看起来像张蜘蛛网似的轻盈，实际上人却被它像钢铁链条那样牢牢锁死。这些事情我已经思考很长一段时间了，关于我们作家在这个国家是怎样被剥削的低廉劳动力，我们还不知道能不能挣到钱，就要提前交税。这种立场和观点也许站不住脚，但如果阐述充分的话，就会让所有的午餐扫兴，而我们都在努力救场。所以，我没有自我辩护，没有说什么严肃的话，只是承认所有语言我都学得很差劲。在吉·克和哈里看来，这也许是谦逊，可能还会让玛丽小姐高兴，但我知道这是说谎。我所想的是，当你在玛丽、吉·克以及哈里那个年纪时，学习另一种语言是多么易如反掌的事，而到了我这个年纪，又是多么的难如登天。在你面前摆着两种语言时，一种在你的脑海当中已经深深嵌入，你很容易用这种语言去思考，有语法错误也没事。特别是你疲倦的时候。吉·克和玛丽小姐都是语法偏执狂，而在其他许多事情上我也很偏执。哈里对什么事情都不偏执。他知道，生活就已经足够艰难了，不用玩奇怪规则下的复杂游戏来增加难度。那些玩特殊游戏的人就是偏执狂，比如说打室内网球的人。

他们现在都玩得很开心了，相互开着玩笑，说着笑话，而我很少说笑，只是小心翼翼地表现出十分谨慎并且有点悔恨的心情，渴望能赢得玛丽的喜爱，让她保持快乐，方便对付很有可能出现的狮子。在喝布尔沃干果汁时，我感觉这种饮料十分美味。现在我们喝的这部分是吉·克从卡吉亚多的店里带来的，提神醒脑，口味清爽，一点儿也不影响打猎。布尔沃是按照夸脱卖的，瓶口上面有螺旋纹，以往我晚上醒的时候我就用这种果汁来代替水。以前玛丽那位心善的表姐妹送给过我们两只精巧的四方形枕头，麻布做的枕套里面塞满了香脂棒。睡觉的时候那只枕头总被我往脖子下一垫，侧身睡觉的时候耳朵就枕在上边。那只枕头有一种我小时候很熟悉的密歇根的味道，真渴望旅行途中可以有一个沁香的拿草编织的小篮子来盛这只枕头，夜晚就在蚊帐下方吊着那篮子。布尔沃干果汁也有密歇根的味道。那家果汁坊我一直没有忘记，那扇从来不加锁的门，仅仅装上一根木头销子一个搭扣；我也没有忘记那些压榨苹果时用的袋子散发的清香气味，那些使用之后的袋子就被铺开晒干，然后又被铺到深深的盆子里，苹果被人们驱赶着马车送到这里榨汁之后，人们就会将本该给果汁坊的那一份留在盆里。在苹果汁坊的大坝下面有一个深深的潭，坝上飞溅下的水在潭里转了一圈，接着返回坝下。要是你在潭边耐着性子垂钓一会儿，就一定会捉到鳟鱼。每钓一条，我就会将鱼杀死并放在树下面柳条做的大鱼篓里，并在鱼身上覆盖上蕨树叶子，接着就走进果汁坊，取下墙壁上在果汁盆子上边挂着的铁皮杯子，打开盆上沉重的粗麻布的盖子，取出一杯苹果酒喝上一口。现在我们喝的苹果酒，特别是那枕头，使我想起了密歇根。

　　穆秀卡、恩古伊，还有我们另外一个曾帮老爹扛枪的兄弟，是喝啤酒的男人，他们都不喜欢苹果酒。不过他们都觉得那枕头的气味很好闻，有一次枪被恩古伊清理干净后带回来时，我在帐篷里让他闻了。绣在枕头上的不同的树图案我也让他看了，一棵树是男人的，一棵树是女人的。树的不同之处所代表着我的部落和玛丽的部落之间的区别。后来恩古伊问我，我的枕头其他两个兄弟是不是也能闻闻。在我的枕头上有一棵用黑色和绿色的羊毛线绣的一棵正儿八经的印第安松树，在玛丽小姐的枕头上有一棵用绿色和棕色的羊毛线绣的香脂树。棕色的是松枝，绿色的是松叶。我的松树旁有一棵绿色的棉桃，但玛丽小姐的没有。他们注意到了。自然他们没有摸玛丽的枕头，但在我将我的枕头递给他们后，他们就像在教堂里一样虔诚，小心翼翼地拿着，深深地闻着它的气味。他们部落的宗教也是在一棵树下创立的。

坐在吃饭的桌子旁时，我很开心看到玛丽的身体正在恢复。我盼望狮子能在傍晚的时候出现，那它就能被玛丽打得死翘翘了，从此以后就永远高兴了。然后我们也会从此放松，用自己的方式找到自己的乐趣。狮子的事过后，我们又可以开始寻乐子了。这片区域至少有三只猎豹，甚至更多，我知道。我要是智取的话，肯定能逮到一只。如果不想费心思的话，我可以下到马加迪郊外的无花果树营地那边去，我知道那里被一只猎豹当作自己的领地。我计划带恩古伊和老爹的扛枪手去，或许，我们在那儿逮到了豹子后当日就回而不需要扎营。如果在那儿能多逗留一天，我就有十分的把握能猎杀它了。但是"如果"二字在非洲不是一句好话，虽然大多数话都是这样起头的。

我们吃完了中午饭，大家都兴高采烈的，说要先去打个盹儿。在出发去找狮子时，我才会叫醒玛丽。

第十八章

　　玛丽差不多是刚上帆布床时就睡着了。帐篷后面的部分是被打开撑起的，一阵凉凉的微风从山的远方穿过帐篷吹了过来。我们常常是正对着帐篷的门缝睡的。我现在把枕头放在床的另一边并对折了一下，将那个香脂枕往脖子下面一垫，脱了靴子和长裤，靠着背后充足的光线读书。我阅读的是一本吉拉尔德·汉利写的非常不错的书，他的另外一本书名叫《夕阳西下时的领事》也是本好书。这本书是关于一头无恶不作的狮子是怎样将书中所有人都杀死的。以前吉·克跟我都会在早晨上厕所时阅读这本书，希望给自己一些灵感。书中倒是有几个人物没有被狮子杀掉，不过也都遭遇了其他不幸的命运，所以我们一点儿也不在乎这个。这本书很棒，汉利写得十分不错，会给猎狮的人十分深刻的启迪。有一次我见到一头狮子朝我的方向跑过来，当时就被震撼了，现在想起来仍有震撼的感受。那天下午，我读这本书时的速度并不快，因为这是一本好书，我反而不想一下子就将它读完。我盼望着狮子可以把主人公或者老少校杀掉，他们两个人都是思想觉悟高且十分善良的角色，因为我已经爱上了这头狮子，就渴望它能杀掉一些地位较高的人物。可是狮子的经历已经非凡了，它刚刚杀死一个十分有爱心也十分重要的人物，这时候我想还是救救其他人比较好。我站起身穿上长裤，穿上没拉好的靴子，去看吉·克有没有醒。我在他的帐篷外咳嗽了一下，就好像公告员经常在吃饭的帐篷外所做的那样。

吉·克说："进来，先生。"

"不用了。"我说，"一个男人的住所就是他的城堡。你觉得可以去面对野兽了吗？"

"现在还是有点太早了。玛丽睡下了没有？"

"她还在睡着。你在读哪本书？"

"是林德伯格的书。书实在是写得太好了。你在读什么呢？"

"在读《狮子的一年》。我正等着那头狮子呢。"

"那书你已经读了一个月了。"

"是六个星期，准确地说。对飞行的神奇你有什么新的认识？"那年虽说我们俩年纪都不小了，可是对神奇的飞行依旧充满着浓厚的兴趣。我曾经对飞行的神奇彻底打消了幻想，那是在1945年坐一架已经老化又没有修缮且看起来十分疲惫的"B-17"客机回国的时候。

我把这些情况告诉了吉·克，然后走到帐篷处去看望玛丽。

"亲爱的？你想出去吗？我们打算坐哈里的新路虎出去。"

"我感觉真的很难受。"

"好的，如果我们看到它了，我们就会回来，捎上你。我们会很小心的，不会打扰任何事情。"

"我真没用。感觉很糟糕。"她说。

"尽可能地放松，休息一下吧。"

"我的狮子快要出来了，而我却不在那儿。我怎么能够休息，放松得下来呢？"

"我们会回来带上你的，如果它出来了的话。"

"那它就会又跑回森林里去的。"

我朝哈里和吉·克走去，他们正坐在树下的新车里等我。吉·克开车，我们穿过开满白花的草地，上了机场。吉·克转入车道，沿着长长的道路驶向乞力马扎罗山的山脚，然后转了个弯儿，开回辅道。

这时正是傍晚时分，越过那些墨绿的树丛，我们沿着山道上行。那些花儿都长到车轮那么高了。我们在落日的余晖之中，将群山甩在了身后。

"我们必须开车到那儿，来回得好几趟。这些花儿对于威利来说有点高了。"我对吉·克说。

"有东西会把这些花儿吃掉的。有东西总是这么做的。"哈里说。

"公爵，你喜欢它吗？"

完全沉醉在新车的愉悦之中的吉·克开心地点了点头。

"哈里，我能把它带回机场，放了它吗？"

"最好还是不要完全放它出来。机场有点小。"哈里说。

对于我和吉·克来说，机场有点像神奇的高速公路。现在那儿也是晚上了。有时，我想起它，私下里就会想起乞力马扎罗山是用米来测量的，不由得又联想到那个长度都不及一米的机场。你根本无法用任何测量单位来衡量，这让我觉得机场很狭窄。

哈里说："你可以把它放养在卡耶亚多－苏丹马哈茂德路上。"

"那时它就有足够的活动空间了。"

"如果它出来了。真的出来了，它就会死在右边这些树丛中的某一个地方。"我告诉哈里。

我们继续很慢也很轻地往前开，没有一个人说话。

太阳现在就在我们左边的山峰之上，就是在森林的后边。吉·克的侦猎员俯身向前，将手放在吉·克的肩上。他没有指方向，但是一直望着前方，吉·克慢慢地停下了车。

吉·克轻声说道："它在那儿，哈里。"

"我看到它了。"

我居然看见它了，我简直不敢相信。恩古伊也不敢相信。狮子躺在一个蚁丘之上，没有看见我们。那是一个开阔的灰色山丘，在山丘的顶峰，狮子摆着造型，就好像它只是那儿的一具雕塑一样。一头如此巨大漆黑的狮子，我从未见过。它的头很大，是黑色的，鬃毛也是黑色的，只不过两侧有点褐色的杂毛。

它正在那儿做什么？它为什么这么警惕，而充满智慧？它怎么能在众目睽睽之下，就那样起身？除了在画里，或是在英雄传说里，我从来没有见过一头狮子那样看一样东西。它没有看到我们，也没有听到我们。风吹向我们，吉·克轻轻地踩下离合器，将车掉了头准备下山。回到来路上，我们一走出狮子的视线，它就像我们开车飞速地奔向营地一样飞速地奔跑起来。

我问吉·克："是什么该死的让它爬那么高？"

"它很有自信。那是它的家园。它跑去那儿，看着它的家园，自个儿享受着。它终于变得自信了。"

"它是一头该死的狮子。我明白玛丽女士为什么为它真的杀死小牛了，还是你们只不过拿小牛来为部队做伙食？"哈里说。

我说："它杀了小牛。"

回到帐篷，我就叫醒玛丽，她的来复枪还有我的那把枪被扛枪的那个小伙子从床下拿出来，并且检查了一下软头子和实心的子弹。

"亲爱的，它在那儿。它就在那里，你很有可能打到它的。"

"已经太迟了。"

"出来去车上吧，什么也不要考虑了。"

"我必须要穿上靴子，这你总是知道的。"

我帮她穿好那双靴子。

"我那该死的帽子在什么地方呢？"

"你那该死的帽子就在这儿。别跑，到最近的巡逻点，最好慢慢走过去。除了想着打猎打到它，最好别想其他的。"

"让我安静会儿吧。别跟我说太多的话。"

穆秀卡负责开车。玛丽和吉·克坐在车的前面，我、恩古伊、恰罗还有侦猎员在后面的座位上坐着。我反复查看了.30-06步枪弹和子弹夹，还有我口袋里的那些子弹，然后又看了一下瞄准器的小孔，并拿出一根牙签将孔里的脏东西弄干净。玛丽直挺挺地握着她那把来复枪，刚刚擦过的漆黑的枪筒几乎可以被我清楚地看见，包括那个将后瞄准器两侧固定在下方的司各奇胶带，还有她那顶旧旧的帽子以及她的后脑勺。太阳正在山顶处，我们渐渐远离了长满花草的平原，顺着与树林平行的那条道往北继续走。车慢慢开着，我们在右边发现了狮子的足迹。

这时候车停了下来，大家纷纷下车，剩下穆秀卡坐在方向盘那里守着。足迹指向右边的一片树木还有灌木，再往那边就是拿一堆落下的树枝覆盖诱饵的那个地方了。看来那些诱饵并没被它吃掉，同样没有被兀鹫吃掉。它们全部都眼巴巴地等在树上。我回头望了望太阳的位置，它还有十分钟的样子就要沉到西边的山后去了。恩古伊这时候已经爬上了蚁山，正在山顶上正细心查看。他用手在脸旁边指了一下，这样就差不多看不出他手动的样子，接着他从小山那边迅速地跑下来。

"快点儿。它在那边。还是赶紧上车吧。"他说。

吉·克和我又看了看太阳，吉·克使劲挥动手臂示意穆秀卡把车开过来。我们上车之后，吉·克就对穆秀卡说他想将车往哪边开。

　　玛丽问吉·克："可是狮子在什么地方呢？"

　　"我们先把车停在这里。狮子肯定躲在那片较远一点儿的树林和灌木里。爸爸把守左边，最好能截住它，不要让它跑回森林里去。你和我就一直往前走，往狮子跟前去。"吉·克对玛丽说。

　　我们向狮子肯定会出现的地方前进，太阳这时候依然没有出现。在我后面是恩古伊，玛丽走在我俩右方最打头儿的地方，吉·克紧接跟在后面，在吉·克后面是恰罗，他们一直向着那片下面长着稀疏灌木的树林走过去。我这时已经见到了狮子，不过我仍然继续往左走，每次都往侧前方跨一步。狮子在夕阳的照耀下显得庞大、乌黑，它的身子带着些黄褐色、灰色和金色，很长，它正直愣愣地盯着我们。我思考的是它这么看着我们，把自己放到了一个多么糟糕的位置。我每跨出一步，它就减少一点儿逃到过去很多次避难的安全地段的机会。狮子已经没有什么选择的余地了，过会儿或者向玛丽和吉·克方向跑出去，要不然就是冲着我过来，它应该是不会这么做的，除非受伤。另外往下一个充满树木和灌木的隐蔽场所的方向跑，是它唯一可以尝试的。可是那个位置离我们所在的地方差不多有四百五十码远，它要想过去就必须越过一望无际的平原。

　　我觉得我没有再往左去的必要了，就朝狮子的位置慢慢开始挪动。狮子依旧站在那里，狮子的腿隐藏在灌木里，我瞧见它的头转过来看了我一眼，然后又快速回头盯着吉·克和玛丽。它的头部黑黝黝的，那么庞大，可是转动头的那会儿，它头部与身体的比例却是相当好。它的身体一样沉重巨大，而且很长。我不清楚吉·克会把玛丽带到距离狮子多么近的地方。这时候我没有盯着他们看。我专心看着狮子，等待着枪声响起。我已经不再需要往前靠近。如果狮子向我这个方向跑来，这个距离足够我开枪杀死它。因为狮子的自然隐蔽场所就在我身后。我确定要是它被打伤，一定会向这边来，我心想玛丽可一定要开枪打死它才好。它也不能往前走得更近了。但是也许吉·克期望她距离更近。我用眼角余光瞧了他们一下，不过仍旧低着头，我的双眼一动不动地紧盯着狮子。我看见玛丽想要射击，可是吉·克不允许。我猜想肯定有什么灌木枝叶挡在了玛丽和狮子中间，因为他们并不打算接着靠近。我目不转睛地看着狮子，看到太阳被最高的山峰遮住之后，现在狮子身上的颜色发生了变化，很适合射击的光线，可再过不久就暗了。我稍微向右走动了一点儿，仍看着狮子，接下来又看了看吉·克和玛丽。我能看清楚狮子的眼睛。玛丽却依旧没有射击。接着狮子又稍微移动了一下，这时候我听到了来复枪的声音和子弹打中时那沉闷的响声。狮子被她击中了。狮子跳进灌木丛，紧接着从另一边跳出，往北部那片浓郁的树林跑过去。玛丽继续对着它开枪，我确定她射中了。狮子依旧大步向前跳着，硕大的头颅前后不停地摆动。这时候我的枪也响了，在它身后的位置掀起一团尘土。我瞄准它并且随着它不断移动，我在它经过我身边时扣动了扳机，然后我就落在它身后了。同时吉·克的大双筒枪也在射击，我瞧见了枪弹卷起的层层尘土。我再一次瞄准那头狮子，将准星稍微移到狮子前方开始射击，可惜仅仅在它前方荡起一层尘土。这时候狮子步履沉重，可仍旧往前冲去，差不多跑到那个隐藏的避难所了，而它在瞄准的工具里已经变得很小。我在这时候再一次举起枪，瞄准那头已经变得很小且正不断逃走的狮子，我把准星轻轻地往前移动，在超过它头的那一刻扣动扳机，这一枪并没有荡起什么土。似乎我们还没有听到子弹的声音，就看到双腿不断挥动的狮子往前栽了过去，垂下了巨大的头颅。恩古伊在我背上使劲地拍了拍，用手臂将我圈住。吉·克又朝想要挣扎着站起来的狮子开了一枪，狮子便不再动弹了。

我走到玛丽身边，吻了吻她，她虽然开心，可有些不对劲儿。

她说："你开枪比我要早。"

"亲爱的，别这样说。是你开枪击中它的。我们都在等着你开始，怎么可能先开枪呢？"

就在玛丽身后站着的恰罗说："是啊，夫人，是您打中它的。"

"当然是你打的。我觉得你第一次击中了它的腿，接着又打了它一枪。"

"可是你最后结果的狮子。"

"在它受伤以后，咱们必须阻止它跑进那个树林里去。"

"可你心里清楚是你最先开枪的。"

"你问吉·克，我可没有。"

我们都朝着狮子倒下的地方走过去。那是十分长的一段路，每走一步狮子就变得大些，那种已经死亡的模样也更清晰一些。这时候太阳已经落山，天色正在快速变暗。适合打猎的光线已经消失了。我觉得非常疲惫，全身精力已经被抽光。我和吉·克两人都好像从汗水里捞起来那样。

吉·克对她说："玛丽你打中了两枪，自然是你猎杀到它的。爸爸在狮子逃到空地之后才开枪的。"

"它站着不动盯着我们看的那会儿我就特别想打

它，怎么不行呢？"

"因为有些枝条挡着，有可能会使子弹偏离方向或者半路爆炸，所以我才让你再等等。"

"后来它就开始跑动了。"

"肯定要等它开始动的那会儿你才能打它。"

"可是真的是我最先打到它的吗？"

"当然。你举枪的时候是没有人抢先的。"

"你不会是在编谎话哄我开心吧？"

现在上演的一幕恰罗也曾经见到过。

"Piga（打得好）！Piga，夫人。Piga！"他使劲地说。

我拿手背拍了拍恩古伊的臀部，双眼盯着恰罗，恩古伊就往他那边走过去。

"Piga，夫人。Piga."他用十分难听的声音说。

吉·克走到我身边，和我一块儿走着。"你怎么出这么多汗？"我说。

"准星被你向上移动了多少啊，你这个笨蛋？"

"大约两尺吧。一英尺半。那把枪有一点儿像射箭似的。"

"回去的时候我们可以量一下。"

"在这么远的情况下估计谁也不相信我会打中狮子。"

"我们相信。这就足够了呀。"

"咱们过去吧，让她清清楚楚地看看狮子。"

"她相信孩子们对她说的那些。是你打中狮子背部的。"

"我知道。"

"你能听得出子弹打中的声音折回来需要多长时间吗？"

"听得出。快去跟她聊聊吧。"

巡逻车从我们后面开过来。

我们走到狮子的身边。现在它属于玛丽，现在玛丽终于清楚了。这头狮子有多长、多黑、多美丽、多震慑人心，她已经见到了。骆驼蝇在它的尸体上爬着，它那黄色的眼睛还没有完全失去神采。我将手伸进狮子密密的黑鬃中摸了摸。已经泊好巡逻车的穆秀卡，快步走来握了握此时正趴在狮子旁边的玛丽的手。

接下来，我们看见从营地来到这里的卡车。原来黑帝听到枪声就带领着大家出来了，在营地里仅仅留下了两个守卫看守。他们从车里拥出来，大声唱着狮子歌，这个时候玛丽对于这究竟是谁的狮子的疑问已经完全解除。以前我看到过很多狮子被猎杀和很多次庆祝，可是现在这样的却从来不曾看到过。我期望玛丽能使劲享受这一切。我能断定玛丽已经没有什么不快的情绪，就开始往狮子妄图跑进去的那个树林和灌木边走去。它差一点儿就要钻进去了，仅仅差六十英尺它就成功了，而那时天色也就变黑了。我甚至可以想象吉·克和我被迫去那里面把狮子揪出来是什么情况。我要在天黑之前瞧一瞧那里面。我一边往回走，看他们热闹地庆祝和拍照留念，一边想着之前可能会出现的情景。卡车和巡逻车车前面的灯光在玛丽还有狮子身上聚焦，吉·克正在不停地拍照。恩古伊从巡逻车的袋子中拿出吉妮酒壶递给了我，我喝下一小口，接着把酒壶递回给恩古伊。他也喝了一点儿，摇了摇头，又把酒壶还给了我。

　　他大声说："Piga！"于是我们俩都哈哈大笑了起来。我又接着悠长地喝下一口酒，就好像蛇蜕皮那样扔掉了身上的所有压力，感觉十分温暖。这时，我才意识到我们对那头狮子的猎杀终于结束了。从本质上来说，在那像支箭一样的一枪击中狮子并且撂倒它的时候，还有恩古伊拍我的后背的时候，这一点我已经察觉到了。可是因为之后玛丽不放心、不满足，并且一直朝狮子走，大家就展示出一点儿淡定、超然的样子，好像只是结束了一场进攻。现在我终于开始感到轻松，也是由于有酒喝，而大家又忙来忙去地庆祝和拍照，心情十分愉悦。那时候摄影条件已经差得要命，但拍照是不能少的，没有闪光灯，时间又很晚了，更没有专业摄影师记住玛丽的狮子这伟大的一刻。我见到了玛丽在车灯下洋溢着幸福、兴高采烈的脸，玛丽都没有力气抬起狮子那硕大的头颅，见到此景的我中意这头狮子，更为玛丽感到骄傲，感到自己心里变得有一点儿空荡荡的。还因为看见狮子让人吃惊的黑鬃被黑帝俯身一遍遍摸着，他露出了那种像是一条斜着的伤疤的微笑，听到大家低声用像小鸟一样的瓦卡姆巴语传达着喜悦之情。每个人都由衷地感到自豪，在车灯照耀下的玛丽仿佛是一个小巧的（但没有小得让人难受）、快乐的天使，欣赏着大家对她的喜爱和猎杀狮子的喜悦。现在这头狮子既是属于大家的，也是属于玛丽的，毕竟这头狮子她已经追逐了好几个月。况且用那句禁忌语来说，在紧急关头她是依靠自己的能力杀死狮子的。她现在是如此开心。在灯光的照耀之下她看起来就像是一个小小的、安静的、明亮的天使，她和我们的这头狮子，每个人都喜欢。我开始觉得放松起来，也开心地玩了起来。

恰罗和恩古伊把事情的全部经过告诉了黑帝，他向我这边过来，跟我握手说："Mzuri sana Bwana. Uchawi tu（太棒了，主人）."

"只是运气吧。"我这么回答，可上帝明白我只可以这么说。

"不仅仅是运气。Mzuni. Mzuri. Shaitani Kubwa sana（好，好，伟大的神力）."黑帝说。

接着我想狮子的死亡时间就是今天下午，终于，玛丽完全胜利了，一切都结束了。接着，我跟恩古伊、穆秀卡、老爹的持枪工，还有别的人说了几句话。大家都晃着头笑起来，恩古伊希望我再喝点吉妮酒壶里的酒。他们想要等我们回营地的时候去喝啤酒，可是也期盼现在就可以和他们一块儿喝一场。他们仅仅用嘴唇碰碰壶口罢了。玛丽拍完照站了起来，瞧见我们在喝酒，也拿起酒壶喝了一些，然后就递给吉·克，酒壶再次传过来的时候，我又喝了一些，就在狮子身边躺着，用西班牙语向它柔声说话，祈求我们这么杀死它能够得到原谅。我躺着的时候，摸了摸狮子身上的伤痕。一共是四处伤口，玛丽击中了它的腿部和一面的臀部。摸到狮子背部的时候，在狮子背脊上我找到了那个被我打中的位置。摸着狮子的时候，我一直用西班牙语跟它说话，期间很多骆驼蝇从它的身上爬到我这里，让人十分讨厌。我在狮子前面的尘土里伸出食指画出一条鱼的形状，然后又伸出手掌抹去图形。

穆秀卡说道："棒极了。"这个仪式，他不理解却很支持。"Samaki mzuri（鱼很棒）."他点点头，他见过鱼。黑帝和恰罗也庄严地点点头。鱼是高贵的，这显而易见。我用西班牙语和狮子道别，然后说道："完成了。"之后走向玛丽和吉·克所站的方向，他们拥抱在一起。

我问玛丽："你感觉开心吗？"

"哦，是的，每个人都说我打中它了。"

"你打中了它两次。我看见了。"

"我看到你在我身后那条路上打中它了。老男人没有朝它开枪，直到它发作。"哈里说。"你是用望远镜看的？"

"有时没用，有时用。我以为你朝它开枪，只是想赶它一下，公爵。我还以为你们两个只是想要赶它一下，让它跑进灌木丛，然后你们就可以在后面跟踪它了。你们不是经常那么做吗？那是你玩这个游戏的一部分吗？"

"和警察拼命的时候才那么做。"

"全都很及时。如果狮子是朝着你跑过来的话，会不会更有意思？它们有时候会那么做的，不是吗，公爵？你一定要原谅我的无知。"哈里说。

吉·克说："我们带着它的无知回营地吧。我们必须小心翼翼地把它送到货车上，别碰坏了它的鬃毛和皮。"

哈里问道："你是在说我，还是狮子？"

"狮子。我会和黑帝说一声，然后我们就去营地好好喝一杯。"吉·克说。

恩古伊、恰罗和我在回营地的路上都没有说话。我听见玛丽问吉·克，我到底有没有在她开枪之前开枪，吉·克说的确是她射中了狮子。他说确实是玛丽先打中了狮子，并且说这种事情常常不能让每个人都满意，假如一只动物受伤，就肯定要被杀死，我们这次还是幸运的，玛丽应该感到兴奋才对。她确实高兴过，但她的高兴已经消失了，毕竟事情并不像她自己六个月以来一直希望、梦想、害怕或者等待的那样。我看到她这个样子并不好受，深切地知道这对其他人来说并没有什么影响，可是对于玛丽来说却是特别重要的。可是就算我们再去打一遍狮子，情况也会和这一次没有什么区别。因为吉·克有能力让她射出很不错的一枪，所以玛丽才被他领到距离狮子这么近的位置，而其他人都做不到。如果玛丽打中狮子之后，狮子向他们扑过去的话，吉·克仅仅有开一枪的时间，射不准的话，狮子就一下子跳到他们面前了。要是在狮子扑过来的时候，他的大枪在二三百码的地方，向狮子开枪是相当费力的，可是这样开枪也是十分准狠的。可这不是开玩笑，对于这一点我们都很明白，在

那个距离范围内，玛丽开枪射击是非常危险的。最近
在那个距离范围内，玛丽猎杀了一只活着的猎物，大
约有十八英寸的偏差。吉·克和我都知道。不过这会
儿是不应该提起那件事的，那件事恩古伊和恰罗也都
清楚，而这件事情在我每天晚上睡觉时不断纠缠我已
有很长一段时间。因为在那片密密麻麻的树林里，狮
子伤害人的概率很大，所以它想要逃进那个隐秘的地
方。它做出了对它有利的选择，而且几乎就要成功了。
它不胆小，它就是想逃到对自己有利的地方去。它不
是一头傻头傻脑的狮子。

　　返回了营地，我们在篝火边的椅子上坐下，舒服
地展开双腿，开始一杯杯地喝酒。我们这时候都希望
老爹在场，可惜他不在。我吩咐黑帝为营地上的人打
开些啤酒，就等他过来。喝下不少的啤酒之后，就好
像突然降落的一场大雨将汹涌澎湃、冒出一些泡沫的
水流到快要干掉的河床中。等到他们商量好了由谁来
抬玛丽，他们就立马从帐篷后奔出来，大声唱着狮子
歌，弯着腰，跳起舞，舞姿十分大气。侍奉吃饭的大
伙计和穆秀卡递过来一把椅子，黑帝就一边鼓掌一边
跳舞，玛丽被请到椅子上坐下，被他们抬起，先是绕
着篝火跳舞，然后抬着她到营房那里，绕着搁在地上
的狮子转了一大圈，接着穿过营房绕着做饭的火堆和

伙计们坐的那堆篝火又舞了一圈，最后又绕着车辆旋转，就这样反反复复地抬了好多次。这完全是一场狂野而精彩的狮子舞，侦猎员们脱得只剩下短裤，除了年纪大些的，其他每个人都是这样。在结束疯狂的舞蹈之后，玛丽被他们放在篝火边，大家都过来同她握手，仪式才结束。她很快乐，我们快快乐乐地大吃一顿后就睡觉去了。

〔美〕海明威 著

张 迪 译

下册

乞力马扎罗山下

Under Kilimanjaro

海明威全集

四川大学出版社

责任编辑:唐　飞
责任校对:宋科颖
封面设计:天恒仁文化传播
责任印制:王　炜

图书在版编目(CIP)数据

乞力马扎罗山下：全二册 /（美）海明威著；张迪
译. 一成都：四川大学出版社，2018.7
（海明威全集）
ISBN 978－7－5690－2104－2

Ⅰ.①乞… Ⅱ.①海… ②张… Ⅲ.①长篇小说－美
国－现代　Ⅳ.①I712.45

中国版本图书馆 CIP 数据核字（2018）第 164257 号

书名　乞力马扎罗山下（全二册）
QILIMAZHALUOSHAN XIA（QUAN ER CE）

著　　者　海明威
译　　者　张　迪
出　　版　四川大学出版社
地　　址　成都市一环路南一段24号 (610065)
发　　行　四川大学出版社
书　　号　ISBN 978－7－5690－2104－2
印　　刷　成都市兴雅致印务有限责任公司
成品尺寸　145 mm×210 mm
印　　张　27.5
字　　数　462 千字
版　　次　2018 年 11 月第 1 版
印　　次　2018 年 11 月第 1 次印刷
定　　价　85.00 元（全二册）

◆读者邮购本书，请与本社发行科联系。
　电话:（028)85408408/（028)85401670/
　（028)85408023　邮政编码: 610065
◆本社图书如有印装质量问题，请
　寄回出版社调换。
◆网址: http://press. scu. edu. cn

目录

第十九章

　　这天晚上，我突然醒了过来，就再也睡不着了。我静静地躺着，就听到了玛丽那匀称的、有规律的呼吸声。我觉得我们并不一定要每天早晨都让她去跟狮子对峙，这让我顿时有了一种解脱感。事实是，那头狮子的死亡并不是玛丽所希望的，也永远不会是她成心的，这让我感到悲伤。或许庆祝仪式上那些狂野的舞蹈，还有所有朋友对她的爱与忠诚，会让她对自己失望的情绪麻木。但是我很确定，当她每天早晨都出门追逐那些大狮子，重复上百次之后，那种失望的情绪会再回来的。而且，我也确信，她根本不知道她身处何种危险之中。也许，她其实了解，只是我不知道她了解而已。吉·克和我都不想告诉她这一点。

　　她在凉爽的清晨大汗淋漓地满载而归，而我们都只能勉强跟上她的步子。我清楚地记得，那头狮子的眼睛看着我，然后转向了玛丽和吉·克，一直盯着他们。

我躺在床上，对一头狮子能在三秒之内突然跑出一百码来大惑不解。原来，这头狮子俯下身子贴着地面，跑得比猎犬还快。更为离奇的是，它在接近猎物之后突然一跃而起。

玛丽捕猎的那头狮子大概有四百多磅重，强壮得能拖着一头奶牛跃过高高的防兽围栏。这头狮子已经有多年的捕猎经验了，非常聪明，但被我们骗进了一个陷阱。临死之前，它躺在高高的黄土堆上，尾巴向下耷拉着，两只巨爪舒服地搭在身前，双眼望着远方大山上蓝色的林子和山顶白色的积雪，那是属于它的王国。吉·克和我都希望它在玛丽向它开第一枪时就死了，或者至少受了重伤。但是显然它有自己的一套，我真为它高兴。对它来说，那一枪还比不上一根尖锐的木刺呢。当它高高跃起，想要跳到山包后面的时候，第二枪划伤了它腿上的肌肉，但对它来说只是一个重重的巴掌。

我边跑边向狮子开了几枪，那是一颗有二百二十粒散弹的实心子弹。当时我只希望胡乱地扫射能够打中它，最好能够射中它的脊骨，好让它躺下。我一点儿都不愿去想象中弹的滋味，因为我从没摔断过我的腰。

吉·克太狡猾了，只要他在场，什么事情都有可能出错。因此，我很高兴吉·克精确的长距离点射马上就射死了这头狮子。不过，话又说回来，我知道那头狮子死了还真是一件欣慰的事，否则，今天我就得跟玛丽单独行动了。这样一来，就没有人像我昨晚那样挡住别人的路了。

我向窗外看了看，夜色中炭火发出了亮光，微风吹过，卷起一片炭灰。玛丽还在熟睡之中，真高兴她猎狮已经结束了。但同时，我又有些担心，担心她醒过来之后无事可做而倍感失望。不过这种情绪应该能够逐渐消退，如果没有消退的话，她可能会在什么时候再去捕杀另一头大狮子。但我希望不是现在，千万不要是现在。

我尝试着再次入睡，却又想到了那头狮子：当时，万一那头狮子成功地跳到山包背后，我们又该采取什么样的行动呢？其他人呢？然后我想，去他的，管那么多干什么呢？这应该是我跟吉·克，还有鲍勃在一起的时候讨论的事情，哪里应该是我此刻胡思乱想的呢？我很希望玛丽醒来，告诉我："我真高兴，我猎到了我的那头狮子！"但是才凌晨三点，而且这样的期望实在太高了。

我解开蚊帐伸出手去摸索，找到了那个装着苹果酒的瓶子。经过一个夜晚，瓶子变得冰凉。我把两个枕头对折起来放在背后，在脖子后面放上一个粗糙的方形香枕，往后斜靠着开始思考关于灵魂的那些事。我记得斯考特·菲茨杰拉德好像写过："灵魂什么什么的……总是三点钟。"几个月以来，凌晨三点都意味着两个小时，又或者是一个半小时，也就是从醒来开始，直到下床穿上衣服、靴子去捕玛丽小姐的狮子的这段时间。我必须把菲茨杰拉德说的那句话好好地想明白。我记得他发表过一系列短文来声明，那句话就出现在这系列短文里。他说，他自己就好像是一个摔得粉碎的盘子，他已经遗弃了这个世界和他那些低劣的梦想。没想到，夜深人静的时候，人的记忆就相当活跃而且变得精准了，我想起了他的原话。那句话是这样的："在灵魂的漫漫黑夜中，每一天都是凌晨三点钟。"关于灵魂，人们总是在谈论、在书写着有关它的一切，可是谁又真正了解灵魂呢？我凌晨醒过来坐在非洲大陆，关于灵魂，我一概不知，我也不知道谁了解灵魂。这让我开始怀疑，这个世界真有灵魂存在吗？

不过，关于灵魂，是一种非常奇异的信仰。我知道，我要向恩古伊和穆秀卡或者其他人解释，这种信仰会是一件非常困难的事情，即使我真的了解我的信仰究竟是什么。

就在我醒来之前，我做了一个梦，梦见我上半身不变而下半身变成了马的身子。整个梦真实而合理，精确到了当我的身子从人变成马的那一刻。这听起来是一个非常好的梦，我开始设想其他人听到我对他们描述我的这个奇怪的梦，他们会怎么想。以前怎么没有人注意过我呢，我想。现在我完全清醒了，苹果酒的触感凉爽而清新，但我还是能回想起梦中我变成马的时候身上的肌肉，感觉十分真实。然而，这对我考虑灵魂的事没有一点儿帮助。我开始考虑能够帮到我的我所信仰的那些事情。

我猜想：一个流淌着干净清爽的泉水的泉眼，应该最为接近所有人谈论的"灵魂"，那个"泉眼"即使旱季也从没干枯过，冬天也从不结冰。我记得，当我还是一个小男孩的时候，加入了芝加哥白袜队。球队里三垒手的名字叫哈利·罗德。他总是能够在第三基线上犯规，直到对方的投手全部被淘汰，或者直到天色变暗，球赛不得不告一段落。那时候，我还是懵懂少年，所有事情在我眼中都是被夸大了的。虽然记忆已经模糊了，但我还记得，当时球场上还没有装上电灯。天慢慢变黑，哈利不断地犯规，把对方的球员赶下场。人群中有人叫喊："陛下，陛下，救救你的灵魂吧！"记得，当时我的心猛地一颤，这是我与灵魂最亲密的一次接触。又有一次，我觉得我的灵魂好像被吹出了我的身体，然后又回来了。

这几天，我表现得十分傲慢，我读了太多关于灵魂的书，听了太多关于灵魂的讨论，以至于我开始假设我也有灵魂了。于是我想，假如玛丽，或者吉·克，或者恩古伊和恰罗，甚至是我自己，在猎捕那头大狮子时，如果被它杀死，那么，我们的灵魂会不会飞到其他地方去呢？尽管如此，但我还是无法相信这种事情会真的发生。我想，我们可能全都只是死去，比狮子更加彻底地死去，没有人会为自己的灵魂去往何处感到担忧。

我们这一趟出现的最坏的情况是，尽管和上一次调查相比，这次去内罗毕进行的调查因为有警察哈里·邓恩的出现而变得简单多了，但据我所知，如果玛丽或者我死去的话，吉·克的职业生涯势必会受到影响，而且恰罗和恩古伊当然也不想死去。对玛丽小姐来说，死亡将会是一个多么大的意外啊。死亡是我们必须避免的，不必日复一日地把自己放在生与死的边缘，这才会让人感到欣慰。

所有这些，与"在灵魂的漫漫黑夜中，每一天都是凌晨三点钟"又有什么关系呢？玛丽小姐和吉·克拥有灵魂吗？据我所知，他们是没有宗教信仰的。

　　但是，如果人类有灵魂，他们也一定会有。恰罗是一个虔诚的伊斯兰教徒，所以他肯定有灵魂。那么剩下的就只有恩古伊、我和那头狮子了。

　　现在还是凌晨三点，我伸展了一下胳膊。或许我可以起床到外面去，坐在炉火旁边，享受剩下的夜晚以及清晨的第一缕晨光。我套上防蚊靴和晨衣，系上手枪的皮带扣，走到快要烧完的火堆旁边。

　　吉·克就在旁边，坐在他的椅子里。

　　"怎么醒了？"他平和地问我。

　　"我做了一个梦，梦到我是一匹马。梦境非常生动。"

　　"你受过良好的训练吗？还是你是一匹种马？"

　　"好像跟配种的确有关系，但在我梦到那个之前我就醒了。"

　　"我有过非常血腥的梦。"

　　"哪种类型的？"

　　"我不记得了。"

　　"你觉得我们是不是快要变成易怒又神经质的人了？"

　　"你可能会，我可永远都不会。"

　　"你是那种顾家的、可靠的丈夫，还寡言少语。"

　　"我可不是，我是谁的可靠的丈夫？"

"玛丽小姐的。"

"是哪种马？你的梦是什么来着？一匹马的屁股？"

"别再去猎杀那些老杂种好像会更有趣。"

"是啊，我得跟你谈谈。"

"你确定，我应该听你告诉我的那些事情？"

"是的，我想如果我过来了，你就会出现的。"

"我没听到你的声音。"

"你可能听到了，只是你没注意。"

"也许吧，不过我不觉得。"

谈话就这样平静地暂时告一段落。我们坐着，静静地看着从远处山上吹来的晨风把火苗点旺，烧着了我刚刚加上的木柴。吉·克告诉我，我必须对我们卷入的治安事件有所了解。他说完之后，问我有没有什么问题。我说，我想我已经明白整件事情了。

"除非我或哈里告诉你，或者那个幼稚的警察让你帮忙，否则你只要按照平常那样就可以了。不过那个警察不能乱动，直到陷阱的机关启动。"

"太好了。"我说，"反正他也病了。"

"在这次展演之前我不能跟他有任何接触，你也不能被别人看到你和他在一起。"

"好。"

我们坐着，看着火烧得更旺了，照亮了周围的帐篷和树木。现在是三点半，还是四点差一刻，或者已经到四点了，我不清楚。我把斯考特·菲茨杰拉德以及他说的那句有关灵魂的话告诉了吉·克，问他是怎么想的。

"任何时候，你醒来，那个时候都好不到哪里去。"他说，"我不明白他为什么要说那是三点钟，虽然听起来还不错。"

"我想这只是一种恐惧、焦虑和懊悔。"

"我们对这些感受可是很深的，对吧？"

"的确，如果要拿来卖弄的话。不过我猜他想表达的是他的良心和绝望。"

"你从没感到过绝望吧，厄尼？"

"还没。"

"如果你打算感受一下的话，不如就现在吧。"

"有时候我离它很近，甚至可以触到它。但我每次最后都把它忽略掉。"

"说到把什么忽略掉，我们是不是应该来一杯啤酒？"

"我去拿。"

装塔斯克酒的大瓶子在水袋里也变得冰凉了，我把啤酒倒进两个玻璃杯，放在桌子上。

"很抱歉我得走了，厄尼。"吉·克说，"你认为她会觉得这事情很严重吗？"

"会的。"

"你太夸张了，她可能会很好地适应下来的。"

"不可能。我希望鲍勃在这儿，这么多年来，他总是能够跟那些猎狮的女人们相处得很好，他能哄着她去做任何事情。如果没有别的事，她就能向他抱怨我们做的一切了。"

"你会好的，她也会理清一切的，耐心点儿。"

"就像你一样。"

"你本应该有所有我没有的优秀品质，因为你更年长些。"

"你开了几枪？"

"我会去数数我的子弹壳的，你呢？"

"六枪。"

"你打中它肯定是没问题的。我确定你打中了。但是你打中了它的脊梁骨，那真是个该死的奇迹，你真是太走狗屎运了！"

"乐意效劳。"

"你看见那些孩子们怎么对付它了吗？"

"那是一种宗教仪式吧。"

"那可不是，接下来你得对着玛丽小姐试试看，还有没有另一个奇迹。"

"那样会搞砸的。"我说，"但是她会像其他人一样熬过来的。"

"你真的觉得我们能熬过所有事吗？"

"到现在为止，我们都熬过来了，不是吗？"

"我们没有熬过来，我们只是一起度过了美好时光，我们度过的时光美好得过头了。"

"我不是在说这个，我说的是我们所经历过的事情，让我们至今还能保持快乐的那些事情。"

"那些事情在这样的一个早晨说起来完全是浪费时间，你去猎一只美洲豹也没有任何问题。那是可以操纵的美洲豹，你知道，你能带着它到处走。"

"不，我得带着它直直走下去。"

"对，我忘了，不过你的时间是足够的。"

"我对它可不担心。"

"我希望我能在这里再待一天，那些侦猎员想弄一个真的东非恩格玛鼓会，那玩意儿或许对玛丽有用。"

聊天，时针似乎就走得很快。不大一会儿，天色逐渐发白了，我听到了一辆大卡车从远处开过来的声音。

"那会是谁呢？"吉·克问道。

"某个跟着某些指示行事的人，他们一定是停驻扎营了，现在正早起继续赶路。"

"那他一定会良心不安的。"

"那么就是辛先生吧，我猜。"

"不一定。"

大卡车开过来的声音，从远处的小山一直到平地，停下了，接着又点火启动，随后又熄火了。

"真古怪。"吉·克说。

"还有更古怪的呢。来，把剩下的干了吧。"

我们坐在原地，看着白日的来临。穆文迪和吉·克的随从给我们送来了茶，哈里也带着他的茶出来了，之后阿拉普·梅纳出现了，向吉·克致意并送来一个信封，"是卡车送来的，博瓦纳。我在路上碰到了他们。"

吉·克撕开信封把信读完，递给了哈里。

"改天我会再来的。"吉·克对我说。

"我必须出发了。"哈里说，"希望你能让夫人睡个懒觉，你能替我向她说声谢谢并替我道别吗？"

"我们什么时候能再见到你呢，哈里？"

"我尽量圣诞节之后过来。也许我会带上我的妻子，她从没出远门打过猎。"

"那太棒了，玛丽会很高兴的。"

"我们就这么突然加入了，你确定你不介意？"

　　"很乐意。"

　　"我去弄点吃的，然后就出发了。"

　　我们没叫也没喊，低声交谈，以防把玛丽吵醒。我回到帐篷区下了几个命令，出来后，我跟黑帝交谈了几句，看到那头狮子依然在大卡车上。它的尸体被放在一棵大树的树阴下，那儿很凉快，所以尸体也很凉。我知道，玛丽肯定很想知道她的战利品有多重，我们也完全有时间等她起床之后再做这件事。而且在温度升高之前，我们也还有时间把狮子皮剥下来。当然啦，一头死后变僵的狮子是没有什么自尊心的。它看起来又重又丑，扁平而且很奇怪地缩小了。它的鬃毛平铺着纠缠在了一起，眼睛凹陷了下去，嘴唇被又长又大的犬齿向后拉。看着这头狮子，我庆幸我们没有在无花果林外面的那片悬崖上对它展开追捕。尽管如此，但我永远都忘不了它突然间跳向我们的样子，还有那令人无法置信的速度，以及它的咆哮。

　　我回到了混乱的帐篷中，跟哈里和吉·克一起用了早餐。哈里发动了他的路虎，跟他的随从还有两个土著一起走了。他没有回头向我们挥别，那两个土著拿着他们的来复枪僵直地坐着。

　　"他刚才挺开心的。"吉·克说，"我想这转移了他的注意力。"

"他有没有提到他的那个警察小队长？"

"没，他没有提起。"

"他这是在演一出低劣的戏！"

"绝对的。"

"我希望圣诞节之后，当他跟他的妻子一起来的时候，他能弥补一下。"

"我也是。"吉·克说。

一切妥当之后，我走进帐篷看看玛丽醒了没有，但她仍然沉沉地、幸福地睡着。她醒来过一次，喝了一点儿给她准备的茶，然后又躺回去睡着了。

"让她睡吧。"我对吉·克说，"只要我们不去剥狮子皮，就是让她睡到九点半也没有任何关系。累了这么久，她早就该补觉了。"

吉·克读着林德伯格的书。《狮子的一年》根本没法提起我的胃口，于是我拿起了一本关于鸟类的书。这是一本名叫《非洲鸟类手册》的不错的新书。我知道，我太过专注地去猎杀大型野兽，反而让我错过了太多认真观察鸟类的机会。尽管我知道我现在已经完全忽视了这些可爱的小动物，但如果这个世界上没有其他动物的话，我想我会去观察鸟类的。就在我坐在野营椅中漫无目的地看向地平线的时候，玛丽总是在认真地看着小鸟，比我好多了。直到读了这本关于鸟类的书，我才意识到，之前的我是多么的愚蠢，我已经浪费了那么多的时间。

在家里，我坐在池子边上树荫里，看着那些极乐鸟飞下来把虫子从水面叼走，它们灰白色的胸口变成绿色，这让我感到很惊奇、很快乐，原来是碧绿的池水反射到它的身上的结果。我爱看那些白鸽在白杨树里筑巢，爱看蓝嘲鸫们放声高歌。迁徙而来的鸟儿们春去秋来，让我感到兴奋，而看到那些麻鸭在排水沟里找树蛙，也能让我高兴一整个下午。

现在非洲的营地周围到处都是美丽的小鸟。它们有的在树上，有的在荆棘丛中，有的在草地上漫步。我通常只能瞥到它们小小的身影，但玛丽却对每一种小鸟都了如指掌。我想不出我怎么变得这么愚钝，这让我感到十分羞愧。

我意识到很长时间以来，我只集中关注了大型的食肉动物和食腐动物，以及那些可以用来当作食物和猎物的禽类。我开始回忆我所注意过的鸟儿，结果跳出来了一个长长的清单。这还不算太坏，我想。但我还是下定决心，要认真观察营地周围的小鸟，要向玛丽弄清我不知道的那些小鸟的名字。最重要的是，要真正去看它们，而不是仅仅向它们瞥一眼。

这种行为，一扫而过却不认真观察事物，真是大

罪过，而且是一种极易染上的罪过。这种罪过是一种
不好的开始，让我觉得我们不应该活在这个世界上，
这个我们不曾正视过的世界。我试图回想起自己是怎
么染上这种不看营地周围小鸟的坏习惯的。我意识到，
一部分原因是由于我太过专注于阅读，分散了我在狩
猎上的注意力；另一个原因是打猎归来，我以放松之
名喝了太多的酒。我很佩服马伊托，他想要记住在非
洲经历的一切，几乎滴酒不沾，而吉·克和我完全是
两个酒鬼。我知道饮酒并不仅仅是我们的一种习惯，
也不是一种逃避现实的方式，那是一种故意把我们的
敏感度降低的行为。就像胶片一样，如果你的敏感度
总是保持在一个高度上，人会受不了的。你可真会为
自己找些高尚的借口啊，我想，你其实也知道你总是
和吉·克一起喝酒，只是因为你喜欢酗酒，玛丽也一
样。我对自己说，喝酒之后你们会变得快乐，很疯狂。
你最好进帐篷去看看玛丽有没有醒过来。

　　于是我走进帐篷，看到她还在呼呼大睡。她睡觉
时候的脸既不高兴，也不沮丧，样子真美。但是今天
这脸庞太过美丽了点儿，我希望我能让她高兴起来，
但我知道，唯一能让她高兴起来的方法就是让她继续
睡下去。

　　我再一次拿着那本鸟类读物走出帐篷，认出了一

只伯劳鸟、一只燕八哥和一只蜂鸟。然后，我听到帐篷里有响动。我走进去，发现玛丽已经坐在了她的小床边上，正在穿她的软帮鞋。

"你感觉怎么样，亲爱的？"

"糟透了，你先射中了我的狮子，我不想看见你。"

她穿上长袍，穿过草地，走向蓝桉树林边上的那座斜顶圆帐篷。

而我走向了那个随便搭起来的帐篷，吉·克正在里面读书。

"玛丽小姐感觉如何？"

"她感觉不太好，她说我先射中了那头狮子，她不想看见我。"

"你可是一个很显眼的物体。"

"我会待在她的视线以外的，吃过早餐之后她会去给那狮子称重，然后剥皮。子弹都是你的了。"

"她会好起来的。"

"她真的感觉不太好，吉·克，我完全知道她的感受。别说这个了，她的感受让我不太舒服。"

"我不会告诉她，如果你真的开了第一枪，那么狮子就会像一只狗屁小兔子一样滚过来的，因为事情本来就不是这样的。"

"不，老天啊，你别再说了。"

"我会告诉她真相，那就是她先开火射中了那头狮子，然后她又一次射中了它。狮子体内有她的子弹吗？"

"没有。全都穿出去了，我昨晚检查过了。"

"都会好的，你知道。"

"我出去转转，顺便找点肉回来。"

"喝点东西，振作起来，我们可是三点就起床了。"

"要再开一瓶啤酒吗？"

"这样对我们应该是无害的。"

吉·克倒了一杯雪利酒，在里面掺了些苦啤酒，又给我倒了一杯。我们一口将它干了，然后每人又喝了一杯凉爽的塔斯克啤酒。

"我想今天会好的。"吉·克说，"玛丽真是个不错的女孩。"

"我会避开她一阵。"

就在我出了帐篷想回到自己的地盘时，我听到吉·克说："早上好，玛丽小姐。"

"早上好，吉·克。"

"感觉怎么样？"

"好多了。爸爸出去了吗？"

"是的，他有事要做。"

我觉得偷听很不好，所以我赶紧离开了。

"你想让我为你做点什么吗，小猫咪？"我问玛丽。

"不，我只想为我又提起狮子的事情说声对不起。"

"我懂的，只不过我没有首先开枪。"

"我们别说这个了。"她说，"拜托，别说这个了。"

"我要跟阿拉普·梅纳出去检查一下。"我说，"一会儿就回来。这样你感觉好点了吗，亲爱的？"

"我会好起来的。"

在营地外面，黑帝告诉我侦猎员想举办一个规模宏大的集会，帐篷里的每一个人都将会跳舞庆祝，整个部落都会来。

黑帝说我们的啤酒和可乐都不够了。于是，我告诉他，我会跟穆秀卡、阿拉普·梅纳以及其他想到镇子里购置点东西的人，开上我的猎车，一起去罗依托其托克。黑帝还想要一些粗玉米粉，我必须买一两袋回来，糖也是必要的。瓦卡姆巴人很喜欢吃由穆罕默德的信徒开的印度商店里卖的那种麦片，那是从卡贾多运来的。其他在同类商店里卖的东西他们都不喜欢。

我学会了从东西的颜色、结构和味道来分辨他们是否喜欢这种东西，但我还是会搞错，穆秀卡则会再检查一遍。可乐是为那些不能喝酒的穆罕默德教徒，以及来参加集会的女士们准备的。我把阿拉普·梅纳送到了路上遇到的第一个马赛族部落中，他会通知这些马赛人过来看一看那头狮子，以确定它已经被我们捕杀了。他们不能参加这次的聚会，只有瓦卡姆巴人才能参加。

我把这一切告诉了吉·克。玛丽吃过早餐之后，又回到了蓝桉树旁边的帐篷里，吉·克说一旦她回来，他们就去给狮子称重、拍照并剥皮。他说万一我遇到了公告官，就请我把他带回来，顺便捎一片肉回来。因此我带上了鲍勃的持枪工，让他拿着我的来复枪。黑帝说他会去检查我买的玉米粉以及为我捕来的猎物，诵真主之名，好让它们变成合法的食物。

这样一来，我们就不得不带上黑帝，穆秀卡就没有在香巴部落下车。我在路上遇到了公告官，告诉他吉·克想见他，让他进帐篷里去。我们继续走，在岔路上遇到了第一个马赛族部落，于是我把阿拉普·梅纳放下了车。

我知道，他其实想让我开进部落里去，等他把消息告诉马赛族人之后，再上车跟我们一起去城镇。他也清楚地知道，我们对黑帝的态度更为谨慎，所以我就让他下了车。他穿着他的褪色的卡其色制服和平顶骆驼军帽，挂着他的来复枪，走上了一条穿过灌木的小路。我们继续沿着不断上升的红色小路开下去，直到另一座较矮的山脚下。

越过左边的山脊，我们能看见罗依托其托克的锡制屋顶和暗色的树林。这是我们在逐渐上升的小山后面能看到的最后的镇子的场景。

我们现在距离那座小山太近了，因此看不到山顶和上面的积雪。山坡被深蓝色的树林覆盖着，转过身，我看到了山脚翠绿的树丛，平原被树木点缀出一个个破洞，齐厄勒斯附近的荒地和沼泽一块黄一块红，横亘在远处的蓝色山谷前。道路慢慢爬升，猛然拐了几个大弯。

我们在马赛族部落停下车，一直等到车上载满了马赛人才又向前开。我们慢慢转过了两个大急弯，这是通向最后一个山坡的急弯。接着，我们踏上了唯一一条通向城镇的路。我们依次在油站、卖东西的杂货店前停下，马赛人下了车，黑帝也下去了。我把我的来复枪丢给了鲍勃的持枪工穆文迪，他把它绑在了车子前座后背的行李架上。我告诉黑帝我会去辛先生的店铺里点上几杯啤酒和软饮，又让穆秀卡给车加满油，停在辛先生店外的阴凉处。

我没有跟着黑帝去一般的综合商店，而是走进了辛先生的店。在树阴下的店里十分凉爽，厨房飘来一股做饭的味道，和住房区的味道以及锯木厂飘来的木屑味混在一起。

　　辛先生只有三件啤酒了，他可以从街对面的另一家商店再为我买两件。三个马赛族老人从旁边残破不堪的小酒吧走来。我和他们是朋友，彼此带着敬意相互致以问候，我甚至能闻出来他们已经喝了很多金吉普雪利酒，看起来，他们的敬意中掺入了酒精的味道。

　　结果，辛先生只有六瓶冷藏的啤酒了，我为那三个马赛老人买了两瓶，又给我自己一瓶，并且对他们宣布了玛丽小姐把大狮子杀掉的消息。我们相互为对方祝酒，为玛丽小姐和那头大狮子祝酒。随后我离开了他们，跟着辛先生到后屋里谈生意。

　　其实没什么生意好谈，辛先生只是想让我跟他一起吃点东西，喝点兑水的威士忌。他想告诉我什么，叽里呱啦了半天，可我听不懂，只能找了一个在教会学校上学的男孩来为我们翻译。这个年轻人被破损的裤子和白衬衫紧紧裹住，脚下穿着一双大大的、笨重的方头靴子。这双靴子就代表了他所接受的教育和他的文化。

　　"先生。"他翻译道，"辛先生让我告诉您，那些马赛族首领一直只想从您这里骗两瓶啤酒喝。他们在隔壁那个自称茶室的酒吧聚头，等看到你来的时候，他们就过来，仅仅是为了利用你。"

　　"我知道那三个老人，他们不是首领。"

"在跟欧洲人说话的时候，我总是使用首领这个词。"这个在教会学校上学的男孩说，"但是辛先生的观察是正确的，他们利用你的友谊来骗取啤酒。"

辛先生点了点头，给我递过来一瓶笛手威士忌。他只懂得英语里两个关于教会的词：友谊和啤酒。

"有一件事必须明确，我不是欧洲人，我们是美国人。"

"但这没什么区别，在我们这儿，你们跟欧洲人是一样的。"

"这必须得到纠正，我不是欧洲人，我和辛先生是好兄弟。"

我在自己的杯子里倒了些水，辛也这么做了。我们碰杯，并拥抱了对方，然后一起站在一张表现辛一手勒死一头狮子的石版画面前，同时被深深地触动了。

"让我猜猜，你是圣婴耶稣的追随者？"我问这个在教会学校接受过教育的查加人。

"我是基督徒。"他仰头说道。

辛和我悲痛地看了看对方，摇了摇头。然后辛对这个小翻译员说了句什么。

"辛先生刚才说他那三瓶冷藏啤酒是为你和你的朋友们留着的。等那些马赛老头们回来，他会给他们提供葡萄酒。"

"太棒了。"我说，"你能去替我看看吗？我的朋友有没有在我的旅行车上？"

男孩出去了，辛的头随着他的食指一点一点，为我倒上了笛手威士忌。我告诉他夜晚千万要离该死的路远一点儿。他问我对小翻译员的看法怎么样。我说他很棒，而且他的大黑鞋子表明了他的宗教信仰。

"你的朋友来了两个，就在你的猎车上。"小翻译员一边说一边走了进来。

"那是旅行车。"我说着走了出去，把穆秀卡叫了进来。他走了进来，身上穿着条纹衬衣，高高的身子弯着腰，嘴角上翘且有一条斜斜的伤疤，看起来十分迷人。他从柜台后面向辛问好，这个柜台上堆满了挂衣钉、珠串、药片和便宜的小商品。他有一个曾经是食人族的祖父，他爸爸正是黑帝，而他最少也有五十五岁了。辛给了他一夸脱啤酒，又把我的酒用软木塞塞好递给我。他喝下了第三杯酒，说道："我会把它带给穆文迪。"

"不用。我们给他也准备了一瓶冷藏的。"

"那我就把这瓶给他送出去，然后再说。"

"还剩两瓶呢。"辛说。穆秀卡点了点头。

"给翻译员来一瓶橙汁汽水。"我说。

那个男孩拿着他的软饮说："在你的马赛朋友回

来之前，我能问几个问题吗，先生？"

"当然。橙汁汽水好喝吗？"

"非常美味，先生。"

"明年我们还会有泡泡糖。"

"现在已经有泡泡糖了，但是太贵了。"

"你的问题是什么？"

"先生，你有多少架飞机？"

"八架。"

"你一定是这个世界上最有钱的人之一。"

"不是的。"我谦虚地说道。

"那么为什么呢，先生，你要来这儿做一个猎手呢？"

"为什么有人要去麦加呢？为什么那些人要去那些地方呢？你为什么要去罗马呢？"

"我不信天主教，我不会去罗马的。"

"我可没从你的鞋子里看出你对你的信仰有多么虔诚。"

"我们跟天主教徒有很多共同点，但是我们不崇拜偶像。"

"真的不信，有好多挺不错的偶像呢。"

"我宁愿做一个侦猎员，或者被您雇佣，先生，或者去参加博瓦纳的大赛。"

　　这时，那些马赛老人带着两个新伙伴回来了。我从没见过他们，但是他们中最年长的那个人告诉我，这狮子给他们惹出了很大的麻烦。它们从村子里掠走了驴子、野水牛、女人和山羊。他们想要玛丽和我把他们从那些狮子带来的恐惧中解救出来。这些马赛人全都喝得醉醺醺的，有一个甚至举止有些粗鲁了。

　　我们认识许多不错的马赛人，他们大多很好，也不坏，但饮酒绝不适合他们，瓦卡姆巴人在这方面却很厉害。也许，这正是促成他们分裂的原因。部分老人还依然记得，以前他们是一个纪律严明、骁勇善战的部族，如今却变成了一个梅毒泛滥、互相猜忌、只认牛不认人的部落。

　　在早上十一点的时候，这个新加入的老人就喝醉了，十分无礼，这从他问的第一个问题就能看出来。旁边的五个老人也都随身带着显示他们部族威严的长矛，我决定让翻译员在我们之间制造出一个安全的社交距离，以便让那些有所冒犯的词语先从他的嘴里说出来——如果真的有必要有所冒犯的话。

　　我想，如果我跟这五个马赛人在这个综合商店的狭窄前厅里发生争执的话，那么我绝对会被他们刺伤的，因为他们喝醉了酒，又带着长矛。但如果有翻译员在场为你争取时间，你就能用手枪多打中那么一两个喝醉了的朋友。我赶紧把手枪皮套转到前面，顶着我的腿，我把扣绳缠绕在小指上，并且很满意地发现我没有扣上枪套的扣子。

"给我翻译，大鞋子。"我不满地说，"精确地告诉我，他们是什么意思。"

"先生，他刚才说，他听说您的某一个妻子，他说的"妻子"指的是女人，是说一个女人猎杀了一头狮子。他想问您，在您的部落中，猎杀是不是都交给女人来做的。"

"告诉他，这个我从没见过的伟大首领，像他会让他年轻的部众们喝金吉普雪利酒一样，我们有时候会把捕杀的工作交给女人来做。事实上，就在他的部落里，很多青年战士把他们的时间用来喝酒，却从来没有杀过一头狮子，甚至一个人。"

见我这么奚落，小翻译官汗如雨下，情况似乎不太好。一个马赛人开始说话了。他看上去跟我的年纪差不多或者再大点儿，看上去长得很体面。翻译员耸耸肩，无奈地说："先生，他说您应该学习他们的语言，这样你们就可以面对面直接交流了。"

到这个时候，我认为我已经表现得足够刻薄了，我漫不经心地回答道："告诉这个我刚刚才认识的首领，我很惭愧没有很好地学会他们的语言，我的职责是猎狮子。我带来这里的妻子的职责也是猎狮子，她昨天把那头狮子杀了。"我接着说："现在，这里还有我为我的人准备的两瓶冰啤酒，我要跟这位首领单独干一杯，辛先生会为其他首领们提供葡萄酒的。"

翻译员如实地转达了这些话，没想到马赛人马上脸上堆笑，上前来跟我握了握手。我把手枪的绳套扣好，把它转回到原来的位置。

"给翻译员再来一瓶橙汁汽水。"我对辛说。男孩咣咣当当地喝了一口汽水，马赛人突然对他耳语了一番。男孩咽下汽水，清了清嗓子，说道："首领想私下里知道，您用了多大的代价才买到了您的妻子，那位能杀狮子的女人。他说，这样的女人用来繁殖后代，一定比一头强壮的公牛还好用。"

我一本正经地说："告诉这位拥有智慧的首领，我用了两架小型飞机、一架大飞机，以及一百头牛，才买到我的妻子。"

我们一起干了一杯，然后他突然迅速并很严肃地开口了。

"他说，这个价格用来买妻子太贵了，没有任何一个女人值这个价格。他说您提到了牛。那是奶牛，还是也有公牛？"

我没好气地解释说，那两架飞机是在战争中用过的，不是全新的。我提到的牛都是奶牛。

另外那个老一点儿的马赛人说，这样就能说得通了，但是依然没有任何女人值这个价钱。

我同意他的观点，这个价格实在太高了，但是这个妻子是值这个价格的。我说，现在我必须返回我的营地去了。

我又付了一圈酒钱，把一大瓶的啤酒留给了那个最年长的马赛人。我们是用玻璃杯在喝酒，离开的时候我把杯子倒扣在台面上。那个马赛老人怂恿我再跟他喝一杯，于是我又倒了一杯半啤酒，一口干了。我们握了握手，我闻到了一阵皮革混合烟草、粪便还有汗水的味道，这味道令人感觉十分不愉快。

我走出店面，来到我的旅行车旁边，现在阴影只能盖住车子的一半了。辛给我的后备箱装上了五件啤酒，他店里的男孩把最后一瓶冰啤酒用报纸包好送了出来。辛已经算好了价钱，包括这些啤酒和那些给马赛人的葡萄酒在内，都写在他的本子上。我把钱付给他，又给了那个小翻译员五先令。

"我更希望能被您雇佣，先生。"

"我除了翻译员不想再雇佣其他职位了，而这份工作我已经付你钱了。"

"我想跟着您，给您当翻译。"

"你会给我翻译动物的语言吗？"

"我能学，先生。我会说斯瓦希里语、马赛语、查加语，当然像您看到的这样，我还会说英语。"

"你会说瓦卡姆巴语吗？"

"我不会，先生。"

"我们说瓦卡姆巴语。"

"我很快就能学会的，先生。我能教您说斯瓦希里语，您能教我打猎，还有动物的语言。请您不要因为我是一个基督徒就对我怀有偏见。是我的父母把我送去教会学校的。"

"你不喜欢教会学校吗？记住，上帝在听着呢。他能听到你说的所有话。"我双手合十，指了指上天。

"先生，我不喜欢教会学校，我恨它。我是因为命令以及无知才成为一个基督徒的。"

"我们会带着你出去打猎的，但是你必须打赤脚，穿短裤。"

"我讨厌我的鞋子，先生，是博瓦纳·麦昆强迫我穿着它们的。我不穿鞋或者我跟您一起在辛先生店里的事情，如果被其他人报告给他的话，我一定会被罚的，即使我只喝了可口可乐。博瓦纳·麦昆说，可口可乐是堕落的第一步。"

"我们改天会带你去打猎的，但是你的部族并不是以打猎为生的。这有什么好处呢？你会被吓到的，而且你不会高兴的。"

"先生，如果您能带我去，我会向您证明我自己的。"说完，他掏出我刚刚付给他的工钱，说："这五先令，我会用来在本吉先生的商店里支付一把长矛的定金。晚上我会不穿鞋在外面跑，来锻炼我的腿脚，让它们能跟猎人的一样有力。只要您愿意，我会证明给您看的。"

"你是个不错的孩子，我不想干涉你的宗教信仰，而且我什么都给不了你。"

"我会证明给您看的。"他沮丧地说。

"就这样吧。"我说，然后转向穆秀卡："我们去商店吧。"

杂货店里非常拥挤，有很多马赛人在买东西，或者看着别人买东西。女人们从头到脚地打量着你，很大胆，年轻部众的举止粗野而欢乐，他们脑后拖着的辫子，重重的，染成了赭色。马赛人的味道闻起来还不错，女人们的手掌一旦跟你的手掌相碰，就一动不动，不愿移开。因为她们的手掌冰凉，在你温暖的手掌中享受着温暖。

本吉商店就像美国那些周六下午或者发薪日的印度商店，愉快而繁忙。黑帝找到了很不错的粗玉米粉以及所有聚会当天需要的可乐和软饮。他提出要看高架子上摆放的其实没用的东西，只是为了好好看一看那个印第安女孩，她可爱聪慧，正在跟吉·克进行异地恋。我们都很喜欢她，但我们没法与她深聊。因为我们知道跟她不会有什么结果。这是我第一次见到黑帝那么喜欢这个女孩，这让我很高兴，因为这让我们跟他相比有了一点儿微弱的优势。那女孩的嗓音很可爱，她问我玛丽小姐的事情，并告诉我她真为玛丽小姐猎杀了一头狮子而感到高兴。我一边带着喜悦听她对我说话，一边不由自主地去看黑帝去哪儿了。我这才突然发现他的衣服是那么醒目，而且令人印象深刻。他穿的是他最好的旅行制服，戴着他那顶上好的窄檐帽。

　　商店里的人在穆秀卡的帮助下，把他们买的食物和饮料罐装进了麻袋，我又为聚会买了半打威士忌，然后付了钱。因为商店缺少人手，我只好出去看着我们的来复枪，并让穆文迪来帮忙运东西。我很乐意去帮忙装货，但在这里，这样的行为会被看作是不懂礼节。我们打猎的时候总是一起合作，但是在镇子之类的公共场合下，这样做是会被误解的。我坐在车子的前座上，把来复枪靠在两腿中间，听着那些马赛人请求我载着他们到山脚下去。

　　猎车的车身安装在雪弗兰的底架上，它的刹车性能很好，但我们的车实在负载太满，所以最多只能再上来六个人。以前我总能见到有汽车载着比这个多一倍的人数，但是我们要走的路太曲折，况且有时甚至会让马赛族女人们呕吐出来，这样做实在太过危险。虽然我们总是会带着部众上来，但是我们从不把他们带下山去，一开始这导致了很多不满，渐渐地，这个决定他们也就接受了，因为我们以前载过的人们会主动向后来的人解释原因。

　　最后我们把所有东西都装载起来，另外搭载了四个女人和她们的大包小包，后备箱也装满了各种买来的商品和顺道搭车的女人，另外前面还有三个人坐在黑帝、穆文迪、穆秀卡和我的左边。市场里的马赛人向我们挥手道别，我打开了一瓶还包在报纸里的冰啤酒，递给了穆文迪。他向我打了一个手势，把身子往下缩到我后面，让我帮他挡住黑帝的视线。我喝了一口，把酒瓶递给他，他急急地背过身去，深深地喝了一大口，把酒瓶递回给我，我又传给了穆秀卡。

　　"等一下。"他说。

　　"等到那个女人晕车了再说。"穆文迪接道。

　　穆秀卡开车十分谨慎，他知道坐在车上以及到转急弯时的感受。通常情况下，我们会先确定哪个马塞族女人不晕车，让她坐在我和穆秀卡之间，另外两个坐在恩古伊和穆文迪之间。我们觉得，三个女人都浪费在黑帝身上了。这几个女人中，有一个是一位出名的美人。她长得十分具有古典美，有着漂亮的皮肤，而且根本不怕羞。她天生丽质，跟我一样高，有着一双我所见过的最冰凉也最有毅力的手。她经常坐在穆秀卡和我之间，一只手握住我的手，另一只轻轻地与穆秀卡调情。当我们对她的挑逗有所反应时，她就会笑出声来。我知道恩古伊和穆秀卡都会时不时地为她做事。她对我非常好奇，喜欢看到我们对她的亲密碰触有明显的反应。每次我们到达她的目的地，让她下车走回她的部落，几乎总有人跟她一道下车走一段，然后再走回自己的部落。

　　但是今天，我们只是一路向前开，想直接回到我们的营地去。穆秀卡没有任何机会喝啤酒，因为他爸爸——黑帝就坐在他身后。我一边思考有关道德的事情，一边与穆文迪一起喝酒。我们在包着酒瓶的纸上做了记号，记号以下的酒都是穆秀卡的。

　　根据我们的道德标准，我的两个最好的朋友一起追求那个马赛女人是没有任何问题的，但是一旦我也加入的话，我就可能通不过成为瓦卡姆巴人的观察期，而且我和黛巴对对方都是认真的。如果这样的话，我就会被证明是一个不负责任的、放荡的、不严肃的人。很显然，那些并不是出于我们要求的肌肤接触会被默许。但是，另一方面，如果我对她的挑逗没有任何反应的话，这个后果是非常不好的。这些对于我们部落风俗的简单的研究总是让去往罗依托其托克的旅途变得有趣而且有益。

不过有些时候，这些风俗会让我感到沮丧和不解，但我知道，想要成为一个合格的瓦卡姆巴人，你就绝对不能感到沮丧，也绝对不能承认你的不解。

后车厢里终于传来了有女人晕车的消息，我让穆秀卡停下车。我们知道，黑帝会利用这个间隙去灌木丛里小便，所以当他优雅而漫不经心地解决他的事务时，我把穆秀卡的啤酒递给了他。他拿过酒瓶迅速地喝了一口，剩下的又还给了我和穆文迪。

"在它变热之前喝了吧。"

三个人下车之后，车子再次开动，我们对减轻了的负载都松了一口气。车子穿过小溪和林子，径直开向营地。我们看到了一群黑斑羚正穿过树丛，我和黑帝跳下车想要拦下它们。在深绿色树丛的背景下，它们看上去是红色的。我几乎无声地打了一个唿哨，却看到一只幼年雄鹿回头，茫然地看着我们的方向。我屏住呼吸，轻轻抓住它，折断了它的颈子。黑帝跑过来诵真主之名进行了屠宰。其他羚羊跳跃着，轻巧得好像在飘浮一般躲进了林子深处。

我没有跟着黑帝看他进行清真宰杀，所以这只是一件关乎他良心的事情。而且我知道，他的良心并不像夏洛那样刚硬。比起为那些穆罕穆德信徒们诵经，我对于开枪捕猎所需的事物更有兴趣。于是，我慢慢地在很有弹性的草丛上向前走去。当我看到黑帝的时候，他已经笑着割断了那只黑斑羚的喉咙。

"我跟真主通话了。"他说。

"谁说不是呢？"我回答，"跟魔鬼通话。"

"不是魔鬼，是跟善良的真主通话。"

我没有接话，告诉黑帝不要弄脏了他干净的制服，然后跟穆文迪、穆秀卡一起把那只羚羊抬上了车子的后备箱，在那里，我们把它安静而文雅地放在一大箱可口可乐上。当我把羚羊的头枕在箱子上的时候，穆秀卡大笑，穆文迪一边关上后车厢的门，一边乐呵呵地说道："现在我们也为可乐而诵真主之名了。"

我们开进了营地，停好车。吉·克待在他那杂乱的帐篷里面，我去找他，告诉他我为营地的肉食供应以及那些穆斯林猎了一只黑斑羚。我问他，如果他不想要羚羊的话，还有没有其他想要的。我看到玛丽躺在帐篷里，好像又睡着了，便没有去打扰她。

"这一趟怎么样？"他问，"玛丽的斗志已经恢复了，但是她有点不舒服，现在她正睡觉呢。"

"你怎么样？"

"这些废话只是让我不停地想去上厕所。"

"林德伯格怎么样？"

"他还在那儿。"

"能知道这件事情的结果已经很好了。你想让我给你打点什么来？我刚才打了一只黑斑羚。"

"你有一帮人，我也有一帮人，我的那帮人明天要上路。另外，还有一些奇怪的人要来参加聚会。"

"我最好现在就动身吧。你想要什么？一头斑马，一头角马？"

"这就挺不错。"

帆布冷水袋里有三夸脱冰啤酒，我说我想带上这些，另外又去私人仓库里拿了些腌鱼和虾做的零食。我告诉恩古伊把货物从车上拿下来，然后让恩古伊把我的双筒望远镜、壳包和大型枪拿来，另外叫上穆文迪和穆秀卡。我们要出去喝几杯，再猎点肉回来。

"最好先打猎，然后再喝酒。"穆文迪站在我们身边说道。

"非常感谢你的提醒。"我连忙说，"给我那顶浸在水里的大帽子，谢谢。"

　　我走到仓库，找到了三瓶嘉士伯啤酒。我们把这三个又小又细的瓶子放进车里的冰袋中，那些冰袋不断随着车子摇摆，瓶子的表面浮起了一串小细泡。

　　"出发。"我说。

　　"去哪儿？"穆秀卡一边把车开出营地，一边问。

　　我指着北边靠近树林的地方，远处是一道绿一道白的田地。他直直地朝着北方开了过去。云朵从山顶飘过来，在平原上投下了一片移动的阴影。

　　北边那片原野，像公园一样。我想我们可以把车子停在那儿，坐在云朵投下的阴影中喝着啤酒，守株待兔，等着猎物投怀送抱，跑到我们的射程范围内。现在将近正午，动物都没有走动。我们只好把车停在树荫下，我和恩古伊慢悠悠地向一群角马靠拢，然后开枪射中了一匹幼年公马。其他角马向前跑了几步，又站定了向回看。一群斑马从开着小白花的地方急速飞驰过来，我又射中了一匹成年公马。它在离那些角马五十码开外的地方摔倒了，有着黑色条纹的身体撞到了开着的白花。在它前面，一匹黑色的角马躺在白色的土地上。

　　其实我不想猎杀任何东西，甚至想推掉这个任务，但是肉食是必需的。我掏出手枪，木然地把子弹从那匹斑马的后颈射了进去。它的皮毛十分美丽，死相却很不好看。恩古伊用他的刀尖碰了碰它的眼睛，说："还没死。"我们又走向那匹角马，我用手枪射向它的脑袋。它颤抖了一下，僵硬地伸开了它的脚，然后就脱力了。

车子黑色的轮胎压在白花铺成的地毯上，向我们开了过来。这是一匹很沉的角马，要抬起它真是非常不容易。我们四个把角马抬进了后备箱。斑马也同样很沉，我们必须通力合作才能把它装上车。我想，我们就不该把它们运回去，只不过这次聚会会来很多人，必须有足够的食物供应给他们。

在这样炎热的正午烈日下，要是能让我们自己选择的话，我们根本不愿意出来屠杀动物。把这两只猎物放进车子里，让我想起了把鱼放进船尾，唯一的区别就是它们的重量。我们一边用装在袋子里的饮用水洗手，一边把身上的虱子摘掉。恩古伊帮我把我背上和肩上的虱子摘掉。我想，我多么傻啊，干嘛不多带一点儿人来帮忙装车。我计划举办一次令人愉快的野餐，以弥补我们不载人下山的行为，这让我忘记了刚才的那一场屠杀。

现在我们都回到了车上，我打开两瓶冰啤酒，把其中一瓶递给了恩古伊、穆文迪和穆秀卡。我说我们可以开车回去，路上正好经过从香巴去营地的小路，顺便搭载几个来参加聚会的人。在做完搬运、装载之后，冰啤酒的味道尝起来好极了，我们全都大口大口地向下咽，没有一丝停下来的意思。这种粗鲁的行为并不是我原本喝酒的方式，不过今天就算了吧。

在小路上，我们搭上了三个带着孩子的女人，我听到恩古伊和穆文迪跟她们有说有笑，但是我听不懂他们在说什么。树荫下、停车带里全都是人，那些褐色肌肤的女人们，她们穿着带串珠领子的浅色上衣，戴着美丽的手镯，可爱极了。有人从香巴带来了一个大鼓，侦猎员们又从其他地方找来了三个。现在时间还早，但这次聚会已经开始有点样子了。我们经过人群中正在做准备的人们，然后停在了树荫下。

从山上吹来的风十分猛烈，帐篷里凉爽怡人。女人们散开来，孩子们又蹦又跳地跑过来，看我们把猎到的动物抬下来。我把来复枪拿给恩古伊去清理，自己走向那个杂乱的帐篷。

"你把我们的冰啤酒全都拿走了。"玛丽小姐不解地说，"这是怎么回事？"

她看起来好多了，也休息够了。

"我带了一瓶回来。在袋子里呢。亲爱的，你怎么样？"

"吉·克和我都好多了。我们没有找到你的子弹，只有吉·克的。"她转向我，"天哪，一头苍白的剥了皮的狮子看起来真是高贵又美丽，就跟它还活着的时候一样高贵。你有没有在罗依托其托克发现什么有趣的事情？"

"有，我们把所有差事都做完了。"

"我真想跟你们一起去打猎，但当时我还在睡觉呢。"

"你打到什么了，老爹？"吉·克问。

"打到了你想要的。"

"我听到了两声枪声。"

"别跟我开玩笑。我是新来的，而且我正努力要融入这个地方呢。"

"让他变得受欢迎吧，玛丽小姐。"吉·克说，"带他到处走走看看，让他舒服点儿。你看到聚会了对吧，我的好小伙子？"

"是的，长官。"我说，"在我的国家，我们也有这些东西。我们都很喜欢它们。"

"在美国，他们是不是把它叫作篮球？我总是在想那是不是某种棒球游戏。"

"在我的家乡，我们在聚会上会一起跳舞，庆祝丰收。我猜可能更像你们的板球吧。"

"差不多。"吉·克说，"但是这次聚会将会采用一种全新的形式，跳舞的全部都是当地人。"

"真有意思，我的长官。"我说，"我能不能陪着这位迷人的小姐，你的玛丽小姐一起去参加这个聚会呢？"

"我已经受邀了。"玛丽说，"我会跟比赛侦察部的辛格先生一起去参加这次聚会。"

"玛丽小姐，真见鬼。"吉·克说。

"辛格先生是那个年轻人吗？就是那个长得挺体面，留着胡须，穿短衣裤，用鸵鸟的羽毛插在头上的？"

"那个估计就是辛格先生了。"

"先生，他看起来挺有品位的，他是你在比赛侦察部的同事吗？我不得不说，你有着一副多么强壮的身子骨啊。"她笑着对我说。

"我爱上了辛格先生，他是我的英雄。"玛丽说，"他告诉我你是一个骗子，从来没有猎到过狮子。他说所有人都知道你是骗子，恩古伊和其他人只是假装是你的朋友而已，因为你总是给他们送小礼物，而且没有什么规矩。他说，你喝醉了，恩古伊就趁机折断了那把刀子，那可是你在巴黎买的一把昂贵的、上好的刀子。"

"是的，是的。"我说，"我的确记得在巴黎看见过辛格。是的，是的，我记得，是，是这样的。"听到这晴天霹雳，我顿时变得结巴了。

"不，不是的。"吉·克神情恍惚地说道，"不，不是。那个不是辛格先生。他不是我们的一员。"

"是的，是的。"我说，"恐怕他是的，先生。"

"辛格先生还告诉了我一件有趣的事情。他说，你让恩古伊在你的瓦卡姆巴弓箭头上喂了毒药，这样，你才有机会一箭致命。他用那毒药在自己的腿上试给我看了，血流得像湍急的小溪一样。"

"亲爱的，我亲爱的。最好她还是跟着你的同事辛格先生一起去参加聚会吧，你觉得呢？这样应该是再好不过了，她是一位有身份的女士，依然受到白人责任条款的约束呢。"

"她会跟我一起去参加聚会。"吉·克自信满满地说，"给我一杯水，玛丽小姐。你如果不想动，那么我自己来吧。"

"一杯水我还是可以为你倒的。"玛丽笑着说，"你们俩看起来都好阴沉，我为刚才说的关于辛格先生的一切道歉。"她摊开双手，接着说："这里总得有人说点关于老爹与他的异教徒，或者你们俩之间，或者老爹与他的野蛮与邪恶之间的笑话啊。你们今天都是几点起床的？"

"不是很早。现在还是今天吗？"

"日子一天接一天，一天接一天，然后再一天。"

玛丽说，"这是我写的一首关于非洲的诗里的句子。"

　　玛丽小姐写了一首不错的关于非洲的诗，但是问题在于她总是在脑子里写，却不在纸上写下来，那些好诗最终都像梦一样被遗忘了。有一部分句子她写了下来，但是却不愿意给任何人展示。我们都曾对她那些关于非洲的诗作抱有很大信心，当然现在我依然满怀信心，但是如果她能把那些句子写出来我会更喜欢它们。

　　我们都在读路易斯翻译的《田园诗集》，我们曾经有两本这诗集的读本，但却忘记把它们放在哪儿了。我再没见过比这两本书更容易被遗漏的书了，真让人揪心哪。我所能找到的曼图亚唯一的缺点就是，他总是让很多不那么有才华的普通人觉得，他们也能写出伟大的诗作来。话又说回来，这种看法当然不正确，但尤其是当你身处非洲时，很多事情都是不正确的。在非洲，一件破晓的时候还是正确的事情，到了正午就能变成一个谎言，就好像你的视线越过那些太阳底下的盐沼泽地，却真切地看到了一片湖泊，它的周围有喜人的小草，美丽无比。清晨，你穿过那片盐沼泽地，你知道对面其实是没有那样一个完美的湖泊的，但是现在那儿突然有了一个，美丽怡人，令人不敢置信。

　　"这真的是你那诗里面的句子吗？"我问玛丽小

姐。

"那当然。"她洋洋自得。

"那么在它变得像一场交通事故之前，赶紧写下来吧。"

"你不一定非要像开枪打别人的狮子一样，把他们的诗也给毁了。"

吉·克抬起头来看着我，就好像一个厌烦了学习的学生。于是我说："我找到了我的那本《田园诗集》。这是没有路易斯·布鲁姆菲尔德介绍的那本。你们想读一读吗？"

"你能看出来那不是我的那一本，因为上面写着我的名字。"

"以及路易斯·布鲁姆菲尔德的介绍。"

"这个布鲁姆菲尔德到底是谁？"吉·克问，"那是什么有争议的字眼吗？"

"他是一个作家，在美国的俄亥俄州运营着一座非常出名的农场。因为他的这座农场非常著名，牛津大学还让他写了一篇介绍。把书翻过来，他就能看到维吉尔的农场、维吉尔的动物以及维吉尔本人，甚至是他的严厉平板的角色或者粗糙的场景。无论如何，路易斯能够看见他们，他说这些为所有读者构成的诗句或者诗篇，美好而永恒。"

"那么我的那一本绝对是没有布鲁姆菲尔德的。"吉·克说，"我想你把它落在卡贸多了。"

"我的写着我的名字呢。"玛丽说。

"太好了。"我说，"你的那本写着你名字的《斯瓦希里的北部》现在装在我裤子口袋里，被我的汗浸湿了，纸全都粘在一起了。我把我的那本还给你，你能在那本书上面再写上你的名字。"

"我不要你的，我要我自己的那本。你为什么一定要把它毁了呢？"玛丽着急而不满地说。

"我不知道，大概是因为我一直密谋着要把非洲给毁了。"我指了指我的裤子口袋，"它在这儿呢，我建议你还是拿走那本干净的吧。"

"这本有我亲手写上去的字，而且有注释。"

"很抱歉。我一定是某个早晨错拿了这一本，随手放进我的口袋了，当时天太黑了。"

"你从不会犯错。"玛丽说，"我们全都知道这一点。另外，如果你不是天天除了法语书什么都不看的话，而是能好好学一学斯瓦希里语，不是整天用那奇怪的口音说话，你现在就赶紧去吧。我们都知道，你读法语书，走那么远的路，来非洲看法语书有必要吗？"

"或许吧，我不知道。这是我第一次买到西姆农的全集，而且丽兹长廊书店里的那个女孩太可爱了，我不得不买下全套。"

"然后你就把它们放在坦噶尼喀的帕特里克那里，只随身带了几本。你觉得他们会读那些书吗？"

"我不知道，帕特莫名地有一点儿像我。他可能会读，也可能不会。但是他有一个法国妻子，那些书可能会给她吧。不，帕特不会读它们的。"

"你学过法语吗？学过法语语法吗？"

"没有。"

"你无药可救。"

吉·克皱起眉头看着我。

"不。"我说，"我并不是无药可救，因为我还心存希望。当我真的失去希望的那一天，我他妈的一定会很快让你知道的。"

"你对什么还心存希望？精神迷茫？拿走别人的书？在一头狮子的事情上说谎？"

"这听起来真押韵。就拿'说谎'这件事来说吧。现在我躺下睡觉，核心动词是性交，接下来的事情就是跟谁，以及这件事能让你多开心。每个晚上、每个白天都跟我做，篝火燃烧，没有冰雹，没有烛火，山谷异常寒冷，而雪还在不停地下。当你睡觉的时候你得把被子裹紧，林子里有一条一条的黑色条纹，那不是紫杉木。山脉好像会动，走近了一点儿，又远远地走开了。与我一同度过夫妻一样的生活，你会带着什么样的干粮来陪我度过这一夜呢？"

这不是什么带有善意的交谈，尤其是对于一个对维吉尔心存仰慕的女士来说。好在这时候午饭时间到了。午饭总是在任何误会中以及争论参与者之间扮演着停战协议的角色，它可靠得就像在教堂里服刑的罪犯们一样，尽管我对那些教堂的神圣性完全不信服。我们的争执一笔勾销，玛丽小姐吃完午饭后又睡午觉去了，而我则去参加聚会。

这次聚会与其他的聚会没有什么两样，唯一的不同就是这次聚会超乎寻常地令人欢欣，比赛的侦猎员们为此做出了非常大的努力。他们穿着短衣裤跳着舞，所有人头上都插了四根鸵鸟毛——至少在聚会开始的时候是有四根的。这四根羽毛中，两根是白的，两根被染成了粉红色，他们用皮绳或皮带，从系上到绑住，用尽一切办法把这四根羽毛固定在头发中。他们戴着跳舞时用的铃铛脚镯，舞姿优美，一看就是经过训练的。

我们有三个鼓，还有一些锡盒子和一些空汽油桶，都被当作了鼓。大家跳各种舞蹈，有四种是传统型，有三四种是即兴编出来的。所有人都在舞动，但年轻的女人们还有小女孩、小男孩们直到后来才开始跳舞，还一直留在外面，直到傍晚才进入聚会的中心。从孩子们和年轻的女孩们跳舞的样子你可以看得出来，他们更加习惯于参加那些在瓦卡姆巴举行的原始的聚会。

玛丽小姐和吉·克一起拍了几张彩色照片，她与所有人都握了手，接受他们的祝贺。比赛的侦猎员们表演了小杂耍。有一个侦猎员立着埋了一枚露出一半的硬币，然后将双脚立在空中，用手控制着一个车轮绕过那枚硬币，然后弯曲手臂把头伸向地面衔住硬币，向上一抛，硬币只绕了一圈，他就用脚接住了它。这个表演非常困难，侦猎员必须是最强壮、最灵巧，而且最善良、最温和，他才能漂亮地完成这一系列动作。

尽管聚会热烈、刺激，但大部分时间里我都坐在阴凉处，全神贯注地用手掌在一个空汽油桶上打着最基本的节奏，看着跳舞的人群。公告员今晚戴上了他的仿毛围巾和卷边帽，走过来蹲坐在我旁边。

他问："兄弟，你为什么那么伤心？"

"我不伤心。"

"每个人都知道你很伤心，你应该振作起来。看看你的未婚妻，她是今晚的舞会皇后。"

"不要把你的手放在我的鼓上，你把声音挡住了。"

"你打鼓打得很好，兄弟。"

"该死的，我打得的确很好，我根本不会打鼓，我只是在机械地活动我的手臂。你又在难过些什么？"

"盖姆老爹随随便便几句话就把我打发走了。就在我们完成了那宏伟的工作之后，他说我在那儿什么都没干，于是他就把我送到一个轻易就会丧命的地方去了。"

"你在哪儿都会丧命的。"我毫无表情地说。

"是的。但是我在这儿，能够帮你的忙，能够死得高兴点儿。"他看似玩世不恭地回敬道。

舞蹈变得越来越原始了。我喜欢看黛巴跳舞，但我没有看。我想，她的舞姿实在太美了，任何芭蕾都应该像这样。我敢肯定，她其实就是跳给我看，因为她跳着跳着，越来越接近我的小汽油桶手鼓。

"她真是一个非常美丽的女孩。"公告官说，"她是舞会皇后。"

我铆足了劲儿，继续打鼓，直到一支舞结束，然后站起来找到穿着绿色长袍的恩古伊，让他去看看女孩们喝的可乐还够不够。

"来帐篷里。"我对公告官说，"你生病了，对吧？"

"没错，兄弟，你真是一个细心的人，你可以给我量个体温，我没有骗你，我真的在发烧。"

"我会给你吃一点儿阿的平[1]。"

玛丽依然还在照相，女孩们挺直了身子僵硬地站着，她们的乳房在围巾下挺着立，那围巾看起来就像是桌布。穆秀卡正在把一部分女孩聚集起来，我知道他其实是想要给黛巴拍一张好看的照片。我看到黛巴因为站在玛丽小姐前面而感到十分害羞，她直直地挺立着，眼睛看着地上。这时，她像一个士兵直直地立正站着，完全没有了跟我在一起时的厚颜和冒失。

公告员的舌头发白，看起来就好像嘴里长出了一根粉笔。当我用勺柄把他的舌头压下去的时候，我看到他的嗓子里面白一块、黄一块。我把温度计压在他的舌头下面，发现他的体温达到了华氏101.3度[2]。

"你生病了，过去的公告官。"我说，"我会给你一点儿盘尼西林，还有盘尼西林的锭剂，然后用车子把你送回家。"

"兄弟，我说过我生病了，但是没人在乎。我能不能喝一杯，兄弟？"他拍了拍我肩膀。

"盘尼西林不会有什么副作用。它对你的喉咙有好处。"

---

[1]一种用来治疗或预防疟疾的药物。

[2]等于38.5℃。

"我相信它会的，兄弟。你觉得我在你这儿生病，被你证实了，盖姆老爹会不会让我留在这儿为你服务呢？"

"你生病的时候是不会有任何作用的。或许我应该把你送到卡贾多的医院去。"

"不，请别，兄弟。你可以就在这里治好我，我能在任何紧急情况下起作用，能够做你的眼睛，你打架时候的左右手。"瞧瞧，他说得多轻松啊，我都不知道该怎么回答他了。

上帝快来救救我们所有人吧，我想，这公告官既没有喝酒也没有吸食大麻药物，却在想这些。他的咽喉正在发炎，而且很厉害，他可能是得了扁桃体炎。这种精神即使只是在嘴上说说也真是斗志十足。

我用玫瑰酸橙汁和威士忌兑了半杯饮料，希望能够减轻他喉部的疼痛，打算在这之后再把药给他，最后亲自把他送回家去。

这杯混合饮料让他的咽喉感觉好了一点儿，而更加强烈的作用是，他的斗志被激发了。

"兄弟，我是一个马赛人，我被博瓦纳人还有一个索马里女人毁过，她把什么都带走了——我的财产，我的孩子，还有我的声誉。我一点儿都不怕死，我藐视死亡。"

"你告诉过我了。"

"是的。但是现在你把你的长矛给了我，我就要让我的人生从头再来一遍。你是不是给了我能够返老还童的药？"

"返老还童？会的。但是你必须真正年轻，那药才能帮你回到童年。"

"我真正年轻，我发誓，兄弟。我感觉年轻正在源源不断地涌进来呢。"

"这就对啦。"

"估计是吧，但是我也能感觉到年轻。"

"我现在把药给你，然后送你回家。"

"不，不，不，千万别，兄弟。我是跟那寡妇一起来的，她必须跟我一起回去。现在对她来说回家还太早了。三天前在上一场聚会中我把她弄丢了。今天我会等着她，跟她一起坐卡车回去。"

"你应该躺在床上休息。"

"等着那个寡妇更好些。兄弟，你可不知道一场聚会对一个寡妇来说有多危险。"

我知道这有多危险，而且我也不想让他用这么一副坏嗓子继续说话。他问道："我能不能在吃药之前最后再喝一杯？"

"好的。我想这对药效没什么影响。"

这一次我只在玫瑰酸橙汁里加了糖，调出了一大杯。太阳快落山了，温度也将随之降低。如果他要等那个寡妇，那么就必须等好长时间。

"我们一起能干出一番事业来，兄弟。"公告员说。

"我不知道。你难道不觉得我们应该各自去干出一番事业来，让自己变得更敏锐吗？"

"说出一个大事来，我就能做到。"

"一旦你的喉咙好了，我就给你想一个出来，我有很多必须我自己完成的小事要做。"

"我能不能帮你做小事呢，兄弟？"

"这不行，这些事我必须一个人做。"

"兄弟，如果我们一起做大事，你会带我去麦加吗？"

"我今年可能不会去麦加。"

"明年去？"

"如果真主安拉想要我去的话。"

"兄弟，你还记不记得博瓦纳·麦克·克塔尔？"

"太记得了。"

"他死了，他的父亲也是。告诉我博瓦纳·伯里克斯真的死了。"

"他死了，死在了瑞士的冰雪中。"

"兄弟，很多人说博瓦纳·伯里克斯其实没有死。

他们说，他只是消失了，直到他的债主们都死光了，他就会再次出现在这个世界上，就好像圣婴耶稣一样。这种说法是真的吗？"

"我想这说法没半句真话，这个博瓦纳·伯里克斯真的死了。我的朋友看到他在雪地里摔破了头，死了。"

"好多人都死了，只剩下我们几个。告诉我，我的兄弟，我听说过你的信仰，谁是引领你信仰的最伟大的主？"

"我们通常叫他季齐圣灵。但这不是他的真名。"

"我明白了，他去过麦加吗？"

"他去麦加就好像你或我去市集商店一样。"

"我听说，你直接代表他？"

"如果我有这个价值的话。"

"但是你享有他的权威？"

"你不应该问这个。"

"对不起，兄弟，我没注意。但他通过你来发话？"

"如果他选中了我，他就会通过我来发话。"

"那些不是他的——"

"别问了。"

"能不能——"

"我把盘尼西林给你，然后你就可以走了。"我说，

"在这样一个杂乱的帐篷里谈论宗教信仰是非常不合体的。"

不能在针头面前展示出公告官的勇气，这真是令人失望。他不太相信口服盘尼西林药剂的药效，这与我所期望的一个未来能成大事的人有差距。他高兴地吃了两大匙药，看起来他很喜欢这药的味道。我也跟着他一起吃了几匙，以防他中毒，同时也因为没有人知道在一场聚会中到底会发生什么。

"这味道真好，你觉得它能带给我力量吗，兄弟？"

"圣灵自己都吃它。"我说。

"安拉说不定也会吃的。"他说，"我什么时候吃剩下来的那些呢？"

"早上起床后。如果你晚上醒了，就把这些小药片含住。"

"我已经好多了，兄弟。"

"现在去看看你的寡妇吧。"

"我这就去。"

我们一直偷听着外面的鼓点、铃铛脚镯稍弱一点儿的声音，以及吹交警哨的声音。我依然没有感觉到任何欢乐，也不想跳舞，所以当公告员走了之后，我将戈登雪利酒和金巴利苦酒混合起来，又加了一点儿吸管里的苏打粉。我猜想，如果它跟双份的口服盘尼西林混合起来能够产生作用的话，那么，即使不能在纯科学范畴的杂志上发表，我也一定要发表一篇相关的论文。杯子里的液体看起来非常和谐，如果要说还有什么别的效果，那就是它们好像让鼓点的声音变大了。我仔细地听了听警笛声有没有变得更加尖锐，但它们听起来没有任何变化。

我在滴着水的帆布水包里又找到了一夸脱冰啤酒，所以这一杯酒一定是个好彩头。我回到了聚会场上，有人正敲着我的鼓，所以我找了一棵不错的树，靠着树干坐下了。

我的朋友托尼走了过来。托尼是一个非常好的人，也是我最好的朋友之一。他是一个马赛人，曾经在一个坦克兵团里担任军士，是一个十分勇敢且有很强能力的士兵。他可能是英国部队里唯一的一个马赛人，或者说是唯一一个马赛军士。因为他是一个忠诚的、快乐的、完美的机械师，会说英语、马赛语、斯瓦希里语，还会说一点点儿查加语、瓦卡姆巴语。他在竞赛委员会为吉·克工作，这让我很嫉妒。他长得一点都不像马赛人，他有着强壮有力的胸膛、手臂和脖颈，腿也不是弯曲的，而是又短又直的。

我曾经教过他拳击，所以我们经常一起练习。

"这是一场很好的聚会，先生。"托尼说。

"是的。"我说，"你不跳舞吗，托尼？"

"不，先生。这是一个瓦卡姆巴的聚会。"

人群现在正在跳一支非常复杂的舞蹈，年轻的女孩们也在紧张地跟着舞动。

"有几个相当漂亮的女孩。你最喜欢谁，托尼？"

"你喜欢谁，先生？"

"有四个非常美丽的女孩，我决定不了。"

"有一个是最好的。你知道我在说谁吧，先生？"

"她的确很可爱，托尼。她从哪儿来？"

"从瓦卡姆巴耕地来，先生。"

她真是非常漂亮，比最漂亮的都漂亮。我们一起注视着她。

"你有没有看到玛丽小姐和上校？"

"看到了，先生。他们刚刚还在这里。我很高兴玛丽小姐捕杀到了她的狮子。"他把手臂搭在我的肩膀上，接着说："先生，你记不记得早些时候狮子像戳破泡泡一样把马赛人弄得一塌糊涂？你记不记得无花果树林那里的营地？猎这狮子花了她太长的时间，先生。今天早上我告诉她一个马赛俗语，她告诉你了吗？"

"没有，托尼，她没有。"

"我告诉她，'一头大公牛死去的时候总是非常安静的'。"

"这倒是真的，即使现在外面聚会的声音那么大，我还是觉得非常安静。"

"你也注意到了，是吗，先生？"

"是的，我的内心已经安静了一整天。你还要啤酒吗？"

"不了，谢谢你，先生。今晚有拳击比赛吗？"

"你喜欢拳击？"

"有好多新人加入。先生，只要你喜欢，我们明天聚会结束后再打拳击，能做得更好。"

"如果你喜欢的话，今晚也可以。"

"明天应该会更好。有一个男孩不是太好。他不坏，但是也不好。你知道这样的人的。"

"城里人？"

"有一点，先生。"

"他会拳击吗？"

"不太会，先生。但是他很快。"

"出拳很快？"

"是的，先生。"

"现在这是什么舞了？"

"新的拳击舞。你看到了吗？他们正在暗暗打斗，看，那就是你教的左钩拳。"

"他们打得比我教得好。"

"明天打拳最好，先生。"

"但是明天你就走了。"

"我忘了，先生，请原谅。自从大公牛死了之后，我的记性就变坏了，那就等我回来再打吧，我现在要去检查卡车了。"

我去找了黑帝，看到他在跳舞的人群之外。他看起来很高兴，也很自控。

"请在天黑之后把他们用卡车送回去。"我说，"穆秀卡可以用捕猎车再送几个，夫人累了，我们要早点吃晚餐，然后去睡觉。"

"是。"他同意。

我找到了恩古伊，他说："你一个人吗，老爹？"这声音，在黄昏中听起来十分讽刺。

"我一个人。"我回道，"为什么你不跳舞？"

"太多戒律了。"他说，"今天我不能跳舞。"

"我也不能。"

"明天呢？"

"我们一大早就去猎雪豹。"

"对。"他说，"你和我，来复枪，猎枪。"

那一晚，我们吃了一顿美味的晚餐。我们的厨子莫博巴用狮子腰上的嫩肉做了面包屑炸肉排，非常美味。九月，我们第一次吃炸狮子肉排的时候，就讨论过这是一种怪癖，一种野蛮的行径。狮子肉跟小牛肉一样白，又软又嫩，丝毫没有任何腥味。没想到，现在所有人都在吃炸狮子肉排，这件事有些微妙。

"我觉得要是在一家高级意大利餐厅里，没人能把狮子肉跟米兰炸肉排区分出来，狮子肉甚至更加好吃。"玛丽说。

当初，我第一次见到一头狮子被剥皮的时候就确定它的肉质非常鲜美。我的持枪工穆克拉告诉我，腰部的嫩肉是吃起来最可口的部位。但是我们被鲍勃严格管制，而且鲍勃把我看成一个起码有一半高贵血统的先生，所以我绝没有勇气切下一块腰肉，然后吩咐厨子去烹饪它。

当我让恩古伊把两块腰肉切下来的时候，一切就不同了，因为今年我们猎到了狮子。鲍勃说这样做太残忍了，而且从来没有人吃过狮子。但这是我们最后一次远征狩猎了，我们每个人都想弥补因之前没有做过的事情而带来的遗憾，他只好含糊其辞地同意了我们的做法。而当玛丽告诉莫博巴如何烹制炸肉排，他把做好的肉像切好的小牛肉一样端上来时，那四溢的香味让鲍勃也忍不住尝了一点儿，而且他也非常喜欢这个味道。

"你在美国也吃从落基山猎到的熊，这就像猪肉一样，只不过更肥一点儿。你吃的猪肉，那可比熊或者狮子更脏呢。"

"不要烦我。"鲍勃说，"我正在吃这该死的肉呢。"

"难道不好吃吗？"

"好吃，该死的，它真好吃。但是不要烦我。"

"再多来点儿，鲍勃先生，多来点儿。"玛丽说。

"好的，我再来点儿。"接着他的声音提高了八度，"但是在我吃它的时候别盯着我看。"

谈起鲍勃，总是让人愉快，我和玛丽都喜欢他，而且他是我认识的人当中最让我感兴趣的一个。玛丽把他们在穿过坦噶尼喀的长途旅行途中鲍勃说过的事情复述给我们听，那时我们还在大鲁阿哈河地区和波哈拉平原打猎。听到这些故事，就像鲍勃在我们身边一样，我们还能想象出他没有说出来的内容。这样的感觉让我们在经历困难的时候也不觉得有多难办了。

菜的味道如此美味，吃狮子的感觉也很好，而且在这最后一次亲密的用餐中能够跟鲍勃在一起，这让我非常开心。我很高兴玛丽和吉·克的肠胃能够正常运作，真希望这样的情况可以一直保持下去。我呢，在盘尼西林的帮助下，我的消化运转自如，所以我在想那个公告员现在怎么样了。我们很早就把所有人送回去了，因为吉·克要早起，另外，但愿我们能举办更多的聚会。这次聚会给我带来了道德家的名声，我想这在将来可能会有用处。

那天晚上玛丽说她很累，所以她要在自己的床上睡觉。我醒着躺了一段时间，然后起床走到外面的火堆旁坐下。我坐在椅子里，想着鲍勃总有一天会死，那是多么令人伤心的一件事，所幸我们能够跟他一起度过一段时光，一起做了三四件事情，开心地聚在一起，有说有笑。这么想着，我就睡着了。

我醒来时，突然记起天一亮我就必须动身出去猎雪豹了，现在我一定要回去睡一觉。我走向开着的帐篷门帘，坐在小床上，蚊帐依然卷着。我脱掉靴子，帐篷里很冷，但空气很好，玛丽小姐正在规律而缓慢地呼吸。明天我一定要试着对她很好，好好照顾她，让她高兴起来。我把我的睡衣放在床脚，把蚊帐放下来，缩进被子和毯子里。我为自己的好运，也为玛丽的好心情祷告了一番，然后就睡着了。就连穆文迪把茶端了进来，我都没有发现。

第二十章

天亮了，天色发灰，但是足够亮了。我和恩古伊一起穿过被露水打湿的草地。只有他知道诱饵放在什么地方，所以我让他走在前面。他安静地走着，高及过膝的湿凉的草叶从我的腿旁穿过，让我感觉凉爽而惬意。我看着树木和他的背影，以及他黑色的双腿从潮湿的草丛中穿过所留下的痕迹。恩古伊带的是温彻斯特气枪，我带了斯普林菲尔德猎枪。我唯一能听到的自己发出的声音，就是茶水在我的胃里晃荡的声音。

周围所有的树林，它们与我们逐渐接近，继而相逢。我们来到卡车的车轮印旁，我看着恩古伊的双腿在小草弯曲歪倒所形成的凹槽中穿行。突然，我闻到了诱饵那令人恶心的甜酸味，然后发现了它藏着的地方。恩古伊向回看，见我已经发现了诱饵，于是停下等着我追上他。我们没有说话，直到我看到诱饵才扭过头来。

当我抽动我的鼻子，转身深深地吸一口新鲜空气的时候，他龇着牙笑了。他指了指藏诱饵的地方，我们非常轻柔、快速地向那个方向走去，就好像蛇一样。穿过一片小树林的边缘，我看到一只狒狒被吊在树杈上。我们在这棵树以及周围的树上仔细搜索，并没有看到雪豹的影子，只有一只雪豹把狒狒从原来的地方拖到现在的树杈上的痕迹。

"小零食。"恩古伊悄声用斯瓦希里语说，意思是雪豹自己捕了一点儿食物，现在已经离开了。等它晚上再次需要进食的时候，它会主动回来找我们放置的诱饵的。我们对这个地点都不担心，但恩古伊因为诱饵放得太过明显，连我都能看到而感到十分羞愧。

"继续走，去看看。"我说。恩古伊到四周观察，我开始研究夜晚再出来打猎的可能性。他回来时，我甚至没有听到或看到他，这让他在我眼里加了不少分。

"小豹子。"他说。这是一只幼年雪豹，昨晚在露水降下来之前就吃过东西了。我们都知道现在再去找它只会徒劳而返。在这样浓密树林的掩盖下，我们只会吓到它，让它一去不复返。

"它可能去了昨晚的聚会。"我说。

"昨夜有一只豹子。"恩古伊说，"你听到了吗？"

"没有。"

"恰罗听到了。"

"老人能听到任何声音。"

"我们去找另一个诱饵吧。"

我们走过绿色的树丛，经过一片补丁似的、密密麻麻的灌木丛，在那里有一个眼镜蛇的洞口。这条眼镜蛇昨天晚上出来过，它留下的痕迹，好像一只纤细的手指在露水浓重的草丛上画画。现在天色亮了许多，我知道太阳马上就要从山的那一侧爬上山脊了。

恩古伊穿着一件铁锈粉色的上衣，走出一个大大的半圆路线，去下一个放雪豹诱饵的地方。恩古伊光着头，我看着他宽宽的后脖颈刺入他的肩膀，发达的肌肉在他松垮的衣服下清晰地展现了出来。他跟那些优秀的瓦卡姆巴猎手一样，个子不高，有着他父亲一样漂亮的腿。他的父亲，即使岁数不小了，我想，与我见过的男人相比，他也还拥有一双最漂亮的腿。恩古伊是他父亲和最年轻的妻子生的，我努力回想着她二十年前的样子。二十年前，前后相差不过一个月，我能够轻易想起她。我不明白为什么鲍勃不直接告诉我恩古伊是穆克拉的孩子，却让我自己去发现。

鲍勃说过的只有："那些持枪工都是很好的孩子，我想你会发现这一点的。他们全都猎过大象，在艰难的环境中待过，表现得足够好了。"他接着说："你的持枪工是唯一一个给我带来过麻烦的人。但我想你们会相处得很好。玛丽的持枪工是个很不错的孩子。他们全都是英皇非洲步枪队的前成员。"

这对话发生在我们去坦噶尼喀，玛丽把她的持枪工送给了托米·斯文林，鲍勃又为她找到恰罗之前。托米那时突然要去肯尼亚某个干燥的原野上猎杀大象，所以急需一个持枪工。非常幸运的是，鲍勃为玛丽找到了老恰罗。比起原来那个太过于欢欣鼓舞、有时甚至有些粗心的莫文其来说，恰罗更加适合成为玛丽打猎的帮手。

莫文其是个挺好的持枪手，他勇敢，也很有野心。但恰罗是一个上了年纪的、具有惊人智慧的老猎手，而且在宗教的约束下，是一个具有严格纪律约束的人。

现在是大清早，我看着恩古伊轻轻地穿过草丛，想着我们是好兄弟——鲍勃说我们是罪犯两兄弟，不论好坏，我总是希望，我能拥有跟他一样的黑色皮肤。穆克拉是我的"父亲"，其实我更加希望鲍勃是我的"父亲"，那么我的"母亲"就会是一个索马里或者瓦卡姆巴女人了。但这样就有太多问题需要去问鲍勃了，现在还是算了吧。

在非洲，拥有白色的皮肤总是让我们看起来很傻。我还记得，二十年前我被带去听一位伊斯兰传教士布道，他向我们详细说明黑皮肤的好处以及白人天生的缺陷。我因为长年累月在外打猎，被太阳晒得很黑，勉强逃脱了这次对白人的指控。

"观察那些白人吧。"那个传教士说，"他们在太阳下行走，太阳就会要了他们的命。如果他们在阳光下暴露他的皮肤，那他们的皮肤就会起水泡并且开始腐烂。这些可怜的人必须躲在影子里，然后用酒精把自己毁掉，因为他们无法面对第二天太阳照常升起带来的恐惧。"他振臂一呼，接着义愤填膺地说："仔细观察那些白种男人和他们的女人们。女人们如果被太阳照射，身上就会长出棕色的斑点，看起来就像是麻风病的前兆一样。如果她们继续晒太阳的话，太阳就会像火一样把她们的皮肤烧掉。白人把他们的信仰寄托在法式腌菜上，而不是真主安拉的身上，而法式腌菜会要了他们的命。他们对内脏的惧怕犹如一头流产的奶牛。这些可怜的白人崇拜马匹。如果把他们的马放在乡下，那些马就会跟他们的狗一样一起死亡。"

"可怜的白人们。"传教士说，"在他们的脚底没有皮肤，失去了鞋子他们就会死掉，因为他们不能赤脚走路。他们被女人们所统治着，即使是部落的首领也不例外。看看那个玛丽娅·特蕾莎[1]的脸吧。白人们就是被这样的女人所统治着的。在一个人能活一辈子的时间里，英国都被一个女人统治着，你们可以从他们的先令上看出来。但他们根本不因为自己被女人所统治而感到羞耻。只有德国是由男人来统治，他们对英国人就像是长辈对孩子一样。但是德国人拥有的所有这些优良品质都不能让他们忍受阳光，因为他们的肤色是白色，他们在暴晒之后只能变得比英国人红一点点儿。"

"白人如果跟我们一起生活，并且出门去晒太阳的话，他们的皮肤就会变红。而当他们在他们的家乡的时候，肤色就跟盐渍地一样。如果他们被迫不能喝啤酒和威士忌，那么他们就会无法控制自己的紧张而大声反对他们的神明——圣婴耶稣。让我告诉你们一些关于这个圣婴耶稣的事情吧。"传教士唾沫横飞，接着说，"他们崇拜一个婴儿，可见他们很幼稚。这是一种疾病，就像他们脑子里的一条虫，他们唯一能够杀死这条虫的方法就是不停地喝啤酒和威士忌，直到他们开始诅咒他们崇拜的这个孩子。我的兄弟们，这个圣婴耶稣，那可只有母亲却没有父亲。"

---

[1]奥地利女大公，匈牙利和波西米亚女王。

　　"当时我曾为了更好地研究白人这种幼稚行径而去他们所谓的教会学校里进行研究。我听到他们亲口承认了这种说法。这个小孩生在一个木匠家里，这个木匠值得我们尊敬，但是也只能获得一头马赛的驴。他的妻子没有跟他一起睡觉就生出了这个圣婴耶稣。我向你们发誓，白人们真的相信这个。这孩子出生的消息，是由一个真的长着动物翅膀的人来宣布的，就像那些长满了羽毛的小鸟翅膀一样。白人所谓的真正的信仰，全部都是迷信和谬误。"

　　在这样一个美好的早晨，我尽力不让自己回忆起更多这场反对白人的布道。这已经是很久以前的事情了，我已经忘记了很多场景。但有一件事我始终不能忘记，那就是这个传教士为他的听众们所展示的白人的天堂与他的信仰相左。在他看来：因为他们的信仰，白人们在这里用长棍击打一种小白球，又或者向一种类似在大河里捕鱼时用的网子里丢进一种再大一点儿的球，直到阳光照射到他们的身上。于是白人们就躲进俱乐部，用酒精来麻醉自己，并在女人们不在场的时候诅咒圣婴耶稣。因为女人们是圣婴耶稣的信徒，也是这种信仰的宣传者，而男人们对她们非常惧怕。所以他们从不当着女人的面诅咒这个小孩，如果他们这么做了，就一定要向女人们道歉，以获得她们的原谅。

有一个白人在有女人在场的时候习惯性地诅咒了圣婴耶稣，就像非洲人被逐出部落一样，被逐出了俱乐部。这些被逐出俱乐部的白人，在我的记忆当中，变得与那些被从自己部落驱逐出来的万多罗博人一样。他们中的一部分甚至成了以非洲当地标准来衡量都很好的猎人。那个传教士同情地告诉我们的例子中，有一个人我认识。这类人开始蓄起胡须，停止洗澡，在他们破损肮脏的小屋里喝雪利酒，过着非常不体面的生活。他们除了大声自言自语之外，不再说自己国家的语言，有些时候他们感到实在太过绝望，甚至不再诅咒圣婴耶稣了——虽然这种情况本来就不多见。

那些人实在太过堕落，以至于在他们的咒骂中，开始把我们的主与那个俱乐部里口碑颇佳的荣誉秘书官相提并论。我还想起另一件事，这些被从俱乐部里赶出来的人们总是同一种类型，那就是他们的皮肤即使被暴晒也不会变红，而是变成一种皮革或兽皮被暴晒后无药可医的颜色。他们身上还带上了一种奇怪的味道，在他们脖子的纹路中满是泥尘。

我们来到了第二个雪豹的陷阱，我在草丛中间看到了卡车车轮轧出的痕迹，于是标出了卡车停车的位置。

这里也有一只狒狒，被绳子绑在树上，往下垂着。这边没有什么痕迹，露水是今早刚落下的，但我还是能够闻到雪豹来过的味道。恩古伊和我都看到了他当时所设置的陷阱的伪装，我们走近仔细查看了附近的树叶，结果看到了一只已经被雪豹撕扯得奇形怪状的狒狒。于是我们调转方向，向营地的方向走去。

这是我们最不成功、最没有希望的一个早晨。我们都觉得有些恶心，甚至有些好笑，这让我们没有觉得太过难受。我有一个理论，就在用以做诱饵的狒狒开始腐烂并分解的时候，它会立即变酸并失去吸引力。我不知道用斯瓦希里语、瓦卡姆巴语怎么阐述我的这个理论，我只能在穿过湿漉漉草丛的路上自己思考这个问题。如果有什么紧急情况的话，我可以用那两种语言说出来，但这不是紧急情况。这只是一个雪豹猎人失望而归的经典场面，而我们都不想再进行任何交谈。

恩古伊又穿过了一个有眼镜蛇洞的灌木丛。这条眼镜蛇不在自己的洞里，又或者它是没有留下新家地址就搬走了。对白人来说，蛇是一个很大的困扰，因为蛇类一旦被踩到就会暴起咬人，而我们都不是优秀的捕蛇人。在鲍勃的农场里，能抓到一条眼镜蛇甚至鼓腹巨蝰就可以得到一笔可观的现金奖赏，但这报偿低到令人难以接受。我们都知道眼镜蛇是一种速度奇快的毒蛇，它们通常会找一些非常小的洞，小到让人不敢相信它们能够进入其中。传说那些凶残的眼镜蛇可以高高地立在它们的尾巴上，不断追击那些正在爬上马背的殖民地居民以及勇敢无畏的突击队员们。但是我们对于这个谣传漫不经心，因为这个谣言来自于南方——在那个地方，以私人命名的河马可以穿越几百码的旱地去找寻水源，甚至蛇都显示出了神迹。我知道这些故事一定是真的，因为写下它们的人都很高贵，但是那里的蛇与这里的一定不一样。这里是非洲，与蛇唯一有关的就是你自己的性命安全。

　　非洲这里的蛇，有的畏缩胆怯，有的愚笨不堪，有的十分神秘，有的有力强壮。我曾掀起过一阵捕蛇热，我们都去捕杀一条沙沙作响的眼镜蛇，因为它对着吉·克不停吐信子。而今天早上，当我们发现这个蛇洞的时候，这条眼镜蛇已经不见了。我笑着对恩古伊说，它有可能是托尼的祖父，如果是这样的话我们必须尊重它。

　　马赛族人将蛇视为他们的祖先，这让恩古伊感到很好笑。我说，蛇还有可能与那个你喜欢的女孩子有关，即可能是马赛村落里那个女孩的祖先呢。她个子很高，长得非常美丽，看起来很容易让人联想到美女蛇。听我这么说，恩古伊变得振作起来，同时也有点被他暗恋对象的祖先是蛇吓到。

我问他，马赛女人那冰凉的手，她们身体各个部位偶尔会变得冰凉，会不会是因为她们身体里流淌着蛇的血液？最初他说这是不可能的，马赛族的人一直都是那样的。后来我们肩并肩向着营地的大树方向走，那棵树黄绿相间的枝叶腐蚀了褐色的大地，再往后就是高山顶上皑皑的白雪。我们无法看见营地，只能看到里面那些参天的大树，标着它们所在的位置。

恩古伊说，蛇血的事情也有可能是真的。他说意大利女人的手有冷的也有热的，手掌有时是冰凉的，有时既像温泉一样温暖，又像温泉一样容易把人烫伤。她们不会得腹股沟腺炎，不会因为亲密的关系而受到惩罚。可能他们的确流淌着蛇的血液。我说等以后我们捕到蛇之后，可以看看蛇血到底是什么样的。我从来不觉得我的身体里涌动着蛇的血液，因为它与我是那么的格格不入，恩古伊也是一样的。但是我们一致同意去感受一下蛇的血，其他人只要能够控制住自己的厌恶之情，也可以同我们一起。这些讨论全都包括在我们对人类学的研究范畴中，每天都会讨论一番。

我们边走边想着这些问题，以及我们自己所遇到的小问题。我们试着把所有问题都整合到人类学的研究范畴中去。营地大树下的帐篷逐渐显现，大树的枝叶在天色亮起的时候只是简单的绿色和黄色，而在阳光的照射下，变成了明亮的深绿和闪闪发亮的金色。我们可以看到营地里火堆上升起的灰色炊烟、正在休息的侦猎员们，以及吉·克的身影。在晨光中，他正坐在大树下的一把椅子里，读着摊在木桌子上的一本书，手里拿着一杯啤酒。那棵大树就在我帐篷前面的火堆旁。

我走向了火堆。恩古伊把我的来复枪接过去，与自己的老猎枪一起背在肩上。

"早上好，将军。"吉·克说，"捕到了很多雪豹吧？"

"只有我自己的一份。"

"你已经起得很早了。"

"我们雪豹猎手可是很不容易的。"我说，"我们用自己的两条腿去追着它们跑，围猎的栅栏还总是倒掉。"

"有人专门负责时不时地去把栅栏重新围起来，你应该用自己的两条腿去踢他们几脚。来点啤酒吧。"

他非常小心地倒了一杯啤酒，瓶口贴着杯壁，好让泡沫尽量少一点儿，直到倒满整个玻璃杯。

"魔鬼撒旦会为懒惰的人们找点事做的。"我小心地拿起装满琥珀色啤酒的杯子，看着那些小泡沫像雪崩一样慢慢坍塌，用上唇轻轻地抿了一口。

"对一个不成功的雪豹猎人来说，你已经很不错了。"吉·克说道，"正是这么平稳的手和充血的眼球，才成就了我们大英帝国的伟大。"

"在上帝面前，就算是扭曲的碎片和铁砂，我们也必须喝下去。"我说，"你跨越大西洋了吗？"

"我经过了爱尔兰。"吉·克说，"绿得吓人，我还能看到勒布尔热[1]的灯光。我要学会飞，将军。"

"很多人都这么说，问题是你想怎么飞呢？"

"我要直直升上天空，然后向右飞。"吉·克说。

"当栅栏倒掉的时候，用你的两条腿飞走吗？"

"不。用飞机。"

"估计是用飞机里的蜂鸣器吧。那么你会守着原则而生活吗，我的孩子？"

"喝你的啤酒吧，葛培理[2]。"吉·克说，"我走了之后你会做什么呢，将军？我希望你不要紧张崩溃，也不要有任何创伤，你能做到吧？现在，你拒绝侧翼助攻还来得及。"

"哪一个侧翼？"

---

[1]位于法国巴黎东北部。
[2]美国著名的基督教福音布道家。

"哪一个都行。这是我记得的为数不多的几个军事名词之一。我总是拒绝他们给我派侧翼来。在现实生活中，你总是得装备一个用来防守的侧翼，而且一定要锚定它。我曾经被狠狠地挫败过，因为我拒绝了侧翼。"

"我的左边是一座掩护山体。"我熟练地背诵着，"我的处境很好，我的机枪也架在了合适的位置上。"

"你正试图用一门外语来逃避话题。"吉·克不满地说道，"倒一杯酒，然后我们去实地测量一下。今天早上，在他们从此不得不开始乞讨度日之前，让我们那些遍布各地的恶棍兄弟们去做他们想做的事情吧。"

"你有没有读过《莎士比亚中士》？"

"没。"

"我会给你找到这本书的。达夫·库柏给过我一本。这是他写的。"

"这不是一本回忆录吗？"

"不是。"

后来我们一起读了连载的《回忆录》，那是一本纸张很薄的杂志。这本杂志通过航空邮递送到了内罗毕，据说与陨落在恩德培市[1]的彗星有关。我不太喜欢这本杂志的其他部分，但是我很喜欢《莎士比亚中士》这本著作，以及它的作者——不与他的妻子在一起的达夫·库柏。在他的《回忆录》中，有很大篇幅写到了这位女士，以至于我和吉·克都放下了手中的书。

"你打算什么时候写你自己的回忆录呢，吉·克？"我问道，"难道你不知道老人容易忘事吗？"

"我还没想过要写一本回忆录呢。"

"你必须要写，这是老派的人剩下的为数不多的几个习惯之一了。"我以不容置疑的口吻说道，"你可以先从几个小短语开始，把要写的东西定下来，比如'很久以前，在阿比西尼亚'就是一个很好的开头。接下来了，跳过你在伦敦、欧洲大陆的大学生涯和流浪生涯，直接写'迷茫眩晕的年轻人'，再跳到你做竞赛骑警的日子。趁你还记得，赶快动笔吧。"

"你刻在核桃枝上的那句'意大利前线上乳臭未干的母亲'实在太独特了，我能不能用？"吉·克问道，"我喜欢很多你写的很多书，除了那本《在两面旗帜下》。那本书是你写的，对吧？"

---

[1] 乌干达城市。

"不。我写的是《一个守卫员的死亡》。"

"这本也挺好。"吉·克说，"我从没告诉过你，我这辈子一直都在模仿那本书。那是我上学的时候我妈妈给我的。"

"你说要去实地测量的事只是说说而已的，对吧？"

"不，我是认真的。"

"那么我们要不要带一个中立见证人呢？"

"没有这样的人。我们自己去。"

"那么我们就出门吧。我去看看玛丽小姐是不是还在睡觉。"

她还在睡。她的呼吸很轻，但我能从她的头部动作看出来她正深陷梦境当中。她的茶已经被她中途醒来时喝光了，她的嘴唇紧闭，脸颊枕在枕头上，就像象牙一样光滑，看上去她还会再睡两个小时。

我拿起恩古伊挂在树上的来复枪，跟吉·克一起爬进了路虎车。营地里搬进来了许多新的竞赛设施，吉·克快速而小心地开着车，以防把设施带跑。我们看到了两只格兰蒂雄鹿，长着令人难以置信的大长犄角，于是停下车，目送它们远去。我们停下车，让两只鹿跑进树林，跟着我们的大阿尔萨斯犬挺直了背，抖了抖身子。当我们第一次来到非洲的时候，它还是一条耷着耳朵的小狗。

"这是我见过的最大的格兰蒂鹿角了。"

"我见过更大的。"吉·克说道,"你也会看见的。你是在旱季里见到的它,这真遗憾。"

"我记得你当时可是有四个选项。"

"我知道,但是现在你只能选一个了,而且如果你不尊重这个事实的话,就没法勉强了。"

"我不是在想这个。我在想以前那些毫无价值的日子,所有人都看着你做出一个选择,或者错过一个选择,而这后果直接影响到你能不能吃好穿暖。夏日炎炎,来复枪开枪的时候热浪来袭,大风拂过,树林摇摆。而如果你听到的声音是Piga(棒极了),那对你来说又意味着什么呢?"

"远足探险?"

"是啊。鲍勃说不去进行一次远足探险的话,就像一个人一辈子没有进行一次大海航行一样,永远都不会知道这些都意味着什么。"

"我在沙漠里骑着骆驼远行的时候就意识到了。"

"鲍勃说我们应该经常远足。但是我们从没真正去做过。"

"我爱沙漠。"吉·克说。

我们继续向前走,找到了旧的车轮印,找到了玛丽小姐射杀那头狮子的地方。旧时战场上的很多东西样貌都改变了，但是我们还是找到了她和吉·克的空子弹壳，向左走一点儿，我们又找到了我的。我把其中一枚放进了我的衣袋。

"现在我要把车开到它死去的地方了，你在后面跟上。"

我看着他进入车内，他的棕色头发在晨光下闪闪发亮。那条大狗回头看着我，然后又转回去直直地看着前方。路虎绕了一圈，停在浓密的树木和灌木丛旁边，我抬起脚走向左边落满了弹壳的地方，步测我和车子之间的距离。我把来复枪扛在肩膀上，右手托着枪托。我开始迈步，路虎看起来被缩得小极了。大狗在车子外面，吉·克就在旁边散步。他们看起来也很小，有时我只能看到那狗的头和脖子。我走到路虎面前，停下脚步，这里是当时狮子第一次倒下的地方，草全都弯折着。

"有几步？"吉·克问我，我告诉了他。他摇摇头："你有没有带你的扁瓶？"

"带了。"

我们每人喝了一口。

"我们从不告诉任何人。"吉·克说，"要喝醉还是保持清醒，取决于你是跟浑蛋还是跟谈得来的人在一起。"

"从不说。"

"现在我们来设置速度计吧，你把车按照直线开回去，我来计步数。"

我们两人的身高不同，所以步行计数和速度计读出来的结果之间存在着轻微的误差。我们把得到的步数减掉了四步，之后我们开车回到营地，远眺大山。我们一想到在圣诞节前都不能再一同打猎，心里十分悲伤。

第二十一章

吉·克和他的同伴离开之后，就只剩下我与玛丽小姐的悲伤情绪了。

我并不真的感到孤独，因为还有玛丽小姐、营地里的人、我自己的人、高大的乞力马扎罗山（大家都叫它乞力）、各种动物、原野中新生的花朵，以及那些从地底钻出来吃花朵的小虫。天空中棕色的老鹰总是落下来叼虫子吃，所以变得跟鸡一样普通而且常见。一般的老鹰就像穿着羽毛做成的棕色长裤，其他白头鹰与地上的珍珠鸡混在一起，忙着找虫吃。虫子和所有鸟儿停战，全都走在了一起。成群结队的欧洲鹳来抢虫子，上百只鹤像平原上的白色花朵一样，铺满了成亩的土地。悲伤的玛丽小姐对老鹰十分排斥，因为老鹰对她的意义并不如它们对我的意义那么重大。

她也不再躺在我们那座山上的杜松子林边缘，手中拿着一把.22口径的来复枪，等着天空中落下来吃一匹死马的老鹰。这匹马之前是我们用来猎一只熊的诱饵，现在那只熊已经死了，于是它就变成了诱捕老鹰的诱饵。其实在这之后，它还能再一次变成捕熊的诱饵。一开始，它们在非常高的高空中飞翔。你必须天还没亮的时候就在灌木丛中爬行，太阳升起的时候，你就能看到它们飞过来，它们已经把对面山顶上的尸体都清理干净了。

对面的山峰其实只是一座长了很多杂草的小山丘，它的山顶上露出许多杂乱的石头，斜坡上稀疏地长了一些杜松子树。那里的海拔不低，但只要你上过差不多高的山峰，就能轻易地爬上去。老鹰从远处那座雪山的方向飞过来，如果你不是躺在灌木丛底而是站着的话，你就能很轻易地看到它们。天空中有三只老鹰，它们在你的头顶乘着气流来回盘旋，你一直盯着它们看，直到太阳映入你的眼帘。你再次睁开眼睛，看向背着太阳的方向，就会看见它们四散掉落的翎羽和扇形的尾羽。

一大清早温度很低，你看到了那匹马，它已经太老了，牙齿全部掉光了，你必须抬起它的上唇才能看到它的嘴。它的嘴唇十分柔软，就像橡胶一样。当你把它牵到这里——它的葬身之地，并撒开缰绳的时候，它像你一开始教它的那样，温驯地站着。你撩起它的灰色鬃毛，轻轻地抚摸它黑色脑袋上的那一处白毛，它温柔地低下头，用它的嘴唇轻触着你的脖子。它低头看到你留在林子边缘的那匹上了马鞍的马，猜想你把它带到这里，是不是又有什么新的比赛需要训练。在漆黑的夜里，你把一包熊皮放在它的马鞍上，任由它在黑暗中带领你从石子路穿过树林，一直走回营地。它总是能找到路，总是能懂得所有新的比赛规则。这时，你会觉得它在黑夜中看起来是多么漂亮啊！

　　既然结果都是一样的，那么长痛不如短痛。问题在于，直到最后，它都以为这是一场新的比赛，而你正在把规则教给它。它用它的橡胶嘴唇给了我一个温柔的吻，然后看了看其他马所在的位置。它知道它的蹄子已经开裂了，你没法再骑在它的背上，这次是一种新的比赛规则，而它想要学会它。

　　"再见了，凯特，我的老伙计。"我抓住它的右耳，用手指挠了挠它的耳朵根，"我知道如果是你的话，也会同样为我这么做的。"

　　它听不懂我说什么，它想再给我一个吻，告诉我一切都好。然而，它看到了举起的枪口。我本不想让它看到我的枪口，但还是被它看见了。从它的眼神中我看得出来，它知道这是什么。它原地站着，瑟瑟发抖。我开枪射中了它，子弹从它的头颅横穿而出，它直直地倒下，整个身躯一起跌到地上，变成了捕熊的诱饵。

我躺在杜松子林下面，即使是现在，也无法让我的悲伤停止。我告诉自己，我对老伙计凯特的感情将会延续一辈子。我看向它的嘴唇时，它们已经被老鹰吃掉了。它的眼睛也已经被啄走了。那只熊把它的肚子剖开了，在我到来之前它的内脏全都被那只熊吃掉了，所以它的肚皮向下耷拉着。而现在，我正等着老鹰落下来。

有一只老鹰落了下来，那声音就好像一颗飞过来的子弹，两片前翎也一起随之掉下。它长满羽毛的腿和爪子猛地在老凯特身上抓了一把，就好像要把它杀死。然后，它自负地走了两圈，用它的喙开始工作。

其他老鹰也落了下来，它们有着更沉重的翅膀，但是动作较为轻柔。它们也有着同样的长羽毛、粗脖子、大脑袋、尖尖的嘴和金黄色的眼睛。

我躺在那儿，看着它们啄食被我亲手杀死的我的朋友、我的同伴，心想，这些老鹰还是在天空中看起来更加讨人喜欢。由于它们已经被宣判了死刑，我就再给了它们一点儿时间，让它们解决内部的抢夺与争端。我真希望我能有一把霰弹枪，可惜我没有。所以我带来了那把.22口径的温彻斯特猎枪，小心地射穿了一只老鹰的脑袋，又两枪打穿了另一只的身体。被射中的这只想要飞走，但没能成功，翅膀开裂掉了下来。我的运气很好，而那第三只鹰就不如我好运了。我打伤了它的一只翅膀，不得不在高高的斜坡上跑着追上它。几乎所有动物或者鸟类受伤之后，都会一头向下栽，但是老鹰却会向上飞。我跑到这只老鹰下面，就在它快要飞走时，抓住了它那对杀生无数的爪子，用我穿着鹿皮鞋的脚一脚踏上了它的脖子。它的翅膀被我叠起，眼睛里充满了憎恶和反抗。我以前从没在动物的眼中看到过像这只老鹰一样的眼神。这是一只成年金鹰，体积大到可以抓起一只绵羊，要抓住一个这么大的物体实在有些困难。我看着那些鹰跟珍珠鸡一起吃虫，突然想起这种动物是不会跟其他动物混在一起的。对于玛丽小姐的悲伤我感觉很不好，但是我无法告诉她这些鹰对我来说意味着什么，也无法让她明白为什么我要杀掉这三只老鹰，那最后的一只，我还狠狠地将它的头砸向一棵树的树干置其于死地，更不能告诉她用它们的皮可以在耕地里换到什么。

　　老鹰和珍珠鸡在一起，我们坐在猎车里向外走。树林里那些开放的空地，年前被那一群起码包括两百头大象的兽群毁了。它们当时正穿过树林，一路不停地把树木撞倒，或者连根拔起。我们去那里查看野水牛岗，另外还有可能碰到雪豹——我知道有一只就生活在这片空地旁边没有被毁掉的树上，就在纸莎草沼泽地的旁边。但是除了纷纷向外移动的毛虫以及它们与鸟类之间可疑的停战之外，我们什么都没有看到。

玛丽找到了几棵可以用作圣诞树的树木，而我一直在思考关于老鹰和过去的事情。过去的日子本应该比在耕地上过得更加简单，但事实并不是这样的：日子变得更加艰难了。我不太清楚这些事情，但我清楚地知道白人总是把其他人的土地夺走，再把这些人赶进一片耕地中。而这些耕地里的人们通常都生活在水深火热之中，就像生活在集中营里一样。他们将本来是这片土地主人的非洲人纳入他们的管制之下，猎人不再被允许打猎，战士不再被允许发起战争。

吉·克十分痛恨那些偷猎者，因为他总要找到一个信仰，所以他选择信仰他的工作。他坚持认为，如果他对他的工作不信任，那么他就不能做好这份工作。在这一点上，他无疑是正确的，那个最厉害的从事狩猎诈骗的团体，也就是鲍勃所在的团体有非常严格的规定，几乎是所有约束中最严格的了。他们的生意对象必须被诈到不剩一个美分，但是与此同时这个人也必须得到一个说法。所有杰出的白人猎手都十分热爱这个比赛，但也十分痛恨杀戮。他们通常思考的是，如何使这个比赛一直持续下去，以便他们能够找到下一个诈骗的对象。他们不想通过开枪而吓到任何人，甚至想要拥有一个小村落，这样他们就可以把主顾和他的妻子，或者其他成对的主顾们带进那里，使得整个过程看起来不那么具有伤害性，没有开枪扫射。这样一来，他们就能以最快的速度完成一次工作，并且给他们的主顾一个最好的交代。

很多年前，鲍勃把这些全都给我解释了一遍。他说，我们某次狩猎结束时在岸边钓鱼，"你知道，一个有良心的人永远不会允许自己在同一个人身上重复做两遍这些事情。我的意思是，如果他喜欢这些人。下一次你们出来，先提前找好交通工具，最好能带着它们，我会给你们找来最好的孩子带路，带你们去任何你们想去的地方打猎，而且绝对不会高于你在家打猎所花的钱。"

但最后事实证明，富人们总是喜欢这种花钱的方式，所以他们总是一遍又一遍地回到这里，而每一次的花销都在增加。他们体验了许多他人无法体验的，这个活动显得愈加具有吸引力。富有的老人们逐渐死去，但不断有新的富人加入。就像证券市场不断火热，动物数量也在不断减少。这对于殖民者来说，同样是一个巨大的赢利产业，因为竞赛委员会控制着那些投身于这项产业中的人们，随着它本身的不断扩大而产生几乎包含了所有情况的行业规范及道德标准。

现在思考伦理问题显然是不合适的。我坐在一个圆锥帐篷前面的鹿皮上，手中的三只老鹰头冲下放着，好让它们可爱的白色尾羽露出来，这样就算我沉默不语，它们自己也能成为我讨价还价的最佳筹码。这时思考耕地的问题显然更没什么好处。那些最想要买走它们的夏安人，现在除了这三只老鹰的尾羽以外，什么都不关心。他越过了所有人群，又或者其他东西都被他挡住了。对他来说，停在耕地地面的老鹰与那些在高空中盘旋翱翔、不可触及、随后落在高高的灰色岩石上鸟瞰整个村落的老鹰，没有任何区别。有时候，这些老鹰停在岩石堆后面，会在暴风雪中被掉落的石头砸死，但这个人从没在暴风雪那里得到过任何好处。只有年轻人才能在暴风雪中捡到好东西，而现在他们已经走了。

你坐在那儿，没有说话，一直没有说话。有时候，你伸出手去碰一碰老鹰的尾巴，轻抚它们的尾羽。

你在想你的马，以及捕到老鹰之后又被当作黑熊诱饵的那匹马，还有你后来猎到的第二只熊。你回忆着在那样昏暗的光线下，你是如何射中了那只熊，而枪眼虽然有些偏下。你把它从林子边缘引到空地上，微风拂面，这只熊在地上打了一个滚，然后立起来大声吼叫着，挥舞着它那粗壮的上臂，就好像要杀掉什么在咬它的东西。然后它突然倒下，四肢着地，像一辆在高速路上行驶的大卡车一样，颤了一下。你打中了它两次，它下山的时候打中了一次，第二次它离你很近，你都能闻到它身上的皮毛烧焦的味道。你想着这只熊，和那第一只熊。熊皮从它身上滑落，你从你的衣服口袋里拿出那灰色的、长长的、蜷曲着的大爪子，把它们放在老鹰的尾巴旁边，然后你一言不发，交易开始。由于灰熊掌已经很多年没有出现在市集上了，你达成了一笔很好的交易。

今天早上，没有什么好交易，最好的一项交易是鹳。玛丽只在西班牙见过这种动物两次。第一次是在卡斯提尔[1]的一个小城里，我们当时正穿过这个城镇去斯戈维亚。这个小城有一个非常美丽的广场，在一天中最热的时候，我们在那里停车，从刺眼的光线中跨入凉爽昏暗的客栈里，想要凉快一下我们被晒红了的皮肤。客栈里凉爽怡人，还有很冰的啤酒。

在这个镇子里，每年的某一天，都会在这个美丽的广场上举行一次供人免费参观的斗牛节。任何人只要愿意参加，就能上场分别与三头从牛圈里放出来的

---

[1] 西班牙古国。

公牛决斗。这是每年最大的项目，几乎每年都有人重伤甚至死去。我在第一次去非洲之前，就曾是那些斗牛士的狂热追随者。我记得这个小镇由于拥有超大号的公牛而闻名乡野。在这个镇子里，可能除了神父或者国民卫队外，你遇到或将要遇到的每个人，都参加过这个活动，而且至少有一次有性命之忧。神父在他不担任神职的时候，说不定也参与过几次，那些卫兵也是一样的。在活动举行的当天，广场四周的道路会用卡车挡起来，这样这个广场就变成了一个斗牛场。业余斗牛士们在受到公牛的追击时，可以躲进广场周围的客栈、商店以及愿意收留他们的私人住宅中。一旦有一头牛冲进了这些地方，那么将会造成巨大的恐慌和喧哗，甚至是死亡。

据说曾有一头牛追着一个业余斗牛士跑进了客栈，用牛角把一扇双开门撞碎了，接着又把门框全扯了出来。过去在客栈里是没有照片的，每个人的档案都不一样。但在传说中，这头公牛把一个人甩到了撞球室中，然后就在撞球桌绿色的桌布上给这个人做了个手术。另一个人也被这头公牛撞翻到了吧台后面，撞上了酒吧的镜子，把玻璃撞得粉碎。

据说，这头发疯的公牛把它的两只蹄子搭在了吧台上，从破碎的镜子里看着自己，被从后面偷偷接近的当地屠夫一刀刺在后脖颈上。尽管我的一位伟大的朋友画了一幅画，内容是这头牛把它的两只前蹄放在吧台上，其中一只扭曲而困难地端着一杯当地的红酒。画上，它盯着自己在破碎的镜子里映出的身体，而有着阴沉形象的屠夫在后面握着刀匍匐向前。这些传说当然没有任何证据。我的朋友把这幅画命名为《是未来的我吗》，他曾有一段时间患上了精神抑郁症，而他创作这幅作品的时候正深受其扰。我总是为西班牙内战毁掉的那么多艺术珍品而感到惋惜嗟叹。如果我现在能够得到这幅画，大概会将它的名字换成《还能补救吗》，然后当作礼物送给黛巴。

但是在这样一个炎热的日子里身处卡斯提尔，玛丽小姐发现了几只在教堂顶上筑巢的鹳。它们向下俯瞰，成了许多事情的见证人。客栈管理员的妻子把玛丽带上了一个楼层高一点的房间，她可以在这里为那些鹳照几张照片。

这是一个被时光留下深刻痕迹的吧台，我正在这儿，与一个当地物流与卡车公司的主人聊天。客栈的管理员是一个很早就喝酒但却谨小慎微的人，他也加入了我们的谈话。我们三个都有在不同情况下死去的朋友，所以我们都很小心地避开了这个话题。谈论公牛和鹳显然是更好的选择。在这个小镇里，鹳鸟自然而然地成了他们的吉祥物。镇子里有一公一母两只青年鹳鸟，它们都很健康，也很会照顾自己的鹳鸟宝宝。客栈管理员等人希望我妻子能为它们拍一张不错的照片，这对于他们来说意义重大，玛丽应当尽力完成这件事。我告诉他们我读过一篇文章，科学家将鹳在欧洲灭绝的原因归结为北部国家战争期间的爆炸。我们谈到卡斯提尔的所有城镇中，全都有鹳鸟在教堂顶上筑巢，卡车主人告诉我这种现象一直都没有改变过。在西班牙，鹳鸟是极少数受到尊重的鸟类之一，没有人会去骚扰它们。

然后我们开始谈论斗牛士助手。客栈管理员告诉我，在去年的这个特殊的日子里，一头公牛袭击了一辆卡车。物流公司的主人给我展示了一张夹在他钱包里的照片。除了这家客栈以外，其他地方的墙上几乎都有增补的痕迹。这个客栈，它是承载了所有人的所有记忆的地方，所以这个地方没有必要拍照来留存纪念。物流公司主人的照片已经被磨损得很厉害了，因为在其他镇子里只要出现了对这个事件持怀疑态度的人，他就会拿出公牛把卡车撞翻的照片让人看。那头公牛向卡车冲了四次，其中三次都被这个物流公司主人作为斗牛士助手给挡了回去，这是一件相当大的创举，令人钦佩。

　　在那头公牛第四次冲击的时候，它终于把卡车顶翻了，同时弄断了它自己的脖子。我们点了一杯高杯冰啤，纪念这个伟大的事件。之后客栈管理员告诉我有一个我的同胞，好像是英国人，他们觉得他是加拿大人，这个人有时会在镇子里出现，骑着一辆坏了的摩托车，而且身无分文。

　　毫无疑问，他最终得到了一笔钱，他把其中一部分汇去了马德里，本想修好他的摩托车，但钱却一去不复返。城里每个人都喜欢他，他们都希望他在这里与我相遇，所以我很有可能遇到一个同胞，甚至有可能是来自同一个城镇的老乡。

　　他去了另外的地方作画，但他们说会有人找到他然后带他回来的。有意思的是，客栈管理员说我的这个同胞除了"他妈的"这个词，一个西班牙单词都不会说。"他妈的，先生"这个名字广为人知，如果我想要给他留下什么口信的话，我可以直接告诉客栈管理员。对于拥有这么一个令人印象深刻名字的老乡，我不知道应该留什么样的口信。最后，我决定留下一张五十比塞塔的支票，用老式西班牙游客熟悉的方式折叠着。每个人都对此感到很愉快，他们全都确定"他妈的先生"当晚一定会马上在吧台花掉十个杜罗，不过客栈管理员和他的妻子向我保证，他们会让他先吃点东西的。

　　我问他们，这位先生作画的水平怎么样，物流公司主人说："伙计，我向你保证，他可不是委拉斯凯兹，或者戈雅，更不是马丁内斯·里昂[1]。不过世道在不断变化，我们可没有这个资格来批评他们。在你和我年轻的时候，如果我用一头五岁的公牛换一辆大卡车，那可是一个大笑柄。现在这种事情遍地都是，没有人会在意的。"

　　玛丽小姐在高层的房间里拍完照之后走了下来，告诉我们，她为鹳鸟们拍到了清晰的好照片，但因为她的相机没有伸缩镜头，这些照片一文不值。我们把酒钱付清，喝光了杯子里的冰啤酒，向所有人道别之后，开车离开了在太阳照射下反射出刺眼光线的广场，驶向位于高地上的斯戈维亚。

　　我在镇子前面停下车，向后看去，一只公鹳迷人的身影停落在教堂塔顶的巢中。就在不久以前，它还曾停在河边，那里有一群女人正在捶打衣物。过了一会儿，我们又在路的对面看到了一群鹧鸪。我们继续向前走，又在这条孤独的小坡上见到了一匹狼。

　　这是今年发生的事情，当时我们正在来非洲的路

――――――――――
[1] 均为著名画家。

上，途经西班牙。而现在我们身处一片青绿色的树林中。就在我们经过斯戈维亚的时候，这片林子被一群大象践踏而过，树木歪倒。在这样的地方，我几乎没有时间去感受悲伤。

我很确定我再也不会去西班牙了，除非是要带玛丽去看那些高级社区的林荫大道。由于我牢牢记得那些我喜爱的景色，就好像它们是属于我的一样，所以我完全没有必要在死之前再次回到那令人伤心的地方。但如果有可能的话，带玛丽一起去看看这些地方是很有意义的，尤其是做这件事不需要相互妥协或伤害对方的尊严。在纳瓦拉[1]以及另外两个西班牙的古王国，高地上的狼群，村子里鹳的巢，我们也喜欢。

我想给她看在阿维拉巴克的那个教堂门上钉的熊掌，不过想要它依然钉在原处显然是期望太高了。我们当时非常轻松地找到了鹳，还看到了狼，所以想看到更多的是完全有可能的。我们站在斯戈维亚旁边的一个高地上向下看，那里风景怡人。不过，观光客绝不可能来的，旅行者只有运气好才会碰巧发现这条路。在托莱多[2]附近已经不再有这样的路了，但在斯戈维

---

[1]中世纪时期，位于西班牙东北部和法国西南路的王国。

[2]美国港市。

亚，只要你想去找，就能够找到。我们站在这片高地上，研究着眼前的城市，就好像它从来没被发现过，人们从来不知道它的存在，但却一直在寻找这样的一个地方。

人们往往有一种处女情结，在理论上，你只会将它献给一座美丽的城市或者一幅优秀的画作。这只是一个理论，我认为是错误的。我会在每次见到我所喜爱的事物时，将我的这种贞洁唤回，同时也把这样的美景展示给其他人看，这种做法也为我增添了寂寞的感觉。玛丽非常喜欢西班牙和非洲，她自然而然地学会了很多，甚至她自己都不知道她已经学会了。期待你爱的女人去爱你所爱的事物是非常蠢的事情，我从不向她说明这些事情，只与她谈论操作方法、有趣的事情以及我从她的发现中得到的巨大的喜悦。玛丽爱大海，爱在一条小船上生活，爱钓鱼，爱拍照，我们一起去过美国西部，她也爱那个地方。她从不作假，这对我来说是一份礼物，因为我曾经被与一个造假者联系在一起。而与伪装相伴的生活，会让一个人对许多事情漠不关心，拥抱孤独，不想与任何人分享任何事。

这个早晨，温度慢慢升高，山上来的凉风也不见踪影，我们开始从那个被大象折腾过的林子外围走一条新的狩猎路线。我们好不容易从几块荒地中走出来，终于到达了一片平原，我们看到一大群鹳正在觅食。它们是真的欧洲鹳，通身黑白相间，只有腿是红色的，正在平原上找毛虫，就像是有秩序的德国鹳一样。

玛丽小姐很喜欢它们。自从我们读了一篇说鹳鸟就快要灭绝了的文章后，我们都非常担心，而现在眼前的这一大群鹳对她来说意义重大。

既然它们能够像我们一样，自己飞到非洲，那么我们也就不用为它们担心了。但这一大群鹳并没有把玛丽的悲伤带走。我们继续向着营地走去，对于玛丽的悲伤，我不知道要怎么办才好，老鹰也没有办法，鹳鸟也没有办法，而这两样都是能让我马上卸下防备的东西。我开始懂得，这一次她的感情是多么强烈了。

恩古伊注意到情况不对，他从西班牙皮制弹药筒里拿出吉妮壶递给我。我把它递给正在不动声色地看着鹳群的玛丽小姐。我看看那些鹳，觉得它们的数量实在太多了，这群鹳对玛丽的悲伤束手无策，这或许就是原因吧。

"你今天早上不是已经喝了一点儿吗？"她问道。我带着希望地注意到她正握着吉妮壶。

"我希望我没喝。"我说，"看在我的胃的份上。"

她依然握着酒瓶，我想我听到她打开了瓶盖。恩古伊不可察觉地点了点头。

"为了你那该死的伤心，喝一口吧，然后我也来一口。"

"我喝了一小口。"她说着把瓶子递了回来，"这一整个早上，你不同于寻常地沉默着，你都在想什么？"

"想鸟，想各个地方，想你有多好。"

"谢谢你。"

"我并没把这个当作养神的方法。"

"我会好起来的。人们并不总是在无底洞里跳进跳出的。"

"下一届奥运会的时候他们会把这个当作一个新的项目的。"

"那么你可能赢得奖杯呢。"

"我是有支持者的。"

"你的支持者都像我的狮子一样死了。你可能某天感觉特别好，就开枪把他们全都杀了。"

"看哪，前面又有一大片鹳。"

"是的。"她说，"看哪，前面又有一大片鹳。"

第二十二章

非洲对于一次持续了很长时间的悲痛情绪者来说，是一个危险的地方，尤其是当我们只有两个人在营地当中的时候，况且天空在傍晚刚过六点就全黑了。

用药和小手术上的日常问题又开始出现，食肉动物出现与否的报告也送来了，其中阿拉普·梅纳送来的那个尤为严重。

下午我和玛丽小姐一起去了耕地那边，给公告员带去了一些盘尼西林。他情绪低落，但是身体已经好很多了。我用银色的硝酸盐擦在他咽喉里那些死白色的凹凸不平的地方，这令他非常讨厌，但却让那个寡妇看到了他的勇气。我不喜欢他咽喉的样子，但我想，接下来的几天中，盘尼西林应该会发挥药效了，我所能做的就是在他的患处为他实施麻醉。这次治疗之后，我在恩古伊带来的杯子里倒了一大杯雪利酒，连同可以作为房间装饰的杯子一起送给了他。恩古伊很喜欢看我进行这些治疗的步骤，我猜他可能非常希望我能够真的把公告官的喉咙切开来以便治疗。但我并没有这么做，而是留给他两本旧的《生活》来转移他的注意力。然后我们就出了门，去找正在与当地孩子们交朋友的玛丽小姐。黛巴并没有围到车子旁边来，她把她姐姐的一个孩子绑在腰上，远远地坐在一棵大树下。她知道，把玛丽小姐带到部落里有点像在炫耀。

　　这是一个凉爽的、令人愉悦的晚上，我们从密密的灌木丛边缘穿过，经过了非洲瞪羚的家，驾车离开了。

　　我们没见到瞪羚，但进入狩猎园区之后，我们在树林沼泽附近见到了一对公羊。玛丽和恰罗偷偷向前，然后她打出了漂亮的一枪，打中了比较大的那一只，我们全都非常高兴。恰罗为公羊诵了真主之名，所以营地的肉食不再有任何问题了。非清真肉类还有很多，另外我还有冷藏的狮子后腰肉。

　　我们在日落的时候回到了营地，洗过澡后坐在火堆旁边，喝着晚餐前的饮料，有说有笑，心情好极了。

　　我们没有再谈论狮子，甚至没有想到过它们。伴着日常的公事、好得有些奇怪的篝火以及夜晚的降临，玛丽原本空出来的心思又被悲伤的情绪填满了。我们聊着西班牙和那间位于蒙特埃尔的凉爽可爱、令人愉悦的客栈，然而微风停止，热浪扑面而来，白天太阳留在山里石头上的热量又再次袭来，我们感觉难以呼吸。

我们谈论着某个早晨在干净但如死一般的低温中艰难地醒来，那家位于莱昆贝里的旅店，被雾气严实地罩着，为了赶路，我们去潘普洛纳四点钟就起床了。我们在山间破雾而出进入高地，经过伊鲁桑和纳瓦拉路边金黄色的稻田，道路在蓝旗亚轿车的轮子下不断展开，只要你能控制好，你就总是在两边飞快掠过的树中间前进，就好像是在甲板上飞翔，不用担心任何事情。我们讨论了高速和低速行驶的好处，以及你永远都不会知道一个国家是什么样的，除非你在它的街道上步行或者开一辆敞篷车，又或者从比树梢还低的高度上俯瞰它。

我们聊着凯乌鲁山，我迫不及待地期待着威利开着赛斯纳飞机回来的那一天，好一起再去一次那里。我们回忆着每天早上在潘普洛纳看完公牛狂奔之后去市场的小店里吃早餐，那里有夹着鲈鱼和龙虾的面包，你可以蘸一点儿顺滑无比、口味非常独特的调味汁，还有口感纯净的葡萄酒。在你的周围，当地的醉汉们手舞足蹈，又唱又跳。

这条小路到了小山那儿就会陡然上扬，前面是古时的壁垒和防御工事的围墙。旁边是一条小河，马市通常就在路边的树下。一开始，要接受潘普洛纳的改变是不容易的，对我来说尤其如此。但过了一阵，我就找到了那些没有发生过变化的地点，我们在那里度过了很愉快的时光，也在新的地方遇到了一些喜欢花钱的朋友们，他们很喜欢那些有所改变的地点。在与他们的相处中，我也学会了去发现他们身上讨人喜欢的特质。

纽约21点是一间很好的餐厅，我们喜欢在那里用餐。对我们的朋友来说，西班牙版本的21点更是没有理由不去尝试一番的。如果他们知道，再没有比这家餐厅更好的地方的话，他们就会在这里安顿下来，高兴地在那里相伴着度过一个奢侈挥霍的夜晚。

我们单独坐在帐篷里，上千只虫子撞向帐篷的网状门，企图扑向桌子上的汽油灯。在我们长达五个多月的旅途中，从没有见过什么令人讨厌的人，这太让人难以置信了。要知道，在这个让人讨厌的世界中，人们能够从一个地方到另一个地方快速移动，这已经成为一项难以打破的纪录了。

当然，当我们不得不进入一个小镇的时候，曾经见到过他们，但我们并没有款待他们一起吃饭。大家都认为坚持不跟你的敌人一起用餐，是正确的、明智的。你可以在正当防御下，与他们一起喝酒，但是一起用餐的行为，如同惩罚那些自杀未遂的人们一样，必须受到惩罚。

　　回忆起我们有五个月没有同什么富有的讨厌鬼一起擘饼[1]，这让我们感到很愉快。不过我也知道，这让我们对茅茅党人欠下了一笔相当大的债。就像我们一直都很愉快一样，玛丽小姐又开始高兴起来。我们一同坐在帐篷里，我开始强烈地思念起那架飞机。可是除非阿拉普·梅纳给我带来的消息被证实是真的，否则，我没有任何合理的借口让人把飞机送过来。其实，我在飞行上花费的钱财远远超过了我的权限。我也知道，我在很大程度上影响了玛丽的看法，我总是提及的那句标语"每个瓦卡姆巴人都是飞行员"，让她觉得在甲板上或者绕着山峰飞行，是没有任何危险的，我真是有点浑蛋。在这个小团体内，我们知道，这次的活动是需要一段时间和一笔可观的费用才能完成的，但至少我们能够把它当作一个奋斗的目标。

　　在新的和最终教义的发展过程中，我们与伊斯兰教徒的摩擦不断升级，就像我已经解释过的那样，在愿意在飞机上当飞行员、导航员或者观察员的人之中，

----

[1]基督教的一种祈祷仪式。

任何一位在空难中死去的话，都会直接去天堂。为了
建造这个天堂，我们在人间做着种种试验。这是一个
比伊斯兰教义中"应许之幸福"胜出许多的地方，就
好像是精品酒吧和饮茶间的区别。

　　黑帝比其他任何人的飞行经验都要多。他是为了
要度假休息一下，还是仅仅为了方便所以才搭乘飞机
的呢？我们对他想要飞行的具体动机有所怀疑，这其
中的不同，对我们来说有着很大的关系。

　　我们可以通过跳伞的方式落在凯乌鲁山里，那个
地方从没有任何白人、欧洲男人以及包括玛丽小姐在
内的白种女人去过。对于这一点，威利没有产生任何
的热情。恩古伊做好了跟我一起降落的准备，但这个
计划在威利那儿没有通过。我们没有对吉·克提起过
这个计划，因为它已经超出了法律范围。但这绝不是
什么不可靠的计划，如果它能够成功实行，我们就可
以多降落几次。我觉得这样一来，我们的宗教信仰就
能够横扫这片土地。

　　在最初的一次降落中，我计划引进一种很有必要
使用的关于新宗教信仰的传单，例如生产行为总是必
需的。在我们的队伍中，除了我以外没人识字，所以
我打算用西班牙语来写这些传单，而且越短越好。虽
然往回走的路将十分漫长崎岖，但是在这一次探险中，

我们一定能够带回来很多不可思议的奇迹。而且我非常确定，恩古伊和我足以应付这样的路程安排，因为只要你跟着山里大大小小的河道走，就能够保证有足够的水源供应。这样，在山峰周围的火山岩和沼泽里搬运各种工具，也就不必担心了。

　　我正思考着这些事情，突然听到玛丽小姐说起我们在伦敦遇上的一些连名字都记不起来的人。她说："我有一个很棒的主意。"

　　"是什么呢，我的小猫咪？"我亲热地问道。

　　"我在想，我们可以让威利开着他的赛斯纳飞机过来，你们就可以去看看那些猎物，解决那些问题，然后我就可以跟着他一起回到内罗毕，去找一个好医生治好我的病，不管这是痢疾还是其他的什么。我还可以为所有人买一份圣诞礼物，再把圣诞节时所需要的那些东西也一并采购回来。"

　　"我们把这个节日称为圣婴耶稣的诞生日。"

　　"我还是叫它圣诞日。"她说，"我们有太多太多需要的东西了，不用太奢侈，你觉得呢？"

　　"我觉得这会很棒的，我们可以通过恩贡去发一条消息。你想飞机什么时候来？"

　　"后天怎么样？"

　　"后天是明天之后最好的一个日子。"

"我也很喜欢明天，以及之后的那天，还有再后面的那一天。我们在非洲，这是不是太走运了？"

"我们太走运了。"

"我有时候也这么觉得。我们是幸运的小猫咪。"

我用食指敲了三下面前的木头桌子[1]。

"我们已经很幸运了，你不用再敲了。"

我趁她不注意，再次在桌子的另一面敲了三下。她还是注意到了，说："如果这对你来说更好的话，那你就敲吧。但是我们的确是幸运的小猫咪。"

这一次，我轻轻地摸了三下放在我右腿后面的手枪木柄，然后找了个机会说："我们的确很幸运。"

"你真是一个奇怪的人。"她说，"不过这是你的信仰。"

"摸木头真的会让你感到困扰吗？"

"不会。"她深沉地说，"既然如此，你为什么还要把你的幸运石送给别人呢？那可是一颗非常漂亮的幸运石，装在你的口袋里也不是太沉。"

"如果你把幸运石送给了别人，那么这颗石头还是跟你在一起的。"我解释道，"只有你把石头弄丢了或者被偷了，那才是坏事。"

---

[1] 表示祈祷好运。

"希望这是真的。"

"这是真的。"

"你怎么知道呢？"

"只要你相信，那么就是真的。"

"这真是一种非常原始的宗教。"

"所有宗教都非常原始，直到它们涉及金钱事务为止。"

"钱一般都从哪里来？"

"信仰。"

"我们聊点其他的吧。我不喜欢在晚上聊宗教。"

"我也不喜欢。"

"不管怎么样，你的宗教真是太迷信了。"

"叫它信仰吧。"我说，"或者你喜欢的其他称呼。在上床睡觉之前，你要不要去外面篝火旁边坐一下？"

"走吧，然后把火堆灭了，这样那些可怜的小飞虫们就能停止自杀了。"

第二十三章

　　火苗逐渐变小了，我从卡车下午拉来的枯木堆中拉过来一棵又长又重的枯树，放在炭火上。我们坐在椅子里，看着夜晚的微风把木炭重新点燃，烧着了上面的木柴。微风是从附近山上积雪的地方吹过来的，它是那么的轻柔，那么的无声无息，以至于你只能感受到一丝丝的凉意，看到火苗被轻轻吹动。你能通过很多方法看到一阵风，但是其中最可爱的方式，就是在夜晚看着火堆里的火苗随风起舞，漂浮不定。

　　卡车司机是一位快乐又迷人的酒鬼，两个搬运工都不是猎手，他们自己都无法将两个人分辨出来，只能通过他们之间力气的不同来区分。凌乱的树枝大得惊人，他们总是非常有韧性地把能用的木材一趟又一趟地搬运装载，直到他们超大容量的车厢被全部塞满。收集木材时，他们还必须面对树林中凶猛野兽的挑战，并用各种与力学有关的方法，把枯死的木材砍成合适的大小，最大可能地装满一辆卡车，对他们来说是一件毫无意义的事情。他们喜欢的是把伐好的木材或者整棵大树丢掉，转而去猎杀一头巨大的野象。其中的一个，在看到被砍伐的树木倒下，或者蝎子从树干腐坏的部分爬出来时，会感到兴奋。我们收集木材时的娱乐之一，是我总用.22口径的柯尔特自动手枪打那些蝎子。到了夜晚篝火燃起的时候，子弹壳就会在火中炸开，发出细小尖锐的爆裂声，这时，我和玛丽就会听到那两个搬运工在营地外围他们自己的帐篷里发出爽朗的大笑声。

今天晚上腐烂的树洞里没有钻出蝎子来，外围也安静如水，没有一点儿响声。

"我们只要有火，就永远不会寂寞。"玛丽异常兴奋地说，"我很高兴现在只剩下篝火和我们了。这块木头能不能一直烧到明天早上？"

"我想可以。"我坚定地宽慰她说，"如果不刮大风的话。"

"现在每天早晨不用再起床去寻找狮子了，感觉真奇怪。你现在什么都不担心了，是不是？"

"是的，一切都那么安静。"我说谎了。

"你有没有想念以前你和吉·克遇到的那些问题呢？"

“没有。”

“现在我们应该可以去给那些野水牛拍一些美丽的照片了。或者干脆拍几张好看的彩色照片吧。你觉得那些野水牛都去哪儿了？”

“我想它们去了凯乌鲁山，等威利把飞机开来，我们就能知道了。”

“你不觉得这件事很奇妙吗？几百上千年以前，那些大山把那些石头顶起来，最后变成了一个谁都到不了的地方。当人们发明了汽车之后，这些地方对所有人都关闭了。”

“这是因为现在的人们离不开那些轮子了。当地人不会再像搬运工一样去那些地方，而飞机把那些驮东西的动物的饭碗给抢了。非洲现在唯一得以保留的是那些被沙漠和飞机保护起来的地方。舌蝇是动物们最好的朋友，它们只杀死外来入侵者。”

“你不觉得这件事很奇妙吗？我们深爱着这些动物，但同时每天还是不得不为了吃到美味把它们杀掉。”

“这不一样。”

“当然一样，原则是一样的。现在新草长出来了，新的狩猎也开始了，我们可能很长一段时间不用为狮子而担心了。我们现在有那么多人在狩猎，根本不用再去找那些马赛人。"

"无论如何，马赛人拥有很多牛。"

"当然。"

"有时候我觉得我们好像是在傻傻地为他们守护着他们的东西。"

"如果你在非洲却不觉得自己很傻的话，那么，很多时候，你一定是一个该死的傻瓜。"我不假思索，几乎是傲慢地说出了我所想的。

现在已经很晚了，夜空中的一些星星在遥远的地方不情愿地放射着光芒，它们是那么的漫不经心，有些不那么透亮，看起来甚至像是铜质的。

"你不觉得我们应该去睡觉了吗？"我问。

"走吧。"她懒洋洋地说，"要乖乖的，忘掉所有不好的事情。当我们躺在床上之后，我们可以静静聆听夜晚的声响。"

我们去睡了，心情愉快，互相爱着对方，心里没有感到任何的悲伤，一起听着夜晚的各种声响。在我们离开篝火之后，一只土狼来到了帐篷旁边，我在蚊帐下面匍匐着，身子挤在毯子和床单的中间，后背紧紧贴着帐篷的帆布，身旁的玛丽惬意地躺在小床的中间。

这只土狼用高得奇怪的声音尖声嚎叫，远处又传来了另一只土狼的尖声回应，它们穿过了营地外围的区域。一阵风吹过，篝火变旺时，我们能够看到光线的闪烁。玛丽平静地说："我们这些身在非洲的小猫咪和我们忠实的火堆在一起，而野兽们也有它们的夜生活。"她转向我，"你是真的爱我的，对吧？"

"你怎么想？"

"我想你是爱我的。"

"你难道不知道吗？"

"对，我是知道的。"

过了一会儿，我们听到了两头狮子捕猎时的咳嗽声，土狼一下子变得安静了。在这之后，营地北边的远方，就在那片乱石丛生的树林中，我们听到一头狮子在瞪羚的聚集地咆哮。这咆哮声十分低沉，却又振聋发聩，令人不寒而栗。当它发出咳嗽和咕哝声时，我紧握住了玛丽的手。

"这是一头新来的狮子。"她悄悄地说。

"是的。"我说，"关于它的事情，我们什么都不知道。该死的，我会对任何一个去招惹它的马赛人不客气的。"

"我们会好好照顾它的，对吧？然后它就会变成属于我们的狮子，就像我们的火堆也是属于我们的一样。"

　　"我们会让它只属于它自己。这才是它真正关心的。"

　　"我们还没看见它呢。"

　　"我们会见到它的。你应该睡觉了,小猫咪。我明天早上要早起去猎雪豹。"

　　"我已经睡着了,我只是在说梦话呢,这不行吗?"

　　"你想回你自己的床上睡吗?"

　　"不,我等你睡着之后再过去。"

　　她现在真的睡着了。过了一阵子,我也睡着了。当我再次醒来的时候,我又听到了狮子的声音,玛丽已经回到了自己的床上,我听到了她平静而温柔的呼吸声。

第二十四章

这是全新的一天，清新得就跟平常一样。早晨，恩古伊和我出门去猎雪豹。但我们都对自己设置的诱饵或陷阱不抱半点信心。雪豹会找到这些死掉的狒狒，把它们吃得一干二净，然后再也不会回来，我想起了我们上一次设下的陷阱。我无法责怪它们，甚至觉得这是非常值得钦佩的。

穿过湿漉漉的草地走回家的时候，那些我听说的、读到过的关于猎雪豹的胡言乱语，一一被我想起来了。如今，皇室狩猎代替了以前的私人活动，狩猎不再像以前那样只是向一只藏起来的野兽开枪。白人职业猎手们的所作所为，把动物们变成了可怕的野兽。在雪豹这种体形的动物当中，它们以前只是比较高级的大猫，速度最快、最强壮的那几只在受伤时，才会变得非常危险。鲍勃一再地向我灌输这个观点，因为他觉得我对这种情况没有足够的重视，而依然把它当作我所了解并且喜欢的猫来看待。母狮子也是猫，名副其实的猫，而且我总是觉得我能够看穿它们脑子里在想什么。

猫是一种非常神秘的动物，但是当你身体里拥有了猫的天性，那么它们就不再神秘了。我自己就有着很多猫性，多得有点过头了，但是在了解猫的事情上，这些天性非常有用。我也拥有熊的特质，同样可以看穿大熊们的思想，可以跟它们交谈，命令它们做出一些合情合理的举动。我跟好几只熊一起喝过酒，但是我从没有遇上过一只能够与之好好相处的。狗熊们很喜欢我的味道，我也很喜欢它们身上的味道。因此，没有一只熊不能跟我成为朋友。

思考关于猫和熊之间的不同，非常有趣。在一个全新的一个清晨里，穿着矮靴在清凉湿润的怡人空气中穿行，小腿部位的卡其布裤子都被露水打湿了。一头雄狮看上去跟猫没有任何共同点。公狮子有着不一样的天性，而它们最主要的猫性就是它们的懒惰，以及不持久且低下的奔跑速度。猎豹也根本不像猫，它们具有的是狗的天性。猎豹那长途奔跑的特征比起猫来说，更像是灰猎狗。雪豹就是真正的猫了，而且是非常棒的那种。白人职业猎手们告诉他们的客户，你永远都不可能看见它们，除非它们来到开阔的平地上，或者掉进了陷阱。

这样的话，让一个客户看到雪豹就变成了一项重大而又稀罕的活动，对于提升这个白人职业猎手的信用，以及夸大这个客户的好运气两个方面来说，都是非常有益的。

白人猎手们在狩猎时，会在树上挂上一串由鹿肉、野猪和其他动物的肉组成的诱饵，任凭它们在那里渐渐腐烂。到了傍晚，他们会开车路过那些安排好的陷阱，然后让游客躲在隐蔽的地方。等到天黑之后，雪豹就会爬上树觅食，凭借望远镜里那最后一丝昏暗的光线，那些顾客就会开枪射中它们。这就是现在的雪豹狩猎，没有人告诉过游客们还有其他的方式。在这个过程中，最令人激动的就是豹子奇迹般地出现在挂着诱饵的树杈上，这种神秘让游客们永远都无法忘怀。

亲眼目睹这一场景，豹子带着恶意的双眼以及它的确是一个斑点动物，这些事实都让此刻显得无比神秘。那些白人职业猎手为顾客把一切准备工作都做好，顾客所需要做的只是最后扣动扳机。被射中的雪豹当场毙命，或者奄奄一息地逃进灌木丛，最终被土狼吃掉。在坦噶尼喀，一些白人猎手通常会在晚上打着探照灯，去完成这一整套把戏。

现在，不凭借望远镜，再也没有顾客能猎到任何动物了。望远镜变成了猎场上的必需品。新手们除非用的是.300马格农弹，否则甚至无法将猎物彻底杀死。这种军用子弹，使人们开始忽视捕猎时精确射中猎物致命部位的重要性。这种具有巨大威力的、能让中弹者骨头全部碎裂的、摧毁任何组织的子弹，据说使用时，只要保证瞄准的目标是动物本身就行。如果在这样的伤害下还硬要说有什么可以留下来的话，那就只有留给标本制作师的剩皮了。

　　一大群运动员从路虎车上下来，用他们僵硬湿滑的手，抓着马格农猎枪排成一条线伏击猎豹的奇景，从那罗克[1]随着雪豹的踪迹一路持续着，而这种徒劳无功的追踪，好像要永远持续下去。在这场追捕的终点，猎手们一定会精心安排好一切，绝对禁止任何一支马格农猎枪向一只幼年小山羊开枪，却只射中它的一条腿，最终这只小羊还是用它剩下的三条腿欢快地跑走，直至跑出这些业余者的射程。他们的车最终变成了一堆废铁，成为他们步行回营地的沉重负担，所以我开始想一些另外的问题。

　　我开始回想，自从我来到非洲以来，意外遇上的所有雪豹。在我这一生中，我从未杀死过任何一只陷

---

[1]肯尼亚小镇。

入陷阱里的雪豹，也从没有看见过一只雪豹速度快得让人目不暇接，无声无息地出现在巨大的树杈上，正如同那些顾客所看到的那些震撼灵魂的神秘的瞬间一样。我还能清晰地回忆起我见到的第一只雪豹，那是在坦噶尼喀一条穿过牧场的湍流小溪，当时我正走在河岸边。

一只雪豹捕获了一只小鹿，它进食的模样如同一只蜷缩着的猫。在我还没注意到它之前，它就已经听到或看到我了，因为就在短短几秒之后，我就感觉到了，二十英尺之外有一只豹子正在盯着我。我没时间去分辨它的眼中是否带有恶意，因为在它身下压着的那只小鹿，让这只眼神犀利并且十分警惕的豹子，弯着尾巴直立着头，凭借足够的助力跳起来，快速地钻进草丛里。我在它跳进灌木丛之前，拿起了我的来复枪，但是完全做不到让射点落在它的前面。我连射三枪，但全都射到了它的身后，每一发子弹都打在地上，激起了红色的尘土。豹子的速度，快得让我已经来不及横射了，我便认为豹子应该是我见过的速度最快的动物。它爆发的那次弹跳以及极快速的移动是我见过的动物中最厉害的。

因此，我觉得，第一次是以这样的方式见到一只如此巨大的豹子，非常幸运。

那时候，我还没见过猎豹，不知道在平原上一只猎豹究竟能比一只雪豹跑得快多少。我对这个国家还不熟悉，在那段日子中我们仍然在猎杀猎豹。如今对这个国家了解之后，除非我仍和当初一样无知、愚蠢，否则我再也不会猎杀它们了。这就好比是让一个人去猎杀水羚，我那时只知道不要射杀水羚，但这完全不能成为我捕杀猎豹的理由。

为了给我的妻子做一件漂亮的兽皮大衣，我不停地猎杀猎豹，但我发现无意识中杀掉了一些雪豹，而这样的把戏让我对枪技的训练松懈了不少。这只全速奔跑在开放空地中的猎豹出现在我的视线中，我瞄准了它前进的方向。它中弹后原地打了好几个滚，躺下时它的爪子仍然是竖起的。我没有听到子弹穿透身体的声音，只听到了类似木棒折断的声音。我想，我打中它的头盖骨了，可能斜擦过也不一定。当我走向它时，它还在喘气，意识清醒，神情如同一条失望的小狗，只有眼睛还是猫科动物特有的竖瞳，看得出来它的眼中并无恶意，唯有悲伤。我在它的身上找不到明显的伤口，于是向穆克拉要了支6.5毫米口径的曼利彻尔步枪，在它身上补了一枪，这让我觉得自己变成了一个刽子手。猎豹没有了呼吸，一动不动地直直地望着我们。

我们把它翻过身去，我说道："穆克拉，它哪里中枪了？"他指向了它的尾巴。

我瞄准的地方实在太靠前了，没有打中它的身子，只打中了它僵硬的尾巴正中。这次震动连带着打伤了它的脊柱，所以它才无法控制身体而绊倒在原地，静静地趴着，等待我们给它带去死亡。

这件事也不是什么很好的事情，但是我很喜欢想穆克拉的名字。瓦卡姆巴人不会发"L"的音，所以穆克拉的名字被他们念成了"麦考瑞"。他是恩古伊的父亲，他还是个孩子时，瓦卡姆巴人仍是嗜血成性的食人族。这有助于弥合原先存在于理解上的严重的代沟。在我还没有吃过生肉之前，我一直都不能理解这些食人族。对于我来说，吃人肉或是鲜蛇肉，简直不可思议。但是我确信这只是一种戒律，就像黑帝不吃角马肉一样。开始也没有人敢吃狮子肉，直到我和玛丽吃了狮子肉，那诱人的味道遍布营地。

恩古伊第一个吃了狮子肉，那是因为我们都想与对方好好相处，与此同时，我们都藐视这些戒律。他们一个是穆克拉的儿子，还有一个是他的徒弟，最后还成为他的好朋友。我不知道这些戒律是否会使人产生反感，不过我认为这是完全有可能的。我对吃人肉和蛇肉的想法，有种无法言表的厌恶感。虽然我不喜

欢，但是我能够吃下不同种类的蜥蜴。不过这就是我
的底线了。除此之外，我的胃根本忍受不了任何种类
的生肉。

回想起我儿时对饮食的偏见，我感到非常奇怪。
那时候，我要喝大量的牛奶，通常一天要喝两到四夸
脱，我依然记得，当我喝下整整一夸脱牛奶时那种奇
妙的感觉。有一年冬天，我第一次在城里醒过来，我
从屋后捧回来几乎冻住的冰牛奶，有十几夸脱。我们
一般会取回十二夸脱牛奶，有时会拿十四或十六夸脱。
如果我是全家醒来最早的那一个，我就会在牛奶结冰、
奶油从瓶颈处流出来之前，把它们从寒冷的屋外拿进
屋子里来。牛奶不用打破瓶子也能自己溢出来，不过
也有例外。牛奶解冻之后，会比原先多出很多，甚至
会从牛奶瓶里溢出来。这时，我就会把牛奶瓶浸在水
里，让家里的厨子来对付它们。

我喜欢喝牛奶。各种各样的肉以及几乎所有种类
的鱼味道都很鲜美，其中鲈鱼、条纹石鲻、鲑鱼和太
阳鱼最为美味。来自五大湖的白鲸味道鲜美，熏烤的
白鲸堪称人间美味。除了那些会捕食其他小鸟的鸟类，
我吃过所有我射到过的鸟儿，还有整个密歇根夏天时
候生长的浆果，还有例如野生黑莓、覆盆子、美洲越
橘之类，我们在夏天摘回来存储着冬天吃的食物。

　　我喜欢吃这些食物和所有水果，但是我吃不到蔬菜，只有那些甜玉米和非洲玉米穗，一般是在火灰上烤着吃。我不喜欢煮玉米的味道，后来慢慢地也接受了。我强迫自己去尝试所有种类的蔬菜，通常我会捏着鼻子把它们吞下去，这样就可以不用闻到那些蔬菜的味道了。我没法接受蔬菜经过烹饪后的味道，那些味道总让我想吐，最后我还是努力学着把每种菜分开来单独吃下去。

　　我喜欢吃玉米，这是一种非洲的玉米粉，通常会在里面卷上我爱吃的鱼，然后放进锅里油炸。我们还把玉米面放在一个比较深的铸铁烹饪锅里，烘焙一种叫作玉米烤饼的蛋糕。这种锅的锅脚放着煤灰，通常被称为荷兰烤箱。这种做法和姆斯比的烹饪方式十分相似。

　　我们到达了布满白花的平原，看到了影影绰绰的群山，依稀还能从中看到袅袅升起的薄烟。这时，我开始感到饥饿，想要吃早餐了。尽管这里没有冷牛奶，我还是在想，如果把牛奶放在帆布水壶里，一整晚挂在室外，那么牛奶该有多凉啊。这里有美味的羊排骨炖杏肉，还有鸡蛋、洋葱片和冰塔斯克啤酒。

　　美好的一天就在我们的眼前，在这一天中什么事情都有可能发生。我不再去担心那些雪豹，甚至忘了它们，但还是会经常让玛丽去它们的栖息地里转转。恩古伊、穆秀卡和我会时刻保持关注，我们会像以往那样不停地追逐那些雪豹，好让它们保持活动状态，不给那些猎手任何伏猎的机会。据我所知，在这个平原上有五只雪豹，我们时不时地就能遇到其中的一只。

如果我们提前宣布不用任何诱饵就能捕到一只雪豹，我就可以向那些伊斯兰信徒们显示出我强大的能力。所以，当我们进入营地的时候，我在厨房旁边停了下来，询问黑帝，是否所有事情都井然有序，有没有任何问题或者冲突。他说一切都好，为了方便夫人从高高的草地中间回来而不被打湿，他正打算在我们的帐篷和厕所之间开一条路。我告诉他可以把厕所的位置改变一下，以便让我能坐在木质座椅上时，可以看到那三棵最高的树梢。他懂我的意图，咧开嘴巴笑了。

我说，把帐篷放到清晨不被阳光照射到的地方，那样会很舒服。他说可以，这样一来树顶就会受到阳光的照射，而我就可以背对太阳刺眼的光线了。我告诉他，我有一种预感，我昨晚做了一个非常真实的梦，我们能够不用诱饵捕到一只雪豹。他马上变得非常严肃，问我这个梦有多真实。我说它真实到让我惊醒了三次。他说这个梦的确足够真实，然而我们依然需要放置诱饵，但可以用鹿肉来做诱饵，以代替狒狒肉。
我说，我们可以做一个鹿肉诱饵的陷阱，与我的梦境
呼应，毕竟这个重复了三次的梦太真实了，足够引起
我们的重视。

　　我说，我还做了一个短一点儿的梦，梦到有一只
雪豹进入了营地，我坐在帐篷里开枪射中了它，但那
是一只黑色的雪豹，所以我觉得这个梦是无关紧要的。
这个梦让黑帝非常担心，他在问过我早餐的打算之后，
就着手安排卡车去罗依托其托克，把我们需要飞机的
消息传出去。一切安排妥当之后，我就走回了我自己
的帐篷。

　　玛丽还在沉沉地睡着，我也没有什么叫醒她的理
由，我又走到了那个杂乱的帐篷中，从帆布水桶里拿
出一瓶冰啤酒。内容充实且没有多少用来骗读者的小
把戏，是清晨散步后早饭时的最佳读物，我拿出一本
贝蒙尔曼斯中期的作品，慢慢品读。我记得我们去非
洲途经巴黎时，曾在丽兹酒店旺多姆和康朋街之间的
通道看到过这位作家。当时我停下来和经营书摊的女
孩说话，请她把西姆农斯[1]全套给我找出来——我想
让儿子在雨季之中，读一读。

[1] 比利时作家。

那条通道的两边，放满了橱窗，上面陈列着昂贵精致的商品。有人沿着通道走了过来，那模样就像是一只拖着尾巴蹚过沼泽的河马。女孩告诉我，这个人就是贝蒙尔曼斯。他沿着那条连通两个区域的通道前进，看起来像一头早期曾被认定是两足动物的巴伐利亚犀牛。我曾听他的一位旧日同僚毁誉参半地聊起他，据说他以前曾在一个旅馆里工作，而他的同事对他并无好感。这不期而遇，让我喜出望外。

我知道那个卖书的女孩，盼着我像那些风雅之士一样去和他打招呼。我向她鞠了一躬，伸出手去，非常真诚地告诉他，从他的作品中我真的学到了很多，同时我也非常高兴看到他的气色不错。他审慎地打量了我的手之后，并出于礼貌轻轻回了一躬，然后目不斜视地继续向前走去，只是偶尔停下来，看看橱窗里那些让人眼花缭乱的珠宝首饰。

离开书摊后，我去了酒吧，作为我们二人财团的代表，赶去欧特伊镇之前，和早就到达那里的乔治碰面，交换翻看赛马新闻小报，讨论最近几场比赛的详情及其精彩和遗憾之处。我提起刚才遇到了我钟爱的贝蒙尔曼斯的事，乔治听了很开心。他早就调侃过这位作家的体形。我们聊了一会儿贝蒙尔曼斯，就各自回去忙正事了。

言归正传，此刻我正迫不及待地享用早餐，喝着清凉的塔斯克啤酒，读着贝蒙尔曼斯的佳作。

其实，有一本我本来应该读的书，可是每次我都尴尬到无法读下去。这本书是我弟弟写的，在坦噶尼喀的杜笃马市的一家印度人书店里，我发现了一本从美国空邮来的新闻周刊，上面载有一篇对这本书的评论，文笔拙劣，极尽挖苦之能事，里面还有一张丑陋的照片，照片里的弟弟看上去——说得好听点，像一头披着羊皮的猪，说得难听点就像是一具躺在铺满卵石的死寂海滩上死了两天的幼鲸尸体。这书评使我大为发火，我迫不及待地写信给我弟弟，批判这篇评论，告诉他一些书评作者的变态行径，以宽慰他。我弟弟是我们家族里前途最为远大的模范男性，他横遭这样不公平的非议，我感到很心痛。他创作优渥，报酬颇丰，尽管有一个非常可恶又胆怯的主人，但没有人像他那样，敢于正气凛然地给主人一点教训，当面说他是个可悲的懦夫。在我们家里，只有他甚至不先修修船底，拉出那条破了底的废船出海，船最终沉没了，但他知道自己已经尽力而为了。我知道在所有家族里，航海时只有我弟弟敢带着一只锈迹斑斑的闹钟当航海仪，也只有他痴迷于那些伟大的独自航行者的资料，以至于不愿在微风中安生二十几天，而是去顶风行船。

　　这些只是我弟弟很多壮举中的几件。我打算向玛丽小姐借来打字机，针对所有对他的批评，包括他的航海技术、他的无畏勇气、他的敏感以及他自成一派的写作风格作出回应。我打算模仿他以谦逊著称的散文风格，在写作过程中接触一些全新的事物，这样我就能够进行一次体力方面、触觉方面以及文学方面的多重复兴。

　　当玛丽小姐终于默许我为了写几篇各种类型的散文而使用她的打字机时，我弟弟的书送来了。这是一本不同寻常的巨作，我弟弟将他所有的思想都倾注其中。这部杰作将最近外界的争论带回了家里，而它所表达出来的尖锐深刻的思想让我夜不能寐，只能斜倚在躺椅中闭目养神。

　　书中有一个人像极了我弟弟本人，那是一个仁慈、善良而又单纯的人物，几乎可以作为一个人为人处世的优秀榜样。我想起我第一次阅读陀思妥耶夫斯基的作品时，我知道除非我学会在拥抱别人时，不再踩到别人的脚趾，或者学会不再向我的对手向下竖拇指而变成他们的眼中钉，否则他笔下那个纯净高尚的阿廖沙[1]，我永远都无法企及。我继续阅读下去，发现在

---

[1]《卡拉马佐夫兄弟》中的人物。

德国人和我自己的民族中，都存在邪恶及我弟弟的绝对的高尚。我感觉我被自己的愚钝和粗俗淹没了，原本想要进行写作的欲望，逐渐消亡于无形。我甚至宁愿与我的未婚妻互换一下工作内容，让她去创作出不朽的文学作品，而我则去捕杀平原上那些成群结队的狒狒。

我弟弟生来就是要用宝剑斩杀恶龙的，在这场争论的迷雾中，他的正直和诚实显得有些朦胧不清，以至于我险些把它误认为直布罗陀岩山[1]，而且差一点，在我发现自己名不符实的时候向他求助。我甚至觉得，我比一个一生注定只能捕狒狒的猎人好不到哪里去，至少这些猎人是为了培养黑人和其他种族之间的和平与理解才住在一起的，虽然根据居住条款，这种行为在我们这个年代还需要先提出申请，才能获得批准。我不情愿地放下我弟弟这本优秀的书作，回到我污浊卑鄙的日常生活中去。想到陀思妥耶夫斯基其实是一个一败涂地的赌徒，我感到了些许安慰。我重新振作起来，继续阅读贝蒙尔曼斯那具有教育意义的作品，直到玛丽小姐走进帐篷。

她看起来美极了，愉快地跟我打了个招呼，问我

---

[1]位于欧洲伊比利亚半岛，以雄伟壮观著称。

为什么早前没有叫醒她。早晨，她喝完茶水之后醒了很长时间，接着又睡着了。她觉得好多了，但是还是没有完全恢复过来。把飞机调过来，然后载着她去内罗毕，我们一致认同这是一个很好的计划。她非常高兴地期待着这次旅程，虽然她也会想念营地、平原以及我们奇异的生活。她说，她甚至在还没有离开就开始想念这里的一切了。

我们聊了聊我们睡觉时候所做的各种梦境。玛丽做了一个非常美妙的梦，是关于一个在明尼苏达州贝米吉州立学院认识的朋友的。她记不起这个梦的详细内容和细节，只记得整个梦境全都是关于兴奋和历险的。我告诉她，我梦到了雪豹，但是都是很短的梦，可能有某种意味，也可能毫无意义。她说，穆文迪已经告诉她我做了一个关于雪豹的很真实的梦，我说，这些梦境中，我们其实都在忙着布置捕豹的陷阱。

在这个问题上，我们开始争论，说谎到底是不是正当的。我主张谎言比真相更加真实，而且在任何形式的宗教中，谎言都是必需品，结果被玛丽死死揪住而且逼入了困境。我说在非洲，永远都不要在任何关于真实的事情上说谎，但是如果你没有做什么一定要做的梦的话，你就必须创造一个出来。任何在非洲获得成功的人，都必须创造出所需要的梦境，然后再努力实现它们。我说,这是最基本的。

"我不是你亲爱的沃特森。"玛丽说,"而且我也从来不向任何人说谎,这就是我能够受到尊敬和爱戴的原因。"

"我会记住这个的。"我说,"但是你有没有受到崇敬呢?"

"是的,我想我大概也受到了崇敬。"

"我很高兴,你是怎么发现的?"

"是辛格告诉我的。"玛丽说,"他告诉我,我是受人爱戴、尊敬乃至崇敬的。我真希望辛格就在这里,他是我的英雄,他是你们这些人、事物的对立面的化身。"

"他是个生意人。"我说,"他把东西卖给白人,他甚至可能在乔治·阿姆斯特朗·卡斯特[1]的手下当过侦猎员呢。"

"你的意思是说,你觉得吉·克就像卡斯特将军一样?"

"不。"

"那么你想表达什么?"

"现在太早了。"我说,"今天你想做什么,我

---

[1]美国军官,曾领兵镇压美国的印第安原住民。

的小老虎宝宝？"

"你有什么工作吗？"

"我们得先在周围进行例行巡逻，然后就能做任何你想做的事了。你难道不想去罗依托其托克吗？"

这个时候玛丽还没有爱上罗依托其托克，所以她说，她并不想去那儿，最后一天她宁愿去例行巡逻，同时试着给鹳和鹰拍几张真正优秀的照片，看看有没有其他的狮子。如果时间允许的话，她还想去捕几只瞪羚。

趁着她吃早餐的时候，我喝完了那瓶塔斯克啤酒，继续读贝蒙尔曼斯那部记录了他整个旅途经历的作品。我希望我们在非洲的这段时间里，能有一个像贝蒙尔曼斯一样的记录员一路跟着我们，就像很多人会随身带着一个摄影师一样，按照我们的活动顺序进行详细的记录。当然因为那些记录员都有着强烈的个性，是自由人，他们都想用他们自己的方式去浪费他们的天分，而且他们的确也有这个权利，所以你根本无法雇佣他们。

但是我想，那些曾经在德国佬开的宾馆里工作的雇员们，都被极度严格的规定所约束着，而最终得到的结果就比曼德夫人餐厅那令人作呕的食物好得多。尽管已经认识到事情的真相，并且我认为，我清楚地记得德国人普鲁斯特在豪华旅馆的楼梯后。但是，贝蒙尔曼斯跟贝比亚蹲在一起的照片，伴随着那里关于贝蒙尔曼斯的流言飞语，最终悄无声息了。在沼泽旁边的营地里吃早餐时，我回想起那间豪华宾馆的感觉十分奇特，想起那些与这间宾馆联系在一起的作家也有一样的感觉，这也令我感到愉快。等玛丽小姐用完早餐，穿过青翠草丛，去了一趟已经退色的厕所帐篷之后，我们就出发去进行例行巡逻。

清早，猎车闻起来有一股跟恰罗一样的老人的味道，混合着用破布为枪支上油清洁的味道、恩古伊和穆秀卡身上新洗的衣服和鼻烟的味道，以及玛丽干净衣服的味道。我还能闻到相机箱、西班牙弹壳皮套和我新制靴子的皮革味。

我们开车穿过花朵遍布的猎场，我只能闻到花瓣和茎叶被压碎之后散发出来的味道了。这种味道闻起来像是刚切割晾晒的干草束，以及切草机的刀片刚刚割开苜蓿的味道，但这个高原草地上的花叶，闻起来没有那么甜。

我们来到了一片猎场上，这里有很多鹳正在觅食，奔跑着把头猛地扎进草堆里，一边散步，一边飞快地用它们的喙啄食。我们发现其中还有好多秃毛鹳。两种鹳鸟并没有混在一起，而是按照欧洲鹳和秃毛鹳分成了两拨。我们停下车来，玛丽拍了几张非常棒的照片。我们看到这么大群的鹳都感到非常兴奋。它们的前胸和脖子是白色的，嘴呈红色。它们长长的黑色羽毛长在下背和垂尾上，构成了一片锐利干脆的黑色身影。它们的翅膀非常简洁，看起来很干净。在这些欧洲鹳的旁边，秃毛鹳看起来奇丑无比、猥琐不堪。欧洲鹳的头上长着顺滑的白毛，一旦玛丽离它们太近，它们就会拍着翅膀飞起来，黑白相间的翅膀下有着流畅美丽的线条。它们扑打翅膀，长长的脖子和前喙向前一伸，就能轻易地飞起来，双腿收起来变成一条直线，有时候也会拖在身后，身影优雅极了。

尽管从天亮到天黑，鹳鸟就开始在地里觅食，大量的虫还是对花草的茎叶带来了严重的损害。它们的数量很多，以至于当它们在地里蠕动的时候，我甚至觉得大地在移动。鹳鸟的数量在不断增多，我总是在想，它们离开这里之后，还能去哪儿。它们具有如此贪得无厌的胃口，吃掉了如此多的昆虫，以至于让我开始怀疑它们在食物数量受限的欧洲到底能不能存活下来。要知道，在西班牙高原和黑森林谷地之类的地方，虫子的数量是绝对无法与雨后的非洲相提并论的。有报纸报道，阿拉伯半岛出现了蝗虫，阿比西尼亚也出现了大量的蜂群。我猜想这些鸟可能是跟着蝗虫和季节性孵化的虫子一起出现的，估计它们只有在交配季才会回到欧洲去。而其中的很大一部分甚至在交配季都不会回去了，我真希望，我们能够找到它们在非洲筑巢的地点。

玛丽拍照后，想让我们沿着以前的路线载她去灰泥地和盐碱地边上。此时，狩猎的人比以往要多得多，我们慢慢地开车经过他们的时候，几乎没有人分神来注意我们。

成群的角马、格兰特瞪羚和山羊在吃新长出来的草，忙碌的样子看起来跟鹳鸟找虫子的样子一模一样。野鸡从我们头顶上飞过，叫声狂野。我们找到了两头母狮子的足迹，它们曾经穿过我们的巡视路线，后来我们又看到了一头大狮子的足迹。我们追着这段足迹走了一段路之后，发现它在这儿停下来脚掌擦地、原地吼叫。可以肯定，这就是我们夜晚听过它吼声的那一头。

玛丽小姐腹部绞痛得很厉害，我们只好把她一个人留在车上，其余人在一棵枝干破损的大树边下了车，然后步行走向灰泥平原，试图找找看有没有牛群在纸莎草沼泽附近出现的踪迹。我们徘徊了许久，在西边这片泥地中间的芦苇和水塘边仔细寻觅，每个人都试图发现一点点蛛丝马迹，好知道在夜色中这里究竟发生了什么。土地上灰色的范围开始反射光线，那些从干燥土地中长出来的斑点状或条纹状的动物轮廓被光线扭曲了，它们正在草地上觅食。湖水周围长着芦苇，这光芒还不足以强到把湖岸变成一座海市蜃楼。光线把一头在纸莎草旁边吃草的角马变成了一头野水牛，但八倍放大的望远镜还是能把它全部还原，在望远镜中角马的轮廓清晰极了。

我回头看了一眼我们的车，看到玛丽坐在她的座位上，便急忙往回走。我们回到车子旁边，玛丽看起来脸色不太好，她说她的腹部又开始痛了。我告诉她，我们可以沿着车轮痕迹走下去，如果她想让穆秀卡回来开车的话就按一下车喇叭，那么他就会回来开着车把我们都接上。

等我们全都上了车并坐好，玛丽说："我变成了这样的一个大麻烦，真是太惭愧了。"

"你怎么会是麻烦呢？恰罗还记得那时候我差点得阿米巴痢疾死掉的事，明天你就已经在内罗毕了，他们会把你治好的。"

"但是我不想错过今天。我们本来是要度过愉快的一天啊，现在都被我给毁了。"

"别傻了，亲爱的。我们已经跟鹳一起度过了一段愉快的时光，你还拍了好多好看的照片呢。我们现在就回营地去，那里可凉快了，你在那里可以放松一点，而且可以好好休息一下。"

"我还想在离开之前去一趟瞪羚的栖息地捕一次猎呢。"

"以后有的是捕瞪羚的机会，现在趁着还凉快，我们先回营地吧。"

回到营地里，从山顶吹来的凉风清新舒爽。我们的帐篷在树荫下面，所以后面一旦打开了，就会有阵阵微风吹过，十分舒适宜人。那个杂乱的帐篷有双层帆布顶，里面非常舒适。玛丽去了一次搬迁后的厕所帐篷，我让穆文迪把我们的帐篷后面打开支住，这样空气就可以对流了。

"夫人不舒服？"穆文迪一边把枕头拍松，好让玛丽能够靠在上面，一边问道。他把枕头放在头朝门口的方向，这样玛丽就可以呼吸到新鲜空气了。他用手掌抚平小床上的气垫，然后把床单平整地铺好，再把边缘轻轻地塞进床垫下面压住。

"是的，有点儿。"

"可能是因为吃了狮子。"

"不，在杀狮子之前她就不舒服了。"

"狮子跑得又快又远，它死的时候会很生气，可能它的肉就会变得有毒。"

"胡说。"我回答道。

"不是胡说。"穆文迪严肃地说，"狩猎巡逻员队长老爹也吃了狮子肉，他也生病了。"

"狩猎巡逻员队长老爹还在撒冷埃[1]的时候就得了一样的病了。"

"他在撒冷埃也吃了狮子肉。"

"更多胡话了。"我连忙阻止他说，"他在我杀掉狮子之前就生病了，哈帕纳在到撒冷埃之后才吃狮子肉，从撒冷埃远行回到这里之后又吃了狮子肉。狮子被剥皮的时候他才打包带去撒冷埃的，那天早上没人吃狮子。你的记性真不好。"

穆文迪在他的绿色长袍下耸了耸肩："吃狮子后狩猎巡逻队长老爹病了，夫人病了，哈德森先生病得更厉害。"

"哈德森先生病了四十年，你可真了解情况啊？有谁吃了狮子肉却没生病？我。"

"很神奇。"穆文迪说，"我看见你之前病得快死了。很多年前你年轻的时候杀了狮子，然后就病得快死了，所有人都知道你死了，飞机、先生、夫人都知道，所有人都记得你死掉的样子。"

---

[1] 位于肯尼亚裂谷省。

"我吃狮子了吗？"

"没有。"

"我杀掉那头狮子之前生病了吗？"

"是的。"穆文迪嫌恶地说，"非常重。"

"你跟我说得太多了。"

"我们是部落里的老人了。如果你想说，也好说。"

"不说了。"我极其厌恶地说。我对这种混杂着斯瓦希里语错误百出的英语感到非常厌倦，而且我也不想去思考刚才我们所谈到的事情，"夫人明天会坐飞机去内罗毕，内罗毕的医生会治好她的病。我相信，等她从内罗毕回来就是健康强壮的了。完毕。"我再重复了一次，表示这场对话结束了。

"很好。"穆文迪说，"我把所有东西都打包了。"

我走出帐篷，恩古伊在大树下等着我。他拿着我的猎枪。

"我知道有个地方有两只鹧鸪，为了玛丽小姐把它们打下来吧。"

那两只鹧鸪身材娇小、简单，而且挺美的，正在大桉树林边上拍打身上的灰尘。玛丽还没有回来，我们找到了它们。我朝着它们挥了挥手，于是它们就一头扎进了灌木丛中，我在地上打中了一只，在另一只起飞的时候也射中了它。

"还有吗？"我问恩古伊。

"只有这一对。"

我把枪递给他，然后一起向营地走去。

这两只沉甸甸的鸟，眼睛温暖净透，柔软的羽毛在微风中微微地动着。我抓着它们，要让玛丽在《鸟类大全》那部书里查一查它们到底是什么鸟。我肯定从没见过这种鸟，这可能是乞力马扎罗当地的物种吧。这两只鸟，一只可以用来炖一锅味美的肉汤，另一只可以烤了给玛丽吃，如果她想吃的话。我会给她开一点儿土霉素和哥罗丁[1]，这样可以让她好过一些。我对土霉素过敏，但土霉素对她好像没有什么副作用。

玛丽进帐篷时，我正坐在那个杂乱帐篷里的一把椅子上。她洗过手后，穿过这个帐篷的门帘走进来，然后便坐下了。

"我的天呀。"她说，"我们是不是应该不要再提这件事了？"

"我再用猎车载你回去。"

"不用了，那车就像一个棺材一样大。"

"带上这个，如果你能拿得住的话。"

"我现在来一杯鸡尾酒壮胆，是不是糟透了？"

---

[1]一为治疗腹泻的药，一为止痛的药。

"喝酒是不应该的，但是我总喝，而且还是在这儿。"

"我可不确定我是不是还在这儿。如果能知道就太好了。"

"能知道的。"

我为她调了一杯鸡尾酒，告诉她不用着急把药吃掉，可以先进帐篷里去躺下休息，如果她愿意的话，可以读一读书，或者由我来读给她听，一切由她喜欢。

"你刚才打到了什么？"

"一对很小的鹧鸪。它们看起来就像是小松鸡。等一下我把它们拿来给你看看，那是你的晚餐。"

"那么午餐呢？"

"有山羊肉汤和土豆泥，你可没有病到连东西都不能吃，你马上就能好起来了。他们说以往土霉素比喹方[1]更有效，不过我觉得，如果有喹方的话会更好。我确定药柜里有的。"

"我总是觉得口渴。"

"我知道。我会告诉恩古伊怎么做米汤，然后我们会把它放进水袋里冰着，你想喝多少就喝多少。米汤可以解渴，而且可以让你一直保持精神。"

---

[1] 拉阿米巴药。

　　"我不知道我为什么会生病。我们之前一直都保持着健康的生活习惯呀。"

　　"小猫咪，你的病一点都不严重，就像只是发烧了一样。"

　　"但是我每天晚上都吃疟涤平[1]，你忘了的时候，我也总提醒你，而且我们晚上在火堆旁也一直穿着防蚊靴啊。"

　　"确实。但是在沼泽里追野水牛，我们被咬了不知道几百下。"

　　"没那么多，也就几十下。"

　　"我被咬了几百下。"

　　"你身架更大，把你的手放到我的肩上来，搂紧一点儿。"

　　"我们是幸运的小猫。"我宽慰她说，"任何进到村落里的人，都会被里面的人传染发高烧，而且我们还是在情况最严重的两个高烧村里。"

　　"但是我吃药了，还提醒你吃了。"

　　"所以我们没有发高烧，但我们同时也身处一个失眠很严重的地方，而且你知道这里有那么多的舌蝇。"

---

[1] 可治疟疾。

"埃瓦索恩古伊罗河[1]旁不是更严重吗？我还记得那天傍晚回家时候的情景，它们咬起人来就像是烧红了的眉毛镊。"

"我从没见过被烧红了的眉毛镊。"

"我也没见过，但在那片有犀牛生活的树林里，它们就是这么咬我的。有一只还把吉·克和基博追到了河里。那时候，那个营地很可爱，我们自己第一次捕猎真的很有趣，比有人跟着我们打猎要有趣二十倍。我那时候那么听话，记得吗？"

"我们在那片大大的绿树林里，离什么都那么近，就像是第一个去到那里的人一样。"

"你还记不记得，树林里的那些青苔，那些树是那么高，好像要把阳光永远都挡住，我们的脚步比印第安人还轻。后来你带我去离那只羚羊那么近的地方，它没看见我们。还有啊，后来，就在我们营地旁边的那条小河边，我们找到了野水牛群，你还记得吗？那真是个很棒的营地。你还记不记得，那只雪豹每晚都穿过营地，就好像拜尔斯或者威利先生在家里总是围着芬嘉转。"

"我记得，我的小猫咪。现在你不会再难受了，

---

[1] 位于肯尼亚境内。

因为今晚或者明早土霉素就会发挥作用了。”

“我觉得它现在就在发挥作用。”

“如果土霉素并没有那么好的话，祖祖就不应该说它比喹方和卡巴肿[1]更有效。在你等着它发挥药效的时候，神奇的药物会让你觉得恐怖。喹方就是这种神奇的药物之一，我还能记得那种恐怖感。”

“我会安静地躺着，静静地享受从我们的雪山上吹来的微风。你去吧，给自己倒点喝的，看看书，让自己舒服点儿。”

“我去教恩古伊怎么做米汤。”

中午的时候，玛丽就感觉好多了，下午又睡着了，晚上醒过来的时候感觉很好，而且想吃东西了。我对土霉素的药效很满意，居然在她身上没有发现任何副作用。我摸着我的木头枪托告诉穆文迪，我用一种强力且神秘的药治好了玛丽，但我明天还是要把她送上去往内罗毕的飞机，让一个欧洲来的医生确认我的诊断是正确的。

“好。”穆文迪说。

玛丽病情好转了，所有人都非常高兴，以前痢疾会把人折磨成什么样子，他们都见过。玛丽走出帐篷，

---

[1] 治疗阿米巴病用药。

来到烹饪火堆旁边，跟恩古伊开玩笑的那一刻，是多么不可思议和欢乐。恩古伊的行为举止，总是像一个充满智慧的老人。一个国王的知交好友和一个声名狼藉的女学生混合在一起的样子。等米汤做出来，这三个人都取笑了我的米汤，原来它一点儿味道都没有，甚至令人反胃。但我知道恩古伊一定还记得那些缺水的日子，那时候，我们的排泄物一天天地堆积在肠道里无法排出，我们只好小心地用肥皂和温水润滑直肠，突然而来的痉挛仿佛要了我们的命。恩古伊、黑帝、穆文迪和恰罗都记得，在那些日子里，秃鹫和秃毛鹳被腐败的气味所吸引而来访。他们每个人也清楚地记得葬礼的细节，现在我们有了这些几乎能治好所有病症的药，药效神奇，令我们倍感欣慰。

所以，那一晚我们虽然吃得不多，但心情非常愉快。营地又变成了一个快乐的天地，就像是带着某种强力咒语的狮子肉派对，各种疾病和不幸都被解决了，似乎这些问题从来没有出现过。

总会有某种理论出现去解释那些不幸发生的事情，一开始最重要的，总是某人或者某种事物是有罪的。玛丽小姐似乎带着某种强烈的、难以解释的坏运气，所以她总是在赎罪，但她似乎也总给其他人带来好运，她被所有人爱着呢。

　　阿拉普·梅纳崇拜着她，吉·克的首席狩猎巡逻官辛格对她心存爱慕。阿拉普·梅纳的宗教让他绝望和迷茫，几乎不崇拜什么东西，转而崇拜玛丽小姐，这让他偶尔能够爬上狂喜的巅峰，但在暴力方面却稍微有所欠缺。他很爱吉·克，但这是一种类似于学校男学生的入迷，掺杂着献身一般的奉献。他对我表达了他如同爱情一样的关心，我不得不向他解释，比起男人们，我更加在意的是女人。当然，我对于深厚持久的友谊也是非常向往的。

　　但他的爱与奉献，似乎放在乞力马扎罗山的斜坡上往下洒。他总是带着完全的真诚献出他的爱，包括对男人、女人、男孩、女孩，以及各种类型的酒和上千种具有药效的伟大草药，也几乎总是能收到回报。现在他把这种伟大的天赋，全部集中在了玛丽小姐的身上。

　　阿拉普·梅纳长得不是特别好看，但他举止优雅，穿着制服时又像士兵一样英武挺拔。他总是把耳罩简单地盘绕在耳朵上面，有点像希腊神话中那些女神们把头发盘起来的样子，像是改良后的发髻。他所奉献出的诚挚，就好像一个偷猎的捕象老人那样坦诚和直率，好像他献给玛丽的是他的贞洁。

　　瓦卡姆巴人中没有同性恋。我不知道布瓦人中有

没有。阿拉普·梅纳是我认识的唯一一个布瓦人，而
他对男性和女性都有非常强烈的吸引力。玛丽的头发，
可以算得上是非洲人当中最短的了，配上她与含米特
族小男孩相似的脸型和马赛族一个不错的年轻妻子的
身材，所有这些都把他给吸引住了，而且渐渐地由爱
恋转变为了崇拜。一般非洲人如果不想叫夫人的话，
就会把已婚的白人妇女称作妈妈或者妈咪，但是阿拉
普·梅纳从不这么叫玛丽。玛丽从没被任何人叫过妈
咪，她告诉梅纳千万不要这么叫她。但由于这是梅纳
所学到的英语当中最为崇高的称呼了，所以他还是会
叫她妈咪玛丽、玛丽妈咪或者妈咪妈咪，选用其中的
哪一个，取决于当时他是在使用有效药草，还是在跟
他的老朋友在一起喝酒。

　　吃过饭后，我们坐在火堆旁聊起了阿拉普·梅纳
对玛丽小姐的忠诚，以及由于白天我没有见到他而感
到的担忧。他前天告诉我的事情，因为玛丽对我说的
话而变得更加严重了："每个人都用非洲的方式，爱
着其他所有人，这难道不是件不太好的事情吗？"

　　"不是的。"

　　"你确定不会突然发生什么不好的事情吗？"

　　"不好的事情总是发生在欧洲人身上。他们总是
酗酒，把一切都弄乱，然后怪罪到海拔的头上。"

"要么是海拔，要么是因为赤道。我在这里才第一次发现，原来一杯纯的雪利酒喝起来就像水一样。这是真的，所以这一定跟海拔或者其他什么的有关系。"

"是的。但是我们努力工作，汗流浃背地步行捕猎，总是要去爬那些悬崖峭壁，人们根本不用为了酒而担心，酒精都从毛孔中蒸发了。亲爱的，你在帐篷和厕所之间来来回回走的路，已经超过了来非洲大陆远行的任何一个女人了。"

"别提厕所了。现在那条小路已经修好了，而且总是有非常不错的读物放在里面。你写完那本关于狮子的书了吗？"

"没有，我先构思着，等你走了之后再写。"

"别堆积太多。"

"没有很多。"

"希望它能让你谨慎一点儿。"

"我一直都很谨慎。"

"不，你才不是。你和吉·克都是魔鬼，有时候你自己都知道这一点。我把你当成一个优秀的作家，一个好人和我的丈夫，而你和吉·克在晚上却做了那样可怕的事情。"

"我们晚上必须去研究那些动物。"

"你大可不必，你们做那些邪恶的事情，只是为了向对方炫耀。"

"我的小猫咪，我真的不这么认为。我们觉得有趣才去做，你只有死了才不再为了兴趣去做一些事。"

"但你不用去做一些会让你丧命的事情呀。你们总是把那辆路虎车当作一匹马，而你们正在参加全国越野障碍赛马。知道吗？你们两个的骑术，甚至都无法在安特里马场[1]上跑一个整圈。"

"说得不错，所以我们才转向路虎的。吉·克和我只是找到了一项适合我们这种坦诚乡下人的运动。"

"我知道，你们是两个最不坦诚也最危险的乡下人，我甚至都不想给你们定什么规矩了，因为我知道定了也没用。"

"不要因为你要离开我们了就说我们的坏话。"

"我没有。我只是偶尔想一想你们俩，还有你们觉得有趣的那些事，就吓坏了。不管怎样，感谢上帝，吉·克不在这儿，这样你们俩就不会凑在一起了。"

"你就在内罗毕玩个痛快，让医生给你检查一下，想买什么就买什么，不要担心我们的村子。我们会规规矩矩地过日子，没人会去冒不必要的险。放心吧，

---

[1]位于英国利物浦。

你不在的时候我会接手好好干，你会为我骄傲的。"

"你为什么不写点什么，这样我就真的会感到骄傲了。"

"可能我会写点东西的，谁知道呢？"

"只要你更爱我一点儿，我不介意你还有个未婚妻。你更爱我，对吧？"

"我更爱你，一直到你从城里回来都更爱你。"

"真希望你能跟我一起去。"

"我不去，我讨厌内罗毕。"

"我没去过。但对我来说，那是一个全新的地方，我想好好了解那儿，而且那里的人也都很好。"

"你去吧，好好玩，然后就回来。"

"我要是不用去就好了。不过跟威利一起飞行会很好玩的，回到我的大猫咪身边，也会很有意思。我也保证，给你们的礼物会很好玩。你会记住给我打一只雪豹的，对吗？我知道你答应过比尔，圣诞节前会打到一只雪豹。"

"我不会忘的，反而你要是忘了，我就会提醒你的。我会处理好这件事的，不用担心。"

"我只是想确认一下，你没有忘掉。"

"哪能呢。我也会每天都刷牙，晚上睡前把星星关掉，然后把土狼放到屋子外面去。"

"别开玩笑，我要走了。"

"我知道，而且这事一点儿都不好笑。"

"但我会回来的，而且会给你们带来大大的惊喜。"

"最大最好的惊喜，就是我能看见我的小猫咪。"

"我们要是有自己的飞机就更好了，我会给你一个特别的惊喜，不过我要先保密。"

"我觉得你应该去睡觉了，小猫咪。虽然你现在的情况已经好多了，但还需要充足的睡眠。"

"像今早那样，把我抱上床吧。当时我还以为我要死了。"

于是我把她抱进帐篷，她的体重抱在手里刚刚好，身高也刚刚合适，不像那些美国的高个子美人一样，吊着摇摇晃晃的长腿。她从我的手上轻轻地滑进被子里，就好像一艘船悄悄地停进了港湾。

"床真是个好地方，不是吗？"

"是的，床就是我们的祖国。"

"谁说的？"

"我。"我相当自豪，"这句话在德国会让人更加印象深刻。"

"我们不用说德语，多好呀。"

"是的。"我说，"特别是我们还不会说。"

"你在德国，在坦噶尼喀和在科迪纳都让人印象深刻。”

“我编的，这就是为什么这句话听起来那么让人印象深刻。”

“我爱你，这是用英语说的。”

“我也爱你，你好好睡一觉，明天一路平安。我们一起像小猫一样好好睡一觉，然后你很快就会好起来的。”

夜晚，我躺在床上，玛丽睡得很熟，并且会很快好起来，我因此高兴得睡不着觉。夜色中，我想起她把那架赛斯纳飞机说成是我们自己的东西，这很有意思。我想，如果我们用分期付款的方式把它买下来，而不是像现在一样租用，那么再过几个月，那架飞机就真的是我们自己的了。除了枪支与二百二十颗宝贵的子弹以外，我对其他财产都不感兴趣，因为这些.30-06步枪弹很不容易得到。为了保险起见，我总是把子弹存在左胸口袋处。有了这把枪，在你单独一人时，也不需要为其他人的生命安全负责的情况下，就完全不需要其他大枪了。

能够让我们感到开心的，其实就是我们自己、几本能读的书、两支来复枪、一把.22口径的手枪，以及足够长的来复枪子弹，这就是我所能想到的，在最严格的条件下，进行一次远足狩猎所需要的全部重要家当。我们正过着我们想要过的那种生活，或许这种方式并不精致，却让我们感到非常舒适。明天等威利开着飞机来了之后，我和他就能够在村子上空绕几圈了。

这是一个再普通不过的夜晚，我听着外面的声响，突然听到了一头以前没有见过的大狮子的声音。我确定它位于一个古老的村子和瞪羚栖息地中间的某个位置之后，就不知不觉地睡着了。

第二十五章

恩古伊和我依然在捕捉雪豹。雪豹很有可能随意地停留在其中某个树杈之上。我们穿过狩猎场，因为是背光捕猎，我们只好在河流边上蹑手蹑脚地前进，查看每一个树杈。

现在风还没有开始吹，太阳已经从最低的斜坡上升起来了，阳光照在我们的后背上。

天还没亮的时候，我还没有醒来，恰罗听到了一只雪豹在小河旁边朝着沼泽方向追捕猎物的声音。我们告诉恰罗捕猎的地点，让他听到我们一开枪，就叫穆秀卡出来与我们会合。

我计划捕一些需要的肉食猎物，然后分四分之一给威利，让他用飞机把这些肉带回去给他的家里人。我本来应该带上恰罗而不是恩古伊的，这样恰罗就可以为了那些伊斯兰教徒们给这些肉块诵真主之名。恩古伊和我是兄弟，而且反正我也要再给那些伊斯兰打一些好一点的肉，这样像玛丽、威利和我这样的异教徒就能够随意处置这些肉了。我早上醒来，很想吃肉，一路上也一直都在想着肉，而且早上为了不让液体在我的胃里晃荡，我只喝了一杯茶。

我们动作轻柔、放松，我试着像一只大雪豹一样思考，它有很多猎物可以去捕食：在它的狩猎区域内有四片耕地，里面有许多山羊、狗和鸡，有一个挂着很多腊肉可以偷的营地，还有六到八群狒狒。而且就它所知，除了一个月以前曾经被它撞见过的人以外，没有人在追捕它。我觉得如果我是那只雪豹的话，我就不会那么谨慎。我在大概三十英尺的距离外看见过这只个头非常大的雪豹。

当时正下着倾盆大雨，那只雪豹无精打采地趴在一棵树的树杈上。雨点打在我的脸上，我戴着眼镜，努力擦拭镜片，就像擦洗一扇被雨点打湿的挡风玻璃一样，试图通过镜片看清前方的路。而那只雪豹正在树杈上蜷着身体，背靠在树干上抵挡着风雨。它把头转了过来，我的眼神跟它对视了一下。它的头看上去很宽，就像一头母狮子一样。我们直直地看着对方的眼睛，几乎同时做出了反应。

我就像在猎一只盘旋在高空的飞鸟一样，举起来复枪，一边以最快的速度瞄准，一边冲着它扣下扳机。

说时迟，那时快，它就像一条快速滑行的蛇一样，以极快的速度转过身冲进另一头的树林，身影在树林的掩盖下逐渐模糊不清，大树把它带着斑点的身子全部遮住了。我跑向那棵树的右边，它纵身一跃，跳进了沼泽旁边的纸莎草丛中。

如果不下雨的话，我就能够再开上一枪了；如果我不戴眼镜的话，就能在雨中瞄准射击了。但可惜没有如果，这可是我生平见过的最大的雪豹，也是我所见过在猫科动物中最聪慧的物种，此刻它正以最快的速度跑开。

接着，我们找到了它睡觉的地方，追寻它的爪印和掉落的毛发，又找到了它在其他树枝上休息的地方。为了引诱它，我们曾经设下过一个陷阱，它却从来没有中过一次计。它曾经在河的上游袭击过那边的村子，抢夺里面的山羊。它暂停过一段时间，而现在这项捕杀活动又开始了。我多么希望当我们在雨中对视的时候，我身边带着的是一把霰弹猎枪，但在这个平原上除了蛇以外，我们不能对其他动物使用霰弹猎枪。

这一带有很多的犀牛和野水牛，我们今天并不打算进入那片区域，只是出来跟着这只雪豹的足迹，想看看它会不会一时大意而掉进我们设下的陷阱。我们沿着它的脚印，经过小溪岸之后在山脚的一个石堆旁边又跟丢了，只好掉头回营地了。

清晨，我们出门的时候，看见一只猫豹懒散地躺在一片平地上。没想到，我们回来的时候，它依旧还在那里。它的目光穿过平原，盯着一只在草丛中一动一动、摇着尾巴的小羚羊，我注视着它那张像猫又像狗的俊俏的脸，庆幸我不再有向一只猎豹开枪的想法了。

我还记得那件经瓦伦提娜之手把猎豹皮毛缝在领子上的大衣，在某年纽约的秋日街头，看起来是那么的美丽，比任何一件大衣都要漂亮。然后我想起了所有女人对待这一类衣服都有她们逃避责任的借口：因为这既不是貂皮，也不是黑貂皮，所以这种大衣并没有什么投资和转让的价值，这与找一些珠宝首饰的替代品一样糟糕。或许在她们把一件上好的、长度适当的暗色貂皮大衣送给别人之后，我们还能够幻想一下这样做的可能性，但在这些衣服还属于她们的时候，这样的幻想就绝对不可能成为现实。我看着那只猎豹和已成为它囊中之物的那只小羊，期望着能够再一次在某个傍晚看到它和它的两个兄弟一起捕猎的样子。

既然我已经开始回想在纽约度过的那个秋天，和那件猎豹皮大衣，那我就不打算再去打扰那只猎豹，以及它们三兄弟赖以为生的狩猎游戏了。我曾亲眼目睹它们以极快的速度，紧紧追逐在猎物后面，这让人觉得特别刺激，而看到它们的皮毛是依附在自己的背上而不是哪个女人的肩膀上，我也特别开心。

不过，如果黛巴觉得冷的话，我就会为了她去杀掉一只羊和鸡的杀手——雪豹，然后给她做一件大衣。在我们的部落里，女人是不能穿雪豹皮衣服的，这种做法只会给我们带来许多麻烦。我会给她做一件兔毛背心，以抵挡夜晚和清晨吹来的冷风，她晚上从聚会上回来的时候也能穿。和从延伸到马德里的瓜达拉马山雪山顶上吹下来的冷风相比，这股风还要冷上好几倍。黛巴从来没有听说过貂皮，我可以先从兔子毛皮和一些猫皮开始。我还必须去查一查狩猎准则，确保捕猎少量的猫不会触犯皇家狩猎的规定。去年三月，博瓦纳的费斯国王向女王陛下献上代表忠诚的土狼。于是我想，总有一天他们也会把土狼列入皇家狩猎的猎物清单，但应该不会在我们这个时代实施。

我们把那只猎豹留在草原上，然后来到高高树林中的空地。有两只长着漂亮犄角的山羊，看起来像小号的瞪羚。它们是我们的朋友，我们对它们能在距离营地那么近的地方生活下来感到非常骄傲。我们穿过空地中几乎没膝的草丛，它们对我们不理不睬。我不想吓到这两只被我们当作朋友的山羊。而且很久以前我就决定了，如果我们在早晨出来猎杀什么动物，恰罗或者其他能够为肉类诵真主之名的伊斯兰教徒没有跟着我们的话，这就是一种自私的、不顾及他人的行为。所以，我们径直穿过了破败的灌木丛，回到了营地。

我看到穆秀卡和恰罗在位于帐篷旁边大树底下的车里等待着。穆秀卡坐在前排，向前倾着靠在方向盘上，阔边帽盖住了他的眼睛。恰罗在后座上，我几乎只能看到他黑黢黢的脸和已经穿了不知有多长时间的蓝色夹克，还有那脏乎乎的白色头巾。看得出来，他正以一种直挺挺的姿势坐在座位上。

玛丽已经穿好了衣服，正在梳头。恩古伊带着枪走向车子，当经过开着门的帐篷时，他说："你好，夫人。"

玛丽说："你好，恩古伊。我没有听到你的枪声。"

"我没开枪。"恩古伊说着，继续走向车子。

我们吻了一下对方以道早安，我问她现在想不想跟我们一起出门，给威利和营地打点肉食回来。

"你感觉怎么样了，亲爱的？"

"我感觉好极了。"她说，"那些药已经把我治好了。如果我能去的话，就去。但你开枪。"

"不，你来开枪。你不在的时候，我再多开几枪。"

"那么我们做搭档吧，你来为我掩护。"

"你根本不需要任何掩护，我们现在可以出去，等回来再吃早餐，你还有茶吗？"

"没了，我全喝了，我太渴了。"

"很正常，你确定你想去吗，亲爱的？"

"求你了，我能在你和威利出去飞行时，把一切都准备好，其实我还想跟你一起飞，但我知道我不应该去。"玛丽温婉而近乎哀求地说。

因为没有已经沏好的茶水，我只好打开一瓶啤酒，喝掉了四分之一，然后把剩下的为恩古伊、穆秀卡和我自己带上，以便车上喝。我们向着北边出发，经过飞机跑道之后转向东边。我们看到一群山羊和几只瞪羚，停下车来，恰罗和玛丽下车之后向狩猎场反方向走去，距离羊群还有四分之一英里时，他们潜伏在树丛后面，慢慢靠近羊群，而我们则留在车上喝啤酒。他们第一次突袭没能成功，我们又打开了一瓶还没有开瓶的啤酒。这是恩古伊带来的，他不知道我带了一瓶已经开过的了。

在距离他们半英里远的地方，我们看到玛丽小姐举起她的来复枪开了一枪，接着我们听到了枪声。恰罗跑了出去，玛丽也走到一丛灌木后面，离开了我们的视线。穆秀卡发动了车子，把酒瓶递给我。我和恩古伊一人喝了一口之后，他把酒瓶放回了水袋里。

我们让玛丽和恰罗上了车，他正在山羊的毛上擦拭他的刀，然后把它放在了车子的后车厢里。

"这只小羊实在太可爱了，我不应该杀掉它。"玛丽说，"但是恰罗让我打这一只，于是我正好打在了我瞄准的肩后部。"

"好枪法。"恰罗兴奋地说，"非常好。"

"你从多远处射中它的，小猫咪？"

"我不知道，我觉得太远了，可恰罗告诉我'Piga（开枪）'，我就'Piga'了。不管怎样，那儿有三只羊，几乎一样大。这是其中最大的一只，它还没有成家，也没有家庭。"

"而且也很胖。"

"不管怎样，我还是很高兴，现在我可以放下心去内罗毕了。知道我能射中猎物之后，我就再也不觉得丢脸了，至少我又能开枪了。"

"你可不想来点啤酒吧，对吗？"

"我可以跟大家一起喝上一点儿。"

恩古伊问玛丽要了她的手绢，仔细地擦了擦瓶颈和瓶口，再递给玛丽，玛丽大大地喝了一口。

"真棒。"她兴致勃勃地说，"这清爽得就像是我在家的时候看到的那些模范大家庭一样。你们有没有觉得，咱们看上去就像是那些啤酒广告上的一家子，只不过是非洲版的？"

"有点儿。"我说，"除了恰罗以外，他不喝酒。"

"可怜的恰罗。"玛丽说，恰罗咧嘴笑了笑，"我能不能再喝一小口？"

她喝完之后说道："我不知道我都错过了些什么，你们所有人早上都喝酒吗？"

"如果我们有酒，而且没什么活儿要干的话。"

"现在我感觉好多了。我既是你的妻子，也是你们的好兄弟，同时还是所有人的肉食提供者？"玛丽对我说道。

"如果你把酒给其他好兄弟留点儿，你就会更受欢迎了。"

"给你，以你们的顺序传下去吧，我可不想出错。"

我拿过酒瓶喝了一口递给穆秀卡，他喝完之后递给了恩古伊。恩古伊对着太阳仔细查看了一下还剩多少酒之后，就一口喝干了。

"我现在不想离开。"玛丽说，"我一直都不想走。"

"你会玩得高兴的，而且你出去和回来都会跟威利在一起。"

"我现在想吃早餐了。"玛丽小姐说，"然后我们就去飞机跑道那里找威利。我们打来的肉应该好好处理一下，我希望是这样的。"

"我向你保证。"我说。

"那就好，我可不想在为我的异教徒兄弟们、伊斯兰朋友们，还有我们航班机长打肉的时候失手。"

"夫人，你想不想先把肉弄熟一点儿呢？这个天气要把它弄熟是很方便的。"

"如果你觉得这样更好的话，那就弄一点点儿吧。"玛丽犹豫了一下，说："算了，我认为你还是尽可能保持这肉的新鲜吧。"

"我们上一次给威利的那块肉都熟得有点硬了。他说那块肉自己下了飞机，走进了航空俱乐部，在吧台上点了一杯酒喝。"

"那他们给它了吗？"

"没有。威利说酒吧招待个子太高了，以至于无法为它服务。"

"他还说了什么其他糟糕的事？"

"有几个男孩把它误认为一个老会员了，那个人在乌干达到乌隆迪[1]之间的什么地方坠机了，尸体没有找到。"

"为了威利，我们还是保持这份肉的新鲜吧。"

"威利可能会说，这块肉实在太新鲜了，它还试

---

[1] 东非国家布隆迪的旧称。

着要接过飞机的控制柄，在撒冷埃的干沙河床上熄火
迫降。"

"我的天哪，威利、你、吉·克，还有鲍勃总是
这样开玩笑，和你们这些从来不正经的人在一起，真
是太棒了！"

"今天我很高兴，你喜欢我们。我也一直都爱着
鲍勃，也爱威利。他总是那么整洁，看上去那么清爽。"

"我也很高兴，你爱着一些欧洲人。你知道，这
才是健康的。"

"你想想你的欧洲老婆，虽然她并不是个真正的
欧洲人。"

"你是欧洲人，我发誓。我听到你在打电话的时
候说法语了。"

"我要走了，不要取笑我。"

我们回到营地吃了早餐，当威利的飞机发动机发
出"嗡嗡"的响声，我们飞快地跑了出去，就在那个
被卡车轧出来的白花平原上，看着它轻轻地降落在营
地外。我们把猎到的东西从猎车上卸下来交给他带上。
玛丽和威利在前排坐着聊天，我一目十行地浏览了一
下寄来的信件和电报。我把我和玛丽的信分出来，放
在玛丽的袋子里，然后打开了电报。没什么坏消息，
倒是有两个鼓舞人心的好消息。

在杂乱的帐篷里，玛丽在桌子旁读了她的信件，威利和我分享了一瓶啤酒，之后我打开了那几封看起来最差劲的信，里面什么消息都没有。

"战争怎么样了，威利？"

"我们还守着政府大楼呢，我相信。"

"托尔呢？"

"绝对还在我们手里。"

"新斯坦利？"

"那片黑暗血腥的土地？我听说吉·克派了一队航空女服务员去做巡逻员。有一个叫杰克·布洛克的非常勇敢的小伙子，好像掌握着那一带的情况。"

"谁是狩猎部长？"

"我可不能说，从我上一次获得的情报来看，双方势均力敌。"

"我认识世钧，但谁是力迪？"我说。

"我猜是新人。我听说玛丽小姐射中了一头漂亮的狮子，我们能把它带回去吗，玛丽小姐？"

"当然可以，威利。"玛丽爽快地答应了。

"现在已经有点乌云了，待会凯乌鲁山那边有可能会下雨。老爹，看起来我们应该动身了，应该把时间放到你那巨大的产业上面。我们去转一圈，然后等雨停了，我就把玛丽小姐送回城去。我们回去之后，还能休息好长时间再用午饭，玛丽小姐。”

“我不能去吗？”

“当然，如果你想去的话，老爹也觉得你能去。”

“你想去吗，亲爱的？”

“我很想去，但是我真的不能。我要在这里打包行李，而且总要有人在这里接信啊。”

“你可以读我的任何东西，如果你想的话。”我说，“跟那些该死的白人女人们一起。”

“做得好，老爹。”威利说，“耕地那边怎么样了？”

“我的岳父在那边，我试着让鲁伯特·贝尔维尔帮他处理白人那边的事情。你觉得这样他会高兴吗？我已经答应了全家人要去一趟巴黎，如果我们要跳过伦敦的话，多去几次俱乐部，对他来说会更好吧。”

“我会把他带去航空俱乐部转转的。”威利说，“他有自己的飞机吧，我猜？”

“还没送来呢，他坚持要用那部车头上有个轮子的颤巍巍的小轮车。”

“那看起来真的很非洲。”威利说，“但是飞机有翅膀，他可能是喜欢小车吧。”

“那是他最喜欢的了，还有那个车头上的小轮子。”

“但是，老爹，我飞机上的翅膀都能比得上一头老象的耳朵了。我们回家的路上会经过耕地，可以让他们看一眼那机翼的样子。"

"我的未婚妻最喜欢去惊动耕地里的人了。我们每次去的时候，她就喜欢鸡乱跑、羊群跑散开来的样子。她才不关心机翼到底怎么样呢。"

"真遗憾。"威利说，"但你的岳父可能会很欣赏它们。你知不知道，他有没有给你上保险？"

"是劳埃德公司的。罗依托其托克城里劳埃德公司的那些本地人，几乎占掉了他在耕地里一半的时间。"

"好家伙。"威利说，"这就是我们想要的精神。那么我说，老爹，我们是不是应该上路去飞一飞了？"

"你确定你不想去吗，小猫咪？"

"我不该去。但是你们这些坏蛋，可不要去表演什么特技，把人家好姑娘吓死，也不要告诉威利我会读你的信。"

"她可不怕，有个公告说表演特技是不允许的，威利非常清楚你是不会读我的信的。"

"我向你保证所有的事情，玛丽小姐。除了从高空中往下看以外，我从来没见过她，不过她看上去是很镇定的那种。"

"从高空上向下看，你不觉得那片耕地很像阿布维尔[1]吗？"

"那片耕地总让我想起兰斯[2]附近的一片铁路调车场。"威利说，"你觉得它看起来像什么，玛丽小姐？"

"你们两个，别闲聊了，快点走吧。"玛丽说，"我相信你来到这里，可以带来一点儿好的影响。威利，但是现在你们俩都有点靠不住了。"

"我只是想帮老爹找回一点儿逐渐丢失的记忆，万一他要写一本这方面的书呢，玛丽小姐？"

"我要带上恩古伊和鲍勃的持枪工，他想飞。"

"不带阿拉普·梅纳？"

"没有阿拉普·梅纳。他真的不买飞机的账。他说如果他必须飞的话，他才会上天。我告诉他，这不是必要的，他就把我们要找的东西告诉了我。"

恩古伊和鲍勃的持枪工在车里等着，我们开到了飞机跑道上，阿拉普·梅纳正在那里守着。他潇洒地敬了个礼，看着我们四个登机，一点儿也不羡慕。我告诉穆秀卡，把猎车开到跑道上来回碾一碾路。我们起飞后，他居然来来回回地跑了好几遍。

威利滑行到跑道终点，拐了一个弯之后就拉住了

---

[1]法国城市。
[2]位于法国东北部。

飞机的起降杆。飞机开始轰鸣，我们来到了开满白色花朵的平原上，在猎车的旁边升上了天空。我往下看，看到了穆秀卡和阿拉普·梅纳正抬头仰望，猎车的车顶被擦伤了。没有人穿着靴子爬上过那里，后来我想起我们曾经在树枝浓密的树林中经过，那些沉重坚硬的树枝擦过车顶。再后来，猎车在我们身后慢慢变小了，威利说："去哪儿，老爹？"

"先在沼泽附近绕个大圈，然后穿过那个卵石滩去凯乌鲁山。"

"卵石滩，知道了，老爹。"

"我们是去找人，还是找动物？"恩古伊看着我说。

我回答："都找。"

我们穿过堆满了紫褐色石头的火山岩沙漠平原的边缘，然后转向狮子岭的树丛顶端。我们看到了一个正在跟他的妻子和一头驴远足的马赛人，我们没有降落去打扰他们。

我们又向左转了回去，沿着去北边平原和丘陵的路线向前飞去。平原是美丽的绿色，草丛比我们那里的要更高些，到处都有人在狩猎。到处都是成群结队的狷羚、斑马和大羚羊，我们跟它们保持了一段距离，以防惊扰到它们，把它们吓跑。我们绕着狩猎场转了几圈，没有发现任何偷猎者的营地，也没有动物尸体在阳光下反射出来的光。

凯乌鲁山后面有乌云堆积，有些地方乌云层叠，正在下雨。威利操纵着飞机越过了凯乌鲁山，我们仔细查看了不同的山谷和平原的边缘，也就是犀牛所处的位置。犀牛还在它们平常待着的地方，没有火堆产生的烟，也没有人类扎营的痕迹，没有任何迹象显示有人类到过那里。我们锁定了三头我认识的犀牛，它们都在这个地方，长着超大的牛角。

犀牛的数量与我的想象大相径庭，但我知道这个数字完全可以随我们到这里的时间的不同而发生变化，何况这也不是什么精确的调查，只是一个大概的数字。但几乎可以肯定的是，没有任何人曾经捕杀过犀牛。我们看见了一头以前见过的、长着一只令人难以置信的大长牛角的母牛，我们坐在飞机上，从高空中向下看，也能清楚地看到它的牛角。

"你要不要给它拍张照？"威利。

"不用了。还是给玛丽小姐留着吧。我只是想知道它是不是还在那儿。"

我们扎进雨中，快速升了上去，然后飞到了云雨的外面，绕着它飞了一段，然后去了一片更大的平原，看到了一个更大的非洲大羚羊群，正穿过大沼泽和它四周的小溪和河流。在另外一端，狮子岭从另一座峰峦叠嶂的山坡边升了起来。我目测了一下这里的方位，然后告诉恩古伊，我们以后就可以很容易找到这群大羚羊了。他指着一只正在扬起螺旋形羊角的灰色老羚羊，就好像那已经是一份需要装载的货物了。那羊角又宽又重，压得那只老羚羊无法与其他羚羊保持同样的步伐。恩古伊摇摇头，舔了舔嘴唇。

"为了圣诞节。"我说。

"为了任何时候。"恩古伊说。

"你的野兽们看着都很棒。"威利说，"我们要不要去找一找大象？"

"有一些大象就在河边，我不想吓到它们。但我们可以离它们远点儿，找一找那附近有没有牛群。"

我们远远地盘旋了几圈，然后回到了河流上空。

"它们在那儿。"威利说。

我们开始往回转，我看到雨云正步步紧逼地跟在我们后面。野水牛群正在经过一片开阔的草地，里面有很多母牛和小牛，还有几头公牛。我们在它们的上空停了一下，然后进到了雨云。当我们飞出雨云时，发现我们离野水牛群近极了。你能够看到它们正在用宽阔的后背相互撞击，看到它们沾满泥泞的腹部，还有沾湿之后闪闪发光的黑色牛角。我数出了七十四头牛，但没有看到我要找的那头巨大的老公牛。

我们围着牛群绕了几圈，然后再一次飞到了它们和雨云的前面。牛群仿佛是在跟着我们的行迹移动，或者是与另一个牛群轻微平行移动，接着它们穿过了一片潮湿的草地。看起来，我们有点像牛仔了。

"你想不想看着它们？"威利问道。

"不想，我确定我知道它们在向哪里移动，我不想吓到它们。"我了无兴致地回答道。

我们又再一次上升，离开了雨云。威利说："去哪里，老爹？"

"在那片破破烂烂的平原上有几头大象，就在耕地的后面，这条小溪就是从那座山的峡谷中流出来的，记得吗？"

"你是说，你想把它们带到鹰渡[1]去，老爹？"

"我想让它们穿过小溪，把它们弄糊涂，这样它们就会从耕地过去了。现在，它们就在去安博塞利[2]的那条路上，朝着上次我们看到的那头大象那边去。"

"我想我知道你的意思了。"威利说，"我们是不是得找到耕地，然后把它们从那儿带出去？"

"那雨怎么办？"

---

[1] 肯尼亚地名。
[2] 位于肯尼亚境内，以国家公园观赏象群而闻名。

"雨只是雨而已。"威利说。

我们找到了大象的位置，引着它们移动。它们一群有八头，另一群有二十二头，里面有母象、小象和一群公象。看起来它们不想移动，但是它们最后还是开始走动了，而且，谢天谢地，是向着我们设想的那个方向走的。有一头老公象不与象群一起活动，只有一头年轻的公象陪着它。这头老象有一对沉甸甸的象牙，而且我们从空中看下去，它全身上下都透出一股凶恶的气息。

我们第一次看见它的时候，它正站在一棵树下，其他大象缓慢移动，它却纹丝不动。我们为了带领它而再次折返，它把耳朵伸展开来，抬起了身子。它的卫兵也展开了耳朵，但是没它那么令人信服。这次它直接向着飞机举起了它的獠牙，这样我就能看个清楚了。对它来说，那对长长的、弯弯的象牙实在太笨重了，它必须用力才能带上它们一块儿走。

这头大象一点儿都不怕飞机，至少不怕我们的这一架，而且它被我们打扰了之后很恼怒。那头年轻一些的大象陪着它，纹丝不动，但是我能看出来，它其实也是想走的。恩古伊对于那副象牙非常兴奋，而我则印象深刻。我希望阿拉普·梅纳跟我们在一起，这样我就能知道他以前有没有见过这头大象了。我们又绕了一圈，然后飞到了停留在小溪岸边的这头大象和它朋友的身旁。这次它开始想要与飞机打架，我说道："别想着降落在它身上，威利。"

"你觉得你以后还能认出它来吗，老爹？"

"我觉得可以，我现在就像它的牙医一样了解它。"

"我们要不要再看看它能不能用后腿直立起来？"

"反正这是你的飞机。"

"我倒希望这是我的，我们飞得多开心啊。"

我们又上升绕了一圈，这一次雨云追上了我们。我们再次接近那头大象时，它和它的伙伴在雨中开始向狭窄的溪谷移动。我们从低空滑翔而过，我能看到雨水浇在它背上溅起的水珠。它依旧没有改变步伐节奏，也不再向上瞄我们一眼，我最后能看到的是它的象牙，又长又沉，在雨中全都湿了。

"它们全都在动了，老爹。"威利说，"你还有没有其他零工或者家务要做？"

"没有了，我们应该远离山丘的。"

"今天小山丘对我们来说可不是太妙。"

"我们回家吧，去看看玛丽小姐。"

当我们回到营地的时候，雨水也抵达了。我们坐在那个杂乱的帐篷中，听着雨水打在帆布上的声音。姆斯比给我调了一杯鸡尾酒，威利喝了一杯啤酒。我的信件都被整理好了，放在桌子上，报纸也被堆在一起。

"你能在雨里看到什么吗？"玛丽问道。

"我们能看得很清楚，玛丽小姐。这些都是本地的雨水，它们就只在这个时候下一点儿。下午天气就又会变好了。"

"你有没有起到什么作用呢？"

"你说呢，老爹？"

"我们赶了象群。"我说。

"你们听起来就像是什么卡车公司一样。你们在哪里赶的大象？"

"在小溪上游。"

"完全正确，我亲爱的玛丽小姐。老爹和我，还有我们两位忠实的瓦卡姆巴追随者，我们看到那非洲的诅咒——雪白的象牙，全都垂涎三尺，仿佛那象牙已经是我们的。我们在雨中驱赶了象群。"

"你本应跟我们一起来的，这样你就能看见倾泻而下的雨帘敲打着山丘上的卵石，雨水飞溅，形成了一道破碎的白线，最后一趟回来的时候，雨帘几乎挡住了我们的视线，真是令人绝望透顶。"

"老爹，什么是卵石？"

"一种大而圆的石头。"

"谢谢你。玛丽小姐，老爹养大象的那片平原上，有一条河道，它是从乞力马扎罗山流下来的，你们都看见那条小河了。河岸两旁有许多这种大圆石头，那是一个白人从来没有到过的地方。"

"那儿有很多大象吗？"玛丽小姐问道。

"我们看到了三十二头，我们的任务是把它们带到小溪那边去，对吗，老爹？"

"发生了什么事？"

"我们温柔地把它们整得晕头转向。"

"你们在耕地上有没有做什么可怕的事？"

"没有，玛丽小姐。"威利说，"我们只是在雨中飞行，关心着地上的野生动物。"

"就是在公报上通知我应该负责的任务。"

"是的。"威利说，"公报，这正是我要说的。"

"等我们被调走的时候，在回去的路上，一定会有一场绝对诡异的审问。"

"但是为什么你要去打扰那些大象？"

"我们没有打扰它们。我们只是温柔地把它们引导开，这样它们就不会在经过耕地时，把里面种的东西全都吃掉，那样的话，阿拉普·梅纳和我就必须去把它们杀掉。"

"你们真高尚啊！"玛丽小姐说。

　　"我们在这里不受赏识，老爹。一般这个时候，我就会退回我的帐篷里，或者去吧台。"

　　"问题是你没有帐篷，威利，而这里就是吧台。"

　　"不要太在意我。"玛丽小姐说，"我只是太嫉妒了，因为我没有跟你们一起飞。"

第二十六章

就像威利说的那样，下午雨停了。他们乘飞机离开之后，我感到很寂寞，不想进城。我知道，当我跟那些人和事，还有我爱的这个国家在一起的时候，我会很开心。但是玛丽不在，威利也不在，飞机也不在——我很想念他们。

下过雨之后，我总会觉得孤单，但有这么多的信件陪着我，虽然它们全都没什么实际意义。我已经很幸运了，我把它们理顺，开始排序。一份《标准东非报》，还有《时代》和《每日电讯报》的航空版，纸张看起来就像薄洋葱皮；一份《泰晤士报文学副刊》，还有一本《时代》的航空版。这些书刊的文字枯燥而寡味。这么看来，我很庆幸我现在身处非洲。

我的出版商把一封信用航空件转给了我，它来自一位爱荷华州的小姐。这笔费用可不低。这封信的第一部分引用了细节，混乱不堪，向我说明一本我写的作品中所犯下的错误，这是关于威尼斯和威尼托，或者只是发生在这个地方的。这本书不管怎样都取悦不了这位小姐，当然，这是她的权利。

如果我人在爱荷华的话，我一定会把她买书的钱作为她那雄辩口才的奖金退还给她。在她全盘否定这本小说之后，她继续写道："在这之后《海的老人》[1]就出版了，我问了我的哥哥——他可是很成熟的，他在CC战争期间入伍当了四年半的兵呢（相比'又臭又长'，我还是把她写的'CC'理解为第二次吧），这本书比起《河流和树林》[2]来，是不是在情感上更加深沉，他告诉我，这可比不上。他当时是做了个鬼脸的。"

我一个人坐在杂乱空荡的帐篷里，读着我的信件，想象着那个在情感上更加深沉的哥哥在门廊上做鬼脸的样子，那应当是相当有趣的。我希望他当时是在门廊上，但也许他是在厨房里的北极牌冰箱旁边吃零食，又或者正坐在电视机前看着玛丽·马丁和利兰·哈特韦尔演的彼得潘。

这位来自爱荷华的小姐写信给我，令人感激不已，

---

[1] 本名应为《老人与海》。
[2] 本名应为《渡河入林》。

另外如果她那情感上更加深沉的鬼脸哥哥能够马上出现在这儿，对我摇头，那就更令人愉快了。

"你没法拥有所有的东西。"我像一个哲人一样与自己对话，"失之东隅，收之桑榆"，你得把那个情感上更加深沉的男孩忘掉，忘掉他，听到了没有，你必须单干。于是我把这个男孩抛在脑后，开始继续读这位爱荷华州小姐的来信。

如果要用西班牙语来描述她的话，我会用"圣母乡巴佬"来形容她。从这样一个辉煌的名字中，猛然间，我感受到了十分的虔诚以及如惠特曼一般的温暖。回到这位小姐身上来，我提醒我自己，可别又想到那个"鬼脸"了。

我继续读下去。信中引用了一份剪报："或许我对于海明威的评价有些古板保守了：他是我们这个时代最名不符实的作家，尽管他的确写得还不错。他主要的缺点有：①缺乏幽默感；②现实主义的幼稚范本；③缺少灵魂的探索，甚至没有；④对自己的英勇过度夸耀；⑤没有常识。"

这段评论是一位颇受欢迎的乡巴佬写的，与"爱荷华的东非标准"异曲同工，互相呼应。这位小姐说她花了点时间，才找到这个并寄给我，不过她觉得值。

我深感荣幸，同时也被她的体贴所触动了。读这位年轻杰出的专栏作家的文章，让我十分兴奋。这个过程是一种简单而迅速的宣泄，埃德蒙·威尔逊称之为"识别的休克"[1]，而经过我再三思考，识别并认同这位年轻专栏作家的才能，这位诞生于帝国的、一定能够在《标准东非报》获得无量前途的作家，会让我走上一条通向悬崖的小路，从而获得那鬼脸男孩的喜爱。

我继续读下去。谦逊的美德阻止了我引用她信中除了最后一行以外的所有句子。我厌倦了她对于她根本没有读过的书的评论，而且我知道，即使在她和她那做鬼脸的哥哥生活的蛮荒地区也一样，这一点也完全没什么可夸耀的。对于这个做鬼脸的男孩，我的态度已经发生了变化。我不再像之前那样被他所迷住，不过，当然啦，我还是能看到夜晚他坐在包谷秆中间，当听到玉米抽穗儿的声音时，手掌翻动，却无法控制住他自己。在东非的耕地里，玉米长得跟美国的中西部一样高，但这里的夜晚很凉，玉米通常在下午生长，没有人能在夜晚听到它们抽穗儿的声音。就算玉米晚上还在长，那声音也会被土狼与豺狼们交谈、狮子与豹子捕食的声音盖住的。

---

[1] 又译"面熟之感"。

　　我他妈的，想着这个傻乎乎的爱荷华婆娘写信给她根本不认识的人，说着她根本不了解的事，希望她能痛快点，赶紧去死。

　　但是这个时候，我想起了她信里的最后一行话："为什么不在你死之前，写点值得写的东西呢？"

　　于是我想起，你这个傻乎乎的爱荷华婆娘，你说的这件事我早已经做过了，而且我还要一直做下去。而你呢，你这辈子只能辨别出不同纯度和规格的牛奶巧克力，有一天你可能还能做得好一点儿，你这个蠢货。我不由自主地骂出声来。

　　我骂了一个爱荷华婆娘，我对威利如是说，虽然他不在这儿。然后我又读了几封信，我很高兴贝纳森很好，但是他在西西里岛，比我更知道自己在做什么，这让我有了不必要的烦恼。

　　玛丽莲在拉斯维加斯志得意满，还给我附上了剪报——她的信件和剪报都很动人。古巴这个地方很好，不过也有很多费用支出。所有浑蛋们都很好，我在纽约银行里还有一笔存款，在巴黎银行也是同样的，只不过比纽约银行的那一笔少了点儿。除了那些被关在疗养院里和得了各种各样不治之症的人，所有在威尼斯的人都很好。我的一个朋友，在一场摩托车祸中受了重伤，让我回忆起清晨笼罩在海边路上的浓重的雾气。我们行驶其中，任何灯光都无法刺破它。有人告诉我他的全身各处都骨折了，我不由得想起这个挚爱射击的人以后估计再也没法开枪了。

我的一个朋友告诉我，一个我认识的、仰慕的、深爱的女人得了癌症，活不过三个月了。另一个女孩十八岁起我就认识，我们相处了十八年，我爱她，作为一个朋友那样爱她。她先后结了两次婚，靠着自己的才智发了四次财。我希望她能留住那笔钱，能得到生命中所有摸得到的、数得清的、能用的、能存着的、能变成钱的东西，同时把充满了绯闻、闲言碎语和伤心事的东西统统丢掉。

全世界的女性都有资格享有那些真实的消息、不做作的悲伤以及抱怨。所有来信中这封信最让我难受，因为她没法来非洲。即使只是在两个星期以前，她可能也已经开始了她快乐的人生。我知道，如果她丈夫不让她到非洲出差的话，我就再也见不到她了。她可能会去所有那些我曾经承诺要带她去的地方，可惜身边没有我。她可能会跟她丈夫一起去，他们在一起会感到紧张而兴奋。对她而言，长途电话的重要性就如看日出对我的重要性一样，也如晚上看星星对玛丽的重要性一样。她可能可以随意花钱，买东西，购置产业，在高档餐厅里吃饭。在每一个我们曾经约定要一起去

的城市,康拉德·希尔顿[1]可能会为她和她的丈夫服务,
让他们钓鱼以及安排房间。

　　现在她没什么后顾之忧了。她可以在康拉德·希
尔顿的帮助下,找回她逝去的美丽容颜,舒服地躺在
床上,长途电话就在一臂之内。夜里她醒来后,知道
真的没什么需要担心的,也知道晚上没有什么值得做
的。她可以练习数钱让自己睡着,这样第二天可以晚
一点起床,晚一点面对将要到来的第二天。

　　我想,可能希尔顿会在罗依托其托克开一家饭店,
然后她就能来这儿,看看这里的山脉。他们可能会从
安格鲁—马赛商店购买旅游纪念品,饭店里会有向导,
他们会带着她去见辛、布朗,还有班吉。可能会有一
块牌子,标示着旧博马警察局。每个房间里都会供应
冷热水,白人向导们全都戴着豹子皮的帽子,放在床
边代替《圣经》的是有作者签名并印在通用纸张上的
《黑心猎人》和《毛毛喋血记》,作者的画像画在他
们暗色夹克衫的背后,在黑暗中发出亮光。

　　想象一下,这个饭店的装潢,还有那些全天服务
的向导,对所有人都提供的服务,你可以躺在你自己
的房间里抽着烟斗,看着电视,所有菜单和文具都是

---

[1] 美国旅馆业巨头。

反茅茅党突击队员的，所有为客人准备专用餐具、委托荣誉执行官等礼节一应俱全。

最后一晚上，在东非职业猎人协会的荣誉俱乐部里，我很愉快，但在没有玛丽、威利还有吉·克的情况下，我不想把所有事都做完。吉·克有着一个完全邪恶的灵魂和强大的想象力，威利有着被死死掩盖住的智慧，玛丽小姐曾经是一名记者，有着无限的聪明才干。我从来没有听她把同一个故事同样地说两遍，每一次更新的版本中她都加入了新的情感。我们也还需要鲍勃，因为我想获得他的允许，让他在活动中爬到天花板上去。他很有可能会因此而丧命，因此他的家里人可能会反对这种做法，但我们会讨论这个计划，最终达到一个双方都满意的结果。鲍勃从没表达过他对罗依托其托克有什么特别的感情，这个城市对于他来说，多多少少只是一个罪恶的陷阱，我相信他其实更希望自己的遗体能埋在他的家乡那高高的山丘上，但是我们至少可以讨论一下再做决定。

现在，我懂得：对事情结局最恶意的猜测、玩笑和蔑视，终究会冲淡孤独的感觉；而幽默如果是充满怨恨的，就不会起到最有效、最持久的作用。我每一次读那些悲伤的信件都会大笑，并且想去一趟罗依托其托克新建的希尔顿酒店。

　　这时，恩古伊也会露出开心的微笑，帮我把阿拉普·梅纳找来。太阳几乎全部落下去了，我知道玛丽现在应该已经在新斯坦利了，可能正在洗澡。我喜欢幻想她洗澡的样子，我希望她今晚在城里能够过得开心。阿拉普·梅纳走进来向我行了一礼，我把我们驱赶象群的经过告诉了他，问他知不知道那头有着超大象牙的大象。

　　阿拉普·梅纳说，恩古伊和鲍勃的持枪工已经把大象的事情告诉他了。他说他知道这头长着巨大象牙的大象。我说，如果这头大象袭击耕地的话，我们就不得不把它杀掉。阿拉普·梅纳说，这头大象很聪明，它是不会去袭击耕地的，上一次他看见这头大象的时候它正绕着耕地走，而不是穿过耕地。他说，据他所知，这头大象受过三次伤，甚至很有可能有更多伤口。我们应该找到这头大象，跟它在一起待上一段时间，如果有许可的话，我们甚至可以猎杀它。我说，如果这头大象当时正在袭击耕地，或者我们是因为它袭击耕地而将它猎杀的话，那么它的象牙就要上缴给政府了，但是我可以在拍卖的时候把它买回来。阿拉普·梅纳说，我把属于自己的象牙买回来，太没意思了。

　　他告诉我很多恶棍在控制大象数量的时候，就去捕杀大象了，而他们得到的报酬就是那些大象的象牙。

他们也会用设下的陷阱猎杀雪豹，报酬是雪豹皮。这就是现在狒狒泛滥成灾的原因。他说狩猎管理部有可能会把象牙作为捕杀那头大象的奖励，也有可能不会，所以我应当去取得一份许可证，然后我们就可以立刻开始围猎那头大象了。

我向他解释因为有《博瓦纳狩猎法案》的约束，我不能这样做。我只能在这头大象一再侵犯私人财产、成为耕地威胁的情况下，才能够去捕杀它。阿拉普·梅纳说，这头大象非常聪明，它绝对不会这样做的。我说，这样的话我们就只有由它去了。

与梅纳对话总是让我感觉愉快，因为他是一个游离于法制之外的实干家。他非常明智地选择把精力集中在对动物的改革上，对大象，他更是情有独钟。黑帝被他部落里的各种规矩束缚住了，而且永远都不可能脱离出来。他的信仰像是一种被改进过后的伊斯兰教义，而且他对鲍勃、对英国军队、对他的主人、对白人职业猎手们的保留态度以及狩猎远征的阴谋都是非常忠诚的。恰罗被结结实实地捆在伊斯兰宗教上，我想他所受到的部落规矩约束应该比黑帝要少一些。当然，我的分析也有可能是错的。

从前我们一起喝酒时，穆克拉曾告诉过我很多关于恰罗的事情，这些事情全都与我无关，因此我都不明白。我完全不想更多地了解恰罗，穆克拉告诉我的那些关键词，我也从没有去字典里查看过。现在穆克拉去世了，在他死之前，他已经不再感到害怕了。他第五个妻子生出来的小儿子，是我最信任的兄弟恩古伊。恩古伊自己也有五个妻子，而且他对于肉食的胃口非常惊人，对大羚羊肉甚至有点上瘾了。

好吧，我想，我们已经把大象赶到足够远的地方去了，这样我就不用再去考虑它们去袭击耕地的理由了。让我和恩古伊感到心烦意乱的是，我不想在圣诞节前猎杀任何一只大羚羊，虽然我们今天在飞机上看到了那么多只。我们知道它们的位置，而且我已经知道如何接近它们了。

阿拉普·梅纳的直觉非常准确，那头大象的象牙是巨大的、黄褐色的，他知道尽管它对我具有极大的诱惑，但我现在还是无法对它展开任何狩猎活动。我从没有见过象牙在雨中淋湿的样子，也从来没有见过哪头大象把它的鼻子卷到后面，然后把耳朵在雨中伸展开来，任由雨水打在上面。我说道："它到底有多大，梅纳？"

"我的父亲，它非常大。"

"多大？"

"比我们想象的还要大，当它累了的时候，它右边的牙齿只能拖在地上走。"

我回想起那头大象缓慢行走的样子，觉得它应该根本无法举起自己的牙齿。

"谁伤过它，梅纳？"

"可能是我的父亲，也可能是我。"

"不是我。"

"不，我说的是我妈妈的丈夫。"

"他知道这头大象吗？"

"我还是个婴儿的时候他就知道它，所有人都知道这头大象。"

"博瓦纳狩猎部的人见过它吗？"

"他们没有飞机，怎么可能见过它呢？"

"它没有出来过吗？"

"晚上出来过。一头拥有这种象牙的大象在白天是看不到的。"

"它为什么不怕飞机？"

"没有人从飞机上捕过大象。"

"我们可以等它的牙再长大一点儿。"

"会有人去捕它的。"梅纳说，"瓦卡姆巴人会去杀它的。"

"谢天谢地。"我用西班牙语说。

"瓦卡姆巴人杀了很多羚羊。很多，很多。"

"谢天谢地。"我说。在大象隶属于皇室以前，它们曾经属于瓦卡姆巴人。以我现在荣誉狩猎看守人和代理狩猎巡逻员的身份，不论是用英语还是用斯瓦希里语说这句话都不太合适，我只好用西班牙语说了出来。这也是我很想把它教给那些与我们持不同政见团体的成员的语言。

"No hay remedio（不可挽回）."阿拉普·梅纳的回答可以算作一个密码。

"对所有该死的事情都他妈的No hay remedio."我说。这个句子不但包括了一个密码，还包含着两个全世界人都知道的形容词。

"No hay remedio."梅纳说完，敬了一个礼，我们握手话别，他就出去了。

夜晚降临，我开始思考关于大象和它对于飞机的蔑视，这么多人因为它那两根极品象牙而寻机杀死它，它依旧活了这么长时间，更是令我好奇。那两根象牙现在已经变成了它的缺点，它需要耗费很多精力才能携带它们。我很喜爱象牙，那是一件珍品，它甚至比一个中国女孩的皮肤还要光滑，而中国女孩的皮肤，是我所知道的世界上手感最光滑、最可爱的。关于象牙还有许多其他奇怪的、令人满足的感受，而那些目标锁定在象牙上所筹划的犯罪行为让人觉得，这就像是从未被人目睹过的珍品。那头老公象的视力和它那长度及重量都令人无法置信的象牙，让我们这三个瓦卡姆巴人和威利兴奋不已，就好像在新留下的猎物气味旁边被解开绳子的猎狗一样。不，这比猎物的新鲜气味还要浓烈，就像是当你看到猎物时的激动心情一样。

我躺在小床上，失眠了。我把香枕压在脖子下面，盖在身上的毯子抵御了外界的寒冷，我试着回想，当初究竟是什么东西让我与象牙之间产生了如此紧密的联系。就算我再也见不到它们了，我还是会被它们迷住。直到夜深的时候，我终于想明白了，正是那场雨水浇在象牙上的样子，那头大象艰难地、缓慢地把那对象牙扬起来的样子，还有它们正好对着飞机的样子。

夜色中，我想着那头大象现在会在哪里，它会对它的朋友说些什么，或者也可以叫它的卫兵，就像非洲人总是用来形容一头公牛的年轻同伴那样。它一定知道自己被监视过，而且我很确定，它知道除了跑起来十分费劲外，它一定会蔑视我们的。我们离开之后，它们一定又继续走了很长一段路。寒冷如刀锋一样尖利，我倾听着动物的呢喃，猜想着它那对象牙对它来说是一个多么大的困扰，它是否已经瘦弱无力，以及它和它的卫兵关系到底如何。

　　我知道公象们会在它们变得老弱无力之前，被赶出象群，但是我不知道，为什么依然还有部分大象跟随，以及为什么另外一部分又没有跟随。

　　我知道明天必须在不打扰到它们的情况下找到野水牛群，这是我最基本的职责。另外，也是明天，我必须尽我最大的智慧去猎杀一只雪豹，但估计我用到更多的还是我的运气。我的运气非常好，好到玛丽摆脱了她的痢疾，摆托了她因为那头狮子所感受到的悲伤，最终快乐地去内罗毕确认她的病已经痊愈，还花钱给所有她爱的人买礼物。我开始想她，以及她现在有可能在哪儿。她不喜欢我常去那些奢侈的地方，我想她可能在旅行者俱乐部或者一些类似的地方。

　　我很高兴那个正在度过这样愉快时光的人是她而不是我。我不再想她，开始想关于黛巴的事。我们答应了要带她和那个寡妇去罗依托其托克，买一些做裙子的布，为圣婴耶稣诞生日的庆祝做准备。

　　这种正式的购置活动，我的未婚妻会在场，我愿意为她们挑选的衣服付钱，周围有四十至六十个马赛族战士和女人旁观，因此，可以与罗依托其托克的其他节庆活动相媲美。有时候，成为一名作家是一种耻辱，有时也是一种安慰。现在既然我无法入睡，我便开始猜想亨利·詹姆斯在这样的情况下会怎么做。我还记得他站在威尼斯的酒店阳台上，抽着一支上好的雪茄，思考着在那座城市里发生的事情。在那儿，他陷入麻烦比摆脱麻烦困难得多。在这样一个无法入睡的夜晚，我总是会想他站在酒店的阳台上，看着脚下的城镇和过往的行人，所有人都带着他们的欲望、职责、问题、财务状况和无知的快乐，看起来，城市里的水道运行也很顺畅。

我想，詹姆斯不知自己要去何方，只能拿着他的雪茄停留在他的阳台上。这个时候，我就感到非常安慰。现在，我已经感到很开心了，同时考虑着黛巴和詹姆斯。我在猜想，如果我把那支安慰的雪茄，从詹姆斯的嘴里扯出来递给黛巴，那么后者可能会拿过来别在耳朵后面，也有可能把它递给在阿比西尼亚学会了抽烟的恩古伊。他学会了很多东西，他还在英皇非洲步枪队里学会了使用来复枪，有时候会反对英国部队以及他们在营地里的追随者，甚至还会战胜他们。然后我就不再想亨利·詹姆斯，还有他那带着探究的雪茄，也不再去想那些可爱的水道，在我的想象中，那里总有阵阵微风吹过，帮助所有必须与潮汐作对的朋友们和兄弟们。我也已经有了困意，不再去回想那个肥厚的、蹲坐的身影和逐渐消逝的尊严，以及一系列起程时的问题。

房子里有一张被一张大毛皮覆盖着的、呛人的、闻起来很干净、摸着很磨手的木床，我想着黛巴和那张木床以及那四瓶由我付费的圣餐啤酒，我觉得自己很荣幸，而这些啤酒也被人们起了一些合乎部落风俗的名字，像以"睡在岳母床上的啤酒"闻名的啤酒就是其中之一。我认为在许多圣餐啤酒之中，这些名字就十分普遍。如果约翰·奥哈拉[1]的社交圈现在还依然存在的话，它们几乎等同于它圈子里的黑帝拉克一样。

我虔诚地希望这个社交圈依然存在，并且想起了奥哈拉，他胖得就像一条吞下了《克里尔周报》[2]所有杂志的巨蟒，也像是一头被那些只懂得围着尸体盲目下口的舌蝇反复叮咬的骡子。如同他在纽约初入社交界时举行的那个派对一样，我祝他好运，祝他能够拥有难忘的快乐回忆。我还记得他在那个派对上佩戴的那条白边领带，还有派对女主人介绍他出场时的紧张，怀着一种希望，这位社交新星才不会迅速坠落伟大的理想。不论事态发展得有多坏，任何人都会愉快地记住巅峰时期的奥哈拉。

---

[1] 美国作家，海明威曾讥笑其不具有大学学历。
[2] 主要内容多为社会秘闻、揭露贪污、犯罪调查等。

　　然后我又开始想起黛巴，还有，我应该接纳詹姆斯在我们的社交问题上提出的建议。如果他当时能够找到合适的措辞，向我说明这些风俗，我们双方肯定都会接收得了。

　　我们所面临的另一个问题就是打耳洞。根据当地风俗，黛巴在三个月前就应该去打耳洞了。但她想在玛丽小姐打了耳洞之后，再打自己的耳洞。我想在这件事上，她是非常正确的。这件事的复杂因素就在于，她们两个都很想去打耳洞。我把这件事告诉了黛巴，她也相信了我的话，但是那个寡妇总是对她说，她已经等太长时间了。她说恩古伊和我都没有打耳洞，这倒是真的，而且我们是她所知道的所有人里唯独没有打耳洞的人。这很难解释，但是我告诉她恩古伊的品位是他自己的事，而我的部落习俗是男人们都不打耳洞。但是作为一个瓦卡姆巴人，我对她说，其实我很乐意打耳洞，所以，如果允许的话，我们可以一起打，或者至少可以同时打。她对于她没有打耳洞这件事感到非常糟糕，因为我不能吹风穿过她的耳朵，我没有耳洞，所以她也不能对我这样做。

　　想一想这些问题，是不是比想詹姆斯在阳台上抽雪茄的情景要有趣得多。我知道我很爱黛巴，而且我意识到我们不能向对方的耳朵吹气，是一件非常不公平的事情。但这是一个习惯上的问题。我们必须等到玛丽小姐打了耳洞之后，才能一起打耳洞，但没有人会让玛丽小姐真的去打耳洞，至少不会在她依然处于痢疾折磨的时候。

自从我们身边发生了各种超过宗教意义的奇迹以来，我们就一直期盼着庆祝圣婴耶稣的诞生日。我想着历年来我所喜爱的圣诞节计划，甚至能够回想起那些发生在不同国家中的愉快往事。

我们决定邀请所有马赛人和瓦卡姆巴人共同度过这个圣诞节，因此我知道，这个圣诞节不是非常成功，就是一败涂地。如果我们筹办不好的话，那么这将会是任何形式聚会的终结。这里有玛丽小姐的魔法大树，即使玛丽小姐自己认不出是什么品种，马赛人也会认出来的。我不知道我们是否应该告诉她，她的树有很强的麻醉效果，因为这无论从哪个方面来看都很棘手。首先玛丽小姐一定是下定决心使用这种类型的树了，而由于她为他们杀掉了一头狮子，瓦卡姆巴人把它当作她神秘的或者是来自于小偷河瀑布市[1]习俗的一部分，他们照单全都接受了。阿拉普·梅纳向我透露说，这棵树所含有的麻醉成分，可以让我和他两人昏睡足

---

[1]位于美国明尼苏达州。

足好几个月；玛丽小姐如果选中了一头大象来吃这棵树的枝叶，那头大象就会死死沉睡好几天。他问我有没有见过喝醉了的大象，我摇摇头说没有，连听都没有听说过。"但这很自然。"阿拉普·梅纳之后又向我透露道，这种大象正是博瓦纳允许猎杀的那一种。他还神神秘秘地告诉我，没有任何一个博瓦纳人能够分辨出一头大象是清醒着，还是喝醉了，而且几乎所有博瓦纳人在见到大象的那一瞬间，都会兴奋不已，完全看不到这头大象到底有没有象牙。说完，他又悄悄地告诉我，所有博瓦纳人的气味都非常难闻，没有任何狩猎人员愿意让他们靠近。而那些因为公务而不得不同他们接触的猎人，总是站在他们的上风向，等到那气味实在让他们难以忍受的时候，就赶紧躲开。

"这是真的，先生。"他告诉我。当我看向他时，他说："我的兄弟，我轻率地用了这个称呼，毫无冒犯之意。你知道，你闻到的味道和我闻到的是一样的。"

我不知道这个，但是我知道，梅纳打开那个镶珠木质鼻烟壶的皮盖时，我就会在身上闻到一种奇怪的鼻烟味。我很愉快地想着这些事，以及我们上山第一天就要给黛巴买的裙子。想起黛巴，我就觉得我真是一个该死的蠢货，我竟然没有去耕地找她或者让她来到这里。但是我知道，如果我在这个时候动身的话，定会传出丑闻。过了一阵，我认识到最好的打猎方式，就是在夜晚独自一人，手里拿着矛，脚上穿着软帮鹿皮鞋，背上再背两把交叉的长矛，以获得警戒和安全的假象，这样就一定不会有丑闻了。

一旦夜晚的门禁得以取消，我们就可以不再有任何丑闻了，夜晚就会像白昼一样变成你自己的时间，然后你就可以自由自在地探索夜晚，也就没有任何流言蜚语了。在这之后，将会只剩下技术问题，例如钢铁的硬度和箭轴的放置。然后你很快就会知道，你的气味对动物到底是不是具有冒犯性，以及一旦用狮子油擦拭全身后，在黑暗中你就是一头狮子。如果你随身携带着一块狮子肉，这效果就更加强烈。梅纳告诉了我关于在黑暗中的很多技巧，我甚至不知道，我能不能把它们全部都用上。

但是这一次，我还是拥有了博瓦纳人悲惨的特质，所以梅纳在没有其他白人在场的情况下，不失礼节地当面那样称呼我。我对夜晚一无所知，所以我只能醒着躺在床上，而不是像一个男人一样出门去。我从不要求用尽博瓦纳人最后的一点儿资源，比如在夜晚点灯读报以获得消息。但是我知道玛丽小姐一定在内罗毕度过了一个美妙的夜晚，因为她不蠢，而且那是我附近唯一的一个城镇，在新斯坦利还有新鲜的烟熏鲑鱼以及默许了这一做法的饭店领班。

　　那些不知名的鱼类来自于五大湖，味道就像平常一样鲜美。饭店里还有咖喱粉，不过她应该不会在痢疾好了之后，马上就去吃这些食物。但是我敢肯定，她一定饱食了一顿丰盛的大餐，而且希望她现在身处一间不错的俱乐部。接着我又开始想黛巴的事情，我们应当为她身上那两座可爱的小丘给她买一些不错的布料，她总是骄傲又谦逊地挺着它们，而她知道那衣服应当合适地突出它们的样子。我们会去看一看不同花样的布料，周围苍蝇嗡嗡地乱叫，马赛族感染了梅毒的女人，双手冰凉的美人们以及那些马赛女人愚蠢、做作的丈夫们会厚颜无耻地盯着我们看，毫不知足。那个时候我们这些没有一个打了耳洞的瓦卡姆巴人，会因为很多马赛族人甚至闻所未闻的缘故，而带着自豪乃至傲慢的态度，感受着周围人的注视。我们会仔细挑选商品的样式，然后买下那些货物，变成商店里重要的客人。我想着这些和其他的一些事情，还有明天要用到的机器和货物，然后就睡着了。

第二十七章

早晨，当穆文迪为我把茶送来的时候，我已经起床穿好衣服，坐在火堆旁了。我穿了两件毛线衣和一件羊毛夹克，昨晚温度突然降低了，我不明白这意味着今天的天气会变成什么样。

"要火吗？"穆文迪问道。

"一人份的小火。"

"我送走了姆斯比。"穆文迪说，"你最好吃点东西，夫人走了，你就忘了吃东西。"

"我打猎前不想吃东西。"

"可能打猎要很长时间。你现在吃。"

"恩古伊还没起床？"

"所有老人都起床了。只有年轻人在睡。黑帝说你要吃东西。"

"好，我会吃的。"

"你想吃什么？"

"鳕鱼球和烤碎土豆。"

"你就吃羊肝和熏肉，黑帝说夫人让你吃降温药。"

"降温药在哪儿？"

"这里。"他拿出一个瓶子，"黑帝说我看着你吃。"

"好。"我说着，把它们吃了。

"黑帝还说什么了？"

"黑帝说夫人交代记得照相，不要只是捕猎，要照好看的照片。"

"该死的。"我说，"夫人有没有说怎么洗澡，怎么洗屁股？"

"没有。"穆文迪说。他不懂西班牙语，但是他知道洗屁股是什么意思，因为在这种情况下这三个字就只有那一个意思，不管用任何语言都是一样的。

"你听到那头大狮子了吗？"穆文迪问。

"没有。"

"黑帝、恰罗和我都听到了，很大的狮子。"穆文迪解释说。

"你有没有向他要文件？"

"没。"穆文迪说，"阿拉普·梅纳喝得醉醺醺的。"

"是吗？"

"因为你，他没有去杀那头大象。"

"我有我的职责。"

"你现在的职责是吃东西。"

"好吧，为什么他们不把东西拿过来？"

"吃的现在就来了。你没有闻到？"

"你是怎么占得上风的？"我问道。

"很难赢过瓦卡姆巴人。"穆文迪带着淡淡的胜利者的微笑说，不过，在我看来，就像一个失败者。

"我也是瓦卡姆巴人。"

"也许。"

"你说也许是什么意思？"

"也许。"

在那个杂乱的帐篷里面，姆斯比正举着科尔曼灯笼，我能看到他从桌子上下来之前正单手打扫晚上用的大包，另一只手托着食物的托盘。

这是美好一天的开始。姆斯比进入帐篷，穆文迪正背对着我。尽管羊肝和熏肉闻起来很香，但我确定他没有闻到它们的味道，而只是知道它们要来了。穆文迪并不是打算向我告阿拉普·梅纳的密。他知道，我看到梅纳就会知道他喝过酒了，于是他就告诉了我这么做的原因。如果你看到了大象，且我们之中的三个人都是第一次见到这种动物，那么这就完全可以成为喝酒的理由。梅纳或许在我们出生之前就见过大象了。

"你穿的是什么？"穆文迪问。

"短靴，温暖的夹克，紧身带纽扣的衬衫，以备温度升高时方便脱掉。"

"我让其他人都准备好了。今天天气很好。"

"是吗？"

"所有人都这么想，即使是恰罗。"

"很好。我也觉得今天不错。"

"你没做什么梦吗？"

"没有。"我说，"真的没有。"

"好。"穆文迪说，"我去告诉黑帝。"

吃完早餐后，我们径直沿着好走的道路向凯乌鲁山出发了。太阳还没有升起来，躲在山肩后面，平原上还很冷，昨晚下过雨，空气也很新鲜。这条路穿过瞪羚的栖息地，一路向北，首先穿过了一片适合雪豹攀爬的树林。我们五个人仔细地查看着每一棵树。恩古伊在车顶上，一旦他轻轻地用手拍打我头旁边卷起来的湿帘子，我就用手肘顶一顶穆秀卡。穆秀卡轻轻地停下了车，他耳朵聋了，我几乎听不到的声音他全都不可能听见。恰罗和菲利普的持枪工在后座上已经看到了恩古伊看到的东西。我转向他们耳朵的方向，看到了一只公瞪羚长长的脖子和沉重的羊角，它正从矮树后面看着我们。这是玛丽小姐找了很久却否认在找的那一只瞪羚，我们都知道。于是，我对穆秀卡说"走"，他便摇着头启动车子向前开动了。

我们继续向着凯乌鲁山的方向前进，直到在路上发现了第一个野水牛群穿过旧车轮印的痕迹。摩托车轮印的路，在一片排水良好的高山平原上，我们的车几乎没有熄火的危险。我们下了车，在地上仔细辨别着大公牛的脚印。大公牛的脚印裂开了，像心形，就像汤碗一样大，深深地印在地上。这里还留有牛群的味道，但是已经不再新鲜了，地上的脚印也是被雨水淹过的，牛粪全都被冲掉或者已经被屎壳郎运走了。我们已经走出了平原，这个时候才看到第一缕晨光。我拿起那把大的猎枪，跟着恩古伊继续追踪着这段足迹。我们找到的第一个线索是三头大象新留下的痕迹，可以断定，它们在夜晚曾经穿过牛群的路线。

"它们在哪儿？我们没看见它们。"

"在雨中，或者在树下。"恩古伊指了指那棵大树，说。

我们继续追着足迹走，直到我们看到了第二群牛群与这道足迹相交叉的足印。我们能看得出来，它们从那里开始向上走，然后爬上了卵石密布的山肩。我回头向车子走过去，大家等着穆秀卡掉头，然后回到我们自己的路线上去。没有人开口说一句话。所有人都知道野水牛群朝哪里去了，但没人知道它们走了多远。

我们继续沿着自己的路线走，然后开上了右边的一条路。这条路会穿过一个已经被废弃的、名字叫作老村的马赛族村落。在飞机上时，我们就在回想，就我们所知，这附近的小范围内还有八个老村，但这是真正名为老村的一个村落。当我们找到这里的时候，我们发现了马伊托的狮子，愉快的狩猎追踪就是从那时候开始的。野水牛群现在应该正在从老村到山坡之间的这条路上，向沼泽方向走去。路上泥泞发灰，不太可靠，但我们还是继续尽可能地跟着这条印记向前走。泥渍会在太阳下被晒干，所以我们把穆秀卡留在了车上。太阳现在烘烤着平原，我们开始向着被火山岩覆盖、陡峭、又窄又崎岖的山坡上攀爬。那里因为雨水的缘故十分潮湿，上面长满了厚厚的新草，

昨天，我们在飞机上，在这些山坡上看到了三头犀牛，所以随身带两支枪是十分必要的。我们不想捕杀任何野水牛，它们有可能取道纸莎草沼泽旁边新长出来的那一片草丛了。我想数一数它们有多少头，如果可能的话还想拍几张照片，并且还想找到那头带有巨大牛角的老公牛。我们已经有三个多月没有见到它了，但我们不想吓到它们，或者让它们知道我们在跟

踪它们。我只有亲眼看到它们，才能知道怎么给它们拍出好看的照片，以便拿给玛丽看。

阳光炙烤的大草原感觉非常闷热，圆锥形的陡峭的山坡，从火山岩中间长出又长又湿的草叶，这让我感到十分疲惫。我出了很多汗，我想了好几次，让阿拉普·梅纳去看牛群会容易得多。但我也深知，由我自己来完成攀登是一条必须遵守的原则。我把吉·克和我以各种正当或不正当的借口买来的酒精全都从汗液排出去了。

我们一圈又一圈地向上爬，终于接近了最高峰的山顶。我就地坐下，把衬衫拧干，让恩古伊带着望远镜在山顶上匍匐巡视一圈，看看下面的平原。他很快地上去了，停下来看看，在再一次停下来之前，他像蛇一样匍匐、蜿蜒前进，手掌小心地盖在望远镜上面，然后掌心向下朝我招手。我向他爬去，感觉我就像火山岩中间的雷诺阿一样，在我抬头看到我围在肩上的衬衫之后，我再次希望能拥有瓦卡姆巴人的黑皮肤。

我们找到了野水牛群，它们成群结队地在我们下面移动着。队伍中有趾高气扬的公牛、体形硕大的老母牛、年轻一些的公牛、年轻母牛，还有小牛犊。我能看清牛角的曲线、深深的纹路、已经干了的泥土和被磨秃了的皮毛。黑色的队伍，掺杂着大块大块的灰色，一起向前移动，原来是体形小巧、嘴喙尖利的小鸟，忙碌得就像惊鸟一样。野水牛群缓慢地移动着，一边走一边吃草，在它们身后的草全都被吃光了。一股浓浓的味道传了过来，接着就飞来了很多苍蝇。我把衬衫拉起来盖住我的头，数出了一百二十四头野水牛。风向很好，所以野水牛们并没有发现我们的踪迹。那些小鸟也没有看见我们，因为我们比它们更高。只有苍蝇找到了我们，但显然它们不会把任何讯息传递出去。

我们趴在地上，看着野水牛经过，鲍勃的持枪工和恰罗躺在我们后面的断崖山坡上。那头老公牛的头皮毛已经几乎变成白灰色，它拥有一对宽得令人难以置信的牛角，没有跟这群牛在一起。里面还有一头灰色的野水牛，已经很老，体形很大，可惜它的角没有那头的美。它的牛角被磨损得很厉害，已经变得很钝了。有六头牛的头长得很不一般，恩古伊说有八头。他的眼睛比我好，所以我相信了他的判断。可惜的是，我们想要找的那头牛，没有在这个牛群中。

我告诉恩古伊，我们可以爬回去，然后上到更高一点儿的平原上，试着找到第二群牛。我们一起爬上了更高的地方，气温已经很高了，热浪滚滚。我一只靴子脚底的皮革，可能昨晚把它放在离火太近的地方被烤干了，现在却因为那些高草湿透了，有点吱吱作响。我尝试着用不同的方式穿着它走路，但它还是不断发出吱吱声。我们爬得越高，那"吱吱"的声响越大，这很不利于我们的隐蔽。我们努力从右边绕路，爬上了一个陡峭的山坡，然后就闻到了野水牛的味道。这股味道非常浓，恩古伊点了点头，恰罗也一样。我坐下把靴子脱掉，把它们挂在鲍勃的持枪工的肩膀上，然后穿着长袜和他们一起向上爬去。

　　我的脚掌曾经非常结实，但自从我十五岁起，就不再赤脚打猎了，而现在在非洲的山上，脚掌的情况更糟了。我发现除非地上有蒺藜草，否则我可以夜晚赤脚在平原上打猎。现在在山上，所有你脚下踩着的东西似乎都长了刺，草丛里有你看不到的尖锐的石头。但是穿着那双皮靴打猎，无异于带着一个蒸汽风笛打猎。那双产自马德里的、值得信赖的西班牙皮靴，此刻似乎成了我的梦魇。

　　迎着风，我们闻着那股强烈的味道向上爬行，感觉就像已经身处牛群中了，而山顶长了一些小树。我们趴下之后，我想野水牛有可能会向这边过来，穿过我们所在的位置。但是它们转了一个方向，向着低一点儿的山坡那边过去了。这时，恰罗带着相机向上爬去，可惜最好的时机已经错过了。我知道，没有长镜头的话，我们拍出来的照片就只是很多野水牛沿着山的一侧向前走。这群野水牛有六十二头，倒数第四头就是那头大公牛。我们轮流用双筒望远镜观察它，觉得它已经属于我们了，我们从玛丽的手下，救了它的命。我幸运地拍到了一张它的照片，后来又照到了两张，这样一来，朋友们就不觉得他们背着相机是瞎子点灯——白费蜡了。然后我取出 .577 口径猎枪，向下瞄准了它的前肩部。我知道俯卧着开枪会让我的肩膀受伤，估计是锁骨。但是这样就能打断那头老公牛的肩膀了。我打开保险栓，紧紧地瞄准了它。

除了我自己之外，没人知道我会不会对它开枪。为了确保我不会扣动扳机，我打开了来复枪的枪栓，把两颗子弹取了出来。我们趴在树下，看着野水牛向沼泽方向走去，然后我们回到了山顶。

我坐起来，从烧酒瓶里倒出一点点雪利酒涂在脚底。我的袜子在追踪的时候掉了，鲍勃的持枪工帮我把靴子穿上了。

我们原路返回，找到了一只袜子。我说去找另一只袜子，然后我们抄近路回到了猎车上。我们已经找到了两群野水牛，也知道了它们的走向，还完全没有惊吓到它们。我从瓦卡姆巴人的眼光中，觉得自己被看成了一个不去杀死那头老公牛的傻瓜，但是我知道我如果真的杀掉了它，那我就会感觉自己真的是一个傻瓜。我们就永远都不能开车上到高地，除非我们把将近一吨的所有的肉块都从车上卸下来，其中包括那个需要四个人才能抬得动的大脑袋。

如果我要杀这头老公牛，它现在就已经死了，死在那块盐渍地的旁边。由于我们已经完成了对这两群牛的追踪，我不再去关心关于捕杀这头公牛的任何事情。我们其实已经拥有全部的野水牛了。没有人沮丧，这就很好了。营地里已经有足够的肉了，而且所有人都知道我们打猎的进程非常顺利，完全可以猎到更多的肉食。

穆秀卡看到我们从山上下来，于是把车子开过来与我们碰头。现在我们身上的泥渍已经被完全晒干了，轻轻一动就剥落了，而车子是我们离开树下之后的第一个遮盖物。我们在阴凉的地方放松，我们四个人分享了两瓶啤酒，恰罗喝了一瓶可乐。穆秀卡开车拐弯回到了通向老村的路上，进入了那片阴影区。恩古伊把关于那些牛的事情告诉了穆秀卡。我不能全部听懂他们说的话，好在大部分能跟上。

进入满是灌木、树林、空阔的草地和落在地上的木材的区域，我们打开了第五瓶啤酒，接着就撞上了霉运。一头疣猪正小跑着，快速穿过那片空阔的平地，它的獠牙从滑稽的头上向上卷着，尾巴就像吉普车上的天线直直地扬起。作为代理狩猎巡逻员的我，职责之一就是要把这些疣猪当作害虫一样无条件杀掉，因为有人断言说，它们身上携带着牛瘟病毒。其实这周围没有任何牛瘟病人，而且我很喜欢甚至是很羡慕这些疣猪。

疣猪的肉的确很好吃，而且从它獠牙短短的曲线来看，这是一头幼年公猪。所以，我在穆秀卡的大腿上拍了拍，让他停车。我跳下车，像战士一样，迅速选好了绝佳的射击点，准备来个干净而利落的射击。我瞄得很准，开枪了，但没有留出足够的提前量。枪响的时候它打了一个滚，然后重新站起来飞奔进了一丛灌木中。我又开了几枪，冲它丢了几团泥。它冲进灌木丛时，我看到它的尾部有一个小红点，一定是我第一次开枪时击中的。

既然它已经受伤了，那我就必须追到它并把它杀掉。因为它被归类为有害动物，而我则是代理狩猎巡逻员，所以我被允许使用摩托车去拦截它。穆秀卡把车开了过来，我上了车，恩古伊递给我最后给我留的那份塔斯克啤酒。

我们去拦截那头疣猪，躲避着枝叶，但脸颊还是被树枝打中，把绿色植物踩得粉碎。我在想，这次我是在不情愿的情况下开的枪，这是我打歪了的原因。
这是我当时为自己找的一个很好的托词，但我知道，
这是真的。

我们穿出树林，拨开藤条和树枝进入了一片空地。
我看到那头疣猪在前方，尾巴向上，右半边屁股有一
个红点，正努力钻进下一个灌木丛。我跺了跺脚，以
迅雷不及掩耳之势开枪射击，但它两次都脱险了。然
后，我们围了一个很大的圈，想要困住它，它却溜得
无影无踪了。我们仔细地边走边找，但这头疣猪再没
有从它躲藏的那片灌木里出来。

"没有。"恰罗说。

"没有。"另外两人也同意。

我们开车回到了我最后射它两枪的地方，找到了
地上子弹打出来的痕迹。我们四个人都没有找到任何
带着血迹的野兽脚印，只有一排进了灌木丛中的足迹。
我对恩古伊说："我们进去。"

我想，我们一定能够找到疣猪躲藏的洞口，守株
待猪，我就能结束我的这次任务了。我这么结实地向
它开枪，它不可能没有任何伤口。我们知道它生活的
地方，如果它真的受伤了，我可以明天回来，再轻轻
松松地把它杀掉。

所以我们走进了灌木丛中，追着足迹走了大概

五十英尺远，却找不到任何血迹，直到右边突然有一只鹧鸪飞起来，发出"呼呼"的声音。恩古伊把.577口径猎枪递给了我，我们就像那些作弊的赌鬼们一样，拖着两把枪向前走。我闻到从我前额传过来的味道，那是我们自己的体味，所以我知道这只小野兽一定是听到了我们，而不是闻到了我们的味道。我在这片区域内下令，不准开枪打猎。在这种情况下，是否因为自我防卫而开枪的界限变得十分模糊了。

我看着恩古伊，他正冲我咧嘴笑。这时，我们听到了另一声更响、更近的"呼呼"声在左边响起。恩古伊低头看着这头疣猪的足迹，那确实是一串非常小的印迹，然后他又咧嘴笑了。我用汗津津的右手从枪上伸出两根手指，向他打出了后退的信号。我们后退的时候，却没有保持手中武器的平稳。这里没有像战斗机上一样的摄像机那样，记录下我们开枪后的所有场景。我想到了这个，以及对自我防卫模棱两可的许可，还有英国人对于审问的热爱，还有他们会在首领面前起诉所有人的事实，我想起了恩古伊和我绝不会在首领之前就晋升，甚至不会在首领夫人之前被晋升为警察局的官方公务员。我们小心翼翼地踩着后退的步子，互相为对方拉住树枝，我很高兴自己往靴子里倒了那一点点雪利酒，加上里面滑脚的垫子和我的血，我的靴子不再吱吱作响了。

我们走出去，回到了车里，我让穆秀卡将车倒了个方向，朝正确的方位驶去。经过一段平坦安全的空地后，我从车后边拿了根长矛，走近灌木丛，开始用过去四个月里学到的"犀牛语"对犀牛大声下达命令。它一开始没有回应，随即变得异常愤怒，而我则谩骂起来。

"犀牛！你这个婊子生的懦夫！"我歇斯底里地吼道，"犀牛！犀牛！你这个瞎子！你这个不要脸的！"

这头犀牛的唇舌开始颤抖，声音听起来就像是一群正要起飞的鸟儿，音调忽高忽低，有时声音大得像个暴徒。

"要用长矛把它拽走吗？"

"别！"大家都喊着，我抓着车的边缘，让恩古伊将我拉上去。这头公犀牛有着相当厚实的角、滑稽的嘴唇和猪一样的小眼睛。它跑得飞快，我看着它的眼睛，观察它随着奔跑而上下抖动的角。我们跟它渐渐拉开了距离，它却突然停了下来，在我们的车猛蹿进树丛小径时转了个方向，往右边去了。

我们开到主路上时，它已经被远远地甩在了后边。我们停了车，清理了挡风玻璃上的藤蔓和爬山虎，开了一瓶啤酒庆祝。因为此时已经离家不远了，我就喝了一小口，回程中还会经过一个跟公园似的长着很多大树和茂密树丛的乡村。

一会儿就到正午了，天气酷热难耐。此时的我们还不知道等在面前的将是怎样的好运。

我们穿过公园似的小乡村，感觉自己都变成了一棵树。我们要狩猎的那只豹子对耕地的人来说是个大麻烦，它已经杀了十七只山羊。为了游猎部门，我才去猎杀它的，所以可以在追踪过程中开车，正如猎杀疣猪时可以开车一样，因为它被人们归类为有害动物。如果这只猎豹知道它曾经被当作祸害，而如今却是皇家狩猎游戏的目标，我想它一定会后悔杀了那十七只山羊，不然就不会被"降级"成罪犯了。如果一只豹子一次最多只能吃一只羊，那么在一个晚上杀十七只，的确太多了，那十六只本来可以归黛巴家的。

我们继续向前行驶，打定主意要将那只豹子当作靶子，此时我想起了黛巴以及我曾经写过但还没出版的一首诗，其中有一句是这样的：我的心就是一个靶子。

我在表面上粗鄙地模仿着非洲兄弟们，但我知道在我的心里，我并没有融入这个地方，对黛巴家也是如此。可是，豹子犯了如此野蛮伤人的错误之后，我知道现在我们都融入了这里。与以前朝着营地的方向狩猎不同，现在我们开始朝着耕地狩猎。

我看着穆秀卡完美得如同雕刻般的脸，看着他长长的上嘴唇，还有脸颊上令我无比羡慕的箭伤，我发现他并没有按我们当初留下的记号走，而是选择了最便捷的路。

我非常爱穆秀卡，就像恩古伊是我的坏儿子，而穆秀卡跟我是兄弟一样。而他作为黑帝的儿子，十分反叛，就跟我一样。从法律上说，黑帝有着部落与宗教的双重偏见，我们这些外来者，都没接受这儿的宗教信仰，而这儿的部落法和习俗就和交通信号一样，显得僵硬无趣，选择自己去开辟出一条路则有趣得多，因为除了自己和愿意与你同行的人，你不用伤害到任何人。

我一直在想着这件事情，随后我们来到了一片风景优美的河谷。我们左边是一棵大树，高高的枝丫朝着左方直直伸展着，更多隐蔽的树枝向右方伸着。大树还是绿色的，顶端枝叶茂盛。

"这真是豹子理想的藏身之所。"我对恩古伊说。

"是的。"他迅速回答道，"现在就有一只。"

穆秀卡看到我们在观察这棵树，虽然他听不到我们在说什么，从他的位置也看不到那只豹子，但还是停下了车。我带着老春田步枪下了车，站稳后就看见那只豹子在大树的右枝干上慵懒地伸展着身体，叶影随着风在它身上晃动，斑斑点点的光影布遍全身。这只豹子大概超过六十英尺高，但在这么一个美好的日子，让我们轻而易举地来到它理想的藏身之所，却是它犯的比多杀了十六只山羊更严重的错误。

我深深地吸了一口气，举起步枪，小心翼翼地瞄准它耳后脖子凸出来的一块。我扣动扳机，第一枪打得过高，它沿着树枝趴了下去。我继续开枪，子弹击中了它的肩部。随着"梆"的一声巨响，只见它翻滚了半圈，尾巴和头朝上，背部朝下，身体弯曲得如同一轮新月，重重地砸了下来，落到地上发出了一声闷响。

恩古伊和穆秀卡重重地拍了下我的背，恰罗跟我握手，帮鲍勃拿枪的那个孩子被豹子摔落在地的场景触动，他哭了起来，还一次次地用瓦卡姆巴的礼节握我的手。

我正在用空闲的手装填弹药，恩古伊兴奋地把短枪换成了一把.577口径猎枪。我们小心翼翼地上前，想查看这个山羊杀手的尸体。它是我岳父的心头大患，是很久以前就被国家杂志拍照刊登的豹子，如今正失去意识躺在那儿。可当我们走过去时，却发现它的尸体不见了。

土地中弥漫着一种沮丧的气息，在它摔落的地方，大块大块的鲜血一直滴到大树左边的灌木丛中。看着如同红树林沼泽根一样茂密的树丛，没有人再有心情跟我握手了。

"先生们。"我用西班牙语说道，"情势已经发生了变化。"事实确实如此，当一只受伤的豹子逃进树丛中后，它就变得不一样了。没有两只豹子的反应会相同，除非它们经常结伴同来。这就是为什么我要先射中它们的头和脖子，以免狡猾的豹子再也不会给我捕获的机会。但现在去检讨打偏的那枪，已经太迟了。

首要难题就是恰罗，年纪大得足够做我的父亲了，他曾被豹子咬伤过三次，此时他已经兴奋得迫不及待要进去狩猎。

"该死的，你给我离开这儿！回到车顶上去！"

"不，我的主人。"

"这里太血腥了！离开！"我命令道。

"是。"他像霜打的茄子，一下子蔫了。不过，这次，他没有加上"我的主人"那种对我们来说都是种侮辱的称呼。

恩古伊已经将装了变速器的温彻斯特M1894杠杆

步枪上膛了，里面填装了大号的铅弹。我们之前还从没用变速器猎杀过，我也不想要破碎的豹子尸体，于是我将推出器翻过来，从盒子里拿出新的8号猎杀鸟的铅弹装了进去，在口袋里也装满这种子弹。如果从一个恰当的距离，用这种装满子弹的短枪射击，子弹就会像球一样坚固。我曾经见过它打在人身上的效果——那个人穿着皮夹克，背部被射出了一个小洞，小洞周围的火药都变成了深蓝色。

"出发。"我对恩古伊说道。帮鲍勃持枪的那个孩子拿着.577口径猎枪回到车里，恰罗拿着一根锋利的长矛爬上了汽车后座，我拿着短枪掩护着恩古伊，开始一起沿着血迹徒步搜寻。

路过一团凝结的血块，恩古伊捡起一片锋利的碎肩胛骨递给我，我不假思索地把它塞进了嘴里，它让我感觉离豹子越来越近了。我试着咬了一口，尝到上面新鲜的血液，味道就像是自己的血。

这只豹子应该不只是行动不便了，我跟恩古伊循着血迹，看着它一直延伸到装点着红树林的灌木丛中，树丛的枝叶闪着翠绿的光泽。豹子异乎寻常的弹跳力所形成的痕迹，径直通向灌木丛深处，与它齐肩高的树叶上还沾着不少它蹿进去时滴下的鲜血。

恩古伊耸了耸肩，摇了摇头，显得无可奈何。我们现在都当自己是瓦卡姆巴人了，没有白人可以交谈，也没有人为我们提供"指导"，更没有白人在知道自己的"兄弟"犯错后还向他们下达一些残暴的命令，一边还骂骂咧咧地诅咒他们。这里只有一只在树干上被子弹射伤的豹子，我们成功的概率相当的小，如果是一个人从那么高的地方跳下来绝对不可能生还，但它受了那么重的枪伤，居然还逃进了树丛中。如果它还能保持猫科动物令人难以置信的生命力，没有人可以对它造成任何威胁。我多么希望它没杀那么多只山羊，这样我就不用签什么必须干掉它的协议，也不用给什么国家杂志拍照了。我朝汽车挥了挥手，惬意地咬了一口它的肩胛骨，腓骨尖利的末端割破了我的口腔内壁，我能尝到自己的血与豹子的血混合到了一起那熟悉的味道。

汽车缓慢安静地开了过来，没有一个人说话。恩古伊给大家指了豹子逃跑的方向，我跟他坐到了汽车的挡泥板上，汽车小心翼翼、缓慢地绕着灌木丛开了一圈。没有看到任何往外跑的踪迹，也没有血迹，我们想，如果豹子没死的话，那它一定是做好拼死一搏的准备了。

已经到了正午，太阳炙烤着森林。这个茂密的小灌木丛，此刻在我眼中无比危险。当然这种危险不是指有个全副武装的人在那儿等着我们，如果是个人的话，可能现在已经被我们制伏了。以我与人交往的经验来看，如果是个人，他在树上中枪然后再摔下来，早就摔断背了。而且我敢断言，如果他是个武装人员，早在我们突袭他时就已经投降了。除非这个带枪的人已经疯了，不然没人会真的怕他。大家都知道，一个发疯的神射手最具危险性，而我们目前并不需要考虑这个问题。

我们所面对的，只是一只因为好玩或者生气，又或只是纯粹讨厌山羊，而杀了十七只山羊的豹子，它只是有点疯狂而已。令人窒息的是，这片茂盛翠绿、闪着光泽、根部缠绕纠结的树丛正散发着危险的气息。

我记得鲍勃以前经常告诉我：在进灌木丛之前，要先等它们变得坚硬，再吸上一管子烟。现在，这却帮不到我们，因为我不抽烟，也不会在这种情形下喝酒。我深思熟虑后，决定让穆秀卡开车到树丛的另一边去，再给他和恰罗两根长矛。如果豹子冲出去，他们可以发动汽车并按响喇叭，这样我们在这边就能听见了。我让他们在车子里大声说话，或者制造任何噪音，只要能惊动豹子都可以。现在，这件事已经被我们弄得像婚礼一样神圣严肃了，但这却是一场相当粗暴、血腥的婚礼。汽车远远地停到了树丛的另一边，我对恩古伊和替鲍勃扛枪的梅格雷说："我们去找豹子。"虽然我说的斯瓦希里语，或者其他浑蛋奴隶主、入侵者即兴创作的语言都不太准确，但我相信，绝对不会造成任何误解。

第二十八章

要找到它非常的难，恩古伊有春田步枪和一双锐利的双眼，鲍勃的持枪工拿着.577口径猎枪，它强大的后坐力可以把他震到地上，他的眼睛如鹰眼一般犀利。我只有一把温彻斯特M1894杠杆步枪，虽然它日渐老旧，但我依然深深地喜爱着它。它曾经被烧过，补了三次货，子弹速度比蛇还要快；它已经陪了我三十五年，就像是我亲密的朋友。我告诉它我的秘密，与它分享可能一辈子都不会对其他人说的胜利与失败。当时，我并没有意识到这个朋友的存在，正如没有注意到身体的某些部分正在悄悄消失。我曾亲眼见到马赛人对他们用长矛圈猎狮子的方式十分自豪，那时候，恩古伊和我还把它当作笑话来说，而现在，我们就趴在地上，匍匐着前进。我用手掌轻轻拍了拍自己的脸，问他："你有什么发现？"

"还没呢。"他小声回应。我们笑了，随即开始

了密集的搜寻。穿过纠结缠绕的丛林树根，我们沿着
血迹向停车的拐角爬去，没有发现豹子的踪迹，然后
我们又沿路爬向另一头，一路上仔细查看了树根处昏
暗的地方，还是没什么发现。

于是我们爬回了叶子上的鲜血还很新鲜的那个地
方，梅格雷拿着把大枪站在我们身后，随时准备扣动
扳机。我坐了下来，开始从左向右，朝着交错的树根
发射8号铅弹，在第五枪时，我们听到豹子大声地咆
哮了起来，声音从繁茂的树丛中传来，点点鲜血飞溅
在了树叶上。

"你能看见它吗？"我问恩古伊。

"不能。"

我将长枪重新上膛，又向咆哮声处迅速地射了两
枪。豹子又怒吼了起来，还咳了几下。

"你来。"我对恩古伊说，他也朝着声音处射击
起来。

那只豹子再次吼叫起来，恩古伊说："换你。"

我又射了两枪，梅格雷突然说："我看到它了。"

我们站了起来，恩古伊也看到了，但我没有，于
是我对他说："你来吧。"

他回答道："我们进去找。"

我们又爬进了灌木丛中，但这次恩古伊知道该往

哪儿走。刚爬了一码，地势就变得高了起来，恩古伊拍了拍我的大腿，带着我往前爬。我看见了豹子的耳朵和脖子突出的地方，还有它肩膀上的斑点。我朝它脖子、肩膀交接的地方不停射击，直到怒吼声消失，我们才回头爬了出去。把枪重新上膛后，我们三个走到离汽车相当远的树丛西边。

"快死了。"恰罗说，"很漂亮、很大的一只。"

"快死了。"穆秀卡也说。他们都能看见那只豹子，就我不行，他们下了车，我让恰罗带上长矛大家一起进去，但他说："不用了，豹子已经死了。我的主人，我亲眼看见的。"

我拿着短枪，掩护着恩古伊，以便他能用大砍刀在树根及灌木丛中清理出一条路来。然后，他和梅格雷把豹子拖了出来，我们把它的尸体挂在车背上。这是一只异常优秀的豹子，没有白人猎手或护林员，抑或是哨兵的帮助，我们一起合作，终于还是成功猎杀了它。因为在瓦卡姆巴耕地屠杀山羊，它遭到了应有的惩罚。我们都渴了，只有可怜的恰罗因为是个穆斯林没法喝酒，等回到营地后，他只能喝可口可乐。

恰罗是唯一近距离检查豹子的人，因为曾经被咬伤过三次，他让我看近距离射击的子弹几乎都在第一枪伤到的肩膀附近。我知道，自己肯定有不少子弹打在树根和泥土里，打偏了，但我还是很开心，很为大家的表现感到自豪，更高兴的是，回营后，我们有阴凉处休息，还有冰啤酒在等着我们。

汽车鸣着喇叭回到了营地，所有人都跑了出来。黑帝很高兴，看起来相当自豪。

我们下了车，恰罗留在车上照看豹子的尸体，黑帝陪着他并负责给豹子剥皮。黑帝问我："拍照片了吗？"我毫不客气地回答："拍个屁。"

恩古伊和梅格雷把枪支拿到帐篷里玛丽小姐的床上，我扛着相机把它们挂了起来。我让姆斯比把桌子搬到外面的树下，再摆上几把椅子，把所有冰啤酒都拿出来，再给恰罗拿些百事或可口可乐，然后让恩古伊别忙着清理保养枪支，先去把穆秀卡找来，大家一起喝点啤酒，正式庆祝一下。

穆文迪说，我应该先洗个澡，他马上就能把水准备好。我说先用脸盆随便洗洗，让他去帮我找件干净的汗衫来。

"你该从头到脚彻底洗个澡。"穆文迪又说。

"好了，我待会再洗个干净，现在太热了。"

"你是怎么弄的一身血？豹子的？"他的话听起来很不顺耳，似乎有些隐隐的讥讽。

"树枝上沾到的而已。"

"那你用香皂洗洗，我给你擦点红药水。"

虽然一些非洲人喜欢用碘酒，但可以的话，我们都是用红药水或者曼秀雷敦代替，因为碘酒擦得很疼，比较强效。我洗了洗，再把伤口清理干净，穆文迪小心翼翼地擦上药水。

"你的脚是怎么回事？"穆文迪不解地问道。

"我赤着脚打猎的，鞋子怎么被你弄得一直吱吱响？"

"不会再响了。"

"今天也响得太厉害了点儿。"

"我保证永远都不会再响了。"

我换上了干净的衣服，心想穆秀卡、恩古伊、恰罗和梅格雷应该也换好了。

"豹子抬进来了吗？"

"还没。"

"那怎么大家都这么开心？"

"这次狩猎非常有意思。"

"你身上弄了太多伤痕，每天都有新的，现在又弄伤了脚，夫人不喜欢这样，她让我照顾好你的。"

"你再说我就在脚上多弄些伤，让你多擦点红药水。"

"为什么这么想做一个非洲人？"

"我想做个瓦卡姆巴人。"

"可能可以。"他说。

"去他妈的可能！"我假装愤怒了起来。

"你的朋友们来了。"

"他们是我的兄弟。"

"他们可能是，但恰罗不是。"

"恰罗是我的好朋友。"

"好吧。"他有些难过地给我递了双拖鞋，在一边看我如何把受伤的脚塞进有点紧的鞋子里，"恰罗是你的朋友，你们运气可不好。"

"怎么会？"

"怎么都是。"

"谢谢你帮我擦药。"说完我就走了出去，跟他们一起在桌旁站着。姆斯比穿着绿色的长袍，戴着绿色的无边帽，大家早已准备好要开始喝绿色帆布篮里的啤酒了。天上的云很高，这是我见过的最深远的天空。我朝着帐篷的方向回头看，可以看到雪白巍峨的山峰。

"先生们。"我鞠了一躬，大家坐了下来，恰罗年纪最大，所以我让姆斯比先给他倒了杯可乐，再给我们倒了四大杯啤酒。恰罗已经换了条淡灰色的头巾，穿了件胸口扣有铜扣的蓝色大衣，上面还别着我二十年前送给他的别针，裤子也换了条补好的整洁短裤。

酒倒好后，我站了起来，开始祝酒："敬给女王。"我们喝了口，然后我说："先生们，让我们再敬给豹子。"大家谨守礼仪，饱含激情地喝了一口。姆斯比从我开始倒酒，最后给恰罗倒满酒，虽然他很尊敬长者，但比起碳酸饮料，他更愿尊敬象牙啤酒。

"敬我们。"我向恩古伊鞠了一躬，向他在阿迪斯阿巴巴地区的妓院里学到的意大利语以及为了狩猎急匆匆地抛下他的情人们致敬。然后又补充道，"在这片欢乐的狩猎场上，我们永远都是瓦卡姆巴人。"

大家都一口干完了啤酒，姆斯比又给我们重新满上。

接下来的祝酒有些粗野，但都满足了为我们新的宗教信仰付出实际行动的需求，还将祝酒的气氛带向了高潮。

虽然我看到恰罗脸上还带着些保留的态度，但我们还是庄严地喝下了这杯。坐下来之后，我对他说"圣战"，希望能赢得这个穆斯林的支持，但这很艰难。我们都知道，他只是因为友情，才在这个场合暂时地支持我们，他是永远都无法同意我们新的宗教或者政见的。

大家现在都很放松，但穆秀卡有些悲伤，因为祝酒结束了。

恩古伊说："爸爸，给我看看你的脚。"我把鞋子踢了，恩古伊就像是铁匠给马安马掌一样抬起它来，每个人都盯着看，然后都笑了。

穆秀卡说，我脚上的所有黑点都是荆棘刺，他一会儿会帮我挑出来。我问恩古伊："你呢？"他回答道："我没事，只有你。"随后，他们开始用瓦卡姆巴语交谈了起来，他们说得很快，也很开心，我都没法跟上。我们又喝了些啤酒，恰罗站了起来，向大家致歉，说他已经喝得够多了，想先离开，并希望我们玩得开心。

姆斯比来到桌边又给大家倒了酒，说啤酒已经差不多喝完了，我抗议说，这简直让人没法活了，我们应该马上备马，去罗依托其托克买更多的啤酒回来，还可以带些冷肉和腌鱼在路上吃。穆秀卡说："不如我们去耕地吧。"大家都同意了，在到达下一个酿酒的耕地或者罗依托其托克前可以到耕地买些啤酒在路上喝。恩古伊说，我应该带着我的未婚妻和寡妇，他和穆秀卡都不会介意再多跑一个部落。梅格雷说，他也没关系，还可以一路保护那个寡妇。我们想带上姆斯比，但我们四个，加上寡妇和我的未婚妻，就六个人了，而且因为马赛部落太多，我们还不确定会去哪一个。

我走进帐篷，穆文迪已经把锡罐打开了，还拿出了我的香港制造的粗呢上衣，内口袋里还装着钱。

"要多少钱？"他问道。

"四百先令。"

"这么多。"他说，"你想干吗？买个妻子吗？"

"买啤酒，可能再买点玉米粉、给部落的药、圣诞礼物和新的长矛，再给汽车加满油，给警察买点威士忌，再来点零嘴……"

听到零嘴，他笑了起来："带五百先令吧。要带点硬先令吗？"硬先令一直放在一个皮革袋中，他数了三十个给我，问道："你穿大衣去吗？"

他最想让我穿的那件大衣，居然是件同样来自香港的赛马服。

"不了，就穿皮夹克吧，带着皮拉链的。"

"把羊毛毯也带着吧，山上下来了冷气，会冷。"

"你想把我怎么打扮就怎么打扮吧，但是我得穿着宽松的靴子。"

他拿给了我一双干净的袜子，我穿上了，然后，在他的帮助下穿上了靴子，侧边的拉链就不拉上了。恩古伊呢，进了帐篷，穿了条干净的短裤和一件崭新的运动衫，我从没见过的。我告诉他我们只需带些30-06步枪弹，他说他会带着弹药，他还说，他已经把大枪擦干净了，放在了小床底下。大枪还没用过，那把斯普林菲尔德步枪晚上必须及时擦拭，因为在没有无腐蚀性钢管的情况下开过火。

"手枪。"恩古伊严肃地说道。我先用长腰带穿过手枪皮套末端的圆环，再把它系在右腿边，他帮我把腰带扣紧。

"酒瓶。"穆文迪把一个厚重的贝壳形的西班牙皮篓子递给恩古伊。

"带钱了吗？"恩古伊问道。

"当然。"

"带了很多。"穆文迪补充说，他已经把装了钱的锡罐头锁好了。

我们走出去上了车，黑帝仍然很亲切，我一本正经地问他需不需要给他带些什么东西。他说，如果有来自卡贾多的品质好的玉米粉，可以给他带一袋。我们临走时，他的脸上虽然挤出了一丝微笑，头微微向前伸着，但看起来有点难过。

穆秀卡没什么华丽的衣服，只穿了件干净的格子花纹的衬衫和一条水洗的裤子，上面还打着补丁。梅格雷穿了件纯黄色的运动衫，看起来和恩古伊红色的衣服十分般配。穿得这么保守，我觉得不合时宜，但他们好像都忘了飞机离开的前一天我剃过头，如果把帽子摘下来，可就真是巴洛克风格了。每次剃头，哪怕只是修剪一点儿，我的发型绝不是像东非大裂谷那样好看的形状，不幸地异常难看，只有考古学家或者人类学家才会对它感兴趣。我不知道黛巴是怎么做的。幸亏我有一顶带着斜边的渔帽，当我们进入部落耕地后，站在大树阴凉处，我一点儿也不担心自己的样子。随后，我发现穆秀卡已经让大男孩恩古伊先去提醒寡妇和我的未婚妻了，说我们会过去接她们去罗依托其托克买圣诞节的衣服。这个大男孩一直想成为猎人，但目前只是个服务员。他在瓦卡姆巴还未到可以喝酒的年龄。但好像是为了显示自己的速度非同一般，他跑得飞快，还努力不让自己看起来喘得厉害。

我下了车，伸展了下双腿，顺便谢谢这个男孩。

"你比马赛人跑得还快。"我说。

"我是瓦卡姆巴人嘛。"他努力平息着呼吸说道。

"您要上山吗？"

"是的，但不确切，我还有其他的事要做。"

这个男孩加入了我们的谈话，他穿着涡纹花呢制的衣服，走起路来显得庄重严肃。

"中午好，兄弟。"我看见恩古伊在听到"兄弟"时，转过身吐了口痰。

"中午好，小伙子。"我说，"身体怎么样？"

"好多了。"他说，"我能跟你们一起上山吗？"

"噢，不行。"

"我可以给你们做翻译。"

"我们在山上已经有两个翻译了。"

寡妇的儿子出来了，头朝着我的腹部使劲撞了过来，就像一头发怒的疯牛一样。不过，他这样做明显是想与我亲近。我亲了亲他的发顶，他拉住我的手，笔直地站着。

"小伙子。"我说，"我没法从我岳父那儿弄到酒，给我们拿点酒过来吧。"

"我去找找看哪里有酒。"

如果你喜欢耕地的啤酒那就没什么问题了，它尝起来像阿瑟肯州禁酒时的家酿啤酒，有个鞋匠请我们在他家前厅喝过这种啤酒，他曾经在一战中表现得十分英勇。我的未婚妻和那个寡妇一同走了出来，她坐到了穆秀卡旁边，穿着一条洗了多次的裙子，头上系着条很漂亮的头巾。她大部分时间都低着头，除了偶尔洋洋得意地看几眼那个寡妇。寡妇坐到了恩古伊和梅格雷中间。我们让那个小伙子去买六瓶啤酒，可他只找到了四瓶。我把这四瓶啤酒给了我的岳父。黛巴的胸脯和下巴都朝着一个方向笔直地坐着，眼睛没任何一个人。

穆秀卡发动了汽车，所有人和动物，包括孩子、
山羊、哺乳期的母亲、鸡、狗，还有我的岳父都流露
出了嫉妒、不赞同的神情，我们离开了这个地方。

"你好吗？"我问黛巴。

"我非常好。"这是她第二喜欢用的西班牙语词组，
是一个非常奇怪的词组，奇怪到没有人能给出相同的
翻译。

"那只豹子伤到你了吗？"

"没有，我没事。"

"它大吗？"

"不太大。"

"会咆哮吗？"

"吼了很多声。"

"有没有伤到人？"

"没有，没伤到任何人。"

她用手压着我抵着她的带雕刻的手枪皮套，随意
地放着她的左手。

"我不了解豹子。"她说。我们都不太懂斯瓦希
里语，但我记得英国曾有两只豹子，一定有人很早之
前就研究过它们。

恩古伊以一种粗糙生硬的声音说道："我知道。"
不知是出于喜爱，还是生气又或是亲切。

"只有瓦卡姆巴。"听我这么说，他终于爽朗地笑了起来，声音也不再粗糙。

"我还有姆斯比给我们藏的三瓶图斯卡酒。"

"谢谢，我们上去后再停车下来吃点东西。"

"还有美味的冷肉。"恩古伊说。

"太好了！"我高兴地回答道。

瓦卡姆巴人中没有同性恋，在以前，同性恋是种仅次于公共场合杀人的罪，人们会把他们捆起来丢在水里浸泡上好几天，让他们更加驯服，再把他们杀掉，吃了他们。我想这对很多剧作家来说都会是悲剧的题材；但另一方面，如果你在非洲，又很幸运。因为尽管那个同性恋可能在干净的水坑里泡了好几天，但很多尝过的人都说，那滋味还不如水羚，而且吃完还会让人股沟或腋下长出褥疮，再说，当地人把吃同性恋当作是件非常不幸的事。跟动物媾和也会被判死刑，尽管它的罪过被认为不如同性恋那么大，他们认为，一个与绵羊或者山羊交媾过的人尝起来就和角马一样。恩古伊的父亲（因为我已经从数学上证明了不是我）米考拉就曾经告诉过我这些。黑帝和穆文迪不吃角马，但那属于我还没钻透的人类学范畴。

我在想着这些，以及我对黛巴的巨大的信心和关爱，穆秀卡已经把车停到了一棵树下。黛巴是一个稳重有些傲气的正直的瓦卡姆巴女孩。我们可以看见将乡村隔开的巨大裂缝，还有罗依托其托克正对着高山上的绿色森林反射发光的锡制屋顶，我们的信仰与长久的希望都来自那雪白倾斜的山顶，在后边，乡村伸展开来，让我们觉得如同置身于高高的飞机中，只是没有移动、没有重压，也不用花钱。

"嗨，正直的女孩。"我叫黛巴，她却不太乐意地回答说："见鬼的荣誉。"

寡妇穿着黄色衣服，手臂黑实双腿纤弱，我们让她和寡妇一起去开些装零嘴的罐头和两罐伪造的来自荷兰的鲑鱼罐头，荷兰的这种产品在非洲很受欢迎。她们没开好，有个罐头的拉环给弄坏了，穆秀卡用老虎钳打开了它，露出里面的鱼肉。我们都吃了些，互相交换着使用刀具，喝同一个瓶子里的酒。黛巴在第一次喝时还用头巾擦了擦瓶颈跟瓶口。我告诉她，一个人要是得了性病，大家都会被传染，就不需要那些烦琐的讲究了。这给了她当头一棒，令她看起来非常沮丧。啤酒喝起来有些温热，站在八千英尺的山上，回头看着脚下的山村及蔓延的远方，觉得自己就像是只傲视小鸡的老鹰。我们就着冷肉喝完了美味的啤酒，把酒瓶留下好换东西，再把罐头盒子堆起来去掉拉环，然后放在离树干很近的杂色灌木丛底下。

　　沿途没有哨兵们在一旁，也就没有人作为瓦卡姆巴传统的卫道者来指责我们崇拜玛丽小姐的行为，更没什么警察的代言人，我们也就乐得自在。朝山下的乡村看去，包括玛丽小姐在内，除非我们这次带上了她，还没有白人女人去过那儿。虽然她可能会有些不情愿，但我想更多的肯定还是孩子第一次登上甲板时的那种兴奋。

　　我们站在一如既往蓝而陌生的凯乌鲁山上，俯瞰脚下的山村，都为它还未被玛丽小姐涉足而感到十分开心。我们回到了车里，我傻傻地对黛巴说："你会成为一个聪明的妻子的。"她坐在我的位置上，把玩着我的手枪皮套，借坡下驴，聪明地回答道："我会一直是个聪明的妻子。"

　　我亲了亲她起皱的额头，跟她一起走上蜿蜒曲折的美丽小径。小镇的锡制屋顶依然在太阳光底下闪闪发光。我们走近了，看到桉树以及彰显着大不列颠威严的小堡垒和监狱，余下的房子则是当地人代理英国治理这个地方的办公场所。如果他们没钱回到自己的祖国，就会来这儿休息一下。

　　如果我们不去打扰他们休憩，就意味着没法看到石林的景色，还有很久以后将会成为我们熟悉的一条河的源头，但我们还是没有去。

　　这对玛丽小姐的狮子来说，是漫长的狩猎旅途，除了那些狂热追随者、皈依者以及真正的信徒，所有人都在长时间后感到了疲惫。恰罗则不属于以上任何一种，他曾经告诉我："当她射击狮子时，你就射击，要习惯这些。"

　　我当时摇了摇头，因为我不是一个信奉者，只是一个跟随者，而且我已经向德孔波斯特拉进行了朝圣。恰罗是个穆斯林，而现在我们中间没有伊斯兰。他也厌恶地摇了摇头。我们不需要什么人来割开任何东西的喉咙，而且我们都在寻找新的信仰，它所在的第一个地方就是班吉杂货店，店里有个气泵，还有一些布料，那是黛巴和寡妇要来做圣诞节礼服的。

　　虽然我很喜欢这个地方不同的布料和气味，但我跟她一起进去不太合适，况且，我所认识的马赛女人们，都希望她们戴着绿帽子的丈夫能一手拿着长矛，另一只手拎着一瓶来自南非的金吉普雪利酒，在那儿喝闷酒。他们会单脚或双脚站立着，我知道他们会去哪儿。

　　林荫道很狭窄，只比我们住的翼尖宽一点儿，我朝着林荫道的右边走去。由于我的脚上还受着伤，希望不会走到那些马赛人喝酒的地方，这样就不用跟他们冰冷的手握手，走出去时却一口酒都没喝上。

　　我向右走了八步，进了辛的家，抱了抱辛，先跟辛夫人握了握手，然后又吻了一下她的手。没想到，这行为取悦了她，因为她是个图尔卡纳人，而我的吻手礼又学得相当好，让她感觉自己就像是在最干净的一天，漫游在从没去过的浪漫的巴黎。随后我让翻译进来，把鞋子交给辛家众多男孩之一，他们总是戴着干净的头巾，又有些蓄意地表现出礼貌。

　　"辛，你过得怎么样？"我让翻译帮我问道。

　　"还不错，这儿，做生意。"

　　"美丽的辛夫人呢？"

　　"还有四个月就能迎接到小宝宝了。"

　　"太好了，恭喜您。"我感同身受地说道。然后，我又以阿瓦瑞多卡罗及维拉马约马奎斯的礼节，吻了吻辛夫人的手，后者是我们曾经去过但被赶出来的一个小镇。

　　"小辛们都还好吧，我猜？"

　　"都好，只是老三的手被锯木机割破了。"

　　"需要我给他看看吗？"

　　"他们当时就对他进行了治疗，用的磺胺。"

　　"那对孩子效果最好，如果是你和我这样的年纪，就会损害肾脏了。"

　　辛夫人以图尔卡纳人的方式诚实地笑了起来。辛很有礼貌地说："希望您的夫人一切都好，您的孩子也都好，您的飞机也好。"

翻译回答了，在提到飞机的情况时，我让他别再卖弄学问。

"夫人，玛丽小姐正在内罗毕。她是坐飞机离开的，也会坐飞机回来。我的孩子们都很好，所有飞机也好。"

"我们已经听到那个消息了。"辛回答说，"关于狮子和豹子。"

"谁都能杀掉狮子和豹子。"

"但那是玛丽小姐的狮子。"辛如同是自己猎杀了狮子一般兴奋地说。

"是的，没错。"我说。在我眼里，玛丽小姐美丽如雕刻般、易怒又可爱。我的心中扬起了一种对她的自豪之情。在我看来，她的头就像是枚埃及硬币，胸脯和鲁本斯的一样，心肠则像是伯米吉或是沃克尔又或是赛佛河瀑布，是那种冬天时任何一个气温低于零下45℃的小镇，那样的天气会让任何一个热心肠的人寒心。

"有玛丽小姐在那儿，要对付一头狮子完全没问题。"

"但那头狮子不一样，很多人都吃过它的亏。"

"伟大的辛可以用任意一只手掐死它。"我似乎有点儿巴结地说，"玛丽小姐用了把6.5毫米口径的曼利彻尔步枪。"

"那种小枪对付狮子不够吧？"辛说。我知道他曾经服过役，了解情况，所以等他开始话题。

他半天都没开口，反而是夫人说话了："那豹子呢？"

"任何人在吃早饭之前都能杀掉一只豹子。"

"你要吃些东西吗？"

"如果夫人您允许的话。"

"请用吧。"她说，"没什么好东西。"

"我们可以去后面的房间，你还没喝什么东西。"

"如果你希望的话，我们可以一起喝。"

辛拿了瓶笛手威士忌和一壶水。翻译走进了后面的房间，脱下了他的鞋子，给我看他的脚。

"我只有在拜见传道者时才穿着鞋。"见我一脸茫然，他解释说，"除了蔑视，我从来不谈论耶稣这个人，我还没跟您说过我的早祷或晚祷。"

"还有别的了吗？"

"没了。"

"你是个消极的皈依者。"我说。他和寡妇的儿子一样用头抵着我的腹部。

"想想大山，想想快乐的狩猎场。我们也许正需要耶稣，绝对不要不尊敬他。你是哪个部落的？"

"和你一样。"

"不是，你的部落名字怎么写？"

"马赛，查加，我们是邻居。"

"邻居中有不少好人。"

"是的，先生。"

"在我们的宗教部落中永远都别说'先生'这两个字。"

"好的。"

"割包皮的时候感觉怎么样？"

"虽然不是非常好，但还不错。"

"为什么会成为一个基督徒？"

"因为无知。"

"你本来可能会遇到更惨的情况。"

"我决不会成为一个穆斯林。"他回答道，而且又开始叫我"先生"。这让我很不高兴，我制止了他。

"这条路很长很陌生，你最好把鞋子扔了。我会重新给你买双好的、适合你的鞋子。"

"谢谢您，我能坐飞机吗？"

"当然可以，但它不对孩子或者正在工作的男孩开放。"

我本来可以说，我很抱歉，但因为一旦你被警告不要犯错，运用语言就要格外小心，再说恐怕斯瓦希里语和瓦卡姆巴语里都没有这样的单词。

他向我询问身上的擦痕，我说是被荆棘树割的，我是在车上被擦伤的，我经常被擦伤。然后向他和辛解释我们早上很早就出来检查野水牛群，随后还遇到一头犀牛。辛点了点头，给翻译看他在九月时被电锯割伤的大拇指，这个伤口让我印象深刻，我还记得当时的场景。

"但你今天还和豹子搏斗了。"翻译又说。

"没有搏斗，那只是一只在瓦卡姆巴耕地杀了十七只山羊的中型豹，它还没反抗就死了。"我谦恭地回答。

"每个人都说你用双手跟它搏斗了，然后用手枪射死了它。"

"他们都在乱扯，我们先用步枪射击，再用短枪。"

"但是短枪是用来打鸟的啊。"

辛听到这儿笑了，我更想多知道些他的事了。

"你是个非常负责的小伙子。"我对翻译说，"但是短枪并不一定是拿来打鸟的。"

"但从原则上来说，就是这样的，这就是为什么你会说'短枪'，而不是'步枪'了。"

"如果是个讨厌的绅士会说什么？"我用英语问

辛。

"绅士会待在一棵树上。"辛第一次用英语回答道。

"我真为你感到自豪，辛。"我说，"而且十分尊敬你伟大的先祖。"

"我尊敬你所有的祖先，虽然你从没提过他们。"

"他们没什么。"

"在一个恰当的时间，我应该听听他们的故事。"辛接着说，"要喝点东西吗？女人，再拿点食物来。"

我从翻译剧烈起伏的胸口可以看出来，他现在正无比渴望着新的知识。

"图书馆里有本书说伟大的阿克利赤手空拳地杀了一只豹子，可信吗？"

"如果你愿意相信的话。"

"我现在想知道真相。"

"那是在我之前的事了，很多人都问过这个问题。"

"但我想知道事实。"

"书中很少有事实，但是阿克利的确是个了不起的人。"

你没法让他挣脱对知识的巨大渴望。我自己一辈子都在追寻着它，但却不得不屈服于现实，以及他人醉酒或被逼时允诺的恩赐。这个男孩子脱了鞋，光脚踏上辛家后厅地板，他对新的知识是如此渴望，以至于完全没意识到辛和我都被他在公共场合光着脚的行为弄得无比尴尬。但他满不在乎，就像是条赤脚猎犬一样走了进去，并且将问题一下子从"平面几何"升级到了"微积分"。

"假如一个欧洲人有一个非洲情人，你能证明这样的行为是正当的吗？"

"我们不会去证明，根本用不着证明，那是司法部要干的事，得由警察去执行。"

"请原谅我的冒犯，先生，但是您可以不再说模棱两可的话吗？"他说。

"'先生'比'老爹'听起来要舒服多了，有段时间它还有着特殊的含义。"

"你真的能宽恕这种关系吗，先生？"他如同猎人发现了自己喜欢的猛兽一般，紧追不舍。

"只要没有人强迫，而且那个女孩真的爱那个男人，并且，如果关于这种事的规定是针对整个种族，而不是具体某个人，那它就不是一种罪恶。"

这听起来像是个出乎意料的阻碍。我和辛都很高兴，因为不用更换就能抛下这个话题了，他又回到了刚刚纠结的那些东西上。

"可在上帝眼中，这就是一项罪过。"

"你随时都带着上帝吗？你用什么滴眼液才能确

保他不会看走眼呢？"

"请别取笑我了，先生。" 他看起来有些着急，接着说："在我服侍您后，我就什么都不管了。"

"我不需要'服侍'，我们是这个弹丸之地上最后的自由个体了，我们相信一句用烂了的标语。"

"我能听听是什么样的标语吗？"

"很无聊的标语，孩子。"我摸了摸他的头。

"我不能听吗？"

"生命，自由以及追求幸福。"刚说完这句话，我就有些后悔了，因为辛瞬间就变得严肃了起来，他正准备再次应召入伍。于是我接着说，"坚定你所坚持的，要有勇气，要记住在陌生的土地上，有一处永远属于英格兰。"

他惊讶万分，说道："您是女王陛下的官员啊？"

"只是暂时这么称呼，你想要什么？女王的先令吗？"

"我想要的，先生。"

我从口袋里掏出一枚硬先令，放到他的手中。硬币上的女王看起来非常美丽，泛着银色的光泽。

我郑重其事地对他说："从现在开始你就是一个公告员了，不是恶意小人的那种，因为我曾经见过那些肮脏的字眼是怎么伤害辛的。"没等他回应，我接着说："现在你被委任为游猎部门的临时翻译，在我临时代理部门突击队员职务期间，每月你将得到七十先令的薪资。不过，在我任期中止后，你的任命也将会解除，并在解除时得到七十先令的退职金，这笔退职金将会由我的私人资金支付。"我怕他打断我，一口气又说道："但你必须就此宣誓，保证现在或将来不会对部门有任何形式的抱怨，愿上帝护佑你的灵魂。退职金将会一次性支付完，还有什么问题吗？"

"没有，先生。"

"你叫什么名字，年轻人？"

"纳撒尼尔。"

"在游猎部门里，大家会叫你彼得。"

"我很荣幸，先生。"他高兴地不知道说什么好。

"你不需要说出自己的意见，你的职责只限于在需要时准确完整地进行翻译。阿拉普·梅纳会联系你，并为你提供指导，你现在想预支报酬吗？"

"不用，先生。"

"那你现在可以走了，去镇子后面的山上锻炼下脚力。"

"您生我气了吗，先生？"他不解地问。

"怎么会，当你长大了，你就会发现，人们对苏格拉底式的教学方法评价过高了。如果你不问他人问题，他们是不会对你撒谎的。"

"日安，辛先生。"他穿上了自己的鞋子，又对我说，"日安，先生。"

辛点点头，我回答说："日安。"

辛从后门走了出去，心不在焉地去门边又倒了一杯笛手威士忌，给我递了杯水壶里冷却的水，他舒适地坐了下来，"又是一个血腥做作的人。"他说。

"但不是个浑蛋。"

"没错。"辛回答道，"但你在他身上浪费了时间。"

"我们以前在一起时为什么没说英语？"

"出于尊重吧。"

"你的先祖他们说英语吗？"

"我没法知道，都是我之前的事了。"

"你到什么军衔了，辛？"

"要不要再听听我的编号？"

"对不起。"我道歉，"还有，这是你的威士忌。但你已经忍受那些嚼舌根的人很久了。"

"我很开心。"辛说，"我了解了很多他们说的。"

"你都知道些什么了？"

"其实严格讲也没什么。"辛说，"除了那个浑蛋正在外面等你的时候。"

"哪个浑蛋？"我有些兴奋了。

"一号浑蛋。"

"是我的朋友？"

"你的众多兄弟之一，我猜想，如果有什么好处的话，你的一个朋友会和他老婆同居。"辛揶揄道。

"一点儿好处都没有。"听到我的话，辛高兴了起来。

我们碰了碰杯，喝完了这杯酒。我走到前厅的商店里，看到一个马赛人站在那儿，大约三十二岁左右，他体形威武，土黄色头上戴着垂到双眼间的头巾，正一边喝着象牙啤酒，一边靠着一根还没沾过血的长矛。

"最近过得怎么样，西蒙？"我问道。他还没料理过自己的脚趾甲，上嘴唇和肩膀还有胳膊底下都在流汗，不难看出他已经喝了不止一瓶了。

"您呢，先生？"

"非常好。"

"我们听说夫人杀了那头祸害狮子。"

"你真好。"我说，"请告诉镇上的长者们，我一空下来就去向他们报告。"

"祝贺您猎杀了豹子，先生。"

"这只豹子实在不值一提，没什么大不了的。"

"您不是用手枪射死了它，或是勒死它的吗？"他十分崇拜地说。

"要在一个好天里杀你的话，可能需要手枪或者勒死你，但是豹子是用猎枪杀掉的。"我笑着说。

"就像是猎袋鼠或者鹧鸪用的那种枪？是吗？"他问道。

"正是。"

"这实在是太惊人了！"

"你现在就有些惊人。"我说，"长矛有用吗？"

"马赛人的长矛都有用的。"

"你知道你可以拿着它站在哪儿吗？"

"我不明白您的意思。"

我解释了我的意思，感觉到辛站到了后面，辛夫人正从柜台后拿了把短刃矛出来。

在离开后厅之前，我就把手枪套解了下来。我看出来了，西蒙正处于法国人说的那种卑屈的状态，因此，我想，如果他能用直立着刃的长矛努力争取一下，他就能所向披靡。

为了打破目前的窘境，我对辛夫人说："给西蒙先生拿点泡泡糖。"说着，我放低了右手，斜着大腿，好让她能够着装泡泡糖的纸箱。

她不失礼貌地拿了，我的动作虽然看起来有些粗鲁失礼，但这是自九月份以来第一次有机会评判西蒙，于是我说："为什么你现在不表演一下，而不是拿泡泡糖？你的妻子嚼泡泡糖吗？是头给她的吗？"

　　但他没拿那些泡泡糖，也没有表演。我知道自己触怒了他，转过身等着，可能他会一拳打在我的腹部。我朝着木质吧台和杂货柜走去，感觉到自己的汗冒得很厉害，并且很高兴地看到辛头巾下的脸也在冒汗。

　　"辛。"我说，"我们必须在这个商店建立一个更好的贸易类别。"

　　我不知道西蒙会不会从大门那拿长矛扔我，他很犹豫，这是他犯的最大的错误。

　　"这很难。"辛说，"有太多种生意了。"

第二十九章

　　辛和我回到后面的房间，他把威士忌递给我，我给两人都满上，这种酒喝起来从未这么美味过，尽管它是白开水加上苏格兰式勇气的一种酒。

　　"真遗憾你不喝酒，辛。"

　　"我经常想念它的味道。"辛说，"我能说些想法吗？"

　　"随便。"

　　"我不认为我们现在做的有什么必要。"

　　"你是对的，能给些批评建议吗？我想听。"

　　"我认为提及那位妻子的行为不端会危及你的侧腹部。"

　　"还有我的屁股。"

　　"我们在罗依托其托克的娱乐非常少，我感谢你给我带来的消遣。"

　　"是吗？"

"我有执照。"他说，"或者其他人有，没人想被这种日子束缚住。"

他微微耸耸肩，左手上就像变戏法似的，在我还没来得及看清楚，就出现了一把老韦伯利手枪。

"不错啊，给我看看怎么变回去。"

就像变戏法一样，它又消失了。

"只是松紧绳而已。"辛得意洋洋地说，"唯一的诀窍就是，绳子的承重和伸缩必须控制在一个精确的比例，以维持武器的平衡。"

"真的非常不错。"

辛把瓶子递给我，我倒了两小杯酒再加了些水进去。

"我会很高兴，如果你能同意我为你无偿服务的志愿。"他更加得意地说，"现在我为三个国家提供情报，这三个国家从不交流它们的信息，也不会联系。"

"有些事不会像它表面看起来那样准确，这是一个帝国，它的机制运作有着很深的渊源。"

"那你喜欢现在的运作模式吗？"

"我只是个外国人，一个客人，我不会去批判它。"

"需要我为你提供情报吗？"

"所有信息我希望都能用炭笔写下来。"

"口头信息没法写下来，除非有个录音机，你有吗？"

"我没有。"

"只要四卷带子你就能处决掉罗依托其托克一半的人。"

"我并不想处决什么一半人。"

"我也不想，不然谁还会来商店买东西？"

"辛，如果我们把这件事处理得不恰当的话，可能会引起一场经济灾难。"我有些急了。

"现在不也是灾难嘛。"辛慢条斯理地说，"你在圣诞节收网时会选那个狗娘养的西蒙吗？"

"对不起，辛，我第一次不明白你的意思。"

"阁下！"他说。

"辛老爹！"

辛夫人从门那儿往这里张望，她已经听到了我们语气的变化。

"西蒙会在圣诞节那天的大型舞会做翻译，马赛不仅仅是个简单的部落，它更是个友好的民族。西蒙受过良好的教育，我们都深以为傲。在英国的统治下，没有人能比马赛人更有地位，我们应该记住他们的慷慨，记住他们为战争所作出的贡献。"

"听了你今天这个简短的讲话，我更想去拜访你，听听你的演讲了。"辛继续说道，"对我这个锡克教徒有好处。"

"虽然我们现在住在帐篷里，我仍希望能像你对我这样热情地招待你。"

"住在帐篷里。"他念叨着，"住在帐篷里。"

"我现在得回停车的地方了。"

"如果你不介意的话，我想和你一块儿走，就走在你左边，离你后面三步远。"

"希望不会麻烦你。"

"没关系，不麻烦的。"

我跟辛夫人道了别，告诉她我们随后会开车来拿三箱啤酒和一箱可乐。我们走上了罗依托其托克唯一的主街。

一个只有一条街的小镇，给人感觉是，它像一只小轮船，一条狭窄的航道，一条河流的源头或是一条幽窄的小径。洪水退后，有时候，很多不同程度受损的乡村、荒漠以及禁忌的凯乌鲁山，会让罗依托其托克看来像个重要的大都会，在其他的日子里，它就像是条皇家大道，而今天的罗依托其托克，就像是以前怀俄明的科迪或者是谢里登。

一路上，我就像狩猎时一样紧盯着西蒙，但幸好后面还有辛照应着，这让我轻松不少。我们愉快地走到了班吉杂货店门前，宽敞的台阶让它看起来就像是西方的综合商店，很多马赛人围着我们的汽车站着。我在车边停下，告诉梅格雷，我跟猎枪留下来，他可以去买点东西或者喝点酒。没想到，被他拒绝了，说他更情愿跟我留在车上。

我只好迈进了拥挤的商店，黛巴和寡妇还在挑选布料，穆秀卡正帮着她们一个个拿下来看花样。我很讨厌买东西、挑东西，于是就远远地走到L形的柜台那边去买药和肥皂。让人把这些装进箱子后，我就开始选一些罐头食品，大部分是腌鱼、沙丁鱼，还有各种标着三文鱼实际上装的都是当地肉类的罐头，准备把它们当做礼物送给我的岳父。我又拿了从南非进口的各种鱼类罐头各两听，其中还有种罐头只标了"鱼"一个大字，还拿了六听龙虾罐头，一瓶我们正缺的斯隆软膏，还有六块救生圈肥皂。我们挑选了这么多吃的，很多马赛人在一旁看着。尽管只剩下不到六卷布料需要看了，黛巴和寡妇还没决定好买哪些，她向下看了一眼，骄傲地笑了笑。

穆秀卡来到柜台，跟我说车子已经装满了，他还找到了黑帝想要的那种玉米粉，我给了他一张一百先令的纸币，让他给那两个女人付账。

"让她们买两条裙子。"我自鸣得意地说，"一条为了耕地农场，一条为了圣诞节。"

　　穆秀卡知道没有女人需要两条裙子，她们只需要一条旧的、一条新的就行了。但当他告诉黛巴和寡妇时，她们的眼中迸发出的光芒，似乎我刚刚给全非洲都安上了灯。

　　我没看她们，接着选东西，现在转攻那些瓶装的硬糖、各种带坚果不带坚果的巧克力棒。我已经不知道花了多少钱，但车子已经加好了油，玉米粉也买了，我让在柜台服务的主人的亲戚把所有东西都装好，等我回来再一起算账付钱。我打算先开车去辛家把酒和饮料装上，这让黛巴和寡妇能有更多时间挑选布料。

　　恩古伊正在辛家，他已经找到了我们想要的那种染色粉，可以将我的衬衫和狩猎背心染成马赛人的颜色。我跟他喝了瓶啤酒，休息了一会儿，再拿了瓶给车里的梅格雷，这次出来他负责看车，下次则会换个人。

　　因为有恩古伊在，辛和我就又用陌生的听起来像不会飞的鸽子一样的斯瓦希里语交谈了起来。

　　恩古伊用瓦卡姆巴语问我，怎么会跟辛夫人做爱，我很高兴地发现辛要么是演技非常好，要么就是没什么时间和机会学他听不懂的瓦卡姆巴语。

　　"结束了。"我对恩古伊含糊地说。

"晚安。"他说，我们碰了碰杯。

"敬你。"

"敬你。"

"还敬豹子。"恩古伊微醉地说。辛弯了弯腰表示祝贺，并表示这三瓶啤酒不用付钱。

"不行。"我用匈牙利语说道，"不，绝对不行。"

辛又含含糊糊地说了些什么，我示意他把还在写的账单给我，用西班牙语对恩古伊说："我们走吧，都下午了。"

"去萨沃亚！" 恩古伊说，"庆祝，但是你已经死了！"

"你真是个浑蛋！"我愤愤地说。

"不，我是你的好兄弟！" 恩古伊像是自言自语地说。

在辛和他几个儿子的帮助下，我们把东西装好。像小翻译这样有工作在身的男孩，被人看到抬啤酒不太好，所以我可以理解他没法帮忙。但他看起来非常难过，明显是被我让他抬可口可乐时说的一句"庆祝你死了"困扰住了。

"我能坐你们的车一块儿走吗？"他问道。

"为什么不呢？"

"我可以待在车里看着猎枪。"

"你第一天的工作可不是为了守着那把枪。"

"对不起，我只是想让您的瓦卡姆巴兄弟休息一下。"

"你怎么知道他是我的兄弟？"

"是您称呼他为'兄弟'的。"

"他确实是我的兄弟。"

"我还有很多东西要学。"

"不要被那些击倒。"我把车子停在班吉杂货店台阶边上，想搭便车去山下的马赛人都在那儿等着。

"这些人真见鬼。"恩古伊愤愤不平，骂骂咧咧地说。显然，这是他唯一知道或者会用的英语词组，因为英语有段时间被认为是刽子手、政府官员、公务员及老爹们的语言。英语原来很优美，但在非洲，它正在渐渐僵死，人们接受它但不认可它。既然我的兄弟恩古伊用了，我也用英语回敬他："不管是长的短的还是高的。"

他看着那些胡搅蛮缠的马赛人，如果他出生得更早些，但还在我的时代，他应该已经在享受晚餐了。他用瓦卡姆巴语说道："都是高的。"

"那个翻译。"我叫道，然后纠正了下称呼，"彼得，你能做个好人，进一趟商店然后告诉我兄弟穆秀卡，我们准备走了吗？"

"我要怎么找到您的兄弟？"他问道。

"他也是个瓦卡姆巴人。"

恩古伊并不喜欢这个翻译，也不喜欢他的鞋，他本来已经准备好以一种手无寸铁的瓦卡姆巴人的傲慢，穿过那群扛着长矛希望能搭个便车的马赛人，在他看来，他们长矛杆上挂着的东西就像是广告横幅。我坐在驾驶室里，跟西蒙的妻子一起打发着无聊的时间。她笔直地站着，古铜色的身板，脸上露出了将要坐上汽车的骄傲之情，漂亮的脸蛋似乎发着光，好像是发生了诸如被上帝或选美大赛选中之类什么了不得的好事。

正如在那个国家每个人都有个秘密的名字，我们也给她起了一个——"只限瓦卡姆巴人"，在这个名字的谐音之内，还包含着对种族隔离和内罗毕机场的嘲笑。

最终所有人都出来了，货物也都装好了，我走下车，让穆秀卡坐进驾驶室，同时让黛巴和寡妇都上车，我自己进去付账。付完账后，我发现自己只剩下十先令了，我可以想象，当看见我一分不剩地回家时，穆文迪会露出什么样的失望、难过的表情。他不仅仅是我的财政大臣，还是我的良心。

"我们能带几个马赛人？"我问穆秀卡。

　　"除了那个'只限瓦卡姆巴人',还能再带六个马赛人。"

　　"太多了。"

　　"那就四个吧。"

　　我们让恩古伊和梅格雷上车挑选要带的人,黛巴非常激动,又表现得有些冷硬骄傲,没看任何人。我四处张望,寻找西蒙,但哪儿都看不到他。我们前排坐了三个人,后排坐了五个,再加西蒙的妻子,寡妇则和恩古伊坐在一起,梅格雷和四个马赛人坐到了车后边装着的面粉和货物上。本来还可以再多带两个人的,但马赛人在那儿总会晕车,再加上路上会经过两个不好的地方,我们也就放弃了。

　　我们开车下了山(实际上只是个矮坡),恩古伊正开着啤酒,这在瓦卡姆巴人的生活中,是和其他圣餐一样重要的东西。我问黛巴,现在感觉怎么样,在经过买东西、海拔的变化还有蜿蜒的路途后,她有什么不舒服完全可以理解。我们马上就到平原地带了,它所有的地理风貌都在我们面前露出了真身。黛巴拿着我的手枪套,回答说:"我感觉非常好。"

　　"我也是。"我说,然后问穆秀卡要鼻烟,他递给我,我把它递给黛巴,她一点儿也没用又还给了我。这是非常好的鼻烟,虽然不如阿拉比美娜那样效用强劲,但把它卷起来放在上嘴唇下，绝对能尝出是鼻烟的味道。

可能是出于骄傲，也因为我们正在下山，黛巴没有抽它，而是把盒子递给了寡妇。寡妇拿了些这种绝好的卡贸多鼻烟，又把盒子还给黛巴，黛巴递给我。鼻烟转了一圈，我又把它还给了穆秀卡。

"你不抽鼻烟吗？"虽然我知道答案，问这个问题还有可能是我们今天做的第一件蠢事，但我还是这么做了。

"我不能抽烟。"她不好意思地笑了笑，说，"我还没和你结婚，不能抽烟。"

关于吸食鼻烟，没有什么好说的，我们也就没说什么。我的皮枪套在丹佛由海瑟雕刻出了漂亮的花样，皮套已经被洗革皂洗得发旧了，再加上经常被汗水浸渍，从早上到现在外壳仍有些硬，但却是她真正喜爱的东西，她又把手放回到皮枪套上。她说："在这个枪套里，我能拥有全部的你。"

我说了些非常粗鲁的话，在瓦卡姆巴人之间，如果觉得没有爱，女人们总会将莽撞表现得极度无礼。爱是一件很可怕的事情，你不会希望你的邻里拥有它，而且在所有国家中，它都被当成是流动的飨宴。在我看来，除了第一次婚姻，忠诚是不存在的，那是丈夫对婚姻的忠诚。这是我的第一次婚姻，除了我的忠诚，我没有别的什么可给。我能给的很少，但不代表不重要，我们不会带着怀疑生活在一起。

第三十章

今天的夜晚真安静。黛巴和寡妇都不想在帐篷里洗澡，她们害怕由穆文迪给她们拿热水，害怕帆布浴盆，那是个巨大的六条腿的浴盆。这情有可原，我理解她们。

我们过了逞威风的阶段，在马赛村寨放下了一些人。我告诉寡妇该离开了，但既然我正保护着她，还是允许她留下了。虽然不知道在瓦卡姆巴的法律中，她有没有待在那儿的权利，但任何瓦卡姆巴法律规定的权利，我都会给她，因为她真的是个非常好、非常温柔的女人，而且还有着良好的礼节。

正当我不知所措的时候，公告员出现了。黛巴和我都看见他正在偷一瓶狮油，那是个原来装洋酒的瓶子，装着过白的"狮油"，变形了。我们俩都知道，它在恩古伊和我成为兄弟之前就被他掺进了大羚羊油，就像是用43°的威士忌混进去代替50°的。我们醒了，看见他偷东西。黛巴经常笑得很开心，此刻更是愉悦地笑了起来。她说："只是豹子。"我很无奈地说："没救了。"

"非常好。"她说。我们都不会说太多的话，也不怎么健谈，除了瓦卡姆巴的法律，其他的用不着翻译帮忙。寡妇正看着那些东西，我们才刚睡下一会儿，她就看到那个公告员正在偷狮油，她的咳嗽声吸引了我们的注意力。

我叫上了姆斯比这个餐厅管事的粗鲁大男孩，他的打猎技术实在不怎么样，战争后还沦落到了做仆人的地步。但是自从我通过游猎部门为政府工作后，我们都成了仆人，与此同时，我还为玛丽小姐以及一本叫《看》的杂志工作。

玛丽小姐的狮子死了以后，我的工作就被暂时中断了，而且那天豹子的死，让我为杂志的工作也临时中止了（但这个是我巴不得的事）。其实无论是姆斯比还是我，都一点儿也不介意给他人工作，我们还没到对上帝或者是国王愚忠的地步。

现有唯一的法律就是部落法，而我是个年纪较大但也是个战士的"长者"。要同时做两者很难，老一辈的"长者"憎恨这个位置毫无规则可言。你需要放弃一些东西，可能是必要的东西，不要抓着所有东西。

我在一个叫希尼·艾弗尔的地方学到过这些东西，当时我正从一个攻击性的职位转向一个防守性的职位。你好像一分钱都没花过一样，放弃那些花了很大代价得来的东西，却能让你变得异常受拥护，这会让你感觉不可思议。要做到这点很难，你可能会遭受很多次攻击，如果你没法很快适应的话，则会死得更快。

我告诉姆斯比，他需要在半个小时后在餐厅帐篷里服侍我们吃晚餐，并且要先摆好我跟黛巴、寡妇的碟子，他兴高采烈地走出去安排晚餐了，全身上下都充满了瓦卡姆巴人的活力。然而，不幸的是，结果证明了事情并非如此。黛巴是个勇敢的女人，她的情况比大多数人要好得多。寡妇知道这是个粗鲁的命令，也知道没有人能在一天或只限一夜就能接受非洲，但现在事情好像正朝着那个方向发展。

黑帝以对他的"老爹"、部落，还有伊斯兰教忠诚的名义扼杀了这件事，他有足够的勇气，又很聪明地没将他的职责委托给任何人。他敲响了帐篷的支柱，询问现在我们能否说话。我本可以拒绝，但我一直是个守纪律的人，虽然不如鲍勃那么明显，但还是坚持着生活中一些不容调和的纪律。

他愤愤不平地说："你没有权利如此暴力地想得到这个女孩。"但在这点上他错了，我们根本就没有使用任何暴力，"这会带来很人的麻烦。"

"好吧。"我摊开双手，说，"你是代表所有长者说话的吗？"

"当然，我是年纪最长的。"

"那就告诉你比我还要年长的儿子把车子开来。"

"他现在不在这儿。"黑帝答道。我们都知道他在孩子们中缺乏威信，以及穆秀卡为什么没有成为一个穆斯林，但这些原因对我来说过于复杂了。

"我可以开车走。"我说，"这并不难。"

"请把这个女孩送回家吧，如果你愿意的话我可以跟你一起去。"

"我会带上她，寡妇，还有那个公告官。"

穆文迪依旧穿着他绿色的长袍，戴着绿色的帽子，正站在黑帝身边，因为说英语这件事对黑帝来说很是折磨。

姆斯比在那儿没什么事可做，但是他和大家一样很喜欢黛巴。黛巴假装睡着了，她是我们所有人都想买到的那种妻子，虽然我们都知道，如果这样买来的话，是无法真正拥有的。

姆斯比曾经是个军人，这是这两位严肃的长者都知道的事。当他们成为穆斯林时，并非没意识到自己的背叛，而且既然每个人都会年纪渐老成为长者，姆斯比飞快地用他所了解的瓦卡姆巴法律回敬他们的彬彬有礼，说："我们老爹是可以留下寡妇的，因为她已经有个儿子，而且职责上他需要保护她。"

黑帝和穆文迪都点了点头。

事情终于解决了，我对黛巴感到非常抱歉，她自豪地和我一起吃饭、睡觉，虽然我们不被允许睡在一起，但在老资格的长者们发现批评之前，我们已经这样做过很多次。我对着帐篷里喊道："没办法了，我们要去耕地了。"

今天将要结束，在我这一辈子中，这一天为我带来了无与伦比的欢乐。

第三十一章

听从了长者们的决定，我载着黛巴、寡妇和那个公告员去了村落，把她和给她买的东西一起留下，然后我回到了营地。

我买的那些东西起了些作用，她们有足够的布料可以做上两条裙子。我不会跟岳父说这件事，我们故意表现得像是刚刚买完东西回来，虽然这时"回来"已经有些晚了。那个公告员的佩斯利细毛披巾下露出了狮油瓶，里面虽然掺了料狮油，但这也代表不了什么。我们还有比这更好的狮油，事实上只要我们想的话，还能拿到更好的。

对一个作家而言，没有能比别人从你这偷东西，还以为自己没被发现更有意思的了。和作家在一起，你绝对不能让他们知道，因为那会伤了他们的心（如果他们有心的话），而除了比赛，又有谁会去查看一个人的心跳？但是这个公告员又是另一回事，他的忠诚已经出现了问题。

黑帝有很多憎恨这个公告员的理由，他过去服侍黑帝，两个人留下了很多没解决的问题；他担任卡车司机时，傲慢地指责这个伟大的贵族是个落后的人，由此冒犯了黑帝。自从在鲍勃手下做事开始，黑帝就热爱着他。但出于瓦卡姆巴人对同性恋的憎恨，他无法忍受这个马赛卡车司机这样责难一个白人，特别是鲍勃这样一个有声望的人。

当这些坏男孩像在内罗毕做的那样，给这个男人的雕像涂上口红时，黑帝在路过时不会看上一眼。比黑帝更虔诚的穆斯林恰罗，会虔诚地看着它，然后跟我们一样笑起来。

黑帝一直为女王工作，从女王那儿获得报酬。他是个真正的维多利亚时代的人，我们曾经都是爱德华时代，然后是格鲁吉亚的拥护者，现在都成了尽力为伊丽莎白女王服务的拥趸。我们的忠诚和黑帝的维多利亚风格很不相同，今晚我感觉非常不好，我不希望自己变得自私，也不想去想那些私人的事情，我更不想对我尊重崇敬的人表现出不公正。但是我知道，比起担心瓦卡姆巴的法律，对我和黛巴、寡妇一起在帐篷食堂里吃饭，黑帝更加震惊，因为他是个有五位妻子（其中还有个既年轻又漂亮）的成人。而谁能来监管我们的道德？谁又缺失了它们？

我在夜色中开着车，努力抑制自己苦涩的心情，控制自己不去想黛巴和我们被专制剥夺的快乐。事实上，不管资格如何，任何人都本可忽视它的。我想将车朝左拐弯，往那条通向另一个村落的红土路一直开下去，去找在那里的我们团体的两个人。还有那个人，不是洛特也不是波提乏，而是西蒙的妻子，然后看看我们是否能发展出一段情来。但那都不是我应该做的事，所以我将车开回了家。我停了车，坐在帐篷食堂里，开始看西默农的书。姆斯比和我都不是健谈的人，他对此很不安。他还提了个非常大胆的建议，提议他和那个卡车司机一起去把寡妇带回来，被我拒绝了。我继续看西默农的书。

姆斯比更加不安了，还没有西默农的书给他读，于是他又提了个建议，我跟他开车去接那个女孩。他说这是瓦卡姆巴的习俗，只需要交一笔罚金就行，他还说这个村落是非法的，没人能有权力将我们送进监狱，况且我已经给岳父买了很多的礼物，今天甚至还为他解决了一只豹子。

我仔细地考虑了一下，还是拒绝了。早些时间我就已经为睡在岳母床上被罚过款了。但黑帝能知道所有事没错，但他是怎么知道这件事的？我们所做的保密措施，应该是非常齐全的，至少能够齐全到瞒过他。
我对此不太确定，因为自马加迪后，我对他更加尊敬
景仰。恩古伊无法脱身帮忙，跟踪到那本是他完全没
必要做的事，还带着他的两条蛇，直到我被敲打声弄
醒。营地已高达华氏105度，他在炎热中完成了这件事，
而我们唯一的蔽荫就是当我筋疲力尽时，能在其下休
息一会儿的小树。我把它的树荫当做是一种恩赐，我
深深地呼吸，努力不去计算目前已经离营地有多远，
离那个有着无花果树树荫的绝佳地方，离那潺潺的溪
流，以及凉爽冒气的水袋有多远。

那一天，黑帝毫不留情地责难我们，我也不是毫
无理由地不尊敬他，今晚我仍然不明白他为什么会干
涉这件事。他们总是为了你好才做的，但我知道一件
事：姆斯比和我不应该像个酒鬼似的回去，我们应该
重新开始锻炼。

非洲人不太会对事情感到绝望，这是暂时占领着
这个地方的白人们才会有的东西。据说非洲人感觉不
到疼痛，因为他们没法哭出来，他们也不会将疼痛表
现出来，而是将它视作部落的荣誉，一件奢侈的事。
虽然事实上，只有他们中的某一些人才会这样。我们
在美国有着电视机和电影，还有花费巨大的妻子，她
们双手保养良好，在晚上会往脸上涂抹护肤品。冰箱

下可能还压着一张当票，要求丈夫赎回她的貂皮大衣。而在非洲，在一些条件比较好的部落中，他们的奢侈就是不将疼痛表现出来。

我们从未懂得过真正的艰难，除了那种四处奔波的无聊的战争生活，那个时候，我们只有偶尔的战争补贴，还有趁乱打劫的乐趣。那种滋味，就像被一个毫不关心自己宠物的主人扔了一块骨头。我们（这一刻只包括我跟姆斯比）都知道该如何洗劫一个小镇，也知道用什么方法，并经过怎样的过程，才可以实现那个《圣经》短语——将男人置身于战争中，将女人囚禁。现在已经没人这么做了，但任何曾经这样做过的人都是兄弟，好兄弟是非常难求的，然而在小镇上随时都能遇上一个坏兄弟。

这个公告员反复说他就是我的兄弟，但是我从没这么想过。现如今，我们不是在狩猎远行中，"老爹"这个词对我们来说也近乎侮辱，姆斯比和我就是好兄弟。今晚，不需要刻意提起，我们都记得，从海上不同路线来的奴隶掠夺者，全都是穆斯林。我知道那就是为什么脸颊两侧都有箭伤的穆秀卡，从来没有随大流皈依宗教，那是他的父亲黑帝、诚实的恰罗和可靠且技巧熟练的势利小人穆文迪所信奉的宗教。所以我在那儿坐了下来，与他们一起分担自己的痛苦。

恩古伊曾经也参加进来过，神情中带着一个年轻人的谦卑，但如果被允许的话，又希望能证明他的痛苦更大。当然我们没有允许，拍了下他穿着绿色罩袍的屁股，我亲切地说道："明天又是新的一天。"这是一句古老的德国谚语，意思正和西班牙谚语"事情已经无法挽回了"相反。这句话蕴涵着深刻的哲思，很美，但我却对向他们灌输这种思想产生了一种失败者或卖国贼的罪恶感。

在姆斯比的帮助下，我小心翼翼地将它翻译成了瓦卡姆巴语，然后又对传达这个谚语深感罪恶。

我问恩古伊能否找到我的长矛，因为我想在月亮升起时出去打猎。这绝不是矫揉造作，哈姆雷特也会如此。我们都被他深深感动过，可能我是我们三个人中最感动的，因为没管好自己的嘴，在犯了这一错误后，我现在得拿着长矛去打猎，还没有猎狗随同帮忙。

我记得我还有把手枪，它稳固的枪身，还有令人安心的质感，都让我爱不释手。我回去继续读着西默农的书。月亮只要再过十分钟就会升起来，灯换了一个罩子后十分明亮，我知道恩古伊肯定会给长矛润滑，他不知道该怎么打磨它们。好在恰罗肯定会像保养枪支一样料理好它们，因为他没去罗依托其托克，而且喜爱那些长矛和它们所代表的含义。在你出门打猎之前，要携带的所有长矛都应仔细检查并做好润滑工作。

我不记得我什么时候开始用长矛来打猎，只记得在撒冷埃的第一个营地里学到了一点，当时我经常和一群年轻的马赛战士出去打鸟。他们是我遇到过的最优秀的马赛人，没有被宠坏也没有腐败。一天傍晚，我在茂密乡村中遇见了他们。撒冷埃下面的一条旱沙河的两条分支中有座小岛，他们正从岛中心举行的某个典礼上返回。典礼是每季的惯例，包括享用肉食，在庄重严肃之后，他们高兴粗野，就像是一支刚刚参加完弥撒的足球队一样。我孤身一人，不会说马赛语，却成了他们国家的一个入侵者。他们哄闹了起来，就好像在打仗一般。但他们从没见过手枪，也没见过猎杀正在飞行的鸟。两只鹧鸪从我们站的地方呼呼作响地飞起，看到我用枪打下了两只，听到它们掉落在地的重击声，他们沸腾了。他们找到那两只鹧鸪，轻抚地欣赏着它们。从那时起，我们就开始一起狩猎。除了猎枪，我们用所有可用的东西来打猎。有一次，他们发现了一只我从没见过的珍珠鸡。这只大鸟在高高的枝干上紧紧地缩成一团，当他们让我看它时，如果突然开枪，这只鸟就会从树枝上猛摔下来，狠狠地掉在地上。而如果另一只鸟被枪声激起，在要飞过我们头顶时被枪击中，也会掉落下来。一旦打中它，我们就会拥抱在一起以示庆祝。

那个乡村还有犀牛，我试着跟他们解释，应该小心对付它们。但他们认为用猎枪来猎杀犀牛相当不现实，他们会演示如何用长矛来打猎。我想，那就是用长矛打猎的开始吧。在猎枪和马赛长矛的联合下，我依然担心能否找到犀牛，但后来发现如果的确来了一头，最应该做的事就是射伤它的双眼或者确保射中一只。当时我很确定，如果能等到一头犀牛，我肯定会射中一只眼睛，但随后我就反应过来了，犀牛几乎是看不见的，它的鼻子仍能发挥作用。我又想，如果能站稳，第二枪就可以射中它的鼻子。但是这样，我就必须得比我的打猎伙伴们要快，所以我们漫不经心地寻找着。

这段时间，明显是那些年轻的马赛战士们不需要承担什么责任，他们只需进入森林打猎。所以一旦我有时间，我们都会一起打猎。同时我也开始学习马赛语，并带着尊敬学习如何使用长矛。我们这个几内亚杀戮者小团体，有潜力的犀牛对抗者，开始被人们所知晓，他们称我们为"可靠的欧内斯特们"。那时，我跟恩古伊既不是朋友也不是兄弟，而为了获得乐趣与威望，当可靠的欧内斯特要离开时，我想独自去打猎。如果当时我是个瓦卡姆巴人，那我在叛徒的路上虽然走得不远，至少也是个协助卖国的。

除了给我们一种小部落的感觉，让我们在森林里开心自在地交流，我从不知道那到底意味着什么。可能是因为我的错误吧，每个可靠的欧内斯特临走时，都会带着猎枪的空弹壳当做耳塞，还会带着一枚捏在右手拇指与食指之间的便士，以及从那个位置射出的.22口径手枪的子弹，那是这个团体唯一的传统。我们从没遇到过一头犀牛，也没猎杀到比珍珠鸡大的任何东西。关于长矛，我只学到了些皮毛，马赛语也只学了十二个单词，但那是我生命中没有迷失的一段时间。

现在月亮已经升到了与山齐肩的位置，我希望能有一条好的猎犬，我还没决定去做一些事情，以便能让人觉得我是个比黑帝还要好的人。我不得不这么做，所以我检查了长矛，穿上我的软皮鞋，向恩古伊表示感谢，然后走出了帐篷食堂。

有两个扛着猎枪和子弹的男人，拿着灯笼正在帐篷外面的大树上守卫着，我跟着右肩上的月亮，离这些灯光越来越远，开始了漫长的步行。

长矛拿在手上感觉很好又很重，我还用无纺布胶带捆了几圈，这样就不会在手出汗时打滑。使用长矛的时候，腋窝和前臂出汗会比较厉害，汗水流到握着的把手处就容易打滑。残梗的草地让人感觉非常好，我感觉到了汽车轮胎轨道，那是通向自制飞机跑道的平坦道路，还有另一条我们称之为北方大道的小路。

这是我第一次在晚上带着长矛独自去打猎，我多么希望能有可靠的欧内斯特中的一个老朋友或者一条大狗陪着我。如果带着德国牧羊犬，你就能分辨下一个草丛中是否有东西。如果有，它会立刻后退，然后再带着你上前。但是像我这样在晚上带着适度的恐惧和一柄长矛出门打猎，是一件奢侈的事，因此你需要为此付出一些代价。

和其他奢侈一样，它值得你花上足够多的时间。玛丽、吉·克和我曾经分享过很多奢侈的享受，有一些还可能是昂贵的。但是到目前为止，我觉得，一切都是值得我们付出的。我想唯一不值得付出的就是日常生活中愚蠢对我们经久不衰的侵蚀，我回忆着有着眼镜蛇洞的各种灌木丛和枯死的树木，希望在出外打猎时，不会遇到其中任何一个。我们曾经开玩笑说，眼镜蛇是托尼的祖父，这样它们就没有危险性了。但事实上，我从没见过一个人在眼镜蛇面前能有除了逃跑以外的反应。曾有一条眼镜蛇将毒液喷在了吉·克路虎的挡风玻璃上，托尼的父亲也是被它弄瞎的。

在营地，我曾听见两只土狼的嚎叫声，但它们现在安静下来了。我还听到老村寨上边一头狮子的吼叫。我还没有足够的勇气去那儿，打定主意要离老村寨远远的，而且，那还是个有很多犀牛的乡村。我在平原上悠闲自得地往前走着，看见了什么东西正睡在月光之下，原来那是一头角马。我从它身边走过，发现是头公的，然后又继续朝小路上走去。

我看到了很多夜里活动的小鸟和啄木鸟，还有大耳狐和跳跃的野兔。我没带光源，月亮也没有反射，它们的眼睛都不像我们开着路虎巡逻时看到的那样闪闪发光。这时月亮已经升得很高了，明亮的月光会让所有野兽无所遁形。我沿着小路继续慢悠悠地走着，我对在晚上出来这个决定很开心。

所有有关黑帝、黛巴还有寡妇的那些废话，我们没能完成的宴会以及本可躺在床上的夜晚，似乎都已经不再重要了。我回头往来时的路看去，已经看不到营地的光线了，但可以看到高耸的山峰和方形的山顶在月光下闪着奇异的白光。我希望不会碰到任何需要猎杀的动物，事实上，我本来可以直接杀了那头角马，如果那样，我就得在它的尸体旁守着，以防被土狼拖走，或者土狼唤醒了整个营地的人，他们开着卡车来把角马运走。那样就成了一场作秀，而且我记得，我们中间只有六个人吃角马肉，在玛丽小姐回来之前，我还想囤一些味道比较好的肉。

于是我继续朝前走，听着小动物们移动和鸟儿扑腾着飞起的声音，还想着有关玛丽小姐的事情。也不知道她现在在内罗毕干什么，新发型看起来怎么样，她的体形模样几乎和黛巴的没什么不同。

她明天两点钟的时候就会回来了。哦，不，应该是后天，但无论怎样，这绝对是件让人无比开心的事。现在，我几乎已经到了她射杀狮子的地方了，听到有只豹子正在左边大沼泽的边缘狩猎。

我考虑着要不要去盐滩那儿，但我要是去了，一定会被某些动物诱惑，所以我转身朝营地的方向往回走，一路上欣赏着月光下的山峰，将狩猎完全抛在了脑后。

第三十二章

　　早上，穆文迪给我泡了茶，我表示了谢意，在帐篷外面残留的篝火边上喝着。突然，我想起了什么，赶紧穿戴好衣服出去见黑帝。他很早就起来了，我先问他从罗依托其托克带回的玉米粉如何，他回答道不错。对他做的事，我以一个长者的身份表示感谢，我告诉他我会先正式拜访黛巴的父亲，他高兴地笑了。我又告诉他，如果我和黛巴生下个孩子，就让他自己选择是做一个战士、医生，或者是律师，或者去马邑多王国接受教育。如果他希望待在我身边，不选择任何一种职业，他就能真正成为我的儿子，我们可以一起打猎。黑帝听了，很是开心，我们又重新成了朋友。

　　非洲语中没有"对不起"这个单词，我们也没试着找出一个，双方都感觉很抱歉。黑帝问我有没有用长矛猎杀到什么东西，他认为我肯定有的。我告诉他："什么都没有。"本来可以杀一头角马，但我留了它继续在那儿睡觉，只是在郊外走了走。

他问我，是否听到狮子的吼叫声，我说是在老村寨附近，但我没走近查看它。黑帝又说，有只豹子来到了河边，我说我也听到它了。

我们很守礼仪，温和地交谈着。他说，昨天晚上想和我一起出去用长矛狩猎。我被他感动了，觉得他是个比我要好的人。所以我向他询问了营地中的一切是否还好，他说营地非常好，但有些年轻人在庆祝猎杀了豹子后很晚才回来。

我们都没接着再说那个，他还谢谢我给他带的可口可乐。我们都笑了，我说可能在一个小时后要用猎车。

我走回帐篷食堂，一边思考事情，一边吃些早餐。我发现有几份伦敦《泰晤士报》和一份《每日电讯报》的航空邮件没看过，于是我放弃了刚才的思考。反正再怎么想，都只有那一个答案，还不如开始享受阅读世界大事的乐趣。于是，我从宫廷公报看到了电讯报专栏报道的麦卡锡议员的言行。我已经听了很多欧洲人对这个议员和他的两位助手的评论。除了有时候解释聪明人与富人的古老例子，我不是一个反犹主义者，我从没对他的助手们发表过任何意见。在上次运过来的书中，有两本是关于这个议员和吉·克的，我尝试着去理解他和他提出的问题。鲍勃在快速地扫视了一遍后，拒绝读这些书，他反驳这个问题说道："不对，像那样的情况，不会存在很久的。"他对这个议员更加尖酸辛辣，自此以后，就完全摒弃了他和那个问题。玛丽小姐也对读有关这个议员的书感到恶心，也不让人在她面前谈论他。她说得很清楚："生活中恶心的事已经够多了，不管那个议员叫什么，我不需要读有关他的东西再给自己添恶心。"

但吉·克和我仍然对这个议员，特别是他的两个助手的滑稽言行着迷，在这个早上，我是真的怀着欣赏之情读这份《每日电讯报》的。它是一份杰出的报纸，我曾经试图跟着上面写的来赌马，但赌马除了锻炼下脑子，确实没有什么用处。罗依托其托克那儿没有出版商，报纸有时会一周或一个月后才到这儿，这时赛马的结果也已经出来了。我觉得辛肯定来得及投注，但我们的联系太少了。

由恩古伊服侍着，我吃了一顿非常棒的早餐。他一开始看起来很难过，但看到我没有沮丧，作为一个瓦卡姆巴人，这让他重拾了开心乐观和那种不因任何事物而退缩的战士荣誉感。他问我长矛打猎怎样，我用西班牙语告诉他说，很"安静"，然后教他说这个词组。这对恩古伊来说，不是一个令人愉快的词组，不像"No hay remedio"对黛巴一样，但它没有那么诗意，也没有那种戏剧感或情绪发泄的感觉。

"听着，'安静'。"我告诉他，用这种方式给他一个称呼，在非洲这和在西班牙时一样必要，"你今天可以跟我们一起去例常巡逻。"

"太好了！"他欢呼，"太感激您了，老爹！"恩古伊兴奋异常地说。

"不准再叫那该死的'老爹'了。"我几乎用命令的口吻说。

他对这个很担忧，但还是尽职地重复道："没有该死的'老爹'。"

这对他有些粗暴，但我们每日受仇恨的影响虽然很少，却足以在内心撒下仇恨的种子，我不希望他受到太多的影响。

"没有该死的'老爹'。"他接着重复道。

"很多'老爹'是很好的。"我解释道，"我的父亲鲍勃'老爹'就是。"

"我还太年轻了。"他说，"需要您多解释。"

"我们在车里集合，其他人会跟你解释。"

"好的，'老爹'。"他说，我知道再想要找什么运动或宗教，或者接着读《宫廷公报》是非常困难的了。

那个公告员来了。他披着佩斯利细毛披巾，手上拿着猪肉馅饼一样的帽子，被岁月侵蚀的脸上露出了悲伤和尊严。

"给我们忠诚的公告员先生拿把椅子来。"受《宫廷公报》启发，我对恩古伊说道。而恩古伊则瞪着他，那是一种瓦卡姆巴年轻人直接的充满仇恨的眼神。

"伦敦有什么消息传来吗？"我问他。

"没有，我的兄弟。我从村落过来的，那里有很大一群野狗。"

"你人真好，告诉我这些。"我虚情假意地说，"要来点腌鱼吗？我想你当时被它们围住了吧。"

"不，它们朝着村落里的灯光前进，总共有三十多只。"他说。

"让穆秀卡把车准备好，然后让恩古伊来这儿。"我对恩古伊说道。

"公告员先生，你能确定，你看到的那些是野狗而不是斑点动物吗？你的蛇都不在，眼睛也肿得厉害。"

"我有对您撒过谎吗，我的兄弟？"

"我不相信你，有些信息已经过时了，另外一些，是大家都知道的。"他暗指偷狮油那件事。

"我的兄弟，公告员的日子并不好过，您跟我来自同一个割礼，有公告员能每天传递消息吗？"

"可能不行。"

"很高兴您同意这点。"

"我并不是很同意。"

"我的兄弟，您的未婚妻很绝望。"

"怎么了？"

"昨天一整晚，那个寡妇都在劝说她不要自杀，这是您的兄弟和可以信任的公告员告诉您的绝对的事实。"

恩古伊进了帐篷，身上穿得看起来破旧不堪。我告诉他，把猎枪、小型还有大型的来复枪都拿到车上去，并换件衣服灌满酒瓶，再带上六瓶啤酒和一些新买的口粮。

然后，我又让恩古伊告诉黑帝，他可以下班了，可以跟我们一起去打猎。

从帐篷食堂开口的不断开合中，我看到恰罗和恩古伊把枪扛了出去。那个公告员说："我的兄弟，我能喝一小杯酒吗？昨晚实在太难熬了。"

"随你便，这儿有杯子跟瓶子，你应该认识它们的商标。"

"我太了解它们了。"公告员兴奋极了。

他给自己倒了一大杯杜松子酒，又加了点比特酒，对我说："祝您健康，我的兄弟。"

"我要是想健康，绝不会一大早就喝那个。"

"在我还没被那些老爹们糟蹋之前，我也是那么高标准地要求自己。"

"一个人只会被他自己糟蹋，酒就是帮凶。"我不屑地说。

"我还没被彻底毁了。"公告员自嘲道。想起这个村落是如何组织起来的，还有他一个月七十先令的工资，我觉得自己不好怀疑他什么。

"吃完你的腌鱼吧，兄弟。我们去找那群野狗。"

等公告员用叉子把它们吃完后，我们就准备出发了。

我们所有人都穿得很破旧，很容易地就找到了野狗。既然它们被归为祸害，也就没有人把这当成是皇家狩猎游戏。我这个狩猎部门的代理突击队员，在车子上射中了其中三只，射偏了两只。我是用30-06步枪弹射的，不想再浪费子弹了，因为这不仅是我们用来射杀肉比较好吃的动物的枪，也是干什么都能用的枪。

恩古伊从没见过死的野狗，于是我们停下车，查看一条死去的野狗，我让他拿着长矛插进野狗身体里。这只狗耳朵巨大，身上橙色黑色的污渍让它看起来色

彩斑斓。它已经死透了，身体两侧、屁股和颈后方都
有开口，看起来非常污秽。恩古伊谨慎地碰了碰它，
非常轻柔地把长矛刺进了它的身躯，这让恩古伊很生
气。他夺过长矛，握着底部包着的钢皮，狠狠地穿透
了野狗的尸体，插进泥土里，矛身还在微微地颤抖。
他用瓦卡姆巴语和恩古伊说了些什么，说得飞快又粗
鲁，以至于我一点儿也没听懂。好在这是他们部落的
事，我也用不着管。

　　包括先前的两只，在射杀整个野狗群时，他们都
相信自己开枪，就像非洲作家描述的那样飒爽。我不
想开车把这群野狗运出去，我也没有多余的子弹来展
示开枪的英姿，就跟穆秀卡和恰罗在一旁等着。恩古
伊正在教恩古伊清理穿透动物尸体的长矛两端，将它
擦拭得干净闪亮，避过了那些结痂污秽的地方，然后
我们回到了车上。在我跟穆秀卡最振奋的早上，恩古
伊却经常脾气不好。我关切地问他："昨晚不够尽兴
吗？"

　　"比你好。"他答道。

　　"一只山羊昨晚都比我过得好。"我说道。恰罗
也笑了，虽然他为了一些我们并不清楚的原因，站在
了长者们那边。除却无可比拟的勇气，如同拿破仑的
士兵们在风笛曲中拿着司令指挥棒一般，他怀着对死

亡的敬畏。这听起来可能有些夸大了，或者干脆让人感觉像是在读新闻报道，但是无畏的恰罗的确是怀着对死亡的敬畏，这是毋庸置疑的。而且，自从我认识他开始，他就一直试图让我转变信仰，这样我就能像他一样被新宗教拯救了。他知道关于新宗教的一切，没有人能在他面前保持秘密。在某种程度上，他希望我们都能够被拯救。

既然现在我们已经找到了这些野狗，我就想摆脱那个公告员了。除了我，肯定是每个人都讨厌他，我看向穆秀卡，他脸上涂着蓝色的箭头，好像聋得什么也听不到，我们用眼神和手沟通。他立刻就明白了，说道："回村落去吧。"

"我没有骗你们吧。"公告员感觉很受伤，因为他知道我们要离开，去打猎了。

"是，但是这些野狗一下子就解决了。"

"我的兄弟，我们没有肉了。"

"你会得到的。"

我们放下公告员，去了一大早不怎么讨人喜欢的村落。我让他去探明有没有动物来破坏，或者村落里有什么不法行为。他问了几个人，回来说一切正常。因为我们这一大群人都是出来打猎的，而我岳父不是也永远不会成为一个猎人，我就没有跟他说话。黛巴

抱着她姐姐的一个孩子，和一大群孩子、鸡和山羊站
在圣树下。

"你怎么样？"我体贴地问她。她把头转开了，
没有理我，然后又转回来笑了笑。我们都板着脸，开
车离开了那条老旧的道路，往北方去了。

摆脱了公告员之后，我感觉好多了。我很高兴，
没有人对村落感到失望，至少没有我们以前那样失望。
在非洲，你会处于一个快乐的无忧无虑的绝望状态，
可能公告员的意思是，黛巴整个晚上都很绝望。那样
是很平常的，因为我自己就是这样。但是在我们所有
人中间，只有公告员表现出了同情，就像一个人把狒
狒放在肩上展示的那样，他向人们展示着他的同情。

对一匹赛马来说，"同情"这个字眼，会是个绝
佳的名字，但是不适合陪同人们一生。我有一个非常
可爱的祖母，她有一张如天使一般的脸庞（如果天使
是老鹰的话）。她经常转着她的一个儿子拜访达赖喇
嘛后带回来的传经筒，那是和一匹红布、一些非常难
吃的黄油和一些顶好的茶叶一起送来的。我改名参加
拳击比赛（因为没人会付钱看一个叫海明威的男孩打
拳）后脑震荡，她帮我写了假条，照顾了我六天后，
郑重其事地告诉我："小恩，答应我你会做真正想做
的事情。要一直这么坚持着，我现在已经老了，我一

直尝试着做你祖父的好妻子，你也知道，他不是个好相处的人。但是我希望你能记住，你现在记住了吗，小恩？"

"是的，祖母，除了六回合，我现在什么都记得住。"我安慰她说。

"那些不重要。"她有些悲伤地说，"现在记住这个，我的一生中最后悔的事，就是那些还没做过的事。"

"谢谢您，祖母，我会尽力记住的。"

我躺在床上，睾丸上还放着冰袋，那种巨大的痛苦是很多人都没法想象的，稍微一动，脑子就嗡嗡作响。我还记得，那些付钱来看比赛的观众们说："把那个他妈的浑蛋收了，快搞定他！还让他站在那儿干什么，你这个没用的！打右边，你这个浑蛋！打他！他妈的，快给我打他！"但却没人知道他受伤了，现在肿得就像个哈密瓜，也没有人关心这些。所有人都知道怎么交谈，知道怎么保有自己的看法。我正试着准确地记下祖母说的话。她又安慰我说："不要那么用力地想，小恩，所有事情都会好起来的。"所以在这个世界上，我最爱的人就是祖母。她跟我说："让我拉着你的手，好好睡一觉吧。"

今天，我们离开了村落，朝着北方开去，行驶在一群小孩子放牛的小路上，他们中一个放得不太好的孩子是我的教子。作为临时代理突击队员，我的责任就是去寻找并杀掉前天受了点伤的疣猪。这会儿，没有一个人对它怀有同情心，因为我们所有人都曾受过比它更重的伤，但都恢复过来了。英国人对动物有着一种恋物情结，法律规定我们必须这么做，即使是被子弹撩过，即使它的伤口就和人被子弹擦过的伤口一样，浅得几乎看不出来，我们也必须帮它从痛苦中解脱出来。

　　子弹的热度灼烧着动物们细小的伤口。如果没有射中神经或骨头，疼痛会更少，用西班牙语来说就是"软肉"，也就是没有器官、神经或者骨头的任意一块肉。对人来说，比起去看牙医，我更愿意被小口径的武器击中身上的软肉。

　　我们知道，疣猪没有硫黄或盘尼西林，甚至连碘酒都没有。尽管如此，找到它并杀了它，仍是我们的职责。在十点之前，我们终于完成了这项职责，我们把汽车的后挡板放下来，把它的尸体搬上了后车厢。它的脸丑到了极点，但看起来还很滑稽、亲切；它的獠牙，就像是年老的骑兵向上翻的胡子。疣猪身上的伤痕只是轻微的擦伤，已经被泥浆封住了，没有看到什么蛆虫或感染。我知道，不管会不会再做代理突击队员，这都是我杀的最后一头疣猪了。

　　我想疣猪在非洲的待遇要比我好得多。至于说它携带着牛瘟，不得不被捕杀，我觉得只是个借口。那时候还没有牛瘟，它又怎么能携带呢？如果真的有的话，我们的鞋子和车胎就带上了。如果你在马赛的乡村久住一些时间，就会对保护过度放牧的牛群感到疲惫，它们只是一种行走的财富的象征。

　　大羚羊有着甜美的呼吸，肉质比任何成熟的牛肉都要鲜美，我们想打到一只。有着灰色斜条纹的大羚羊，它的慢跑和几千磅重的身躯，就像羚羊一样能轻松跃起，还有漂亮的眼睛、弯曲的角和能够让我们身体强壮的肉，我们更想打到一只。

　　然而，我们找了一个早上都没发现一只，"Pof"在瓦卡姆巴语中是大羚羊的意思，但实际上，这里根本就找不到一只"Pof"，它们都在很远的凯乌鲁山那边。

　　为了兽皮和营地食物的需求，我最终还是杀了一头公斑马。它当时正威武地站在褐色的火山岩石丛里，身后映着大山，子弹穿过它左耳下边，直接将它射死了。见状，恰罗不会想用伊斯兰的法律杀了它。恩古伊想让我把长矛插进它身体里，让它流血，同时向他展示怎么使用长矛。我想，他可能是想让我锻炼锻炼。我拿着长矛靠近它，使劲地扎了进去，把长矛抽出来之后，想在它身上擦干净时，鲜血喷涌而出。斑马已经完全死透了，但是皮毛下的肌肉仍在跳动收缩。我们都认为在拒绝吃斑马肉这件事上，恰罗太固执了。但是当时除非是在那种极度缺肉的情况下，他和其他穆斯林，都不会吃斑马肉。斑马是那种已经死了身体却还像乌龟一样活动的怪异动物，没有人会用砍掉乌龟头的方式去杀掉一只红海龟。在基韦斯特有一句谚语是这么说的："肉即使被煮熟了，也会在你的胃里蹦跶整个晚上。"绿毛龟是不同的，但它们的身体也不容易死去。

现在我们有了这头斑马，虽然找不到阴凉处，还是将它剥了皮。恩古伊、恰罗和我剥着皮，在刀上吐些唾沫，来回传递着石头。我们没有把它彻底地剥完，都有些蓄意地展示了自己的技巧和诀窍，并都指使恩古伊做这做那。斑马的皮剥下来后还连着尸体，我试着用瓦卡姆巴语说："四十多年都没切过内脏了。"随后我跟穆秀卡把斑马抬到了车上，恩古伊熟练地将兽皮转了过来。

已经有足够的肉了，我们就把内脏留给了那些鸟儿，它们刚到，在我们周围转着蹲着。在后车厢里，现在有疣猪，还有四份斑马肉。我们开车来到一个大象和犀牛都使用的浅水坑，停下车后，我们蹲或跪在浅坑边洗了手臂和手掌，泥地中的印迹显示它们在晚上或者早上来过这儿，这令我们有些失望。坑里的水有些脏，还带着异味，因此洗完后，我让恩古伊从水袋中倒了些水在我的手和手腕上。

我们开车去了一个刺槐树下的阴凉地，我打开了一听腌鱼零嘴罐头、一听伪造的瑞士烟熏三文鱼罐头，大家喝起啤酒来。这是个平凡的早晨，但现在每个人都很开心放松，我向他们解释了什么是狩猎的天堂。

在这个宗教中，我们死去时，所有曾经是好兄弟的好人，都会直接去往狩猎的天堂。那里的大羚羊就像平原上的山羊一样多，我们都分别拥有自己的村落。这里的饮用水，一年到头都像其马纳的一样好喝。妻子们会在村落工作，宗教会给我们每个人五位能生育的妻子，她们都是瓦卡姆巴人，年轻漂亮，又有着结实的双手。我们不用上缴任何税，也没有政府，只有宗教。我们都是长者，能制定律法并执行它们。不会再有游猎部门存在，我就是游猎部门。我们会依照宗教的法律规定，用自己喜欢的方式来打猎。没有白人能踏足这片快乐的狩猎场，没有代理领事、传教士或者移民的骚扰。那里的气候有益健康，没有人会生病。我们都能成为飞行员，拥有自己的飞机，由宗教来供应汽油。我们还会有个玉米粉磨坊，生产我们自己的玉米粉，还可以从宗教那儿得到免费的糖来酿造啤酒。

恩古伊突然插话，问我该从哪儿弄到威士忌、杜松子酒和象牙啤酒，我似乎答非所问，说狩猎的天堂中每个人都有一张卡片，可以从商店和宗教免费拿到任何对他们有益处的东西。宗教的其他成员看到他，如果大家都认为他喝了太多的话，则可以限制他，定量供应。

恰罗问我们的宗教叫什么名字，我让恩古伊回答他。我说，在一个穆斯林面前，是禁止提到宗教的名字的。我知道却没告诉他，只是因为我很确定一旦他知道了，就会把名字和所有细节都告诉黑帝和穆文迪。

"我们休息一会儿。"我对恩古伊说道。我们走出汽车到树的那一头，都喝了点同一个瓶子里的啤酒，商量了一会儿，然后走回了车边。上车后，我对恩古伊说道："你可以告诉他。"

"它的名字叫圣战肉食者和饮啤酒者狩猎的天堂和高山。"恩古伊故作神秘地跟恰罗说道。这个名字给他留下了深刻的印象，因为第一个单词就是"圣战"。

"你们的先知是谁？"

"我就是先知。"为了不让恩古伊麻烦，我谦逊地说道。

"除了瓦卡姆巴人，还有其他部落的信徒吗？"

"有一些夏安族的，一些苏族、黑足族，还有一两个克劳人。"

"除了瓦卡姆巴人，你们接受其他的部落吗？"

"迄今为止，不接受。"

"不接受基库尤人。"恩古伊说。

"对，不接受。"我支持他道。

"那阿拉普·梅纳呢？"

我看着恩古伊，他耸了耸肩。恩古伊就像是个刚踏进主教割礼的男孩，穆秀卡在他的割礼上一直保持僵硬的脸。

"他们在候选名单中。"我用英语对恰罗说道。他没听明白，穆秀卡圆场说："我们回村落吧。"我跟他都喝了一口酒瓶中的酒，虽然见过很多次，但这还是让恰罗很震撼，并且印象深刻。

我若有所思地说："我们有药。"这在马赛语中是对生雅司病的妇女说的话，但在这儿，我说的则带着宗教的意味。

"再多拿点啤酒来。"恩古伊用马赛语回道，那是他对马赛酿酒村寨进行人类学研究时学到的。

"蠢女人。"依旧用马赛语回道。

恰罗没有和我们在同一间学校学习马赛语，因为他是个长者，我们都不希望表现得太冒犯。

　　当听到酿酒村寨的马赛语时，穆秀卡情不自禁地笑了起来。我打断他说："走吧。"我们穿过茂密的树林，行驶在古老的放牛小径上，朝着大圣树、红土地还有我岳父的村落回去了。

　　黛巴不在那儿，我想，她肯定是去玉米地干活了。于是，我们拿出四分之一的斑马肉放在了岳父家门口的阶梯上。我抓了一只小公鸡，将它的头塞到翅膀下，把它晃晕后，放到了斑马肉上面，然后朝营地出发回去了。

　　今天，我们过了一个安静但感觉很好的早上，在猎杀了斑马后，我们都觉得很开心。虽然没找到大羚羊，但我们现在都在想着狩猎的天堂，而在那儿永远都不缺大羚羊。

　　除非你很自大，觉得自己永远都不会犯错，要找到一个宗教是很困难的。最好是具备以上两点，确保宗教能获得成功，我们准备好和其他部落一起接受这项职责。没有瓦卡姆巴人具有任一点特征，作为成立者之一和一号信徒，恩古伊提出了一个问题："由谁来经营狩猎的天堂的商店？"

　　"那个我还不知道。"我笑道，却很虔诚。

　　"如果是印第安人的话，狩猎的天堂就完了。"

　　"完了"是个终止词，我尊敬我的创始人同伴，因为他对永恒这一长远的见地。

这个问题需要我立即回答，于是我说："由美洲印第安人来经营，他们没有野心。"

这个单词是我临时创造的，我等着他们来改正。恩古伊想了想，说："还是让好的瓦卡姆巴女人经营吧！"

无论是在非洲史，还是世界史上，这都是从未发生过的事，我对恩古伊的见解或者至少是策略，感到既惊讶又开心。

"好吧。"我说，"你知道什么女人适合吗？"

"我的母亲。"恩古伊说，"或者黛巴老了的时候。"

"可能她永远也不会老。"

"女人都老得很快。"

我不同意这点，但我还是说："我同意，就由你的母亲（我们都还没老的时候，我还记得她）来做，我们不会需要黛巴很长时间。"

"谁知道呢？"恩古伊回答道。

我们进了营地，从车上下来，我让恰罗和恩古伊把所有武器清理干净。这是个海拔高又很干燥的国家，但因为山的存在，山上下雪时刮来的不引人注意的湿气会损坏精密的武器。在帐篷食堂里，我们宗教的成员姆斯比问我想喝些什么，在谈论完宗教之后，我并不想喝东西，于是告诉他："什么都不喝。"

他有些着急，问我需不需要鼻烟，我同意了。他拿给我后，我就像先知一样把它放到了腋窝下，然后开始看《泰晤士报·文学副刊》。

第三十三章

这一天并非总是风平浪静，我也没有如预期一般，将一整天都花在阅读、沉思上。阿拉普·梅纳急匆匆地来到了帐篷食堂的门帘处，机敏地敬礼，说道："老爹，发生了些小问题。"

"什么样的问题？"

"不是什么严重的问题。"

在做饭的篝火旁边相当于会客室的区域有几棵大树，一些来自两个马赛村寨的代表正站在那儿。他们都不是村长，因为村长从英国拿钱，也拿英国颁发的廉价勋章，是英国政府收买的人。这几个相隔了超过十五英里的村落的人，都是领导人物，他们都被狮子的问题所困扰。我拿着手杖坐在帐篷外的椅子上，在理解或没理解穆文迪和梅纳的翻译后，都发出睿智庄严的咕哝声。我们都不是马赛学者，但这些都是严肃正经的好人，毫无疑问，他们的烦恼是合情合理的。

有个男人肩上有着四条凹槽，看起来似乎是由搂草机造成的；另一个以前弄瞎了一只眼，他的脸上有个残忍的旧伤口，从头皮分界线上方一点，划过眼睛一直到下颌。

马赛人喜欢交谈和辩论，但这两个都不是健谈的人。我告诉他们和那些跟他们一块儿来站着没说话的人，说我们会处理这个问题。我先告诉穆文迪，然后由他告诉阿拉普·梅纳，再由梅纳告诉他们。我的手杖顶部上面有一枚突出的银先令硬币，我靠在上面，咕哝了几声纯正的马赛语，听起来更像是在表达性愉悦、理解或喜爱，声音变化不一，但都很深沉还有升调。

我们握了手，然后最喜欢宣布坏消息的穆文迪用英语说道："老爹，其中有两位有'布布'的女士。"

"布布"是一种性病，但也包括雅司病，虽然当局不同意这点。雅司病肯定有和梅毒十分相似的螺旋菌。这一点没有人怀疑，人们的观点大相径庭的是如何患上这些疾病的。他们认为，应该是从饮用玻璃杯，或者公共厕所的座位，或者亲吻陌生人才患上的。在我有限的经验里，我从不知道有任何人不幸地以这种方式患病。

到目前为止，我对雅司病的了解，几乎和对我兄弟的了解一样。换言之，虽然我和它接触了很多次，但无法欣赏它真正的价值。

　　两位马赛女士都很漂亮，这让我对我的理论更加坚定了：在非洲，你越漂亮，越是会得雅司病。姆斯比喜欢练习使用药物，他制造所有可以治雅司病的药物，而不需要任何提示。我大概地清洁了一下，把擦过手的手帕，丢进火焰的余烬里，又擦了点紫药水，生怕自己也沾染上。迄今为止，我们从未在我们的工作领域使用过紫药水，它对激励病人士气有着令人惊奇的作用，可爱的紫色微染金黄，能鼓舞医生和观众。我把滴一点紫药水在丈夫的前额上，当成练习来做。

　　在这之后，为了力求保险，我会撒一些磺胺噻唑（有时得屏住自己的呼吸）在病变部位上，然后涂上金霉素再包扎起来。通常的话，如果雅司病没有清理干净，我会再给些口服的盘尼西林。每天治疗后，我会在我们的支付能力范围内，给出一大堆盘尼西林。这之后，我才把鼻烟从腋下掏出来，在每个病人耳朵下放上一半。姆斯比喜欢这种治疗，我让他去端一碗水，拿一块含2%三氯二苯脲的蓝色肥皂过来，好让我在跟每个病人握过手后，能洗洗手。他们的手通常很好看也很冷，但一旦你握上一个马赛女人的手，她就不会轻易松开，哪怕是在她丈夫面前。一个雅司病医生，可以认为这是部落的风格或个人行为，这是仅有的几件我不能问恩古伊的事之一，因为我们不知道如何去描述它。作为治疗的回报，马赛人可能会送你一些玉米，但这是特殊情况。

如果你能从牙齿和生殖器判断一个人的年龄的话，他就是个过早衰老的人。他呼吸困难，体温高达华氏104度，他的舌头已经发白长毛。我压低他的舌头，可以看到喉咙里白色的斑斑点点，即使是轻轻地触碰肝脏，就能让他痛得无法忍受。他说头、胃和胸部都很疼，而且已经不知道有多长时间没法排泄了。

如果他是动物，更好的办法就是给他一枪。但他是我的非洲兄弟，我不能眼睁睁地看着他受这份折磨。为了以防是疟疾，我给了他一点温和的泻药疟涤平来退烧，还有一些止痛的阿司匹林。我们用开水煮了注射器，让他平躺在地上，在他疲惫、凹陷、黑色的左臀部注射了一百五十万单位的盘尼西林。我们都知道，这只是在浪费盘尼西林，但这是孤注一掷的尝试。我们身处这样一个对外界友善的宗教中，都觉得自己很幸运。谁能在冷静自省的时候，为狩猎的天堂囤积盘尼西林呢？

穆文迪已经完全具备了这种思想，他认为我们都是非穆斯林"游民"，同时也是瓦卡姆巴"游民"。他正穿着绿色的长袍戴着绿色的帽子，说道："老爹，还有一个患梅毒的马赛人。"

"把他带过来。"

这是个不错的小伙子，还是一个战士，自豪但很厌恶他的缺陷，这很典型。下疳很难熬，我不是第一次见了。我在脑中加大了盘尼西林的用量，药物已经用了很多。我牢记不应该慌张，我们还有一架飞机可以多运些药过来。我让这个男孩坐下，虽然注射完之后的效果可能比现在还要差，但还是又把注射器和针头煮了一遍。姆斯比用棉花和酒精把他的屁股擦干净，这次总算是正常的坚硬平坦的屁股。我将针扎了进去，看着证明我低效率和浪费药物的微小的油性渗透。我透过穆文迪和阿拉普·梅纳，告诉这个拿着长矛站得笔直的男孩什么时候再来复诊，以及还需要再来六趟，然后带一张我给他的纸条给医院。因为他的年纪比我小，我们没有握手，但我们互相友好地笑了笑，他很自豪自己能够被打上一针。

没事做的穆秀卡看着我们行医，期望能见着我能给什么人手术。我之前在书上做过，书上有彩色的图画，一些还折叠着，打开后就能同时看见身体正面和背面的器官。手术是人人都喜欢的，但是今天不会有，这里也没有条件做。穆秀卡穿着格子纹衬衫，戴着曾经属于汤姆·舍林的帽子，走近了。他的身上带着可能很久之前能吸引女孩的散漫和伤痕，说道："去村落了。"

"去吧。"我回答他，然后对恩古伊说："带上两把枪，你跟我和穆秀卡。"

"不是要依照伊斯兰的法律去捕杀动物吗？"

"那好吧，带上恰罗。"

"好的。"恩古伊说，既然非法屠杀一只好吃的动物对伊斯兰长者来说是一种侮辱，我也得跟黑帝停止我们之间的战争。我本应该在天蒙蒙亮就这么做的，可是我没有，下一个恰当的时间，就得到傍晚篝火点燃的时候。恰罗现在应该都告诉他了，他应该有时间来思考，就能意识到他正面对着一件严肃的事情。

黑帝非常清楚我们都是坏男孩，但现在还有一个庄重的宗教，我也解释过这个宗教有着和大山一样古老的渊源。虽然我自己都不确定这点，但黑帝肯定会把它当真。我想我们本可以转变恰罗的信仰，但因为他有着自己的信仰，而那比我们的更有组织性，所以那是一件很可怕的事情。但是我们也绝不会改变自己的信仰，从恰罗开始严肃认真地对待我们的宗教那刻起，我们就已经前进了很大一步。

玛丽小姐虽然只了解一些，但她憎恨这种宗教，而且我不确定我们团体的每个人是否都希望她能加入。如果她能够遵守部落法，那就没什么问题，可我对此并不抱乐观态度。和她自己的团队在一起，她可以被选为天堂的王后。那个团队，由游猎部门侦察兵带领，穿着华丽的浆得笔挺的制服，很帅气。然而在我们的宗教中，不存在任何游猎部门，而且我们计划除了对付敌人，将会废除任何人的鞭刑和死刑，除了那些自己的俘虏，不会有奴隶制，食人行为也将被完全彻底地禁止。玛丽小姐可能不会从这儿得到和她从自己人那儿得到的相同的票数。

我们开车去了村落，我让恩古伊去接黛巴，让她坐在我身边，一只手拿着刻纹的手枪皮套，然后开车离开了。

黛巴脸上高贵优雅的神情仿佛是在零售商店审查一匹布，就像是荣誉的陆军上校一样，接受着无论是孩子们还是老人的鞠躬。她已经有了在人群前的举止方式，那是模仿我给她的一些周刊上的插图。有一年的精品照片可以供她挑选，但我从不问她模仿的是谁。我已经试过教她，如何举起手腕、挥动手指，像希腊的阿斯帕西娅公主跟我在维纳斯哈利酒吧烟雾弥漫的喧闹中打招呼时那样。但在罗依托其托克，没有哈利酒吧，至少没有一个是在那个时候建立的。

现在，她接受着鞠躬，而我则维持着一种僵硬的友善表情。我们来到了一条沿着山的斜坡弯曲而上的道路，去一个地方，那里能猎到又大又肥而且汁多得让所有人都满意的猎物。我们勤快地狩猎着。天马上就要黑了，我们在一座小山高的一边卧倒在一张老旧的毯子上，等着有野兽来山腰猎食。我们一直都没见到野兽，直到要回去的时候，我才杀了一只公绵羊，这正是我们需要的。我用枪瞄准了它，因为都坐着，我把黛巴的手指放在扳机上我的手指上。我随着公羊的轨迹移动手枪，感觉到她的手指在用力，头抵着我的，努力屏住呼吸。我说："开枪！"她使劲扣动了扳机，正摇晃着尾巴觅食的山羊，以四脚朝天的怪异姿势立刻倒下死了。恰罗穿着破烂的短裤、老旧的蓝色上衣，戴着肮脏的头巾。他立刻跑向它，切开它的胸膛，让它合法地死去。

"射得好。"恩古伊对黛巴说。她转向他，努力恢复高贵的礼节，但失败了，哭了起来，说道："非常感谢。"

我们坐在那儿，她哭了一会儿就停了。我们看着恰罗干他的活儿，猎车也从山后开向了山羊，穆秀卡下了车放下后挡板，他跟恰罗弯腰抬起山羊并把它甩上了后车厢。车子朝我们所在的地方开来，离得越近，看起来越大。

　　我希望能徒步测下射击的距离，但这不像是个男人会做的事。真正的男人如果知道向山下射击的正确修正值，应该可以在任何距离进行射击。

　　黛巴就好像是第一次见到一般，痴痴地看着那只羊，然后把手指伸进肩头上子弹穿过的洞中。我让她别被地板上的血弄脏了，这里虽然经常清洗，看起来还是像个停尸房。

　　黛巴离开她的野兽，坐到了穆秀卡跟我中间，我们开车准备下山了。我们都知道她现在正处于一个奇怪的状态，她一句话都不说，只是紧紧地挽着我的手臂，另一只手一如既往地紧紧握着手枪皮套。到村落后，她的表情严肃了起来，她的心却不在那上面。恩古伊把山羊切开，把肚子和肺丢给野狗，剖开胃洗干净，然后把心脏、肾和肝脏装进胃里，递给一个小孩让他拿去黛巴家。

　　我的岳父正在那儿，我点了点头。他拿着白色潮湿的胃袋进了房子。那的确是栋挺漂亮的房子，有着圆锥形的屋顶和红色的墙壁。

　　我下了车，然后扶着黛巴下来。

　　"你还好吗？"我问道，她没有理我，直接进了屋子。

　　现在天已经黑了，当我回到营地的时候，篝火已经点燃了，椅子、桌子还有啤酒也都准备好了。穆文迪烧了洗澡水，我用肥皂仔仔细细地洗了个澡，穿上宽长裤、防蚊靴和一件厚重的浴袍走到了火边，黑帝正在这儿等着。

"您好，老爹。"他说道。

"你好，黑帝先生。"我礼节性地回答道，"我们杀了只小山羊，恰罗应该会告诉你他还好。"

他笑了。我知道我们又成了朋友，在我认识的所有人中，他的笑容是最美、最纯净的。

"坐下吧，黑帝。"我说。

"不了。"

"我很感激你昨天所做的一切，你做的是对的，那也是应该做的。我已经跟这个女孩的父亲见过不少次了，也给了不少的礼物。你应该不知道，这个父亲一无是处。"

"我知道，女人支配着那个村落。"

"如果我跟她能有一个儿子，一定会正确地教育他，他可以选择做一名军人、一名医生或是一名律师，如果他想做个猎人，他可以跟我在一块儿。这样清楚了吗？"

"非常清楚。"黑帝说。

"如果我有个女儿，我会给她一份嫁妆，或者她想跟我住在一起也可以，那样清楚吗？"

"清楚的，可能跟母亲在一起会更好。"

"我所做的事情都会遵照瓦卡姆巴的法律和传统，但因为愚蠢的法律，我没法跟那个女孩结婚并把她带回家。"说这话的时候，他显得有些沮丧。

"你的一个兄弟可以跟她结婚。"黑帝说。

"我知道。"

这件事已经没什么好说了，我们依然是跟以前一样的好朋友。

"我想哪天晚上一起去用长矛打猎。"黑帝说道。

"我只是在学习。"我说，"我非常笨，没有猎狗帮忙就更困难了。"

"没人能了解夜晚，我不行，你不行，没有人可以。"

"但我想学。"

"你会的，但是要小心。"

"我会的。"

"除了待在树上或是其他安全的地方，没人知道夜晚是怎样的，它属于动物们。"

黑帝小心地避免谈到宗教，我曾经在一个被高山的山顶吸引的人身上见过他这样的眼神，好像全世界的诱惑都展现在他的面前。这一再提醒我，绝对不能让恰罗堕落背叛他的宗教。我可以预见我们已经赢了，我可以和黛巴还有寡妇一起吃饭、玩纸牌。

"当然，在我们的宗教中，没有什么不可能的事情。"

"是的，恰罗告诉过我你们的宗教。"

"它很小但历史很长。"

"是的。"恰罗回答道。

"好吧，那就晚安了。"我说，"如果一切都正常的话。"

"一切都很正常。"黑帝回说，我又说了遍晚安，他又弯了弯腰致意，这让我嫉妒鲍勃有黑帝那样的手下。但我想，我该开始培养自己的人了，恩古伊虽然在很多方面都比不上黑帝，但他更粗野也更有趣，而且时代也已经改变了。

第三十四章

晚上，我躺在床上听着夜晚的噪音，尝试着去理解它们。黑帝说得对，没人能理解夜晚，但如果能独自徒步的话，就另当别论了。

就像你不会跟别人分享自己的妻子一样，我不会跟任何人分享的，我把它视为自己独有的东西。我没法睡着，但也不会吃安眠药，因为我想聆听夜晚的声音，而且我还没决定是否该在月亮升起时出去。我知道，自己没有足够独自使用长矛打猎的经验，而且也不能保证不会惹上什么麻烦。况且，在营地里等待玛丽小姐回来，是我的职责，同时也是快乐。和黛巴在一起，也是一种职责和快乐，但我能肯定，她能熟睡了，至少在月亮升起的时候是这样的。

在英国有一种通俗的观点：非洲人既不能经受疼痛，也没有爱的能力。那些统治着非洲的下等英国人，将这个观点贯彻得十分彻底，以至于他们对别人没有表现出任何尊重；狂热的《圣经》说教者荷兰人和他们的妻子们，十分害怕非洲人和他们的优势，以至于他们切断了和他或她的一切联系。大部分会是她，因为不是《圣经》狂热分子的人，不会优先选择一位白人妻子。信奉新教的妻子，被教导成一个爱责骂的人，她唯一胜过非洲人的一点，就是她拥有没照过阳光的肤色，或者做事效率，对《圣经》的狂热，坚定不渝，或经常叫嚷着忠诚或者不贞，却又或容易晒黑的皮肤，还有经常沉迷于酒精。

我认为好妻子遇上酒，就像是好丈夫遇上妓院。我躺在小屋里，旁边放着老猎枪，手枪装在黛巴抚过无数次的皮套里，放在我的两腿之间。它是我最好的朋友，也是最严厉的批评家，批评着我的决定和反应的缺点。我想我是多么幸运，能认识玛丽小姐并有这样的荣幸让她嫁给我，还有认识黛巴——这个恩格玛的皇后。

然而你会回想起来，你生命中有一半的时间都是这样度过的。在本应是一天里最好时光的夜晚中，和各种各样的女人们在一起：她们中，有的很难请得动，有些又随便得呼之即来，有些会踩灭她们的烟头，然后总是用"亲爱的"来称呼你。

这是一个男人一辈子唯一一个能忍受听无数次的

单词，熄灭的烟头有种有害的气味，我想着这件对人毫无启发、也没有教育意义的事情。这是一个很平常的夜晚，听着夜晚的声音，像一个妓女一样可爱。但不是为了我，因为我已经太久没睡了，我聆听着，渐渐地睡着了。

在这之前，我从未一个人睡觉而不做梦，好的坏的都有。如果一个人被篝火的声音，或电话又或是一个易怒的妻子闹醒，有时就很难回忆起它们。通常都是很值得做的梦，在今晚，我就梦到自己在瑞士沃德省的一家旅馆里，或者更确切地说在一家酒店里。我爱上的第一个也是最爱的一个妻子，我长子的母亲和我在一起。我们睡得很近，以便取暖，如果是个寒冷的夜晚，并且两人相爱，最好的方式就是那样。面向旅馆那里，有一棵紫藤树也许是葡萄树，覆盖在藤架上，盛开的马栗树就像是蜡质的烛台。

正是早春的时节，两条河流都覆盖着融雪水。我们去了罗纳运河钓鱼，做梦的前一天还去了斯托克普。我的妻子如以往一样睡得很熟，我可以闻到她身体的每一种气味，还有栗子树的味道。她在我的怀里非常温暖，头贴着我的下巴，我们就像两只小猫一样，亲密信任地抱着睡在一起。

我做了噩梦，一场毫无组织的战争和残余的睡眠，或者她兄弟的死，都让我在晚上深感兴趣。当然，那是我们睡在一起之后的事。现在了解夜晚就没有任何问题了，因为我们已经太了解了。但是今晚，我在梦中开心地和我的真爱睡在一起，知道吗？她的头紧贴着我的下巴。当我醒来时，我想一个人在变得不忠诚之前，到底能有几段忠诚的爱情。我反复思考着道德在不同国家的标准，而谁又能判定一个人道德上有罪呢？现在我们有了自己的宗教，一切都变得简单。恩古伊、穆秀卡和我就可以判定哪一个是罪人，哪一个不是。

恩古伊有五位妻子，这点我知道是真的；还有二十头牛，这是我们都很怀疑的。根据美国的法律，尽管我只有一位合法妻子，但是每个人都记得而且尊敬很久之前来过非洲的波林小姐。

尤其是黑帝和穆文迪，十分尊敬爱戴她，我知道他们相信，她是我的地下印第安妻子，而玛丽小姐是我公布于众的印第安妻子。他们都确定，当我带玛丽小姐来到这个国家时，波林小姐肯定是在家照看着村落。我没有告诉他们波林小姐已经去世了，这会伤所有人的心，我也不会告诉他们另一位妻子已经被重新归类了。按照这里的规矩，即使是最保守、最怀疑的长者们，都会这样假设：根据财富的多少，如果恩古伊有五位妻子，则我至少得有十二个。

从我收到的照片和信件来看，众人普遍认为我还有个妻子——马尔琳小姐，她应该为我工作，在一个叫拉斯维加斯的小娱乐村落。他们也都知道，马尔琳小姐就是《莉莉·马尔琳》的作者，很多人还认为她就是莉莉·马尔琳。当《蓝色狂想曲》还是首新曲调时，我们已经在一部古老的留声机上，听了好几百遍她唱的一首叫《强尼》的歌。后来，马尔琳小姐唱了《谈周围的笨蛋》这首曲子，深深地打动了很多人。那些日子，每当我因远离我的娱乐小村落而觉得沮丧失望时，恩古伊的半个哥哥穆格就会问道："《谈周围的笨蛋》？"我会说再放一遍，他就又会转动手提留声机。我们都很开心，再次听到我美丽的"妻子"在她治理得非常好的我的娱乐村落里，用优美、深沉、走调的声音唱着歌，

这就是传说的事实。我的一个妻子是莉莉·马尔琳，这个事实并没有威胁到我们的宗教。我教过黛巴怎么用西班牙语说："让我们去拉斯维加斯吧。"她喜欢它的发音，跟"不可挽回"非常相像，但她却一直害怕马尔琳小姐。虽然在她的床上方，贴了张在我看来几乎没穿衣服的巨大的马尔琳的照片，旁边还有洗衣机和垃圾处理器的广告。在她的床头上方，还挂

着两英寸的肉排、火腿切片，同时还有从《生活》杂志上剪下来的猛犸象、四趾小马和剑齿虎的图片。这些都是她新世界的伟大奇迹，可惜，她唯一害怕的就是马尔琳小姐。

我现在醒了，不确定能不能再睡着，于是就开始想黛巴、马尔琳小姐、玛丽小姐，还有另一个我曾结识并深爱过的女孩。她是个身材苗条、个子到我肩膀的美国女孩，有着美国人最常见的活力。那一点，经常被一些人所赞美，其实他们并不知道小而结实、形状良好的胸部才更吸引人。

但是这个女孩有着好看的黑人一般的双腿，她虽然经常抱怨，但的确可爱。晚上没法入睡时，想想她是件令人愉快的事。我听着夜晚的声音，想一会儿她，还有小屋、基韦斯特、世外桃源般的木屋行宫，我们曾经经常去的各种赌博场所，以及在寒风凛冽的早晨我们一起在黑暗中打猎，呼吸着山上新鲜的空气，闻着鼠尾草的味道。那些日子，她在意打猎胜过金钱。

没有人曾是真正孤独的，人们所认为的灵魂黑暗时刻，即凌晨三点，其实是一个人最好的时刻，如果他没有酒瘾，也不用害怕夜晚。我跟一般人一样害怕，可能还更怕些。但是这么些年过去后，恐惧已经被我当成是一种愚蠢的表现，与透支、患性病和吃糖果归为一类。

恐惧是一个孩子的缺点，然而我却乐意去接触它，和任何缺点一样，它对成人来说并不可怕。唯一需要害怕的是，当真的危险出现时，如果你担负着对其他人的责任，就要注意到它，不要犯愚蠢。

于是我想到了玛丽小姐，想到她在追踪狮子的九十六天的日子里，得有多么勇敢，她那小个子都看不到它，而且她所使用的工具，对她来说也并不合适，她这方面的知识也不完备，但她有不可动摇的决心，这是她成功的关键。她曾在天刚蒙蒙亮的时候，就把我们叫醒，载着我们去捕猎狮子。尤其是在马加迪，恰罗对玛丽小姐是绝对忠心的，但有个已经厌烦的老人对我说过："老爹，快杀了那头狮子吧，这件事就这么过去了，还没有女人杀过狮子。"

我们没有这么做，相反，我们继续追踪着，玛丽小姐终于杀掉了狮子。这是鲍勃所期望的最后一次狩猎，同时带着他对玛丽小姐的爱意。这次狩猎发生了件坏事，她质疑了我们所有人。我记得，当时站在狮子会来的方位，移动着想挡住狮子。然后想见鬼的狮子，又想起黛巴第一次杀了一只野兽，这也包括她的骄傲与难过。我想起来，必须把兽皮和兽角给她。我已经把空弹壳给了她，她还没有穿过耳洞，但是那个寡妇可以戴着它。她是黛巴的什么亲戚，这让我想起了曾经有过的一个漂亮的妻姐，她和寡妇都像是一棵不茂盛的树，虽然她们都是会开些玩笑的好同伴，但她们的活力开始干涸。

几乎所有瓦卡姆巴人都很会说笑话，一个人永远都不需要觉得沮丧，因为他的《庞其》副本，已经在新斯坦利或伍尔沃斯的书亭过期了。

我躺在床上，左思右想，胡思乱想。我想起来，比起之前的那个妻姐，我觉得我更喜欢这个寡妇，因为她可从来不会头疼，虽然不完全是我们所领导的那种有秩序的生活，但她是绝对有资格享有的。

那个来自外来部落的公告员，并不适合保护她，但他一直按照自己并不高的标准来做这份工作。我不想去想那个寡妇还有她的郁郁寡欢，但是她和那个公告员的脸，突然闪现在我面前，尽管他摘下了佩斯利细毛披巾和猪肉派帽子。我的想象力，显然还不足以勾画这个公告员身为一个马赛战士的样子，不过，那是他在被衰落的贵族勋爵和老爹（用他自己的话）逼得堕落之前的事儿了。他虽然没有在野狗这件事上撒谎，但如果你细细思量，你就会知道我是有理由怀疑他的。这些话说起来很难听，但我从那些更有地位的人那里听过更难听的。

　　我躺在床上，回忆那些厉害的、受人尊敬的谎话家和他们说的一些可怕的谎言，是件非常有趣的事。佛德·玛多克斯·佛德，可能是我的平民生活中所知道的最厉害的谎话家，回想起他，我不是喜欢就是尊敬。当我第一次惊奇但无误地听到他在傍晚很晚的时候，躺在埃兹拉·庞德位于巴黎圣母院的老工作室里时，我就被震惊了，更严谨地说，是感到被冒犯了。

　　这个老的足够做我父亲、自认的英语散文大师，撒这么不要脸的谎，就连我都觉得非常尴尬。在佛德跟他妻子（因为他从不按手续正常离婚，跟她其实是没法结婚的）离开后，我问埃兹拉，会不会跟熟悉他所谈论的话题的人也撒这么多谎，这个听起来就像土狼一样气喘吁吁的牙齿不合的陌生男人。

　　埃兹拉，这个善良但只在出版上无情的男人，十分肯定地回答说："海明威，你得试着去理解。佛德只在他非常疲惫的时候才撒谎，那是一种放松的方式。"

　　埃兹拉当时试图教育我，随后他便绝望地放弃了，我则趁机教他怎么打拳击。这也是我后来不得不放弃的，因为他转去学巴松管了。在这两种艺术中，在电视机诞生之前，拳击可能是更难掌握的，学徒期也必须更加努力。我没法忍受听埃兹拉吹巴松管的杂音骚扰，还考虑过怎么让他对低音中提琴或大号感兴趣。这两样都不是复杂的乐器，我觉得都是他可以掌握的，可是他没有足够的钱买中提琴或者大号。在那些日子里，我很少去工作室，埃兹拉开始跟我每天下午打网球。

可惜这项运动我们的技术都差到了极点，我们在一个付费的球场里玩。尽管球场位于用以早晨演出的断头台的正对面，但法国人仍然喜欢那些演出。有时候，人行道会洗得像铺了一层涂层，对我来说，就像是一件旧的巴宝莉大衣的里衬。我们会在铁门处按铃叫门房，然后再进入球场。

除了天生就得负担的任务，我已经没钱支付打网球的费用了，我已经几乎支付不起任何东西了，包括食物还有我的妻子和孩子的住处。埃兹拉也不是个富裕的人，在伦敦时，他曾经为了节省费用每天就吃一个鸭蛋，因为他不知从什么地方看到过它们要比鸡蛋多出百分之七十的营养。所以我现在得狠狠享受这次网球运动，用野蛮的高雅打球。埃兹拉穿着羊毛内衣，打得比我要好，如果你想要获得打球的乐趣就得这样。

在那时，还有几年前，我喜欢玩一种神秘的叫猪球的运动。它很僵硬，速度快的话就完全不会反弹。因为它是用薄片做的，在顶部用一种非常暴力但是爱抚的动作使劲击球，这种动作对右肩韧带的损害极大，因此，你只能玩一定量的猪球。有很多标枪都很难击中，同时你还不能尝试太多次。而且人们现在依然维持了对酒精的大量消费也是另一事实。这让很多替补投手仍是替补投手，没法当上先发投手。

我东想西想，想着这些，还有已经自杀的秀吉·凯西，成为布道员的科尔比·黑比，想着我们以前在哈瓦那一起度过的夜晚，以及和安规·格兰、柯尔特·戴维斯、拉瑞佛·兰奇及比利·赫尔曼在下午一起猎鸽子的日子。

他们都是优秀的枪手，除了从未开过枪的黑比，因为他已经把自己完全留给了夜生活。他喜欢在赌博场所和夜总会挑起争斗。但是一旦争斗开始，他就会喊道："来吧！恩内！他就交给你了！"所以，我不得不在黑比的战斗生涯中，占据如布鲁克林道奇在秀吉·凯西的投手生涯中所占据的地位。

那些是很多年中，我最后的无忧无虑的岁月。作为一名作家和一个个体，我不能在西班牙战争和中国的战争后，再一次把自己送上毁灭性的战场。虽然我知道，能有时间写本书已经够幸运了。现在我停止了想这个还有哈瓦那，虽然你不可能单单只想到哈瓦那，然后我开始回忆西班牙内战。

你也绝不可能只是想到那个，虽然在战争结束后我们都努力不去回想它，但有时不想或者不记得是不可能的。

对于一名我记得的英国记者来说，我负责西班牙政府，当时正组织着的一场攻击，只有在我陪同的条件下，他们才能拿到通行令去前线采访。他们不知道这点，我也没告诉他们。这个记者喜欢用夸张的速度开着他们报社的车，即使是从狗身上碾过去，他也觉得无所谓。在一个小村庄中，他碾的第一条狗当时正安静地睡在布满尘土的街道上。我让他停车，我下了车走回去想看看那条狗还有没有救。这个记者仍坐在车中，狗已经救不了了。因为轮胎压断了它的背部和它的肾脏，它正遭受着巨大的痛苦，它的主人——一个小男孩非常绝望。

"杀了它。"他说，"神啊，杀了它吧。"

我用.22口径手枪对着这条狗的后脑，它的前肢猛地抽搐起来，眼睛流血，男孩大叫："噢！我的狗！"

我给了他一张二十五比塞塔的纸币，然后回到了车上。这个记者没有回头看，而是向我问道："你有听见村中的一声枪响吗？"

"不，我没听到。"

那天，他还碾死了另外两条狗，有一条我肯定他是故意的。因为我能很清楚地看到它，而他直接就朝着那条狗转弯了。我下定决心下一次带他出来，一定要把他带去肯定被杀的地方，在回去的路上，我一直观察着是否有这个可能性，结果什么都没有。

回忆起这些，是无法让我睡着的，所以我开始想一些发生过有趣的事情的奇怪地方。

我想，我是怎么固执地把这个杀狗的记者带去最容易被杀的地方，怎么一天天更加勇敢。他的身份一直没有变化，没想到他已经把我当成了护身符。要不是车里总是有别人，同时因为在西班牙手枪太滥用了，我在官方和个人心理上都很反对它，在他杀了几条狗或者更过分地伤了它们之后，我就想着自己用中空弹射中他的脊椎。

所以我记得我一直等着他被杀掉，这可能是他为我们这边做的好事。但是相反地，他更活跃、更有精力了，于是我终于意识到，对他来说，战争是一点儿危险也没有的。

关于这个，没有什么别的可回忆了，于是我暂时放弃了回忆西班牙内战，翻了个身准备睡觉。我睡着了一小会儿，然后就醒了，看到穆文迪端着茶站在那儿。

崭新的一天又开始了。灯笼仍然亮着，黄色的灯光在清晨中映着绿色的树干，今天一定会发生一些好事，我像以往一样开心地醒了。

"请穿上干净的衣服吧。"穆文迪说道，"夫人要坐飞机回来了。"

我穿好所有干净的衣服，喝了茶，然后说："穆文迪，你肯定不知道那天夜里发生的事情吧。"

"是的，什么都没发生。"

"绝对什么都没有。"

"那您要怎么弄那张坏掉的床？"

第三十五章

我靠着树坐着，看着鸟儿、放牧等，发觉今天是个飞行的好日子，山脉离得非常近。恩古伊过来问我需要做些什么，我告诉他，应该和恰罗清理润滑武器，把长矛磨锋利。黑帝和穆文迪正搬着坏掉的床，去茅斯老爹空置的帐篷里。我走进去，发现床坏得不是很厉害，中间的一条腿轻微骨折，一根撑着帆布的主支柱坏了。这很容易修，于是我说，我要去弄点木材，锯一段量一下，在辛那儿给它弄好。

听到玛丽小姐即将到来，大家都很兴奋。我坐回到椅子上，接着看鸟类鉴别书，并喝着茶。黑帝说，我们将会使用茅斯老爹的小屋。我觉得有人为舞会打扮得太早了，给人感觉像是阿尔卑斯高原上的春天。我朝着帐篷食堂走去，准备吃早餐，心中很好奇，今天一天会发生些什么，第一个来的竟然是那个公告员。

"早上好，兄弟。"公告员说道，"您的身体怎么样？"

"不能再好了，兄弟。有什么新的消息吗？"

"我能进来吗？"

"当然，你吃过早餐了吗？"

"都吃了好几个小时了，我在山上吃的。"

"接着说。"

"兄弟，一些不好的令人绝望的事情要发生了。"

"想喝什么就自己倒吧，然后告诉我都发生了些什么。"

"是为了平安夜和圣诞节准备的，我认为是一场屠杀。"

我原想说："杀我们还是他们？"但我控制住了。

"再告诉我一些。"我看着公告员自豪又带点内疚的褐色脸庞。他倒了一小杯加了点比特酒的加拿大杜松子酒，送进了自己暗红色的嘴唇里。

"为什么你不喝哥顿金酒？你会活得久些。"

"我知道自己的位置，兄弟。"

"你的位置就在我的心里。"我引用了最近费兹·华勒的作品说道，刹那间，他的眼中凝满了泪珠。

"所以这个巴多罗买前夕就是平安夜了。"我说，"就没有人能尊重下耶稣吗？"

"这是场屠杀。"

"包括妇女和孩子？"

"没人说不是。"

"谁说的？"

"在班吉有这样的说法，在马赛的商店还有茶馆里说得更多，所有秘密的喝酒场所也在说这个。"

"马赛人会被杀吗？"

"不，马赛人都在为您圣诞节的恩格玛鼓会做准备。"

"恩格玛鼓会流行吗？"我换了一个话题，以此来表示这对我来说，即将发生的屠杀没有一点儿意义，我经历过祖鲁战争，祖先在小大角河战役中杀了乔治·阿姆斯特朗·库斯特等一系列悲惨的事件，可能早已麻木了。在没准备好成为一个穆斯林的情况下，没有人会去麦加，正如一个人如果被屠杀的流言所触动可能会去布莱顿或者大西洋城，特别是当他知道那些私人油印的命令副本都是假的时候。

"恩格玛鼓会是大山的语言。"公告员说道，"除了大屠杀。"

"辛先生说什么了吗？"

"他对我很是粗暴。"

"他会参加屠杀吗？"

"他应该是头目之一。"

公告员解开他披巾里的包裹，那是一瓶盒包装的笛手威士忌。

"辛先生给您的礼物。"他说，"我建议您喝之前小心检查一下，兄弟。我从没听过这个名字。"

"那太糟糕了，兄弟。它可能是个新名字，是种好喝的威士忌。新牌子的威士忌一开始都会很好喝。"

"我有关于辛先生的消息要告诉您，毋庸置疑，他参了军。"

"很难相信。"

"我很确定，没人能像没为英属印度服役过的辛先生一样诅咒我。"

"您认为辛先生和夫人是危险分子吗？"

"我会去探访的。"

"今天的情报有些模棱两可啊，公告员。"

"兄弟，这是个艰难的夜晚，寡妇的冷心肠，还有我在山上的徘徊。"他看起来很颓唐。

"再喝一杯吧，兄弟。你听起来像《呼啸山庄》。"

"那是场战役吗，兄弟？"

"从某些程度上来说是的。"

"有时间您得给我说说。"

"记得提醒我，现在我希望你能冷静地在罗依托其托克待上一晚，给我带些有用的情报。"我用命令的口吻继续说道，"去布朗旅馆睡吧，不要睡在门廊上，你昨晚在哪儿睡的？"

"茶馆台球桌底下的地板上。"

"醉的还是醒的？"

"醉的，兄弟。"

"如果我给你钱今晚去睡在床上，要找什么理由给你？"

"夫人从内罗毕回来后，会把它当作我带给她的稀有植物和花的报酬。"

"那行，你去摘些稀有植物和花吧。"

"兄弟，我不太了解稀有植物和花。"

"去厨房拿些空的锡罐，给我找些大麻和尖端带毒的灌木，还有看见的任何漂亮的植物。"

"我会的，兄弟，我能拿到多少钱？"

"二十先令。"

"我会给每个人带礼物回来的，当然还有绝对的事实。"

恩古伊过来说枪和长矛都准备好了，但是否要和斯特恩轻机枪放到一块儿。斯特恩枪是古老的温彻斯特12型泵枪，它的枪管和机匣都已经年岁已久，其中的车螺纹就像一个谜。因为它比任何自动霰弹枪的速度都要快，他们都认为它肯定是个自动武器，它可以说是霰弹枪中的老人了。米考拉在恩古伊还是个婴儿的时候就告诉过他，恰罗也很尊敬它，害怕会弄乱穿线，他们从不组装它。不过，需要两万发子弹才能打断一把泵枪，所以它的速度比你的眼睛能捕捉到的还要快。我知道，这把枪已经打出过大概二十万发子弹了。

恰罗和恩古伊都见过五个几内亚人死在它的枪口下。当时大群的人拥回可靠的恩内斯特们的乡村，子弹在傍晚干净轻柔的空气中，对着河床边的树穿透了那几个人。它被当成是一把有魔力的枪，除非极度缺肉或者需要支援，又或是猎杀豹子这样的动物时，我们决不会用到它。它是一把杀过鹅、几内亚家禽，还有豹子的枪，以及杀狮子时的支援枪。

我把它组装起来递给恰罗，他放进了羊羔皮的掩蔽物下，我说道："你喜欢这把老枪？"

恩古伊像看疯子一样看着我，眼睛里透出凶光。

"当然！"恰罗回道，"非常喜欢！"

"床怎么样了？"我问穆文迪。

"很好。"他说，"没什么区别，您告诉穆秀卡可以拿锡罐了吗？"

"我去告诉黑帝说没关系。"

我知道黑帝和那个公告员有些很多年前的问题还

没解决，我应该出去亲自帮他挑选锡罐。

"把这三把来复枪和波蒂放到车里去。"我跟恩古伊说道。波蒂并不是一把波蒂枪，而是一把直枪托长枪筒全喉缩的斯考特枪，它是我从一个枪支交易商那儿买来的。斯考特和一把很漂亮的二十八英尺长的重叠式双管猎枪默克尔很适合我用。我已经使用它们很多年了，恩古伊和恰罗叫斯考特为波蒂。反正，不论是谁铸造了它，它都是一把可爱的射击枪。

就在食堂外面，黑帝已经准备好了一份记录公告员拿了什么的单子。我告诉他，那些锡罐是用来干什么的，黑帝并没有表现出不开心。我知道他已经侮辱够了那个公告员，出人意料的是，对方却并没有回敬他。

"你需要什么肉？"我问道。

"你要用飞机把肉运走吗？"

"可能会运走一点儿。"

"那我们就可以吃肉了。"

"告诉我，黑帝，干母鹿黑斑羚是什么样子的？"

"她在母鹿中届首位，要更黑一些。"

"有多黑？"

"就一点点黑，你看到就知道。"

"我从没学过有关母鹿的知识。"

"恰罗会知道，我会告诉他。"

"恩古伊知道吗？"

"你知道了，他就能学到了，飞机什么时候到？"

"晚上。"

玛丽肯定会等银行开门，这样她就能收到邮件。今天是个飞行的好日子，而且也没有任何会发生什么坏事的迹象，威利要早一点儿出门。

在恰罗、黑帝还有穆文迪看来，我就不是一个庄重的人了，还有可能会破坏宗教的形象。

我知道没时间去接黛巴，带她出去打猎然后送她回村落了。我这样猴急的样子，看起来会没有庄严感。这样看来，与其说我指挥着飞机，不如说飞机指挥着我。所以我们出发去飞机跑道查看，确保停靠时飞机脚架不会被什么缠住。

我们把跑道拓展得更长，赶走跑道上的鹳鸟，让它们在邻近的一片草原上慢腾腾地玩耍。

在怀俄明州大角和谢里登之间，有天晚上一只长耳大野兔跳到我的挡风玻璃上。我还曾在韦克见过一只信天翁，在一架波音飞机正要起飞时，一头撞在了它的树脂玻璃上。因此，我记着要在威利和玛丽小姐来之前保持跑道的干净。

同时，我们去了我知道的最近的一个黑斑羚群，这群羚羊位于森林以西的边缘，沿着河流向西北直到一片大沼泽地中。

我们留下了车，恰罗和我领头，恩古伊拿着那把麻烦枪。恰罗只带着一把可以把打到的肉变得合乎伊斯兰戒律的刀。我们非常安静地移动着，高大的黄色皂荚树之间悄无风声，几乎是一离开平原地带我们就置身于羚羊群中了。一只羚羊叫了一声，红褐色皮毛的它们开始如溪流般越过我们，它们有着一双温驯的大眼睛，还有向前的尖耳朵。刚刚叫的那只羚羊已经看到了什么东西，和平常一样，或者为了躲避豹子，它们不断从一个地方移动到另一个地方。恰罗看着它们经过我们，直到一只巨大的母鹿出现，它只比其余的微黑，但同样是黄褐色的皮毛。

恰罗碰了碰我的手臂。我吹了一小声口哨，那是用来引诱蜥蜴的人无法听见的口哨声。它转过那可爱的头回头看，站着没动，我射中了它耳朵底下的颈部。随着它倒下，整个森林的黑斑羚都骚乱了，好像不受地心引力般跳跃了起来。我们把它拉出森林到开阔地带，以便车子过来运，有两只雄鹿就站在草原上，看起来手足无措。

我们沿着跑道开车回了营地，又赶走了一些鹳鸟，然后放下母鹿。作为一只黑羚羊来说，它有些过肥了。

恰罗说得干两年，我不明白这是什么意思，但在非洲
有很多我不了解的事，于是也就没管它了。

"留下心脏、肾脏和一片炖肉给寡妇。"我告诉
恩古伊。

"把它用粗棉布裹起来。"

我看着它的皮毛，暗色几乎看不出来。

"你现在能分辨出一只口渴的黑羚羊了吗？"

"不行。"

"我也是。"

"但我能分辨出一头口渴的母牛。"

"我也是！"

我们现在都想吃大羚羊肉，这好像成了一个恶习。

"也许我们可以在凯乌鲁山打到大羚羊。"

"可能。"

我放了几瓶冰啤酒到猎车上，恩古伊、穆秀卡和
我又开车去了趟飞机跑道。阿拉普·梅纳坐在后车厢，
梅纳执勤看管飞机，穿着制服，带着抛光润滑好的.303
步枪弹，看起来非常睿智锋利。我们在草地上跑了一
会儿，把鸟都赶到天上去了，然后在一棵大树绿荫下
停下来，穆秀卡关了引擎，我们都放松地休息了，静
等着飞机的降落。恰罗在最后一刻来了，因为他得替
玛丽小姐扛着枪，而且见见她是再恰当不过的事了。

　　月亮已经出来了，我打开一瓶长牙啤酒，穆秀卡和恩古伊还有我一起喝着。阿拉普·梅纳在最近醉酒后开始自律，但是他知道，因为玛丽小姐的缘故，晚些我会给他的。

　　我告诉恩古伊和穆秀卡，昨晚我做了一个梦，我们应该在太阳升起时向它祈祷，日落的时候再向它祈祷。

　　恩古伊说，即使是为宗教，他也不会像一头载人骆驼或者一个基督教徒一样跪下来。

　　"你不需要跪下，只要转身看着太阳，然后祈祷就行。"

　　"我们在梦中要祈祷什么呢？"

　　"勇敢地生活，勇敢地死去，然后直接升入快乐狩猎场。"

　　"我们已经很勇敢了。"恩古伊说，"为什么还要祈祷自己勇敢？"

　　"如果对大家都好的话，你可以祈祷任何东西。"

　　"我要祈祷啤酒、羚羊，和一个有着结实双手的新妻子。你可以跟我一起分享。"

　　"那个祈祷不错，穆秀卡，你要祈祷什么？"

　　"希望能继续拥有这辆车。"

　　"还有其他的吗？"

“啤酒、你不会被杀掉、马尔查斯的好雨，还有快乐的狩猎场。”

“你要祈祷些什么呢？”恩古伊问道。

“非洲人能拥有非洲，不再有茅茅党，不再有疾病，这一整片土地能下几场好雨，还能有个快乐的狩猎场。”

“希望每天都思考不同的事情。”恩古伊补充道。

“希望生活能有乐趣。”穆秀卡也接着说。

“希望能和辛夫人睡一觉。”

“要祈祷好的事情。”

“希望能带辛夫人一起去快乐的狩猎场。”

“有太多人想要加入我们的宗教。”恩古伊问道，“我们要接纳多少人？”

“我们可以从五人小组开始，或者一个部门又或是一个公司。”

“公司对快乐狩猎场来说太大了。”

“我也这么觉得。”

“由你负责领导快乐狩猎场，我们会组成一个委员会，但你要来指挥，不要伟大的灵魂，不要博深的精神，不要皇后大道，不要烈性炸药，不要代理领事，不要耶稣，不要警察，不要苏格兰高地警卫团，也不要游猎部门。”

"都不要。"我回答道。

"都不要。"穆秀卡附议说。

我把啤酒瓶递给了阿拉普·梅纳。

"你信教吗，梅纳？"

"是的，非常信。"他说。

"你喝酒吗？"

"只喝啤酒、葡萄酒和杜松子酒，我也能喝威士忌、所有清胃酒和有颜色的酒。"

"你喝醉过吗？"

"你应该知道，我的父亲。"

"你信什么宗教？"

"我现在是个穆斯林。"听到这恰罗身子向后倚着，闭上了眼睛。

"那你之前信什么？"

"布瓦人。"梅纳回答，穆秀卡的肩膀震动了起来，"我从没做过一个基督徒。"梅纳严肃地说道。

"我们说了太多关于宗教的事了，我现在仍在游猎部门里，而且再过四天我们就要庆祝圣诞节了。"我看着手腕上的手表说。

"让我们把那些鸟儿清理干净，在飞机来之前把啤酒喝了吧！"

"飞机正在路上。"穆秀卡说，他发动了车子，我递给他啤酒，他喝了剩下的三分之一。恩古伊喝了三分之一，我只喝了剩下的一半，然后把剩余的递给梅纳。

我们把车开到全速，将鹳鸟赶得伸直了腿到处跑，开始不情愿地飞起来。

盼星星盼月亮，我们终于迎来了飞机。我们看到银色的腿细长的飞机从远处的蓝天飞来，整个营地嗡嗡作响，我们快速沿着空地的一边移动。它正对着我们，降下巨大的双翼，越过我们，没有反弹地落下了，打着转，机头很高，带着傲慢，扬起的灰尘落到齐膝高的白色小花之中。

玛丽小姐离我们比较近，她出来得有些急，我紧紧地抱住她亲吻她，然后她和每个人都握了手，首先便是恰罗。

"早上好，老爹。"威利说，"让恩古伊帮我卸下些东西吧，飞机有些满载了。"

"你肯定是把整个内罗毕都买下来了。"我对玛丽说。

"我把能付的都买了，他们不肯把穆海咖俱乐部给卖了。"

"她买了新斯坦利和托罗的店。"威利说，"我们在那儿随时都保留着一个房间，老爹。"

"你还买了些什么？"

"她还想给我买个彗星来着，您也知道，现在可以挑些便宜货买。"

"我给吉·克买了三位空中小姐。"

"她们也很便宜，但我恐怕她们即使是在大北欧也不会打扮得比七星石好看。"

"老爹不会想吃她们的。"

"我在想他的追随者们。"

"我们可以把她们打扮成白色女神。"

"不要白色女神。"玛丽小姐半开玩笑地说道。

"你是怎么在一架飞机里塞进平原上四分之三吨的卡车装载的东西的？"

"一些小诡计而已，没有人真正研究过它们的能力。"

"我给你的未婚妻买了一份可爱的礼物。"玛丽说，"是一个'自由飞行滑雪板'，这样你和她就可以爬到基博的山顶，然后一起滑下来了。"

"飞机上的东西就快搬完了，除非你计划给老爹一个引擎，然后让他按照自己的意愿造一个。"

"阿拉普·梅纳会看着它的，我们走吧。"

我们朝着营地驶去，玛丽小姐和我贴得很近地坐在前排，威利正在与恩古伊和恰罗交谈。到达营地后，

玛丽让人把东西都搬进茅斯老爹的空帐篷里，却不让
我插手，也不让我看飞机带来的所有东西。这让我顿
时有了一种神秘的渴望。

还有一大包书信、文件、杂志和一些电报，我把
它们拿进了帐篷食堂，威利跟我开始喝起了酒。

"旅途还好吗？"

"不算颠簸，经过这些寒冷的夜晚，地面并没有
真正热起来。玛丽看见了她在撒冷艾的大象和一大群
野狗。"

玛丽接受完了所有的正式拜访，进了帐篷，显得
十分愉快，没有一丝风尘仆仆的感觉。她深受爱戴，
人们都把她看得很正式，她也喜欢"夫人"这个称呼。

"我不知道茅斯的床已经坏了。"

"是吗？"

"我还没说豹子的事呢，让我亲亲你，吉·克发
了你关于他的电报。"

"他们也猎到了自己的豹子，他们不需要着急，
大家都不需要着急，豹子也是。"

"跟我说说它。"

"不了，过段时间我们回家时我带你去看那个地
方。"

"我能看看你写完的邮件吗？"

"你可以把它们全部都打开。"

"你是怎么了？不高兴我回来吗？我在内罗毕过得很开心，至少我每晚都出去，每个人都对我很亲切。"

"我们都会练习的，很快就能像在内罗毕一样对你亲切了。"

"请和善些好吗，老爹？这是我爱您的地方，我只是去内罗毕接受治疗，还有买圣诞节的礼物，我知道您希望我能玩得开心。"

"很好，你现在回来了，给我个拥抱，再给个内罗毕式的亲吻。"

她身上的味道非常好闻，头发是金色的，穿着卡其色的衣服，看起来苗条又闪耀，衣服里面的肉很结实。我又接起话说，白人或者欧洲人就像雇佣兵一样唯利是图，或是亨利四世说巴黎应该要举行一场弥撒。

看到话题被接起，威利表现得很开心，问道："老爹，除了豹子之外还有其他什么新闻吗？"

"没什么了。"

"也没有麻烦？"

"在晚上，道路管制总是引起公愤。"

"他们似乎有些过于依赖那片没人能翻过的沙漠了。"

"你还有足够的汽油能让我们看一看四周吗？"

"有的，我加满油离开的，在吉·克那儿还有一两罐富余的。"

"我们吃完中午饭后再去看。"

"你不饿吗，威利？"玛丽小姐说道，"我都饿坏了。老爹，请打开一些邮件，我给您倒杯金巴利酒。"

在非洲，邮件的魅力被过分夸大了，文件和新的杂志可以填充思想上的饥饿。但我们都知道，邮件没什么值得读的，除非是来自贝伦森的。马尔琳不是沮丧就是洋洋得意，你都可以想象得到，她在伊特莱的拱门下走在所有人的最前面，然后轻柔地脱下她的头盔，在荣军院流下一点儿眼泪。对在那儿的她来说，光线暗了些，但如果她能掌握这个国家，她就能使灯光变得更亮些。我想着她和雪佛兰，还有诺埃尔·科沃德唱的三重唱《看看密室里的男孩子们想要什么》，还有奥斯特利茨、苏维埃茨克、瓦格拉姆和莫斯科的死人们穿着他们下葬时的衣服（如果没被剥下）出现了，还加入了他们的合唱团。

另一个女孩，有着无休止的麻烦。她的鼻子因为各种麻烦，经常明显地变红，就像是博鲁盖尔画中的蝴蝶从死人的耳朵中钻出那样。我撕开她的信，递给威利想让他看看。

"我不要，老爹，如果是带着图画的信件，我就会很高兴看它们了。"

"她寄过一些，都是透明的。"

玛丽小姐正在看这个专门研究伤痛、不公正和抱怨的女孩巨大、帅气的粗体书法，在那手稿中，任何抱怨都成了开战的理由。我猜想，即使是老式卫生间的水箱链条断裂这样的小事，她都会认为是阿斯旺水坝失去控制隆隆作响的原因之一。

"她很不开心吗？"我问玛丽，"她的生活受过挫折失败吗？还是他们必须从一个海岸搬到另一个海岸去？公告员的妻子、孩子都甩给她照顾了吗？"

"我希望她提到了我。"玛丽说，"因为我跟你结了婚，我认为提到我才是礼貌的。"

"就连你在千方百计地谋求卡斯坡的公墓时，她都没有提到你。我经常在打电话的时候提到你和氧气帐。"

"她从不提到我，这点真有意思，这让你不高兴了，是吗？"

"一点儿也不，我跟她提过很多次，她却依然照旧。"

"好吧，她是个不错的女孩，也是个称心如意的同伴，但是她不知道该怎么打扮还有挑选首饰，你也从来没给我买过什么首饰。"

"如果你能自己赚钱，自己付税，你就能去非洲或者买首饰了。"

"我希望两样都可以。"玛丽说。

"很好，玛丽小姐。"威利说，"什么样的首饰是他不会去买的？"

"任何好的首饰。"

"她真正想要的是钻石。"

"我认识一个了解所有钻石的小伙子。"威利接着说，"最终，它们也比飞机要便宜。"

"我不希望你跟他们来往得过于密切。"

"也许最终他们说的安全系数更高。"

"我只是想要它们。"玛丽说，"除了我，每个人都有，那不公平。对吧，威利？"

"是的。"他说，"也许我们得去吃午饭了，当我到达内罗毕的时候我可以帮您问问金伯利。"

"我必须写信给那个女孩帮帮她，她唯一需要的就是个能照顾她的人，我们可以在内罗毕见她，带她飞上一程。"

"我们可以为她的行李和首饰租一架道格拉斯双引擎飞机。"

"降落到达科塔的任意一个地方。"威利说，"我们可以延长跑道，只是作个计划。"

"我会从明天开始把它搬离航道。"

"让她更有家的感觉，不可能让她出来，让她在夜晚的篝火前唱歌吧？'和睦相处吧，小小狗们'那种可以吗？"

"也许我们可以在她身无分文的时候让她出来，我觉得她现在应该没什么钱了。"

"不要灰心，老爹。"威利说，"我们可以带她去些巨大的游戏场所，在那里她可以唱歌。你可以用支票付给她，在邮局里他们会用浸泡的方法把航空邮件的邮票弄下来，至少得花三个月的时间支票才能生效。那时，她可能已经被野兽甚至是人给吃掉了。接着唱那首关于《看看密室里的男孩子们想要什么》的歌，有一天，他们会希望你看到的。"

"午餐来了。"玛丽平和而优雅地说，"我们不能那么对待马尔琳小姐。"

"希望她永垂不朽。"威利说，"每一个伟大的艺术家都希望能永垂不朽，不包括我，因为我一直和你在一起。吉·克就是那样，每天都想能永垂不朽。"

我们用褐色的土豆混着来自村落的玉米一起烤黑斑羚的里脊肉，还配有大格雷酸辣酱和番茄酱，大家开心地吃着，同时喝着玛丽买的新鲜冰凉的布尔沃干苹果酒。

"我们可以让她和弗洛伦斯·南丁格尔一样不朽。"威利附和着说。

"弗洛伦斯·南丁格尔不是个歌手。"玛丽插话道，"她是布尔战争中的一名护士。"

"是半岛战争。"我连忙纠正道。

"我总是把她和田纳森还有卜维廉将军弄混。"

"他们是伟大的一对。"威廉接着说，"这两个和W. G. 格雷斯，但是玛丽小姐，你会发现南丁格尔会被当作一名歌手为人所牢记。有太多伟大的诗人写过关于南丁格尔的诗，你在学校读过它们，马尔琳小姐会以'死人冲沟的天使'的名字被世人记住。老爹，什么是冲沟？"

"它是个陡峭的格局，低一点儿的部分像个峡谷，高一点儿的部分两边都是悬崖。"

"原来是种地理特征。"威利高兴地说，"我一直以为是胃部的即兴运动。"

"再给威利拿点肉。"

"一点儿就行了。"他说，"玩掷硬币游戏。"

"一些国外的干冲沟会永远属于英格兰。"

"你明白了吗，玛丽？我是一个地方的，鲍勃是来自大埃斯塔卡多平原瓦卡姆巴的叛逃者，飞机是美国制造的，但我们把干冲沟变成英格兰的了。"

　　"你把自己变回来，别管那什么干冲沟了。"玛丽说道，"你要带着恩古伊去吗？"

　　"不了。"

　　"他会伤心的。"

　　"在耶稣的问题上，他有些过界了，看到威利和我各自离开对他有好处。"

　　"他会很难过的。"

　　"的确。"

　　"为什么你一定要像正在警车里打瞌睡的警察那样说话呢？"

　　"我自己也不清楚，夫人。"

　　"他们让他在内罗毕街上来回巡逻，但他反而跟我一起回到旅行者俱乐部去了，亲爱的打瞌睡的警察先生。"

　　"你给马上好鞍了吗，威利？"

　　"是的。"

　　"估计我们得漂泊了，夫人。"

　　"嗯！"玛丽回道，"你不看那些电报吗？"

　　"不了。"

　　"那我去看好了。"

　　"你真是太好了，夫人。"

第三十六章

我们空降后，威利关切地问我："演出怎样，老爹？"

"他们知道在罗依托其托克发生了一些事情，但是他们不知道到底是什么。他们应该捕获了很多猎物。"

"你要去哪儿？"

我们的下面是一片绿油油的草地和稀树草原，在我们的右边是黄皮树和一片深绿色的沼泽。

"向左走大约九十公里后我们转弯，看看这两条从山里通出来的路。"

"好的。"

"他们设下陷阱的时候，肯定会预备逃出去的路。"

"这有多高呀？"

"再把我抬高点，我可不想数着卵石。"

"我觉得如果我们压低身子没有人能看到我们，

然后我们低空飞过急流峡谷，你会觉得就像是回到了家里。"

我们逐渐上升到山肩的高度，这里有三条路，但我一点儿都不担心我会被困住或是被拦下。我努力去记路的样子，这样到了晚上，我们就不会迷路了。我是不会中这种圈套的，这简单得就连傻子都能弄明白。

"这路真有趣。"威利说道。

"可不是嘛。"

"别以为我们爬得越高越好。"威利说道。

"是的。"

"我们要进峡谷了。"

"准备进入。"

黑暗熔岩巨石中的景色犹如多雷[1]、达利[2]、基里科[3]笔下的场景，他和他的飞机犹如掉入了峡谷里，这样的景色也朝着我们冲了过来。那个峡谷犹如国家地理杂志图片中那般狭小密集。

"爸爸，这就是急流峡谷吗？"

"是的。"

---

[1] 多雷（1833—1883），法国插图画家，擅长木版画。

[2] 达利（1904—1989），西班牙超现实主义国家，代表作有《记忆的永恒》等。

[3] 基里科（1888—1978），意大利画家，超现实主义画派的先驱者。

"我知道另一个比这儿更壮观的峡谷。"

"那么我们就离开这里，去看看那个新的吧。"

"这个比新的那个壮观，但是这里面蛇的数量比我见过的其他任何一个都多。这是一个蛇群狂欢的天地。爸爸，我用'狂欢的天地'这个词来形容恰当吗？"

"不管怎么说，这也是一个蛇的天下。你是怎么知道这个峡谷的？"

"到时候再告诉你吧。"

"我们跳过下一个峡谷直接去侦察下一条路吧。"

"下一个峡谷可能会对我们有帮助。那里面有水。"

"水？"

"泉水从尽头流出来，就像一条小鲑鱼穿过，消失在低处熔岩尽头。"

"有蛇吗？"

"没有那么多。"

"谁在用那里的水？"

"没有人用，只有滑翔机才能进入这里，山羚根本没办法进入这低谷。"

"它从哪里流出来的呢？"

"抓紧。"

"嗯，我抓紧了。"

如同我们在后墙那儿努力向上爬时，看到溪流边散落一地的大象的白骨，象牙还留在头颅里面，我能看到清澈流动的水。有一根象牙已经破裂了，但是它依旧如此巨大。我们清理了墙面，刮平了熔岩巨石。

"飞行很有趣。"威利说道，"爸爸，你知道吗？越来越多的行政官员对这里产生了兴趣。"

"胡扯。"

"这是个真的峡谷，难道不是吗，爸爸？"

"这是平底直壁的新峡谷。"

"那这些都没有意义了，我们要找的是个真正的峡谷。"

"我们先认认这条路吧。"在我们面前，慢慢地呈现出绿树成荫的景象。当我们飞到树顶的高度时，我问威利这些树是从哪里来的。

"肯定来自于神秘的非洲大陆。"威利开心而且自信地答道。

在这里，路上出现了卡车车轮的痕迹，那些印子由于雨水的侵蚀有些模糊了，但我们还是没有看到任何车子。

"我们要注意观察道路吗？需要注意车子在刹车后留下的擦痕吗？"

"不用。"

"今天不用这么积极。"威利对我说，"这些擦痕并不可信。"

"那你拿这些轮胎的痕迹做什么用？"

"就像旧黄铜一样，"威利说，"我在书中读到过，严重开裂的轮胎会带走地面上的旧黄铜。我以为你会对这个很敏感呢。"

"你知道山腰处有很多峡谷吗？"

"那里有一些。爸爸，我们要再往外走走吗？"

"这附近有没有什么特别的地方？"

"这附近只有一些普通的峡谷。我们翻过营地，离这儿不太近，有那么一个比较诡异的峡谷，是个非常诡异的地方。峡谷在营地背后，在它黑暗的熔岩荒漠里有冰雕。"

"你进去过那里吗？"

"没有。查普跟我提起过，我帮他做了定位。查普是个有钱人，也真怪异，他去桑给巴尔岛等死了，都已经死了，却还能动。他曾说他的脾是世界上最大的脾，他的肺犹如腌渍后的胡桃。现在你想去哪儿？"

"穿过荒漠，我们去凯乌鲁山。"

"查普真的很奇怪。"威利在飞机上升了一点儿之后说，"他曾经腌渍了一枚核桃，用来形容自己肺的大小，然后他吃掉了那枚腌核桃，他还说过，任何腌过的核桃都能伤害他。但他还是吃掉了那枚核桃，然后说'哈'，接着又要了一杯雪利酒和一枚腌核桃。"

"那上面的是什么？"

"是马赛人和驴。"

"好，冲着他们挥挥手吧，挥大一点儿。"

"朝着大羚羊？"

我刚才没有看到大羚羊。它们披着一身紫红色的布袍，从任何角度看，都像长有直直的羊角的驴。它们在这一大片如云朵般浓密幽绿的草坪上，小牛们都被淹没在了这高草堆成的海洋之中。

"有几个比较大的头露出来了，是不是，爸爸？"

"非常大。"

"我们避开它们，以免有什么动物把腿摔断了。"威利说道。

我们向右转移到凯乌鲁山深蓝色的领域里，甚至连影子都没有靠近那些大羚羊。

"你看到狮子了吗？"威利兴致勃勃地问我。

"没有。"

"它在我这边的那棵树下。"

"只有它自己？"

"是的，查普认为桑给巴尔岛太麻烦了，还有那么多芒果树。所以最终还是决定不在那里等死。后来，他决定在内罗毕等死。我建议他去阿鲁沙，他说那里有太多希腊人了。最后他带上了他的床，叫医生切除了他的肺。没想到，不到一周他就死了。"

"真可惜。"我说。

"他两次去桑给巴尔岛都是我陪他去的，他还把冰沟的坐标告诉我了。"

"你为什么不过去看看呢？"

"他说他不想飞到那边去。他不想让别人看到这附近有飞机飞过。"

"他在那里藏了什么呀，腌渍的核桃？"

"是象牙。"威利告诉我，"爸爸，我肯定这个故事会很精彩。看上去他就是那个杀死山里所有大象的人，他没有和野外狩猎部进行交易，他是很老派复古的那一类人。"

"管理员肯定知道在哪里吧。"

"他把管理员也杀了。"

"那他应该是那种强壮的类型吧。"

"非常强壮。"威利对我说，"我第一次带他起飞，飞机都往下沉了呢，我的爱机啊。你想看看峡谷的另一面吗？待会儿你就会看到，那一整面山谷就像是有一个军队在向上爬。最喜欢在这个时候飞行了。"

"让它们爬去吧。"

"他们随时有可能关闭铁路，那可是最重要的枢

纽。当然也有可能会和米奇站一起开着。我们可能会
看到一场激战，爸爸。两边的军队朝中间慢慢靠近，
除了铁路没有任何边界线。想象一下，他们会为了铁
路的调车场而展开一场激斗。"

"你的意思是水塔和转折点吗？"

"你喜欢怎么叫就怎么叫它好了。"威利说，"想
不想听到小型武器开火的声音和山中传来的枪声？"

"飞过这片耕地，然后我们就回家吧。"

"你对什么东西都很奇怪地缺乏兴趣，甚至有点
接近冷漠了。"威利不解地说。

我们从山里出来，穿越了东部边缘巨大的沼泽。
我可以看到在草原硬草地上的大羚羊和通往营地的河
流；接着，我看见了狮子山，高高的红色的时髦棕榈
伞翼机以及通往耕地的笔直的跑道。

"威利，你觉得他和别人说过吗？"

"没有。我也没有和任何人讲过。"

"这改变不了什么。那是看门的瓦卡姆巴人吗？"

"不，那是查加人。"

"你能往上爬吗？你知道怎么爬吗？"

"我知道，但是我不能这样做。"

"我在野外狩猎部的时候，也没有发现他。我不
得不去告发他。"

　　我想了想这件事，飞机飞过了玛丽小姐的瞪羚荒漠和高高的灌木丛上空，最后降落在耕地上。我们下了飞机，我看到了黛巴，便热切地向她招了招手。

　　我继续向前走，说道："在周围转转，然后就回家吧。"

　　"爸爸，我们的时间还多着呢。"

　　"象牙是黄色的吗？"

　　"它的背面算是一种淡黄色。"

　　"高吗？"

　　"大概跟你的高度差不多。"

　　"老吗？"

　　"非常老，爸爸。"

　　"为什么他爱把象牙储藏在这里呢？"

　　"他对价格不满意。他从来不和任何人分享。从来不对价格感兴趣。他有他的副业。"

　　"你确定他死了吗？"

　　"我保证，爸爸。"

　　"我们回去吧。"我说。于是我们穿过耕地，从简易跑道开车回到了营地。

　　"你们都见到了些什么？"玛丽小姐问我们。

　　"亲爱的，这也没什么。我们看到了一些从山里通出来空荡荡的道路，人们从那里进到山里去砍山里的木材，然后威利带我看了一些峡谷，有一个很像马拉德峡谷。"

"你们没有看到什么人在狩猎吗？"

"北边，在凯乌鲁山附近和大片沼泽地附近有一些。"

"这里有一对夫妇给你打来的电报，威利，你有时间过来答复他们吗？"

"时间太多了，玛丽小姐。"

"那就把这两个都回了吧。"玛丽小姐说。于是我就照做了。

"威利你什么时候回来？"

"爸爸，我们是不是定在节礼日回去呀？我会赶在十点前回去，给你看看领地里的那个家伙。"

我去给威利送里脊肉，玛丽回到我们的帐篷里写信。我们一起开车出去，把威利送走。我们目送着飞机起飞离开。每个人的脸在光线下都反着光，飞机变成了天空中一个小银点的时候，我们才回家。

玛丽很可爱，因为我没有带恩古伊一起走，他变得心情很差。很快就到晚上了，那里有《泰晤士报》，英式航空照明阅读灯，有火，还有一大瓶酒。

今天发生了太多事情。对于最后的这几天来说，或许是太多了点儿，不过也有可能只是一些微不足道的小事。

管它呢，我心里想。我把我的生活搞得太复杂了，而且这种复杂的程度还在不断提升。现在我要去随便拿一份玛丽小姐不想读的《泰晤士报》来读一读。

她回到了我身边，我们可以一起烤火，一起在饭后品尝美酒。穆文迪在修理玛丽的帆布澡桶，下一个就要修理我的了。我想，我要把全身都浸湿，把身上所有的东西都洗掉。等到帆布桶修理好，用汽油漆涂好如初后，我要往里面加入热水然后躺进去，还要带上我的救生圈肥皂，将整个身体浸入水中，好好享受这美好的生活。

我用干毛巾将身子擦干，穿上我的睡衣，还有我从中国买来的旧防蚊靴和睡袍。这是自玛丽走后，我洗的第一个热水澡。若条件允许，英国人每天都要洗个热水澡。但是我更愿意在每天早晨用脸盆擦洗一次，然后在晚上打猎回来后再洗一次。

鲍勃不喜欢这样，他感觉这样洗澡如同例行公事，像是一种在古老的游猎后，庆祝死后余生的仪式。不过，即使和他在一起，我也要保证每天都洗个热水澡。但是在用另外那种方式做清洁时，你会发现，你白天刚刚清理完毕的壁虱，不知什么时候又回到你的身上来了。我让穆文迪或恩古伊，帮我把我够不到的地方生出来的虱子都拿掉。在以前，我和穆克拉一起打猎的时候，我们曾经挖开羞螨的地洞，指甲里面全都是泥土。每天晚上我们都会坐在灯光下给彼此抓虫子。单纯的洗澡是没法将这些虫子洗掉的，只有这种方法才能将虫子除去。

　　我想，以前不管多艰难，我们依旧打猎，单纯往复。在那些日子里，你能派出一架飞机的话，就意味着你非常富裕，非洲的任何部分对你来说都不会很无聊，即使旅途会艰难重重或是充满危险。

　　"亲爱的，觉得怎么样，洗完澡后感觉舒服吗？"

　　"我很好。医生给了我一些我以前一直吃的药和一些铋。这里的人都对我很好。但是我一直好想你。"

　　"你看上去挺好的。"我说，"你怎么剪了一个瓦卡姆巴人的发型呀？"

　　"今天下午我自己剪的。"她说，"喜欢吗？"

　　"很漂亮。"

　　"这是普通的瓦卡姆巴人的发型，可能有点长了。但是你怎么把头发给剃了。"

　　"我就随便一剪而已。难道你不记得每个人都要学会自己剪头发、剃胡子吗？"

　　"那么你的这个发型很流行吗？"

　　"这只能说明有些事情我还没想通。一件事情肯定会有坑坑洼洼的。"

"我会给你照下的。"

"给我讲讲内罗毕吧。"

"第一晚我遇到了一个很和善的男人，他带我去了旅行者俱乐部，那个地方还不错，后来他又带我去了旅馆。"

"他是怎样的人？"

"我不太记得清了，只感觉他人挺不错的。"

"那第二晚呢？"

"我和亚历克还有他的女伴去了个地方，那里人山人海，居然还要求着正装，可是亚历克没穿。后来我也不记得我们是留下来了还是去了别的地方。"

"听上去很不错，就像在吉马纳一样。"

"你们都干什么了？"

"什么都没干。我和恩古伊、恰罗、黑帝去了一些地方，去吃了教堂晚餐。第三晚你们做了什么呢？"

"亲爱的，我真的记不清了。噢，对了，好像亚历克和他的女伴，还有吉·克，我们去了个地方。亚历克还不满足，后来我们又去了一些地方，最后他们送我回了家。"

"我们这里的情况也差不多，只有黑帝不是太满意，就跟亚历克一样。"

"他对什么不满意呀？"

"我也不记得了。"我又问道，"你想看哪一张《泰晤士报》？"

"我已经在读这一份了。这对你来说意味着什么不一样吗？"

"没有。"

"你从没说过爱我，也没说过你回来真好。"

"我爱你，还有你回来真好。"

"很好，我回来也很高兴。"

"在内罗毕还发生了什么？"

"我遇到了一个好人，他带我去了克罗伊登博物馆。不过我觉得他很无聊。"

"你在烤肉店吃了什么？"

"有一条从大湖里抓来的鱼。那些不带骨的鱼肉像是巴斯鱼或是大眼鲫鲈。他们就叫它Samaki，但没告诉我们是什么鱼。反正都是非常新鲜的烟熏大马哈鱼，我记不得了，好像还有牡蛎。"

"你有没有尝一尝希腊干酒？"

"咽了好多。亚历克不爱喝。即便他在希腊克里特岛，和你那些在皇家空军的朋友一起的时候，他也不喜欢喝。"

"亚历克很难以满足吗？"

“只有在小事上才这样。”

“我们可不要变成这样。”

“我们不这样。我给你倒杯酒吧？”

“谢谢。黑帝来了。你想喝什么？”

“我来点堪培利开胃酒加点杜松子酒吧。”

我告诉黑帝我们想要的东西，于是他愉快地帮我取了过来。虹吸管酒在玻璃杯上的光再加上红酒，这颜色在明亮的白光下如此梦幻。

“黑帝，你出去打猎了吗？”玛丽问他。

“是的，夫人。”

“你都猎到了些什么？”

“什么都有。”黑帝说，“我们把任何动物都杀掉了。”

“那先生捕猎用矛了吗？”

黑帝看了看表情僵硬的我，我摇了摇头。

“我们用的是来复枪。”

“我不喜欢长矛。”玛丽说。

“是的，夫人。”

“去看看那些长矛是不是都上好了油。”

“是的，主人。”

他回到了杂乱的帐篷里。玛丽小姐说：“为什么你要让他混淆不清？”

"他并没有混淆啊。他和别人一样喜欢矛。"

"我不在的时候你是不是用过长矛捕猎？"

"没有，只有一个晚上我是独自狩猎的。"

"那样你会杀了你自己的。"

"不，不会的。"

"也许你和吉·克仅仅只是相互的替代者而已。"

"不，亲爱的，不是这样的。白天我觉得危险的地方，晚上我不会去的。我是不会自找麻烦的。"

"你做这些到底是为了什么？"

"我想发现一些事情。"

"我更喜欢你安全地待在家里，躺在床上。我们吃完晚饭就上床睡觉。"

"好。"

"你保证今晚你不会再出去了？"

"我保证。"

晚饭后，玛丽去写日记，我又坐着看了一会儿《泰晤士报》的航空版，然后她提着探照灯走过新修的路去了厕所。这时，我关掉汽灯，把灯笼挂到树枝上，脱掉衣服，整齐地叠好放在床脚，钻进被窝，把蚊帐掖到了床垫底下。

现在时候还早，但是我已经又累又困了。

过了没多久，玛丽也钻进了被窝，我把现在这个

非洲忘到脑后，跟她一起设想着我们自己的非洲的样
子。那是一个跟我到过的地方完全不一样的非洲大陆。

　　刚开始的时候，我感觉胸口的伤口好像又裂开了，
我忍住了，也不去想了，只是专心地去感受我身边的
一切。身边的玛丽在床上非常可爱，我们开始做爱，
后来又做了一次。第二次做的时候，我们在安静的黑
夜中一言不发，彼此默契地配合着，脑子里也不再去
思考什么，整个过程就犹如在寒冷的夜晚下了一场流
星雨。后来我们都睡着了，也许真有一场流星雨呢。

　　这个夜晚很寒冷，星空也很晴朗。不知什么时候，
玛丽起身回到了她自己的床上。我说："晚安，保佑你。"

　　她回答道："不用醒过来，睡个好觉。"

第三十七章

天刚放亮的时候，我就醒了。我麻利地套上运动衫，穿上防蚊靴，又套上了浴袍、带上手枪，走到姆斯比生炉火的地方，一边喝着穆文迪泡的茶，一边开始读手上的文件。我先把所有文件按照顺序排列好，然后从最早的那份开始读。赛马将会在奥图和昂吉安结束，但是这版英国航空版本，并没有刊登法国赛马的结果。

我看新闻的时候，一只白头乌鸦飞了过来，停在了不远处的帐篷上。根据瓦卡姆巴人的宗教信仰，这是霉运的象征。我应该在看到它的时候就打死它，尤其是现在还没有吃早餐。但是我不想在这么早的时候用枪，更不希望枪声把玛丽吵醒。于是我盯着那只乌鸦，它正在看着那些废弃物，抑或是别的什么东西。

我想继续读报，即便看到的是我们特约记者，或是威斯康星州的初级参议员报道的茅茅党人的新闻，或者是去年冬天已经读过的消息，只要不要再让我盯着这只乌鸦看就行了，它搞得我神经紧张。我想起了我们以前每次在营地碰到乌鸦后经历的倒霉的事情。我可以试着用手枪瞄准它，但是如果我没打中它，那就更倒霉了，因为一定会打掉这只小乌鸦很多羽毛。最后我走进帐篷，从床上拿来了旧式滑机操作的连发枪，悄悄地躲到了军用帐篷后面。我从军用帐篷的拐角后面出来，乌鸦看到我，想要飞走，已经来不及了。我一枪打出去，它头朝下地栽在地上。

枪声并没有吵醒玛丽，每个人似乎都对这只乌鸦非常满意。恩古伊用大砍刀切下了乌鸦的脑袋。但是没人去碰它，它就躺在那里，清晨从山里吹来的微风吹动着它的羽毛。我又能回来看我的航空邮件了。虽然现在看已经晚了。我还是期望知道英国足球队的比赛结果。

我开始了工作。有两个相互间距离很远的马赛族村寨，经常遭到狮子的袭击。我的猎车根本开不到任何一个村子十英里范围内，只好让阿拉普·梅纳开车载着巨石超重机和滚转机，去看看到底能够进去多远，同时查探狮子的情况，搞清楚马赛人修路的工作做得怎么样了，好让我们可以开路虎或者卡车进去。这两份工作，要花上两天的时间，我已经无法支付把卡车开出去用这么久的费用了。

　　我希望那个公告员能过来露个面，在玛丽醒来并过来吃早餐之前，我们就解决掉问题。这个寒冷的夜晚让我饥肠辘辘，我决定先吃点东西，然后在玛丽吃早餐时，和她一起喝咖啡。当黑帝把早餐送来的时候，公告员也出现在了帐篷的门帘下。

　　"兄弟，我能进来吗？"他问我。

　　"进来吧，兄弟，山里情况怎么样？"

　　"很冷，兄弟。"

　　"你把卡车开来了吗？"

　　"嗯，开来了，兄弟。"

　　"大屠杀怎么样了？"

　　"我给你带信来了，没有人要杀白人。这是茅茅党人的宰杀行动。这可能是他们的计谋。"

　　"你从哪里听来的？"

　　"整个镇子里都在说这件事呢。"

　　"在森林里工作的吉库尤人听说这个了吗？"

　　"兄弟，这个我怎么知道啊。我知道的大部分情况都是在布朗家听说的。这是工作日，大家都出去工作了。"

　　"你见到辛先生了吗？"

　　"看到了。他还是对我很粗鲁，不过他叫我把这个带给你。"那又是一瓶笛手威士忌。

"提防着他点儿，兄弟，他这是想讨好你。"

"蠢蛋。"我说，"那你觉得妇女和孩子没有危险了吗？"

"据我所知是没有了。"

"很好。"我说道，"在圣诞节这种日子里把他们赶走，让我觉得很反感。"

"兄弟，我也是。我厌恶这样的大屠杀。"

"你的信息可靠吗？"

"兄弟，我只知道我听到的这些。能给我来杯酒吗？"

"当然。"

"我这里有很多稀有草药和植物。"

"很好。你把这些都带上，再喝一点儿，我要趁热吃了这个三明治。我有礼物要给你。你吃东西了吗？"

"吃过了，兄弟。"

加上生洋葱和番茄酱的煎蛋三明治味道很不错。公告员看上去有点饿，我催他去火炉上拿点吃的带走。但是他说："他们不喜欢我去那儿。"

"那我在这里给你带点吧。"

"还是少拿点吧。"

"我再点一个这样的三明治，你可以带上，在考察植物生态的路上吃。"

我知道如果玛丽小姐出来看到我在和公告员在一起吃早餐，她会不高兴的。

"你的鸡蛋够吗？"公告员问我。

"多得是。"

我点了三明治，公告员喝了点酒，"吃点东西能让我更快地认出我考察的植物。"他说。

"兄弟，对待植物可不要太快。不要把颠茄和印度大麻弄错了。"

"颠茄长什么样啊？"

"你尝一下就能看出来了。它尝起来像喷射毒液的眼镜蛇的味道。"

"我尝过之后会不会被毒死？"

"我想不会吧。"

"我有一棵会发毒箭的树和四支印度大麻。"

"谁是你的指导医师？"

"我带上了那个上了年纪的毒箭制作人。他很久以前来到了这里，之后陷入了困境。你认得他。你给他背部上过药。"

我知道那个人。当时没有药能治好他背部那道致命的伤口，但后来居然恢复了。斯隆搽剂止住了他背

伤的泛滥，但是早晨，冷风随着大雪吹来或者下雨，
或者在寒冷的平原上终日不见阳光，他的背依然会痛。
古老的马搽剂也警告过他那些地方不会有火。我也关
照过他很多次，但是我一直都没有问他背上的伤是怎
么来的。这都已经是旧伤了，但是他就是当作耳旁风。
现在可好，两个肾都不好了。

"谁打的他？"

"侦猎员和警察。"

"瓦卡姆巴的侦猎员吗？"

"我从没问过他。你想知道吗？"

"不。"我说，"给你三明治。"我用《经济学人》
把它包住。

"你可以在午餐的时候读一读这本书。"我说，"如
果你想做长期投资，或者你想知道美国经济现状，这
本书对你来说都很有用。如果你是经济学家的话，还
能看懂里面的一些小幽默。"

"你都看完了吗？"

"全看完了，里面的内容我都已经滚瓜烂熟了。"

他礼貌地行了个礼，然后走了，像夹公文包似的，
把卷在《经济学人》里的洋葱煎蛋三明治夹在左胳膊
下。

"记住我们不需要做到最好。我们只要有可能就

足够了。"

"好的，兄弟，可能行。"他说。

好了，我想，对于在山脚下开始的早晨来说，这是一个好的开端。所以我去看看玛丽有没有醒过来。她已经起来了，正在穿衣服，洗漱，滴眼药水，看上去精神焕发。

"感觉如何，亲爱的？睡得好吗？"

"很好。"我回答道，"你呢？"

"我也刚起来。穆文迪送来茶后我又睡下了。"

我把她抱在怀里，感受她的气息和她可爱的身躯。毕加索曾把她称为我口袋里的鲁本斯，现在她依然还是我口袋里的鲁本斯。可惜的是，她已经长到一百一十二磅重了，而且也不再长着鲁本斯的脸了。不过现在的她让我感觉更加清新，更像口袋里的鲁本斯了。我在她耳边细语。

"是的，你呢？"

"我也是。"

"独自在这里，是不是不错？这里有我们的山，我们可爱的城市，没有一丝杂质。"

"是啊，快来，过来吃早餐。"

她准备了早餐，有黑斑羚肝脏烤培根，半个加了柠檬的番木瓜，还有两杯咖啡。我喝了一杯咖啡和一盒不加糖的奶。本来我还想再来一杯，但不知道我们待会儿要干什么。我可不想咖啡一直在胃里晃荡，最终还是忍住了。

"你想念我吗？"

"噢，当然了。"

"我可想死你了，但是有太多事情要做。真的抽不出时间来。"

"你见到鲍勃了吗？"

"没呢。他没来城里，我也没有交通工具到城里去。"

"那你见吉·克了吗？"

"我和你说过了呀，他有天晚上在呢。"

"我想起来了。有一天你在新斯坦利餐馆吃晚饭，后来又去了别的地方，但是亚历克还不满足。"

"是的，吉·克说可以由你来定，但是要严格按照计划执行。他让我记住这些。"

"就只有这些？"

"是的，就这些。我都记住了。他还邀请威尔森·布莱克来过圣诞节。他们会在前一晚过来。他要你做好喜欢威尔森·布莱克的准备。"

"他让把这些也记住？"

"没有，这只是他提到的。我问他这算是命令吗，他说不是，这只是希望，只是建议。"

"我对这个建议欣然接受。吉·克怎么样？"

"他不像亚历克那样难伺候。但是他累了。他说他很想念我们，而且他对人直言不讳。"

"怎么？"

"我感觉傻子都开始惹恼他了，他对他们很粗鲁。"

"可怜的吉·克。"我说。

"你们对彼此有了很不好的影响。"

"可能吧。"我说，"也可能没有。"

"反正，我觉得你对他有坏影响。"

"我们之前是不是已经对这个话题讨论过一两次了？"

"今早还没有。"玛丽小姐说，"最近当然没有过，我不在的时候，你有没有写点什么？"

"只写了一点点儿。"

"你没有写信吗？"

"没有，哦，有，我给吉·克写过一封信。"

"你自己一个人的时候都做什么了？"

"做了些小功课，还有一些日常任务。杀死那只倒霉的雪豹后，我去了趟罗依托其托克。"

"那么，今天早晨，我们去砍一棵真正的圣诞树，这是今天的任务。"

"好。"我说，"我们可以用猎车找一棵能搬得动的回来。我把卡车送回去了。"

"把我选的那棵搬回来吧。"

"好的，你知道那是什么树吗？"

"不知道。不过我会去查清楚的。"

"好的。走，我们去把它搬回来吧。"

"让我先喝点咖啡，稍等。"

最后，我们动身出门了。黑帝和我们一起去，我们拿了铲子、大砍刀，还有一些用来包树根的麻袋布。大小枪支被我们放在架子里，捆在前座后面，我叫恩古伊给我们带上四瓶啤酒，给伊斯兰带上两瓶可乐。

我们目标明确，出了门，除了那两棵大到足够一头大象两天食物的大树以外，我们的目标是那么高尚无害，甚至能让我写一些可以发表在宗教出版物上的文章。

我们的表现都很好，追踪着动物的足迹，但是不给其他人留下记号。我们仔细分辨着那晚留在路边的记录，我们从摇摆的小精灵那里，看了斗沙鸡一直到盐滩的水边，恩古伊也和我们一起看到了。我们是捕猎者，但今天早晨我们为林业司，我们的主，圣婴耶稣工作了。

实际上，我们在帮玛丽干活，以表达我们忠心耿耻之情。我们都是外国的雇佣兵，很明显坞丽不是传教士。她甚至都不以基督教至上，她不用像夫人那样非得去教堂。眼前的这些树，却成了她的麻烦事，就像之前狮子那件事情一样困扰着她。

我们进入茂密的森林深处，旁边就是那条旧公路。那里杂草丛生，从我们上次来过以后就没人来过。我们走出了林中空地，那里的树叶泛着银色的光。我和恩古伊画了一个圈，他检查一边，我检查另一边，查看犀牛还有它的小牛犊是否都在灌木丛里。我们只发现了一些黑斑羚和一只很大的雪豹脚印。他沿着沼泽边缘寻去，我用手丈量了雪豹的脚印，然后我们回去和他们一起挖树去了。

我们决定现在就挖。当黑帝和玛丽被怎么安排困扰时，我们去大树边坐了下来，恩古伊给我们看了他的鼻烟盒。我拿过鼻烟盒，仔细观赏林学专家的作品。除了黑帝和玛丽，他们都很卖力。他们看着我们，像是说，这树怎么也放不进卡车里去；当他们把树掘出来后，我们便过去帮忙装载。这棵树长而尖，不容易装载，最后还是被我们抬上去了。我们用湿麻袋布包裹着树根，还有一半左右的树根露在卡车的外面。

"我们不能原路返回了。"玛丽说，"那些拐弯会把树折坏的。"

"我们走另一条路。"

"车能通过吗？"

"当然可以。"

在穿过森林的路上，我们看到了四头大象的足迹和它们新鲜的粪便。这条道通向我们的南边，所以这些只是体积比较庞大的公牛。

恩古伊、穆秀卡和我一起在我们来的路上，看到了这些足迹，它们的路线与我们的路线在北部交会了，因此我一直把枪夹在膝盖之间。它们可能穿过了那条最终汇入凯乌鲁山沼泽的溪流。

"前方道路没有障碍了，我们可以回营地了。"我对玛丽说。

"太好了。"她说，"现在我们把树立起来，整理一下它们的样子吧。"

回到营地里，恩古伊、穆秀卡和我留在原处。那些志愿者和热心人帮我们给树挖了个坑。大坑挖好之后，穆秀卡把车子开出树阴下，把树卸下来之后种了下去。它立在帐篷前面，甚是好看。

"它很美吧？"玛丽问我，我很同意她的看法。

"谢谢你送我们回家，这条路真好，我们还不用担心大象。"

"它们不会在这里停留的。它们一般都去南面，那里有栖息处和食物。它们不会打搅到我们的。"

"你和恩古伊很聪明嘛。"

"那些是我们在飞机上见到过的公牛。它们很聪明。我们可不聪明。"

"它们现在会去哪里？"

"它们会在森林上游的沼泽那里觅食一段时间。到了晚上它们会穿过马路，向安博塞利的城市走去。"

"我要去看看他们做得怎么样了。"

"我也要上路了。"

"你的未婚妻和她的女伴在树下呢。"

"我知道。她给我们带来了些玉米。我先把她送回去。"

"她会想来看看树吗？"

"我觉得她不会懂的。"

"如果你喜欢的话，留在农场吃午饭吧。"

"我还没被邀请呢。"我说。

"那么你会回来吃午饭吗？"

"我会在午饭前回来的。"

第三十八章

　　穆秀卡把车开到等待区域的树阴下，然后叫黛巴和那个寡妇上车。寡妇小儿子的头又撞到了我的腹部，我拍了拍他。他进来后，和黛巴还有他妈妈坐到后座了，我叫住了黛巴，叫她坐到前座来。她真勇敢，带着玉米到营地，一直在等待区里等着我们，直到我们回来。我不想她再回农场去了，即使是她熟悉的地方，也不想让她再独自过去了。玛丽对村子里的人非常好，所以我们都托她的福，获得了一种在村子里行事的权力，荣幸之至。

　　"你看到树了吗？"我问黛巴。她"咯咯"地笑着应答。其实，她早知道了是怎样的树。

　　"玉米很好。"她说。

　　"好像你。"

　　"No hay remedio（无法挽回）."她礼貌地说。

　　"肉怎么样？"

"做好了。"

这些词都是她很早以前学的，但都是些短词，而且遗憾的是都没有"No hay remedio"那样辞藻华丽，有时候她就缩短了。按照瓦卡姆巴语单词的长度应该说，"Notermi.Notermi.Hapanatermi（不可挽回）."

"我们会再去打猎。"

"好的。"当我们经过旁边的小房子停在大树下的时候，她立马坐直了。我下车去看看公告员是否找到了一些植物样本，这样可以运送了。遗憾的是，他还没有找到。我想他可能把它们放在腊叶标本集里了。我回来时黛巴已经走了，恩古伊和我先上了车，穆秀卡问我们接下来要去哪里。

"回营地。"我说。想了想之后我加上，"走大路吧。"

我们走的这条大路，可能可以看到狒狒群。最近我在清除身上的虫子方面，没有下任何工夫，我想应该在吉·克来之前涂上一点儿杀虫剂。另外，我也有可能遇上阿拉普·梅纳。

但再仔细想想，现在是不是太早了一点儿，毕竟梅纳还没有出门呢。我们开车穿过了那条流进沼泽的小溪，路上都是沙土的浅滩。我们没有看到任何狒狒，于是掉头回到了营地。

现在吃午餐还太早，我们在一棵很高大的树下停了下来，打开了一瓶啤酒和一罐小吃。我对这种在印度商店里买的黑鱼子酱有一种近乎毒瘾般的喜爱。我一直怂恿恩古伊吃一口我们的鱼子酱，于是他吃了一口。穆秀卡不愿吃这种鱼子酱，不过他还是很喜欢鲑鱼小吃和挪威西鲱的。鲱鱼和小吃都是很美味且精致的食物，我们总是用空罐子喝酒，不过我和恩古伊都觉得在啤酒中加入腌渍的黑鱼子酱会比原先更加美味。

　　今天，我们还没决定是去我们梦想着被邀请的新非洲好呢，还是去玛丽想去的那个旧非洲好。很快，侦猎员吉·克就会回来了，伟大的威尔逊·布莱克到来之后，会立即宣布一些政策，我们会被赶出去或者被限定只能在某个区域内活动，抑或是轻而易举得如同带一块肉到耕地去那样，有六个月的自由活动时间。

　　我们没有人对此感到高兴，但都释然了。我们可以杀死一只大羚羊，过圣诞节用。我去看看威尔逊·布莱克过得可好。吉·克说他会试着去喜欢他，而且的确会做到的。我刚开始并不喜欢他，不过也可能是我个人的原因。我试着去喜欢他，不过也可能我还不够努力。当我疲惫的时候，我就喜欢不起来了。鲍勃从来也未曾喜欢过他。他只是个普通的公民，因为他略带血丝、忧郁朦胧的眼睛吸引了他们。他看着他们，似乎故意等他们出错。

车子停在山腰的大树下，我坐在车里，觉得需要做点什么来表达我对布莱克的喜爱和羡慕之情。在罗依托其托克没有什么他关心的事物，我没法为他真实地描绘出聚会能带给他的那种欢乐，不管是在马赛族的耕地里，还是在辛的后院里饮酒，都于事无补。我开始怀疑他和辛是否会上车。

这时我开始喜欢起布莱克了。我们应该叫威利开飞机带布莱克绕凯乌鲁山一圈，带他看看他所没见过的他的领土。这是现在最好、最有用的办法了。我要让他享受非洲平原上最好的待遇。吉·克、威利、玛丽和布莱克在外面工作，我不会自己离开的，我会乖乖地待在那里，在家里勤劳工作，为我的植物标本照相，辨认雀科小鸟。

"回营地去。"我叫穆秀卡和恩古伊打开另一瓶啤酒，那样在我们穿过小溪的时候就能喝上啤酒。我们都很幸运，驶过泛起涟漪的小溪观赏小鱼的时候，每个人都能有一瓶啤酒喝。小溪里有活蹦乱跳的鲶鱼，可我们太懒了，没有去钓它们。

玛丽打开帐篷的两翼，躲在阴凉处等着我们。山风经由帐篷，吹拂着我们的脸颊。

"你没在耕地逗留一段时间吗？"

"没有。我们开过一条大马路，然后等了一会儿狒狒，等它们过去后我们又继续行驶了。"

"那里还有吗？"

"今天没有了。"

"我不在的时候你有没有捕到什么？"

"没有，我想没有。"

"你平时都干些什么？"

"捕猎，还有巡逻。"

"它们现在在哪里？我感觉我什么事情都不了解了，感觉我离开这里有一年了似的。"

"它们可能在森林南部后面，就是我们今天搬树的那个地方。但是今天早晨我没有见到它们的踪影。"

"它们可能去哪里了？"

"它们可能在沼泽的上游处吧。那里有充足的食物。"

"你现在要去杀了那头巨型公牛吗？"

"我现在也不知道。我好几次近距离观察了它，每个人都很喜欢它。它有吃不完的草，那些草能使它恢复体力。我不想杀了它。"

"你离它有多近？"

"有一次非常近，非常非常近。"

"你身上怎么有这么多抓痕？你一定是挠了全身。

有些地方还有点破了。”

“没事的。穆文迪为我上过红药水了。”

“他说你的脚坏了呀。我应该照顾好它们，它们怎么样了？”

“不是现在，现在好了。”

“穆文迪太过于讲究宗教了。而你呢，总是赤脚走路。他说恰罗很怕你们都很懒。”

“恰罗并不畏惧那些。可能他只是畏惧新的宗教。”

“如果我不知道这是个玩笑的话，我估计我也会害怕的。”

“这不是个玩笑。”

“穆文迪说你要宣布开始一场圣战。”

“穆文迪弄错了，他只是个弄不清情况的穆斯林。问问他，人们都有什么宗教；问问他是谁先从海岸处袭击瓦卡姆巴人的。不要问他别的任何事情，这些事情都是他亲口告诉你的吗？”

“我问他事情怎么样了，他却总是问我问题。”

“告诉他并没有什么圣战。我保证他肯定是搞错了。”

“那么你不会把任何人悬挂起来吧？”

“不会的。”

“好的，你的脚真的没事吗？”

"它们很好，没事的。"

"我讨厌你用邦迪创可贴来隐瞒些什么。"

"它们都洗干净了，加了硫柳汞，然后又加了铋二酸二碘化物粉末在上面。你知道锡的。可以用来洗袜子。它们没坏的时候我穿过一次。"

"穆文迪担心你晚上又赤脚出去捕猎。"

"穆文迪就像个老女人一样。有一次因为挤脚，我把我的靴子脱了，就是因为他没有把鞋子做得合脚。他太有正义感了。"

"如果有人说到你的好时，你就会觉得他很有正义感。"

"不要被这个干扰了。"

"那么为什么你要做这么多准备，到后来还是都没有用上？"

"因为有时候你可能遇到坏人，你会听到他们藏在某个地方。我们还是小心为宜。"

"但是什么时候晚上你独自行动了呀？"

"有些人会对你保持警惕，他们有枪，而且始终有灯光，你也应该时刻保持警觉的。"

"但是你为什么要出去呢？"

"我必须出去。"

"为什么呢？"

"因为时间越来越少了。我怎么知道我们什么时候能回来？我怎么知道我们到底会不会回来？"

"我担心你。"

"每次我出门或者回来的时候，听起来你都在睡觉。"

"我并不是总在睡觉。有时候我去摸被子，你都不在床上。"

"那么我现在不走，等到月亮出来后再走，今晚月亮升起得会比较晚。"

"你真的要走这么远吗？"

"是的，亲爱的。而且我始终都叫人保护着你呢。"

"为什么你不带上一些人呢？"

"难道有人保护着你不好吗？"

"这只是另一种疯狂的举动。你不喝酒不会这么做的，对吧？"

"是的，我会洗干净并涂上狮子油的。"

"谢谢你起床后涂上那个。晚上的水凉吗？"

"什么东西都很凉，你只是没有感觉到。"

"我给你沏一杯去。你想要喝点什么？鸡尾酒？"

"鸡尾酒，好的，或者堪培利开胃酒也行。"

"我们都来一杯鸡尾酒吧。你知道圣诞节我准备什么了吗？"

"我倒想知道呢。"

"我不知道该不该告诉你。这可能有点贵。"

"我们有钱，就不算贵。"

"我想去看看真正非洲的东西。我们到时候就回家了，也看不到了。我想去看看利比亚和刚果。"

"我可不想。"

"你都没有激情，你就想赶快在一个地方安定下来。"

"你去过别的更好的地方吗？"

"没有。我们没去过的地方多着呢。"

"我想安定下来，生活在固定的地方，而不是到处看稀奇古怪的东西。"

"但我想去比利时、刚果。为什么我不能看看我听过的地方？我们都离那儿这么近了。"

"这也不是很近啊。"

"我们可以坐飞机去。我们可以全程都坐飞机啊。"

"亲爱的，我们已经从坦噶尼喀湖过来了。我们已经去了博霍拉平原和大鲁阿哈。"

"我觉得那会很有意思的。"

"这已经很有教育意义了。你已经去了姆比亚还有南部高地了。你在山里也生活过了，在平原也打过猎，现在你在这山脚下生活，还去过裂谷顶部，远到马加迪生活过，还在泡碱下打过猎。"

"但是我没去过比利时和刚果嘛。"

"哦，不，难道这是你圣诞节想要的吗？"

"是的。如果你觉得不会消耗很多钱的话。你觉得还可以去阿比西尼亚吗？"

"也许吧。"

"我们不必一定要在圣诞节后去，你慢慢来好了。"

"谢谢。"我开心地说。

"你的酒还没动呢。"

"不好意思。"

"你觉得这样会不会很有趣，你把你自己不喜欢的东西正好作为礼物送给别人。"

我喝了一口令人愉快的不加糖的酸橙，想着我是多么喜欢现在的我们。

"你不会介意我独自带这么多东西吧？"

"这里有很多美丽的山。这也是月亮山的所在地。"

"我曾经读到过，我还在《生活》杂志上看到过照片呢。"

"在非洲这期里。"

"是的，在非洲这一期里。"

"你是什么时候考虑这次旅行的。"

"在我去内罗毕之前。和威利一起坐飞机，你会觉得很有意思的。你一直都会这么觉得的。"

"你会从威利那儿知道很多关于旅行的信息。他会在圣诞节后过来。"

"我们不用等到你想去的时候再去。只要你完成这里的任务，我们就可以走。"

我敲了敲木头，喝完了剩下的酒。

"今天下午还有晚上你打算做什么？"

"我打算睡个午觉，然后继续写日记。晚上我们可以一起出去。"

"很好。"我说，"我要去处理一些事情。"

第三十九章

阿拉普·梅纳警觉地站着，我告诉他，等他把自己的事情处理完之后来大帐篷里。接着，他出去吃东西了。卡车回来过一趟，又开出去载木头了。它回来以后，黑帝就把它派出去找水了。他说在这两次巡猎狮子的过程中，我们会把卡车送到罗依托其托克去加油，或者我带个油桶去猎车那里取。这样就比较便捷，猎车也能加满油了，然后就可以用来载玉米粉和圣诞节用品。

阿拉普·梅纳进来后，我向他询问了关于村寨的情况。他告诉我说，那里有一头母狮子和一头公狮子，它们还在那里，这倒是一件非常奇怪的事情。上一个月它们咬掉了五只牲口的头，它们越过防兽围栏的尖刺时，有一头母狮子还袭击了人，不过幸好那人没大碍。阿拉普·梅纳想把他带进来让我治疗一下，但伤口并没有感染。他还是帮那个人在伤口撒上了磺胺噻唑。两个马赛人声称，在上一次对狮子的突然袭击中有一头狮子受伤了，还有三个人说是他们弄伤的狮子。在那之后狮子再没回来过。

阿拉普·梅纳和一个马赛人出去了，是跟那个他口中很高大且能打架的马赛人，而不是那个泡泡糖似的马赛人。他们给他看了留在石头上的已经干了的血迹，然后追踪着那道血迹，一直到了居民稀少的丛林地带。他们留了一些人在那儿，狮子要是回来了，马赛人会很快通知我们的。他认为狮子应该去了另一个更容易生存的平原，他觉得有可能其中一头狮子已经死了，尽管其他马赛人说，没有看到鸟群飞起。

不到一个小时，他们就把到村寨的路修好了，使之能够通行。马赛人说，如果我们要从这条路走的话，他们会一直工作直到把路修好。

这些马赛人非常热心，他说，他们在晚上徒手和狮子搏斗，非常勇敢。他确定有两头狮子是受了伤的，但是不确定伤势有多重，因为血迹已经凝固变色了。

在这块区域里没有打猎的人，在吉·克回来前，我想我是看不到报告了。所以我叫公告员去散布关于狮子的消息：它们应该已经下山，或者至少绕过山了。但是除非它们接近安博塞利，否则我们听不到它们的声音。我会给吉·克发一份报告，但决定权还在于他。

"明天你去查看另一个村寨吧。"我和梅纳说。

"要是不下雨，没有从山里各个方向吹来的飓风的话，我本可以跟踪到它们的。村寨所在的地方没有下雨，但两英里外的地方都被雨水冲刷干净了，所以我就没有回来向你报告。"

"你觉得它们会再回到那个村寨吗？"

"不会。"梅纳狠狠地点了点头说道。

"你觉得它们是当时袭击了另一个村寨的那些狮子吗？"

"不是。"

"今天下午我要去罗依托其托克取汽油。"

"也许我在这里能打听到些什么。"

"好的。"

我回到帐篷那里，发现玛丽已经醒了，正盯着帐篷后面撑起的地方看。

"亲爱的，我们要去罗依托其托克，你要一起来吗？"我征询她的意见。

"我不太想去。我感到有点困了。我们为什么一定要去那儿？"

"阿拉普·梅纳带来了一些关于狮子袭击村庄的信息，我必须去给卡车加点汽油。你知道，以前我们的卡车也需要燃气的。"

"这是汽油，而外面那是一辆卡车。等我起来洗漱完毕我和你一起去。你还有坦桑尼亚先令吗？"

"穆文迪会带的。"

我们从开放的公园平原那条路出发，开过山岭，看到了两只总是在营地附近觅食的漂亮公羊。它们俩几乎任何时候都在一起，肯定是兄弟。两只公羊朝我们望了一眼，又自顾自地走开了。它们低下头，一对黑色弯曲的茸角大得就像是羚羊的角。它们一边在草丛中觅食，一边不紧不慢地摇动着尾巴。我们把它们叫作兄弟俩，总是担心猎豹会伤害它们。

玛丽、恰罗和阿拉普·梅纳坐在后座上，黑帝坐在后面的盒子上。他们都乐此不疲地看着那对兄弟，它们知道当猎车或者卡车来的时候该怎么办，我们把它们驯得很好。我对它们的温驯很是担心，我觉得我们过去会吓着它们。我想，我们不必为此担心，至少有一个月不必担心了。

后来，我又开始担心。玛丽说的是从现在开始的三周，还是新年开始的头三个星期？如果是新年开始的头三周，那么我一定会拒不合作的。

圣诞节后有好多事要做，而且一直都会很忙。我知道，这是我住过的最好的地方，如果可以的话，我愿意过复杂的生活，每天坚持学习，飞跃整个非洲。

我最不愿意的就是飞过我自己的平原，不过我们应该可以想出办法来解决这个问题。

在此期间，我们爬上了山路。通往西凯乌鲁山的荒地是暗玫瑰色的，车的风窗玻璃立柱也满是尘土，整个凯乌鲁山变得异常的灰暗。

"要下雨了。"恩古伊说。

"什么时候？"

他耸了耸肩。我和他是一起进入这块地方的，他对这块区域的了解并不比我多。但是空气中雾蒙蒙的水珠意味着这里要下雨了。

"要下雨了？"我问恰罗。

"是的。"他回答我说。

"玛丽，要下雨了吗？"我问玛丽。

"我希望在我们到达山脚之前不要下。"

"这还要几天的时间呢。"我说，"你看到这奇怪的清透的光线了吗？"

"从没离山这么近过。应该会有这么清澈的时候吧，但是这样刺目实在是不同寻常啊。"

"你想看看别的颜色吗？"

"我觉得看不到吧。这荒地看上去像大峡谷。"

"我觉得不是这样的。"

"我指的是颜色。这里没有什么特色。"

"好吧。"我说。我想给荒地上个色，还有那平原、狮子岭和凯乌鲁山，但是我没有涂料。很久以前有人叫我不要向摄影师推荐图画。

我们到了黛巴的村落，那一整个下午我都在等待竞赛开始。我还学会了和玛丽在一起就坚决不去想黛巴，转而开始想这场雨。这一年的雨都集中在本地，我们这里已经下了好几场大雨。我觉得这个时间应该不会再下雨了，但看样子明天还要继续下雨。

很快，罗依托其托克城里的锡制屋顶就映入了我们的眼帘。

"为什么你在面对雨水的时候显得如此滑稽？"玛丽问道。

"我觉得我并不滑稽啊。"

"你就是很滑稽。"

"我肯定在想什么事情。"

"不，这不一样。"

"我们快到罗依托其托克了。一个急转弯，再开一段上坡路，我们就会到达市中心了。"

"我讨厌下雨天的道路。开起来很危险。"

"亲爱的，今天不会下雨了，明天可能也不会了。然后你就能回营地了。"

"我们能及时回来吗？那样我就能在路上捕猎

了。"

"当然了。"

在一家大杂物店门口，我叫恰罗带上他的步枪。穆秀卡、恩古伊、黑帝和杂货店里的一个男孩把汽油箱扛到车上。然后，我告诉穆秀卡去检查一下粗玉米粉，再把玛丽买的东西拿出来。杂货店铺里挤满了马赛人，每个人都很忙碌，你要走到柜台后面，才能在架子上找到你的东西。

我曾被人告知过不要去罗依托其托克，但为了买汽油和日常用品，我不得不去。阿拉普·梅纳关于狮子的消息，让我们的旅程变得非常乏味。尽管如此，但这是必需的。我确信吉·克肯定会同意去捕猎那两头狮子的。

我没有看到那个警察男孩，不过我会停下来和辛去喝一杯，我们买了一些啤酒和可口可乐带回营地，就像以前我一直做的那样。我叫阿拉普·梅纳开车到马赛商店一趟，让他就像以前我们常去马赛的地方那样，跟我说说有什么消息。

辛的店铺中有几个我认识的马赛族老人，我向他们打了个招呼，对辛表达了敬意。辛拿着我的斯瓦希里语词汇本同我进行了交流。

梅纳进来告诉我们，有人发现那头母狮死了，而且被土狼以及男孩们养的鸟吃得所剩无几了。他们今早从那两头狮子的痕迹开始追寻，一直追到了距离村寨四小时路程的山坡那一侧。

"哪条路能穿过山岭？"

"这条。"

"为这头狮子祈祷吧。"

我希望它在土狼袭击它之前就已经死了，但如果已经伤得很严重的话，我觉得对它来说，这段路会非常的漫长。这让我有些悲伤。

"过来喝一杯。"辛对我们说。我们进了后屋，在辛彩色日历下面的桌边坐了下来。

"是你打伤了它？"他问道。

"没有，是马赛人，而且已经是四天前的事情了。"

"你很忙吗？"

"有点忙。"

"笛手威士忌怎么样？那个畜生给你带过去了吗？"

"嗯，带过来了，很不错。"

"这份和那个是一样的。"

"你觉得我们应该说英语吗？"

"当然了，我有两个小男孩在这里。后面那个是哥哥。祝你有个好身体。"

"也祝你健康。"

我们喝了一口，辛说："你有什么想知道的？"

"是的，你从哪里弄来的笛手威士忌？"

"他们来推销，于是我以一个合理的价钱把它买下来了。我想把它作为圣诞礼物送给比较重要的客户和那些肯收礼物的政府官员们，到现在为止还没有拒绝的。"

"能收到这份礼物我非常高兴。"

"你想知道什么？"

"任何新消息。"

"除了那些光说不做的人以外，所有工作都大获成功。如果你继续跟踪狮子，你最后会有收获的。"

"当你不应该在那条路上的时候，千万不要走上那条路。"

"是的。"

年幼的男孩进来同他的父亲说了几句话。

"你的基督教狩猎侦察兵在外面呢。"

"把他带进来。"

他走进屋里行了一个并不十分标准的礼。辛起身先走了，把威士忌和水留在了桌上。我给自己倒了一小杯威士忌，又倒了些水进去。

"你好吗，彼得？"我用英语问他。

"看，先生。"他把鞋子脱去，伸出脚来给我看。它们很干净，趾甲也都剪好了，脚底也开始变硬了。我用拇指小心地按了按，又检查了另一只脚。

"谁教你剪脚趾甲的？"

"一个曾当过土著士兵的吉库尤人。他还参加了最后一场战役。"

我点了点头。

"那里有许多当过土著士兵的吉库尤人吗？"

"在森林的原木军营里有好多。"

"你会说吉库尤语吗？"

"我只会说一点点儿，但能听懂的更多些。"

"这是门有趣的语言。"

"你会说吗，先生？"

"非常不幸，我不会。"我回答他说。

"我有了自己的长矛。"小男孩说，"它已经上好油了，被我藏起来了。"

"你必须让你的脚底板更硬一些才行。"我说，"我想要它们像野水牛的皮那样坚韧。"

"我们会去捕猎野水牛吗？"

"必要的时候会的。"

"我甚至都没见过野水牛。"

"你以后会见到的。"

"我们会看到那头受伤的雄狮子吗？"

"你也听说了？"

"刚刚听说的。"

"我们会捕到它的。我不知道你到那个时候会不会已经做好准备了。"

"如果你没有什么要和我说的了，那么我现在要走了，让我的脚板再强壮坚硬一些吧！"

"我们先聊一聊吧。"

"我感觉说到后面，你会觉得我是个只会说话的人，而不是能拿出实际行动的人。"

"我现在想跟你聊聊，彼得，关于那些你认识的人。我想听你讲讲我们捕猎的那些狮子，还有我们明天要去捕猎的那两头。我想让罗依托其托克人觉得我们办事精明能干。"

"所有人都知道这一点，先生。"

"现在，我想叫你去那家大杂货商店，我们的猎车停在那里。告诉我的妻子玛丽小姐，只要她准备好了，我们就可以走了。尽你最大的能力帮助她。"

"遵命，先生。"

"彼得，你可以走了。等等，先别走。我想你现在为我和辛还有和别人翻译一下。"

"好的，先生。"

　　我们进了前屋，那里有一股浓烈的老男人的气味和他们喝的金吉普雪利酒的味道，其中还掺杂着臭皮革的味道。年轻的小伙子是个战士，老人在那儿等我给他们买啤酒。

　　我叫翻译员告诉辛，为那些绅士们送上一杯啤酒。那里有四个人，辛为他们打开了一瓶酒。

　　作为一个思绪已经完全被狮子占据了的人，我显得有些唐突无礼，但同时也非常开心。我叫翻译员问辛他有多少塔斯克啤酒提供给我们。辛说他只有一箱，另外还有半箱可口可乐，但是有更多的货物正在从卡贾多运过来。他说他会为我们圣诞节的聚会订足我们需要的酒水，并且为我们留着。

　　在那个早期的会议上，因为金吉普的缘故，丧失了自尊的老人通过翻译员告诉我，他们对于我没法和他们一起喝酒而感到很难过。

　　我用斯瓦希里语叫辛再拿一瓶酒给他们，给我也再拿一瓶。然后我向他们散了酒，对着我的酒瓶喝了一大口，把瓶子还给了辛，然后叫彼得去综合商店传达我的口信。

　　阿拉普·梅纳进来问能否让他喝一杯酒。我告诉他，等我们捕猎的时候再喝，他想都没想就同意了。然而我知道，实际上他这一天过得非常艰难，而且拒绝了很多次饮酒的机会。所以我叫他到后屋来，给我们每人倒了一杯笛手威士忌。

"到城镇的尽头听听有什么动静。车来了我会叫你的。"

"我不喝酒了。"

"要是他们给你喝啤酒，你可以喝一点儿。"

"不了，胃里有这些就已经足够了。"

我们一起走了出去，我非常着急，如果玛丽想要去的话，我想带她去捕猎，但是现在在罗依托其托克，我们什么事都做不了。两次都让梅纳一个人过去不太好，我决定第二天和阿拉普·梅纳去那个被狮子攻击的村寨。这回我们用不了多少汽油就能找到狮子，至少是它们的踪迹。

坐在辛店里的老人急着要喝啤酒，于是我又给他买了一瓶，然后象征性地喝了一口我的那瓶。

彼得进来告诉我们车马上就到了，于是我叫他去把梅纳叫来。车开过来了，后边绑着油桶，坐着三个马赛女人，玛丽正在与恰罗开心地交谈着。

恩古伊和黑帝一起走进店里来，把这些箱子搬走。我把我手中的啤酒给他们，他们把酒喝完了。黑帝的眼睛发着绿光，他就想喝那啤酒。恩古伊就像赛车手在中途休息时一样，猛喝啤酒，幸好给黑帝留了一半。

恩古伊拿了一瓶啤酒留给我和穆秀卡，然后为恰罗开了一听可口可乐。

阿拉普·梅纳走过来爬上车，和那些马赛女人坐在一起。恩古伊和我坐在前面，后面有能坐的盒子，玛丽和恰罗、黑帝坐在枪架后面。我和彼得告了个别，起身朝西往日照方向开去。

"亲爱的，你要的东西都买了吗？"

"这里实在是没什么可以买的。不过还是买了一点点东西。"

我觉得这是我最后一次在这里购物了。不过，光是想这件事是没有用的，之后玛丽会去内罗毕，在那里购物会比罗依托其托克好一些。

我从来没去过梅西百货购物，我才刚开始学着在罗依托其托克购物，而且我挺喜欢这样的，因为它和蒙大拿州库克城里的大众商店以及邮局很像。

他们没有纸板盒来装那些废弃的子弹壳，我们有那些老计时员在每个需要为寒冬储备肉的晚秋时，收集的两到四个弹壳。他们出售矛，这个地方却有在家里购物的感觉，如果你住在附近，你会觉得柜子和仓库里的东西，每一件都有它们的用处。

今天快要结束了，明天又将会是新的一天。没有人会到我的坟墓上来，没有任何一个人盯着太阳看，或者望向平原的另一端。

看到眼前这个平原，我试着将它尽收眼底。我大概知道威利和我说的那个冲沟在哪里，而且我知道，那是我不用考虑的问题。只要我和狩猎部还有事情要做，或是依然对他们表示我的忠诚，这个冲沟就永远都不会变成我需要考虑的问题。没有任何道德方面或者别的问题。我没有被要求再报告一遍，因为我并不了解它，而且从我雇佣的那些公告员那儿也没有得到任何消息。

无论如何，可能他们都已经走了，那个黄疸皮肤的人编了一个故事。我本可以在黑帝还没有忘记前，问问他关于那个人的事情的，黑帝肯定会和鲍勃提起这件事，因此只要我一旦问起，我就会被牵扯进去。我倒是愿意和玛丽说说这事儿，因为这是一个有趣的故事，而且那是我见过的最优质的象牙。我没有必要被牵扯进去，而且我知道我不能把这件事泄露给其他人。

我曾同吉·克说过，我觉得象牙已经被带离了这个平原，带往海岸和桑给巴尔岛了，而且我觉得阿拉普·梅纳关于这件事知道些什么。吉·克纠正我，说他并不知道这事儿。而且梅纳对他妻子很坦诚，对工作也很尽责。在这之前，我很喜欢阿拉普·梅纳，而且我从没怀疑过他的坦诚，抑或将什么过错归罪于他。我只是说他可能知道或者怀疑些什么，现在轮到我面对我所不知道的事情了，就只因为我不想去了解，却对事实心存怀疑。

英国人对他们官员的正直和礼貌感到非常骄傲，但随后几年，在东非和我们去的坦噶尼喀附近一带，情况发生了变化。那是我们第一次从山里回来去坦噶尼喀，那里的官员爆出了丑闻，被发现在床底藏有大批非法象牙。

非法捕杀大象在坦噶尼喀和肯尼亚都是极其恶劣的丑闻，我第一次进入修箭厂以及在马加迪城狩猎部的边境线时，看到有人朝比赛巡逻员的帐篷扔石头。我对关于狩猎和象牙的许多事情都很无知，也没有什么经验。现在我试着让自己不再那么无知，而且当然我已经更有经验了，但我还是想置身事外，虽然这完全不可能。如果梅纳是清白的，那么我也是。其实，我知道我和恩古伊都不是清白的，但我们都不会让对方陷入象牙事件中去。

想着这些，看到我们从山下开过来时经过的平原，我几乎忘记穆秀卡有可能会感到饿了。我打开瓶子擦了擦瓶嘴，玛丽问我：

"妻子们都不会渴的吗？"

"对不起亲爱的，如果你喜欢，恩古伊会给你一整瓶的。"

"不，我只要这一瓶。"

我把酒递给她，她满足地喝了一大口，然后又还给了我。

"我把酒给穆秀卡了，然后我们自己再倒一点儿。"

"不了。"她说，"我已经够了。"

即使是自己悄悄地想一想冲沟的事情，也改变了我们之间的一些能感觉出来的东西。

"我很抱歉我考虑得不够周到。"

"你的道歉迟到太长时间了。"

"我在思考一些没用的东西。"

"在离开罗依托其托克之前闭上你的嘴。"

"对不起。"

我觉得在非洲语里没有表示"对不起"的词语实在很好，然后我想我最好不要去想它，否则它就会来干扰我们。我拿了一瓶啤酒，为了玛丽喝了一口，然后又用我干净的手帕把瓶口、瓶颈擦了擦，再递给穆秀卡。

恰罗不同意我们这样做，他觉得应该用玻璃杯来盛啤酒。但我们就这么固执地喝了，我不想再去考虑这个问题，以防我和恰罗之间又发生任何改变。

"我想我还要再来一口。"玛丽说。我叫恩古伊再给她开一瓶，我可以和她共喝一瓶，穆秀卡可以在喝到解渴之后，传给恩古伊和黑帝喝。但我没有大声说出来这些想法。

"我不知道你为什么喝个啤酒都要变得如此纠结。"玛丽说。

"下次我带一些杯子来吧。"

"不要让事情更纠结了。我和你喝的时候不想用杯子。"

"这只是部落风俗。"我说，"我真的不想把事物变得比它们之前的样子更复杂。"

"为什么你要在我喝完后这么仔细地擦瓶口，然后在你喝完递给我之前又那么仔细地擦一遍？"

"部落习惯。"

"那今天怎么不一样？"

"这跟月亮有关系。"

"你为你的习惯找了太多部落风俗的借口。"

"很有可能。"

"你难道都相信吗？"

"不，我只是练习一下而已。"

"你了解的还不够多，不足以用来练习。"

"我每天都会学一点儿。"

"我受够了。"

"好吧。注意看周围，好好盯着你要打的那些猎物。"

"每个人都在盯着呢。"

"不好意思，玛丽，我也要开始盯着了。"

"你难道不喝啤酒了吗？你打开了这么多。真浪费。"

"如果你不喝了的话。"

"我不喝了。"

我自己也不太想喝了，但是我不再去想任何东西了，只是专心盯着周围的狩猎情况。

现在都没地方看狩猎比赛了，很快我们就会穿过平原，那个我和黛巴在那天下午捕猎过的地方。快到我们狩猎的地方了，车后面没有空间放这样大小的动物了，除非我们让那些马赛女人下车。这条道旁边还有条侧道可以通向村寨，有好多理由让我宁愿去捕一只野兽作为我们的食物，但是我不去想那些理由，因为我不想让任何人坐到我和玛丽之间来，打扰我们的亲密。

我们开了一段斜坡路后，玛丽看到在六百码外有一只狷羚，它长着长长的黄毛，站在山坡最矮的地方。玛丽把它指给我们看之前，我们都没有看到它。

　　我们把车停了下来，玛丽和恰罗下车去，蹑手蹑脚地接近它。这只狷羚正在觅食，而风也没法把玛丽他们的气味吹过去，因为当时我们正在下坡的路上。这周围也没有别的猛兽，我们躲在车后，这样就算它们接近了我们，也不会伤害到我们。

　　我们看着恰罗从一处掩护物躲到另一处掩护物后面，玛丽在后面学着他的样子。然而，不知什么时候，狷羚已经不在我们的视线范围内了。我们看到恰罗突然停住了动作，玛丽去到他的身边，摆弄着步枪，然后就听到了枪声，还有子弹壳掉在地上的声音。恰罗跑了出去，玛丽跟在他后面。

　　穆秀卡开过平原，压过欧洲蕨和花丛，追上了玛丽和恰罗，看到了那只死了的狷羚。那是一只狷羚，或者说是一只麋羚。它有点上年纪了，体形非常胖，即使是死了也不太好看，但是还不错。它带着长长的悲伤的脸，凝视着前方。而它那被击中的喉咙，依旧吸引着那些肉食者。激动的马赛妇女们对玛丽印象深刻，带着惊讶、不可思议的表情抚摸着她。

　　"我先看到它的。"玛丽说，"这是我头一回比你们先看到，我在你和穆秀卡之前看到的它。我在恩古伊、黑帝和恰罗之前看到的它。"

　　"你在阿拉普·梅纳之前看到了它。"我说。

"他不算，当时他在看那些马赛女人呢。恰罗和我蹑手蹑脚地跟在它后面，当它回头看我们的时候，我就立马开枪，正好打到了它。"

"再往左肩膀下面一点儿就打到心脏了。"

"那是我想打的地方。"

"打得好。"恰罗说，"好，好，非常好。"

"把它放在后面，女人们可以骑在上面。"

"它一点儿都不好看。"玛丽说，"不过我倒宁愿打一些丑一点儿的动物来作为食物。"

"它很好了，你也很厉害。"

"我看到了上等的好肉，很肥，就在那大角斑羚旁边。我看到它之后叫上恰罗，我们悄悄地跟在后面，很容易我就打中了它。现在你会爱我了吧，而且你就不会独自一人出去打猎了吧？"

"你坐到前面来，我们不用再捕猎了。"

"我能来点啤酒吗？我跟在后面的时候就渴了。"

"你把啤酒都喝了吧。"

"不了，你也喝点吧，为了庆祝我先看到了它，以及我们又和好了。"

"我们一直都很好。"

"你距离成为一个朋友和兄弟已经很近了。我也是你的小兄弟。我是那个找到肉的人。"

回家的路上，我们很开心，马赛女人下车的时候，她们和玛丽握了握手，拍了拍她的毛皮夹克，又摸了摸她很早以前在苏丹哈姆德买的旧帽子。

"很遗憾，她们没看到我开枪的瞬间。"她说，"她们难道不漂亮吗？"

"那还用说。但你回家时，得用那块蓝肥皂好好地洗洗手。她们中有两个是我的病人。"

"但是握手会传染吗？"

"我对这些传染的事情不太了解。你还是用那块蓝肥皂洗洗吧。"

"非洲太神奇了。总是会有很多的事情发生。"

"有可能是好的，也有一些可能是吓人的。"我引用了别人的话。

"我们还没有遇到吓人的呢。"

"还没有，因为我们带走了这只老狷羚，所有部落里的人都会尝到这美味佳肴，一点儿都不会浪费。"

"我觉得它并不老。它处于生命的主要阶段。"

"那时你在六个人之前看到了它。你怎么做到的？"

"我也不知道。"

我想其实我知道，但是我不想打搅这欢乐的气氛。在营地里，火已经生好了，而且我看到我们的椅子已经在火堆边摆放好了。

我留在后面，同恩古伊还有阿拉普·梅纳商量我们早晨出发的事情，也看看他们宰杀那只狷羚的场景。只有我们两个人的时候，恩古伊给了我一百发30-06步枪弹和一些干粮。它们看上去已经变色了。我突然想起，我曾看见恩古伊当时在石楠丛里捡起了一些什么东西。他没有说话，于是我把弹壳放进了口袋。

他和黑帝拿刀切开了老狷羚的皮，我们看到了它里面干净的白色脂肪。

"它可能是另外那只的兄弟。"恩古伊说道。他们继续切肉，我一言不发。

第四十章

　　我坐在火堆边喝着酒，在睡衣外面套着睡袍，还有我的防蚊靴。我们谈论着人群和存在的问题，我们之间已经不存在任何隔阂了。我解释了我负责的整个狮子的事务，或者只是其中一小部分的问题，然后告诉玛丽我会在天明时起身。那只是一项例行巡逻，我们只有百分之一的可能性会遇到狮子或狮群。要是她愿意的话可以一起来，但是跟踪会是一件非常累人的活儿。如果她想记日记或者写信，她可以晚点睡。我们可能回来吃午餐，但也可能不回来，要是她待在营地里，就不用等我们回来一起吃了。

　　她说她有好多事要做，而且已经拍了很多漂亮村子的照片。于是我们开心地一同享用晚餐，然后早早地上床睡觉了。这天晚上，我做了一个噩梦并惊醒了过来，因此我在穆文迪送茶来之前就穿好了衣服。

　　有些时候晚上的噩梦非常可怕，我总是被惊醒。

我伸手去摸玛丽，她睡得很香，并没有醒来。我从床下拿出要给恩古伊和黑帝的枪，出门的时候她还是没醒来，依旧睡得很熟，这令我倍感甜蜜而幸福。

我们开着猎车，没法接近村寨，只好下车步行去找那头走丢的狮子。村子里的牲口和食物都没有再丢失过，这是一个比较好但有点愚蠢的解决方式。村寨的首领向我们保证，肯定会清理那些大石头，如果下次他们还需要我们再来的话，我们开车就可以顺利通过了。

恩古伊显得有点沮丧，但我想，这可能只是因为现在还太早的缘故。在我们回来的路上，他问我昨晚有没有做梦，我说有；他问我是好梦还是噩梦，我说是噩梦。

"是关于狩猎天堂的吗？"

"不是。"

他嘟囔了一声，我们都感觉有些动摇。因为在另外那场狩猎中，就在那个地点，只有玛丽小姐看到了那只狷羚，其他人甚至都没有见到。

而且这里和别的狩猎地点也不一样，我从没见到过像这里这样的大树。恩古伊捡起了我的一块干粮，干粮非常稀少，也非常宝贵，你背着轻型步枪外出狩猎，干粮是你绝对需要保护好的东西。我和恩古伊都没有把它们掉在地上过，但最糟糕的还是在我们都没有看到狷羚的时候，玛丽却看到了。恩古伊、黑帝、穆秀卡还有我，都甚是担心。阿拉普·梅纳一点儿都不知道我们都在担心些什么，因为我们表现得很担忧，所以他也开始担心了。

在回家的路上，我思考着，那棵大树大致的方位，以及我们没有看到它的原因。我的干粮有可能会从衣服口袋里掉出来，因为我在那件羚羊皮背心拉链两侧下面都缝上了弹壳筒，所以口袋很浅。这衣服我是用来在跑步或爬山出汗后防止吹风受寒用的，所以在我穿或者脱它的时候，干粮很有可能掉出来。有一个口袋在杂货商店缝得太紧了，我记得，那时把一块干粮塞进去然后再取出来，以便把它弄松一点儿。我把背心拿给恩古伊看，他感到了些许的安慰，说道："有可能。"

但是当你把所有可能性都考虑了一遍，却还是没有人赞同，这就令我对自己的分析动摇了。我可能会吃狷羚，因为玛丽也会吃，我必须和她分享。如果其他人不吃这只狷羚的话，似乎会好一些。没有必要冒这个险，而且这片平原上还有更多的捕猎活动可以进行。

于是我杀了一头角马，在我岳父的门阶给他留了四分之一，但黛巴不在那儿。

午餐时，我们回到了营地，我又去洗了个澡。

玛丽在综合帐篷里写作，她叫我。我告诉她狮子没有回来，她并没有错过任何事情。

我回到帐篷，亲了亲她，并道了声"早安"，她说："他们从车上没有卸下来什么吗？"

"角马。"我说。

"你还需要它吗？"

"是的。"我说，我们把那头角马留在那儿了，这对我们没什么影响。

"你回来我很高兴。"她眉飞色舞地对我说。

"能回来我也很高兴。"

"亲爱的，你睡好了吗？"

"很糟糕。"

"你为什么不叫醒我？"

"我碰了碰你，看你睡得很香，不忍心叫醒你。"

"要是有什么不好的，你就叫醒我，或者到我床上来。"

"好的。"

"你的公告员兄弟刚才过来了，带来了一些他收集的有毒的植物和灌木。"

"这真可以算得上是个惊喜了。"

"我们没有必要把它们留在帐篷里，对吗？"

"是的。我们可以把它们放到任何地方。"

"不要随便放，不能有一个专门存放有毒植物的地方吗？"

"可以。"

"除了一种会吃小鸟的植物，其他的他都带来了。他说他还在寻找那种植物，他已经知道那植物的大概位置了。他是和一个面相不善的人在一起的。"

"脸上有刀疤的那个人。"我说。

"我不知道他叫什么。公告员介绍说，他是一个制作毒箭的人。我觉得他们有一株吃鸟的植物，但是当它试图吃掉你岳父的一只鸡时，却卡住了。顺便问一下，你什么时候买的那只公鸡呢？"

"我真的不记得了。"

"这不是宗教信仰的一部分吧。"

"我希望不是，你还没听到过它啼叫吧？"

"听过最小那一只叫过。"

"黑帝似乎对它很感兴趣。"

"每个人都对它很感兴趣。我买它是想作为一个惊喜，用来做鸡肉晚餐的。现在它这么受欢迎，我连一根毛都不敢动它了。"

"如果你给那些收集来的毒植物和灌木找个好地

方来好好安放的话，那就太好了。"

"这感觉像是又开始上植物学课程了，我真怀念在学校的时光。"

"我并不反对你做一些疯狂的事情。信仰让我有点困惑，我只是不想你发生任何不好的事情。"

"信仰也让我有点困惑，但是它也是有可靠的科学和精神基础的。"

"是什么？"

"过度缺乏蛋白质。"

"那精神基础呢？"

"在幸福中度过永生，事物全都处于最佳状态，还有无限的啤酒。"

"这听上去是个非常不错的信仰。要不要我给你做一杯鸡尾酒或是堪培利开胃酒来享受这种幸福？"

"给我来一杯。"

"午饭马上就好了。"

下午我们在平原上转悠了一下，发现了野水牛的足迹，它们在早晨就来过了。我们跟着这些脚印走，发现牛群就在森林后的沼泽地边。这些痕迹很宽大，印子很深，就像是家养公牛的足迹。还有许多牛粪，但现在已经变凉了，而且屎壳郎也已经开始在其上开始团粪球了。

野水牛已经进入森林深处的沼泽空地去了，那里有更多新鲜的草。

我一直都喜欢看屎壳郎觅食的样子，自从我知道原来屎壳郎经过轻微的外形变动，在埃及被视为圣甲虫之后，我就觉得我们似乎应该在信仰上为它们安排一席之地。天色也渐渐晚了，它们努力地工作着，看着它们，我想到了一些为这些虫子唱的赞美诗。

恩古伊和穆秀卡看着我，因为他们知道我总会有那么一段时间处于深思状态。恩古伊拿来了玛丽的照相机，以防她想留下这些甲虫的照片。不过她并没有在意，说道："老爹，当你看厌了这些屎壳郎之后，我们可不可以上路去看点别的呢？"

"当然可以了，玛丽。要是你有兴趣的话我们可以找到犀牛，那里还有两头母狮子和一头公狮子。"

"你怎么知道的？"

"有些人昨晚听到狮子叫了，犀牛就在野水牛足迹的后面。"

"要照出色彩效果的话现在天色可能有点晚了。"

"不要在意。我们只要看看它们就好了。"

"它们比屎壳郎更加能让人找到灵感。"

"我不想找什么灵感。我想寻找知识。"

"你很幸运，有着如此广大开阔的空间。"

"是的。"

我叫穆秀卡试着找找犀牛。它有固定的习性，如果现在它还在移动，我们就能知道它会去哪里。

犀牛离我们要去的地方不远，但正如玛丽所说，要用感光胶片，照出色彩好的照片有点晚了。其实本来光线是足够的，但是那头犀牛进入了一个由灰白骺土和绿色灌木构成的水洞，深黑色的熔岩石，反衬得它惨白惨白的。

我们悄悄地走开了，没有打搅到它。它身上的黄嘴牛椋鸟飞散时，它被惊动了，最后它顺风而下，摇摇晃晃地走开了，荡起的涟漪从盐滩一直延伸到沼泽边缘。

那一晚，月亮只露出了小半边脸，狮子可能会出来猎食，我在想，这场狩猎将会如何呢？我们的狩猎活动从未有过任何保卫措施，但那几天至少还有光，像今晚这样漆黑，我们都不知该如何继续活动。

大蟒蛇可能从沼泽地里溜出来，在盐滩边盘卷静躺着等待我们。我和恩古伊，曾一直追踪着它的痕迹来到沼泽地，感觉就像追踪一辆巨型卡车轮胎的痕迹。它钻到土地下面，就像深深的车辙一样。

我们在盐滩上发现了两头母狮子的脚印，便随踪迹跟去了。它们其中的一头非常大，我们以为它们会躲起来，但它们没有。我想这狮子可能在那古老的被遗弃的马赛村寨上面。它有可能是袭击了我们的那一头。但这也只是推测，没有足够的证据将它杀死。今晚，我只听一听它们出来捕猎的声音，如果明天再看到它们的话，我就可以认出它们来了。吉·克曾说过，起初我们本可以带出去四到五头狮子的，但是最后只带走了三头，因为马赛人杀死了其中一头，还有一头受伤了。

"我不想走得离沼泽太近，这样我们便不会惊动野水牛了。也许明天它们还会出来觅食。"我告诉玛丽，她也同意了我的想法。于是我们便起身往回走，我和恩古伊辨认着我们曾做过的标记。

"亲爱的，我们会走得比较早。"我对玛丽说，"我们会有机会在空地看到野水牛。"

"好的，我们早点上床，然后做爱，静听夜晚的声音。"

"太好了。"

夜晚开始很美好。周围非常冷，我们在床上，我蜷缩在小床靠帐篷的那边。能在被单和毛毯的包裹之下，我们感到非常愉快。即使床上没有任何多余的空间，但当你们彼此相爱，什么东西都是完美的。

我们躺在床上，毛毯抵御了寒冷，我们的身子也渐渐地暖和起来了。我们相互倾听，轻声交谈。这时，第一声土狼的吠声，如同通过扩音器突然地吠叫起来一样，打破了弗拉曼柯舞的音乐声。它离帐篷很近，这时从营地外围的另一边又来了一只。我知道它们是来叼干肉和动物内脏的。

玛丽会模仿它们的叫声，她在毛毯下面轻声地叫唤着。

"你会把它们引进帐篷来的。"我有点儿战战兢兢地说。

这时，我们听到了狮子向北面朝着老村方向的吼叫声，紧接着，又传来母狮子咳嗽般的咕哝声，这应该是它们在捕猎。接着，我们听到了两头母狮子在吼叫，又听到更远处另一头狮子的吼叫声。

"我希望我们可以不离开非洲。"玛丽对我说。

"我希望不要离开这里。"

"你是指这床吧？"

"我们白天不得不离开这床，不，还要离开这营地。"

"我也很喜欢这里。"

"那我们为什么要离开呢？"

"也许会有更好的地方。难道你在死去之前，不想看看更多奇妙的地方吗？"玛丽有些忧伤地说。

"不想。"

"我们现在在这里，就不要去想离开这件事情了吧。"

"好的。"

鬣狗又在不经意间闯入了夜曲，和着音乐一起叫了起来，中间又突然三次打断了乐声。

玛丽又继续模仿狗叫，我们开心地笑了，小床似乎变得美好而宽敞，我们就像在家里一样觉得非常舒服。后来她对我说："我睡着之后平躺着就挺好，你觉得怎么睡舒服就怎么睡好了，我会调整我的姿势的。"

"我会帮你掖好被子。"

"不用了，你管自己睡就好。我自己会把被子掖好的。"

"那我们睡吧。"

"好的，但是别再叫我留下来了，你会觉得太挤的。"

"不会的。"

"晚安，我最亲爱的宝贝。"

"晚安，亲爱的。"

我们听见不远处那头狮子低沉的呼噜声，还有稍远处那头狮子的吼叫声，我们紧紧地相拥入睡。

　　玛丽回到她自己的床上时，我依然没有醒来，直到那头狮子走近我们的帐篷时吼了一声。它好像摇晃了帐篷的绳子，它那沉重的咳嗽声离帐篷非常近。它之前一定是在营地的外围，但是后来发出声音把我吵醒了，就好像它打算穿过我们的营地。然后它又吼了一声，我便知道它离我们究竟有多远。它一定正好处在那条通向停机场边缘的小路上。我侧耳听着它离开，然后又睡着了。

　　天刚蒙蒙亮，我便坐在火炉边喝着茶，问穆文迪昨晚有没有被狮子的叫声吵醒。

　　"我以为它要过来把营地吞掉。"穆文迪对我说，"它甚至把穆秀卡都吵醒了。"

　　那一定是似乎把帐篷的绳子都震动了的吼叫声。天一亮我就出来了，透过微湿的草地，在简易的飞机跑道上，看到了野兽的足迹。黑帝和恩古伊也都出来了，当我们看到那野兽扒土和站立的地方时，都不禁笑出了声。

　　在帐篷后面，光线中透着冷冷的雾气，我看到玛丽已经醒来了，正坐在床上喝茶。

　　"你晚上听到狮子的吼声了吗？"

　　"当然听到了。在你睡着之前就听到了。"

　　"不是，我是说睡着后听到了吗？"

"没有。"

"它对某些事物有种非常强烈的感觉。"

"我有很强烈的感觉想吃早餐了。你说这薄雾还会持续下去吗？"

"不会，太阳一出来就会把它们驱散的。"

"今天早晨会是一个好的开始，也许能发现野水牛，还能拍到好的足迹照片。"

"我想拍到蟒蛇滑过的踪迹。"

"我们也许能看到一条。"

"我觉得它吃的已足够它消化一个月了。我昨晚想象着它出来了。但是我觉得它不可能再出来了。亲爱的，昨晚睡得怎么样？"

"我昨晚肯定睡得很好，否则我不可能没听到狮子的叫声。我甚至都不记得我是怎么上的床。"

"我也不记得了。"

我们吃了早餐，把摄影用的装备、必要的步枪和日常用品装入猎车。那些只拍粪便或是静止的非洲动物影像的人，总是鄙视那些如屠夫般打猎的人。如果没有更糟糕的情况，他们不会举报白人猎手们捕猎到的动物数量，就是为了在他们处于困境之中时，白人能回报他们，也不会提到他们特殊保护的卡车里面装的犀牛。不，他们从来没有用过来复枪，他们都没有佩戴武器，他们鄙视那些带步枪的人和被他们杀死的人，但是他们却雇人来保护自己。在国家公园里，他们会带着遗憾让一头犀牛杀死它自己。他们一遍遍地激怒犀牛，让它们在石头上猛烈撞击，最后呈现出一种没有他杀、并不残忍的景象。

因为各种用途，我们需要用到来复枪。我一开始并没有打算射杀任何生物，但我想，当你进入一个山脚平原时，你无法预知哪天会发生什么样的事情，尤其是在夜晚。我希望月亮能出来，这样我就可以在晚上出去了。

在营地外面，我们把车停了下来，我带玛丽看了狮子的足迹，还有它吼叫时紧抓的那块地。我们跟随着它的脚印寻找路，她非常激动，因为那头狮子很喜欢沿着我们做过标记的道路行走。它沿着飞机跑道跟随着痕迹，然后又转向了东面。

太阳升起来了，我想我们可能再朝着东面前进，我们估计就可以看到它了。要是我们赶上它去照相，我们就一直都能见到它的身影了。

我们坐在车的后座上，现在有更多猎物了，有斑马、角马，还有许多格兰特瞪羚。我们不再追踪狮子的痕迹了，只是向着东面朝着我们要去的地方前行。

有两次我们在树上看到了兀鹫群，也没有去射杀它们。它们只是在阳光下晒它们被冷雾气弄湿的翅膀，仅此而已。

玛丽看到了我们没看到的东西，她拍拍穆秀卡的肩膀，示意他停下来。我们发现在斑马群和角马群之间，的确有一只敦实的大羚羊，正在低头觅食。

通过车窗玻璃，我能看到它那暗淡的紫红色胁腹、粗壮的肩膀、脸上鼻子上部的黑色部分、眼睛两侧的黑色条纹、笔直的茸角——和周围的褶皱一起看来就像黑色的象牙斜插在它头上，还有它的背部。

没有起风，玛丽和恰罗下了车，沿着灌木丛边悄悄地追踪猎物觅食，直到太阳底下。我看到玛丽把工作安排得井井有条，她和恰罗走出了我的视野范围，走到了灌木丛的后面，突然传来枪声，紧接着传来子弹壳跌落的声音。子弹声响起，那只大羚羊直起腿来，抬起头，它的茸角扫到了背后。它看上去受到了惊吓，哆嗦了一下，于是我们跑到它的边上，我清楚地记得它那裸蹄不断地踢着地面的样子。

角马和斑马飞奔而去，我们跑上前去。我为玛丽敢那样看着大羚羊而感到骄傲，也为她射杀大羚羊的勇气而感到自豪。这是一只健康的老雄兽，我的得意对她来说没有任何影响。

"我看到它后，立马朝你告诉我的地方开枪了。

也许不太准确，但是正好射到了我预想的地方。"

　　我几乎不记得我对她说过要往哪儿开枪，但我很确信恰罗的建议，抑或是当他们靠近猎物时恰罗曾说过"开枪"。

　　玛丽对她能射中大羚羊感到非常开心。我也非常开心、满意，也很激动、自豪。他们拍了好多大羚羊的照片，除了那只大羚羊。我们把它扛上车，带回了营地，又拍了好些大羚羊的照片。不幸的是，我没记得让玛丽在乞力马扎罗山的背景下，和她的兄弟马文兹还有大羚羊一起摆个姿势，留个影。

　　大羚羊在那里出现也非常不可思议，它远离了它的区域，而玛丽又看到了它，进而捕杀了它。不过这是个精彩的魔法，而不是什么糟糕的。恰罗为这只羚羊诵真主之名。现在，我在想，也许她还能得到她的长颈羚，我们在余生中便能得到真正的快乐。

　　长颈羚在死时的状态并没有羚羊那样令人难忘。大羚羊就如政治家一般，如果你记得用线或者金属丝把它的嘴唇缝上，死后它的舌头就不会伸出来，即使死了也会像活着那样好看。

　　我不该和自己开玩笑，而且还应当对死了的大羚羊保持尊敬的心态。我从源头上阻止了任何形式的玩笑。

这有点像击毙大耳狐，对任何事物都不健康，也没有好处，所以，我洗完澡后，进入帐篷独自喝了一杯，思考着这只大羚羊的死亡，想着这到底是不是一个能够达到的高度，即幸福的高度。

鸡尾酒一如既往的美味，我慢慢地品尝着。一顶软檐帽在帐篷边缘的帆布上投下了巨大的阴影。

"进来吧，兄弟。"我说，"我们正在庆祝夫人这非凡的一击，击败了一只健壮的大羚羊。"

"非常结实的头颅。"公告员说道，"我刚才已经恭喜过夫人了。"

"你喝什么？"

"什么都行。"他回答道，"你对植物还算满意吗？"

"没有更满意的了。"我说，调点加拿大杜松子酒和苦啤酒，再稍加玫瑰酸橙汁。

"您的夫人看上去不太喜欢它们。"

"她会渐渐喜欢的。她喜欢查尔斯·亚当斯的画，她当然也会学着去欣赏这些植物的。"

"我花了六个月的时间才得到它们的。你觉得我是否应该把它们留在耕地上？"

"不，我会负责照顾它们的。"

"兄弟，你还有想要捕杀的动物吗？"

"现在没有了。"

"我还能来点美味的加拿大雪利酒吗？"

"只要我没有看到就好。"

"兄弟，你是不是在担心什么事情？"

"没有。耕地一切可好？"

"一切都好，但是今早非常寒冷，而且还有薄雾。兄弟，你还有旧毛衣吗？"

"我旧的、新的毛衣，都给营地里的人穿了，也许在圣婴耶稣诞生日之后，我能有一件旧毛衣。"

"你能给我预支工资，让我在罗依托其托克买一件和卡迪根式上衣差不多的衣服吗？"他有些恳求地说。

"你在罗依托其托克听到了什么？"

"昨晚遇到了一位卡车司机。他给我了一些鼻烟，并让我将这封信转交给你。"

"这真是一种该死的送信方式。"我说道。

"我同意。我本应该晚上送来的，但是我怕黑。"

"兄弟，我得走了。"我对他说。

"我能带回去一些肉吗？"

"不行。我待会带一点儿过去。这样你和黑帝就不会有什么问题了。"

"老爹，你不来吗？"传来玛丽的声音，"天色不早了，我们没时间了。"

　　当她提高音量说话的时候，她的声音总是那样铿锵有力，非常严厉；而当她小声说话或者唱歌的时候，她的声音则变得非常柔软并且优美。

　　"我对迟来的送信感到很失望。"

　　"我离开耕地的时候，太阳还没升起来，雾气依然弥漫着，可是你不在。"

　　"我们在耕地见吧。"说完我出去上了车，玛丽已在车上坐好了。

　　"你在那儿做什么？你和那公告员喝酒了吗？"

　　"是的。"我回答她，"一杯杜松子酒加了点酸橙汁。我开始是独自一人喝的，后来他来了就一起喝了。"

　　"你不觉得在早晨喝酒有点早吗？"

　　"今天早晨没觉得。"

　　"我们剩的不多了。"

　　"你指什么？是说杜松子酒和酸橙汁，还是早晨的时间？"

　　"我说早晨的时间。"

　　"我们剩的酸橙汁也不多了。"

　　"我们也喜欢鸡尾酒。"

　　"这都是你的了。这里还有点别的。"

　　"我还爱喝堪培利开胃酒。"

　　"堪培利开胃酒也给你了。我要喝酒的话就喝威士忌。”

"我厌倦了威士忌。像是红糖加水的味道。"

"那太可惜了。"我说道，便回忆起了旧时光。我想，那时，你是如此渴望喝上一杯威士忌，即便它的价格非常昂贵。

主要人物表

　　根据帕特里克·海明威整理出版的《曙光示真》删节版，我们附上一份简洁的人物表，以便读者阅读。由于欧内斯特·海明威原稿中的人物名字都有所改动，我们重新整理之后，选用的是他最后确定的名字，希望人名能一贯始终。举例而言，在早期作品中，他将专业狩猎向导的名字写为威尔森·哈里斯。之后他或许想起来他已经将这个名字用于称呼那个同杰克·巴恩斯和比尔·戈登一起钓鲑鱼的英国人了（《太阳照常升起》），于是他将这个人物的名字改成了菲利普·帕奇瓦尔，这正是海明威在1933—1934年、1953—1954年在东非远足打猎期间向导的真实名字。

　　书中第一人称叙述者——欧内斯特·海明威，昵称包括爸爸、老爹、小猫咪、将军。海明威被肯尼亚狩猎部门授予荣誉狩猎区长称号。

　　阿拉普·梅纳（有时被诙谐地称为小阿拉）：是

隶属于吉·克指挥下的肯尼亚狩猎部的一位巡查员。

威尔逊·布莱克：政府行政官员，行政区长官。

恰罗：德高望重的老者，玛丽忠诚的持枪工。

辛格：吉·克指挥下的非洲本地狩猎巡逻员，为玛丽所仰慕钦佩。

黛巴：瓦卡姆巴的年轻女人，与老爹相互爱慕，有时被开玩笑地称为他的未婚妻。

哈里·邓恩（非年轻警官哈里）：肯尼亚部分地区的高级警察局局长，海明威等人狩猎及扎营的地区均属于他的管辖区域。

吉·克/疯狂的杜松子酒：海明威为其所在狩猎扎营区的区长起的别名，其原型为丹尼斯·扎菲罗，伦敦人，非洲战场的二战老兵，海明威1957年在古巴时相识的好朋友。该人物有时被称为"博瓦纳老爹"或"公爵"。

哈里：年轻的新手警员。

公告员/霍金纳德：被操纵的马赛警局探员。

黑帝：菲利普·帕奇瓦尔远足狩猎队的头领，"他爱他的主人，他的主人也爱他"。

救世主：伊斯兰救世主的头衔。

玛丽/玛丽小姐/夫人：该书叙述者的妻子，其原型为玛丽·海明威。小猫、小猫咪均为老爹给她起

QILIMAZHALUOSHAN XIA | 下册

的昵称。

马伊托·梅洛克： 在文中仅被提及，从未出场，是海明威的一位古巴朋友，在1953年9月开始的第一次远足狩猎时与海明威等人一同行动。

梅格雷： 远足雇工，为恩古伊同父异母的兄弟，父亲为海明威1933—1934年间的远足持枪兼结拜弟兄穆克拉。

茅斯先生： 意指欧内斯特的次子帕特里克·海明威，作为比赛管理人员及狩猎向导在东非工作逾二十年。

穆秀卡： 老爹的司机，受到喜爱的同伴，黑帝的儿子。有时他被描述为聋子。

穆文迪： 帮黑帝对本土远足雇工进行管理的助手。

恩古伊： 老爹的持枪工，受到喜爱的同伴，是穆克拉的儿子，在海明威1933—1934年远足狩猎期间成为他的好朋友。

菲利警·帕奇瓦尔： 又称为"P先生"或"鲍勃"，为一名离开狩猎营地回到他在肯尼亚的农场以完成其他职责的白人职业猎手。

西蒙： 马赛族人，当海明威遇到他时，他正在罗依托其托克辛先生的店铺周围来回游荡。他的马赛族妻子的名字为"秘密"。

辛先生与夫人：罗依托其托克一间百货商店的主人。罗依托其托克为距离驻营地最近的一个城镇，海明威一行人通常到此进行生活用品的补给。辛先生是一名来自印度的锡克教徒，其妻子为非洲图尔卡纳人。

托尼：归属吉·克领导的能干的非洲竞赛巡警。他是马赛族人，曾在英国部队中担任军士。

寡妇：黛巴的姐姐，与公告员雷金纳德为恋爱关系。

威利：从内罗毕出发的矮个飞机驾驶员。由于他的个性和飞行技巧而被欧内斯特和玛丽所钦佩。